Secretos y sombras

Mary Nickson vivió durante muchos años en Yorkshire y después se trasladó a Perthshire, en Escocia. Es autora también de *La casa veneciana*, *Un verano en Escocia*, *Un hogar al que volver* y *La canción de Flavia*. Tiene tres hijos.

Para más información puede consultar la web de la autora: www.marynickson.co.uk

MARY NICKSON

Secretos y sombras

Traducción de
Silvia Alemany

DEBOLS!LLO

Título original: *Secrets and Shadows*
Diseño de la portada: Departamento de diseño de Random House Mondadori
Fotografía de la portada. Altrendo / Getty Images

Primera edición en DeBols!llo: mayo, 2008

Printed in Spain – Impreso en España

ISBN: 978-84-8346-809-8
Depósito legal: B-17.433-2008

Fotocomposición: Comptex & Ass., S. L.

Impreso en Litografia Rosés, S. A.
Progrés, 54-60. Gavà (Barcelona)

P 868098

A mis nietos:
Arabella, James y Geordie,
Hermione, William y Freddie,
Octavia y Charles; con todo mi amor
y mi inmensa gratitud por la amistad
que me brindan y las risas que compartimos

Agradecimientos

Doy las gracias a los que, con gran generosidad de espíritu, me han guiado y ofrecido su apoyo durante la confección de este libro, sobre todo a Steve Blaylock, Belinda Cox, Hilary Johnson, Nicolas y Diana McAndrew, David Nickson, David y Squibbs Noble, Marshall Roscoe, Alice Sheepshanks, Susannah Tamworth y Stephen Wade.

Asimismo, quisiera agradecer especialmente la labor de mis agentes, Sara Fisher y Sarah Molloy, y de mis editoras, Kate Elton y Georgina Hawtrey-Woore. Gracias por tener fe en mí.

PRIMERA PARTE

Luciana

1

Echada y con los ojos cerrados, Luciana descubrió que se había vuelto invisible —invisible para todos salvo para la pequeña—. Tenía la desagradable sensación de que la niña no solo la observaba, sino que además no se había dejado engañar. «Pero lo que no sabe es que voy disfrazada», pensó Luciana. «Ninguno de ellos lo sabe.»

Carlos sí lo habría sabido, y por eso ella le mandó un cáustico mensaje: «No tendrías que haberme abandonado. Habíamos quedado en que cuidarías de mí. Siempre. Pero has incumplido nuestro acuerdo y ni siquiera sé dónde estás».

Llegaban nuevos huéspedes al hotel. La avioneta que los transportaba desde la isla principal ya había aterrizado, deslizándose por la banda de asfalto que servía de pista en St. Matt con la misma naturalidad con que los patos surcan la superficie del agua, aunque los pilotos tenían que vigilar por si había cabras tumbadas en la pista de aterrizaje. El camino hasta la Old Sugar Plantation se hacía interminable porque la calzada estaba muy maltrecha en determinados puntos y los tramos mejor conservados terminaban de repente con tanta brusquedad que resultaba temerario recorrerlos a gran velocidad. Aun así, en general los taxistas que ejercían su oficio entre el aeropuerto y los hoteles de la isla conducían sus destartalados coches con la animación de un cortejo fúnebre. Las prisas no eran bien vistas entre la población de St. Matt.

La Old Sugar Plantation se extendía por la ladera boscosa de un volcán, que en realidad era lo único que había en la isla; por eso, desde el aire parecía como si al mar caribeño le hubiera salido un grano verde en la cara. Stella y Mike Burrows habían adquirido la propiedad en muy malas condiciones, aunque la estaban convirtiendo en uno de los mejores hoteles con encanto de las Antillas. De hecho era Stella, con su arrojo incansable, la única responsable. Mike consideraba que era inútil esforzarse. Como, hiciera lo que hiciese, solo recibía críticas, había decidido que le convenía más que le reprocharan su indolencia que escuchar gritar a su mujer si se equivocaba.

Luciana oyó a Stella recitando su acostumbrada bienvenida. Su voz era agridulce como un plato chino (sobre todo cuando pillaba a Mike haciendo una de sus breves siestas). Le gustaba afirmar que trataba a sus huéspedes como si fueran sus propios amigos, aunque ese trato solían recibirlo más bien los famosos o los que estaban en posesión de algún título, y no quienes consideraba que no encajaban en la atmósfera del lugar.

—Entrad y tomad un refresco. Seguro que os irá bien a ambos. Las primeras consumiciones corren por cuenta de la casa —decía Stella con mimo para dejar claro que cargaría el resto de bebidas, que además les saldrían por un ojo de la cara, en su factura.

Luciana observaba la escena con los ojos entrecerrados. Por el tono almibarado de la voz de Stella, adivinó que los recién llegados gozaban de su consideración; la misma consideración a la que ella misma se veía sujeta, a pesar de saber que la había decepcionado profundamente insistiendo en cenar en una mesa individual y resistiéndose a sus intentos de incorporarla al grupo. No obstante, daba por supuesto que Stella se vanagloriaba de contar con su nombre en la lista de huéspedes.

—Patsy y Colin estarán encantados de conoceros. Son una pareja fantástica y estamos muy contentos de tenerlos en casa —explicaba Stella a los recién llegados.

Era mentira. Luciana había oído a sir Colin Fowler, el marido en cuestión, un hombre joven, próspero y ya un tanto entrado en carnes, quejarse de todo lo imaginable, y de lo inimaginable también. Pensó que si despertaba simpatías no era tanto por su encanto como por su abultada cartera. Su bella esposa americana, que siempre ponía mala cara, parecía mortalmente aburrida y la pareja, al entender de Stella, había caído en el tedio más absoluto al traerse consigo a la niña. Luciana supuso que a Stella le disgustaban tanto los niños como a ella. «No es un lugar indicado para los pequeños ni para los convalecientes», afirmaba con rotundidad el folleto del hotel, información que se basaba más en las preferencias de los propietarios que en el hecho de que el terreno no fuera seguro.

Los huéspedes se alojaban en unos bungalows de madera distribuidos en unos exquisitos jardines y pintados con colores vivos, similares a los de las viviendas de los pueblos de la zona. Sin embargo, cualquier parecido con la realidad terminaba ahí: en los poblados, los miembros de una familia convivían en una sola habitación, pero en el hotel, cada bungalow constaba de un lujoso baño y de una habitación doble cuya decoración era más fiel al estilo de Sloane Square que al de las Antillas Menores. Reinaba el buen gusto y, a diario, cambiaban las flores frescas de los jarrones y los tocadores de mimbre: una ramita de las primorosas buganvillas que se mostraban por doquier; un ramillete de plumbago, quizá; o una única y volátil flor de hibisco. Mattie y Hazel, encargados de la limpieza de las habitaciones, realizaban preciosos adornos, alegremente despreocupados por armonizar los colores.

—Seguro que querréis ver vuestras dependencias —dijo Stella—. Os hemos instalado junto a Colin y Patsy. Ellos han bajado a la playa en nuestro minibús gratuito, pero regresarán pronto. Mike, ¿le has dicho a Sam que se encargue del equipaje de John y Delia?

Stella era buenísima recordando los nombres de pila. «La deliciosa y relajada atmósfera de una reunión de amigos en un domicilio particular», decía otra cita del folleto, escrita por Stella en persona. Mike iba por el segundo daiquiri helado y había clavado los ojos en los protuberantes pechos de Delia.

—Mike, ¿me oyes? El equipaje, querido —dijo Stella dándole un empujoncito.

Luciana, echada en una tumbona junto a la piscina, calentaba sus huesos al sol. Cuando Stella y los recién llegados se hubieron marchado, se metió en el agua azul y nadó lentamente de un extremo al otro, observada tan solo por la niña, cuya mirada era tan inescrutable y fija como la de un lagarto. «¿Qué estoy haciendo aquí, entre esta gente que no significa nada para mí?», pensó Luciana. «¡Oh, Carlos! ¿Dónde estás? ¡Vuelve conmigo!»

Chaca-chaca-chaca, cantaba un sinsonte de ojos perlados desde el franchipán. *Chaca-chaca*. Más tarde, otras especies de sinsontes vendrían a arremolinarse junto al bar, y sus ojos, en lugar de parecer perlados, estarían vidriosos a causa del ponche de ron.

Empezaban a regresar los huéspedes que habían ido a pasar el día fuera. Se oyeron carcajadas y besuqueos entre los Fowler y sus amigos recién llegados.

—¡Querida mía! ¡Esto es el cielo! ¡Qué lugar tan adorable!

—¡Qué ganas tenía de veros! ¡Es estupendo que estéis aquí! Teníamos muchísimas ganas de que vinierais. La mayoría de los que se alojan aquí son un muermo, unos auténticos carcamales. Hay una condesa italiana, vieja y loca, que dicen que es inmensamente rica, pero es tan desagradable que resulta difícil de creer; y también unos ingleses horteras. ¡No hace falta que te diga que no son gente de nuestro estilo!

Sus confiadas voces mostraban el absoluto desprecio que les inspiraba la presencia de los demás.

—¿Dónde está Marnie-Jane? —preguntó Delia—. Oímos que tuvisteis que traérosla.

Patsy hizo una mueca.

—Increíble, ¿verdad? Habíamos decidido que se quedara en Estados Unidos con su padre, pero resulta que él se ha marchado de luna de miel, su segunda luna de miel, y se ha desentendido de lo que habíamos acordado. Por suerte, con tanto personal como hay en este hotel no debemos preocuparnos mucho por ella.

Luciana y la niña estaban escuchando, aunque ambas parecían al margen; Luciana porque tenía los ojos cerrados, y la niña porque se había escondido tras un arbusto. Unos colibríes se lanzaban al vuelo, avanzaban y retrocedían, parecían negros durante unos instantes y luego, cuando salían a la luz, verde brillante. Un asno les hacía la competencia y rebuznaba cerca de la piscina. *Chaca-chaca*, cantaba el sinsonte, y los vientos alisios revolvían las hojas de las palmeras con un susurro. Hacía mucho calor. Luciana y la niña se habían marchado sigilosamente, pero nadie se había percatado de su ausencia.

De hecho, ambas habían tomado la misma dirección, pero la niña, Marnie, seguía su propia ruta misteriosa, saltando entre los arbustos y evitando los senderos principales. Bajaron por las pistas de tenis, atravesaron la plantación de frutales, donde se cultivaban con esmero mangos, papayas y guanábanas para dar a los huéspedes la impresión de que la fruta que crecía allí era la que se servía en los deliciosos desayunos, aunque en realidad se importaba de Florida la mayor parte de los productos. Una de las especialidades del hotel era un maravilloso helado hecho con unas enormes y pegajosas guanábanas, que a veces pesaban casi tres kilos. Al pie de la plantación, todo aquel encanto se desvanecía de golpe. Un portillo desvencijado, construido con palos y trozos de alambre usados, conducía a un estercolero y a unas porquerizas que apestaban. Luciana se dirigía al pedregoso sendero que llevaba al mar, a pesar de que el camino era largo y la mayoría accedía a la playa en coche o con el minibús que hacía el recorrido cada media hora. Marnie iba a encontrarse con Kenneth, el porquero. Kenneth podía llevar un cubo de comida para los cerdos en la cabeza sin derramar ni una sola miga, y además tenía otros talentos que la niña estaba empezando a descubrir.

Una bandada de garcetas hollaba la podredumbre y su plumaje recién lavado se perfilaba con cierto aire siniestro contra la porquería, como unos sacerdotes acaudalados que hubieran ido de visita a una barriada insalubre. El volcán aparecía envuelto en brumas: probablemente llovería.

Luciana recorrió el polvoriento sendero hasta que llegó al mirador de la playa. Accedió a un saledizo entre las rocas y miró hacia abajo. Más allá del arrecife, el mar era azul marino y unas grandes olas rompían en penachos de espuma, blancas contra el cielo. Allí donde el arrecife rompía el oleaje, unos colores intensos, que iban del esmeralda y el turquesa al naranja, brillaban en contraste con unos retazos negros de sombra, como si el arco iris hubiera sido catapultado contra el coral. Era un camuflaje perfecto para el enorme y coloreado pez loro, que se deslizaba discretamente por los remansos. Había que pasar un buen rato observando para poder distinguirlos, pero la mayoría de los clientes no se molestaba siquiera en mirar; estaban programados, pensaba Luciana, para moverse entre el bar y la zona de la playa donde el hotel había dispuesto las sombrillas y las tumbonas privadas.

«¡Qué sola estoy! —pensó—. Tanto da que lo esté literalmente o rodeada de gente. Ahora siempre estoy sola.»

Los pelícanos se zambullían en busca de su cena; el torpe anadeo de sus pasos en tierra se transformaba en una velocidad y una gracia extraordinarias cuando se zambullían en el agua con la precisión de unos misiles dirigidos, disponiendo sus alas articuladas para convertirlas en el timón que los conduciría exactamente donde se encontrara el pez de su elección. Aunque solo se oía el balido de las cabras en la distancia y el cacareo ocasional de un gallo sobre el siseo del mar, los recuerdos que poblaban su mente la enfurecieron. Bajó la mirada y notó que el viento le revolvía el pelo. Durante toda su vida, la belleza había sido tan consustancial a su persona que siempre dio por descontada su influencia —porque lo cierto era que había influido mucho en su vida—. La hermosura tuvo el mismo efecto que si hubiera tenido sangre real: la gente la trataba de un modo diferente. Luciana nunca había sentido la angustia de tener que agradar, como les sucede a otras mujeres menos agraciadas. Incluso con el extraño disfraz que llevaba en la actualidad, no dudaba de su belleza. La invisibilidad que conlleva la vejez la habría divertido si hubiera podido bromear con Carlos al respecto; un ataque de rabia por haberla abandonado la dejó débil y sin aliento, como si el sol ya no fuera capaz de calentarla, sino tan solo de abrasarla. Dio la espalda al mar y empezó a caminar lastimosamente por el sendero, esforzándose a cada paso.

Vio a Marnie en el claro que había junto a la pocilga, y en esa ocasión fue Luciana la observadora.

La niña estaba absorta en un extraño ritual: daba vueltas alrededor de un montón de piedras; pateaba el suelo, se agachaba y se balanceaba como en una danza ritual. Junto a ella estaba Kenneth, el porquero. Luciana pensó que tenían algo en común. «Los tres somos unos marginados: yo, porque la única persona que me importa me ha abandonado; Marnie, porque la gente que debería cuidar de ella no lo hace, y Kenneth, porque es un esperpento.»

La niña abandonó sus movimientos rítmicos cuando vio a Luciana. Se detuvo y se quedó mirándola, como un animal salvaje que olisqueara el viento para captar la hostilidad, para sopesar el peligro potencial. A continuación, y lentamente, se acercó a ella.

—Yo en su lugar, hoy no iría a contar nada a mi madre —dijo la niña como si tal cosa. Era la primera vez que se dirigían la palabra.

—No iba a hacerlo —respondió Luciana.

—Hoy está de mal humor —dijo la niña—. ¡De un humor de perros! —Y puso los ojos en blanco como quien está muy acostumbrado a los innumerables cambios de humor de los adultos sin que ello le afecte lo más mínimo. Las dos acomodaron el paso—. A usted no le gusta mi madre, ¿verdad? —preguntó la niña.

—Apenas la conozco —dijo Luciana con indiferencia—, y por eso no hay motivo alguno para que me disguste.

—De todos modos, creo que no le gusta —siguió insistiendo la niña—. Lo adivino por cómo cierra los ojos cuando ve que se acerca. Así. —Y bajó los párpados, aunque no demasiado para poder seguir caminando sin tropezar—. No le gusta, ¿verdad que no?

—No mucho —admitió Luciana, no muy dada a herir los sentimientos de los demás, pero divertida e intrigada a su pesar.

—A mí tampoco me gusta. A veces pienso que la odio. Antes la quería, pero ahora ya no. ¿Usted odia a mucha gente?

Luciana reflexionó.

—A mucha, no —le dijo, y descubrió algo sorprendente—. He odiado muchísimo, pero ahora ya no me molesto. Es demasiado cansado.

Marnie le lanzó una mirada compasiva.

—A mí me gusta odiar. Me sube un calor por dentro como cuando comes guindillas. Lo que me asusta es sentir esa especie de vacío. Porque cuando me siento vacía, tengo miedo de desaparecer sin que nadie se entere. Kenneth conoce muy bien el odio. Pregúntele, si ha perdido usted la práctica.

Caminaron por el huerto dejando el montón de basura a las mojigatas garcetas. Unas pequeñas codornices daban saltitos frente a ellas. La delgaducha muchacha de pálida tez y pelo liso no se parecía en nada a su curvilínea y rubia madre; a Luciana le molestó notar que entre ellas nacía cierta camaradería. «No te metas en lo que no te concierne», pensó. Solo deseaba alimentar su propio dolor y hurgar en las heridas para impedir que sanaran. Nada más lejos de su intención que preocuparse de las emociones ajenas, por no hablar de las de esa niña medio abandonada.

Sin embargo, al regresar al jardín y encontrarse con Mattie y Hazel, que acababan de poner toallas limpias en los bungalows, la compasión que le inspiró Marnie le resultó bastante molesta.

—¡Oh, Mar-nie-Jane! —exclamó Mattie—. Tu má no para de gritar por ti. ¡Está como furia por tu culpa! ¡Mejor tú vayas a buscarla si no quieres meterte en líos!

Mattie y Hazel sentían cariño por Marnie, pero también disfrutaban con los dramas y por eso la acompañaron a su bungalow moviéndose con la gracia de un par de gacelas. En general, los habitantes de St. Matt eran altos y elegantes; incluso Kenneth resultaba bello cuando caminaba manteniendo en equilibrio los baldes para los cerdos (siempre y cuando su cara quedara oculta, por supuesto).

Luciana regresó a su bungalow. Era la hora en que la mayoría de las huéspedes del hotel ponían todo su empeño en acicalarse para las actividades nocturnas y por eso se veía poca gente. De repente, se oyó un terrible grito. Sir Colin y lady Fowler, la «dulce pareja» que tanto valoraba Stella, ocupaban el bungalow vecino al de Luciana, y no era la primera vez que esta oía los estridentes lamentos de la niña. No obstante, ignoraba si eran de rabia o de tristeza, de miedo o simplemente fruto del mal carácter de la chiquilla, como afirmaba su madre. A Luciana le parecía más interesante su propio dolor. Algunos huéspedes se habían quejado de los gritos, pero Stella, que no iba a arriesgarse a molestar a un baronet, se había limitado a preguntar con falsa solicitud si Marnie se encontraba bien o necesitaba atención médica.

—Lo único que pasa es que se porta muy mal —dijo la bella Patsy encogiéndose de hombros—. Y no voy a fastidiar mis vacaciones porque hayamos tenido que traernos a la mocosa. Su padre la ha mimado y consentido en todo. Pero yo voy a meterla en cintura.

Luciana estaba echada en la cama. Abrió un libro, pero decidió que era mejor recrearse con una sesión de autocompasión.

Al llegar la hora de cenar, se dirigió cansinamente al edificio principal por el sendero que atravesaba el jardín y terminaba en el caserón. Los caminitos, construidos con losas planas y elevadas para que los elegantes calzados de los huéspedes no se empaparan cuando llovía torrencialmente, estaban iluminados en determinados puntos con unas lámparas fluorescentes bajas que atraían los sapos a docenas. Al atardecer, cuando anochecía y las luces se encendían, los sapos aparecían como por arte de magia arrastrando las patas con la idea de acercarse a la lámpara de su elección, «como los caballeros de cierta edad cruzando St. James Street para ir a cenar a su club», pensó Luciana. Más tarde, se les veía en cuclillas y sin moverse, esperando que les sirvieran una suculenta mosca (sin duda tan preciada para ellos como una copa de oporto de reserva).

Los lloros habían cesado, pero cuando Luciana pasó por el

bungalow vecino, pudo oír unos sollozos ahogados, como si la niña llorara bajo las sábanas; ese sonido apagado era muchísimo más inquietante que los fuertes gritos que había oído antes.

Reinaba la oscuridad. Luciana consideró si debía ir a investigar la causa de tanta amargura. Tras dudar unos segundos, accionó la manija de la puerta, pero esta estaba cerrada. Dio unos golpecitos y creyó oír un suspiro en el interior. Los sollozos se detuvieron bruscamente y se produjo un silencio pesado, artificial, como si alguien estuviera aguantando la respiración.

—¿Marnie? —llamó Luciana con suavidad—. Marnie, ¿estás ahí?

No hubo respuesta.

Luciana luchó contra su ligera desazón y resistió el impulso de implicarse más. No estaba acostumbrada a que invadieran su corazón (solo a que se lo rompieran) y, mientras se daba media vuelta, reconoció esa sensación que resultaba tan persistente e incómoda como un dolor de estómago. Anduvo resuelta hacia el edificio principal, hacia los cócteles, las lucecitas y la cena de cuatro platos, aunque en su cabeza no se apagaba, para su desconcierto, el eco de la tristeza de aquella niña. Casi inconscientemente se detuvo y aguzó el oído, aunque, por la distancia, habría sido imposible oír nada que no fuera un grito.

Revivió antiguos recuerdos de la niña que había sido, una niña que también sentía terror de la oscuridad, pero los apartó de sí y, como los sapos, se encaminó decidida hacia las deslumbrantes luces estimulada por el incentivo de la cena.

2

En la Old Sugar Plantation, durante el día funcionaba el bar de la piscina, que servía deliciosos tentempiés, ensaladas y refrescos, pero por la noche, los huéspedes tomaban cócteles exóticos en el Gran Salón, que Stella había decorado con preciosos muebles antiguos de estilo colonial. En las paredes colgaba una impresionante colección de retratos en pesados marcos dorados del tipo «compre su propio antepasado»; el barniz cuarteado desfiguraba sus inexpresivos rostros. En las ocasiones en que alguien destacaba el parecido que existía entre esos personajes y los anfitriones, Stella no cabía en sí de gozo. Revoloteaba entre los huéspedes con un traje pantalón de seda azul intenso y la oscura melena suelta a la altura de los hombros. De todos modos, algunos se preguntaban si sus antepasados no estarían algo más mezclados de lo que sugerían esos falsos retratos de familia anglosajona. Stella llevaba un peinado estirado y caro, y procuraba que todos supieran que se había educado en una exclusiva escuela inglesa. Decían que tenía unos parientes ricachones que habían vivido durante varias generaciones en Gloucestershire, pero que entre sus ancestros también existía una belleza con el pelo negro como el azabache: su abuela portuguesa, lo que explicaría la pigmentación de su piel, de un moreno teatral.

De vez en cuando, la dirección del hotel ofrecía espectáculos en directo antes o después de la cena: un cantante de calipsos, una banda de percusión caribeña o unos bailarines de carnaval de una energía apabullante, que desfilaban con unas máscaras grotescas en forma de animales y pájaros, bufones o diablos, se exhibían caminando sobre zancos en el tradicional papel cómico de Moko Jumbie o bailaban el limbo al son de los tambores. El extraño e inquietante Kenneth, que formaba parte del grupo cuando terminaba su jornada laboral, se embadurnaba convenientemente con una mezcla pegajosa de tierra y melaza y se volvía irreconocible en su papel de malvado demonio Jab-Jab, con su máscara de cuernos y una retorcida cola de alambre en espiral. Era un bailarín de gran brillantez acrobática, pero Stella acababa de prohibirle actuar en el hotel porque algunos huéspedes consideraron extremadamente perturbadora su explícita interpretación sexual de Jab Molassi y porque el malicioso volteo de su cola metálica sin duda era un auténtico peligro. La decisión de Stella (entre muchos otros motivos) hizo más intenso el rencor que Kenneth sentía por los propietarios del hotel, únicos responsables de que tuviera un empleo tan importante durante el día.

Un día, tras una actuación, Luciana vio que los bailarines correteaban por el hotel y espiaban por las ventanas de los bungalows. Tropezarse con ellos inesperadamente durante la noche había sido como vivir una pesadilla inspirada en una de las crueles fantasías de El Bosco; como una de sus escenas pictóricas convertida en realidad.

Cuando Luciana llegó al bar, vio que algunos huéspedes ya estaban instalados. Stella estaba hablando con una pareja de Purley. «Aunque carecen de clase, parecen agradables y muy naturales si te tomas la molestia de tratar con ellos», había explicado Stella a unos recién llegados unas horas antes, no fuera a ser que pensaran que los de Purley eran amigos personales de ella; a pesar de que Mike encontraba al marido («llámame Reg») muy simpático y extremadamente generoso con el dinero cuando tocaba invitar a beber. Su esposa acababa de regresar de una excursión a una isla cercana en la que había descubierto una tienda bien surtida de cortinas de auténtico batik y se prodigaba en explicaciones sobre ese proceso de estampación con cualquiera que fuera lo bastante imprudente como para escucharla. Esa noche había decidido abordar a Luciana.

«La pobrecita debe de sentirse muy sola», le había dicho a Reg mientras se ponía un caftán de punto de algodón que había comprado por catálogo. «Intentemos animarla. Le diremos que se siente a cenar con nosotros.»

Luciana, a la que no le apetecía nada que la animaran, pasó de largo al oír la invitación y escuchó con satisfacción que la señora de Purley decía: «A lo mejor es sorda. ¡Eso lo explicaría todo! Quería enseñarle mis compras, pero creo que lo dejaré correr. No vamos a pasarnos toda la noche gritando, ¿no?».

Se acomodó en el sofá más alejado del salón con el libro de pasatiempos con que le gustaba amenizar sus comidas, actitud que Stella consideraba el colmo de la mala educación. Había intentado lanzarle alguna indirecta (con mucho tacto, por supuesto) diciéndole que prefería que los huéspedes no fueran al salón con libros, pero Luciana, como buena déspota, le había informado de que no precisaba que le hicieran sugerencias ni que le dieran permiso. Si le apetecía hacer crucigramas durante la cena, eso es lo que haría. Sam corrió a servirle su copa habitual. Stella no lograba entender que todo su personal mimara a Luciana de un modo especial; eso la enfurecía, porque la huésped no era de las que tiraban el dinero precisamente.

Al cabo de poco tiempo, los recién llegados y la dulce pareja entraron y se adueñaron del bar. Ese gesto acomplejó a los demás y les hizo sentirse fuera de lugar y mal vestidos, con la sensación de no emplear el lenguaje correcto y haberse colado donde no debían. Salvo la Dama de Purley, que se mantenía en sus trece («¡Ya les diría ella un par de cosas a los de la clase alta, y no muy buenas, por cierto! ¿Qué se creían?»). En casa, sin embargo, era una ávida lectora de revistas femeninas sobre famosos del cine y de la alta sociedad. La Dama de Purley acorraló a Stella contra la pared y la instruyó sobre la temperatura más adecuada que debía alcanzar la cera antes de proceder a la primera aplicación de un diseño batik con varias tintas. Mike y Reg, en la tercera ronda de copas, se habían desentendido alegremente de la pequeña comedia que se representaba frente a ellos. Luciana observaba con un placer malévolo.

Sir Colin había elegido este momento tan público para una celebración de carácter privado: el primer aniversario de su boda con Patsy. Sacó un collar de diamantes y lo abrochó al hermoso cuello de su señora. Las enormes piedras brillaban y refulgían sin cesar sobre el recién adquirido bronceado de la mujer. Stella le dirigió una mirada nerviosa; no tenía motivos para desconfiar de su personal, pero como St. Matt era una isla pobre, había un letrero que invitaba a los huéspedes a guardar los objetos de valor en la caja fuerte de su despacho.

Los que pensaban que se habían colado en una fiesta privada se vieron obligados a formar parte de ella. Patsy exigía que participaran. Iba de un grupo a otro dando ingenuos grititos de placer; de vez en cuando, ocultaba el resplandeciente adorno con la mano para que, al descubrirlo, volviera a causar sensación. Incluso se inclinó hacia Luciana, pero la mujer tenía clavado el llanto de Marnie en los oídos y no iba a dejarse engatusar por su actuación.

Colin era el esposo más adorable de cuantos había tenido (y diríase que Patsy hablaba por experiencia). Era un hombre encantador, maravilloso, fantástico, increíble, y ella lo adoraba. El resto de los huéspedes quedó atrapado en el rosáceo resplandor de la mujer; al salir a la terraza, todos pidieron más botellas de vino para cenar a la luz de las velas, y estuvieron brindando con espíritu festivo una y otra vez a la salud de Colin y Patsy.

La lluvia hizo su aparición esa noche, golpeando los tejados de los bungalows con una furia que habría bastado para botar el Arca de Noé. En lo alto, los relámpagos iluminaban el cielo y el retumbo de los truenos quebraba el firmamento. Patsy se aferró a Colin con un fingido terror que le dio muy buen resultado. Ninguno de los dos pensó en Marnie, que estaba acostada en la habitación de al lado, tensa, temiendo que si llamaba a su madre, sería peor soportar su rabia que el alarido del trueno. Curiosamente, Luciana, que nunca había tenido miedo de las tormentas, sí que pensaba en ella... aunque no tardó en apartarla de sus pensamientos.

La pareja de Purley no se enteró de nada; Reg, debido a que el ron le había dejado insensible y su esposa porque usaba tapones de cera para protegerse de los ronquidos.

A la mañana siguiente, la niebla se había desprendido del volcán y, aunque se divisaban unos oscuros nubarrones en alta mar, el cielo volvía a estar esplendorosamente azul. Stella anunció que la barbacoa que se organizaba cada semana en la playa no se había anulado. Quien no quisiera asistir debía notificarlo al personal de oficinas. En la cocina del hotel, andaban atareados empaquetando en un envoltorio estéril cestas de picnic que contenían muslos de pollo y bistecs; la fuerte vaharada del queroseno que empleaban para encender las barbacoas se mezclaba con los olores del ron, la leche de coco y la fruta con que elaboraban el ponche. Tardaron bastante en lograr que todos subieran a los minibuses, porque acordarse a la primera de coger la crema solar, los sombreros y las cámaras era demasiado esfuerzo para la mayoría de los huéspedes del hotel.

—Me pregunto si no le importaría hacernos un inmenso favor —dijo Stella acercándose a Luciana con la más dulce de las sonrisas. A pesar de que no provocó reacción alguna en ella, la anfitriona no se dio por vencida—. Es que, como supongo que usted no bajará a la playa hoy, Patsy y Colin le agradecerían mucho que vigilara un poco a la niña para que puedan estar un rato solos. Patsy cree que Marnie-Jane no tiene muy buena cara y quizá haga demasiado calor en la playa para ella. Además, he pensado que quizá le agradaría tener compañía —mintió Stella—, aunque si eso la incomoda, dígamelo, por favor.

—Nunca permito que nadie me incomode —dijo Luciana, y se sorprendió a sí misma, y también sorprendió a Stella, cuando añadió—: Marnie-Jane puede venir a comer conmigo si quiere.

Luciana se instaló a la sombra anhelando que los huéspedes se marcharan y abrió su libro, aunque la idea de vengarse de Carlos por el mal que le había hecho resultó más absorbente. Vio que Marnie se marchaba a reunirse con Kenneth. Pensó que aunque era una extraña alianza, era obvio que se había creado un vínculo especial entre la niña americana y el antillano de rizos cenicientos y cara desfigurada, cuya condición de albino había hurtado a su piel el color natural hasta el punto que parecía que, tras pasar una larga temporada en la oscuridad, aquel ser hubiera surgido de debajo de una piedra.

Marnie no se dejó ver hasta la hora de almorzar. Llegó al bar y se encaramó a un taburete que había junto a Luciana.

—He venido a hacerle compañía —le dijo la niña—. ¿Puedo tomar una Coca-Cola?

—Puedes tomar lo que te apetezca por lo que a mí respecta —contestó Luciana encogiéndose de hombros.

—Entonces, ¿puedo tomar una piña colada sin alcohol y además de una Coca-Cola?

Luciana pidió ambas cosas, además de un Campari para ella, especificando que las bebidas de la niña se cargaran en la cuenta de sus padres.

—¿No ha querido bajar a la playa? —preguntó Marnie.

—No —respondió Luciana—. Me gusta pensar que este lugar es solo para mí.

—¿Y para mí también?

—Para ti también.

—Pues a mí me habría gustado ir —dijo Marnie con nostalgia—. Quería construir un castillo de arena enorme, un palacio, y decorarlo con conchas. Quería ver los pelícanos y quería tumbarme boca abajo y observar cómo excavan los cangrejos ermitaños antes de escabullirse. ¡Ojalá hubiera podido cavar un hoyo no muy grande, con mucha rapidez, como ellos, meterme dentro y desaparecer para que nadie me encontrara! Había pensado probar las nuevas chancletas en el mar. Las chancletas no sirven igual en la piscina, claro, pero mamá dijo que a lo mejor vomitaría y ¡como se pone hecha una furia cuando vomito...!

—¿Vas a devolver? —preguntó Luciana mirando a Marnie, que estaba tomando sorbos de Coca-Cola y piña colada con una pajita.

—Ni hablar —dijo la niña con convicción—. Los refrescos

no me hacen vomitar. Es la gente la que me pone enferma, pero mamá dice que me quejo del estómago a propósito para molestarla. Dice que tan cierto como que cada día sale el sol, cuando me pongo enferma me entran ganas de chincharla. ¿Usted cree que la gente te puede poner mala?

—Sí, claro. Por supuesto que sí —dijo Luciana—. Creo que las personas pueden hacer que enfermes de gravedad.

—Y... ¿es posible ponerte mala por culpa de alguien aunque ese alguien no esté contigo?

—Si ese alguien no está contigo, entonces te encuentras peor que nunca —afirmó Luciana, aunque, en realidad, no se dirigía a la niña.

—Papá no está conmigo, y por eso me encuentro mal. —Marnie sorbió la pegajosa mezcla de piña y coco y luego hizo burbujear la Coca-Cola a placer soplando con la pajita—. Cuando estaba con papá nunca me encontraba mal, pero ahora él tiene otra esposa y mamá dice que ya no querrá tenerme en su casa para que ande metiéndome en su vida.

Se quedaron sentadas la una junto a la otra compartiendo un curioso y amigable silencio hasta que Sam sugirió que pidieran el almuerzo.

—Cuénteme cosas de cuando usted era una niña —le pidió Marnie.

Luciana empezó a hablar, y sus palabras las transportaron a una realidad distinta. Para la chiquilla fue como abrir una ventana a un país nuevo y extraño, pero para Luciana fue como mirar por el lado equivocado de un telescopio; lo que percibió, a pesar de gozar de una inmensa claridad, quedaba ya muy lejos. De hecho, cuanto más lejos miraba, más vivaces resultaban los detalles.

Ambas se sorprendieron cuando se dieron cuenta de que el personal estaba arreglando el comedor porque hacía rato que había terminado el almuerzo y ellas eran las únicas personas que quedaban en la sala. Ninguna de las dos recordaba en absoluto lo que había comido.

—¿Cree usted...? —preguntó Marnie cuando se levantaban para marcharse—, ¿cree usted que podríamos hacer enfermar a alguien a propósito? ¿Cree que podríamos hacer que muriera?

—Por supuesto que sí —respondió Luciana, no muy ducha en calibrar las posibles consecuencias de sus afirmaciones.

Luciana y Marnie se separaron de mutuo y callado acuerdo, y cada una tomó su camino sin adivinar el efecto que había causado en la otra.

Al día siguiente, a la hora de almorzar, Marnie volvió a acercarse a Luciana y esta descubrió que se sentía inesperadamente complacida. A partir de entonces, la reunión se convirtió en una costumbre para ambas (hábito que convenía a todos los implicados) y, en las escasas ocasiones en que la niña no aparecía, Luciana sentía una ligera decepción.

Los días en que Luciana decidía bajar a la playa, Sam o alguien de su equipo solía apresurarse a ofrecerle una bebida (un refresco de coco, quizá, o un daiquiri helado) y trasladaban una tumbona y una sombrilla al lugar que ella elegía, lo más lejos posible del resto de los huéspedes. Marnie se sentía atraída hacia ella como un imán. A veces charlaban, pero no siempre; eso carecía de importancia. De vez en cuando, la niña le pedía indicaciones para construir un nuevo castillo de arena. La anciana parecía saber mucho de castillos y se le ocurrían buenas ideas para diseñarlos y pasar luego a su construcción. A veces, caminaban descalzas por la playa, ensimismadas en la conversación, chapoteando por la orilla del mar turquesa mientras las olas estornudaban levemente sobre la dura arena de color rosa concha.

Una noche, justo antes de cenar, empezaron los problemas. Los lamentos de la niña ya no provocaban demasiado interés, pero esa noche en particular, fueron los gritos histéricos de la madre los que atrajeron la atención de los que ocupaban los bungalows cercanos, y los que se hallaban junto a las oficinas no tardaron en oír las voces de sir Colin y el tono almibarado de Stella en un elevado crescendo de acelerado contrapunto. La Dama de Purley, captando la tragedia en el acto y deseando ponerse a investigar cuanto antes, se aplicó su maquillaje nocturno con tantas prisas que en la cara le quedaron unos restos bronce-miel sin esparcir, lo cual le confirió un sorprendente aspecto atigrado.

Cuando la práctica totalidad de los huéspedes se hallaba reunida para tomar una copa, la noticia de la desgracia ya se había propagado de un modo más o menos fidedigno. Se echaban de menos las acostumbradas sonrisas cálidas del personal; en su lugar, sus rostros recordaban la inhóspita sensación que provoca una casa cerrada a cal y canto. No cruzaban miradas entre ellos, y todavía menos con los huéspedes, y una incómoda sensación de desconfianza convirtió la charla del aperitivo en un intercambio de frases forzadas y entrecortadas. Solo Luciana, que llegó a su hora y se dirigió a su butaca habitual, parecía ajena a la atmósfera reinante.

Stella se deslizó hacia ella y se apoyó en el brazo del sofá.

—Me preguntaba si podría hablar un momentito con usted.

Luciana no contestó.

—Supongo que habrá oído que tenemos un problema —siguió diciendo Stella con sorprendente valor—. Estamos seguros de que debe de haber sido un error y que en cualquier momento aparecerá, pero resulta que la pobre Patsy ha perdido ese magnífico collar que Colin le regaló por su aniversario de boda. Ya le hemos dicho, como es de suponer, que fue una locura que no quisiera dejarlo en la caja fuerte, pero ya sabe lo fácil que es perder las cosas en el propio dormitorio. No cabe decir que la mujer está tremendamente afectada, porque sin duda tiene un gran valor sentimental para ella.

Si Luciana pensó que no era fácil perder una joya tan fantástica e impresionante en un dormitorio comparativamente tan pequeño, no lo dijo.

—Me gustaría pedirle que nos ayudara—siguió diciendo Stella.

—¿De qué manera?

—Bueno... —Stella hacía dibujitos con una uña escarlata en el respaldo del sofá—. Como ayer estuvo aquí todo el día mientras los demás pasaban el día en la playa... pues nos preguntábamos, quiero decir Mike y yo, si no habría visto algo extraño.

—¿Se refiere a si he visto un gran collar de diamantes tirado por ahí?

Stella fingió una carcajada.

—No me refiero precisamente al collar, sino a alguna otra cosa que le causara extrañeza. Como su bungalow está junto al de Colin y Patsy... —Su voz se quebró por la incertidumbre.

—No fui a su dormitorio a robar, si eso es lo que está insinuando —dijo Luciana a sabiendas; empezaba a divertirse.

Las risas de Stella tintinearon como cubitos en un vaso helado.

—¡Oh, qué mala es usted! ¡Claro que no estoy diciendo eso! Pero me temo que no es para tomárselo a broma. Tendremos que llamar a la policía si no lo encontramos, y eso puede ser muy desagradable.

Luciana pensó para sus adentros que ver a cualquiera de los huéspedes del hotel respondiendo al exhaustivo interrogatorio de la policía de St. Matt sería un espectáculo delicioso que no se perdería por nada del mundo.

—En fin —dijo Stella levantando el vuelo—, si recuerda haber visto algún detalle (o alguna persona) fuera de lo habitual, confío en que venga a decírmelo.

Era obvio que Luciana, como siempre, no les facilitaría las cosas. Stella se encontraba escindida entre su deseo de calmar a la dulce pareja y el temor a las terribles consecuencias que supondría tener a su personal bajo sospecha, por no hablar de la mala reputación que se ganaría el hotel.

Si María, reina de Escocia, tal como aparece en la ilustración original de *Historia de nuestra isla*, de repente se hubiera materializado en un escenario tan improbable como aquel, no habría hecho una entrada tan teatral como la que hizo Patsy, con un sencillo vestido negro, sin joyas y, en el rostro, el rastro de unas lágrimas que, por suerte, no la desfavorecían al no haberle enrojecido los ojos. Delia, que sin duda creía que la pérdida de su amiga la facultaba para desempeñar a su vez un papel protagonista en la obra, le brindaba su apoyo. El velo de la tragedia se había cernido sobre las mesas iluminadas a la luz de las velas. La

Dama de Purley estaba encantada. ¿Acaso no había dicho una noche que esa exhibición desorbitada no traería nada bueno? Mientras pensaba que eran mucho más adecuadas las pulseras de madera tallada a mano que sonaban en sus pecosos brazos, siguió charlando con despreocupación con Reg (lo que era toda una proeza, porque hacía años que habían agotado los temas de interés mutuo).

A la mañana siguiente, la joya extraviada seguía sin aparecer. Habían buscado exhaustivamente por el hotel y puesto patas arriba el bungalow de Colin y Patsy. El personal había sido interrogado y permanecía en un hosco mutismo. Las pesquisas que habían llevado a cabo en otros hoteles de la isla, de las que Stella esperaba que sacaran a la luz sucesos parecidos (que probarían que se trataba de un trabajo hecho desde fuera), resultaron infructuosas. Los huéspedes del hotel sospechaban del personal y el personal sospechaba de los huéspedes del hotel. Luciana albergaba dudas sobre los miembros del grupo de danza.

Las únicas personas que se divirtieron con la situación fueron Luciana y las fuerzas de seguridad. La Dama de Purley consideró absolutamente ofensivo el interrogatorio oficial. Nunca se había sentido tan humillada, y cuando se enteró de que la policía local retendría los pasaportes de todos ellos, su indignación rebasó todos los límites. Reg se quejaría a la agencia de viajes y, por supuesto, escribiría a su representante en el Parlamento cuando llegaran a casa.

Marnie pasaba el tiempo en las porquerizas, ya que los adultos, salvo Luciana, estaban demasiado preocupados para prestarle atención. En concreto su madre, no tenía ni un solo minuto para ella. Patsy estaba en un dilema. Había descubierto que el corazón de diamantes estaba asegurado por una suma superior a su valor, que ya era considerable, y se preguntaba si tardarían mucho en reemplazarlo por uno nuevo. La visión de un aderezo todavía más espectacular flotaba ante ella como un jugoso bocado frente a un tiburón hambriento. ¿Le quedarían bien unas esmeraldas? Su otro dilema era decidir cuánto tiempo debía esperar una persona decente para dejarse ver divirtiéndose de nuevo tras ese alarde de sensibilidad. Sin importarle que los huéspedes siguieran bajo sospecha, Patsy comunicó a Delia que había decidido no estropear las vacaciones de los demás y que intentaría olvidar el asunto.

Luciana, que caminaba por el huerto hacia su mirador favorito antes de que el sol se ocultara y el paisaje quedara sumido en la oscuridad, vio a Marnie bailando alrededor de un montón de piedras y a Kenneth en cuclillas, observando con gran atención. La sombra de una sospecha, que no guardaba relación alguna con sus propios problemas, empezó a inquietarla.

Como tenía por costumbre, se situó al borde del acantilado y empezó a balancearse levemente. El abismo era profundo y las rocas del fondo le enviaban una tétrica invitación.

Al llegar a su bungalow, fue consciente de que la seguían. Luciana se sentó al tocador para cepillarse la larga melena (la melena Tiziano, como decía Carlos) que en otro tiempo fue un motivo de orgullo y de satisfacción. Estaba tan acostumbrada a que el espejo le devolviera su bello reflejo que apenas se había dado cuenta de que esa imagen había cambiado. Sin embargo, ese día se percató de repente de que había otro rostro junto a ella, una carita blanca, no precisamente hermosa, que la miraba. Era la primera vez que la niña entraba en su dormitorio.

—¿Puedo quedarme mientras se arregla para cenar? —le preguntó Marnie—. ¿Me contará más historias? Cuénteme qué le pasó a aquel perro tan grande y cómo su pony corría más veloz que el viento, y dígame cómo era la casa de la isla que parecía un castillo. Hábleme de los orificios de las paredes que servían para meter los mosquetones y de las aberturas para echar aceite hirviendo sobre el enemigo. Explíqueme lo que ocurrió cuando usted y su hermano vertieron el agua de la bañera por uno de los orificios y los invitados a cenar de su madre, que iban con sus mejores galas, se empaparon.

Al día siguiente y a la misma hora, la niña volvió a aparecer. Luciana se dio cuenta de que la esperaba; le habría decepcionado no recibir su visita. Esa reunión vespertina se estaba convirtiendo en un ritual.

—¿Qué es ese libro negro tan grande? —preguntó Marnie—. ¿Tiene fotos?

—Me temo que no.

—¿Solo hay historias?

—No son historias. Está lleno de palabras.

—¿Y para qué sirven las palabras si no es para crear historias?

—Bueno, es imposible crear historias sin palabras, y este libro mágico te dice lo que significan todas las palabras del idioma. ¿Sabes leer?

La niña asintió.

—Entonces mira. Te enseñaré cómo se utiliza.

Hicieron turnos y, mientras una buscaba una palabra, la otra intentaba adivinar su significado. Marnie estaba encantada. Cuando la luz empezó a menguar, Luciana le dijo que cogiera el libro y entrara en el bungalow.

—Ponlo en la mesilla de noche y ciérralo con cuidado, por favor. Hay que tratar los libros con respeto porque, en el futuro, se convertirán en unos amigos muy importantes. No me gusta que los libros queden abiertos.

—¿Por si las palabras se escapan? —preguntó la niña con unos ojos como platos.

—Claro —respondió Luciana, a quien le gustó mucho la idea—. Imagina que quisieras encontrar el significado de una palabra muy importante y, cuando fueras a buscarla en el diccionario, solo hubiera páginas en blanco porque las palabras hubieran huido.

Se hallaban sentadas en la terraza del bungalow de Luciana sumidas en la oscuridad, que no apareció con sigilo como sucede en Inglaterra, donde parece rivalizar con el paso lento de una anciana, sino que llegó con la inmediatez de un visitante inesperado.

—Vuelva a contarme cosas de su casa —dijo Marnie acercando su silla a la de Luciana—. La casa con esa torre tan alta que parece sacada de un cuento de hadas y con la puertecilla que da a una escalera secreta de piedra donde usted se escondía de su niñera. Cuénteme cómo bajaban en tobogán usted y su hermano desde el tejado hasta las almenas y su madre se desmayaba cuando los veía. Explíqueme cómo remaba en el lago cuando iba a pescar. Y lo de la nutria también. ¡Me gustaría tanto ir!

—Quizá un día lo hagas.

—¿Me llevará usted?

—¡Ay, a mí también me gustaría poder llevarte! —dijo Luciana acariciando absorta el cabello liso y de un castaño apagado de la niña y colocándoselo tras las orejas—. Sí, ¡ojalá pudiera!... Pero ahora escúchame bien, porque voy a contarte la historia de la habitación secreta del castillo, que intentábamos encontrar colgando pañuelos en todas las ventanas.

Una noche Patsy no acudió a cenar.

—La pobrecilla está agotada de tantas emociones —explicó Delia a todos los que preguntaron por ella—. Se ha quedado en cama.

A Reg le habría hecho gracia ver a Patsy acostada. Se preguntaba si llevaría camisón.

A la mañana siguiente, ya era del dominio público que Patsy estaba enferma. Podía oírse el tono estridente de Colin exigiendo un médico.

—Y me refiero a un médico de verdad, que conste, no a un matasanos de la isla.

En la voz de Stella asomaba la preocupación. Aunque por dentro pensaba que solo les faltaba eso: un asqueroso virus rondando por el hotel. Colin se emperró en que inspeccionaran la cocina, pero sobre esa cuestión, Stella era inflexible. Siempre había sido una fanática de la higiene, y, en cualquier caso, Patsy no parecía tener problemas de estómago. Cuando lo obligaron a describir los síntomas de su esposa, Colin no consiguió decir nada específico; y lo que vio Stella, que decidió visitar a la paciente pensando que solo la encontraría levemente indispuesta, la dejó con mal sabor de boca. Sin duda alguna, Patsy estaba muy desmejorada.

Stella telefoneó al doctor americano que vivía en la isla principal no porque creyera que fuese mejor facultativo que el joven doctor Gladstone Henry, el médico antillano de excelentes credenciales que había regresado para que su isla natal se beneficiara de lo que había aprendido en Londres, sino porque adivinó que Colin aceptaría mejor al anciano doctor O'Connor. Sabía que el médico era un viejo borrachín, pero que sus maneras con los enfermos eran impecables. Cuando Stella le hubo asegurado que la factura no sería ningún problema, el doctor O'Connor dijo que contrataría los servicios de un piloto para que lo llevara al hotel ese mismo día.

Cuando Marnie fue a ver a Luciana, la niña tenía mala cara, estaba amarillenta y le habían salido ojeras. Luciana cayó en la cuenta de que nadie le había dicho que se cambiara, y que la pequeña llevaba la ropa arrugada e iba sucia. Tenía la piel áspera e irritada junto a la boca.

—Mi mamá está muy enferma —dijo la niña retorciéndose un mechón de pelo que iba masticando.

—Sí, ya lo sé. Lo he oído.

—Y vendrá el médico a visitarla.

—Eso me han dicho.

—¿Cree que conseguirá que se ponga buena?

—Creo que eso dependerá de lo que le pase, y de si el médico sabe de qué se trata.

Luciana miró fijamente a Marnie. La niña no le devolvió la mirada, sino que se quedó junto a la hamaca hurgando en la tierra con la punta de su sandalia. Aunque hacía un calor asfixiante, Marnie temblaba como si soplara un viento gélido.

—¿Puedo entrar un rato y acostarme a su lado? —susurró la niña. Luciana se echó sobre la cama y Marnie se metió dentro. No tardó en quedarse dormida.

Estar junto a una niña profundamente dormida era una experiencia nueva para Luciana. Le sorprendió comprobar lo mucho que pesaba la cabeza de Marnie, apoyada en su brazo, pero no se movió a pesar de la incomodidad.

El médico llegó al atardecer. Estuvo un rato con la paciente y más rato todavía en el bar, con Colin. No hizo un diagnóstico claro, porque no parecían existir grandes síntomas, pero citó con seguridad los efectos que el clima podía tener en la gente de piel muy clara, la manifiesta sensibilidad de la paciente... y un posible choque traumático retardado. El doctor O'Connor le recetó que tomara mucha glucosa y agua, y que no probara el alcohol bajo ningún concepto, mientras él, por su parte, aceptaba con alegría su tercer daiquiri. Lamentaba no poder regresar a la mañana siguiente porque tenía que coger un avión para asistir a un congreso en Estados Unidos, pero le extendería una receta y dejaría una nota al médico de la región por si necesitaban sus servicios. Si a Colin no le importaba abonar la factura allí mismo, el doctor O'Connor se lo agradecería porque, de ese modo, se ahorrarían un montón de trámites.

El médico se había quedado abrumado ante el estado de Patsy. Sabía reconocer a un paciente grave cuando lo tenía delante, pero también sabía que era muy difícil lograr que le pagaran a uno una factura desorbitada si el paciente no se recuperaba. Por eso decidió que sería preferible dejar el caso en manos del doctor Gladstone Henry. Dio unas palmaditas a Colin en el hombro con gesto paternal y se marchó.

Al día siguiente, no hubo indicios de que hubieran aparecido nuevos casos de esa misteriosa enfermedad, pero Patsy se encontraba peor. Parecía encogerse como una manzana que lleva demasiado tiempo secándose; no hablaba, y tampoco reconocía a los demás. Stella telefoneó al doctor Henry con una voz que ya había perdido todo acento meloso. Incluso Mike estaba sobrio.

Cuando llegó el médico, Luciana lo abordó en el aparcamiento. Hablaron durante un rato hasta que Stella salió apresuradamente para poner fin a la conversación. Pensó que era muy propio del egoísmo de Luciana intentar que la visitaran gratis sin haber concertado hora. Stella sabía que Luciana era inmensamente rica; y que, por lo que se veía, tenía una salud envidiable. Pero había defraudado las esperanzas que había depositado en ella y no se había convertido en una buena baza para el hotel.

Al igual que el doctor O'Connor, el joven médico de color reconoció de inmediato la gravedad del estado de Patsy. Pero, a diferencia del anciano, a él se le ocurría una posible causa para explicar ese deterioro tan devastador y repentino. Y esa causa no pertenecía al tipo de cosas que había aprendido en la facultad de Medicina en Inglaterra.

Dijo que pondría en observación a Patsy y que no creía que tuvieran que llevarla en avioneta al hospital de la isla. Al contrario, bajo ningún concepto debía ser trasladada. Hizo muchas preguntas a Colin, cuestiones que no solo parecieron irrelevantes, sino incluso impertinentes, aunque el doctor Henry poseía una autoridad que Colin consideró irrebatible, cuando no tranquilizadora. De repente, pidió ver a Marnie-Jane, y entonces Colin se dio cuenta de que se había olvidado por completo de su pequeña hijastra y tuvo que admitir que no tenía ni la más remota idea de dónde se hallaría.

—No creerá que ella también ha contraído este virus, ¿verdad? —preguntó con inseguridad calibrando las posibilidades de que él también sucumbiera a la enfermedad.

—No creo que contraiga la misma dolencia que su esposa, no —dijo el doctor Henry—. De todos modos, pienso que debería vigilar más de cerca a la niña. Podría correr peligro.

El médico dijo que tenía que hacer otra visita en el hotel, pero que le gustaría ver a Marnie cuanto antes. Recalcó que era urgente que la encontraran y que deseaba que le informaran cuando la hubieran localizado. Entonces preguntó por dónde se iba al bungalow de la condesa Luciana.

Sin embargo, no pudieron encontrar a Marnie, y nadie recordaba cuándo había sido vista por última vez. El personal creía que no había ido a desayunar. Stella recorrió el hotel gritando «¿Marnie? Marnie, cariño, ¿estás ahí?» con un tono de creciente histeria. El doctor Henry estuvo mucho rato con Luciana pero hubo de marcharse sin haber visto a la niña, aunque prometió que regresaría más tarde. Esperaban que apareciera cuando tuviese hambre; pero Marnie, escondida bajo un arbusto, observándolo y oyéndolo todo, no quería comer.

Un susurro entre la maleza y la sensación de ser observada (de tener la vaga conciencia de que otra persona está presente) alertaron a Luciana, que estaba recostada en la terraza. Cuando notó la proximidad de la niña, alargó la mano y se quedó muy quieta, como si estuviera frente a un animal tímido. Sintió que una manita se colaba entre las suyas, la rodeó con sus dedos con suavidad y la acarició con el pulgar. Luego extendió los brazos, cogió a la niña y la atrajo hacia sí. Podía notar sobre su pecho los latidos del corazón de la criatura, y pensó que hacía mucho que su corazón no se acompasaba al latir de otro.

—Marnie —dijo Luciana al cabo de un rato—, ¿de verdad quieres que tu madre muera?

La niña negó con la cabeza, despacio.

—Creía que sí, pero ahora ya no. Tengo mucho miedo.

—Entonces ha llegado el momento de que me enseñes dónde está su collar de diamantes. ¿Vamos a dar un paseo?

—¿Qué harán conmigo? —preguntó Marnie; se retorció un mechón de pelo y sin querer se arrancó algunos cabellos. Luciana no creyó que se refiriera a sus padres o a la dirección del hotel.

—No te harán nada. Primero, porque no lo sabrán y, segundo, porque no les dejaré.

—Ellos... él... Me dijo que has de tener algo muy valioso de otra persona si quieres el Poder. Pero él... —Marnie no lograba articular su nombre—. ¿Qué va a hacerme? —preguntó finalmente—. ¿Le dirá a Jab Molassi que venga a buscarme? Me dijo que si se lo contaba a alguien...

—Pero tú no se lo has contado a nadie —dijo Luciana—. Y no tienes ninguna necesidad de hacerlo, porque yo sé lo que ha sucedido. Escucha, Marnie, no existe ningún hechizo que no pueda romperse si sabes cómo hacerlo. Y yo conozco la manera. Sé mucho de magia; mucho más que Kenneth. Anímate, ya lo verás. Pero, eso sí: tienes que confiar en mí. ¿Podrás hacerlo?

La niña asintió lentamente.

Esa misma mañana, Luciana había ido al pueblecito para retirar una considerable suma de dinero en metálico del banco. Era lo que había ido a recoger a su habitación.

—Iré a ver el mar, como tengo por costumbre. Luego podríamos observar cómo dan de comer a los cerdos. Si quieres ir por tu cuenta, hazlo; yo iré por mi camino. Nadie se enterará de que nos ausentamos.

Ambas se dirigieron una mirada de inteligencia.

Cuando se supo que Luciana había encontrado el corazón de diamantes en el jardín, hubo una sensación general de alivio, aunque la Dama de Purley pensó que el asunto olía a podrido. Si esperaban que se tragara aquella trola, andaban equivocados. Siempre había pensado que Luciana era algo siniestra. No paraba de decírselo a Reg.

Aquella noche, el doctor Henry descubrió que su paciente había mejorado y que, aparte de unas pesadillas aterradoras, no recordaba lo que había sucedido durante los últimos días. El médico dijo que no tardaría en poder levantarse.

Colin y Patsy decidieron acortar sus vacaciones caribeñas poco después de que Luciana se hubiera despachado a gusto con Colin (desde el punto de vista del hombre). Cuando Patsy se hubiera restablecido tomarían un vuelo hacia Estados Unidos, dejarían a Marnie con su padre, que estaba de acuerdo en quedarse con ella, y se marcharían a Inglaterra.

Marnie se dirigió al bungalow de Luciana para hacerle una última visita.

—Me marcho —dijo la niña apoyándose en la butaca de Luciana—. Iré a vivir con mi padre.

—Yo tampoco tardaré en marcharme.

—¿Cuándo se va, y adónde?

—No sé exactamente cuándo, Marnie, pero creo que será pronto; y me iré a algún lugar donde no haya estado nunca.

—¿Cómo sabe si le gustará?

—No lo sé —dijo Luciana—. Lo cual me preocupa un poco, pero a lo mejor será como vivir una gran aventura, y eso siempre me ha gustado. Quizá viva la aventura más fantástica que jamás haya podido imaginar.

—¿Cuándo volveré a verla?

—Eso tampoco lo sé. —Luciana acarició la carita de la niña con el dedo y le alisó el pelo detrás de las orejas—. Pero tengo algo para ti que marcará el comienzo de la caza del tesoro. Podrías considerarlo la primera pista. —Luciana puso un paquetito en la mano de la niña.

—¿Qué es una pista?

—Es aquello que sirve para resolver un misterio o hacer un descubrimiento. Una especie de señal que resulta útil cuando uno está buscando algo.

La niña miró el paquete y luego observó a Luciana.

—¿Lo puedo abrir ahora?

—No, todavía no. Podrás abrirlo cuando llegues a casa de tu padre. Guárdalo y piensa en mí alguna vez. Recuerda lo que hemos vivido juntas y nunca olvides que tus visitas me devolvieron la alegría cuando apenas creía que podría volver a ser feliz. ¿Lo harás?

—Lo prometo —dijo Marnie con solemnidad—. Nunca la olvidaré. Nunca. ¿Me mandará alguna carta? Nunca he recibido una carta.

—Sí —dijo Luciana—. Sí, esto te lo puedo prometer. Te escribiré mientras pueda, y cada carta será una nueva pista que te ayudará en la búsqueda del tesoro.

Cuando la dulce pareja se marchó, Luciana no fue a despedirla como la mayoría de los huéspedes. No le apetecía ver partir a la niña. Jamás habría creído que hubiera podido importarle tanto.

El doctor Gladstone Henry no solo se había hecho su propia opinión sobre la enfermedad de Patsy, sino que también había confirmado otras sospechas que nada tenían que ver con Marnie o con el collar de diamantes. El dolor que Luciana alimentaba con tanto cariño y el bulto que acababa de descubrir en su cuerpo eran exactamente lo mismo: el cáncer del espíritu se había convertido en un cáncer del cuerpo.

«Eres tú quien me lo envía —dijo Luciana a Carlos, su marido—. Me lo diste al morir, cuando me abandonaste. Pronto moriré yo también, y después de todo ya no necesitaré tirarme por el acantilado; pero será mejor que me estés esperando, porque cuando llegue querré verte, estés donde estés.»

Miró el reflejo que le devolvía el espejo y vio que una extraña la contemplaba; una extraña con el pelo blanco y la piel arrugada que, por dentro, parecía la misma persona de siempre.

Luciana pensó que la vejez era un disfraz terrible. «Nos volvemos irreconocibles, incluso para nosotros mismos».

SEGUNDA PARTE

Glendrochatt

3

Los nervios siempre se apoderaban del personal durante los días previos a la llegada de un nuevo grupo de asistentes a los cursos que periódicamente se celebraban en Glendrochatt, el caserón de la colina que presidía un ondulado paisaje escocés con unas impresionantes montañas como telón de fondo. Tan solo el aliciente de la vista bastaría para inspirar a los escritores noveles, había pensado Isobel Grant, que, aunque residía en la casa, nunca dejaba de maravillarse ante la belleza de los alrededores. Unos años atrás, ella y su esposo Giles, acuciados por problemas financieros, vieron que era imperioso actuar si deseaban seguir viviendo en la antigua residencia familiar, y decidieron reconvertirla en un centro para las artes, floreciente empresa a la que se dedicaban en la actualidad.

Isobel consultó los nombres de los nuevos participantes en la lista que sostenía en la mano. A pesar de que, tras cinco años de pasar por toda clase de pruebas y rectificaciones, el funcionamiento de los cursos era impecable, nunca faltaban esos factores desconocidos que convertían los últimos días de preparativos en unas jornadas de gran ajetreo. Ignoraban qué sorpresas les aguardarían, qué talentos ocultos saldrían a la luz en un grupo de personas aparentemente muy distintas entre sí; qué conflictos surgirían del hecho de reunir a un grupo de extraños (aunque albergaran un propósito común) forzados a convivir estrechamente en un entorno aislado durante varios días; qué improbables amistades nacerían en un período de tiempo tan breve; qué trascendentes decisiones se tomarían a raíz de esos encuentros fortuitos y de la posibilidad de explorar las aspiraciones más secretas en un entorno propicio.

—¿Qué puedes decirme de este grupo? —preguntó Catherine Hickman, la respetada poetisa y profesora de escritura creativa que sería la tutora de ese curso.

—En realidad, no gran cosa —dijo Isobel—. Supongo que se trata de una reunión heterogénea de gente, como es habitual. Tenemos a la inevitable maestra jubilada que piensa que podrá escribir un superventas para niños pero que quiere que seas tú quien le diga cómo hacerlo (su letra es apresurada y está plagada de señales de exclamación. Además, hace dibujitos en los renglones que representan ese antiguo juego de anillas que lanzaban los niños); tenemos a un antiguo oficial del ejército que habla por teléfono a gritos y no para de referirse a cuestiones de papeleo; luego también viene un chico que dice que admira tu poesía, lo cual es perfecto, pero no nos ha contado nada sobre sí mismo. Como solo garabateó «sin respuesta» en el formulario voluntario, imagino que será un tanto arrogante. Podría tratarse tanto de un estafador como de un ex sacerdote (a lo mejor se cree el sucesor en el siglo XX de Gerard Manley Hopkins). Luego viene un matrimonio de Yorkshire que compartirá habitación y un par de amigas de Cornwall que no. En realidad, solo conozco a una persona del grupo, Louisa Forrester, pariente mía (nuestras madres eran primas). La conozco de toda la vida, y a su familia también. Nos veíamos mucho cuando ella estudiaba en la Universidad de Saint Andrew's porque venía con frecuencia los fines de semana. Hace bastante que no la veo, pero es encantadora y sé que te gustará como alumna. Todo el mundo adora a Louisa.

—Hummm... Me reservaré la opinión, gracias —dijo Catherine riendo—. Suelo ser un tanto alérgica a los que el resto del mundo adora. ¿A quién más tenemos?

Isobel repasó la lista con el dedo.

—Giles cree que el nombre de la última alumna le suena. Ignoro su edad, aunque por la voz diría que es bastante joven.

Se llama Marnie Donovan. Reservó plaza en el último momento, y parecía especialmente decidida a visitarnos. Al principio rechazamos su solicitud y le propusimos que se apuntara en la lista de espera, pero como a última hora tuvimos una anulación, consiguió la plaza (aunque yo no me sentía muy inclinada a dársela, porque la primera vez que llamó por teléfono para informarse sobre el curso y le dije que ya estaba cerrado, me propuso que añadiera una plaza más para ella sin importarle si contábamos con espacio suficiente). Pensé que podría traernos problemas. Me dio una dirección de Londres, pero tiene acento estadounidense. Giles cree haber leído algo sobre ella en la prensa, aunque no recuerda qué. Por lo tanto, no es que pueda decirte gran cosa. En fin, en total serán nueve alumnos. Siento no poder darte más detalles.

—No te preocupes —dijo Catherine animada—. Probablemente, es mejor no saber gran cosa antes de conocerlos. Tendremos más información este fin de semana, y además pienso que el nueve es un buen número. Bien, repasemos el horario. ¿A qué hora esperas su llegada?

—Entre las cinco y las siete. Algunos vendrán en coche, pero Giles irá a Perth a esperar el tren de las seis. He pensado que podríamos cenar puntuales, a las siete y media, que luego Giles te presentaría al grupo y, a partir de ahí, te encargarías tú, si te parece bien.

—Perfecto —respondió Catherine—. Celebraremos una primera reunión a las nueve menos cuarto. Aunque considero interesante la primera sesión, he aprendido a no sacar conclusiones precipitadas. A menudo, la persona más anodina y sosa es la que resulta ser un genio, y la que no para de hablar y confiesa demasiadas cosas es la que luego suele entrar en crisis. Son muchos los que me preguntan por qué sigo dando clases cuando podría retirarme y dedicarme exclusivamente a escribir, pero cuando dirijo un curso de estas características me doy cuenta de que la imperecedera fascinación que siento por el ser humano es lo que más me estimula.

—Oh, estoy completamente de acuerdo —dijo Isobel—. En

casa siempre decimos que lo más divertido, cuando ya ha pasado todo, es comentar nuestras impresiones sobre los alumnos. Te dejo tranquila para que te instales. Iré a comprobar que todos los dormitorios estén en orden. ¿Seguro que no necesitas nada más?

—Sí, seguro. Estaré perfectamente, gracias. Me encanta haber vuelto. Siempre me apetece regresar a Glendrochatt. Hasta luego.

—Hasta luego —repitió Isobel, y las dos mujeres se separaron.

A Louisa Forrester le dio un vuelco el corazón cuando dejó la A1 en Scotch Corner y cogió la carretera de Bowes y Brough hacia Penrith, que luego enlazaría con la M6 en dirección a Carlisle. Disfrutaba del perfil de las onduladas colinas que presidían la calzada y del verde valle que se extendía debajo, punteado por pequeñas y blancas granjas que parecían casitas de juguete desde donde se hallaba. Louisa se sentía optimista y motivada. A su espalda, dejaba las amargas cenizas de una historia de amor terminada y el fin de un interesante empleo, situación que llevaba arrastrando desde hacía años. Dirigirse hacia el norte le hacía sentirse bien, y recordó las palabras de Tennyson, que su padre solía recitarle durante su infancia:

... radiante y fiero y caprichoso es el sur,
y oscuro y genuino y tierno el norte.

Ante ella se abría... ¿quién iba a saberlo? Sin duda, un cambio, decidió Louisa. Puso un CD de canciones escocesas para reafirmar su ánimo y empezó a cantar.

Sus padres la habían tomado por una loca cuando se enteraron de que abandonaba a su novio y dejaba su trabajo (sobre todo al saber que cortaba con su novio). Comprendía su punto de vista y sentía profundamente haberles dado ese disgusto; ya habían sufrido demasiado en el pasado. Sus padres querían a Adam Winterton, un joven simpático y listo en quien se podía confiar y con un gran sentido del humor, cualidad que el padre de Louisa decía que era crucial para cualquiera que quisiera sobrevivir a una relación con su hija. Adam había encajado a la perfección con la familia Forrester (con demasiada perfección, pensaba Louisa). Ese era el problema. Nada de lo que hiciera lograba sorprenderla, hasta el punto de que su predictibilidad había terminado por ahogarla y solo sentía rabia cada vez que le decían cuánto le convenía Adam, que sus excelentes virtudes despertarían la envidia de cualquiera, que sería un marido fantástico; y que ella se había precipitado al romper. En sus oídos no dejaban de sonar las palabras «y piensa cuánto te apoyó en todo...», aun cuando en realidad nadie las hubiera pronunciado en voz alta.

Su empleo también era envidiable en muchos sentidos. Su jefe, diputado del Parlamento, tenía una circunscripción en el norte y eso permitía a Louise pasar en Yorkshire muchos fines de semana. Por otro lado, los viajes al extranjero le habían dado la oportunidad de conocer a gente muy diversa y de intervenir en gestiones que iban más allá de sus responsabilidades. Sin embargo, el mundo de la política parlamentaria nunca la había seducido y últimamente le estaba resultando cada vez más difícil identificarse con un partido, rasgo que su jefe había encontrado divertido y estimulante cuando Louisa entró a trabajar en su despacho como asistente, pero que, como secretaria personal, ya no consideraba tan aceptable. El ego del político iba creciendo a medida que su carrera florecía y, en los últimos tiempos, pensó Louisa compungida, su sentido del ridículo parecía decrecer a la misma velocidad. Se habían separado de mutuo acuerdo, con cierta tirantez, pero en general con gran alivio por parte de ambos.

No podía decir lo mismo de su ruptura con Adam, a quien conocía de toda la vida y a quien siempre había inspirado un profundo amor. Adam se quedó destrozado cuando Louisa intentó romper con él por primera vez y, con gran obstinación, seguía negándose a aceptar que la despedida era inevitable. «Te esperaré», le había dicho, frase que la irritó sobremanera. Louisa pensó que Adam, que se encontraba en Londres, en el resplandeciente sur, era en realidad el «genuino y tierno» y que ella, poniendo proa al norte en busca de aventuras, era «fiera y caprichosa», pero apartó esos pensamientos tan negativos de su mente. Si pensaba demasiado en Adam se le hacía un nudo en la garganta, porque aunque creía que su ruptura era acertada, todavía lo amaba, aunque no «como se debe amar», según se decía a sí misma.

—Ay, querida... —le había dicho su madre—, ¿cómo le puedes hacer una cosa así? Nunca ha mirado a otra mujer, ni siquiera en los peores momentos. Ni siquiera cuando... —Se le había quebrado la voz y su tono se había ido apagando hasta desvanecerse.

—Ya lo sé —había respondido Louisa—. Lo sé muy bien. Pero, por favor, mamá, no lo digas más. No puedo evitarlo. Necesito sentirme libre... correr riesgos... volar por mí misma. Siento una gran inquietud. Quizá he terminado por aburrirme.

—Yo creía que tu vida ya había sido lo bastante incierta como para andar buscándote nuevas incertidumbres —había replicado su madre en un tono que a Louisa le resultó muy seco—. En la vida hay cosas peores que el aburrimiento. Y lo sabes perfectamente.

—Precisamente por eso debo marcharme y hacer algo distinto, probar un estilo de vida diferente, experimentar... Porque no pude hacerlo a esa edad en que todas mis amigas vivían de una manera irresponsable y alegre y tenían la libertad de cometer errores. —Louisa había abrazado a su madre—. Lo siento muchísimo, mamá. Sé que quieres a Adam y reconozco que una parte de mí también lo ama y siempre lo amará, pero no basta con eso. No me satisface y él tampoco tendría que darse por satisfecho. Adam merece algo mejor. Además, odio la perpetua sensación de estar siendo injusta con él, no puedo evitarlo. Si no consigo dar un vuelco a esa atmósfera que todavía parece impregnar mi vida y a la manera en que me tratan los demás creo que me volveré loca. Necesito buscar algo nuevo. Y quizá encontrar a otra persona; alguien a quien no le influya mi pasado —había añadido en un tono apasionado—. ¿Acaso no te das cuenta?

—Sí, cariño, me doy cuenta. Me doy perfecta cuenta... y eso es lo que me da pánico. —Le había dicho su madre mirándola fijamente.

Antes de marcharse, Louisa fue a despedirse del señor Brown. El señor Brown abrió un ojo para mirarla unos segundos y luego siguió durmiendo. «Cuídate mucho —le dijo Louisa—. No se te ocurra marcharte, morirte o hacer cualquier barbaridad mientras yo esté fuera. Volveré pronto, y espero verte bien, porque no podría salir adelante sin ti.» Pero como el señor Brown pasaba casi todo el día durmiendo, era difícil saber si había entendido algo.

Louisa se detuvo a almorzar temprano en la primera estación de servicio que encontró tras coger la M6. Llevaba dos horas conduciendo, un lapso tras el que solía descansar. Si en general se esforzaba en llevar una dieta saludable, ese día se abstuvo del surtido de ensaladas y se decantó por un plato de patatas fritas con bacon y huevos y una magdalena de chocolate de una textura más pesada que el plomo. Esa comida rica en colesterol contribuyó a acrecentar su sensación de libertad y de huida. Cargó con la bandeja, se dirigió a una mesa que había junto a la ventana y se puso a reflexionar sobre la semana que se avecinaba.

Quería intentar un par de experiencias creativas antes de decidir qué dirección emprendería en su nueva vida, y por esa razón había consultado varios folletos sobre diversos cursos. El curso de escritura la atrajo en especial porque ya conocía a Giles e Isobel Grant. Parecía una semana interesante; había pensado que era una excusa como otra cualquiera, que probablemente le serviría para dar un nuevo enfoque a su situación y que además tenía muchas ganas de regresar a Glendrochatt. La última vez que había visitado a los Grant, estos acababan de tomar la gran decisión de convertir su casa en un centro para las artes y la residencia entera era un caos, un hervidero de albañiles, fontaneros y electricistas. Todos andaban atareados y nerviosos, lanzaban nuevas ideas y reformaban una y otra vez los planos. Ahora que el centro ya era una realidad, Louisa deseaba comprobar los cambios que se habían hecho. Siempre le habían gustado los Grant, y pensó que si habían logrado trasladar a su empresa comercial la atmósfera relajada, alegre y desenfadada que Isobel había creado cuando la casa tan solo era una residencia familiar y habían sabido combinar eso con la alegría y el entusiasmo que despertaba su chispeante esposo, aquella semana prometía mucho.

Consultó el reloj y dedujo que le quedaban unas dos horas y media más de camino. Esperaba llegar antes que el resto de los alumnos para poder tener la oportunidad de ver a Isobel a solas.

De hecho, todo fue tan bien que llegó a Glendrochatt poco después de las cuatro, aunque mientras circulaba a toda velocidad por la A9, entre Dunkeld y Pitlochry, estaba tan absorta pensando en el futuro que, al darse cuenta de que iba a saltarse el desvío de Blairalder, dio un volantazo repentino para abandonar la calzada de doble carril y el coche de detrás tuvo que frenar en seco.

Al cabo de unos kilómetros, divisó Glendrochatt. Había olvidado la imponente presencia de la antigua casa, recortada sobre las sombrías y boscosas montañas. Era un caserón de tejas grises y estuco blanco presidido por una torre central. «Una casa romántica, un castillo, podría decirse —pensó Louisa—. ¡Menudo entorno para un curso de escritura creativa!» Se preguntó cómo serían sus compañeros, pero aunque se sentía un poco insegura de tener que poner a prueba su capacidad como escritora durante una semana, no se angustió pensando en las relaciones que se establecerían. Louisa, que había sido amada y apoyada desde pequeña, tenía el maravilloso don de hacer amistades fuera donde fuese, y raras veces quedaba decepcionada.

Las verjas de acero forjado estaban abiertas y la joven, con la sensación de estar viviendo una aventura, enfiló el kilómetro y medio de distancia que tenía el camino de entrada no sin rascar antes la alambrada protectora para el ganado. Todavía se advertían unas cuantas prímulas asomando entre el musgo en la vertiente en sombra, pero en la solana prácticamente había desaparecido la acostumbrada y espectacular extensión de narcisos del mes de abril que Louisa tan bien recordaba. Las enormes hayas habían empezado a brotar y, aunque era demasiado pronto para los tardíos rododendros y azaleas que daban fama a la propiedad, algunas variedades tempranas teñían el paisaje con vivaces pinceladas albaricoque, amarillo y rosa. Louisa bajó la ventanilla y respiró el dulce aroma de las flores, que despuntaba en un aire que olía a musgo, a turba y al perfume de coco de la aulaga. Subiendo la colina, en el punto en que el camino se bifurcaba, vio dos letreros. En el que señalaba a la derecha, ponía: CENTRO PARA LAS ARTES DE GLENDROCHATT. COBERTIZOS DE LA ANTIGUA GRANJA Y APARCAMIENTO; y en el más pequeño, que señalaba hacia la izquierda, ponía simplemente: PRIVADO. Tras unos segundos de incertidumbre, Louisa tomó la bifurcación de la izquierda y, tras la última curva, llegó a la fachada principal de la casa. Unos peldaños de piedra conducían en arcada a la puerta principal salvando lo que en el pasado debía de haber sido un foso pero que, en la actualidad, alojaba en su fondo unos arriates en los que habían plantado unos bulbos de primavera. Los jacintos y los tulipanes empezaban a salir y la verde *Alchemilla mollis* se enredaba con elegancia en los márgenes de los parterres. Louisa tocó el claxon con alegría, salió del coche y se desperezó.

—¡Louisa! ¡Estoy aquí! —Isobel Grant, con un cesto ovalado de madera colgado de un brazo y lleno de ranúnculos blancos «ojo de perdiz», salía de entre los arbustos de rododendros que había junto a la casa acompañada de dos perros. Llevaba unas vetustas botas de goma y una chaqueta de franela bastante mugrienta. Quizá Isobel no era hermosa en el sentido convencional de la palabra, pero al contemplar su rostro resplandeciente y burlón , Louisa volvió a percatarse de lo atractiva que resultaba.

—¡Me encanta que hayas venido! —dijo Isobel dejando caer

el cesto en el último peldaño para dar un abrazo de bienvenida a Louisa—. Me apetecía que llegaras antes que los demás. Hace demasiado tiempo que no nos vemos. A Giles y a mí nos alegró que te matricularas en este curso. ¿Cómo estás? —Dedicó una mirada apreciativa a la joven—. ¡Caray, qué bien se te ve, Louisa! ¡Estás espectacular!

—Me encuentro muy bien.

—¡Y que lo digas! La verdad es que siempre tienes muy buen aspecto, pero no puedo evitar decírtelo cada vez que te veo porque salta a la vista.

Louisa se agachó para acariciar las orejas del pequeño spaniel que se retorcía entre sus pies exigiendo atención.

—Hola, Revoltosa. Claro que te recuerdo... pero, ¿quién es esta otra perra tan corpulenta? Creo que no nos conocemos. ¿Es nueva? —preguntó Louisa señalando el diminuto y recio perro salchicha de pelo corto que iba arrastrando el estómago y moviendo la cola en forma de vara como si fuera un metrónomo marcando un compás doble.

—Ay, eso es la prueba de que hace siglos que no venías por aquí. Te presento a la endiablada aunque generosa Rombo, que tiene cuatro años. Técnicamente, pertenece a Edward, pero ya sabes lo que pasa con las mascotas de los niños... Soy yo quien se encarga de ella, aunque cuando el niño viene a casa la perra cambia de bando y se alía con él de un modo exasperante. Me temo que es adicta a devorar crías de conejo, cosa que el jardín agradece, pero que la perjudica a ella, y supongo que tampoco les sirve de mucho a las crías de conejo. En esta época del año es cuando está más desfavorecida, la pobrecilla, porque se hincha como un globo y le salen estas ronchas de excavar en las madrigueras.

—Me estaba preguntando si esa banda pelada que tiene en el lomo sería una característica de su raza —dijo Louisa riendo—, una especie de contrario paticorto del perro de Rhodesia, con esa ondulación que tiene en el lomo..., quizá el perro con lomo de gamuza de Perthshire. ¿Se ha quedado atrapada alguna vez en una madriguera?

—A menudo. Es un peligro constante. Varias veces hemos tenido que excavar para sacarla y vivimos con el temor de que desaparezca, porque Ed se quedaría desconsolado si algo le sucediera; en realidad, todos lo lamentaríamos. Aunque no lo parezca, sigue una dieta muy estricta.

—Pues no creo que funcione —respondió Louisa—. Los Vigilantes del Peso no le darían el visto bueno. A propósito, espero que haya hecho bien entrando por delante.

—¡Claro que sí! Eres una invitada especial, y por eso te he asignado un dormitorio en la casa principal, con nosotros, para que tú y yo podamos criticar a gusto a los demás durante los descansos. De todos modos, habríamos tenido que cargar con tus cosas hasta aquí. Catherine Hickman también se hospedará en la casa. El resto del grupo se alojará en las nuevas dependencias que hay junto al antiguo teatro. ¿Te apetece una taza de té antes de que nos veamos desbordadas por la llegada de los demás? Me muero por tomar una.

—Un té me vendrá fantástico.

—Vamos a poner la hervidora al fuego y a meter las flores en agua. ¡Qué pena que te perdieras los narcisos!

Isobel subió los peldaños que conducían a la puerta delantera seguida de Louisa. Atravesaron el vestíbulo y entraron en la gran cocina que en el pasado, cuando el padre de Giles vivía, había sido la sala de billar y ahora se había convertido en el centro neurálgico de la casa.

—¿Tomamos el té fuera? —propuso Isobel—. Quiero aprovechar al máximo este precioso día. Nunca se sabe cuándo volverá a hacer buen tiempo por estas latitudes y, además, llevas metida en el coche todo el día.

Cogieron un par de almohadones y se sentaron en los escalones delanteros para saborear el calor del sol primaveral e intercambiar inocentes chismes, mientras la obesa Rombo estaba tumbada como una bendita en el escalón inferior y dejaba que Louisa le masajeara su abultado estómago con el pie.

—¿Cómo están los gemelos? —preguntó Louisa.

—Muy bien. Amy está a punto de hacer la selectividad. Todavía no ha decidido si se matriculará directamente en la escuela de música cuando acabe la enseñanza secundaria o cursará primero otra disciplina en la universidad y luego se dedicará a la música. Edward sigue en la Escuela Camphill para niños especiales, cerca de Aberdeen. Pronto deberemos plantearnos cómo resolver la difícil situación del cambio de escuela. No podrá seguir asistiendo a Camphill cuando haya cumplido los dieciocho. Técnicamente será un adulto, aunque siga siendo un niño atrapado en un cuerpo de persona mayor. —Isobel suspiró y luego añadió con tono esperanzado—: Pero todavía falta algo más de un año para enfrentarnos a ese problema, y estoy segura de que ya encontraremos la solución.

Como les sucedía a todas sus amistades, Louisa era consciente de que si un hada madrina hubiera estado presente en el bautizo de los gemelos de los Grant no habría podido repartir peor sus cualidades. La brillante y capacitada Amy estaba cumpliendo con todas las expectativas y se había convertido en una violinista excepcional, pero Edward siempre había sido diferente y no encajaba en ninguna categoría; el niño les había procurado satisfacciones y sufrimientos por igual, y Louisa comprendía perfectamente que las dificultades, tanto para él como para sus padres, no iban a disminuir con la llegada de la madurez.

—No has coincidido con ellos de milagro —dijo Isobel—. Ya han regresado a la escuela, pero los verás el fin de semana que viene. Amy tocará el sábado por la noche en el concierto que Giles ha organizado para todos vosotros.

Titubeó unos segundos y luego añadió con una voz algo forzada:

—Sin embargo, todavía quedan niños en la casa, como sin duda no tardarás en descubrir. Mi sobrino está pasando unos días con nosotros.

—No sabía que tuvieras un sobrino —dijo Louisa sorprendida.

—¿Ah, no? Pues sí... Es el hijo de mi hermana Lorna. ¿Recuerdas a Lorna?

—Por supuesto. ¡Es difícil de olvidar! Sabía que su matrimonio se había ido a pique, pero desconocía que hubiera tenido un hijo. Creo que mi madre me contó que fue una de las razones de la ruptura, el hecho de que Lorna deseara tener un hijo a toda costa. La última vez que vine creo que acababa de separarse y había decidido regresar de Sudáfrica e invadir vuestra casa. —Louisa dedicó una mirada compasiva a Isobel. Para la familia, el nombre de Lorna, la más refinada pero también la menos atractiva de las dos hermanas, siempre había sido sinónimo de problemas—. ¡Tú no parecías muy contenta con la idea!

Isobel le dedicó una mirada insondable.

—Sí, la verdad es que Lorna despierta esa clase de sentimientos en mí. En fin, se ha vuelto a casar. Siempre ha sido muy atractiva, pero ahora que ya ha cumplido los cuarenta, se ha convertido en una absoluta belleza (con la ayuda de unos arreglitos por aquí y por allá) y en una mujer más exquisita que antes, si cabe. Es la esposa y el codiciado objeto de un senador estadounidense, nada más y nada menos. Para ser exactos, es su tercera mujer. —Isobel tomó un sorbo de té—. Resulta que el senador no es muy amigo de tener hijastros si estos interfieren en sus planes. Lorna nos envió un SOS y dicho y hecho: sin darnos cuenta, nos habían plantado a la criatura en los brazos mientras ellos se dedicaban a viajar. Todavía no nos han dicho cuándo quieren que el niño regrese a Estados Unidos... y no contábamos con tener que cuidar de un niño justo cuando más trabajo tenemos.

—¡Santo cielo! ¿Cuánto tiempo lleva viviendo con vosotros?

—Unos dos meses ya... —Isobel titubeó y luego siguió hablando con reservas—. Estos momentos son un poco peliagudos porque parece ser que Lorna está ilocalizable. Por suerte, he conseguido que me ayude una chica encantadora del pueblo que se está tomando un año sabático antes de decidir si estudia para maestra. Está ahorrando para viajar y no le hace ascos al trabajo. Si no hubiera sido por ella, no sé cómo me las habría arreglado, y además es fantástica con el pequeño. ¡Típico de Lorna! Como ella anda atareada, me coloca al crío; un niño al que ni siquiera conozco, porque Lorna volvió a Sudáfrica antes de que él naciera. ¡Qué más le da si nosotros también andamos ocupados! ¡Pobre renacuajo! Sé que no es culpa suya, y además es un encanto —añadió con énfasis—. Es un miembro más de la familia. Todos lo adoramos.

Louisa estaba a punto de decirle que le contara todos los detalles cuando los perros empezaron a ladrar y bajaron corriendo los peldaños mientras una joven menuda y de mirada iracunda daba la vuelta a la casa y se acercaba a ellas con paso decidido. Cargaba con una gran bolsa y parecía que se la llevara el diablo. Dejó caer al suelo el equipaje y les dedicó una mirada furiosa.

—Bueno, ¡al fin encuentro a alguien! —exclamó—. ¿Vosotras también os habéis apuntado al curso? ¿Cómo diablos os habéis puesto en contacto con los que viven en este antro de mala muerte? Ya empezaba a pensar que este viaje había sido una pérdida de tiempo. He estado tocando al timbre, he abierto la puerta y me he quedado ronca de tanto gritar, pero no ha salido nadie a recibirme. ¿Qué mierda de tinglado es este?

Isobel se levantó de un salto y bajó los peldaños de la entrada con una sonrisa de bienvenida en los labios.

—Ay, pobre. Lo siento mucho. Me llamo Isobel Grant. ¡Bienvenida a Glendrochatt! —Le tendió la mano y le preguntó: —Tú debes de ser uno de los miembros del grupo. ¿Cómo te llamas?

En realidad, Isobel estaba casi segura de conocer su identidad. La joven hizo caso omiso de su mano.

—Me llamo Marnie Donovan y me he matriculado a un curso que se realiza aquí. ¿No tienen personal en este lugar?

—Claro que sí. Creo que hablamos por teléfono antes. Me alegra que nos conozcamos, pero has llegado con un poco de antelación y nos has pillado desprevenidos. No esperábamos a nadie antes de las cinco y como solo son las cuatro y media... Pero no te preocupes en absoluto. Me alegro de que hayas conseguido venir.

Marnie Donovan parecía algo más aplacada. Saludó a Louisa con una leve inclinación de cabeza.

—¿Tú también formas parte del personal?

—No —respondió Louisa, indignada en nombre de Isobel

por tanta grosería innecesaria—. Yo también me he apuntado al curso. Ya veo que tendremos que relacionarnos bastante durante la semana que viene. —Su tono de voz no dejó lugar a dudas de que la perspectiva no le resultaba nada halagüeña.

—Si estás matriculada en el curso y has llegado incluso antes que yo, ¿cómo has conseguido que te atiendan? —preguntó la joven.

Louisa enarcó la ceja con desdén.

—A lo mejor porque no exijo que me atiendan de inmediato —contestó con una clara indirecta—. Esto no es un hotel.

—Louisa es una vieja amiga —se apresuró a interceder Isobel—. Le pedí que llegara antes que los demás para que pudiéramos tener la oportunidad de ponernos al día sobre nuestras cosas, y ahora estábamos intercambiando chismes.

Isobel esperaba que no surgiera animosidad entre Louisa y la recién llegada, consciente de que, a pesar de ser encantadora en el trato, más de uno se desanimaba ante su aplastante seguridad y su afilada lengua, por no hablar de la arrogancia que algunos le atribuían.

—¡Qué suerte! —exclamó Marnie con acritud—. Siento interrumpir vuestro *tête-à-tête*, pero si no es demasiada molestia, me gustaría que me enseñarais mi habitación, por favor.

—Claro —Isobel se obligó a sí misma a ser amable—. Iremos directamente desde aquí. ¿Dónde has dejado el coche?

—En lo que he supuesto que era el aparcamiento.

—Perfecto. Te alojarás en uno de los dormitorios del centro para las artes, por lo tanto cruzaremos la casa y saldremos por el caminito trasero. Eso te dará una idea de cómo son las instalaciones. Deja que te ayude con la bolsa. Si lo prefieres, puedes dejarla aquí y te la llevaremos luego. —Isobel consultó el reloj y sonrió a su inexpresiva huésped—. Son casi las cinco, y nuestros empleados no tardarán en llegar.

—Si he cargado la bolsa hasta aquí, supongo que también podré cargarla de vuelta —dijo Marnie en tono descortés—. Gracias, de todos modos —añadió a regañadientes.

—Os acompaño —dijo Louisa—. Tengo muchas ganas de

ver todos los cambios y comprobar cómo ha quedado el teatro.

—¡Qué buena idea! Estaba deseando enseñártelo todo.

—¿Quieres que lleve el coche al aparcamiento o lo dejo aquí, Izzy?

—Ah, déjalo aquí mismo. No pasa nada. Muy bien, seguidme.

Isobel abría la marcha. Atravesaron el vestíbulo y también un pasillo que conducía a un camino cubierto que terminaba en el teatro. A partir de allí, cruzaron un patio y llegaron a los hermosos cobertizos de la antigua granja que los Grant habían convertido en habitaciones para los artistas, los músicos o los estudiantes que asistieran a los diversos eventos que organizaban en primavera y en verano. Isobel charlaba con despreocupación mientras iba explicando los cambios que ella y Giles habían hecho para construir un centro para las artes basado en la quincena del festival de música de verano que los padres de Giles crearon en otro tiempo. Louisa, que conocía la historia de Glendrochatt y estaba verdaderamente impresionada con la transformación, reaccionó con entusiasmo, pero Marnie Donovan siguió caminando en silencio.

—¿Necesitas alguna otra cosa del coche, Marnie? ¿Quieres que la llevemos a tu habitación? —preguntó Isobel.

—Tengo el ordenador portátil y un par de cosas más. Puedo arreglármelas sola.

—Entonces ya llevaré yo la bolsa. Te esperamos aquí mientras vas a recogerlo todo.

—¡Dios mío! —exclamó Louisa mientras observaban cómo se alejaba Marnie hacia el aparcamiento—. ¡Menudo encanto! Espero que los demás no sean como ella. No sé cómo consigues mostrarte tan agradable, Izzy. Sobre todo teniendo en cuenta que ha sido una grosera y una antipática.

—Forma parte de mi trabajo —rió Isobel—. Hay que tener al cliente satisfecho, como dicen. De todos modos, creo que algo la reconcome... Parece muy desgraciada. Probablemente se ablandará; es lo que suele ocurrir. No es la primera huésped problemática que hemos tenido, y supongo que no será la última. Intenta hacerte amiga de ella.

—Hum. Ya veré —respondió Louisa sin comprometerse a ello—. No me gustan los gruñones. Entra tú con ella. Yo te esperaré sentada fuera.

Tras mostrarle a Marnie su dormitorio y enseñarle dónde estaba el baño y la máquina de bebidas calientes, Isobel le propuso que diera una vuelta por el jardín («Considérate en tu casa») y le dijo que la esperaban a las siete en el edificio principal para tomar una copa antes de cenar. Luego se reunió con Louisa y las dos amigas se dirigieron al teatro para admirar las reformas.

Apoyada en el alféizar de la ventana de su precioso dormitorio del primer piso, Marnie Donovan observó alejarse a las dos mujeres. Pensó que se las veía relajadas y en buena sintonía, charlando y riendo, con los perros correteando a su alrededor. Eran la encarnación de la franca amistad. Marnie vio que dos coches se acercaban por el camino de entrada. Los nuevos miembros del grupo, sin duda. «Otras personas con quienes batallar... a quienes ofender... ¡Ay, por Dios!»

Se volvió de espaldas a la ventana, se dejó caer sobre la cama y se tapó la cara con las manos. «¡Mierda, mierda! —se dijo a sí misma—. ¿Por qué? ¿Por qué he vuelto a hacerlo? ¿Por qué he de comportarme siempre así y humillar a la gente antes incluso de conocerla?» Isobel Grant se había esforzado en mostrarse amable, pero el modo en que aquella rubia alta la había mirado le había hecho sentirse como un pecio que la corriente hubiera arrastrado hasta la playa. «Y esa borde estirada —pensó Marnie—, ¿quién se cree que es con ese sonsonete, esa seguridad y esos aires de elegancia?»

La tentación de huir fue intensa.

—No dejaré que me asusten —se dijo entre dientes—. Esta vez no huiré y haré lo que me he propuesto.

Pensó en la persona que le había inspirado ir a Escocia.

—Me ayudaste en una ocasión, mucho más de lo que jamás

habrías imaginado —susurró Marnie—. De eso hace mucho tiempo, cuando las dos éramos unas proscritas, pero yo nunca lo he olvidado. Vuelve a ayudarme ahora y no te defraudaré. Este lugar tan solo es una etapa más. Me quedaré en Escocia hasta que haya encontrado lo que ando buscando.

4

A las siete en punto, los escritores aficionados ya habían llegado, habían tomado posesión de sus habitaciones y habían recorrido las instalaciones guiados por la anfitriona; a las ocho y media, se habían congregado en una pequeña sala de reuniones que daba al encantador y reducido teatro por el que Glendrochatt era conocido. En su origen, el teatro había sido construido para que la madre de Giles, que era actriz, pudiera ejercitar sus dotes histriónicas entre el vecindario, pero hacía años que Isobel y él habían resucitado el local, lo habían restaurado e incluso habían encargado un precioso y ocurrente telón de fondo para el escenario al diseñador y muralista Daniel Hoffman. Asimismo, habían convertido los cobertizos de la antigua granja en unas aulas más pequeñas donde se organizaban talleres y exposiciones, y también en unos dormitorios para alojar a los participantes de los diversos cursos, que se celebraban de principios de mayo a finales de octubre. Giles, que tenía olfato para detectar el talento, estaba orgulloso, y no sin razón, de haber descubierto la obra de Daniel Hoffman antes de que el artista fuera conocido y sus precios se volvieran prohibitivos. Le gustaba pensar que el teatrillo de Glendrochatt había sido un importante punto de inflexión en el lanzamiento de la trayectoria profesional de Daniel.

Catherine había preferido cenar a solas la primera noche y conocer a sus futuros alumnos más tarde, pero los demás habían cenado en el comedor de la casa principal.

Isobel, excelente anfitriona, intentaba dotar a la reunión de una atmósfera informal que contribuyera a romper la reserva que siempre existía entre los participantes y que aquello pareciera un grupo de amigos. Pensó que, de momento, los miembros del curso resultaban un tanto heterogéneos, pero como eso era lo que solía ocurrir al principio, no estaba demasiado preocupada. Giles, sentado en la presidencia de la mesa, parecía estar pasándolo mal entre la maestra jubilada (una rubia de edad indefinida que cuando abría la boca, con su carita aniñada, un vestido escotado de tweed malva y varios pañuelos al cuello, por no olvidar la bisutería, las palabras brotaban de ella como las cataratas del Niágara) y Marnie Donovan, que, pese a sus esfuerzos por atraerla a la conversación, reaccionaba como si hubiera hecho voto de silencio con los trapenses. Marnie tenía algo que hacía que uno se fijara en ella de inmediato, aunque, por supuesto, no porque emitiera alguna señal animando a los demás a que se le acercaran. Isobel pensó que Marnie podría ser realmente atractiva si sonriera de vez en cuando, pero tal como se mostraba, le recordaba a un perrillo agresivo (quizá un terrier) que, al menor indicio de hostilidad por parte de un adversario potencial, se dispone a entrar en acción y saltar directo a la yugular. A diferencia de la parlanchina ex maestra de escuela, la muchacha parecía inmune a la encantadora facilidad de trato de su anfitrión y, mientras observaba divertida a su esposo, Isobel pensó que no era habitual en él provocar tanta indiferencia en el sexo femenino. Le dirigió una mirada burlona desde el otro extremo de la mesa y Giles le dedicó una carcajada, con su habitual rapidez para captar los silenciosos mensajes de su cónyuge.

Isobel se preguntaba qué le habría sucedido a Marnie Donovan en la vida para que desconfiara tanto de sus semejantes. Era el extremo opuesto de Louisa, quien charlaba con calidez con sus vecinos de mesa, alegre y confiada, a sabiendas de que no tardarían en hacerse buenos amigos.

Isobel se había sentado entre el coronel Smithson (el único hombre del comedor que llevaba corbata) y una recia señora de Cornualles llamada Morwenna Gilbert, que desprendía un halo de dulce melancolía, como si un permanente clima templado envolviera su persona. La mujer empezó a animarse un poco cuando Isobel descubrió el amor que sentía por la jardinería y su saber enciclopédico sobre plantas. Sin embargo, en los momentos en que la anfitriona se esforzaba en demostrar entusiasmo por alguna especie en particular, ella movía la cabeza en señal de resignación y murmuraba: «No sé si se podría cultivar aquí», como si recitara el estribillo de una fúnebre letanía hortícola.

La cena fue sencilla pero deliciosa. Podían elegir entre un pollo al estilo tailandés con arroz aromatizado con especias y un plato vegetariano, seguido de una tarta Canterbury y un helado casero. Asimismo, quien lo deseara podía tomar queso y beber un Sauvignon blanco, correcto aunque intrascendente, como lo calificó Giles. Los huéspedes siempre disfrutaban de las comidas en Glendrochatt, ágapes que los Grant se tomaban muchas molestias en organizar y de los que se sentían orgullosos con motivo.

Exactamente a las ocho y cuarto, Giles, que sabía controlar con disimulo el reloj, cruzó la mirada con Isobel y puso el broche final a la cena haciendo tintinear su copa.

—Supongo que todos querréis ir a buscar libreta y lápiz —dijo sonriendo al variopinto grupo de huéspedes—. Nos veremos en la sala de reuniones dentro de un cuarto de hora y entonces tendré el gran placer de presentaros a Catherine Hickman, nuestra maravillosa tutora de esta semana. Es posible que algunos la hayáis oído en la radio leyendo sus poemas o en ese concurso literario titulado *¿Quién es el autor?*, pero os aseguro que antes de que llegue el sábado por la mañana, también habrá descubierto talentos insospechados en todos vosotros. Ah, por cierto... Me temo que en la casa no se puede fumar, pero si alguien está deseando encender un cigarrillo, tiene el tiempo justo de salir al jardín; y por una vez podrá hacerlo cómodamente, porque este clima tan poco fiable de Escocia se está mostrando generoso con nosotros. Hasta luego.

—Gracias a Dios —musitó un hombre alto que caminaba

con una perceptible cojera y que había estado sentado junto a Marnie Donovan. Por cortesía, se había esforzado en encontrar un tema de conversación, pero no había logrado despertar en ella mayor interés que Giles.

—¿Me disculpas? No creo que pueda aguantar mucho más sin un pitillo. Es lamentable, ya lo sé. —Y se encaminó decidido a la puerta principal. Se detuvo en los escalones exteriores y empezó a tragar unas restauradoras bocanadas de nicotina como si estuviera inhalando oxígeno a una gran altura.

Unas horas antes, reunidos para tomar una copa antes de cenar, Louisa, que no era precisamente de las que se inhiben socialmente, había ido directamente hacia él tan pronto este apareció por la puerta porque pensó que le gustaría sentarse a su lado durante la cena. Le había reconocido en el preciso instante en que le vio. Recordaba vivamente la ocasión en que se habían conocido. ¿Cómo se llamaba? Christopher no sé qué. Estaba con Adam cuando se lo presentaron. Adam sabría todos los detalles; tenía que acordarse de preguntárselo. Sin embargo, cuando Louisa pensó en Adam sintió un amago de culpabilidad porque recordaba perfectamente que, tras verlo una sola vez, había pensado que ese hombre tenía todo el encanto y la agudeza de los que carecía Adam (y desprendía un leve aunque excitante aroma a peligro). Quizá fuera entonces cuando germinó en ella la semilla de la inquietud y el desencanto que experimentaría un tiempo después. Con su tez atractiva y morena y su elegancia desenfadada, se parecía a los demás como un huevo a una castaña. Sin embargo, a pesar de pertenecer a la clase de personas con quien Louisa solía tratar, le sorprendió constatar cierto cambio en él. Pensó que ahora tenía una mirada más introspectiva, casi de preocupación, que no casaba en absoluto con su elegante aspecto.

—Me llamo Louisa Forrester. Soy un desastre con los nombres pero creo que ya nos conocemos, ¿verdad?

Él se apresuró a contestar, aunque manifestó una gran sorpresa al verla.

—Sí, por supuesto. Yo también te recuerdo. ¿Nos conocimos en la ópera, quizá? En fin, me ha sorprendido volver a verte —añadió con una sonrisa cortés, aunque en realidad Louisa pensó que durante un fugaz instante le había parecido más alarmado que complacido, detalle que no acababa de comprender. A lo mejor no confiaba demasiado en sus ambiciones literarias y no quería que se enteraran los posibles conocidos comunes; aunque, por otro lado, Louisa no creía que fuera de los que carecen de autoestima.

—Ya tendremos muchas más ocasiones para charlar —le dijo Christopher con amabilidad antes de volverse para seguir hablando con la abotargada señora con quien conversaba antes de que Louisa se acercara a él. Los hombres atractivos no solían reaccionar ante Louisa con una falta de entusiasmo tan manifiesta; intrigada, sintió que se le planteaba un desafío. «Bueno, él se lo pierde», pensó con un deje de ironía y riéndose de sí misma por haberse sentido decepcionada a causa de su reacción. «Además tiene razón; tenemos mucho tiempo por delante para conocernos.» Decidió que pediría información sobre él a Giles y a Isobel, y se tomó bastante bien que Isobel no la hubiera colocado junto a él durante la cena y, en cambio, la hubiera instalado entre dos mujeres porque, como solía ocurrir en los cursos mixtos, las féminas sobrepasaban en número a los varones.

Por petición expresa de Catherine, las sillas de la sala de reuniones estaban dispuestas en círculo. Tras lanzarse miradas furtivas, los miembros del grupo se sentaron y empezaron a toquetear los bolígrafos, a abrir las libretas, a arrastrar los pies y a delimitar el espacio psicológico entre unos y otros. Isobel, que por lo general asistía a la sesión introductoria para asegurarse de que todo marchara como la seda, consideraba fascinante este proceso, un proceso que nada tenía que ver con la distancia existente entre las sillas o con el tamaño de los individuos. Por ejemplo, Marnie, que físicamente era la más menuda de la sala, parecía que hubiera trazado un círculo invisible alrededor de su silla y que desafiara a todo aquel que osara invadir sus límites, mientras que la maestra de escuela jubilada se mostraba como si hubiera pasado toda su vida entrando y saliendo del territorio de los demás con la mejor de las intenciones, pero con escaso sentido de la oportunidad.

—¿Le haría espacio a una mujercita para que pueda sentarse a su lado? —oyó Isobel que le preguntaba mimosa al coronel mientras se le acercaba con garbo haciendo sonar las cuentas del collar y las pulseras.

—Ah, bueno... Sí, claro. Por supuesto. Encantado —contestó el coronel con aspecto alarmado aunque mostrándose estoico ante el peligro. Se puso de pie en señal de cortesía y retiró la silla donde ella iba a sentarse con tan galante reverencia que casi provocó que la mujer cayera al suelo.

Cuando todos se hubieron acomodado, Catherine entró con Giles y se sentó en la única silla libre sonriendo con calidez al grupo de alumnos, que la observaba con esperanza y precaución a la vez.

—Bien, os dejo solos —dijo Giles cuando hubo presentado a Catherine—. Por favor, no dudéis en avisarnos si necesitáis cualquier cosa. Hay un timbre en el mostrador del vestíbulo para que nos llaméis y podamos acudir a vuestro encuentro. El desayuno se sirve en el comedor desde las ocho hasta las nueve menos cuarto de la mañana. Cada dormitorio dispone de un horario, pero también hemos colgado otro en el tablero de anuncios. Encontraréis una selección de bebidas en el bar si necesitáis recuperar fuerzas tras las sesiones. El té y el café corren a cuenta de la casa y, por supuesto, están a vuestra entera disposición, pero en el mostrador tenemos una lista de precios para el resto de las bebidas. Si sois tan amables de apuntar lo que hayáis tomado en el librito que os facilitamos, podréis abonar las consumiciones al final de vuestra estancia. Que os divirtáis. Nos veremos por la mañana. Buenas noches.

—Bien —dijo Catherine—. Creo que deberíamos presentarnos. Iremos en círculo y yo os preguntaré cómo os llamáis y de dónde sois. También os pediré que nos contéis (brevemente, os lo ruego) qué esperáis conseguir durante estos cinco días y si tenéis alguna experiencia escribiendo; si habéis intentado publicar, por ejemplo, o habéis publicado alguna obra. No importa en absoluto si carecéis de experiencia; tan solo pienso que es útil saberlo.

Catherine paseó la vista por la sala.

—Bien, como sabéis soy Catherine y vivo en Londres. Antes daba clases de lengua en un colegio femenino, pero en la actualidad me dedico al periodismo y a la crítica como colaboradora externa, y también trabajo para la radio y la televisión. He publicado seis antologías de poemas, he editado una selección de fragmentos de diarios de exploradores de todas las épocas y enseño escritura creativa para adultos, actividad que me encanta. Siempre me impresiona, y representa para mí una lección de modestia, el talento de mis alumnos. Quiero que sepáis que me alegra mucho encontrarme aquí, con vosotros, en un lugar tan hermoso. Espero que el tiempo que pasemos juntos sea divertido y creativo.

Miró a la persona que estaba sentada a su izquierda, un hombre maduro y no muy alto, de tez morena, peinado con la raya baja para apelmazarse el oscuro pelo en el cráneo en un vano intento de disimular su incipiente calvicie. Catherine le hizo una alentadora señal de asentimiento.

—Es tu turno. ¿Puedes empezar, por favor, y contarnos alguna cosa de ti, decirnos por qué has elegido participar en este curso?

—Bien, me llamo Stanley —dijo su vecino—. Stanley Heslington, y esta buena mujer de mi izquierda es mi esposa Winifred, pero podéis llamarla Win porque es como la llamamos todos, aunque no haya nacido en China. —Stanley se detuvo esperando oír unas risas que no estallaron y luego siguió hablando—. Vivimos cerca de Keighley, en Yorkshire. Estamos jubilados, tenemos un hijo y una hija que acaban de abandonar el nido, como se dice ahora, para seguir su propia vida. Por eso tengo tiempo para dedicarme a mi afición, que es escribir. Aunque trabajé en el ramo textil, siempre he tenido el deseo de escribir y he publicado algunos textos en la hoja dominical de la parroquia. También compongo poemas cuando hay acontecimientos especiales en la región... ¡Y os aseguro que se ríen mucho cuando los recito en el pub los viernes por la noche!

Algunos se revolvieron incómodos en sus asientos, conscientes de no haber reaccionado a su comentario chistoso y preguntándose qué es lo que se esperaba de ellos a continuación.

—Supongo que siempre se me han dado bien las palabras —siguió diciendo Stanley con modestia—. He escrito un librito magnífico sobre la fauna de mi región pero no conseguí que se publicara. «Peor para ellos», le dije a Win. No es porque lo diga yo, pero es una obra de gran interés general y creo que han cometido un error. Ahora bien, como hay que seguir adelante, me apetece probar con una novela romántica. Apuesto lo que sea a que se me dará tan bien como a esas novelistas que publican en la actualidad. En mis tiempos, fui un poco mujeriego (un Romeo, podría decirse), y podría recurrir a mi propia experiencia como fuente de inspiración.

Stanley soltó una carcajada de satisfacción mientras los demás realizaban infructuosos esfuerzos para imaginarlo en ese papel tan improbable. Louisa, cuyos ojos se habían cruzado con los de Isobel, se apresuró a apartar la mirada para que no le entrara la risa, pero, felizmente, Stanley Heslington se embarcó en una nueva explicación.

—Un día leí un artículo sobre este lugar, mientras estaba esperando en la consulta para que la enfermera me sacara un tapón del oído (tengo mucha cera y eso es un problema para escuchar los trinos de los pájaros), y cuando llegué a casa le dije a Win: «¿Te apetece hacer un viaje a la hermosa Escocia? Probaremos juntos esta historia del cursillo de escritura, querida». Y aunque Win no está tan capacitada para escribir como yo, le dije que no se preocupara porque yo podría ayudarla y...

Catherine posó la mano sobre el brazo de Stanley dedicándole la mejor de sus sonrisas.

—Muchas gracias. Es muy interesante, pero tengo que interrumpirte, Stanley, porque aunque es perfecto que hayáis decidido asistir juntos a este taller, la verdad es que creo que es importante que tú y tu esposa os dediquéis por separado a la temática que nos ocupa, y además nos gustaría oír a Win hablando de sí misma. Os propongo que no os sentéis juntos en el futuro para que ambos tengáis la libertad de escuchar vuestra propia voz interior. Veamos, Win, tu esposo nos ha hecho las presentaciones, pero quizá te gustaría añadir algo más.

Win, una mujer de agradable aspecto y cara redonda lanzó a Catherine una mirada divertida.

—Es cierto que no tengo experiencia escribiendo, pero siempre me ha gustado mucho leer y me encantaban las clases de lengua en la escuela. Ya sé que ha pasado mucho tiempo, pero sacaba muy buenas notas en las redacciones. Por eso me gustará volver a intentarlo... siempre y cuando no entorpezca el funcionamiento de la clase, claro está. A lo mejor, como dijo el señor Grant durante la cena, me sorprenderé a mí misma (y a mi marido) y descubriré que tengo talentos ocultos. —Win sonrió al grupo con simpatía mientras su extravertido marido no parecía en absoluto descorazonado ante esta señal de independencia y, posiblemente, inesperada rivalidad.

—Magnífico —dijo Catherine—. Muchas gracias, Win. El siguiente, por favor.

Si Louisa esperaba conseguir más información de ese conocido de aspecto elegante que cojeaba, quedó muy decepcionada. El hombre que había necesitado desesperadamente un cigarrillo no realizó ninguna revelación sorprendente. Sencillamente contó que había decidido cambiar de vida y se le había ocurrido probar con la escritura. Todos estaban ansiosos por saber a qué se había dedicado, pero él no les dio ninguna pista. «A lo mejor lo han despedido», pensó Louisa. Aunque no parecía que el dinero representara un problema para él (al menos todavía); quizá sus problemas laborales habían contribuido al poco entusiasmo que había demostrado al descubrir que uno de sus conocidos también se había apuntado al curso.

—He venido para aprender todo lo que pueda sobre la técnica de escribir —dijo él sin extenderse.

—Por favor, ¿puedes decirnos tu nombre y si has publicado alguna cosa o te has dedicado a escribir en algún momento de tu vida? —preguntó Catherine recordando vagamente que Isobel le había mencionado que ese alumno no había rellenado el formulario.

—Ah, lo siento... Sí, claro —dijo él tras titubear durante unos instantes—. Me llamo Christopher... Christopher Piper. Vivo en Londres y he publicado algún que otro poema. Nada importante.

—Perfecto —dijo Catherine con amabilidad—. Gracias también a ti, Christopher.

Isobel se preguntaba qué significaría su reticencia, si es que significaba alguna cosa. Pensó que ese hombre era interesante, quizá la persona más interesante del grupo, salvo quizá la cascarrabias de Marnie, que también la intrigaba.

El coronel, que contó que se llamaba John, quería escribir la historia de su regimiento; la maestra jubilada anunció con una voz aniñada y casi sin aliento que, en realidad, se llamaba Barbara pero que esperaba que todos la llamaran Bunty porque así era como la llamaban sus amigos, y que estaba segura de que iban a compartir esta excitante aventura como buenos compañeros. Su mayor ambición era escribir cuentos para «los pequeñines», y había traído consigo varios ejemplos de su trabajo, ilustrados por ella misma.

—¿Acaso no seguimos siendo niños en el fondo de nuestros corazones? —preguntó esperanzada, aunque al pasear la mirada por el círculo de rostros en guardia que la rodeaban, Isobel pensó que Bunty no lograría provocar la reacción que esperaba, como le había sucedido a Stanley.

Morwenna escribía una columna de jardinería para una revista local de publicación mensual que, según les dijo con tristeza, iba perdiendo lectores y no tardaría en cerrar, a menos que el recién nombrado director pudiera incrementar su difusión espectacularmente. Asistía al curso porque debía cambiar su manera de escribir, pero no tenía ni la más remota idea de cómo hacerlo y, de cualquier modo, tampoco esperaba poder lograrlo. Su amiga Joyce, una mujer dentuda aunque muy bien arreglada, con un pelo liso y oxigenado y un maquillaje inmaculado, parecía tener una personalidad mucho más liviana. Era la propietaria de una tienda de regalos que, según les dijo, le dejaba mucho tiempo libre en invierno para dedicarse a otras ocupaciones, aunque había tenido que pedirle a una amiga que la sustituyera esa semana porque la temporada turística ya había empezado. Morwenna la había persuadido para que la acompañara.

—Ignoro si sabré escribir. Pero pensé que el curso podía ser divertido —dijo con alegría.

—Excelente —respondió Catherine—. Divertido es precisamente lo que espero que sea. Es un buen motivo para apuntarse a él.

Isobel no podía dejar de admirar, como ya le había sucedido en el pasado, el tono amistoso con el que Catherine manejaba a unos estudiantes tan variopintos, tratando con firmeza a los monopolizadores potenciales como Stanley y animando en silencio al grupo entero, con independencia de quiénes fueran o cómo se mostraran. Era el tercer año que Catherine dirigía un curso de escritura en Glendrochatt, y su tutoría atraía una gran demanda de plazas. Se había convertido en una de las invitadas favoritas de los Grant, quienes la consideraban ya una buena amiga que siempre era bienvenida.

La siguiente presentación correspondió a Louisa.

—Como Stanley y Win, yo también soy de Yorkshire —dijo la joven sonriendo a los Heslington—, pero vivo un poco más al norte que ellos. Hice la carrera de Filología Inglesa en Saint Andrews y siempre fantaseé con la idea de escribir una novela, pero el tiempo ha ido pasando y, por el momento, ni siquiera he empezado. He sido secretaria personal de un político durante cinco años, pero tengo la sensación de que necesito un cambio radical por diversas razones. Es como si me encontrara en una encrucijada vital... —De repente, se le quebró la voz. Sin razón alguna, notó un nudo en la garganta y una opresión en el pecho que le impedía hablar.

—¿Escribes? —intercedió Catherine—. ¿Has escrito alguna cosa desde que terminaste la universidad? ¿Consideras que es un buen momento para intentar escribir una novela?

—Yo... En realidad, no lo sé —dijo Louisa haciendo esfuerzos por tragar—. Me temo que no dispongo de un argumento ni tengo preparados unos personajes.

—No todos empezamos del mismo modo. Ya veremos qué sucede durante estos días. ¿Te has apuntado al curso pensando que querías escribir una novela?

Louisa se esforzaba en hablar mientras Catherine le sonreía para darle ánimos. «¿Qué demonios me sucede?», se preguntó Louisa, poco acostumbrada a quedarse sin habla.

—En parte, sí —dijo al final, y entonces empezó a hablar atropelladamente—, pero también me he apuntado porque estoy considerando hacer cambios radicales en mi vida y sé que tengo que enfrentarme a varias cosas en las que, por lo general, intento no pensar. —Volvió a quedarse en silencio, sintiéndose como una tonta, y luego siguió hablando con la voz más calmada—. Estoy en el listado de Glendrochatt y siempre he querido participar en uno de sus cursos. Nunca he tenido tiempo de hacerlo, pero cuando vi el programa de este año y leí lo que habían organizado esta semana, pensé que quizá la escritura serviría para desbloquearme un poco... aunque suene un poco raro.

—En absoluto —respondió Catherine—. Es una razón excelente. Te sorprendería saber las múltiples razones por las cuales la gente se apunta a un curso como este. Escribir nos puede poner en contacto con muchas facetas de nosotros mismos de las que no somos conscientes o que nunca nos hemos planteado en realidad, y eso puede ser una experiencia muy útil en sí misma. Además, ¿quién sabe qué puede salir de todo eso? Considéralo una aventura.

—Gracias —dijo Louisa.

Catherine se volvió hacia Marnie Donovan.

—Y, para terminar, ¿qué puedes contarnos de ti?

Louisa la miró por el rabillo del ojo preguntándose qué descubriría de esta antipática muchacha por quien sentía cierto desagrado. A lo mejor se negaría a cooperar y no les contaría nada. Sin embargo, le sorprendió ver que la americana, tras haber retorcido por completo su pañuelo, empezaba a enrollárselo alrededor de un dedo con una gran concentración.

—Me llamo Marnie —afirmó—. Soy estadounidense de nacimiento pero mi infancia transcurrió tanto en Inglaterra como en Estados Unidos. Mi madre tenía la afición de casarse con ingleses —añadió enarcando la ceja con ironía.

Cuando no se mostraba agresiva, la joven tenía una voz atractiva, bastante grave.

—He venido a Escocia por... por razones personales. Vi que se anunciaba este curso y decidí probar suerte. —Guardó silencio durante unos segundos y luego se encogió de hombros—. Espero que me ayude a encontrar lo que estoy buscando. Supongo que podría decirse que ando a la caza de un tesoro.

—Eso suena muy bien —dijo Catherine—. ¿Quieres darnos más detalles?

—En realidad, no... Por ahora, no. Soy una inútil y he pasado la mayor parte de mi vida escapando de la gente y rehuyendo enfrentarme a cualquier situación. Quizá necesito recorrer el valle de la memoria e intentar sacar alguna conclusión de provecho. Puede que escribir me ayude a ello. —De repente, sonrió a Catherine, y la sonrisa transformó su rostro—. Intentaré hacer lo mismo que le aconsejaste a Louisa y consideraré esta semana una aventura —dijo dirigiendo una prudente mirada interrogativa a Louisa.

—De acuerdo —dijo Catherine—. Tu frase me viene muy bien para deciros algo importante. Escribir es una tarea muy personal y, sin duda, puede convertirse en un viaje hacia nosotros mismos, pero espero que la mayoría seáis lo suficientemente valientes para compartir vuestros textos con los demás; eso en general requiere coraje. Me gustaría que todos entendierais que lo que oiremos durante los próximos días tiene que quedar estrictamente entre «estas cuatro paredes». Si vamos a tratar con sentimientos personales o a ser testigos de las vidas de los demás, hemos de crear un entorno seguro. ¿Estáis de acuerdo?

Se oyó un murmullo general de asentimiento.

—Bien. Os detallaré las actividades de estos próximos días. Haremos dos talleres por la mañana y dejaremos las tutorías individuales para la tarde; colgaré un horario en el tablero de anuncios para que podáis apuntaros. En caso contrario, tendréis la tarde libre hasta las cinco, hora en que volveremos al trabajo. Un tutor invitado vendrá a hablarnos del valor antagónico del ritmo y la métrica contrapuestos al verso libre (charla que os permitirá tomaros un respiro entre las clases), y el conocido escritor Jonathan Mercer, que reside en Edimburgo, también vendrá una mañana a darnos una conferencia sobre la novela policíaca. El viernes por la noche haremos una sesión de lectura en la que cada cual tendrá la oportunidad de leer en público sus propios textos; si queréis, por supuesto. Es completamente voluntario. Y para terminar, Giles e Isobel me han dicho que han organizado un fantástico concierto en vuestro honor que se celebrará el sábado, la última noche. Sé que algunos habéis traído algún texto para discutirlo conmigo. Si me los entregáis esta noche, haré todo lo posible por leerlos antes de vuestra tutoría individual; aunque os pediría que no fueran excesivamente largos, por favor. Dado que no todos tenéis las mismas necesidades y las mismas ambiciones, os propondré algunos ejercicios que creo que encontraréis muy útiles. Luego podremos leerlos durante las sesiones y debatir nuestras conclusiones. Nos reuniremos aquí mañana por la mañana después de desayunar, a las nueve y cuarto, hora en que dará comienzo la primera sesión. Por favor, traed bolígrafo y papel. ¿Alguna pregunta?

Bunty levantó la mano.

—¿Dedicaremos tiempo a la literatura infantil? —preguntó en tono quejumbroso—. A mí no me interesan los demás temas.

—Creo que los ejercicios que haremos sirven para cualquier género —dijo Catherine—. Luego ya los utilizaréis como mejor os parezca.

Bunty no parecía convencida y esbozó un mohín como si fuera una niña.

—Bien, creo que, por hoy, eso es todo —dijo Catherine levantándose—. Algunos habéis hecho un viaje muy largo y querréis acostaros pronto, pero los que hayáis aceptado la invitación de Giles podéis ir al bar. Os veré a todos por la mañana.

La mayoría siguió a Catherine y se encaminó al bar. Christopher Piper se acercó a Louisa.

—¿Puedo invitarte a una copa? —le preguntó—. A mí también me vendría bien y podrías contarme qué ha sido de tu vida desde la última vez que nos vimos.

Louisa iba a aceptar cuando Marnie se les unió, llena de nobles intenciones y con el propósito de ser agradable; Christopher también la invitó a una copa. «Sin duda, sus maneras son impecables», pensó Louisa con aprobación, pero aunque le habría gustado tomar una copa con él, todavía se sentía lo bastante en contra de Marnie como para aceptar de buen grado la compañía de esta y cambió de idea.

—Te lo agradezco mucho, pero estoy agotada de haber conducido todo el día y me apetecería acostarme pronto. Me alojo en la casa principal con los Grant, que son primos míos, y aunque ya he charlado un buen rato con Isobel, todavía no he tenido la oportunidad de conversar con mi anfitrión. Por eso creo que me retiraré con Isobel y charlaré un rato con él sobre la familia antes de ir a la cama. Tú sí que tuviste suerte, en cambio —le dijo a Marnie, consciente de lo inexpresiva que se había mostrado ante los esfuerzos de Giles por ser cortés—. Me he fijado en que esta noche has estado sentada junto a Giles; espero que te lo hayas pasado bien hablando con él. La gente le encuentra muy agradable. Es un compañero de mesa fenomenal. Te hace sentir cómoda y es muy ocurrente: el anfitrión perfecto. Sabe ocuparse de todo el mundo, sea quien sea. —E hizo un gesto expresivo hacia la otra mujer—. ¿Podríamos dejar esa copa para otra ocasión? —le dijo a Christopher.

—Por supuesto. Hasta mañana. Buenas noches. —Si se había sentido decepcionado al ver que Marnie, la joven que se había mostrado tan poco comunicativa durante la cena, aceptaba su oferta en lugar de la atractiva Louisa, era demasiado educado para demostrarlo, pero Marnie, creyendo que él debía de estar pensando que le había tocado la antipática, se sintió incómoda.

—Buenas noches a los dos... Hasta mañana —dijo Louisa, y se fue a reunir con Isobel, que acababa de despedirse y se marchaba a la casa principal con Catherine.

Marnie echó una mirada despectiva a Louisa mientras esta se alejaba y sintió que sus propósitos de ser sociable se disolvían como la niebla matutina al levantarse el viento.

—Ay, creo que me he comportado de un modo muy desagradable —dijo Louisa sin parecer lamentarlo mientras cruzaba el patio con Catherine e Isobel—, pero también pienso que he nivelado un poco la balanza después de que esa estúpida maleducada fuera tan grosera contigo esta tarde, Izzy.

—Louisa, eres incorregible —dijo Isobel divertida, pero consciente de que, a pesar de su encanto y su habitual amabilidad, Louisa podía llegar a ser desagradable si alguien no le gustaba—. Por favor, no te enemistes con nadie. Te agradezco que hayas roto una lanza por mí, pero te aseguro que sé librar mis propias batallas y que preferiría intentar ganarme a Marnie, lograr que disfrute de esta semana y se desprenda de su piel de erizo.

—Creo que esta chica dará sorpresas —dijo Catherine pensativa.

—Vaya, pues lo siento —afirmó Louisa con un mohín—. Ya veo que ninguna de las dos aprueba lo que he hecho. Bien, intentaré ser agradable con ella, pero no os prometo nada si sigue dando la lata. Además, me siento mucho mejor después de haberme despedido de esa manera. Ya he visto que ha captado mi intención.

—Sí —dijo Isobel riéndose—. Conociéndote, ¡seguro que lo ha captado! Nunca has sido partidaria de la sonrisa de Mona Lisa, ¿verdad? ¿Qué os ha parecido Christopher Piper? Es nuestro hombre misterioso... y está más bueno que el pan.

Louisa esbozó una amplia sonrisa.

—Mmm... ¡Puro y suave como el chocolate refinado! Seguro que lleva un cartelito en el que dice «75% de cacao puro garantizado». En realidad, me lo presentaron hace tiempo. Iba a pediros que me diérais más información sobre él, porque la verdad es que no sé gran cosa; aunque es obvio que vosotras sabéis todavía menos que yo.

—Lo que sí sé es que a ti te encanta ese hombre —bromeó Isobel, que se había fijado en la táctica que Louisa había empleado antes de cenar.

Louisa se rió.

—Me parece encantador, pero como soy una mujer generosa, he querido darle a Marnie la oportunidad de ser la primera en conocerlo —dijo alegremente.

Giles y los perros las esperaban en la cocina. Sobre la mesa, vieron una bandeja con un decantador de whisky y unos vasos; la hervidora silbaba en la cocina Aga por si alguien quería una infusión.

—Bien, decidme qué tal os ha ido y qué os han parecido los demás —dijo Giles, que tenía ganas de hablar de la cena—. ¿Sabes, cariño? —dijo sonriendo a Isobel—. ¡Vas a estar muy orgullosa de mí! He recordado lo que había leído sobre esa tal Donovan.

—¿Qué leíste? —preguntaron las tres mujeres al unísono.

—Creo que acaba de heredar una fortuna. Sabía que su nombre me sonaba de algo. Bien, ¡ahora estamos seguros de que, al menos, uno de los huéspedes podrá pagar la cuenta! —Y Giles contempló sus sorprendidos rostros con satisfacción.

5

A la mañana siguiente, antes de que dieran las nueve y media, el grupo había vuelto a ocupar la sala de reuniones y, en esa ocasión, se había acomodado alrededor de dos mesas rectangulares unidas entre sí para formar un cuadrado. Catherine ya estaba sentada cuando entraron los primeros alumnos.

El ambiente era mucho menos tenso que la noche anterior. Algunos de los alumnos habían estado charlando y tomando una copa en el bar antes de acostarse, y el desayuno había propiciado una nueva ocasión de encuentro. Empezaba a notarse cierta camaradería en el ambiente y a producirse la sensación de tener un propósito en común, por muy dispares que fueran sus edades, su formación y sus capacidades. El hecho de que no hubiera una pugna por ocupar las sillas junto a Stanley Heslington no afectó al aludido porque este no reparó en ello, sino que fue a instalarse con seguridad al lado de Louisa.

—Me parece que soy el que ha tenido más suerte de todos —dijo mirando a Louisa de un modo que a ella le dio dentera—. He ganado por la mano a los demás y he conseguido sentarme junto a la más bella dama de la sala. Si quieres, puedo echarte una mano. Como ya tengo experiencia en el tema... —Y le guiñó un ojo con complicidad, aunque Louisa no quería ni imaginarse si se estaba refiriendo a su pericia como escritor o a su éxito como supuesto Romeo.

Su esposa se acercó a Marnie, que se había sentado en el extremo opuesto de la mesa y tenía una silla vacía a cada lado.

—¿Te importa si me siento junto a ti? —preguntó Win sin que le inmutara la expresión hostil de su compañera—. Catherine nos dijo a Stanley y a mí que, sobre todo, no nos sentáramos juntos.

—Ah, sí, claro, ¿cómo no? —Marnie le dedicó la misma sonrisa que le había transformado el rostro la noche anterior, al dirigirse a Catherine, e hizo sitio a Win para que esta pudiera retirar la silla que estaba a su lado.

Desde el otro extremo de la mesa, Christopher Piper advirtió esa sonrisa y se preguntó cómo podría provocarla. Sin duda, la noche anterior Marnie no le había obsequiado con ella y, aunque la muchacha se había mostrado muy educada, la notó incómoda y no consiguió despejar sus reservas. Dado que, en ocasiones, también Christopher tenía fama de distante, su reticencia le dio un poco de pena, pero no pudo evitar pensar que la atractiva Louisa habría sido una compañía mucho más agradable. Tenía sus propias razones para no desear encontrarse con antiguos conocidos en Glendrochatt, y la sorpresa de tropezarse con alguien de su pasado había sido mayúscula, por no decir desagradable. Sin embargo, como las cosas estaban así y no podía hacer nada para impedirlo, no le quedaba otro remedio que sacar el máximo partido de la situación. Recordó que el día que le presentaron a Louisa la había encontrado muy atractiva. Marnie debía de ser interesante si se la llegaba a conocer, pero, sin duda alguna, Louisa parecía muchísimo más divertida.

Louisa también se fijó en la sonrisa de Marnie y se quedó muy sorprendida. A pesar de no manifestar ningún interés especial por trabar amistad con la joven americana, también se sentía intrigada (sobre todo después de lo que les había revelado Giles la noche anterior). Al ser una de esas personas afortunadas que nunca han padecido la tortura de la timidez, en el fondo Louisa no comprendía la extrañeza con que pueden llegar a comportarse quienes la padecen, y todavía le molestaba lo que, a su entender, era una hostilidad gratuita por parte de Marnie. La noche anterior, Catherine, los Grant y ella habían pasado una velada muy agradable en la cocina reunidos en torno a una taza de té, hablando de los participantes del curso y, en particular, de Marnie, que no encajaba con su idea de lo que debía ser una rica heredera. Giles era incapaz de recordar quién le había legado su fortuna o en qué circunstancias; solo sabía que había sido inesperadamente. Louisa decidió que descubriría más cosas de esa mujer.

—Buenos días a todos —dijo Catherine cuando sus alumnos se hubieron instalado—. He pensado que podríamos empezar con una charla sobre qué consideramos que es la escritura creativa y luego pasar a hacer un ejercicio que creo que encontraréis muy interesante. Será el primero. Durante los próximos días, haremos más.

—¿Todos tenemos que hacer el mismo? —preguntó Bunty con desconfianza.

—Sí, la idea es esa. La gracia está en que, aunque todos partáis de un mismo tema, os garantizo que lo que elaboraréis no tendrá nada que ver con los ejercicios de los demás. Eso es lo divertido, y el reto que nos planteamos. Espero animaros a que os soltéis y «os dejéis llevar por el curso de vuestros pensamientos», y digo los vuestros, no los de los demás. Quiero que alejéis de vuestra mente cualquier idea preconcebida sobre lo que deberíais escribir, lo que querríais escribir incluso, y dejéis que afloren los pensamientos y los recuerdos que os vengan a la memoria. No quiero que os digáis: «Esta mañana voy a escribir un poema»... o un cuento infantil, o un artículo sobre política. Más tarde descubriréis si lo que habéis escrito sirve para alguna de estas cosas. Citando una expresión que aparece en un libro de la escritora americana Natalie Goldberg que trata de «liberar al escritor que llevamos dentro», quiero que, desde vuestra propia percepción, escribáis sobre quiénes sois y cómo sois. Curiosamente, os resultará mucho más fácil si no tenéis demasiado tiempo para pensar.

Alguno se mostró receloso. El coronel bajó la vista hacia sus lustrosos zapatos y carraspeó.

—Me temo que soy de los que tienen los pies en el suelo —dijo en un tono áspero—. No creo que dejar volar la imaginación sea mi estilo.

—¿Lo has probado alguna vez? —preguntó Catherine.

—Oh... No, no, ¡claro que no!

Se le veía tan descolocado ante su proposición que Catherine pensó que había reaccionado como si le hubiera preguntado si había tomado parte en una orgía sexual o eructaba al beber refrescos de cola.

—Bien, no te preocupes. No es tan peligroso como puede parecer —dijo ella dedicándole una mirada divertida y un tanto compasiva—. No partas de ideas preconcebidas; solo inténtalo. Considéralo unas maniobras, una manera de hacer ejercicio con el lenguaje. Como si ejercitaras unos músculos que no sueles emplear... Como una instrucción militar.

Todos, incluido el coronel, se echaron a reír.

—Hummm —dijo él titubeando—. Ya veo que eres una mujer muy persuasiva. ¡Menudo peligro! —Y le devolvió la sonrisa.

Bunty se inclinó con seriedad hacia él abriendo ante sus ojos su generoso escote de crepé.

—Seguro que debías de tener muchos amiguitos imaginarios con los que jugar de pequeño —dijo para animarlo.

El coronel se apresuró a apartar la vista de esos pechos y se retiró al terreno seguro de la contemplación de sus zapatos. Louisa se lo imaginó con una chaqueta de tweed y una corbata ajustada saltando en corro alrededor de un hada en compañía de numerosos duendecillos, y deseó que Isobel hubiera estado presente para intercambiar con ella divertidos comentarios. Cuando levantó los ojos, le sorprendió cruzar la mirada con Marnie y ver que en su rostro también asomaba la sombra de una carcajada. ¿Acaso empezaba el deshielo?

—¿He de entender, Catherine, que perteneces a esa moderna escuela que no respeta la gramática, la puntuación, la rima y las probadas normas con las que mi generación se educó? —preguntó Stanley—. Porque cuando era pequeño e iba a la escuela...

—En absoluto —le interrumpió presurosa Catherine antes de que Stanley se lanzara a toda máquina y empezara a contarles a voces los pormenores de su educación—. Es cierto que todo eso es muy importante y lo tocaremos en próximas sesiones, pero el ejercicio de esta mañana no consiste en atenerse a las normas. Consiste en encontrar el modo de superar a ese censor interior que a menudo nos inhibe y no nos deja escribir en libertad; a veces, ni siquiera nos deja escribir. —En su fuero interno, Catherine esperaba que, al final de la semana, el censor interior de Stanley (si es que tenía alguno) le mantuviera la boca cerrada—. Pero antes de que nos pongamos a escribir, decidme por turno cuáles son vuestros autores preferidos y qué es lo que os gusta de ellos.

Bunty dijo con timidez que todavía le gustaba leer los libros de Conejito Gris en la cama y añadió con picardía que siempre había pensado que ella era como Ardilla.

—Yo también era pelirroja.

El coronel Smithson se decantó por la historia militar y Stanley dijo que no era muy dado a leer textos de otros autores porque no quería que influencias ajenas determinaran su estilo personal.

—A mí no me van los plagios —anunció con altivez—. Estoy en contra.

Se mencionó a Jane Austen, Tolkien, Ernest Hemingway, Georgette Heyer, C.S. Lewis, Patrick Leigh Fermor y John Buchan, así como a William Boyd, Anne Tyler, John Grisham, J.K. Rowling, los dos Trollope (Anthony y Joanna) y Dickens.

Tras debatir sobre varios libros (un modo muy útil, según Catherine había descubierto, de lograr que todos participaran), los alumnos sacaron papel y lápiz.

—Este ejercicio se titula «Recuerdo». Quienes quieran empezar el texto con esta palabra, adelante, pero de lo que se trata es de expresar lo que vosotros consideréis adecuado. Veréis que es bastante útil escribir en presente (cosa que detestan algunas personas, pero que suele provocar que el texto resulte muy inmediato, muy vivo). Si no os sentís cómodos con este tiempo verbal, descartadlo, no pasa nada, pero sabed que es una herramienta poderosa. Quiero que reviváis algún momento crucial de vuestra vida. Puede ser un recuerdo reciente, bueno o malo; un encuentro con una persona en particular; un momento de felicidad o de terror absolutos; incluso algo que no tuviera especiales consecuencias. Elaborad todos aquellos pensamientos que os vengan a la mente, aunque sean sorprendentes o triviales. No os paréis a pensar, meteos dentro. Quiero que situéis la mano sobre el papel y que no paréis de moverla. No os detengáis para releer lo que habéis escrito ni dejéis que vuestro editor interior se apodere del texto. Ya habrá tiempo de sobra para eso. Tenéis veinticinco minutos, pero olvidaos del reloj porque seré yo quien os diga cuándo debéis terminar, y cuando lo haga, por favor, soltad el bolígrafo. Os daré unos cuantos minutos por si queréis terminar la frase, pero nada más, porque de momento no queremos textos elaborados. Si se os ocurre algo aterrador, difícil o inesperado, adelante. De acuerdo, entonces. Podéis empezar.

Durante los veinte minutos siguientes, el único sonido que se oyó en la sala fue el furioso rasgueo de los bolígrafos sobre el papel, el tictac del reloj y, de vez en cuando, algún fuerte suspiro. Cuando Catherine dijo: «¡Tiempo!», nadie podía creer que hubieran transcurrido veinticinco minutos y todos protestaron diciendo que acababan de empezar.

—Muy bien —dijo Catherine tras concederles cinco minutos más para finalizar sus frases—. Parece que habéis escrito bastante, lo cual es fantástico. Creo que esta mañana haremos un descanso un poco antes de lo previsto para que nos dé tiempo de compartir los textos con los demás antes de comer. Quedamos aquí mismo dentro de veinte minutos.

Tras la pausa del café, el grupo volvió a entrar en la sala y Louisa y Christopher coincidieron antes de ocupar sus asientos.

—Hemos de quedar para explicarnos cómo nos ha ido la vida —dijo la joven—. Me parece recordar que, tras conocernos, sufriste alguna desgracia. Creo que Adam Winterton intentó hablar contigo y con tu novia para organizar una cena, pero parece ser que tuviste un accidente o algo así y no pudiste ir... Luego yo me marché al extranjero con mi jefe y pasé fuera una temporada. Por eso perdimos el contacto. —Louisa lo miró con aire interrogativo—. ¿Me equivoco?

Christopher no parecía muy comunicativo.

—Estuve implicado en un accidente que me dejó fuera de circulación durante un tiempo —le explicó.

Louisa pensó que seguiría hablando, pero era obvio que él quería cambiar de tema.

—Esta sesión parece interesante, ¿verdad? —aventuró Christopher.

—Hummm... No estoy segura de que me apetezca leer en voz alta mi escrito. Me parece que solo he puesto tonterías.

Una vez acomodados en sus respectivos lugares, Catherine dedicó a sus alumnos una amplia sonrisa.

—Espero que algunos os hayáis quedado sorprendidos de vuestras capacidades. Y espero sinceramente que la mayoría de vosotros, si no todos, creáis que podéis compartir vuestro trabajo con los demás. Repito lo que dije anoche: si alguien prefiere no participar, no vamos a presionarlo en absoluto; pero si mi experiencia os sirve de algo, os diré que creo que todos sacaréis partido de ello si sois valientes. Es preciso que sometamos nuestros textos a las opiniones ajenas, y si vais a ser escritores de éxito tendréis que estar preparados para mostrar vuestros sentimientos. Además, como ya os dije ayer, estamos en un entorno seguro donde podemos experimentar. ¿Alguno de vosotros prefiere no leernos lo que ha escrito?

Se hizo un silencio incómodo durante el cual los alumnos se lanzaron miradas furtivas para calibrar la reacción general, pero nadie levantó la mano.

—Bien —dijo Catherine—. Veamos quién empieza. —Nadie se prestó voluntario—. Bueno, ninguna sorpresa por el momento... Es lo que suele ocurrir. Marnie, ¿te importa empezar?

—¿Por qué yo? —preguntó Marnie con un tono de voz desafiante.

—Porque resulta que estás sentada a mi lado y hemos de empezar por algún lugar —dijo Catherine con suavidad—. Si empiezas a leer tú, avanzaremos en el sentido de las agujas del reloj y la siguiente será Win.

Marnie titubeó durante un buen rato y Louisa se preguntó si compartiría lo que había escrito con el resto del grupo o bien se negaría en redondo. En ese momento, como si hubiera estado vacilando en el borde de una roca reuniendo el coraje suficiente para zambullirse en aguas profundas, Marnie empezó a leer lo que había escrito en la libreta que tenía delante:

—«Esta podría haber sido la historia de un asesinato —leyó Marnie—, y si no lo fue, se debe a la intervención de una persona en concreto cuya influencia se dejaría sentir a lo largo de toda mi vida. Tan solo estuve con ella unas semanas, hace mucho tiempo, pero nunca la he olvidado. Ahora que ya está muerta, me gustaría devolverle el favor que me hizo, aunque todavía no he decidido la manera.»

Marnie hizo una pausa, levantó la cabeza y paseó la mirada entre los asistentes.

—Esta es la razón de que me haya apuntado al curso —dijo malhumorada—. Forma parte de mi búsqueda.

Recobrando fuerzas, la muchacha volvió a retomar las hojas que tenía delante y siguió leyendo:

—«Durante toda mi infancia, odié a mi madre. Mis sentimientos eran una combinación de miedo y aburrimiento, como quien mira una película de Hitchcock y está esperando que en cualquier momento pase algo horrible. En la actualidad, ya he superado el miedo que me inspiraba mi madre, aunque ciertos incidentes que ocurrieron durante mi infancia me dejaron un legado de terrores contra los que todavía lucho. Aún tengo asignaturas pendientes con mi madre, pero como ya no paso tanto tiempo con ella, a veces incluso me da pena. Dedica todo su tiempo a ponerse en manos de los cirujanos plásticos porque no puede superar el miedo que le inspira perder su juventud, y no es una mujer feliz. La veo cuando no me queda otro remedio, y ambas nos comportamos muy civilizadamente durante unos días... hasta que ella empieza a quejarse de lo lamentable que resulta tener una hija que no es sociable, ni bonita, y que siempre la ha decepcionado. Supongo que tiene algo de razón. Ella era una belleza y, en cambio, las fotografías que conservamos muestran que fui un bebé horroroso, y que cuando crecí, me convertí en una niña fea. Desde el día de mi nacimiento he sido una pesadilla para ella. De pequeña, creía que mi padre era Dios. Me intimidaba, pero de un modo diferente. No obstante, en la actualidad, le quiero muchísimo y él, a su modo, quiere a todos los hijos que ha tenido en sus diversos matrimonios, pero yo siempre me he sentido como una intrusa en su ajetreada vida... algo así como una usurpadora. Lleva casado casi diez años con mi actual madrastra, lo cual es un récord para él. Quizá es un síntoma de que se hace mayor, porque, sin duda, se ha dulcificado. Cortó con mi madre cuando yo tenía tres años y, desde que tengo uso de razón, sé que, por lo que respecta a su hija, ambos se han dedicado a pasarse la pelota el uno al otro.

»Cuando tenía siete años, estuve a punto de provocar la muerte de mi madre. Lo cierto es que quería que enfermara, e incluso que muriera, pero, inesperadamente, nos salvaron a ambas; y el hecho de que ella sobreviviera no fue gracias a mí, aunque tampoco fue por culpa mía. Ese suceso me marcó porque llegué a comprender que la vida es un regalo y, por muy difícil o infeliz que pueda ser, no deberíamos tomarnos libertades con ella, desear perderla o arrebatásela a terceros.»

De repente, Louisa sintió que conectaba con la avinagrada mujer que hasta el momento había levantado sus sospechas. «He de conocerla mejor —pensó—. Yo también he aprendido que la vida tiene un precio.»

—«Cuando pienso en esa época de mi infancia —siguió leyendo Marnie—, regreso a las Antillas y me veo tumbada bajo un franchipán, casi drogada por ese aroma sobrecogedoramente dulce; oigo el viento que agita las palmeras y las olas que rompen en el arrecife a lo lejos sin ser capaz de distiguir los sonidos. Desde mi escondite secreto, observo un diminuto colibrí iridiscente que se sostiene en el aire mientras sorbe néctar de la corola escarlata de un hibiscus amarillo; unas reinitas colmeneras negras y amarillas revolotean y se pelean alrededor del bar en busca de migas; y una magnífica fragata vuela alto planeando sobre el océano. Sé que es un ave macho porque veo que tiene una mancha roja en la garganta. Kenneth me ha enseñado a reconocerlas.»

Cuando, de repente, adoptó el presente de indicativo, el público comprendió que Marnie se hallaba a kilómetros de distancia de las tierras altas de Escocia o del resto de alumnos que ocupaba la sala. Casi parecía hallarse en trance.

—«Oigo balar a una cabra en la lejanía —siguió leyendo Marnie con voz soñadora—, el arrullo persistente y repetitivo de una paloma posada en el árbol bajo el que me encuentro... pero no puedo dejar de oír las risas de los adultos, que van tomando ponches del hacendado junto a la piscina mientras, despreocupados, ignoran dónde me encuentro. Yo tampoco me preocupo por ellos. Me gusta ser invisible. Es más seguro. A la anciana también le gusta ser invisible, pero no creo que sea por miedo. Apenas se molesta en contestar cuando alguien le habla (cosa que, por lo general, nadie hace), pero yo siempre la observo sin que ella lo sepa. Mi mamá dice que es una condesa italiana muy rica que en sus tiempos fue una gran belleza (aunque yo creo que se equivoca). No encuentro que esa vieja sea hermosa, aunque me gusta mirarla y también me gustaría hablar con ella. Su cara es como un mapa.

»A veces ayudo a Kenneth a dar de comer a los cerdos; a veces me siento en la tierra agrietada mientras él trabaja con el rastrillo bajo el tórrido sol y me cuenta historias de miedo que me hacen temblar a pesar del calor. Las historias se convierten en pesadillas cuando, al anochecer, me acuesto y los adultos se marchan a cenar; y muchas veces grito sin parar, pero nadie viene a verme. Mamá me encierra en el dormitorio cuando ella y Colin se marchan a cenar a la casa principal. Aporreo la puerta, pero ella finge no darse cuenta. ¿Cómo huiré de los bailarines demoníacos si vienen a buscarme y yo no puedo salir corriendo? Un día se acercaron al bungalow y se pusieron a bailar, atisbaron por las ventanas y yo pensé que me moría. Todavía veo sus rostros pintados y sus resplandecientes cuerpos en sueños; y las máscaras y las plumas. Algunos llevan grilletes en las piernas y sacuden las cadenas, y sé que se acercan cuando oigo el retumbo de los tambores. Si hay luna llena, veo sus sombras primero, deslizándose por la hierba como enormes murciélagos gigantes, y no puedo dejar de gritar, a pesar de tener miedo de que los demonios me oigan.»

Marnie hablaba varios tonos por encima de su voz habitual, en general bastante grave, y parecía que fuera una niña la que recitara su texto. Era como si se estuviera quedando sin aliento, y Louisa se preguntó si le daría un infarto o un ataque de asma.

—«Quizá es mejor que no venga nadie —siguió contando Marnie—, porque Kenneth dice que jamás, bajo ningún concepto, debo contar sus historias. Dice que si hablo, Jab-Jab, Jab Molassi, vendrá a por mí. Mamá cree que solo es una pesadilla sin sentido, pero yo sé que es real porque vienen los bailarines. Me arrebujo en la cama y me duermo con los dedos cruzados para impedir que se acerquen. A veces mojo la cama y a mamá le entran ganas de matarme. Aunque ya estoy morena porque llevamos aquí semanas, todavía tengo que ponerme el sombrero. Kenneth dice que Dios se llevó su color al nacer para castigar a su madre. Una mujer lanzó una maldición contra la madre de Kenneth por haberle quitado a su hombre. No me parece justo que Kenneth sea castigado por lo que hizo su madre. Mamá siempre quita el marido a las demás y quizá a mí también me castiguen. A lo mejor por eso vienen los demonios. ¿Y si la próxima vez que aparezcan se me llevan lejos?

»Kenneth tiene el pelo blanco y rizado, unos extraños ojos rojos y una cara como la ceniza, pero es mi amigo y le gusta mi compañía. Sabe muchas cosas de las plantas, las aves y los animales, y tiene una mangosta domesticada que mata serpientes, como Rikki-tikki-tavi de *El libro de la selva*. Cuida de los árboles frutales, de los cerdos, las cabras y los pollos. Me ha dicho que un día de estos puedo quedarme a mirar cómo raja la garganta de una cabra, pero yo no quiero. Dice que la sangre es muy poderosa, y no pasa ni un solo día sin que tema que ha llegado el momento en que descuartizará la cabra delante de mí. A veces me lleva a la casita de madera pintada de azul y de una sola habitación donde vive con su madre. La casa se sostiene sobre unas patas, como una mesa, y los dos cerdos negros de su madre viven debajo. La mujer parte cocos y me ofrece su leche. Luego me canta salmos. Cuando va a misa se pone un enorme sombrero púrpura con una pluma roja. Me ha dicho que el niño Jesús siempre cuidará de mí, pero yo no la creo. Tengo la sensación de que no le importo en absoluto. No acudió en mi ayuda cuando llegaron los endemoniados bailarines, porque recé y no me sirvió de nada.

»Una vez pasé toda la tarde en casa de la madre de Kenneth sin que mamá y mi padrastro se enteraran de que me había marchado. Se pondrían como locos si supieran dónde estuve, pero nunca les digo a donde voy, porque nunca les cuento nada. A veces, la gente del pueblo va a ver a Kenneth y le paga por sus servicios; pero, aparte de mí, no tiene amigos. Kenneth dice que podemos compartir nuestros secretos porque los dos somos unos marginados. Pregunté a mamá qué era un marginado, y ella me dijo que es una persona a la que nadie quiere; por eso supongo que tiene razón. Aunque no creo que la anciana sea una marginada. Creo que es ella quien no quiere a los demás. Ojalá yo también fuera así. Ojalá me diera todo igual.

»Ha sucedido una cosa interesante. He hablado con esa señora mayor. A ella tampoco le gusta mi madre. Regresamos juntas desde las porquerizas tras su habitual visita al acantilado. Siempre se queda muy cerca del borde y mira hacia abajo. Yo siempre pienso que caerá, pero nunca sucede. No sabe que la observo. Habló conmigo como si yo fuera una persona mayor, y dejé de querer ser invisible para ella. Creo que un día le haré una visita. Me pregunto si también habrá visto a los bailarines, si conoce a Jab-Jab. A lo mejor, también corre peligro.

De repente, Marnie dejó de leer.

—Eso es todo lo que he escrito —dijo sin levantar la mirada—. Me faltó tiempo.

Se oyeron unos murmullos aprobatorios entre el grupo, que había escuchado su historia con gran atención.

—Gracias, Marnie —dijo Catherine con voz queda—. Ha sido fascinante. Has cautivado a la audiencia, y nos has contado muchas cosas en muy poco tiempo. Se nota que has puesto a trabajar la imaginación; te ha ido muy bien emplear el presente de indicativo. ¿Te ha sorprendido constatar que has podido escribir de corrido desde el comienzo?

—Sí, la verdad es que sí. De repente, todo ha empezado a fluir, y habría podido seguir escribiendo sin parar. No... no esperaba este resultado y tampoco tenía la intención de escribir esta historia. Había planeado algo distinto. Es extraño. Ha sido como si, al ponerme a escribir, me hubiera convertido en una niña de nuevo. —Levantó los ojos y vio que todos le sonreían. Les devolvió la sonrisa con cautela, y luego musitó: —Gracias por escucharme. —Se reclinó en su silla y cerró los ojos, como si tanto contacto visual hubiera sido excesivo para ella.

Christopher Piper, que había estado observando el rostro de Marnie mientras leía, pensó que su aspecto era de absoluto agotamiento.

—Te toca, Win —intervino Catherine con brusquedad. Sabía por experiencia que las emociones pueden descontrolarse con facilidad en la cargada atmósfera de una clase de escritura y pensó que sería mejor que Marnie dejara de ser el centro de atención y dispusiera de unos minutos para recuperarse—. ¿Puedes leernos tu texto?

—Bien, temo que será difícil seguir después de la lectura de Marnie —dijo Win—, pero viendo que todos estamos en el mismo bando y que ella ha sido muy valiente empezando, lo intentaré. Me temo que no han ocurrido grandes cosas en mi vida, y que tampoco he hecho nada interesante, pero cuando propusiste que podríamos escribir sobre alguien en concreto, en seguida pensé en esas tardes de domingo en que íbamos a tomar el té con mi abuela, cuando yo era pequeña.

—Perfecto —la animó Catherine—. Comparte su retrato con nosotros, por favor.

Win leyó con su aterciopelada y bien timbrada voz y esbozó un retrato muy diferente del exótico escenario de las Antillas. Transportó a sus oyentes a una pequeña granja de Yorkshire Dales, a principios de los años cincuenta, presidida por una mujercilla indómita, doblada por la mitad como un viejo corchete, con un corazón de oro, una voluntad férrea como las paredes de piedra de muela entre las que vivía y un ingenio como el restallido del látigo del Llanero Solitario.

Cuando terminó su relato se oyó un espontáneo arranque de aplausos entre el público, aplauso que no le dedicó su marido.

—Buen texto, Win —dijo Catherine observando la expresión contrariada de Stanley y decidida a no brindarle la oportunidad de hacer comentarios denigrantes antes de que ella pudiera dar su propio veredicto—. Me ha encantado escuchar dos espléndidos trabajos inaugurales con un estilo tan contrapuesto. Esto es precisamente lo que quería demostraros: todos tenéis un material único a vuestra disposición si le dais la oportunidad de que aflore. Marnie nos ha intrigado y alarmado; hemos sentido su miedo y su soledad, y nos ha trasladado a un entorno exótico. Win nos ha leído un texto muy intenso y completamente distinto. Hemos percibido el aroma de esos bollitos enharinados al salir del horno, hemos sentido el frío que hacía en el helado retrete exterior en invierno y disfrutado del calor de la vieja cocina económica en el interior de la casa; y también hemos comprendido que en la cocina de esa granja se dispensaba una bienvenida muy cálida. Gracias a las dos. Muy bien. Morwenna, ¿te importa leer a continuación?

Mientras escuchaba a los distintos lectores, Louisa iba tomando conciencia, no sin cierto malestar, de que empezaba a angustiarse por tener que mostrar al público lo que había escrito, y a avergonzarse también por no haber previsto que el nivel general del grupo sería tan alto... Los arrogantes prejuicios que había albergado le hicieron sonrojarse.

Morwenna escribió sobre la primera parcelita de jardín que le asignaron cuando era niña, sobre el paquete de semillas de

Nasturtium que compró con sus ahorros y sobre el inquebrantable amor por el cultivo que aquello generó en ella. La dentuda Joyce les hizo reír con un animado relato sobre los turistas que en verano invadían su tienda de regalos y el coronel escribió sobre el orgullo que sentía por los hombres de su sección y sobre la primera vez que entró en combate como joven subalterno al servicio de los Fusileros de Northumberland en Aden, a principios de los años sesenta. Había escrito unas frases cortas y acompasadas («Bastante parecidas al fuego a discreción», pensó Louisa) que resultaron muy apropiadas para su temática.

No les costó mucho adivinar la identidad de los personajes que poblaban las hojas de Bunty: elfos saltarines, simpáticos gnomos y setas mágicas (los oyentes dieron por descontado que no debían de pertenecer a una variedad alucinógena).

Christopher Piper, al igual que Marnie, empleó el presente de indicativo para describir la sobrecogedora impresión que le causaron en la infancia las magníficas esculturas de piedra del pórtico septentrional de la catedral de Chartres. El temor se había apoderado de él, y le había hecho tomar conciencia de la existencia de una «otredad» que jamás olvidaría.

—Pero he de reconocer que acababa de leer *El lebrel del cielo*, que era lectura obligatoria para los exámenes del bachillerato elemental —confesó con sequedad cuando terminó de leer—. Por eso fui proclive a caer en la fantasía de sentirme guiado por lo divino. Sentimiento que no duró mucho tiempo.

Louisa lo miró sorprendida. No esperaba eso en absoluto. Se preguntó si en el pasado no habría sido monje, como Isobel sugirió la noche anterior mientras tomaban el té.

—Creo que, de este texto en prosa, podrás extraer material para un poema, Christopher —le dijo Catherine con seriedad—, aunque sospecho que eso ya lo sabes.

—Es posible —dijo él complacido—. Eso espero... De todos modos, lo trabajaré más. Es interesante escribir sobre un tema que no sea de nuestra elección. —De repente, el joven sonrió—. Hacía muchos años que no lo hacía... ¡Es muy saludable!

Stanley Heslington fue la única persona que no se sintió preparada para leer en voz alta lo que había escrito... Aunque alguno pensara que la auténtica razón era que, en realidad, no había escrito nada. Win parecía desesperada.

—Creo que mi nivel no es tan elemental como lo que acabamos de oír —dijo Stanley; afirmación que fue recibida con un silencio pétreo por parte del grupo.

Miró desafiante a su alrededor, buscando provocar una discusión y esperando claramente que lo presionaran para cambiar de idea. Por eso la fría intervención de Catherine («No pasa nada, Stanley. Este trabajo es voluntario») y su decisión de pasar a la siguiente persona sin demora no le agradaron en absoluto.

—Bien, Louisa, te ha llegado el turno —dijo Catherine pensando que la dicharachera joven, cuya confiada vivacidad parecía entrar en contradicción con su demacrada y delicada fragilidad física, estaba curiosamente nerviosa. La noche anterior, se había fijado en el inesperado cambio de humor de la muchacha, pero eso no era infrecuente. En tantos años de tutorías, Catherine se había acostumbrado a que sus alumnos, aun las personas más inesperadas, sufrieran trastornos emocionales repentinos cuando empezaban a explorar aquella faceta de su pasado que, por lo general, mantenían firmemente oculta—. ¿Terminas tú la sesión? Ya sé que lo más difícil es ser el primero o el último, pero espero que nos obsequies con el resultado de tu trabajo.

—Sí, por supuesto —dijo Louisa, pensando con decisión que si Marnie había tenido la valentía de ser la primera, de ningún modo iba a negarse ella a ser la última, sobre todo cuando no deseaba ponerse en el mismo plano que Stanley Heslington y mostrarse poco cooperativa. Respiró profundamente, miró su cuaderno y empezó a leer:

—«Nunca olvidaré mi decimoséptimo cumpleaños, porque ese día fue la primera vez que vi al señor Brown, y porque fue el señor Brown quien me hizo decidir que seguiría viviendo... que lucharía contra mi enfermedad y seguiría el tratamiento que tanto me afectaba. La primera vez que vi su cuerpo magullado en una caja de cartón, de repente abrió unos enormes ojos oscuros y noté que me miraba como si me estuviera viendo por dentro.

Si un ser humano me hubiera observado de ese modo, en ese momento, yo habría huido, porque estaba harta de que me observaran, me toquetearan, me bombardearan con preguntas y me hicieran análisis, pero eso era diferente. Fue como la manera de comunicarse de dos criaturas asustadas que debían enfrentarse a circunstancias desconocidas y futuros inciertos. Quizá suene un poco fantasioso, pero es la sensación que me asaltó en aquel momento. En fin, nos miramos e hicimos un pacto, la triste y despeinada pareja. "Si sobrevives —le prometí—, yo también sobreviviré. O todo, o nada. Si puedes superarlo, yo también voy a poder, pero si mueres... ¡ay, si mueres! —le juré—, entonces abandonaré y también moriré yo. Así ahorraré problemas a todos." Fue un juramento espeluznante, pero marcó el comienzo de mi lucha por la vida... y de la suya. Me habían advertido que se me caería el pelo; lo esperaba y lo temía (pero también suspiraba por poder ser la excepción). Siempre piensas que a ti no te tocará, pero cuando al despertar por la mañana empecé a encontrar cabellos en la almohada y terminé retirándolos a mechones, me abandoné a la autocompasión. Me regodeé en ella. Me sentía como un antigualla roída por las polillas y no quería mirarme al espejo, pero, al mismo tiempo, fue creciendo en mí una morbosa fascinación por mi reflejo, y me contemplaba cuando pensaba que nadie me veía. Era como una adicción. No cabe duda que mi salud mental se resintió porque me encontraba mal y, además, me veía horrorosa, pero había algo más. En realidad, antes de que me diagnosticaran el cáncer no me había sentido mal, solo cansada y apática. Por eso la idea de que era el tratamiento en lugar de la enfermedad lo que parecía infligir tanto daño a mi cuerpo me sacaba de quicio. Mis pobres padres lo pasaron fatal. No sé cómo lo soportaron. Quise abandonar la quimioterapia y me negué a cooperar. Supongo que, al menos, la rabia fue una reacción positiva, pero cuando empecé a perder el cabello, me cerré en banda. Ahora sé que mis padres y los médicos estaban muy molestos con mi actitud. Mi madre me contó que nuestro médico de cabecera, que me conoce desde que era pequeña, no paraba de decirle que, fuera como fuese, tenía que obligarme a luchar contra la enfermedad, a cooperar en el tratamiento con mi fuerza de voluntad, pero yo me mostraba intratable.

»Siempre fui la malcriada de la familia. Mis hermanos mayores me consentían, bromeaban conmigo y me protegían, y mis padres me adoraban y me mimaban. Tenía un hogar maravilloso. Vivíamos en el campo; con ponis, perros, muchísimo amor y una sana alegría. En la escuela, fui esa alumna popular que da por descontada su hermosura (¡Dios, debía de ser insufrible!). Lo cierto es que en mi mundo siempre había lucido el sol, y tenía la certeza de que en él vivía gente dispuesta a darme un beso ante el más insignificante de los contratiempos. Me sentía inviolable... Por eso, al ponerme enferma, carecía de las estrategias necesarias con que afrontar los reveses de la vida, por no hablar de las verdaderas desgracias, y estuve a punto de rendirme.

»El día que cumplí diecisiete años, un amigo de uno de mis hermanos, que era algo mayor que yo, encontró un polluelo de búho pardo en el arcén de la calzada. El animalito había sido arrollado por un automóvil. Ese amigo entendía mucho de aves, sobre todo de rapaces (tenía un gavilán mixto al que entrenaba en persona), y se dio cuenta de que no debía cogerlo con las manos, porque podría morir por la conmoción o dañarse todavía más si luchaba. El chico logró recogerlo con muchísimo cuidado empleando una vieja toalla para el perro que llevaba en el asiento trasero del coche, lo colocó en una caja de cartón y se lo llevó a casa. Siempre ha tenido una gran facilidad para reparar objetos, y consiguió pegarle el pico, que estaba prácticamente destrozado, con cola de impacto, aunque no se atrevió a examinarlo con más detenimiento. Iba de camino al veterinario cuando, de repente, pensó que el animal podría interesarme porque, antes de enfermar, de vez en cuando solía llevarme a la caza del halcón. En fin, decidió que primero pararía en casa para enseñármelo. El búho se hallaba en un estado espantoso. Estaba mojado y sucio, herido, y solo conservaba la mitad de las plumas. Miré en el interior de la caja y pensé que éramos de la misma especie, porque también a mí me quedaba tan solo la mitad de las plumas. Adam, este amigo, me preguntó si me gustaría ir al veterinario con él, y yo le dije que sí, lo cual fue una gran decisión por mi parte porque entonces no aceptaba tener el pelo como si me hubieran atacado los piojos y no podía soportar que la gente me viera. Por otro lado, no me estaba permitido ir a lugares donde pudiera pillar una infección, pero para hacer justicia a mi madre, fue ella quien me animó a ir. Creo que se dio cuenta de que había sucedido algo importante. Subí al coche de Adam, coloqué la caja sobre mis rodillas y nos fuimos al veterinario.

»Era preciso inmovilizar la pata del búho y arreglarle el ala, pero aunque el veterinario pensó que Adam había hecho un trabajo espectacular con el pico aplastado, creía que el animal no podría superarlo. Contra todo pronóstico, el señor Brown, que es el nombre que le pusimos, sobrevivió... y yo también. Hasta entonces desconocía la estricta normativa que existe sobre la tenencia de aves salvajes en cautividad. Tuvimos que pedir al veterinario que nos extendiera un certificado para demostrar que Defra, es decir, el señor Brown, no habría podido sobrevivir si lo hubiéramos dejado en libertad. Todavía vuela para cazar, aunque solo revolotea hasta las ramas más bajas. Adam me lo regaló por mi cumpleaños. Son muchos los que han querido comprarlo, pero por suerte me han prohibido venderlo; aunque tampoco lo haría nunca, porque no pienso separarme jamás de él. El día después de que se instalara en casa, me dejé afeitar la cabeza y, cuando el tratamiento finalizó, el pelo volvió a crecer, como me habían prometido. Y las plumas del señor Brown también volvieron a crecer. Ahora es un hermoso ejemplar. A veces me lo llevo a dar una vuelta (le encanta el coche) y, en ocasiones, se queda con Adam, pero casi siempre está en su propio aviario, en casa de mis padres, y es extremadamente dócil. Le gusta posarse en mi hombro cuando estoy en casa mientras yo ando de un lado para otro, siempre y cuando lleve alguna protección acolchada (las garras de los búhos son muy afiladas). Si le pongo el dedo en el pico lo acaricia, pero no muerde. Temo que le suceda algo malo. Sigue en buena forma, pero ya tiene once años, que son muchos, incluso para un búho que vive en cautividad;

en plena naturaleza, la edad que suelen alcanzar es de unos siete años. Es el icono de mi recuperación.»

Louisa dejó de leer y volvió a reinar el silencio en la sala, pero en esa ocasión, y a diferencia de la reacción que había provocado Stanley, el silencio era amistoso, solidario.

—Siento que el texto esté un poco deslavazado —dijo Louisa disculpándose—. En realidad, creo que está bastante liado.

—Ya os dije que no pretendíamos escribir textos elaborados —dijo Catherine—. Lo importante es que nos has tenido en vilo, y tengo la sensación de que, para ti, la experiencia también ha sido importante.

—Sí —asintió Louisa—. Marnie ha escrito que la vida es un regalo, algo con lo que no deberíamos tomarnos libertades. Yo también lo creo. Es una lección que aprendí, aunque en circunstancias muy distintas.

—¡Todo esto es fantástico! —exclamó Catherine—. Nadie podrá negar que esta mañana hemos oído unas historias fascinantes. ¡Buena manera de empezar la semana! La verdad es que todos os habéis ganado el almuerzo, y creo que os iría muy bien un descanso después de tantas confesiones. Sois unos alumnos magníficos y querría agradeceros vuestra actitud. Giles e Isobel me han pedido que os diga que cada día, para almorzar, os prepararán un bufet en la sala grande; así que ya podéis ir a serviros. Por la tarde habrá tiempo libre. Si lo deseáis, podéis dedicarla a escribir o a buscar inspiración en la naturaleza. Se pueden hacer unos paseos muy agradables subiendo la colina que hay tras la casa, o bien bordeando el lago. Nos veremos a las cinco.

Los miembros del grupo se levantaron para ir a la sala de reuniones, estimulados por la promesa del almuerzo. Louisa coincidió con Marnie en la cola que se había formado frente a la sopa casera y los panecillos calientes. Las dos mujeres se dirigieron una mirada de mutuo respeto, conscientes de que, tras haber leído y compartido unas historias tan íntimas, las relaciones de todos los participantes del aula habían cambiado inevitablemente. Curiosamente, Marnie tomó la palabra.

—Tú y yo hemos empezado con mal pie —dijo con brusquedad. El deseo de ser aceptada vencía a su habitual actitud de mostrarse a la defensiva—. Quiero pedirte disculpas porque, seguramente, la culpa fue mía. —Marnie se encogió de hombros con impotencia—. En general, suele ser culpa mía. Soy un caso perdido para hacer amistades. Parece que no consigo cogerle el tranquillo.

—Y yo fui antipática y engreída —se apresuró a añadir Louisa—. Me ha fascinado lo que has escrito. Hemos vivido experiencias muy duras, y a muy tierna edad, aunque sean completamente distintas. Me encantaría oír tu historia. ¿Quieres que vayamos a pasear esta tarde? Necesito despejarme un poco después de tanta introspección.

Pensó que Marnie rechazaría su ofrecimiento, por lo que se sintió muy complacida cuando esta asintió.

—Claro que sí. Me encantaría. Me han fascinado esas revelaciones tan personales, y no lo esperaba en absoluto; te hace ver a los demás bajo una luz muy distinta, y te entran ganas de saber más cosas. Me gustaría que me hablaras de tu icono de recuperación... Siempre me han gustado los búhos.

—Y yo quiero que me hables de Kenneth y de esa anciana señora. Tengo la impresión de que fue muy importante para ti. ¿Me equivoco?

—Ha sido uno de los factores más decisivos de mi vida... Y es la razón de que haya venido a Glendrochatt.

—Quedemos después del almuerzo. Subiremos a la colina, nos sentaremos junto al arroyo, escucharemos el canto de los zarapitos y, juntas, arreglaremos el mundo.

—Muy bien. Te contaré cosas de la anciana dama. Basta una sola persona para cambiar tu concepción del mundo, y eso es lo que ella hizo por mí. —Marnie torció el gesto—. Aunque las malas costumbres tardan en desaparecer. Todavía estoy procurando cambiar, ¡y ya llevo veinte años en el intento!

No quisieron sentarse juntas durante el almuerzo para no empezar a intercambiar sus experiencias hasta que estuvieran solas, pero tan pronto terminaron la comida, se dirigieron hacia la colina que había tras la casa.

Christopher Piper vio marcharse a las dos jóvenes y se encaminó en la dirección opuesta (pensando que eso era lo que le sucedía siempre últimamente). Esas historias también lo habían impresionado, hasta el punto de que ahora miraba a sus compañeros con ojos distintos y sentía curiosidad por conocerlos. En concreto, le habría gustado conocer más a fondo los acontecimientos que habían tenido lugar en las Antillas (que, sin duda, debían de ser la causa de que Marnie tuviera un carácter tan difícil y desconfiado), y, asimismo, hurgar en las inesperadas sombras que se habían cernido sobre la vida de Louisa, en apariencia tan diáfana. Fueron pocos los que seguían encajando en la imagen que Christopher se había formado de ellos en un principio, y pensó con ironía que eso también podía aplicarse a su persona. Antes de almorzar, se le había ocurrido que le propondría a Louisa ir a dar una vuelta por la tarde, pero, por lo que parecía, Marnie se le había adelantado. En fin, tampoco estaba muy seguro de estar preparado para mantener una charla íntima con Louisa Forrester, por muy atraído que se sintiera por ella. Se podría producir una situación incómoda.

6

Louisa y Marnie caminaron hacia la parte posterior de la casa, atravesaron una pequeña cerca y salieron a la ladera de la colina hablando con naturalidad del resto de miembros del grupo y comentando el asombro que les habían causado los reveladores textos de los demás. Coincidieron en calificar de inexcusable la conducta de Stanley y de aguda la actitud de Catherine al poner en evidencia el talento de Win y darle ánimos. Ambas manifestaron su preferencia por el coronel, Morwenna y Joyce.

—¿Y Christopher Piper? —preguntó Louisa mientras iban siguiendo el arroyo colina arriba—. ¿Qué te ha parecido? ¿No encuentras que es un enigma? ¿Quizá un príncipe azul? ¿Un chulo?

—Todavía no sé qué pensar de él —respondió Marnie con cautela, consciente de que debía de parecer envarada y aburrida a los ojos de Louisa, «y seguramente falsa», pensó arrepentida.

—¿Lo pasasteis bien tomando una copa?

Marnie se encogió de hombros, tristemente consciente de lo complicada y desagradable que se había mostrado con Christopher la noche anterior cuando, en secreto, habría deseado ser tan extrovertida y divertida como parecía mostrarse Louisa sin aparente esfuerzo.

—No estuvo mal —explicó Marnie—. Es simpático, pero tampoco lo encontré muy relajado. Seguro que la culpa es mía.

—Al menos, no me negarás que es atractivo.

—Es muy guapo, la verdad... Si es que te va ese tipo de hombres —dijo Marnie quitándole importancia al asunto.

—Ah, pues a mí sí me va ese tipo, ¿a ti no? En fin, creo que su presencia contribuirá a hacerme la semana más divertida. Me muero por saber más cosas de él porque creo que le ocurrió alguna desgracia después de conocernos, hace ya algunos años. La verdad es que me gusta mucho.

Marnie pensó que era increíble que Louisa se atreviera a manifestar sus preferencias de un modo tan abierto con alguien que acababa de conocer. Ni en un millón de años se habría atrevido ella a comunicar sus esperanzas y deseos a otra persona. Pensó que, en el caso de que Louisa se dedicara al juego, el póquer no sería su fuerte.

Llegaron a un puentecillo de piedra que cruzaba el río.

—Si lo cruzamos, nos podremos sentar y apoyarnos en esa roca... Tomaremos el sol protegidas del viento —propuso Louisa—. Desde aquí, la vista alcanza kilómetros de distancia. Abre bien los ojos porque, a lo mejor vemos algún águila.

—Ah, me encantaría... —suspiró Marnie—. La condesa de las Antillas solía hablarme de las águilas doradas... y de las nutrias, los ciervos y las focas... recordando su infancia en Escocia. Y ya que hablamos de aves... cuéntame cómo es tu búho.

—Muy bien. ¡Caray, qué calor que tengo después de haber subido la colina! No estoy en forma. —Louisa se quitó el jersey y ambas se dejaron caer en la musgosa hierba, que estaba asombrosamente seca. Estuvieron contemplando el paso de las nubes por el cielo resplandeciente y azul. No se veía rastro alguno de águilas, pero en lo alto un ratonero chillaba y volaba en círculos, y los zarapitos lanzaban al aire la llamada de la primavera, que sonaba como el murmullo del agua de la turba cuando cae entre las rocas. Louisa habló de su amado búho, el señor Brown, de lo domesticado que estaba, de su personalidad, de lo divertido y hermoso que era.

—Cuando lo ves de lejos, crees que es de color marrón, un marrón apagado, pero cuando se posa en tu brazo, te maravilla la variedad de tonalidades que tienen sus pardas plumas, su delicadeza, el modo en que se solapan. La gente dice que los búhos son sabios, pero, en realidad, siento reconocer que son las aves menos inteligentes que existen: son tontas de remate. A veces, el señor Brown olvida que es un ave, se imagina que es un perro e intenta seguirme con paso zambo, con los andares bamboleantes de un marinero borracho, lo cual es tremendamente gracioso... siempre y cuando le des algo sabroso después, como un pollito muerto.

—¿Y él también te quiere? ¿Crees que el aprecio es mutuo?

—Es difícil saberlo. A lo mejor piensa que soy su compañera; y, por supuesto, su fuente de alimentación. Desde luego, no le tengo afecto porque sea inteligente, aunque posee cierta encantadora astucia a la hora de pedir comida. Ahora bien, a mí me gusta creer que nuestra extraña relación se mueve en otro nivel. A lo mejor todo son imaginaciones mías. —Louisa hizo una mueca de desaprobación y se encogió de hombros—. No te rías, pero yo le cuento cosas... Le pido ayuda... Ya sé que parece una bobada. Pero me sale de dentro.

—Puede que lo tuyo sea una versión para adultos del osito de peluche infantil, que para mi tuvo una importancia fundamental. Quizá es tu mecanismo para la oración, tu rosario... Pero también la piedra de toque que sirve para aclarar los pensamientos. —Marnie reflexionó para dar con la palabra adecuada—. Quizá es un mediador, un intermediario entre el yo cotidiano y esa faceta espiritual que desea comunicarse con lo divino.

Louisa la miró sorprendida.

—Sí, tienes razón. Gracias. Eso es exactamente. ¿Cómo lo has sabido?

Sin embargo, Marnie, tras haberse aventurado en el mundo emocional de Louisa con tan inesperada empatía, parecía retraerse de nuevo, distanciarse con timidez de la intimidad del momento como un caballo asustado. Louisa casi temió que saliera galopando colina abajo.

—Cuéntame lo de la caza con halcón —dijo Marnie—. Mencionaste que tu amigo, el que salvó al señor Brown, se dedicaba a la cetrería.

—Humm... Adam. Le vuelve loco. A mí me enganchó a los catorce años. —Louisa volvió a un terreno más neutral y le contó a Marnie que era muy excitante hacer volar a los halcones con señuelo o con presas vivas—. Notas que no solo eres una espectadora, sino que formas parte del paisaje, de la naturaleza... una naturaleza inquietante y, a veces, brutal. Te sientes primitiva..., que formas parte del viento y de los humedales. Nada que ver con versiones edulcoradas de la vida salvaje. Es fabuloso. Adam empezó con un cernícalo y luego se compró un gavilán mixto, aunque también ha hecho volar milanos negros, búhos reales y diversos halcones. Es buenísimo entrenando. Me encanta acompañarle cuando sale con su gavilán, y todavía lo hago, pero ahora con menor frecuencia... Solo cuando estamos en casa de nuestras respectivas familias, en Yorkshire. Llevamos varios años juntos, trabajando y viviendo en Londres. Adam es un abogado muy serio, pero se convierte en otro cuando salimos al campo.

—¿Qué ha sucedido con él? —preguntó Marnie—. Y no me refiero al señor Brown, sino a Adam. ¿Seguís juntos?

—Ya no —contestó Louisa con gran tristeza—. Acabamos de cortar... He sido yo quien lo ha dejado. Quiero que sigamos siendo amigos, pero necesito un cambio. Por desgracia, sus sentimientos son distintos de los míos y se lo ha tomado muy mal. Me siento fatal por ello. Ha sido la roca en la que me he apoyado durante años... y ahora lo he dejado plantado.

—Pero una relación no se puede basar únicamente en la gratitud —dijo Marnie, quien, de repente, sintió pena por la refinada Louisa—. ¿Todavía te hacen revisiones... aun cuando ya hayan transcurrido diez años? —le preguntó con curiosidad, imaginando lo que debía de ser vivir bajo la amenaza de morir tan joven, y admirando la decidida actitud que Louisa mostraba ante la vida—. ¿Sigue siendo un problema para ti o ya lo has superado completamente?

Louisa hizo caso omiso de la pregunta.

—¿Quién logra superar las cosas del todo?— dijo ella con jovialidad—. Estoy bien, y he tenido mucha suerte. Sigo pasando controles y, cuando los termino, es un gran alivio saber que dispongo de un nuevo plazo, de un año más. Mientras tanto, no quiero pensar en ello. Las historias clínicas son aburridas, y he tenido que soportar muchísimo.

Por la expresión de su rostro, Marnie adivinó que la cosa no era tan fácil como Louisa la había pintado, pero como ella era la última persona del planeta que querría sonsacar información a quien no quisiera dársela, no la presionó.

—No hablemos más de mí. —Louisa lanzó un guijarro al remanso que había a sus pies y volvió a ponerse el jersey, aunque Marnie pensó que todavía hacía un calorcillo muy agradable—. Te toca. Cuéntame qué sucedió en las Antillas. Es obvio que pasó algo de suma importancia.

Marnie le habló de los extraños acontecimientos que desencadenaron la aterradora enfermedad de su madre, le contó que la vieja señora la había salvado y que se habían creado unos lazos insólitos entre ambas que, para ella, todavía representaban en el presente la relación más sólida que había tenido jamás.

—Quizá se debió a que nos separamos muy pronto —comentó con aire sombrío—. A lo mejor no habría durado tanto si ella hubiera llegado a conocerme mejor. Soy una negada para las relaciones humanas. Lo habría estropeado.

Como había sucedido durante la lectura de Marnie en clase, Louisa creyó percibir que la joven entraba en un estado casi hipnótico al describir los tétricos acontecimientos que habían ocurrido durante su infancia. Sin duda el recuerdo estaba muy vivo, y las dos mujeres se quedaron tan ensimismadas con la narración que perdieron toda noción del tiempo.

Al principio, cuando lucía el sol y hacía calor, a Louisa no le costó sentirse transportada por la historia de Marnie e imaginarse a sí misma en una isla caribeña, pero a medida que fue cayendo la tarde, el aire empezó a ser más frío. Una repentina brisa empujó con rapidez las sombras creadas por las nubes hacia las colinas. Parecía como si los oscuros retazos de los helechos, todavía mustios por el invierno, avanzaran arrastrándose por la superficie de la tierra como una alfombra gastada. A lo lejos, las altas cumbres seguían coronadas de nieve y algunas salpicaduras de blanco se acumulaban en las hondonadas formadas al pie de los afloramientos rocosos, recordatorio de que la primavera todavía podía retirar sus favores, pensó Louisa.

Marnie se incorporó y encogió las rodillas. Se sentía tan desorientada como si hubiera regresado de un largo viaje o hubiera despertado después de un sueño muy intenso y aún se encontrara en ese mundo intermedio que existe entre ambas realidades. Contempló el desconocido paisaje de bosques y campos de Perthshire. Unas flores mecidas por el viento, las diminutas y blancas anémonas de los bosques que, en las zonas más umbrías, aún destacaban como estrellas entre la hierba, danzaban al son de la brisa, y unos macizos de prímulas anidaban en la orilla musgosa que, desde lo alto, presidía el arroyo torrentoso. Casi se sorprendió de no hallarse frente a unas flores grandes y exóticas y de no oír el rugido del océano y el restallido del viento en las palmeras.

—Y después de regresar a Estados Unidos, ¿nunca volviste a ver a la condesa? —preguntó Louisa.

—No —contestó Marnie con tristeza—. No volví a verla, y lo lamenté muchísimo... aunque ella mantuvo su promesa. Me escribió. Se marchó a Italia poco después de que nosotros nos fuéramos de St. Matt. Conservo tres cartas que me escribió desde su casa. Nunca las tiré.

Marnie miró a Louisa haciéndose conjeturas, como si calibrara si podía confiar en ella como futura amiga.

—Pero no solo me escribió —siguió contándole—. Me legó sus diarios. Sin embargo, hace poco que he tomado posesión de ellos y todavía estoy intentando recomponer su historia y saber más cosas de su vida. Es muy difícil, porque obviamente no fue una mujer que tomara metódicamente notas, sino que escribía sus diarios con intermitencias (y, por lo que he podido descubrir, de manera errática también, sin que nada lo justificara). Empezaba contando algo interesante y, de repente, abandonaba la narración. Además, su letra es complicadísima de leer, por no mencionar que a ratos está en italiano. Hay numerosas lagunas. Es tentador, pero hasta hoy no había querido que nadie más lo leyera. Sé que parece una bobada, pero sentía como si traicionara una confidencia, y lo cierto es que voy a necesitar ayuda. En fin, a partir de lo que he logrado descubrir, tengo la vaga sensación de que la condesa debía de ser testaruda, apasionada... y, sin duda, capaz de manifestar e inspirar un gran amor. Valiente, también (creo que lo pasó muy mal durante la guerra). Supongo que debía de ser una mujer muy difícil de tratar si se cerraba en banda. Y sorprendentemente divertida (sus comentarios sobre los demás son mordaces y jocosos). Me ha fascinado por completo.

—¿Cuándo falleció? —preguntó Louisa—. He creído entender que, cuando la conociste, ya era una anciana y estaba enferma.

—Lo estaba. Bueno... Sí, estaba enferma y, desde luego, era mayor, aunque no creo que tuviera más de setenta años (por supuesto, a los ojos de una niña, debía de ser una mujer vieja). Murió de cáncer seis meses después. Parece ser que entonces ya sabía que solo le quedaban unas semanas de vida, pero viajó a Estados Unidos para conocer a mi padre y hablarle de mí, algo que en esa época yo desconocía. Por desgracia, yo no estuve presente porque acababa de marcharme a Inglaterra. A la condesa le habría gustado verme, pero no logramos coincidir. Si lo hubiera sabido entonces, se me habría partido el corazón. Mi padre me ha contado que le causó una honda impresión (quedó entusiasmado con ella y pensó que se encontraba frente a una mujer con gran estilo y dignidad), muy imperiosa, muy *grande dame*. Es raro que le sucediera eso, porque mi padre es un hombre poderoso, que impone respeto, el presidente de una enorme compañía internacional, y la gente no suele abrumarle ni, dada su considerable altura, le hace sentirse insignificante. Dijo que le dejó muy claro lo que pensaba de él y de mi madre como progenitores. Imagínate a la condesa haciendo todo eso por una chiquilla a la que apenas conocía... Una criatura, por otro lado, fea y muy desagradable.

—Es obvio que ella no te encontraba desagradable —dijo Louisa, sorprendida de que las lágrimas asomaran a sus ojos, compadeciéndose de la pequeña y solitaria Marnie—. Tú también debiste de darle alguna cosa... aportarle calidez a los últimos días de su vida, cuando creía que ya nunca volvería a sentir nada. Es imposible que eso no fuera recíproco.

—Espero que no. ¡Qué consuelo tus palabras! Te lo agradezco. —Marnie dedicó a Louisa una de sus fugaces y escasas sonrisas—. Le contó a mi padre el incidente con Kenneth y su preocupación por que mi interés por el ocultismo pudiera tener efectos nocivos. Creo que no le faltaba razón. Todavía hay momentos insólitos en los que me siento desbordada por alguna presencia oscura que, aunque no logro explicar, identifico con esa época. Debió de poner muy nervioso a mi padre, porque cuando mi madre me envió de vuelta a Estados Unidos, él insistió en que me quedara una larga temporada con él. Fue uno de los períodos más estables de mi infancia... hasta que él y su esposa rompieron y volvieron a cambiar las condiciones de vida para todos.

—¿Tu madre sabe lo que intentaste hacerle? —preguntó Louisa con curiosidad.

—No, ya se lo pregunté a mi padre. Parece ser que la condesa le hizo prometer que no se lo diría a mi madre. Pensaba que, sin duda alguna, ella lo utilizaría en mi contra si le convenía. Papá dice que la dama la emprendió con mi madre durante un buen rato y que habló con un gran desprecio de ella.

—¿Qué más sabes de la condesa?

—No era italiana de nacimiento. Nació y se crió en Escocia... en la casa del lago de la que tanto me hablaba mientras estábamos echadas en su hamaca. Creo que tuvo una infancia idílica, o eso es lo que me pareció a mí de pequeña. Muchísima libertad, muchos animales, risas, cariño... Todo aquello con lo que yo siempre había soñado. Adoraba a su hermano mayor. Luego, al cumplir los dieciocho, la enviaron a Italia para estudiar arte y cultura, y también, según me contó, para que aprendiera a comportarse como una jovencita educada en lugar de actuar como la fiera revoltosa en la que, según su madre, se estaba convirtiendo. Pero aquello no salió como la familia esperaba. Durante su estancia en el extranjero, conoció al amor de su vida, un italiano procedente de una familia aristocrática, un terrateniente con propiedades en el sur de Italia. Empezó fugándose con su amante (y provocando un terrible escándalo) y luego se casó con él, para disgusto de ambas familias.

—¿Por qué la familia de ella no aprobó esa boda? Terrateniente y conde... A mí me parece un gran partido.

—Porque él tenía quince años más que ella; porque era católico y la familia de ella, protestante. Y lo peor de todo, porque estaba casado y abandonó a su esposa italiana... Una gran desgracia, como supondrás. Ambas familias estaban furiosas y resentidas. Sobra decir que la caridad cristiana brilló por su ausencia en ambos lados. —Marnie hizo una pausa en su discurso.

—¿Y qué más? —preguntó Louisa impaciente.

—Sus diarios no fueron lo único que me legó. Sé que resulta increíble, pero me legó... Me lo legó prácticamente todo. Todo lo que ella poseía y podía legar, claro está. Creo que había unas propiedades en Calabria y un apartamento en Roma que tenían que ir a un sobrino de su esposo. Podrás imaginar mi desconcierto cuando mi padre me contó esta historia hace tan solo unos meses. Me comunicó su muerte en su momento, por supuesto, y se mostró muy cariñoso conmigo porque yo me quedé destrozada; pero nunca me dijo ni una sola palabra de la herencia. Lo recuerdo como si fuera ayer. Supongo que cuesta olvidar la primera vez que la muerte de alguien nos toca de cerca. La condesa lo nombró albacea, a él y a un abogado italiano, y le hizo jurar que lo mantendría en secreto. Dejó que eligiera el momento en que yo debía conocer la historia, pero le aconsejó que fuera después de haber cumplido los veinticinco años. Creyó que era preferible que tuviera más experiencia de la vida antes de entrar en posesión de lo que es una respetable suma de dinero.

Louisa la observaba. Giles tenía razón: Marnie había heredado una fortuna.

—¿Qué contenía el paquete que te regaló cuando se despidió de ti? ¿La primera pista?

—Dos cosas. Un pequeño marco de plata con dos fotografías gastadas en blanco y negro. Una es de una niña de unos seis años vestida con un abriguito en forma de capa y unas medias y posando abrazada a un perrazo lanudo (un lebrel escocés, creo, muy estilo Walter Scott, muy Landseer), y en la parte de atrás, con tinta desvaída, se lee: *Lucy-Anne con Archer, 1920*. Está frente a un portón que, en la parte superior, tiene una especie de emblema o una inscripción labrada en la piedra. La segunda fotografía es de una casa... una torre... situada al borde del agua; una torre con una impresionante entrada en forma de arco... La misma puerta, supongo. En realidad, parece un castillo. El otro regalo es esto. Mira.

Marnie rebuscó bajo su jersey y sacó un relicario de oro que iba unido a una fina cadena. Llevaba grabadas las iniciales L.A.D.G. Se quitó la cadena por la cabeza y abrió el relicario, en cuyo interior había un busto en miniatura de una niña (la misma niña de la fotografía), una niña con un vestido blanco de encaje; una preciosa criatura de intensos ojos azules y larga melena rojiza, que apartaba de su rostro con un lazo anudado en la coronilla.

—Siempre lo llevo encima —dijo Marnie—. Es algo que me une a ella porque, en una ocasión, cuando fui a visitarla a su cuarto, me lo enseñó. No sabes cuánto deseo poder agradecerle lo que hizo por mí... Y no me refiero solo al dinero. Nada la obligaba a cuidar de mí, pero, por primera vez en la vida, sentí que le importaba a alguien, y que ese alguien me valoraba por mí misma. Antes dije que basta una sola persona para cambiar tu concepción del mundo. Ella cambió mi manera de ver las cosas.

—Tú también debiste de darle algo especial —insistió Louisa—. Jamás habría hecho una cosa así si no le hubieras causado una honda impresión. Debía de quererte... Y, por lo que dices, no estaba acostumbrada a manifestar amor por los niños, solo por su marido italiano. ¿No llegaron a tener familia?

—Tuvieron un hijo, pero murió. Creo que solo vivió unas horas. En fin, parece que ella ya no pudo tener más. Los diarios de esa época te parten el corazón. Pero no hay duda de que su esposo, Carlos, la adoraba, y que ese amor, ese magnífico amor, les duró toda la vida. No logro imaginar cómo puede ser querer así. Por lo que parece, él había muerto inesperadamente de un ataque de corazón unos meses antes de que yo la conociera, y ella no logró vivir sin él.

—Como los versos de sir Henry Wotton sobre la muerte de lady Morton —intervino Louisa—. Recuerdo que, cuando iba a la escuela, me hacían llorar. Pensaba que era el poema romántico más breve que se había escrito en lengua inglesa:

> *Él falleció primero; ella un tiempo sin él*
> *intentó vivir; mas no le agradaba, y murió al fin.*

—Sí —comentó Marnie—. Es la primera vez que lo oigo, pero fue así. Tal cual. —Consultó el reloj—. ¡Caray, mira qué hora es! ¡He estado parloteando de mí misma toda la tarde y ya son las cuatro y media! Hace un poco de frío. Debes de pensar que soy una ególatra. Lo siento mucho. Gracias por escucharme, pero hubieras debido interrumpirme.

—¡Ni hablar! Quiero que me cuentes más cosas, pero ahora tendremos que volver corriendo si queremos que nos den una taza de té antes de empezar la sesión de las cinco. No me dejes con este suspense durante mucho tiempo. ¿Prometes no tardar en contarme el siguiente episodio de esta excitante historia?

—De acuerdo, pero solo a condición de que tú también me expliques la tuya con mayor detalle.

—Hummm... A lo mejor, sí —dijo Louisa titubeando un poco—. Pero la mía ni por asomo es tan interesante. Vamos. Será mejor que nos demos prisa.

Se lanzaron por el sinuoso sendero que discurría junto al arroyo, deslizándose y resbalando por los guijarros sueltos a riesgo de torcerse un tobillo, pero encontraron un gran alivio en la carrera tras haber estado hurgando intensamente en el pasado.

Llegaron a la casa riendo y sin aliento, e Isobel, que estaba sirviendo el té y repartiendo galletas caseras en la cocina, pensó que nunca había visto un cambio tan grande como el que apreciaba en Marnie en un lapso tan breve. «El testimonio de los poderes curativos de la risa y la amistad», pensó, y dedicó una mirada de aprobación y agradecimiento a Louisa.

—Vaya, parecéis haber estado tomando una buena dosis del saludable aire libre escocés —dijo sonriéndoles a modo de bienvenida—. Venid a reponeros antes de empezar a trabajar.

Los nueve miembros del curso ya se hallaban reunidos para participar en la siguiente sesión, y todos ellos, salvo Stanley, tenían ganas de empezar. Win, al igual que otros alumnos, había solicitado una tutoría con Catherine y le habían asignado la primera sesión de esa tarde, a las tres. Para desesperación de su marido, llevó consigo varios textos que había escrito en secreto a lo largo de los años con el objeto de enseñárselos a Catherine, y media hora después había salido pletórica de alegría por los ánimos que había recibido. Sin valorar las consecuencias, había compartido sus emociones con su marido, y el egoísta desprecio y el malhumor con que este había recibido sus confidencias la habían dejado atónita, por muy acostumbrada que estuviera a que la desanimaran. Ahora bien, si Stanley esperaba que su esposa abandonara la idea de escribir y se conformara con calentarle las zapatillas y prepararle bizcochos, la había infravalorado seriamente. Con callada decisión, Win se negó a sentirse desmoralizada y desapareció en el jardín con un bolígrafo y una libreta en mano para trabajar sobre algunos de los consejos que le había dado Catherine, dejando solo a su esposo, que se quedó sin poder molestar a nadie.

Morwenna y Joyce habían invitado a Bunty a ir en coche a visitar el pueblecito de Blairalder, donde Bunty, que había sucumbido a un ataque agudo de fiebre de las Highlands que le produjo desastrosas consecuencias, se había comprado un traje de un llamativo tartán de los Estuardos, que completó con una boina escocesa a juego y, como Joyce musitó a Morwenna, suficientes cajitas de caramelos de Edimburgo para producir caries en los dientes de todos sus familiares en los años venideros.

Christopher había bajado al lago en busca de soledad, pero descubrió que el coronel había llegado antes que él. Pensó que, en el pasado, no habría tenido prejuicios en sacárselo de encima, pero el coronel saludó al joven con una simpatía tan sincera que este no tuvo el valor ni la falta de tacto de declinar su proposición de pasear por el lago. A medio camino, a Christopher empezó a fallarle la pierna, pero de ningún modo iba a admitir que prefería regresar. Al caer la tarde, pensó que había logrado conocer a fondo el regimiento del coronel, pero también se sintió aliviado de no haber tenido que responder a un interrogatorio sobre su propia vida.

Estaban sentados en la cocina, unos acomodados a la gran mesa redonda, otros en los agradables y mullidos sofás y butacas que había en el extremo más apartado de la estancia, reuniendo fuerzas con una taza de té y las irresistibles magdalenas de chocolate y galletas de mantequilla que elaboraba Morag, la cocinera de Glendrochatt, cuando entró Giles con un niño de la mano.

—Hola a todos —exclamó Giles—. ¡Mirad lo que hemos traído! ¡No está mal para una productiva tarde de trabajo! Enséñaselo, Rory.

El pequeño corrió hacia Isobel cogiendo por la cola una minúscula trucha parda de unos diez centímetros de largo.

—La he pescado yo solo —le dijo nervioso, y luego añadió con modestia: —Bueno... casi solo.

—¡Es fantástico, cariño! —Isobel se mostraba tan impresionada como requería la situación— ¿Quieres que le digamos a Sheena que te la prepare para cenar?

El niño asintió con entusiasmo y, entonces, intimidado al sentirse el centro de atención de tantas personas, dejó su captura con cuidado en la bandeja de las galletas de mantequilla, se subió al regazo de Isobel y se metió el pulgar, que olía a pescado, en la boca.

Louisa pensó que era el niño más guapo que había visto jamás e iba a decirle a Isobel «¿Así que este es el hijo de Lorna?» cuando algo la paralizó y dejó sin habla, con la boca abierta, como si ella también fuera un pez. En ese momento, Bunty, atraída por la presencia de un niño como un halcón por un polluelo recién nacido, se abalanzó desde el otro extremo de la habitación, se agachó junto a la butaca de Isobel y pidió a Rory que le explicara la historia completa de la batalla del niño con aquel Leviatán de río. No costaba adivinar por qué había consagrado su vida a los niños. Al cabo de unos segundos, Bunty había logrado que el pequeño empezara a contarle la epopeya con todo detalle, desde el maravilloso momento en que habían removido la tierra para que salieran los gusanos que servirían de cebo y que no paraban de retorcerse, hasta que balancearon la caña en el remanso del arroyo, sin olvidar el «gdandísimo» tirón del sedal, la crucial pericia del forcejeo y, finalmente, el aterrizaje del monstruo. Isobel no pudo evitar pensar que Bunty, hablando con un niño de verdad, resultaba mucho más atractiva que cuando intentaba tratar a todos los que conocía como si también fueran niños, y pensó que quizá tendría que cambiar de parecer con respecto a ella.

—Eres un chico muy listo —dijo Bunty con admiración—, y estoy segura de que no será el último pez que papá y tú capturaréis juntos. —Sonrió feliz al resto del público—. Nadie podría negar quién es su papá, ¿verdad? —preguntó dirigiéndose a todos en general, y luego, volviéndose hacia Isobel, añadió—: Creo que en todos los años que me he dedicado a la enseñanza nunca vi a un padre y a un hijo que se parecieran tanto... Es casi un misterio. Debes de estar orgullosa de los dos.

Isobel se quedó helada. Cruzó la mirada con Giles, que estaba en el otro extremo de la sala, como si ambos estuvieran unidos por un imán, y el silencio reinó en la habitación, un silencio que, en realidad, duró escasos segundos, pero que a algunos les pareció interminable, hasta el punto de volver absurda la medida convencional del tiempo. Isobel se quedó pálida.

—Sí —dijo, con la voz alta y clara y un sonsonete forzado—. Estoy muy orgullosa de ambos, pero en realidad Rory no es hijo nuestro. Es mi sobrino.

—Ah, bueno... —Bunty parecía una bendita, y no se daba cuenta de que un abismo acababa de abrirse ante sus pies—. Supongo que los tíos y los sobrinos pueden parecerse tanto como los padres y los hijos, ¿no? Después de todo, son los mismos genes.

—Rory es el hijo de mi hermana pequeña.

Isobel pronunció esas palabras con tal claridad que le habría valido el primer premio en un concurso de dicción; incluso Bunty se percató de la expresión del rostro de la anfitriona. Louisa sintió en el pecho que se le aceleraba el corazón y, de repente, incómodas imágenes poblaron su imaginación mientras viejas habladurías sobre la hermana de Isobel, Lorna, la asaltaban. Deseó hallar las palabras adecuadas que pusieran fin a esa situación, pero fue Catherine quien salió al rescate.

Golpeó audiblemente la taza de té con la cucharilla, a pesar de que no había ninguna necesidad de reclamar silencio, y repentinamente dijo:

—Siento meteros prisa, pero ya han dado las cinco y hemos de trabajar. Os ruego que vayáis pasando a la sala de reuniones. Vamos a empezar.

Sintiéndose de nuevo como una profesora de secundaria, Catherine guió a sus nueve alumnos adultos por la puerta acristalada de la cocina, atravesó el patio y se dirigió a la sala de reuniones, dejando solos a Isobel, Giles y su pequeño sobrino.

—Rory —dijo Isobel, quitándose al pequeño del regazo—, ¿por qué no vas corriendo a buscar a Sheena y le preguntas si te puedes bañar ahora? Luego cenarás en el cuarto de los niños y podrás ver un vídeo.

Esperó a que la puerta de la cocina se cerrara y se volvió hacia su marido.

—Ay, Giles... Giles. ¡No puedo soportarlo más! ¿Qué vamos a hacer? Es la tercera vez que sucede en lo que va de mes. Y me prometiste... Siempre me juraste que no era...

—No —la interrumpió Giles—. No, Izzy. Te dije lo que Lorna me contó cuando el niño nació.

Se acercó a su mujer e intentó abrazarla, pero ella lo rechazó y fingió estar atareada retirando la mesa y pasando un trapo por la superficie con violencia, como si intentara arrancar de ella las palabras de Bunty.

—Mira —la atajó Giles—, hemos de enfrentarnos a la decisión que hemos tomado. Está claro que a Lorna siempre le ha convenido no aclarar la situación —añadió con amargura—, pero aceptar o no su palabra es cosa nuestra, aunque con su historial, nunca hubiéramos debido dejarnos engañar. —Golpeó con el puño la palma de su mano—. Una sola noche con tu maldita hermana, una noche estúpida de la que me arrepiento profundamente y...

—Ya. No esperes mi compasión. —Isobel golpeó la portezuela del armario de la cocina con tanta furia que fue un milagro que la porcelana que contenía no se resquebrajara.

—¡Por el amor de Dios, Iz! La compasión no tiene nada que ver. No permitamos que el pasado nos domine, después de todo lo que soportamos hace cinco años y de cómo luchamos y conseguimos sacar a flote nuestra vida en común. Estarías dándole la victoria a Lorna. Con toda la intención, ha colocado una bomba de relojería en nuestro matrimonio, a sabiendas de que no tardaría en explotar. Bien, ya hemos visto la explosión. Lo que me asombra es por qué diablos ha esperado tanto.

—¿No suele decirse que la venganza se sirve fría?

—Ah... Claro, por supuesto —dijo Giles—. Eso es exactamente. Venga, cariño —la instó Giles con premura—. No podemos dar a Lorna la satisfacción de saborear ese plato. Ya encontraremos la manera de superar esto juntos.

Isobel lo miró apenada.

—Pobre Rory. Es un niño magnífico, y nada de lo que sucede es culpa suya. Pero... ¡Ay, Giles! Odio que me pase esto. Cada vez que lo miro, te veo a ti y entonces... —A Isobel se le quebró la voz y guardó silencio. Se acercó a su marido y se quedó mirándolo—. Y entonces, veo a Ed —pronunció casi en un suspiro—. A nuestro querido, especial y diferente Ed, y el contraste con Rory a su edad me duele tanto que no sé qué hacer. Revivo todos esos «hubiera-hubiese» y no logro superarlo.

—Ya lo sé —la atajó Giles—. Lo sé. No creas que no soy terriblemente consciente de eso.

—No necesito ninguna prueba de ADN que me lo confirme —dijo Isobel con fiereza—. Miro el retrato del rellano que te hizo Carlos Sánchez a esa edad. Miro la fotografía de mi tocador en la que apareces con la falda escocesa a los cinco años, la que tu padre me regaló... Y no es que en esas imágenes te parezcas a Rory, ¡es que podría ser Rory! No puedo evitar contemplarlas. Primero miro al niño, luego a ti, y luego a Ed... Y sé que finalmente Lorna ha logrado vengarse de mí por haberme casado contigo. Te ha dado el hijo perfecto que tú y yo no pudimos tener. Y me resulta insoportable.

Cuando Giles volvió a rodearla con sus brazos, Isobel no retrocedió. La abrazó con fuerza, le acarició el pelo y sintió que ella temblaba de la emoción. Le embargó la tristeza al pensar en su infortunio, en la sensación de que estaba a punto de abrirse un abismo entre ellos, en el miedo ante lo que les depararía el futuro.

7

Christopher Piper se hallaba en su dormitorio, en los cobertizos de la antigua granja, echado en la cama con las manos en la nuca, preguntándose por enésima vez qué demonios hacía en ese lugar y entre desconocidos. ¿Qué esperaba conseguir en el fondo? ¿Se enfrentaba con espíritu aventurero a nuevas oportunidades, a nuevos retos o bien, como afirmaba con desprecio su eterna novia Nicola, huía como un cobarde de la vida auténtica? Los pies le sobresalían del colchón, como siempre le sucedía con las camas de medida estándar, pero estaba acostumbrado. Al menos, esa cama era mucho más cómoda que otras en las que había dormido recientemente, y pensó con ironía que sus actuales compañeros, aunque no fueran de su elección, eran mucho más sociables que el último grupo de gente con quien había convivido.

Tras la sesión de la tarde con Catherine, había recibido un mensaje de Nicola que decía: «¿Todavía no has recobrado el sentido común?». Le indignó que se atreviera siquiera a considerar que aún estaba en el derecho de hacerle tal pregunta; ¿qué más le daba su sentido común después de haberle dejado perfectamente claro que si no estaba preparado para desempeñar el papel que ella le atribuyera en la siguiente etapa de su vida, rompería su relación con él? La idea de que Nicola se presentara de improviso y sin avisar buscando pelea (cosa que encajaba con su personalidad) le sumió en la inquietud. Le divertía imaginar cómo reaccionaría ella frente a sus compañeros de curso, aunque esa imagen también le causaba sudores fríos. Por suerte, Nicola ignoraba su dirección; al menos, había tenido la sensatez de no dársela. Escribió con rabia la palabra NO en el móvil a modo de contestación, pero lo pensó mejor y la borró. Valía más no hacer caso de su mensaje.

La pierna le dolía de verdad. Tomó un par de analgésicos, se sirvió un whisky en el bar y se lo llevó arriba para poder reflexionar a solas y escapar durante un rato de la creciente camaradería del grupo. ¡Mala suerte si pensaban que era insociable! Lo cierto era que había hecho un gran esfuerzo para mostrarse amigable durante la cena, sentado entre la brillante y menuda Win que, sin duda, estaba desarrollando unas dotes insospechadas, y Morwenna, de generosa papada, que seguía sin descubrir las suyas. Ambas eran mujeres muy simpáticas y le sorprendió descubrir que había sido muy interesante conversar con ellas, cada una en su propio estilo. Win tenía ojo para captar los detalles más insospechados, un ácido sentido del humor y una gran perspicacia con la gente, cualidades que la convertían en una compañía perfecta, aunque Christopher presintió que era más conveniente no bajar la guardia ante su engañosamente afable presencia si uno no quería ser víctima de su agudo análisis de personalidad. Era la clase de mujer en la que uno confía con facilidad y acaba dándole más información de sí mismo de lo que tenía previsto. Pensó que Win, a pesar del efecto potencialmente corrosivo del constante goteo de mordaces críticas de su marido, en realidad tenía más confianza en sí misma que Morwenna, para quien las exigencias del curso sin duda resultaban harto más penosas.

Durante la sesión de las cinco, y tras haber tomado el té, Catherine dio a cada alumno una postal de *Yo y la ciudad*, de Chagall, y propuso que escribieran lo que les inspiraba el cuadro.

—Quiero vuestra reacción inmediata. Intentad anotar lo que os sorprende más, no lo que creáis que deberíais decir o lo que ya sepáis de la obra. No quiero una crítica artística basada en el juicio de terceras personas.

—Si quieres saber mi reacción inmediata, ahora mismo te la diré —farfulló Stanley lanzándole con grosería la postal por encima de la mesa—, aunque no te gustará. Pienso que el artista es un lunático y que esta pintura es un insulto, y con esto ya lo he dicho todo.

—Bien, pues escríbelo, Stanley. Da igual que me guste o no. —Catherine intentó mantener la voz neutra; empezaba a cansarse de las invectivas de Stanley—. Lo importante es que reflejéis en el papel la reacción que el cuadro despierta en vuestra imaginación —dijo dirigiéndose a la clase en general—, y que luego, si os apetece, podáis trabajar el texto y reconvertirlo, sea en prosa, sea en poesía.

—¿Es un cuento de hadas? —preguntó Bunty con ilusión—. Si es para niños, parece un cuento de miedo.

—Elabora esa idea —la invitó Catherine.

Stanley tiró el bolígrafo y salió de la sala dando un portazo, con el convencimiento de que todos se levantarían en el acto para persuadirle de que regresara. Sin embargo, nadie fue tras él, y su esposa, con una mirada interrogativa, le dejó marchar.

—¿Qué te ha parecido el ejercicio de Chagall? —había preguntado Christopher durante la cena para entablar conversación. Morwenna atacaba un colmado plato de trucha escalfada con salsa de canónigos y patatas nuevas y dejó escapar un lamento de desesperación.

—No he entendido qué significaba el cuadro, y después me he quedado de piedra cuando me he dado cuenta de lo que han visto en él los demás. Yo solo he sido capaz de describir lo que estaba ante mis ojos, y eso me ha dejado helada... Una cara enorme, monstruosa y verde, que pertenece a alguien que lleva un sombrero y un crucifijo, tiene un arbolillo en la mano y observa una oveja que está frente a su nariz y en cuya cabeza alguien ordeña una vaca... ¡Es incomprensible! ¡Qué pesadilla! —Morwenna hizo un gesto de desesperación—. ¡Me dais una envidia! La mayoría os estabais divirtiendo con lo que se os ocurría, pero yo nunca he tenido imaginación. —Dejó escapar un suspiro—. De pequeña, siempre fui la rarita. Las otras niñas podían interpretar cualquier papel en cuanto se lo proponían: pasaban de ser la bruja mala a convertirse en la princesa hermosa como si siguieran un guión invisible. En cambio, yo nunca tenía la más remota idea de lo que debía hacer, por no hablar de lo que debía decir. Por eso, siempre me daban papeles de animales mudos o de criadas, porque en ambos casos no hacía falta hablar y todas podían darme órdenes a su antojo —explicó Morwenna encogiéndose de hombros con un gesto de impotencia.

—Pero, ¿acaso no escribes una columna en un periódico? Eso te da ventaja sobre todos nosotros —dijo Christopher confiando en animarla.

—Ah, bueno. Yo sé escribir datos. Sé cuándo has de poner mantillo al arriate, cómo dividir los rizomas de los iris y las plantas que tienen más probabilidades de sobrevivir en función del tipo de suelo... Aunque parece que eso no basta para nuestro nuevo editor. Dice que hemos de enfocar las cosas con frescura, penetrar en el corazón de nuestros lectores con ideas inspiradas y emplear más poesía en nuestros textos. Hay que lograr que la revista sea todo un desafío, dice él. La verdad, no sé a qué se refiere. Creo que ya es bastante desafío acertar con las épocas adecuadas para plantar y decidir cuáles son los arbustos que agradecerán una poda sin jugar a adivinanzas literarias. A fin de cuentas, estamos hablando de una revista de jardinería.

—A lo mejor le gustaría que dijeras que tu amor es como una rosa roja, roja... y tú te sientes más segura a lo Gertrude Stein y prefieres decir que una rosa es una rosa es una rosa... —aventuró Christopher.

Morwenna, mascando su ensalada a conciencia como si estuviera triturando compost, deglutió también la idea.

—Supongo que sí —dijo con pesar, y luego añadió—: Lo que ocurre es que no me adapto con facilidad y no sé si seré capaz de cambiar. Por eso deduzco que perderé mi trabajo, aunque soy buena en mi terreno. Los lectores quieren información y yo conozco bien las plantas... ¡Es una pena!

—¿Por qué no escribes una columna de preguntas y respuestas? —le propuso Christopher—. Los lectores podrían enviarte las cuestiones que más les preocupan y tú podrías contestarles de modo escueto y ateniéndote a los hechos, que es lo que necesitan. Podrías pedir a tus amigos que bombardearan el periódico con preguntas interesantes... o incluso enviar tú las preguntas para empezar. Podría llegar a ser la lectura mensual imprescindible: *El correo de Morwenna: la solución a los problemas más peliagudos*. Puedes vender la idea a tu editor como si fuera un cambio de formato para la revista y luego proponerle que encargue a escritores que no se dediquen a la horticultura, a famosos de tu región quizá, que describan el jardín de sus sueños. Eso serviría para proporcionarle la prosa florida que se precisa cada mes... y tú podrías escribir comentarios útiles sobre cómo poner en práctica esos sueños. ¿No te parece una buena idea?

Morwenna lo miró con sus lúgubres ojos castaños y le contestó:

—Sí, no es mala idea. Me parece que lo pensaré. —Christopher supuso que, viniendo de ella, debía interpretar esa respuesta como un arrebato de lirismo por su parte.

Le habían sorprendido mucho las múltiples versiones escritas a partir de las postales de Chagall, incluida la suya. Marnie había adoptado el punto de vista de la joven situada en el extremo superior derecho cuya casa aparece asombrosamente vuelta del revés y la obliga a permanecer cabeza abajo, aunque, con gran misterio, logra desafiar a la gravedad y no caerse del tejado. Había interpretado que era una metáfora para hablar de la adaptación al cambio y de los descalabros, de cómo desarrollar la capacidad de no perder pie en las circunstancias menos propicias. Win se había concentrado únicamente en el enorme rostro, que, a su modo de ver, había adoptado ese curioso tono verde intenso por culpa de un ataque de celos. No costaba adivinar cuál había sido su motivo de inspiración, aunque nadie quiso hacer comentarios al respecto. Louisa había enfocado la cuestión desde un punto de vista religioso: la iglesia con la cúpula; el rosario con el crucifijo que el hombre llevaba colgado del cuello; el colorido de las piedras preciosas y el efecto de vitral que transmitía el cuadro. ¿Problemas con la autoridad de la Iglesia? ¿Dudas sobre los símbolos de la religión? ¿Cardenales corruptos? ¿Falibilidad papal? Louisa había dejado volar la imaginación. El coronel, entrenado para no rendirse al pánico sin importar el desafío que se le planteara, había iniciado el ejercicio con sombría determinación, pero descubrió con asombro que se había divertido. Sugirió que la pintura simbolizaba temas rurales: el control de un brote de fiebre aftosa, por ejemplo, en el que el hombre verde representaba el Ministerio de Medio Ambiente, Alimentación y Agricultura. Entrando ya en materia, mencionó una posible intervención por parte del ejército (aunque nadie logró entender cómo se le había ocurrido tal idea a partir del cuadro) y la codificación en colores de diversas rutas de acceso restringido a las tierras de labor. Esta idea le dejó muy complacido. Joyce dijo que los colores le recordaban a las pastillas de fruta que comía durante las representaciones navideñas, y eso la llevó a hablar de los caballos que aparecían en esas comedias musicales, y de las vacas que también salían (cosa que conocía de primera mano porque una vez hizo el papel de las patas traseras de una vaca en una función navideña del Instituto de la Mujer). Morwenna, a pesar de quejarse de que no tenía imaginación, había terminado sugiriendo que el diminuto árbol tachonado que el hombre portaba en la mano tenía las raíces selectivamente podadas por un fanático de los bonsáis (estilo de arboricultura que ella aborrecía). Y, finalmente, Christopher había enfocado el tema diciendo que el hombre verde estaba psicoanalizando a su oveja, ganadora de un concurso, con la intención de curarla de la errónea convicción de que, en realidad, era una vaca. Decidió que aquello era una crisis de identidad, que la llevó a reírse de sí misma, resultado de ver que tu mundo personal ha cambiado de un plumazo.

La sesión concluyó con estruendosas carcajadas. Hacía tan solo veinticuatro horas que los miembros del grupo se habían visto por primera vez y ya empezaban a sentir que se conocían. Estaban estrechando lazos.

Aunque en un primer momento Christopher se había desanimado al ver a Louisa Forrester, descubrió que esa mujer cada vez le gustaba más. Quizá debería haber supuesto que existían muchas posibilidades de que le reconocieran (dada la publicidad de que había sido objeto), pero le había desconcertado tropezarse en un escenario tan insólito como Glendrochatt con alguien a quien había conocido con anterioridad. Recordaba perfectamente el día en que se vieron por primera vez en Garsington: el rostro de Louisa no era de los que se olvidan con facilidad. La había encontrado encantadora, y ahora constataba que seguía teniendo el mismo encanto de entonces. Se habría dado de bofetadas por no haberse mostrado más abierto con ella durante la primera noche. Decidió que lo mejor sería confiar en ella cuanto antes y poner fin a toda especulación. Era obvio que la joven sentía curiosidad; y, a fin de cuentas, ¿qué importaba ya? La refinada Louisa podría encarnar el estilo de vida que él intentaba abandonar, pero la muchacha también parecía andar en busca de un cambio. Como daba la sensación de ser despreocupada y alegre, conocer su lucha contra la enfermedad había sido toda una revelación. El hecho de que se mostrara tan vulnerable también le había cogido por sorpresa. La otra joven, Marnie, que carecía de esa distinción pero poseía la indefinible cualidad de hacer notar su presencia, también lo intrigaba. El primer día creyó ver un destello de infelicidad e incertidumbre en su rostro y sintió la necesidad de consolarla, pero luego percibió que había topado con una pared de ladrillo. «¡Vaya!, el nuevo y cariñoso Christopher», habría dicho Nicola en tono de burla... sin pretender que aquello sonara a un cumplido.

Christopher se había apuntado a la lista de tutorías de Catherine del día siguiente. Había aceptado el ofrecimiento de la profesora y quería presentarle un texto suyo. Se dio cuenta de que había depositado grandes esperanzas en su reacción, aunque dudaba de que a la mujer le diera tiempo siquiera de leer en diagonal lo que había traído consigo. Su futuro dependía de lo que ella pudiera aconsejarle. Christopher, que durante años se había mostrado entusiasmado por tener que tomar decisiones sobre cuestiones de gran importancia, que se enorgullecía de destacar en la selva de una vida empresarial de extrema competitividad, a quien sentaban de maravilla el trajín y los nervios de la City, dudaba de cuál debía ser su siguiente paso. Solo sabía que tenía que cambiar de rumbo.

Consultó el reloj. Todavía no eran las once y, aunque se sentía agotado y con los nervios a flor de piel, como solía sucederle en esa época, sabía que tardaría en dormirse. Se preguntó si esa noche reviviría el pasado, si sería uno de esos días en que no tardaría en caer en un sueño profundo del que despertaría con una violenta sacudida al cabo de unos instantes, con el sonido de la espantosa colisión y la sensación mareante del impacto, y luego tendría que volver a enfrentarse a todo lo sucedido. De repente, las temidas y hasta entonces familiares sensaciones físicas que sufría desde el accidente de coche empezaron a apoderarse de él, succionándolo hacia un oscuro remolino. Era una sensación horrible que, al principio, no parecía violenta pero que, de repente, se aceleraba y se convertía en una terrorífica pesadilla. Empezaba a latirle desacompasadamente el corazón y una sensación de opresión en el pecho le convencía de que iba a ahogarse, mientras una náusea letal lo invadía. El dormitorio parecía estrecharse y era incapaz de escapar de unas paredes que parecían cernirse sobre él. «Respira», se dijo Christopher, con la obstinación de quien se obliga a permanecer sereno, aferrándose a esa única palabra, ese mantra, como si fuera una cuerda que se lanza a un ahogado. «Respira y cuenta.» «Inspira... aguanta... expira. Inspira... aguanta... expira. Concéntrate en la respiración y te encontrarás bien.» Se quedó echado, obligándose a concentrarse en la inspiración y la expiración, en la lentitud del proceso, y al cabo de un rato se dio cuenta de que el lúgubre terror empezaba a menguar. Notó las manos menos pegajosas y las paredes de la habitación se retiraron a su segura y habitual posición. Sintió un enorme alivio; aunque también la decepción de que, tras varias semanas de ausencia, ese pánico físico hubiera vuelto a hacer acto de presencia. A pesar de que en general le sobrevenía por la noche, cuando se hallaba a salvo en la cama, le horrorizaba que le pudiera suceder en público; en prisión, el miedo de que los demás fueran testigos de su terror se había convertido en una pesadilla recurrente. El médico confiaba en que los ataques irían desapareciendo a medida que los recuerdos del trauma que había experimentado al sentirse atrapado en un coche aplastado fueran perdiendo viveza, pero le confesó que, en realidad, no sabía cuánto duraría el proceso.

Cuando se aseguró de haber recuperado el equilibrio, Christopher se puso en pie con cautela y se acercó al lavabo. Se echó agua fría a la cara y eso lo serenó. Abrió de golpe la ventana, que daba a la parte trasera del edificio, frente al jardín, y respiró el aire que venía cargado del aroma de la primavera y la turba. Una luna casi llena surcaba el cielo proyectando sobre la hierba una maraña de sombras en cruz al incidir en las ramas de unos magníficos robles. Un rododendro blanco (debía preguntarle a Morwenna si sabía a qué variedad pertenecía) desprendía una luz plateada y resplandeciente que no parecía proceder de la luna, sino originarse en sus voluminosas inflorescencias, que todo lo bañaban de luz. Christopher pensó que no había ni un soplo de aire, algo inusual en Escocia, y todo estaba tan quieto que podía percibir el distante rumor del arroyo. Entonces oyó el sonido de un motor y vio los faros de unos coches que se acercaban por el camino de entrada. Adivinó que serían los participantes del curso que regresaban del Drochatt Arms y se preguntó si habrían estrechado su amistad o su enemistad. Oyó que se cerraban las portezuelas de los coches y que unos pasos hacían crujir la grava. Luego, el sonido de la llave girando en la cerradura de la puerta principal y unas risas ahogadas en la escalera. Pensó con asombro que se alegraba de que hubieran vuelto.

Y lo más sorprendente fue que, tras tomar un baño y acostarse, durmió como hacía tiempo que no lograba dormir.

8

Isobel y Giles no cenaron con sus huéspedes esa noche y Catherine se encargó de disculparles.

—Espero sinceramente que no sea por aquello que dije del niño —comentó Bunty, a quien, de tan solo pensarlo, se le subían los colores. Hablaba inclinándose con ansia hacia Catherine; tenía la costumbre de acercarse mucho a su interlocutor, y era obvio que quería seguir husmeando en aquella cuestión—. Esto me pasa porque soy muy sensible (la sensibilidad es uno de los rasgos más claros de mi personalidad), pero tengo la sensación de que me ha faltado un poquitín de tacto.

—No, no. Su ausencia no tiene nada que ver con eso —dijo Catherine con firmeza—. Los Grant siempre procuran cenar con sus huéspedes la primera noche, como hicieron ayer, pero a menudo tienen otros compromisos y me temo que eso es lo que ha sucedido hoy.

Bunty no parecía muy convencida y habría querido seguir hablando de ello, pero aunque Catherine era muy agradable, también la encontraba un poco desconcertante y su actitud la desalentó.

La sesión nocturna terminó a las nueve y media. El coronel, que había llegado a Glendrochatt en coche, había estado estudiando el panel de anuncios para saber qué entretenimientos ofrecía la zona y decidió invitar a los que quisieran a Blairalder, a tomar una copa en el bar Rob Roy del Drochatt Arms.

—Podríamos ir a meternos unas copitas —propuso empleando lo que le pareció que era el léxico adecuado en ese contexto— y a soltarnos la melena tras nuestra jornada de estudio, como suele decirse.

Louisa intercambió una mirada divertida con Marnie: iba a ser difícil para el coronel, porque este llevaba cortado al uno los ralos cabellos grises que circundaban su reluciente calva, como dictaba la moda militar en sus tiempos. Los Heslington fueron los primeros en aceptar la invitación, y Stanley tuvo la mala fortuna de comentar que si no salía de ese maldito lugar durante unas horas, reventaría. A cambio, recibió una mirada de reproche de su esposa que prefirió dejar de lado. Bunty, Joyce y Morwenna dijeron que también les gustaría ir si podían encontrar con quién y, tras un imperceptible titubeo, Marnie se ofreció a llevarlas en su coche. La joven miró con aire interrogativo a Louisa esperando que también se apuntara, pero esta hizo un gesto de negación, en parte porque quería hablar con Isobel, pero también porque Christopher había rechazado la invitación y creía que eso le brindaría la oportunidad de conocerlo mejor y saber qué había sido de él en todo ese tiempo. No se le ocurrió pensar que quizá Marnie necesitaría su apoyo, porque, en su caso, alternar con los demás nunca había entrañado riesgo alguno. Marnie se sintió un poco decepcionada tras la inesperada intimidad que se había creado entre las dos mujeres esa misma tarde, pero su negativa no la sorprendió demasiado. El rechazo, por muy trivial que fuera, formaba parte de lo que una debía esperar de la amistad.

Catherine se excusó diciendo que tenía trabajo. Louisa estaba a punto de ir en busca de Christopher cuando vio que este escapaba a propósito, con el whisky en la mano, y cruzaba el patio hacia su dormitorio. Decidió entonces ir a reunirse primero con Isobel.

Encontró a la anfitriona en el antiguo cuarto de los niños. Era cierto que Giles tenía un compromiso, un ensayo con la banda que dirigía y en la que tocaba con regularidad junto con varios amigos y su hija Amy, cuando la muchacha estaba en casa. Los habían contratado para tocar en un importante baile de las Highlands que se celebraría al cabo de unas semanas y necesitaban ensayar el programa. Casi siempre lo hacían en el teatro de Glendrochatt; Isobel les preparaba la cena y el ensayo acababa convirtiéndose en una velada deliciosa, pero, a causa del curso de escritura creativa, habían dispuesto que se reunirían en casa de otra persona. En un principio, Isobel tenía la intención de cenar con el grupo, aunque debido al incidente que había sucedido durante la hora del té, la idea de ver a Bunty destilando buenas intenciones pero reconcomiéndose de curiosidad, pudo más que ella y decidió cenar en el cuarto de los niños, que había sido el refugio de Giles durante su solitaria infancia y que, en la actualidad, los Grant empleaban como refugio familiar cuando la casa era invadida por desconocidos durante unos días.

Era una habitación muy cálida, aunque raída según cómo se mirara, con unas descoloridas cortinas de chintz y unos desgarrones en la moqueta disimulados por unas butacas que, aunque hundidas, resultaban cómodas. Era una estancia en la que los pequeños podían construir cabañas bajo las mesas y los adolescentes, tumbarse en el suelo; donde los perros tenían sus propios almohadones rellenos, aunque a veces se subieran a escondidas al sofá; y donde pilas de libros descansaban sobre los alféizares en equilibrio inestable. En resumen, una habitación vivida y amada durante generaciones.

Cuando Louisa asomó la cabeza por la puerta ponían una película en televisión, pero Isobel no la miraba. Estaba acurrucada en uno de los grandes y blandos sofás con Revoltosa sobre ella y Rombo (que, con gran falta de decoro, mostraba su descomunal estómago) echada a sus pies. Los juguetes de Rory estaban esparcidos por el suelo, amontonados de cualquier manera. Esa noche, Isobel carecía de las ganas y la energía necesarias para ordenarlos. En nada se parecía a esa persona tan vital a la que los tenía acostumbrados, pero cuando vio a Louisa, se levantó de golpe, desembarazándose de Rombo con dificultad, y dedicó a la joven una sonrisa de bienvenida.

—¡Louisa, qué bien que estés aquí! Ven a contarme cómo te

va y hazme reír un poco. Necesito animarme. —Apagó la televisión, echó dos troncos más al hogar, que seguía siendo muy útil por las noches, y hurgó en el fuego con fiereza lanzando andanadas de chispas que escaparon por la chimenea.

—¡Ay, Iz! Las palabras de esa asquerosa mujer te han trastornado, ¿verdad? —Louisa, frente a la chimenea, se apoyó sobre el guardafuegos en forma de trébol. No fingió que ignoraba lo que estaba pasando—. No permitas que te afecte lo que diga. No vale la pena escuchar a esa vieja bruja metomentodo.

—No ha sido culpa suya. —Isobel se pasó la mano por el oscuro y rizado pelo. Era una de esas mujeres afortunadas a las que siempre les queda bien el pelo, aunque lo lleven aplastado o despeinado por el viento.

Se volvió a dejar caer en su butaca y dijo:

—Es increíble que haya sido tan estúpida y que la situación se haya complicado hasta este extremo. Si no hubiera hecho ningún comentario sobre el parentesco, nadie se habría dado cuenta... Pero Bunty Comosellame no paraba de insistir y me sentí entre la espada y la pared. ¡Mierda! Esto es un lío. No es la primera vez que el parecido de Rory con Giles sale a colación y no podemos hacer como si no nos diéramos cuenta. Estoy segura de que debe de ser la comidilla del pueblo, por no hablar de lo que deben de decir los que han visto al niño. Será difícil tomar una decisión al respecto. Y también será terrible. No solo para nosotros, sino para toda la familia... y para Rory. —Isobel miró a Louisa con ojos profundamente consternados—. Supongo que ya te habrás dado cuenta de que, en realidad, Rory es el hijo de Giles.

—Bueno... Es imposible no advertir el parecido —admitió Louisa con reticencia—. Son como dos gotas de agua. ¿Desde cuándo lo sabes?

—Si quieres que te diga la verdad, desde el momento en que lo tuve delante de los ojos, en el aeropuerto. Pero he intentando negarlo, ante mí misma, ante Giles y... y ante cualquiera que sepa que dos y dos son cuatro y haya dado con la respuesta acertada, la terrible respuesta. Lo peor es que estoy segura de que

Amy cayó en la cuenta enseguida. Creo que está esperando que se lo contemos, y ahora supongo que deberemos hacerlo.

—¿No lo sospechabas? —Louisa estaba atónita.

Se hizo el silencio.

—No... No del todo.

—¿Acaso no se parecía a Giles cuando era un bebé? ¿Cuándo fue la última vez que lo viste?

—Aunque no lo creas, no lo vi nunca. Rory nació en Sudáfrica y, a pesar de que mi madre viajaba allí con frecuencia para ayudar a Lorna con el niño, mi hermana siempre disponía de niñeras y no tenía que depender de mamá. Nunca fuimos a visitarla porque, a causa de los graves problemas que nos ocasionó, tuvimos una terrible pelea y rompimos toda relación. Más tarde, cuando mis padres pasaron largas temporadas con Rory en Francia, siempre procuraron que jamás coincidiéramos con él. ¡Ahora comprendo por qué! Debieron de adivinarlo, aunque no quisieran reconocerlo. Cuando mi madre se puso enferma y ya no pudo cuidar del niño, Lorna se había mudado a Estados Unidos y empezaba a salir con el senador. El impacto que me causó ver a Rory en el aeropuerto fue terrible. Creí que me iba a desmayar, y luego tuve que ser testigo de la mirada que percibí en el rostro de Giles cuando llegué a casa con el niño. Nadie, salvo mi hermana, habría sido capaz de hacer algo así —dijo Isobel con amargura—. Imagina meter a tu hijo, a un niño pequeño, (un hijo que deseaste ardientemente y al que luego, curiosamente, no puedes dedicarte) en un vuelo transatlántico, dejarlo a cargo de una niñera desconocida y facturarlo con unos parientes a los que el chiquillo no ha visto jamás. Y todo eso porque lo último que quiere Lorna es reñir con su nuevo y deslumbrante marido (que debe de ser un auténtico pelma a juzgar por su historia conyugal). En aquellos momentos, la pareja llevaba una intensa vida social relacionada con la política y Lorna pensó que sería mejor apartar a Rory de ese mundo. Al menos, eso fue lo que nos dijo. También comentó que quería limar asperezas conmigo (y fui lo bastante ingenua para creérmelo) o, más exactamente, que creía que era un error que una enemistad durara eternamente. En realidad, ahora estoy segura de que está empleando al niño como arma arrojadiza contra mí.

Louisa estaba consternada.

—¿Te apetece contarme la historia? Por favor, no te sientas obligada si no te apetece.

—No es eso. Creo que voy a volverme loca, que voy a explotar o algo peor si no hablo de ello, y, además, necesito una opinión imparcial. Tú eres la persona perfecta, porque conoces a los protagonistas sin estar involucrada en la historia. Tomemos una copa. ¿Qué te apetece? ¿Quieres vino o algo más fuerte? Yo apenas bebo alcohol, pero hoy tomaré un whisky.

—Me apetece una copa de vino. —Louisa se descalzó de un puntapié y se arrellanó en el sofá.

Tras servir las copas, Isobel se retrotrajo en el tiempo, cinco años atrás, cuando ella y Giles acababan de convertir Glendrochatt en un centro para las artes y la primera temporada estaba a punto de dar comienzo. Lorna, recién divorciada de su marido sudafricano, se había presentado sin avisar y les había anunciado que pasaría el verano con ellos y que tenía la intención de ayudarlos a poner en marcha el proyecto.

—Nos dijo que no tenía adónde ir (lo cual no era exactamente cierto), y a nosotros nos acababa de fallar la nueva adjunta de administración y necesitábamos ayuda urgentemente. Lorna es una persona muy eficiente, pero aun así me resistía a invitarla —contó Isobel—. Sabía que nos traería problemas, pero resultaba muy difícil negarse dadas las circunstancias. ¡Quería destacar a toda costa y te aseguro que lo logró! Siempre ha demostrado una gran habilidad para ridiculizar a los demás y, al cabo de poco tiempo, prácticamente se había adueñado del lugar y nos había enfrentado a todos... No solo a Giles y a mí, sino también al maravilloso equipo que trabajaba para nosotros en esa época, e incluso a los niños. Mejor dicho, sobre todo a los niños. Amy y Edward la odiaron desde el principio. Amy, porque Lorna intentó interferir en su música (lo que por suerte la une a Giles de un modo muy especial es tocar el violín) y Edward, porque mi hermana lo tenía aterrorizado. Ya sé que no es fácil tratar con Ed. He aprendido a aceptar lo difícil que resulta para algunas personas saber cómo deben reaccionar ante cualquier clase de discapacidad, mental o física. Lo cierto es que no es fácil. A veces, a mí también me cuesta, pero desde que Ed era un bebé, Lorna nunca logró disimular el desagrado que le inspiraba. Por suerte, eso sucedía solo de vez en cuando, porque ella vivía lejos. De todos modos, siempre resulta doloroso.

A Isobel se le quebró la voz y luchó por controlarse. Louisa recordaba que su madre le había hablado de los exagerados celos que Lorna sentía por su hermana pequeña, y de las numerosas maldades con que la obsequiaba. En su adolescencia, a pesar de su mayor belleza y sus numerosas virtudes, Lorna despertaba compasión porque la gente prefería a Isobel. Algunos amigos de sus padres intentaron disculpar su afilada lengua y su carácter manipulador, pero Lorna no quería inspirar piedad; solo quería que la amaran, como amaban a Isobel, de una manera fresca y natural, alegre y nada forzada. Deseaba poder reír con la facilidad y la dicha con que parecía reír Isobel, pero su incapacidad de sacar punta a las incongruencias de la vida le hizo perder la batalla.

—Nada habría sucedido si Lorna hubiera dejado tranquilo a Ed —siguió explicando Isobel—, pero no le dio la gana. Fue como una especie de acoso. Con el único propósito de impresionar a Giles, no paraba de asignarle tareas y de obligarle a hacer cosas para las cuales el chico no estaba preparado, y hubo un par de ocasiones en que estuvo a punto de hacerle daño de verdad. Un día, Lorna acusó a Ed de haber hecho algo que, en realidad, no hizo. Lo zarandeó y le gritó... ¡A Ed, que siempre ha sido tan dulce y nervioso!... Literalmente, le dio un susto de muerte. Ed escapó y se escondió. Fue una época espantosa.

La tristeza había apagado los ojos grises de Isobel. De nuevo, vio el cuerpo de Edward cojeando mientras lo traían de vuelta a casa, tras haberlo hallado en su escondite.

—Nos esforzamos tanto en que Edward, con su autismo y sus discapacidades físicas, lograra alcanzar el estado en el que estaba —siguió contando Isobel con amargura—, que fue horrible ver cómo volvía a retraerse en sí mismo. Dejó de hablar durante semanas... y volvió a sufrir ataques. Fue terrible, porque casi lo perdemos. Pensé que todo era culpa de Lorna y, al final, tuvimos que pedirle que se marchara. —Isobel miró a Louisa—. No puedo creer que no te llegara la noticia a través del tam-tam de la familia. ¿Sabías que Giles había sido el primer novio de Lorna y que salieron juntos cuando iban a la universidad? En realidad, nunca se prometieron, aunque luego supimos que Lorna siempre había dado por sentado que terminarían casándose.

Louisa asintió.

—Creo que mamá me contó alguna cosa —dijo Louisa con cautela—, y supe que tuviste problemas hace unos años. Debe de haber sido terriblemente difícil para todos.

—Fue espantoso. Sé que te parecerá increíble, pero yo no conocía a Giles cuando él salía con Lorna. Claro que me pasaba la mayor parte del tiempo en el colegio. Sabía que Lorna salía con un hombre, pero ella siempre andaba con secretos y mi madre solía quejarse de que nunca conocía a sus amigos. Parece ser que pasaba temporadas en Glendrochatt con el anciano y temible padre de Giles, pero, en cambio, nunca lo invitaba a visitarnos a Edimburgo.

Aunque Louisa pensara que la razón debía de ser que Lorna estaba decidida a no permitir que ninguno de sus amigos conociera a su expansiva hermana pequeña, optó por no hacer ningún comentario al respecto.

—¿Cuándo conociste a Giles?

—No lo conocí hasta que cortaron. De hecho, fue Lorna quien dio por terminada la relación, aunque creo que lo hizo para dar un toque a Giles. Justo antes de que regresaran de Bristol. Giles creyó que la separación sería amistosa y, en lo que respecta a él, pensó que la relación había dado de sí todo lo imaginable. Nunca se le ocurrió que Lorna no considerara definitiva la ruptura. Ella se marchó de viaje confiando en que, al regresar, volvería a conquistarlo con un solo chasquido de los dedos. En esa época, yo ignoraba todo eso... Lo supe más tarde. Mientras tanto, conocí a Giles y las cosas... En fin, aquello fue pura dinamita.

—¡Qué envidia me das! Aunque ahora tengas un gran problema, Izzy. Yo ya me arreglaría con un par de cartuchos de dinamita... Y estoy deseando encontrarlos.

—¿Qué ocurre con Adam? Solo lo he visto un par de veces, en actos sociales: bodas y todas esas cosas. Y siempre me ha parecido encantador.

—Ese es el problema. Es absolutamente encantador... La persona más agradable que conozco, pero no es dinamita precisamente. Hemos cortado, y ha sido muy doloroso porque creo que nunca ha mirado a otra mujer. Adam me ha apoyado siempre en todo (no habría logrado superar mi enfermedad sin su ayuda, y soy terriblemente consciente de ello), pero últimamente sentía que me ahogaba y empecé a portarme fatal con él. Es imposible vivir con alguien que hace que te veas como una persona horrible, una bruja desagradecida y de lengua afilada. Me dijo que prefería convivir conmigo y mi imbecilidad que separarse de mí... Pero lo cierto es que, en esas circunstancias, no me soportaba a mí misma y le hice pagar por ello, por haberme convertido en un ser desagradable. Sé que es monstruoso e injusto, pero en mi mente asocio a Adam con mis años de enfermedad, y necesito empezar de nuevo. Él dice que todavía me quiere y que siempre me querrá, pero me parece que ahora empieza a aceptarlo. No me digas que soy una chica mimada y egoísta —dijo Louisa con tristeza—, porque eso ya lo sé.

Isobel pensó que precisamente era la rara capacidad que tenía Louisa de mostrarse despiadada (cualidad que los demás atribuían a que había sido una persona consentida), lo que le había proporcionado la firme determinación de luchar contra el cáncer y sobrevivir. La vida era complicada.

—Pobre Adam —dijo en tono grave—. Suele decirse que la gratitud es una de las emociones más difíciles de manejar.

—Hummm... Sí, tienes razón. Es curioso, porque Marnie me ha comentado algo muy parecido esta tarde —confesó Louisa—. Pero sigue contando la historia de Lorna. No pierdas el hilo por culpa de mis problemas. ¿Qué pasó luego?

—Bien. Lorna regresó a casa imaginando la boda, los hijos

y la vida que llevaría en Glendrochatt, y se encontró con que Giles le dijo que iba a casarse conmigo, con la hermana pequeña, esa hermana mucho más joven que ella, que le inspiraba tanto rencor y a la que siempre había estado intentando dominar. Pero lo peor fue que Lorna no solo seguía enamorada de Giles, sino que estaba absolutamente obsesionada con esta casa y la finca entera, y su mayor ilusión era ser la dueña de Glendrochatt. No creas que no me doy cuenta de lo terrible que debió de ser para ella, pero cuando Lorna está resentida, aunque sea por algo insignificante (y en este caso era mayúsculo), no es capaz de abandonar y de pasar página. Aquello se convierte en una obsesión absoluta. En fin, tras nuestra boda, se casó con un sudafricano muy distinguido que era cirujano ocular y pensamos que todo se había arreglado. Lorna llevaba una vida de lujo y movía grandes cantidades de dinero, pero aquello no funcionó. Él le era infiel, y los hijos que ella tanto deseaba no llegaban. Dado que John ya había estado casado anteriormente y tenía hijos de su primer matrimonio, y como Lorna había pasado por las manos de innumerables médicos, dimos por sentado que ella no podía tener descendencia. Al menos, eso es lo que le contó a mi madre. ¡Qué equivocados estábamos! En fin, el verano de su ruptura se marchó de Sudáfrica con la intención de ajustar las cuentas conmigo y recuperar a Giles. Y casi lo consigue.

A Louisa no le costó imaginar la tentación que debía de haber sentido Lorna. Giles era muy atractivo y, aunque su simpatía por Isobel le habría impedido a ella misma coquetear con ese hombre, era obvio que el cariño entre hermanas no había sido obstáculo suficiente para Lorna.

—¿Te diste cuenta entonces de que estaban teniendo una aventura?

—Solo pasaron una noche juntos... Y, en parte, fue por mi culpa. —Isobel suspiró—. Un fin de semana, no quise ir al festival Suzuki de música con Giles y Amy; y Giles se llevó a Lorna en mi lugar. No soy quién para condenarlo, porque yo misma estuve a punto de iniciar una aventura con Daniel Hoffman (el artista que pintó los dos telones de fondo para el teatro). Daniel estaba pasando el verano con nosotros, ocupado en la decoración del teatro, y Giles le encargó que me hiciera un retrato. Aquello fue muy peligroso... El artista y la modelo manteniendo excitantes conversaciones íntimas durante las sesiones... —Isobel esbozó una mueca burlona y se rió, pero Louisa se dio cuenta de que el recuerdo le había resultado doloroso.

—¿Es bueno el retrato? ¿Te gusta?

—Gusta a todos, incluso a mí. Es maravilloso... Si no tienes en cuenta el personaje, es un retrato sensacional. Lo tenemos colgado en la sala de estar. Ve a verlo cuando quieras. La obra despertó sentimientos encontrados en Giles. Dice que Daniel captó una expresión en mi rostro que creía que solo estaba destinada a él. No sé qué decir... Todavía me sabe muy mal lo de Daniel, porque él se enamoró profundamente de mí y yo, dominada por la rabia de ver lo que estaba surgiendo entre Giles y Lorna, le di alas. Le herí muchísimo. Es un tipo muy interesante y divertido, muy distinto de toda la gente que conozco. Los niños le adoraban, y se llevaba de maravilla con Ed, lo cual, claro está, le hizo granjearse mi cariño. Era unos años más joven que yo y supongo que, para empezar, me sentí halagada. Fue el apoyo moral que necesitaba para superar el mal momento que pasaba mi matrimonio. Así es como empezó, pero entonces me di cuenta de que me estaba enamorando de él y la situación casi se me escapaba de las manos. Si no hubiera sido por la complicación de Ed, no sé cómo habría terminado aquello. Eso nos hizo recapacitar, a Giles y a mí. Fue como un fogonazo. Así que ya ves... —dijo Isobel con dolorosa modestia—. No estoy en situación de echarle sermones a Giles porque pasara una noche con Lorna.

—Puede que quizá no... pero eso tampoco significa que debas dejar aparte tus sentimientos —precisó Louisa—. Siempre creí que Giles y tú formabais una pareja a prueba de bomba.

—Hubo un tiempo en que yo también lo creía, pero ahora dudo que eso exista. Las relaciones nunca son lo que parecen desde fuera, ¿verdad? Nos hemos esforzado mucho en volver a consolidar nuestro matrimonio, y ya empezaba a pensar que nuestra relación era más sólida que nunca cuando Rory aterrizó en nuestras vidas. Tengo mucho miedo. Es como si viviera azotada por un viento polar.

—¿Tienes miedo de la reacción de Giles?

—Tengo miedo de lo que eso representará para los dos y, sobre todo, tengo miedo de mí misma. Vivo aterrorizada por lo que pueda suceder y por la incertidumbre de saber si podré superarlo. Fíjate en cómo he reaccionado por lo de Bunty, y eso que ella es una perfecta desconocida y, en el fondo, no me importa lo que piense.

—¿Cuánto tiempo estará Rory con vosotros? ¿No se calmarán las cosas cuando el niño regrese con Lorna? Tu hermana no esperará que se quede con vosotros indefinidamente.

—Lo cierto es que no lo sé —gimoteó Isobel—. No sé qué espera de nosotros, ni siquiera sé qué quiere... Pero no voy a permitir que utilicen emocionalmente al pobre chiquillo y, como una pelota de fútbol, nos lo vayamos pasando de un lado al otro del Atlántico intentando marcar goles al equipo contrario. Ahora no solo es responsabilidad de Lorna... También lo es de Giles. Ha entrado un pequeño intruso en nuestras vidas. Y eso complica mucho las cosas.

En ese momento, oyeron pasos en el vestíbulo; los perros se precipitaron nerviosos hacia la puerta y Giles entró en el cuarto de los niños.

—¡Por el amor de Dios! ¿Qué diablos hacéis vosotras dos sentadas a oscuras? ¡Parecéis un par de lechuzas! —Giles encendió las luces e Isobel y Louisa parpadearon ante el inesperado resplandor—. Ah, hola, Louisa. Espero que la musa de la literatura te haya sonreído hoy. Hola, Iz, cariño. Me temo que llego un poco tarde, pero perdimos la noción del tiempo y empezamos una pieza nueva. De todos modos, el ensayo fue genial. —Giles se agachó para besar a su esposa y Louisa vio que le acariciaba la mejilla con el dedo en un gesto íntimo. Miró a Isobel con aire interrogativo—. Se te ve agotada... ¿Estás bien?

—Estoy perfectamente. De fábula. —El sarcasmo de Isobel era mordaz. Había estado deseando que Giles llegara a casa pero, cuando lo tuvo delante, un terrible e involuntario rencor le atenazó la garganta como si fuera bilis—. He estado poniendo al día a Louisa sobre nuestros pequeños dilemas familiares —dijo ella de mala gana.

—¡Qué bien! ¿Por qué no se lo cuentas a todos? —Giles se puso furioso—. Louisa podrá poner sobre aviso a nuestros amigos y parientes y contarles el último drama de los Grant, y tú podrías anunciarlo al grupo de escritura mañana mismo, ya que has conseguido interesarles tanto.

Louisa percibió que una tensión creciente entre marido y mujer pugnaba por aflorar y se sintió atrapada en un fuego cruzado de críticas matrimoniales que fácilmente podía derivar en una descarga explosiva con todas las de la ley. Quizá la dinamita no fuera tan aconsejable a fin de cuentas, pensó con ironía.

—Mirad, creo que es mejor que os deje solos para que podáis discutir en privado —dijo Louisa.

—¡Oh, Louisa! Lo siento muchísimo. —Giles se apresuró a disculparse—. He sido injusto con las dos. Se me han cruzado los cables.

Isobel se estremeció como si quisiera despojarse de un cuerpo extraño.

—Yo también. Lo siento mucho, muchísimo.

—De todos modos, es tarde. Será mejor que vaya a acostarme —dijo Louisa con naturalidad. Dio un beso a sus anfitriones y, deseándoles buenas noches, se deslizó fuera del cuarto, agradecida por una vez de escapar de su simpática compañía.

Cuando Louisa se hubo marchado, Isobel miró a Giles horrorizada.

—¿Qué nos está sucediendo? No quería reaccionar de este modo. Mataría a Lorna. Siento como si me hubiera infectado con un terrible virus y mi sistema inmunológico no pudiera hacerle frente.

—Lo sé. Pero lo lograremos. Hemos de lograrlo —dijo Giles—. Ven a la cama, cariño. Tú y yo sabemos comunicarnos mucho mejor.

De madrugada, Isobel se despertó con un terrible sobresalto al oír unos gritos espeluznantes. Habían estado hablando hasta bien entrada la noche y luego habían hecho el amor con una pasión que habría sido la envidia de muchas parejas casadas. Se levantó de un salto y corrió descalza por el pasillo. La luz del descansillo estaba encendida y la puerta del pequeño dormitorio que había ocupado Edward, antes de que se instalara en otro mayor situado en el piso de arriba, estaba entreabierta y asegurada con un libro para que no se cerrara. Rory se había incorporado y gritaba histérico. Isobel lo cogió en brazos mientras le murmuraba las habituales palabras de consuelo que había empleado con Amy y Edward cuando estos eran pequeños.

—No pasa nada, cariño. Estoy aquí. Solo es un sueño. Despierta. Estoy aquí.

—¡El Sombrero, el Sombrero! —gritaba Rory de un modo inconexo, presa del terror—. ¡Que se lo quite! ¡Llévatelo, llévatelo!

—Ya me lo llevaré, cielo. Ahora ya ha pasado todo. El Sombrero ya no está. —Isobel no tenía la más remota idea de qué o quién debía de ser el Sombrero, pero tras años de experiencia, sobre todo con Amy, sabía exorcizar pesadillas. Rory se colgó de su cuello con tanta fuerza que casi la estrangulaba, hasta que los gritos del niño fueron convirtiéndose en sollozos y los sollozos empezaron a ser intermitentes, aunque con cada acceso, Isobel notaba estremecerse su huesudo cuerpecillo. Lo acunó y le murmuró palabras dulces hasta que el chiquillo se quedó completamente en silencio y, agotado, se recostó contra ella y se metió el pulgar en la boca.

—Muy bien, Rory. Ya pasó todo. ¿Te apetecería tomar un vaso de Ribena caliente?

Rory asintió mirándola a través de las oscuras pestañas que enmarcaban sus ojos, de un pardo verduzco idéntico al de Giles (y muy diferentes de los grandes ojos azules de su hermana).

—No te vayas —dijo Rory sacándose el pulgar de la boca durante unos segundos y volviendo a metérselo con fuerza.

—No tardaré ni un minuto. Iré a poner al fuego la hervidora y volveré a tu cuarto. Luego nos tomaremos una bebida calentita. Me sentaré en tu cama y charlaremos. Haremos un picnic. ¿Dónde está Conejo?

Rory se zambulló bajo las mantas y salió con el atrotinado conejo de una sola oreja que era la más preciada posesión que se había traído de Estados Unidos, aunque hubiera llegado con un ajuar de ropa nueva e inmaculada destinada a hacer frente a un posible cambio de clima o a algún acontecimiento social. «Creo que descubrirás que tiene todo lo necesario», le había dicho Lorna por teléfono, aunque Isobel pensó que el chiquillo carecía de lo que un niño necesita en realidad, salvo quizá Conejo.

—Ahora ve corriendo al baño y, cuando hayas terminado, yo ya habré vuelto.

—¿No tardarás?

—No tardaré.

Cuando Isobel regresó con las dos tazas, se sentó en el borde de la cama y le contó cuáles eran los juegos preferidos de Edward, le dijo que tenía una bolsa con dinosaurios de plástico que, fuera donde fuese, siempre llevaba encima y que a Amy le gustaba jugar en el viejo castillo de madera que habían construido para Giles hacía mucho tiempo, durante su infancia. Cuando Rory se terminó la bebida, Isobel lo arropó y se quedó observando cómo empezaban a cerrársele los párpados, como si le pesaran tanto que no pudiera mantenerlos abiertos. Siguió hablando bajito hasta que consideró que Rory estaba dormido y entonces se levantó con cuidado de la cama. Estuvo unos instantes contemplando esa pequeña réplica de su esposo: el cuerpo perfectamente proporcionado; la gracia de movimientos; la belleza (cualidades completamente ajenas a su propio hijo). Un par de lágrimas resbalaron por sus mejillas y se le hizo un nudo en la garganta. Rory había llamado a su abuela en sueños y, de repente, Isobel cayó en la cuenta de que ni en una sola ocasión, ni siquiera en lo peor de su pesadilla, el niño había llamado a su madre.

Apagó la lamparilla de la mesita de noche y, en silencio, se escabulló del dormitorio.

9

A la mañana siguiente, Christopher se despertó temprano y decidió ir a dar un paseo antes de desayunar.

Salió y cruzó el patio, pero no vio a nadie en las inmediaciones. Observó que los viejos cobertizos de la granja se habían reconvertido con gran inteligencia para que desempeñaran las funciones de la sede del floreciente centro para las artes (ilustrando lo que era una buena solución arquitectónica). Dobló la esquina del ala de los huéspedes y salió al campo. Los trinos de los pájaros se habían adueñado del ambiente, y el rododendro que había bajo la ventana de su dormitorio, aunque con la luz matutina había perdido su mágica luminosidad lunar, seguía siendo hermoso. Las voluminosas inflorescencias blancas tenían un matiz amarillento como si un monje artista del medievo (maestro del comedimiento) hubiera mojado un pincel finísimo con pintura ocre y dibujado unas líneas apenas perceptibles en el centro de cada pétalo. En el valle que se extendía a sus pies, unas transparentes volutas de neblina tapizaban el curso del río y daban al paisaje el aspecto de una pintura china sobre seda, con las copas de los árboles traspasando el halo de la aurora y las distantes colinas perdiéndose en la distancia. «¡Qué lugar para vivir! —pensó Christopher—. ¡Qué suerte tienen los Grant!»

Tomó la bifurcación de la izquierda y enfiló un sendero de poblado musgo que se adentraba en el bosque, en lo alto del camino. Los capullos que apenas asomaban en las ramas de las antiguas hayas mostraban trazas del vivaz verde que adoptarían en el futuro, y las hojas nuevas ya crecidas aparecían retorcidas y pintadas de un delicado plata. El sendero no tardó en desaparecer, pero tras una pronunciada subida, en la que puso a prueba su pierna, alcanzó un calvero y se detuvo para sentarse sobre los restos de un tronco caído y disfrutar del primer sol de la mañana. A sus pies podía ver la punta del asta de la bandera izada en la torre, pero esta, con el escudo de armas de los Grant, colgaba inerte, sin que ni un soplo de viento la hiciera ondear.

Pensó que debía de ser divertido, y muy satisfactorio, llevar una empresa conjunta desde casa, como hacían Giles e Isobel. Sin duda, las tensiones y las dificultades debían de ser frecuentes en un matrimonio que trabajaba mano a mano, pero eso le pareció infinitamente más deseable que la frenética actividad en la que Nicola y él habían basado sus vidas y en la que todavía vivían inmersas la mayoría de sus amigos. Eran muchas las parejas que parecían carecer de tiempo para disfrutar de la compañía del otro (y que no podían ir juntos de vacaciones, si sus profesiones se lo impedían), pero no creyó que Nicola supiera apreciar el estilo de vida rural de los Grant. El ajetreo de la City y la presión de una competitividad exacerbada le insuflaban vida, y no era solo el acicate de la riqueza lo que actuaba en ella como un poderoso afrodisíaco (aunque, sin duda, el dinero tenía una gran importancia), sino todo lo que esa competitividad representaba: no solo la adquisición de poder, sino también la influencia, la excitación, el control, el reconocimiento. Le encantaba decirle que lo que más le gustaba de la riqueza era la angustia de la persecución, y también la captura de la presa, aunque Christopher sospechaba que tampoco andaba corta de sed de sangre. «No hace tanto tiempo, yo también ambicionaba la misma clase de cosas —pensó—. No tiene la culpa de que yo haya cambiado. No puedo culparla porque yo haya sufrido un cambio radical y ella no»; así, la rabia que había estado alimentando contra Nicola empezó a disiparse.

Había sido su madre quien le había recomendado que se apuntara a ese curso de escritura creativa. La mujer había leído un artículo en el suplemento a color del periódico del domingo titulado «Bellos parajes para estimular tu vida durante las vacaciones», y Glendrochatt era uno de los cuatro lugares que se mencionaban. Se citaba una semana de senderismo en Andalucía para avistar pájaros; unas clases de pintura en Grecia impartidas por un conocido artista; un curso de música y meditación en Gales que ofrecía los incentivos de una desintoxicación espiritual y un reposicionamiento de la energía, y, finalmente, la semana de escritura creativa en Escocia. «Emplea tu tiempo libre en cultivar la imaginación y la creatividad —instaba devotamente el escritor del artículo—. Regresa a casa renovado en cuerpo y alma, con un talento añadido y una nueva manera de enfocar la vida.»

«Esto es lo que deberías hacer —le había dicho su madre con convicción—. Apuntarte a un curso de escritura. ¿Recuerdas todos esos premios que te dieron en la escuela por tus redacciones? ¿Recuerdas lo contento que te pusiste cuando te aceptaron unos poemas en Oxford? El gusanillo de la literatura nunca te ha abandonado, ¿verdad? Siempre creímos que harías periodismo antes de que te entrara la pasión por los negocios. Ahora tienes la oportunidad de reconsiderar tu vida, y el tiempo y la oportunidad de emprender una dirección completamente nueva.»

Christopher manifestó cierto escepticismo. «Ah, ¿con que se trata de eso, de una nueva y fantástica oportunidad?», le espetó con guasa. «Sí —le había contestado ella—. Eso es exactamente lo que podría ser... si así lo quisieras.» «Ya. La terrible mala suerte de uno termina dándome buena suerte a mí. Me parece un poco injusto, por decirlo con suavidad.» «¡Es mejor que desperdiciar una oportunidad! —había replicado su madre con rabia—. ¡Mejor que hundirse en la autocompasión! No puedes cambiar lo que sucedió, y ahora tu obligación es probar suerte.» Christopher vio que la mujer estaba al borde de las lágrimas; era tan impropio de ella mostrarse crítica (ella, que había sido su acérrima defensora en todo momento), que se sintió avergonzado. Advirtió con una punzada de dolor que había envejecido en esos últimos tiempos.

«Lo siento», le había dicho Christopher abrazando su delgada y encorvada espalda. «¡Pobre mamá! —comentó en son de broma—. ¡Como siempre, echando margaritas a los cerdos y desperdiciando tus consejos! Espero que tengas razón. Lo cierto es que no sueles equivocarte. Dame el artículo. No te prometo que vaya, pero sí prometo que lo leeré.»

«Márcate un objetivo, cariño —le había dicho su madre entregándole el periódico—. Quizá no encuentres lo que andas buscando exactamente... pero ¡quién sabe si harás un hallazgo! —Y entonces añadió en un tono desenfadado—: ¡Incluso podrías descubrir un tesoro!» Cogió la embarrada cesta de madera que, por alguna extraña razón, se había abierto camino hasta la sala de estar (detalle que sacaba de quicio a su meticuloso padre), recogió sus viejos guantes de piel y las podaderas, llamó a los perros y se dirigió a su amado jardín antes de que su hijo empezara a poner objeciones a su idea. Christopher se ocupaba de ella con gran cariño y pensaba que guardaba un gran parecido con una versión actualizada de la Reina Blanca, la que sale en *A través del espejo* (con sus perlas, sus gafas y los silbatos para los perros colgando del cuello; el pelo blanco recogido en un moño del que sobresalían en cascada las horquillas y que se aguantaba en precario equilibrio sobre su coronilla como si fuera un montón de palillos de marfil; y la cremallera de su vieja falda, torcida y descentrada).

¿Dónde había oído esa frase últimamente? Y entonces se acordó. El primer día, por la noche, Marnie Donovan había dicho que había ido a Escocia en busca de un tesoro. «Pues ya somos dos», pensó él levantándose del tronco. De repente, se percató de que tenía un hambre canina y decidió descender por la colina y regresar a la casa.

Creyó que sería el primero en desayunar, pero cuando entró en el comedor vio que Marnie había llegado antes.

—¿Te importa si desayunamos juntos? —le preguntó Christopher pensando que quizá la muchacha hubiera bajado temprano para evitar a los demás y que, a lo mejor, no deseaba compañía. No le apetecía mucho estar con ella, pero pensó que sentarse a una mesa distinta habría sido un detalle grosero por su parte.

—No, claro que no —dijo Marnie educada y sin la furiosa expresión del primer día, aunque sin mostrarse especialmente sociable.

—¿Qué tal fue la noche en el bar Rob Roy? —preguntó Christopher sentándose a la mesa tras haberse servido unas gachas de avena de la bandeja caliente y haberse fijado en el buen aspecto que tenían los huevos revueltos con beicon y los champiñones con pan frito que había para elegir—. ¿Pasaste una noche fulgurante con Stanley, Bunty y compañía? ¿Qué tal es ese local nocturno?

—Está pensado para los turistas, decorado con tapicerías de distintos clanes y unas testuces de venado bastante apolilladas —dijo Marnie riendo de repente y dejándole sorprendido con su reacción. No pensaba que la joven tuviera tanto sentido del humor—. Bunty era la única que iba bien vestida para la ocasión: parecía Rob Roy en plan travesti. Creo que incluso los clientes habituales del bar se quedaron petrificados ante la visión de esa mujer con su nuevo traje de tartán, aunque eso sí... ¡Quedaba de fábula con la decoración! La verdad es que fue muy divertido, pero creo que algo se cuece en nuestro pequeño grupo.

Christopher pensó que cuando bajaba la guardia, Marnie parecía una persona diferente. Supuso que le debía de faltar poco para cumplir los treinta, pero con su fino pelo castaño claro recogido en una cola de caballo y sin maquillaje, podría haber pasado por unos cuantos años menos. Se preguntó si no tendría antepasados eslavos, alguien con pómulos altos y una boca ancha y bien modelada. Unas cejas oscuras y rectas y unas espesas pestañas también oscuras contrastaban sorprendentemente con la palidez de su piel.

—¿De qué problema se trata?

Marnie untó un cruasán con una gran cantidad de mantequilla y miel; era obvio que conservar la línea no constituía ningún problema para ella.

—Bueno, se trata de Stanley, claro. Supongo que el problema se veía venir. Al principio se portó bien... como un pelmazo, pero bien. El coronel insistió en invitarnos a todos a una copa... ¡y no veas la cantidad de combinados que ofrecían, a cual más rimbombante! Se trataba, sobre todo, de mezclar whisky con extraños licores y de bautizar las combinaciones con nombres como *Monarca del Glen* o *La venganza del jefe del clan*. ¡Ahí sí que rompimos el hielo! No paramos de charlar. Incluso Morwenna se comportó de un modo antojadizo. El problema fue que Stanley empezó a mostrar su agresividad. Maltrató a la pobre Win, se burló de los esfuerzos que hacía para mejorar su estilo y la acusó de deslealtad. Fue muy violento para los demás. El coronel intentó intervenir pero complicó más la situación al decir cosas como: «Recuerda que hay señoras presentes» y «haz el favor de portarte como un caballero». —Marnie había imitado de maravilla la manera de hablar entrecortada del coronel. Esbozó una sonrisa—. Estaba claro que Stanley quería ser desagradable a toda costa, y el muy respetable estilo de la vieja escuela del coronel le reventaba a más no poder. Habría sido divertido si no hubiera llegado la sangre al río. Stanley empezó a gritar diciendo que aquello era una cueva de ladrones, que Catherine no sabía reconocer la calidad de un texto aunque lo tuviera delante de las narices y que los Grant eran unos parásitos y unos estirados. La gente del bar se nos quedó mirando. Bunty empezó a lloriquear y Morwenna parecía que fuera a cavar un hoyo para meterse dentro, pero Joyce actuó con brillantez: empezó a cepillar a Stanley; a masajear su ego y a fingir que coqueteaba con él; y así logró que se tranquilizara un poco. Luego, por suerte, el hombre perdió el conocimiento. Sin embargo, me temo que esto traerá consecuencias. ¡No sabes cuánto nos costó sacarlo del bar y meterlo en el coche! Primero no podíamos moverlo, y luego el que no paraba de moverse era él. Debo confesar que, al final, el coronel estuvo fantástico, pero hubieras debido acompañarnos. Nos habría venido bien la ayuda de otro hombre.

—¡Caray! ¡Menuda diversión me perdí! Ya veo que tendré que ir al bar Rob Roy de vez en cuando —dijo Christopher riendo—. Pero no me apetece estar con todo el grupo y, aún menos, con Stanley Heslington. Una noche os llevaré a Louisa y a ti a tomar una copa, si os apetece salir conmigo. Es triste para la pobre Win, aunque supongo que ya debe de estar acostumbrada.

—Pues no es por alarmar, pero creo que quizá Stanley ha llevado las cosas demasiado lejos en esta ocasión.

Era como si la expresión forzada que Marnie lució el primer día se hubiera esfumado. Habían terminado de comer y seguían charlando y tomando café cuando el resto de los miembros del grupo hizo su aparición. Louisa se acercó a su mesa.

—Hola, ¿qué tal? —dijo sonriendo a los dos con su acostumbrada naturalidad—. ¡Qué madrugadores! Espero que no hayáis terminado con toda la comida... Yo también quería levantarme pronto esta mañana, pero me he dormido. Esto de escribir debe de ser más agotador de lo que creía.

—¿Quieres que te traiga algo? —preguntó Christopher levantándose—. Hay un fantástico surtido para elegir.

—Sí, por favor. Me apetece una taza de café. No puedo empezar el día sin mi dosis de cafeína. Luego ya iré a picotear alguna cosa.

Louisa se sentó junto a Marnie.

—Creo que me has ganado por la mano —dijo riéndose y señalando en dirección a Christopher mientras este, de espaldas, se alejaba hacia el bufet—. Se os veía muy compenetrados.

No lo dijo con animosidad, pero Marnie, consciente de que Louisa se sentía atraída por Christopher y de que eran antiguos conocidos, se sintió incómoda. Deseaba poder hacer algún comentario inocuo y refrescante (un chiste volátil) con el que tomarle el pelo. «No se me dan bien esta clase de bromas. No conozco las reglas del juego», pensó afligida mientras notaba que la torpeza volvía a apoderarse de ella. La idea de charlar a tres bandas, de quedarse sentada en silencio, mostrando su falta de aplomo mientras Louisa brillaba hablando con Christopher de sus conocidos comunes, o de terminar diciendo una inconveniencia o soltando algún comentario inapropiado como le sucedía a veces cuando se sentía incómoda, la dejó consternada, y Marnie se despreció a sí misma por su debilidad.

—Como ya he terminado de desayunar, os dejo que comáis tranquilos —dijo bruscamente. Le gustaba Louisa, pero se sentía insegura ante su presencia. Se levantó, cogió la taza y el plato que había usado, los dejó en el carrito, como les habían pedido que hicieran, y salió del comedor saludando someramente a los demás y haciendo una leve inclinación de cabeza a Christopher cuando pasó junto a él.

Louisa encarcó la ceja con aire inquisitivo.

—¡Qué sociable es Marnie! —exclamó con ironía mientras Christopher le ofrecía una taza de café.

—No creo que tenga intención de ser grosera, pero es cierto que a veces parece un poco brusca. Quizá sea una tímida crónica.

—No logro entenderla —terció Louisa—. Cuando hablas con ella, resulta una mujer muy interesante. Ayer dimos un paseo juntas y nos lo pasamos muy bien. Pero luego, de repente, pierde el interés y vuelves a estar en el punto de partida.

—Ya, bueno... Supongo que nos iremos conociendo mejor a medida que pase la semana —dijo Christopher—. Por cierto, ya sé dónde nos vimos exactamente. Fue en la ópera, en Garsington, en una representación de *La Cenerentola*. Fui con Nicola Hornby, y tú ibas con Adam Winterton, con quien de vez en cuando coincido por motivos de trabajo. Un hombre muy agradable, aunque la verdad es que no lo conozco demasiado. Nuestras butacas estaban junto a las vuestras. Luego descubrimos que habíamos elegido el mismo lugar del jardín para hacer el picnic y acabamos tomando una copa juntos.

—¡Eso es! Cuando repasé la lista de participantes, tu nombre no me dijo nada, pero en el momento en que te vi supe que ya nos conocíamos.

El recuerdo que tenía Louisa de esa noche se le había quedado grabado. De hecho, era tan intenso porque, a partir de ese único y fugaz encuentro, empezó a ser consciente de la inquietud e insatisfacción que la dominaban cuando estaba con Adam, ese Adam amante y compañero y, sobre todo, ese Adam que esperaba ser su futuro marido y que terminaría convirtiéndose en él. Louisa se había fijado en Christopher mientras se dirigían hacia las butacas de la tribuna cubierta y luego, al ver que le había tocado a su lado y que durante toda la representación ambos habían permanecido muy juntos, casi rozándose los hombros, tomó conciencia de su presencia física.

—¿Cómo está Adam? —le preguntó Christopher sin saber si Louisa conocería algún hecho de su pasado.

—Muy bien. Seguimos siendo buenos amigos, pero hemos cortado —dijo ella con el propósito de que él se enterara—. ¿Todavía ves a Nicola?

—No. También hemos cortado. —Y ambos sintieron un leve estremecimiento de interés.

Christopher recordaba que a Nicola no le había gustado Louisa, aunque sospechó que quizá había sido al revés.

«¡Buf! A esa rubia zancuda le has encantado —le había dicho Nicola cuando regresaban en coche a Londres—. Te apuesto lo que quieras a que ella y su atractivo acompañante te llaman para volver a salir... ¡Y te aseguro que la iniciativa no habrá partido de él! Ni se te ocurra quedar, porque mientras ella te devore durante la cena, a mí me tocará estar de palique con él, y te aseguro que no es mi tipo —concluyó Nicola poniendo cara de desprecio—; lleva tatuado "*ratón de biblioteca*" en la piel.»

Christopher se rió. Coincidía en que ese Adam Winterton de recio aspecto y sempiternas gafas no era precisamente la alegría de la huerta. «Bueno, la verdad es que es muy agradable y nunca le he considerado aburrido, o sea que te equivocas de plano. Tiene fama de ser extremadamente inteligente.» «¡Bah, inteligente dices! —había exclamado Nicola con desprecio, aunque ella era también poseedora de una inteligencia preclara—. ¿Y eso qué tiene que ver?»

Christopher, para hacerla rabiar, le dijo: «Quizá deberíamos tomar nosotros la iniciativa. Me gusta esa rubia de piernas largas... Me divierte. A lo mejor llamo a Adam y quedo con él para salir los cuatro».

Sin embargo, una semana después de esa soleada tarde de música en Oxfordshire, con el aroma embriagador de las lilas y la hierba recién cortada mezclándose con el perfume del champán y los cigarros puros, con los trinos de los vencejos cruzando el jardín y añadiendo sus altas notas a las de Rossini, la vida cambió radicalmente para Christopher y para Nicola.

10

Faltaban pocos minutos para las nueve en punto y solo ocho personas estaban sentadas junto a Catherine alrededor de la mesa de la sala de conferencias, bolígrafo y papel en mano. Era evidente la ausencia de Stanley Heslington, sobre todo porque Win se encontraba en el aula. Catherine echó un vistazo al reloj, esperó unos instantes y miró a sus alumnos con aire interrogativo. Win, a todas luces declinando la invitación de cruzar su mirada con ella, fingía interesarse en su cuaderno. Catherine decidió comenzar sin él. Empezaba a vislumbrar cuáles serían los alumnos que sacarían más provecho del curso y Stanley no formaba parte de los elegidos. Les propuso que dedicaran los dos días siguientes a preparar una breve redacción sobre un viaje. Podía ser una historia o un artículo, pero debería tener dos mil palabras como máximo.

—¿Qué pasa si nos dejamos llevar y escribimos mucho más de dos mil palabras? —preguntó Bunty abriendo como platos sus ya de por sí salidos ojos, mirada que había estudiado y perfeccionado en su juventud y que todavía imaginaba que le daba un encanto felino. Pensó que el coronel encontraría el gesto atractivo.

—Que entonces no nos dará tiempo de debatirlo como es debido —respondió Catherine—, lo cual sería una pena. Además, si quieres dedicarte profesionalmente a escribir, más te valdrá familiarizarte con contar palabras. Muchas revistas se ven obligadas a rechazar materiales buenos porque carecen de la longitud precisa para su publicación.

—Creo que el propio instinto del autor debería marcar la extensión —protestó Bunty haciendo pucheros como una niña contrariada.

—Mujer, eso sucede a veces... Pero piensa que si fueras modista tendrías que confeccionar los vestidos en la talla y la hechura de tu cliente —dijo Catherine—. Nosotros hemos de escribir los textos del mismo modo. Si ves que te has alargado mucho, siempre resulta muy útil dar un tijeretazo a lo escrito. Los textos mejoran si se acortan. Os sorprendería ver cuánto ganan mis poemas por obra y gracia de la tijera; y eso que la autocensura todavía me resulta muy difícil. En fin, probad con dos mil palabras.

—¿Puede ser un cuento para niños?

—Por supuesto. Espero que elaboréis textos muy diversos. Mientras el tema y la extensión sean los pactados, podéis redactar vuestro ejercicio como gustéis.

Bunty se animó de repente.

—Seguro que en su relato todos viajan en escoba —murmuró Louisa a Morwenna, que se había sentado junto a ella.

—Hummm, sí... O sobre una alfombra voladora —coincidió la otra, que ya estaba barruntando cómo podría inventar un viaje hortícola y, para su sorpresa, y a pesar de su acostumbrada falta de imaginación, se le ocurrió que podría escribir perfectamente sobre un viaje a Nepal acompañando a la Sociedad de Dendrógrafos, actividad que siempre había deseado realizar.

—Ahora vamos a divertirnos. Iremos por turnos diciendo la primera palabra que nos venga a la mente y luego incluiremos todas esas palabras en nuestra historia o en nuestro artículo —dijo Catherine—. Empieza tú, Win.

—Galleta de avena —dijo Win.

—Ahora, tú, Louisa. ¿Cuál es tu palabra?

—Búhos.

—¿Rododendros? —propuso Morwenna.

—Tanques —dijo el coronel.

—Hadas —propuso Bunty, como era de esperar.

Joyce pronunció la palabra «turistas», Marnie, «vudú» y Christopher, «ostras».

—Muy bien —dijo Catherine—. Como solo habéis dicho nombres, os propongo un adjetivo. Por ejemplo, «aterrador».

—¡Galletas de avena aterradoras! ¡Eso son palabras mayores! —exclamó Christopher y todos se pusieron a reír. Catherine pensó que la clase empezaba a relajarse y esperaba que eso les diera la confianza necesaria para dotar a sus escritos de un espíritu aventurero.

A las once estaban a punto de hacer la pausa de media mañana y de salir en tropel hacia la máquina de café del bar cuando Stanley irrumpió por la puerta seguido de Giles, que caminaba con tranquilidad. Stanley estaba rojo de ira y no mudó la expresión feroz de su rostro cuando vio a los demás miembros del grupo.

—Haz las maletas —le espetó a Win—. Nos marchamos. Quiero que todos sepan que opino que este lugar es una maldita estafa. Cogeremos el próximo tren que salga hacia York, y ya le he dicho a Giles Grant que exigiré que me devuelva mi matrículas íntegramente, y que no voy a pagarle nada más.

—Lo lamento, pero no reembolsamos las matrículas —explicó Giles—. Si ha contratado la póliza de vacaciones que aconsejábamos en el formulario de reserva, podrá solucionarlo con la compañía de seguros, aunque me temo que no abonan nada si no es en caso de enfermedad o de emergencia. Pero nos encantará facilitarle un taxi para llevarlos a la estación, si eso es lo que quiere.

—¡No me sacará ni un solo penique! —gritó Stanley. Y entonces miró con furia a Catherine—. ¡Y usted dice ser profesora! —exclamó con brutalidad—. No sabe reconocer un buen texto cuando lo tiene delante de las narices. Vamos, Win. No perdamos más tiempo.

Se hizo un silencio incómodo. Las miradas se posaron en Win. Esta se había vuelto a sentar en su silla y miraba directamente a los ojos a su marido.

—Márchate tú, Stanley —dijo con serenidad—. Vuelve a casa si eso es lo que quieres. Yo he aprendido más de Catherine de lo que nunca aprendí, y voy a quedarme para terminar el curso.

Catherine, conmovida por la valentía de Win pero temiendo ser la causa de una pelea conyugal, dijo:

—Siento que veas así las cosas, Stanley. ¿Por qué no habláis del asunto en privado? De todos modos, íbamos a hacer una pausa para tomar café. Os dejaremos solos para que podáis discutir la cuestión.

—No hay nada que discutir. —Stanley parecía un fornido toro bravo y sus ojos inyectados en sangre brillaban con tanta furia que Christopher imaginó que empezaría a patear el suelo preparándose para la embestida—. Ya me has oído, Win. —Se quedó en la puerta, bloqueando la salida a todos los miembros del grupo. Sin embargo, su esposa no se movió de su lugar.

—No, Stanley. Estoy de acuerdo contigo: no hay nada que discutir. Ve a casa si quieres, pero yo no regresaré contigo. Esta vez, no.

Stanley se la quedó mirando sin dar crédito a lo que veían sus ojos, luego se dio la vuelta y salió echando chispas de la habitación sin proferir palabra.

—¡Muy bien hecho, Win! —la animaron todos.

—Os pido disculpas en nombre de Stanley —dijo Win, muy azorada de repente—. Lo que pasa es que le está costando muchísimo asumir su jubilación. A los dos nos está costando. No está acostumbrado a disponer de tanto tiempo libre, y escribir siempre ha sido su afición preferida, su orgullo. Para él es muy difícil... Bueno, sobre todo teniendo en cuenta que yo estoy haciendo muchos progresos. No se lo esperaba. Unos días de separación nos vendrán muy bien. —A pesar de que las palabras que había dirigido a su marido fueron templadas y serenas, ahora que él se había marchado, empezaba a fallarle la voz. Esbozó una vaga sonrisa en dirección a Giles—. Siento muchísimo que fuera tan grosero contigo. Si tenéis algún problema con el dinero, yo pagaré mis gastos.

—No te preocupes por eso —se apresuró a decir Giles—. Ya inventaremos algo. Me encanta que hayas decidido quedarte con nosotros, y sé que Catherine lo celebrará. No ha parado de alabarte diciendo que eres una de las mejores alumnas del grupo.

Catherine hizo un gesto afirmativo. Y Giles siguió hablando:

—Glendrochatt no ha resultado una buena experiencia para tu marido, pero lo cierto es que estos cursos no son adecuados para todo el mundo. Quédate, sigue escribiendo y piensa que nosotros cuidaremos de ti. Iré a asegurarme de que Stanley pueda llegar a la estación para coger el tren que más le convenga. No te preocupes. No nos pelearemos. —Sonrió a Win para darle ánimos y salió de la sala de reuniones para asegurarse de que Isobel no estuviera aguantando un rapapolvo fruto del mal carácter de Stanley y de que este contara con todas las facilidades para salir de Glendrochatt lo antes posible.

Christopher se acercó a Marnie, que estaba sola y con aspecto de sentirse incómoda.

—¿Vamos a por un café y nos lo tomamos fuera? —le propuso él—. Hace un día demasiado hermoso y hay que aprovecharlo mientras podamos. Además, creo que nuestra presencia no es necesaria.

Marnie asintió, complacida y sorprendida también de que Christopher hubiera ido en su busca. Las otras mujeres se habían arremolinado en torno a Win brindándole su apoyo como un enjambre de abejas protegiendo a su reina, pero Marnie («como siempre», pensó la joven con desesperación), a pesar de estar deseando mostrarse solidaria, se había quedado en un segundo plano y, de súbito, se había dado cuenta de que abrirse paso hasta ella habría sido como entrometerse. Advirtió que Louisa se había acercado de inmediato a Win y le había dado un abrazo espontáneo («y, por supuesto, estaría pronunciando las palabras adecuadas», pensó Marnie con una punzada de envidia). Decidió seguir a Christopher y cruzó tras él las puertas batientes que daban a la sala principal con una sensación de alivio.

—¿Adónde vamos? —preguntó ella mientras estaban sirviéndose el café.

—Vayamos a ver si encontramos un lugar donde sentarnos desde el que se pueda ver el lago.

Cruzaron el patio en dirección a la fachada principal y, bajo una de las enormes hayas, descubrieron un viejo banco pintado de blanco y un tanto desconchado. Se sentaron en silencio durante unos minutos para tomar el café mientras contemplaban el paisaje, respiraban el azucarado aroma de las azaleas y disfrutaban de la tranquilidad.

—Mi madre dice que la sensación de que te dé el sol en la espalda es uno de los placeres físicos que no disminuye con la edad —dijo Christopher.

—¿Cuántos años tiene?

—Casi ochenta; aunque me resulta difícil de creer. Hace tanto tiempo que la veo igual, que siempre he dado por supuesto que no envejecería. No sueles percibir el cambio en las personas que amas si las ves con frecuencia, pero el otro día la miré y, de repente, me di cuenta de que parece una anciana. Fue una sensación horrible. Envejecer no es como ir descendiendo por una suave pendiente, sino más bien como bajar una escalera, ¿no crees? La gente pasa varios años en el mismo peldaño y, de repente, parece que baja de golpe un tramo entero.

—Nunca me lo había planteado. Quizá porque jamás he estado tan unida a alguien para notarlo. Adivino que quieres mucho a tu madre.

—Sí, mi madre es especial. Es divertida, inteligente, amable... y está chiflada. Vuelve loco a mi padre, que es enérgico y puntilloso, pero él la adora. Todos la adoramos. Te caería bien —dijo Christopher riendo al ver la expresión que se dibujaba en el rostro de Marnie—. De verdad, créeme. Te haría reír. Es más, creo que a ella también le gustarías.

Marnie se sorprendió de lo absurdo que era sentirse complacida por que Christopher considerara que podría gustarle a alguien a quien era obvio que él amaba profundamente y por quien sentía un profundo respeto. Por otro lado, su comentario la había dejado intrigada: la idea de que existiera una mujer que volviera loco a su marido y, no obstante, este la adorara era a su entender una absoluta novedad. Por experiencia propia, Marnie creía que cuando la dorada pátina del matrimonio empezaba a adquirir tintes de oropel, los cónyuges rompían invariablemente.

—No suelo caer bien a la gente —dijo Marnie con gravedad—. Soy una inútil con los demás... Es como si no supiera pronunciar las palabras adecuadas. Soy seca... y antipática. Me habría gustado acercarme a Win y abrazarla como ha hecho Louisa, pero no he sabido qué decir y he tenido miedo de meter la pata y entristecerla todavía más. Por eso me he acobardado y no le he dicho nada.

—Eso no es cierto. Muchas de las cosas que contaste el día que nos conocimos llegaron a despertar mi envidia.

—¿Qué quieres decir? —preguntó Marnie atónita.

—Fuiste muy clara al hablar de ti y al escribir tu historia. Louisa y tú fuisteis muy honradas... Todos lo fueron, por cierto, salvo yo; pero vosotras dos lo fuisteis más.

—¿Y tú no? Ya sé que no contaste gran cosa sobre ti, pero tampoco estabas obligado a hacerlo. ¿Era falsa la emoción que te provocó la catedral de Chartres?

—No, claro que no. Era auténtica, y sucedió tal como lo narré... pero perdí la oportunidad de confesar un hecho de mi pasado que habría preferido reconocer de entrada. Ahora ya ha pasado el momento y pienso que me habría gustado ser más decidido. Cuando esta mañana Win mostró tanta valentía, sentí un profundo desprecio por mí mismo.

—¿Quieres explicármelo ahora? —preguntó Marnie con el propósito de aliviar su consternación. Se había quedado estupefacta de que una persona como él necesitara ayuda.

Se hizo el silencio. Christopher parecía estar valorando la posibilidad.

—No es necesario que cuentes tu vida a los demás si no lo deseas —siguió diciendo Marnie, muerta de curiosidad—. ¿Por qué tienes la sensación de que debes hablar?

Christopher encendió un cigarrillo y dio una profunda calada.

—En parte, porque creo que el asunto acabará saliendo a la luz de todos modos... Ya sé que es una razón de poco peso. Verás, fui protagonista de las noticias hace un tiempo y había creído que aquí podría pasar inadvertido, ser una persona completamente anónima. Pero entonces descubrí que Louisa y yo nos conocíamos, y que los dos recordábamos el lugar. Noto que siente curiosidad por mí, y, si quisiera, no le costaría nada averiguar mi pasado.

—Y tú quieres ser el primero en dar el paso.

—Sí, supongo que sí.

—¿Cuál es el problema? Ve y díselo.

—El problema —dijo Christopher— es que esta tarde tengo sesión con Catherine. Ha tenido la amabilidad de revisar unos textos que traje y, cuando nos veamos, pienso contarle el verdadero motivo que me ha traído a Glendrochatt... Claro que también podría contártelo a ti primero. —La miró con aire interrogativo y Marnie quedó sumida en la expectación—. Estoy decidido a cambiar mi trayectoria profesional. Quiero ser escritor... y necesito cambiar urgentemente mi vida. —Christopher dio un suspiro y su mirada se perdió en las distantes colinas del otro lado del lago—. Lo cierto es que he salido de la cárcel hace poco. He cumplido la mitad de la condena y ahora estoy en libertad condicional.

—¿Qué hiciste?

—Maté a una persona.

—¿Con premeditación? —preguntó Marnie mostrando un interés carente de asombro, como si aquello fuera algo que ocurre todos los días.

—¡Claro que no! No, no cometí ningún asesinato. Fue «homicidio involuntario por conducción temeraria», cargo que, si resultas culpable, comporta el cumplimiento obligatorio de una pena de tres años.

—Si mi madre hubiera muerto en el Caribe, aquello habría sido un asesinato —comentó Marnie.

—¡Qué tonterías dices! ¿Cómo quieres que eso sea un asesinato? —afirmó rotundamente Christopher—. ¡Una niña desgraciada de siete años manipulada por un siniestro desconocido para que tome parte en un ritual más bien cutre! ¡Ni hablar! Quítatelo inmediatamente de la cabeza... pero gracias por intentar identificarte conmigo. ¿Ves cómo sabes decir las palabras adecuadas? —Christopher le sonrió, aunque Marnie pensó que la expresión de su mirada era sombría.

—¿No sentiste que era una injusticia ingresar en prisión por algo que fue un accidente? —preguntó Marnie con curiosidad—. Eso es lo que habría pensado yo.

—No, no. Al contrario. Por alguna extraña razón, fue un alivio. Nadie que esté en sus cabales quiere ingresar en prisión, eso está claro. No recomendaría esa experiencia a nadie, es una absoluta pesadilla. No me refería a eso, sino a que necesitaba desesperadamente pagar por lo que había hecho. En cierto sentido, la pena no me pareció suficiente. Arrebatarle la vida a alguien es algo terrible, terrible... Nada podrá devolver a la vida a ese hombre, pero supongo que el espanto de haber estado en la cárcel me ayudó, ni que fuera un poquito, a sobrellevar mi culpa.

—¿Estabas ebrio?

—De alcohol, no, aunque podría haberlo estado. Estaba borracho de rabia, que es igual de malo... No, es peor: fue imperdonable. Acababa de tener una pelea grotesca con mi novia y salí como una exhalación de la casa, consumido por la rabia, me metí en mi potente coche, salí de estampida, tomé una carretera comarcal llena de curvas, llegué a un recodo a demasiada velocidad y me encontré con un coche de cara. El otro conductor murió instantáneamente. No tuvo la menor oportunidad.

—¿Y tú?

—Ah, me fracturé unas costillas y algún que otro hueso de poca importancia... pero me trituré la pierna derecha por completo. Creyeron que tendrían que amputarla, y lo cierto es que me he sometido a otra molesta operación no hace mucho, justo después de salir de prisión. Tuve que estar enyesado y andar con muletas durante varios meses. Por suerte, los médicos lograron salvarme la pierna, y fui increíblemente afortunado al poder escapar con vida del accidente. La fortuna fue mucho más injusta con el otro individuo.

—Me he fijado en que cojeas. ¿Te duele mucho?

—Es un saludable recordatorio de cuáles deben ser mis prioridades —contestó Christopher esbozando una mueca y encogiéndose de hombros—. Llevo una gran cantidad de metal en la pierna derecha, pero la tengo mucho mejor de lo que era de esperar. Además, tras esta última operación ha mejorado. No haría un buen papel escalando el Everest y tampoco intentaría saltar una pared, pero, en lo que respecta a movilidad en general, puedo valerme por mí mismo, aunque no esté tan ágil como antes. Intento no cojear para que no se convierta en un hábito, pero si estoy cansado o he caminado demasiado, sé que me falla la pierna.

—¿Sabes quién era el otro conductor?

—No lo conocía personalmente, a Dios gracias. Era un hombre mayor... Un viudo, creo, pero con muy buena salud. Era padre y abuelo, y tenía muchos amigos; asistió mucha gente a su funeral. La prensa se dio un verdadero festín: «Rico y emprendedor playboy mata a ciudadano de la región». En fin, titulares de este estilo, aunque yo nunca haya sido un playboy. Supongo que habría sido peor si se hubiera tratado de alguien más joven o de un padre con hijos menores de edad... De todos modos, no puedes ir calibrando en una balanza la vida de las personas para saber si hacen falta en el mundo. Ese individuo no merecía morir, sus familiares no merecían sufrir esa pérdida y yo no merecía vivir.

—Pero tú estás vivo —protestó Marnie con pasión—, y debes aprovechar la vida que te queda. Por mucho que la desperdicies, él no recobrará la suya.

—Sí —repuso Christopher mirándola con respeto—. Eso es exactamente lo que dice mi madre. Y por eso estoy aquí.

—Me parece que los dos andamos en busca de algo distinto: de una vida nueva, de apartar las sombras de nuestra existencia... ¡Todo un desafío! Yo no he matado a nadie, pero me he complicado muchísimo la vida y he complicado también la de los demás. —Marnie se encogió de hombros con tristeza—. Es como si rompiera todo aquello que toco... Cuando surgen problemas, por lo general huyo dejando atrás una situación caótica. A lo mejor, un día te lo cuento.

—Espero que sí. Para mí sería un honor. —Christopher consultó el reloj—. Pero por ahora ya te he mareado bastante. Tendremos que darnos prisa si no queremos llegar tarde. Gracias por escucharme, Marnie. Hablar contigo me ha ido muy bien. —dijo Christopher apoyando la mano en el brazo de ella—. Gracias. Te lo agradezco muchísimo.

Mientras se apresuraban a regresar a los cobertizos de la antigua granja, Marnie deseó haberle preguntado qué había ocurrido con aquella novia de la encarnizada pelea.

11

Isobel y Giles destinaron una habitación de la casa principal para acoger las tutorías. La llamaban la habitación de la torre y se llegaba a ella a través de una escalera de piedra situada en la parte más antigua de la vivienda.

En los tiempos de los abuelos de Giles, había sido el dormitorio del mayordomo, del que se decía que era tan bueno en su oficio que lo habían conservado a pesar de padecer episodios de extrema ebriedad en los que se dedicaba a aterrorizar a todos los habitantes de la casa. Era tan competente en su trabajo (cuando no era esclavo de la botella de whisky), llevaba tan bien la casa, limpiaba con tanto primor la plata, administraba con tanto tino la enorme bodega y, en general, organizaba la vida de sus jefes tan acertadamente, que cuando el abuelo de Giles murió, su esposa, en lugar de prescindir de sus servicios, prefirió dejar junto a su cama una porra pesada como el plomo por si tenía que lidiar con su mayordomo en uno de sus días libres. Parece ser que no tuvo necesidad de blandir la temible arma, pero una noche de invierno, tras una orgía etílica, el mayordomo bajó la escalera con el cuerpo por delante y, a resultas de la caída, falleció. Desde entonces, se dice que su fantasma se aparece en la habitación de la torre, porque son varios los que, a lo largo de los años, dicen haber oído pasos desiguales y una respiración estentórea cuando no hay nadie presente. Los criados posteriores sintieron aprensión ante la idea de dormir en ese cuarto, detalle que no constituía un problema en la actualidad, según afirmaba Giles, porque apenas contaban con personal fijo en Glendrochatt; la mayoría de los empleados de los Grant vivían en las casitas de la propiedad. Era la estancia ideal para los profesores visitantes (siempre y cuando la ocuparan durante el día). Por el momento, ni Catherine ni los demás tutores se habían quejado de presencias indeseadas durante sus sesiones de tutoría, aunque a ninguno de ellos le hacía mucha gracia subir la escalera a solas y de noche.

A las dos en punto, sin preocuparse por los mayordomos borrachos, ni por los vivos o los muertos, y ansioso por oír la opinión profesional de Catherine sobre sus escritos, Christopher subió los pronunciados peldaños y encontró a su tutora esperándolo con la puerta entreabierta. La habitación estaba amueblada con gracia. Junto a la ventana, había una mesa de refectorio de madera de roble en la que Catherine había dejado todos sus papeles, y varias cómodas butacas. Unas cortinas de antiguo tartán vestían los largos y estrechos ventanales y unas sombrías pinturas al óleo en unos pesados marcos dorados embellecían las paredes, aunque era difícil afirmar con precisión el género al que pertenecían. Hacía tiempo que Giles alimentaba la ilusión de que si algún día era lo bastante rico, los haría restaurar; a lo mejor, alguno de esos cuadros resultaba ser un Rembrandt, aunque por el momento ningún experto en arte le había dado esperanzas.

Lo primero que vio Christopher fue que el manuscrito que le había dejado a Catherine el primer día estaba sobre la mesa. Fue como volver atrás en el tiempo, como regresar a la facultad, cuando esperaba en la puerta del despacho de su tutor.

—Christopher, pasa, por favor. Me alegro de verte.

Catherine siempre ponía un gran interés en las sesiones individuales que celebraba con sus variopintos estudiantes adultos; le proporcionaban valiosa información sobre la personalidad que se ocultaba tras un texto y, a veces, la oportunidad de ver sus escritos bajo una luz más esclarecedora. Christopher la intrigaba. Cuando lo conoció, el primer adjetivo que le vino a la mente fue el de mundano, y, sin embargo, el hombre parecía lleno de contradicciones. Cuando compartió sus primeras impresiones con Giles e Isobel, coincidieron todos en que él era el personaje enigmático del grupo. Tras su aparente aplomo y su don de gentes, Christopher se mantenía a la defensiva.

—Espero que te hayas recuperado de la arremetida de Stanley —afirmó él con sumo tacto—. Estuvo muy grosero contigo. Y sin ninguna justificación.

—Me afectó un poco —admitió Catherine—, pero, al mismo tiempo, no pude evitar sentir pena por él. Es un pobre hombre. Podemos quedar muy decepcionados cuando nuestras fantasías chocan con la fría realidad; peligrosamente decepcionados, diría yo.

—Sí, es cierto. —Christopher se preguntó si pensaría que él corría ese mismo peligro.

—Claro que no es tu caso —dijo Catherine leyendo sus pensamientos y yendo al grano—. Ya te lo dije el otro día. Tú sabes escribir; y creo que mi comentario no te cogerá por sorpresa.

—Imagino que Stanley también lo cree —dijo secamente Christopher. Señaló hacia el montón de hojas mecanografiadas Din A4—. Supongo (o más bien espero) que el lenguaje se me da bien, pero saber si eso puedo canalizarlo en algo que pueda publicarse y tenga salida en el mercado es un asunto muy distinto. Me siento culpable por haberte entregado este ladrillo. Estoy seguro de que no habrás tenido tiempo de leerlo y que solo le habrás echado un vistazo. Pensar que puedes leer la ópera magna de cada uno en un par de noches es ser muy poco realista.

—Bueno, sí... Aunque leo con muchísima rapidez. Estoy obligada a hacerlo en mi profesión. En general, leo unos fragmentos y luego reviso en diagonal para tener una impresión general. Sin embargo... —Catherine hizo una pausa y se quedó mirando a Christopher, cuya expresión nada desvelaba—, debo decirte que en este caso no solo he leído tu libro, entero, sino que no podía dejarlo. —Y entonces añadió—: Y eso no es nada habitual, te lo aseguro.

—¡Es fantástico! ¡Es fabuloso! —Christopher se dirigió a la ventana con las manos en los bolsillos y se quedó contemplando el paisaje. Se quedó atónito al descubrir lo tembloroso que estaba, lo cual le reveló que el veredicto de Catherine significaba mucho para él—. No sabes lo feliz que me siento. Gracias. Me has arreglado el día.

—Para mí también es excitante. A menudo vemos buenos textos en estos cursos, pero lo que no es habitual es tropezar con algo que, de inmediato, sabes que puede competir en el mercado. Por supuesto, tu novela tiene algunos defectos, pero no son graves y un buen editor te los podría indicar. Nada que no puedas arreglar. La lectura es excitante... incluso alarmante, diría yo. Has conseguido que me estremeciera cada vez que oía un crujido en la escalera o un portazo. ¡Menos mal que no estaba sola en este lúgubre caserón cuando leía tu novela! Tienes un buen sentido del ritmo y de la tensión dramática, y los personajes son excelentes. Sobre todo el personaje de Ted. Además... —Catherine se detuvo como si estuviera buscando las palabras adecuadas—, el escenario es absolutamente convincente, y *Conocimiento interior* es un buen título para una novela de suspense ambientada en una cárcel.

Christopher le dedicó una mirada divertida.

—¡Me alegra haberte puesto los pelos de punta! La verdad es que el escenario tenía que ser convincente por fuerza. Seguro que ya lo has adivinado, pero lo cierto es que sí tengo un conocimiento interior de la vida carcelaria. Escribí el libro en prisión.

—Lo imaginaba —dijo Catherine sonriéndole—. Los pequeños detalles son muy creíbles y el texto está escrito con tanta autoridad que piensas que el escritor o bien está familiarizado con el ambiente, o bien ha investigado a fondo. Es fantástico ver cómo has reconducido la experiencia de una época que debe de haber sido traumática.

—Acabo de contarle a Marnie lo mucho que lamento no haber sido sincero el primer día, cuando habría sido tan fácil, pero desde que he salido, me he dado cuenta de que me resulta muy difícil contarlo. Algunos se sienten muy violentos y no saben cómo reaccionar. Marnie, en cambio, ha estado genial —añadió con una sonrisa—. Mostró cierto interés y me preguntó qué había hecho.

—¿Y qué hiciste, si me permites la pregunta?

—Conducía mi Aston Martin a una velocidad imperdonable, en pleno ataque de ira. Calculé mal al tomar una curva y el tipo del coche que venía en dirección contraria no tuvo ni una sola oportunidad. No recuerdo gran cosa del accidente en sí... Pero el pánico que sentí una fracción de segundo antes del impacto, cuando supe que el coche estaba fuera de control, jamás me abandonará.

—¿A qué te dedicas? —preguntó Catherine—. ¿Cambiará eso tu trayectoria profesional? ¿Perdiste tu trabajo por culpa de esta tragedia?

—Trabajaba en la City. Mi socio y yo éramos empresarios. Estábamos especializados en comprar empresas a punto de quebrar. Les dábamos un buen repaso, las convertíamos en negocios altamente rentables y luego las revendíamos. Trabajábamos muchísimo, pero ganábamos unas cantidades de dinero que mucha gente consideraría indecentes. Ahora bien, el accidente solo sirvió para que me decidiera a tomar una decisión a la que ya empezaba a dar vueltas: vender la empresa. Habíamos recibido una oferta muy buena y quería abandonar la vida de perros que llevaba en Londres, mudarme al campo, formar una familia... e intentar probar con la literatura. Mi novia veía las cosas de otra manera. Tuvimos una pelea terrible y nos dijimos cosas que jamás nos podremos perdonar, pero lo que sucedió después no fue culpa suya en absoluto. Nunca hubiera debido conducir en el estado en que me encontraba.

—Supongo que ahora ella se sentirá muy culpable. No me refiero al accidente, sino a su parte de responsabilidad en la pelea. Cuando una discusión sube de tono, se enzarzan ambas partes.

Christopher se mostró rotundo.

—No creo que se sienta culpable en absoluto. Creo que siempre tuvo muy claro que todo aquello fue culpa mía exclusivamente. Y tiene toda la razón.

—¿Seguís saliendo juntos? —preguntó Catherine consciente de la atracción latente que existía entre Louisa y Christopher y, también, aunque de una manera mucho más sutil, de la menos obvia atención que Marnie prestaba a Christopher. Pensó que, a lo mejor, era la única que se había dado cuenta y no pudo evitar preguntarse si eso auguraba que Marnie volvería a cosechar un nuevo rechazo en su vida. «Si tuviera veinte años menos —pensó Catherine—, yo también me sentiría atraída por Christopher.»

—No, ya no. Rompió conmigo —dijo Christopher, quien, al cabo de unos instantes, añadió en un poco convincente intento de mostrarse alegre—: Probablemente haya hecho bien librándose de mí, porque ahora resulta que no nos interesan las mismas cosas de la vida. Creo que fue un golpe muy fuerte para ambos.

—¿Fue a visitarte a la cárcel? —preguntó Catherine con curiosidad.

—No, no, nunca vino. Y no la culpo por ello —dijo Christopher, aunque Catherine notó que había dado en el blanco—. Mira, sobre lo de este libro... —dijo él con cierta dificultad tras un breve e incómodo silencio—. Me han animado mucho tus palabras de apoyo, pero, dime, ¿qué debería hacer ahora?

—Lo siento. No hubiera debido hacerte una pregunta tan personal. Ha sido muy poco profesional por mi parte. Sí, volvamos al libro. Quiero proponerte una cosa. Quizá recordarás que el primer día os conté que Jonathan Mercer vendrá a dar una conferencia sobre novela negra. No sé si has leído alguno de sus libros, pero es un autor de éxito. Anoche hablé con él y me dijo que llegará el jueves por la mañana. Dará su conferencia a las once, durante la segunda sesión de la mañana. Giles e Isobel me han comentado que asistirá gente del pueblo a la conferencia, cosa que me parece muy bien porque así el debate será más interesante. Imagino que se celebrará en el teatro. Luego, cuando los demás se hayan marchado, Jonathan se quedará a almorzar con el grupo, y vosotros tendréis la oportunidad de hablar con él y de hacerle preguntas. Aparte de ser colega mío, es un buen amigo y me debe un par de favores en el terreno profesional. Querría pedirte si puedo pasarle *Conocimiento interior* para que me dé su opinión. Estoy segura de que le gustará y, además, creo que podría serte de gran ayuda. ¿Te parece bien?

—¡Me parece fenomenal! Soy un gran admirador de su obra. He leído todos sus libros.

—Perfecto. Lo organizaré todo. Creo que tu libro le intrigará especialmente porque, durante un año, fue el escritor invitado de una prisión escocesa. ¿Puedo quedarme este ejemplar de tu manuscrito? Supongo que debes de tener otro.

—Tengo otro... y, por supuesto, puedes quedártelo.

Catherine consultó el reloj.

—Nos quedan unos minutos antes de mi siguiente cita con Bunty. Ahora podríamos hablar de otro aspecto de tu escritura. Creo que te pedí que hicieras un poema corto. ¿Me lo has traído?

Christopher le entregó una hoja de papel.

—He traído un esbozo, pero antes de trabajar en él, me encantaría que me dieras tu opinión.

Se sentaron a la mesa y Catherine empezó a leer.

—Hummm... Hay muchos detalles innecesarios —dijo con autoridad—, y creo que el último verso sobra; queda mucho mejor sin él. Piensa que tu lector es inteligente y no expliques demasiadas cosas. Sin duda, contiene todos los ingredientes para un poema... quizá para dos poemas distintos. Creo que debes recortarlo drásticamente y reorganizar algunos versos. El secreto de un buen poema suele estar en lo que siembras en la mente del lector y, en realidad, no dices. El truco radica en que lean entre líneas.

Christopher le sonrió.

—Sí, profesora —le dijo pensando que, tras el inesperado y bien recibido entusiasmo de Catherine por su libro, merecía una cura de humildad. Christopher se levantó—. La vida vuelve a sonreírme. Y no dejaré escapar mi oportunidad. Te lo agradezco de todo corazón. En el futuro, no quiero hacerme pesado con lo de mi condena, pero tampoco quiero hablar de ella como si fuera un misterio... Es decir, en el caso de que alguien desee satisfacer su curiosidad, estaré encantado de hablar del asunto abiertamente. Es probable que se lo cuente a los Grant. Pensé que querrías saberlo.

—Gracias. Me parece una decisión muy acertada. Cruzaremos los dedos para que Jonathan coincida conmigo en su valoración del libro.

En ese momento, oyeron unos juguetones golpecitos en la puerta y Bunty asomó la cabeza sin esperar respuesta alguna.

—Solo soy yo —dijo en tono zalamero, avanzando con unos piececillos que parecían demasiado pequeños para soportar su peso. Iba tan inclinada hacia delante que Christopher pensó que era increíble que no perdiera el equilibrio y cayera de bruces cada vez que se ponía en pie. Quizá llevaba en su interior un contrapeso especial como el de esos muñecos que los bebés no consiguen tumbar.

—Ah, hola, Christopher. —Bunty, que acababa de oír un interesantísimo fragmento de la conversación, le dedicó una inconfundible mirada escrutadora sin disimular su curiosidad. Antes de dirigirse a la torre, había aparecido de improviso en la cocina, el centro de reunión de los habitantes de Glendrochatt donde siempre ocurría alguna cosa de interés, en principio con la intención de comprobar si Rory andaba por allí, pero con el pretexto de encontrar sus gafas de lectura, y había sorprendido a Isobel, que estaba haciendo la lista de la compra, escuchando una fascinante historia. Bunty no daba crédito a sus oídos y, como, naturalmente, no deseaba inmiscuirse, se las había arreglado para quedarse unos minutos en el umbral antes de que su presencia fuera advertida.

Obsequió a Christopher con la mejor de sus sonrisas (y las sonrisas de Bunty podían llegar a ser muy afectuosas). Su rostro traslucía compasión y un vivo interés a partes iguales.

—¿Cómo estás, querido, tras tantos sufrimientos? —preguntó solícita.

—Muy bien, gracias —dijo Christopher con un destello de ironía en los ojos.

Bunty parecía tan abrumada por las conjeturas que, de inmediato, Christopher intuyó que debían de haber estado hablando de él. Sintió una leve decepción; era obvio que Marnie había tardado muy poco en contar su historia y, aunque él no había apelado a su discreción, más bien al contrario, pensó arrepentido, eso le sorprendió. Era natural que Bunty hiciera correr los rumores como una abeja que esparce polen, pero por alguna extraña razón, no había creído capaz de eso a Marnie.

—No sabía que estuvieras citado antes, pero me alegro de verte. —Bunty improvisó intentando ganar tiempo para retenerlo—. ¿Ha ido bien tu sesión con Catherine?

Observó a Christopher esperanzada, deseando que el joven empezara a contarle cosas de él. Bunty podía ser metomentodo hasta la crispación, pero tenía un cierto aire de inocencia que hacía que resultara difícil ofenderse. Le recordaba a un perrillo glotón suplicando golosinas.

—Ha sido perfecta —dijo Christopher sonriéndole aunque sin lanzarle ningún bocado suculento. Le agradó comprobar que Catherine, con gran pericia, había vuelto del revés el manuscrito de *Conocimiento interior* para que ni el título ni su nombre cayeran bajo la mirada escrutadora de Bunty.

—Debes de estar disfrutando mucho. Esto es tan interesante y estimulante... Debes de encontrar a la gente encantadora, sobre todo después de... ejem... —Bunty sonrió animándole a hablar.

—Sí, por supuesto —repuso Christopher—. Y lo mejor es la comida.

—¿La comida?

—Claro, ¡después de estar a pan y agua...! —exclamó Christopher con gravedad encarcando una ceja—. Ha sido un cambio muy saludable.

Catherine intentó no estallar en carcajadas y Bunty tuvo el detalle de mostrarse desconcertada.

—No quiero robarte más tiempo. Tienes tutoría. Gracias de

nuevo, Catherine. Os veré más tarde. —Y Christopher bajó por la empinada escalera consciente de haberse divertido mucho.

Salió por la puerta principal y se detuvo durante unos instantes bajo el arco de la entrada, sobre los parterres del foso. Vio que Marnie todavía estaba sentada bajo la imponente haya, en el banco en el que habían estado hablando. Tenía una libreta en las rodillas, pero no escribía, solo contemplaba con ensoñación el paisaje. Parecía perdida en sus pensamientos. Christopher fue a su encuentro.

—Hola —la saludó por detrás. Marnie se sobresaltó y se dio la vuelta.

—¡Ah, hola! ¡Qué susto me has dado! Estaba a kilómetros de distancia. ¿Cómo ha ido tu tutoría? Esperaba que salieras por aquí... Tenía ganas de saber cómo te había ido.

—Mucho mejor de lo que jamás me hubiera atrevido a imaginar —le contó Christopher sentándose junto a ella, sorprendido y complacido de que siguiera allí, esperándolo—. No puedo creerlo. Catherine ha leído el libro entero... ¡y le ha gustado! Estaba realmente entusiasmada... ¡Menudo subidón!

—No me habías dicho que habías escrito todo un libro. ¡Es impresionante! Cuéntamelo. ¿Qué clase de libro es? ¿Se trata de un estudio académico, un librito de altruistas sonetos miltonianos o un superventas de los que rompen moldes?

—Solo es una novela de suspense —respondió Christopher riendo—. Siempre me han gustado mucho las novelas policíacas.

—A mí también. ¿La escribiste en la cárcel?

—Sí. Fue mi tabla de salvación. Y quizá también fue lo que impidió que me volviera loco.

—¿Lo escribiste a mano o te dejaban trabajar con ordenador?

—Ah, no. Todo a mano. ¡No sabes lo difícil que resulta tener un ordenador portátil en chirona! Había unos cuantos en la sala de enseñanza, pero no podías utilizarlos en tu tiempo libre. En general, puedes conseguir material para escribir, aunque existen ciertas restricciones. Por ejemplo, no se admiten libretas de espiral ni grapadoras, por si te sientes tentado a emplearlas con algún propósito siniestro; y no te pueden enviar bolígrafos desde fuera, no vaya a ser que lleven algo escondido. Puedes comprar rotuladores, lápices y papel en la tienda, pero el papel desaparece con una rapidez alarmante. Es muy popular para encender porros y pitillos; y luego hay que tener en cuenta el factor sabotaje, claro.

—¿Sabotaje?

—Sí, un modo como otro cualquiera de ser mezquino que resulta muy irritante si no aprendes las reglas del juego. Perdí los primeros capítulos varias veces —explicó Christopher encogiéndose de hombros—. O bien los robaban, o bien los destruían; unas veces desaparecían, otras los rompían y, en ocasiones, eran ilegibles porque aparecían embadurnados con preciosos colores. Cuando comprendí el riesgo que corría mi texto, me acostumbré a entregar al capellán lo que había escrito para que este lo guardara, capítulo a capítulo. Ese hombre me ayudó mucho.

—Es terrible —dijo Marnie mirándolo con respeto y pensando que hablaba sin regodearse en su sufrimiento—. Tu educación debió de perjudicarte. ¿Se metían contigo por eso?

—Se meten contigo por cualquier cosa, pero, aunque parezca mentira, yo contaba con más recursos que otros para sobrevivir. —Christopher rió con naturalidad—. El sistema educativo de los internados ingleses te prepara muy bien para ingresar en la cárcel. Si a los ocho años te internan para cursar primaria y luego vas a una escuela privada (por no mencionar el breve período de servicio militar que debes cumplir después de la universidad), aprendes a cuidar de ti mismo: a inclinar la cabeza de vez en cuando y a no levantarla si te han tendido una trampa; a reírte de todo o a devolver ojo por ojo sin provocar. Me llamaron El Repipi desde el momento en que abrí la boca, pero, al final, resultó que no fue un nombre desagradable —Y entonces le dedicó una sonrisa—. Medir metro ochenta y tres también me sirvió de ayuda.

—¿Pasaste mucho miedo?

—Por supuesto —dijo Christopher adoptando un tono grave—. Se siente miedo por muchas cosas... Cosas que no siempre provocan los que consideras más sospechosos. Es muy desagradable lo que puede llegar a ocurrir. Yo tuve suerte. Quien haya estado en prisión y diga que nunca ha pasado miedo, te aseguro que miente.

Marnie quería hacerle más preguntas, pero la expresión de Christopher le hizo pensar que sería mejor cambiar de tema.

—¿Qué vas a hacer con tu libro? —le preguntó ella esperando que la invitara a leerlo pero sin atreverse a sugerirlo.

—Ah, eso es lo más estimulante. Catherine se lo mostrará a ese escritor de novelas policíacas que vendrá a darnos una charla. Pero basta ya de hablar de mí. ¿Qué has estado haciendo? ¿Has intentado escribir ese texto que hemos de preparar sobre un viaje?

—Ay, no lo aguanto. He llegado a la conclusión de que escribir no es lo mío.

—¡Venga ya! A todos nos encantó lo de las Antillas, el vudú, la anciana... Me gustaría que me contaras más cosas. Fue una historia fascinante.

—Puede... —Marnie hizo un gesto de duda—. Aunque lo fascinante fue lo que me sucedió, cuyas secuelas todavía arrastro. No es que tenga una imaginación muy fértil o me sienta llamada a escribir. Contaba con todos los ingredientes. No hice aparecer las cosas por arte de magia.

—Lo cierto es que nos cautivaste a todos. Es obvio que has llevado una vida fascinante. Tú, que has visto mundo, puedes escribir sobre alguno de tus viajes, sobre un viaje auténtico. ¿Por qué no pides una cita con Catherine y lo discutes con ella? Te irá muy bien. Ahora se ha reunido con Bunty, que debe de estar dándole la paliza sobre literatura infantil —dedujo Christopher a carcajadas—. Por cierto... Te ha faltado tiempo para irte de la lengua, ¿eh? Bunty estaba que se moría de curiosidad. Iba siguiendo el rastro, ¡y casi salivaba como un perro!

—¿Qué quieres decir? ¿A qué te refieres?

—A mi pasado. No creas que me importa —se apresuró a añadir Christopher al ver la expresión de Marnie—. Ya te dije que quería hacerlo público. ¿A quién se lo contaste?

—¿Te dijo Bunty que yo se lo había contado?

—No, claro que no. Aunque fue bastante divertido porque, con tan solo verme, se le salieron los ojos de las órbitas, muerta de curiosidad. Di por sentado que debías de habérselo contado tú, porque creo que nadie más lo sabe; pero no me mires así —exclamó Christopher—. De verdad, no me importa. De hecho, te estoy agradecido.

Marnie se levantó de un salto con los ojos como ascuas y desplegó su iracunda coraza defensiva.

—¡Me da igual que estés agradecido! —le espetó—. ¿Cómo has podido «dar por sentado» que he ido por ahí contando lo que me dijiste? —Agarró el jersey que había dejado en el respaldo del banco y recogió el material de escritura.

—Para, para, Marnie... Por favor, no te vayas. Siento mucho haberte contrariado. No pretendía...

—Pues te aseguro que lo has conseguido. A mí no me gustan los chismorreos —dijo Marnie alzando el mentón en un gesto despectivo—. Además, tu pasado tampoco es que me importe, no te engañes. —Marnie habló con un tono seco y, sin dedicarle ni una sola mirada, se marchó con paso apresurado hacia la casa, cabizbaja, reflejando en sus andares la indignación que sentía.

Christopher la observó mientras se alejaba y se maldijo por haber sido tan torpe y estúpido.

12

Adam Winterton echaba muchísimo de menos a Louisa. Durante los años que vivieron juntos, a menudo se preguntó cómo reaccionaría si ella se enamorara de otro hombre (acontecimiento que, secretamente, había considerado inevitable). Ahora, sin embargo, ignoraba si el hecho de que no le hubiera abandonado por otro no era, por lo que se le alcanzaba, todavía peor.

En cierto sentido, se dijo, era un alivio que no hubiera sucumbido a una gran pasión contra la cual se habría sentido indefenso, pero, por otro lado, que Louisa decidiera poner punto final a su relación porque el amor que él le daba no le bastaba (o, mejor dicho, y en sus propias palabras, porque ese amor empezaba a ser demasiado para ella) no llevaba trazas de ser un gran consuelo. Durante mucho tiempo supo que ella se sentía inquieta e insatisfecha y habría dado cualquier cosa por hacerla feliz y poder cambiar, pero no sabía cómo. Su obstinación, su lealtad y su amabilidad por sí mismas eran virtudes, pero cuando Louisa las juntaba, la suma total era igual a la palabra «aburrimiento». Lo que él podía ofrecerle sencillamente no representaba suficiente estímulo para ella. Otras mujeres le habían dejado perfectamente claro que ellas habrían calculado una cifra completamente distinta, pero Adam no quería a ninguna otra mujer. Además, era consciente de que, al haberla amado y haberle brindado su apoyo durante toda la enfermedad, Louisa había llegado a asociarlo con esa parte de su vida que deseaba olvidar cuanto antes.

Como Elizabeth Barrett Browning, era capaz de enumerar las múltiples y diversas maneras en que la amaba y sabía que, en su caso, una de ellas siempre estaría «al nivel de la necesidad más callada del día a día». Sin embargo, también era consciente de que su modo de amar no satisfacía las expectativas de quien anda en busca de emociones y de pasión. En una ocasión, Louisa, presa de un arrebato de furia, le dijo que ya debía de ser anciano al nacer y, aunque luego se disculpó porque no había querido ofenderlo, Adam comprendió que, por mucho que lo hubiera sentido (porque arrepentirse de lo que su afilada lengua pronunciaba formaba parte del encanto de Louisa), en realidad sus palabras habían sido absolutamente intencionadas. Esas palabras se le habían quedado pegadas a la memoria como las moscas al papel de cera. «Y antes de que nacieras, apuesto a que te quedabas quietecito en tu matriz como un montón de sebo, y a pesar de desear retorcerte, eras tan jodidamente considerado que jamás te habrías atrevido a darle una patada a tu madre», le había dicho Louisa en tono provocativo, furiosa ante su amable tolerancia.

¿Cuáles eran los motivos que le impulsaban a amarla? Adam sabía que nadie es capaz de responder a esa pregunta. Sabía que la amaba por su valentía y su honradez; por su entusiasmo y su alegría; por los arrebatos de generosidad que estaban indisociablemente unidos a su egoísmo y a la risa fácil que siempre la asaltaba; por su capacidad (de la que él sabía que carecía) de generar entusiasmo y, por supuesto, por su belleza. Ahora bien, por encima de todo, la amaba por ser Louisa. Siempre la había amado por eso. Y siempre la amaría.

Adam intentaba no llamarla demasiado a menudo, aunque ella siempre parecía alegrarse de oírle. Cuando era Louisa quien le telefoneaba (lo que curiosamente ocurría a menudo, teniendo en cuenta que era ella quien había manifestado el deseo de una ruptura total) y le dejaba un mensaje en el contestador, él escuchaba su recado una y otra vez, por muy trivial que fuera, solo para oír su voz, esa voz alegre y divertida que tanto amaba. «Si fuera más astuto (o más sensato), no la llamaría tan a menudo y la mantendría en vilo», pensaba Adam. Sin embargo, eso que en teoría era tan fácil, resultaba un poco complicado y, aunque se despreciaba a sí mismo por ceder a la tentación, sabía que, durante la hora del almuerzo, marcaría su número de teléfono para preguntarle cómo le iba el curso de escritura creativa.

Louisa estaba sentada en la cocina charlando con Isobel cuando sonó el teléfono. Rebuscó en el bolsillo de los vaqueros y sacó el móvil, posó sus envidiables y largas piernas sobre el mullido sofá situado en el otro extremo de la habitación y se dispuso a intercambiar agradables novedades. A pesar de sus ansias por vivir nuevas emociones y experiencias, y también, como esperaba, por iniciar una nueva relación, le resultaba impensable no estar al corriente de lo que hacía Adam. Le preguntó por su trabajo y por varios amigos comunes. Hablaron de sus familias respectivas, del señor Brown, a quien Adam prometió visitar cuando fuera a Yorkshire la semana siguiente; y si los padres de Louisa tenían que marcharse mientras ella estaba fuera, accedería a llevarse al señor Brown a Londres, como a menudo habían hecho ambos en el pasado.

—Ah, Adam... Hablando del señor Brown... El primer ejercicio que hicimos fue escribir sobre una persona o un acontecimiento que hubieran sido relevantes en nuestras vidas. Yo escribí sobre ti, cuando me regalaste al señor Brown, y cómo eso no solo cambió mi vida, sino que literalmente la salvó.

Adam sintió que se le atenazaba la garganta, más conmovido de lo que quería aparentar. ¿Acaso había juzgado mal la situación? ¿Podía ser eso un intento de acercamiento por parte de Louisa que quizá indicara que estaba cambiando de idea? Se controló para no revelar el atisbo de esperanza que sus palabras habían despertado en él.

—¿Qué tal van tus escritos?

—¡Ah, fatal! —exclamó Louisa riendo—. Creo que buscar mi vena creativa está resultando como encontrar desayuno a Tigre en el cuento de Winnie-the-Pooh. Por desgracia, no creo que en el futuro me convierta en la nueva Jane Austen, así que tendré que probar en otros frentes. Este lugar es el paraíso. Me lo estoy pasando fenomenal, como por dos y disfruto de la compañía de Giles e Isobel. Algunos de los participantes del curso son divertidísimos. —El retrato que hizo de sus personalidades, y que Adam encontró muy entretenido, no dejaba en muy buen lugar a sus colegas de clase—. Ah, por cierto... —dijo, tras haberle obsequiado con la descripción del espectáculo que había causado el mal genio de Stanley, haberle descrito la sobria tristeza de Morwenna y haberle hecho reír con la infantil volubilidad de Bunty—, ¿recuerdas a la pareja con quien hicimos un picnic en Garsington hace unos años? Creo que él era agente de bolsa o algo parecido... Luego me contaste que se había hecho rico comprando y revendiendo una floreciente empresa alimentaria de venta por correo. ¿Recuerdas que quisimos volver a quedar con ellos pero la cosa no cuajó y luego perdimos el contacto?

—Sí, lo recuerdo.

—Bueno, pues no lo adivinarás jamás —dijo Louisa con exagerada naturalidad—, pero ese tío, Christopher Piper, también se ha apuntado al curso.

Las alarmas se dispararon en la cabeza de Adam. Recordaba perfectamente la clara e instantánea atracción que Louisa había sentido por Christopher y la presión a que lo había sometido para que invitara a la pareja a cenar. También recordó su vergonzosa sensación de alivio (vergonzosa porque siempre le había gustado Christopher) cuando su secretaria le comunicó que estaba ingresado en el hospital por haber sufrido un grave accidente de tráfico y que eso lo mantendría fuera de circulación durante un tiempo. En ese momento sintió que se hundía el suelo bajo sus pies, pero logró hablar en un tono distendido.

—Claro que lo recuerdo. Sufrió un accidente de automóvil y por eso no pudimos quedar. Luego se habló mucho del asunto porque el pobre mató a una persona y lo condenaron a prisión. En la City andaba de boca en boca, pero a lo mejor tú no te acuerdas porque, cuando la noticia saltó a la prensa, estabas trabajando en Bruselas.

—¡Eso no me lo habías dicho! —exclamó Louisa en tono acusador.

—¿Ah, no? Bueno, también podías haberlo leído en los periódicos —dijo Adam conciliador—. ¿Cómo está? ¿Se encuentra bien?

—Parece estar bien, aparte de cojear un poco de una pierna... Y no ha perdido su encanto.

—Ah, perfecto... Dale recuerdos. Tengo que dejarte. Viene a verme un cliente a las dos. Hasta pronto, Louisa. Me alegro de que te lo estés pasando tan bien. —Y Adam colgó con excesiva rapidez.

—Era Adam —explicó Louisa innecesariamente a Isobel—. ¿A que no adivinas? Me estaba hablando de Christopher. ¿Sabíais tú y Giles que el pobre chico ha estado en la cárcel? Mató a una persona en un accidente de automóvil y lo encarcelaron.

—¡Dios mío! —dijo Isobel atónita—. Es espantoso. Eso explicaría muchas cosas. Desde luego, yo no lo habría adivinado, pero ahora que lo mencionas, recuerdo que leí algo de eso en el *Daily Mail*.

No se dieron cuenta de que Bunty llevaba un rato en el umbral de la puerta hasta que esta carraspeó ostentosamente y entró dando saltitos.

—Espero no haber interrumpido una conversación privada —dijo, encantada de que hubiera sido así—, pero estoy buscando mis gafas. Siempre las pierdo... ¡Debe de ser la edad! —Como esa excusa no se la creía ni ella, esperó en vano encontrar cierta objeción por parte de ambas mujeres. A continuación, y para disimular, se esforzó en buscar por la cocina esperando que Isobel y Louisa siguieran hablando, pero cuando vio que callaban, se vio obligada a decir: —Ay, Louisa, querida... No he podido evitar oír lo que le estabas contando a Isobel sobre Christopher. ¡Qué tragedia! Un hombre como él... ¡y en la cárcel! —Se le humedecieron los ojos de pena—. Es muy valiente al haberse apuntado al curso. Debe de haber sufrido mucho. Los demás deberemos esforzarnos en consolarlo hacer que se sienta como en casa, ¿no os parece?

—Yo intento que todos se sientan como en casa... tanto si han estado en la cárcel como si no —dijo Isobel con aspereza. No era propio de su forma de ser mostrarse mordaz, pero el mal rato que le había hecho pasar Bunty al entrometerse en el tema de Rory seguía fresco en su memoria—. Por cierto —añadió—, supongo que esas gafas que llevas colgadas al cuello no serán las que andas buscando, ¿verdad, Bunty?

Bunty se tocó el pecho de un manotazo y dio un gritito de sorpresa al tropezarse con la montura dorada de sus gafas de lectura, enredadas entre las vueltas de un collar de conchas que lucía sobre la ajustada delantera de su resplandeciente jersey de lúrex.

—¡Qué tonta! ¡Y pensar que las llevaba encima! ¡Qué vista tienes! Muchas gracias, querida.

—Un placer —dijo Isobel con sinceridad, y Louisa ahogó un resoplido de burla.

—He de marcharme —dijo Bunty—. Tengo sesión con Catherine a las dos y media. —Y entonces bajó el tono de voz de la emoción—. ¿Quién sabe lo que me deparará el futuro dentro de media hora?

Hablaba como si se dirigiera a una sesión con Madame Za-Za en la feria del pueblo en lugar de ir a una tutoría sobre escritura creativa. Siguió inmóvil unos segundos esperando obtener nueva información, pero al constatar que no averiguaría nada más, terminó por marcharse golpeteando el suelo con unos coquetos tacones de peligrosa finura que parecían incapaces de soportar su mal repartido peso. Isobel y Louisa oyeron cómo se alejaban sus pisadas repiqueteando por el pasillo enlosado.

—Y ahí va dispuesta a convertirse en J.K. Rowling II, imagino —dijo Louisa—. Pobre Catherine, la compadezco.

—¡Y pobre Christopher también! —exclamó Isobel—. Piensa que cuando Bunty se lo encuentre, lo someterá al tercer grado. Apuesto a que intentará sentarse junto a él durante la cena. Procuraré impedírselo. ¿Vas a contarle a Christopher que conoces su pasado?

Louisa frunció el entrecejo.

—Creo que debería decírselo, ¿no? —preguntó Louisa con aire molesto—. De otro modo, sería injusto por mi parte, y la verdad es que Christopher me gusta mucho. Me pareció guapísimo la primera vez que lo vi.

—Oh, Louisa... No vayas a crear problemas, ¿me oyes? —dijo Isobel en un impulso.

Louisa parecía indignada.

—¿En qué sentido?

—Bien, estoy segura de que no te lo propones —concedió Isobel—, y que hablarás con tacto del episodio de la cárcel, claro... Pero sí, estoy de acuerdo en que debes decírselo, aunque también te veo capaz de alborotar el gallinero en otro sentido sin quererlo. Eres muy coqueta y muy atractiva; y no siempre te das cuenta del efecto que causas en los demás.

Isobel, al igual que Catherine, había reparado en el comportamiento de Marnie ante Christopher y, aunque no albergaba dudas de que Marnie, en determinadas situaciones, podía defender su posición con fiereza y eficacia si era preciso, no podía evitar pensar que tenía todos los números en contra si Louisa decidía tratar de conquistar a Christopher y enfrentaba su seguridad y confianza a la falta de autoestima que convertía a Marnie en un ser provocador y carente de gracia. Además, después de haberse enterado de la experiencia que acababa de vivir Christopher, pensó que no le costaría enamorarse en serio de Louisa y que este resultaría herido si ella solo andaba buscando una aventura de verano.

—Claro que no complicaré las cosas —dijo Louisa bastante molesta al ver que Isobel la creía capaz de ello.

—Mientras nadie resulte herido... Y también hablo por ti. —Isobel echó un vistazo al reloj—. Tengo que marcharme. Quiero comprar un jamón en la carnicería de Blairalder y luego he de ir a recoger a Rory. Es el día libre de Sheena y el niño se ha ido a jugar con el nieto del gerente de la granja. Le viene muy bien tener un compañero de juegos. Es tan comedido y se porta tan bien, comparado con la mayoría de niños, que es fantástico verlo alborotar, chillar y correr como un salvaje.

—¡Eres increíble, Izzy! De verdad que no entiendo cómo puedes sobrellevar la terrible historia de Rory y compaginarla con todo el trabajo. —Louisa se levantó—. Vuelvo a la escuela. Será mejor que haga los deberes. Hemos de escribir un texto sobre un viaje. Hasta luego. Te mantendré informada de todo lo que tenga que ver con tus interesantes huéspedes. ¡Considérame tu agente secreto particular!

—¡Sí, sí...! ¡Con que agente secreto! —exclamó Isobel—. Nunca se te ha dado bien mantener las cosas en secreto. Siempre te haces notar. Tú escucha mis consejos y no vayas a remover aguas turbulentas.

—¡Lo intentaré! —Louisa metió los útiles para escribir en su amplio bolso de flexible cuero (gastado, aunque de aspecto caro), se lo colgó con desenfado al hombro, lanzó un beso a Isobel y salió paseando al patio y tarareando «I Know Where I'm Going».

Isobel sintió pena por Adam Winterton. Aunque no le resultaba difícil comprender que no encendiera la abrasadora pasión de Louisa ni satisfaciera su anhelo de tórridas aventuras amorosas, pensó que era injusto considerarlo aburrido. Las veces que Isobel había coincidido con él (que, la verdad, habían sido muy pocas), había pensado que ese joven era un interesante y divertido conversador con un sentido del humor mordaz, y le había gustado muchísimo.

A partir del día en que Bunty inició sus incómodas pesquisas sobre Rory, Isobel había intentado posponer el asunto hasta finales de semana, pero la pregunta sobre cuál sería el futuro del niño, y la reacción de ella y de Giles ante la cuestión, le dolía como una muela infectada. Se veía obligada a comprobarla continuamente, a tocar la muela aposta para calibrar el dolor. Se preguntaba si Giles estaría haciendo lo mismo, aunque no habían vuelto a hablar del problema. Sabía que él le sacaba ventaja escondiendo la cabeza como los avestruces, pero Amy y Edward regresarían a casa en breve y ella y Giles necesitarían preparar alguna declaración conjunta antes de que la perspicaz Amy entrara a saco y los interrogara sobre el que consideraban su primo. Edward era diferente. Aunque todavía se alarmaba solo con que se mencionara a su tía Lorna, las complicaciones que surgieran a propósito de las cuestiones biológicas sobre la paternidad de Rory le resultarían indiferentes. Al contrario, Isobel estaba segura de que le encantaría saber que tenía un hermanito. A pesar de contar con dieciséis años de edad, Edward disfrutaba con juegos imaginarios que eran más aptos para un niño de seis años y, desde el día que Rory se instaló con ellos, estaba feliz de poder jugar con él y de disponer de un compañero a quien dar órdenes. Durante todos esos años, Isobel y Giles, entre la angustia y la desesperanza, habían sido testigos de cómo iban creciendo todos los niños de su edad (los hijos de sus amigos) y de cómo, uno por uno, habían ido superando a Edward hasta dejar de ser sus compañeros de juegos; a pesar de que la mayoría seguía teniéndole un cariño muy especial y solían comportarse muy bien con él, esos chicos habían dejado de ser sus iguales desde hacía mucho tiempo. Fue una dolorosa experiencia para Isobel ver jugar a Edward y a Rory, porque era consciente de que, en cuestión de capacidades, los doce años que los separaban eran inexistentes. La gente que miraba a Edward por primera vez veía a un adolescente patoso y torpe que necesitaba un afeitado (gesto que el muchacho todavía no había logrado aprender); en cambio, Isobel sabía ver al chiquillo vulnerable que todavía llevaba dentro.

Ignoraba dónde se hallaría Lorna. Desde hacía un mes, solo habían recibido dos postales dirigidas a Rory como toda comunicación. En ambas, su hermana había garabateado: «Con cariño, de mamá», sin ofrecer más explicaciones. Cada semana, Isobel le había mandado un breve informe de sus progresos, y había marcado su número de Washington en diversas ocasiones, aunque solo para conseguir hablar con la «secretaria particular» de Lorna. «El senador y la señora Congleton se encuentran de viaje», le decía ella con evasivas. Y no, sentía mucho no poder darle su número de teléfono ni su dirección.

«Pero, oiga... ¡Soy su hermana! —objetaba Isobel—, y estoy cuidando de su hijo.»

«Le aseguro que le daré su mensaje —le respondía la voz—. No dude que la señora Congleton estará encantada de oír que Rory se encuentra bien. Creo que ya tiene su número.»

«Claro que lo tiene. Por favor, diga a mi hermana que me llame cuanto antes —respondía Isobel con frialdad—. Es necesario que hable con ella de ciertos asuntos relacionados con Rory.»

Resistió la tentación de inventar algún drama sobre el niño que espoleara sus instintos maternales (si es que tenía tales instintos) y la hiciera reaccionar. Por el momento no había obtenido respuesta. ¿A qué estaba jugando Lorna? ¿Qué siniestros motivos inspiraban su conducta? Lo que estaba claro era que Lorna nunca actuaba sin tener una estrategia.

Isobel silbó para llamar a los perros y se encaminó a la parte trasera de la casa, donde estaba aparcado el antiguo Volvo propiedad de la finca.

—Vamos, Revoltosa. Mala suerte, Rombito, me temo que ha llegado la hora de adelgazar. Podrás subir al final.

Empezó a conducir por el camino de entrada silbando a los perros para que la siguieran. Era un modo fantástico de que hicieran ejercicio cuando andaba muy atareada, y a Revoltosa, a pesar de su avanzada edad, todavía le gustaba salir lanzada tras el coche con las orejas al viento. A la pobre Rombo, en cambio, que adoraba ir en automóvil y odiaba quedarse en casa, no le entusiasmaba tanto la idea, pero avanzaba con lentitud y valentía desde atrás, moviendo sus cortas patas parecidas a un juguete de cuerda mientras iba aumentando la distancia que la separaba del coche. Al final, Isobel detenía el automóvil para abrir la portezuela del maletero a Revoltosa, que entraba de un salto, mientras Rombo todavía era un puntito gris en la distancia. Al cabo de un rato la perra aparecía, resoplando pero triunfante.

—Si no comieras tanto, no haría falta que corrieras, panzuda glotona —le dijo Isobel con severidad mientras la cogía en brazos para meterla en el coche. Rombo le dedicó una mirada de reproche; empezó a sorber agua ruidosamente en el cuenco que Isobel guardaba en la parte trasera y lo dejó todo manchado.

Podría decirse que el coche de Isobel era un vertedero y que lo peor se alojaba tras la red protectora para los perros, pero, en realidad, en el suelo tendían a acumularse antiguas listas de la compra y papelitos de caramelos, por no hablar de la variada colección de botas y cazadoras impermeables pertenecientes a diversos miembros de la familia que parecían reproducirse en el asiento trasero. Además, había que añadir la sillita de Rory, y sus libros y juguetes, que se sumaban al desorden general. «Dejaré pasar la semana y entonces... —se prometió Isobel— entonces Giles y yo deberemos arreglar la situación y plantearnos ciertas decisiones.»

Se preguntaba cómo reaccionaría Christopher Piper ante lo que Louisa había averiguado y si ella se lo contaría. «Al menos nadie me puede reprochar que lleve una vida aburrida», pensó con ironía y, como siempre, elevó al cielo una plegaria para dar gracias por el hogar y la familia que tanto amaba, cuya existencia, en el pasado, se había visto amenazada y al borde de la ruptura. No permitiría que eso volviera a ocurrir.

Al atardecer, Louisa salió de la casa para buscar a Christopher; lo encontró sentado en el banco que había bajo la gran haya. Aunque vio que estaba muy atareado escribiendo en su libreta, pensó que era un buen momento para charlar con él porque estaba solo. Incluso quizá le comentaría lo que le había dicho Adam.

—Justo la persona a quien andaba buscando —dijo Louisa apareciendo a su espalda.

—Ah, hola, Louisa —dijo Christopher encantado de verla—. ¿Qué tal? ¿Quieres sentarte?

—Bueno, vale. Se está muy bien aquí fuera. Eres un escritor muy prolífico... Supongo que no te habré interrumpido.

Christopher giró la punta del bolígrafo, se lo guardó en el bolsillo y cerró la libreta. Louisa se moría por ver lo que había escrito.

—Si esa ha sido tu intención, me alegro mucho. Esta tarde,

Catherine me ha destrozado un poema, y ahora no paro de retocarlo y no puedo dejar de pensar que me ha quedado peor que antes.

Se preguntó qué perfume usaría Louisa. Debía de ser una fragancia fresca y deliciosa, porque cada vez que la joven se marchaba, su aroma permanecía unos instantes en la habitación.

—Para ti escribir es muy importante, ¿verdad? —le preguntó ella sentándose a su lado—. Ahora que el viejo y odioso Stanley se ha largado, me da la sensación que Win y tú seréis los únicos que seguirán escribiendo cuando acabe el curso. Es divertido, e interesante también. Todos estamos aprendiendo cosas inesperadas de nosotros mismos, pero, salvo vosotros dos, los demás no somos lo bastante buenos para convertir ese material en otra cosa.

—No creo que sea cuestión de ser bueno o no. Creo que más bien se trata de intentar publicar y ganarse la vida con ello.

—¿Y ese es tu caso?

—Sí —dijo Christopher con énfasis preguntándose si habría tenido el valor de admitirlo sin los ánimos que le había dado Catherine—. La verdad es que sí. Dudaba un poco antes de venir, pero estoy muy contento de haberlo hecho. Creo que Catherine es una profesora sensacional y que este lugar es maravilloso.

Louisa titubeó durante unos instantes y luego dijo:

—Acabo de hablar con Adam. Te manda recuerdos.

—Dale recuerdos también de mi parte cuando vuelvas a llamarlo —respondió Christopher adivinando adónde quería llegar Louisa y, en el fondo, sintiéndose aliviado—. ¿Qué te contó Adam de mí? —le preguntó con cierto brillo en la mirada.

—Me contó los problemas que tuviste. Lo siento mucho.

—Ah, ya... —dijo Christopher con naturalidad y enarcando una ceja—. Ya sabía que alguien había estado diciendo cosas sobre mí, pero no adiviné que hubieras sido tú. Creí que había sido Marnie.

—Siento mucho no haber sabido guardar el secreto. Solo se lo conté a Isobel porque se hallaba presente cuando Adam llamó, y como ya había oído parte de la conversación...

—Bah, no te preocupes. No es ningún secreto, de ninguna manera. Estas cosas son del dominio público. Y si esto ha sucedido es por mi culpa, por no haber querido hablar de ello antes. Os lo hubiera debido contar el primer día.

—¿Qué te hizo pensar que había sido Marnie?

—Porque es la única persona a quien se lo he contado, y por eso deduje que debía de habérselo dicho a Bunty... porque es obvio que Bunty está enterada.

—Me temo que por mi culpa —confesó Louisa—. No creas que tenía intención de contárselo, pero yo no sabía que ella se encontraba junto a la puerta, toda oídos, escuchando mi conversación con Isobel.

—Seguro que se estaba relamiendo. Mira, piensa que me has ahorrado muchos problemas y que ahora ya no necesito decírselo a nadie más. ¡Qué alivio! No te preocupes por nada.

—Eres muy amable tomándotelo así. Me habría sabido muy mal complicarte las cosas. Me alegra que no estés molesto conmigo.

—Claro que no estoy molesto contigo. Solo conmigo mismo, por haber sido tan idiota como para creer que era mejor mantener oculto algo así, y también por haberle echado la culpa a Marnie. Le dolió mucho que pensara que ella había traicionado lo que sin duda consideró una confidencia por mi parte. Eso sí que me sabe mal.

—Al menos déjame arreglarlo —se ofreció Louisa—. Iré a decirle que yo tengo la culpa.

—No, gracias, Louisa —la interrumpió Christopher con firmeza—. Te lo agradezco, pero prefiero hacerlo en persona. Le debo una disculpa.

Louisa sintió un leve e indigno asomo de celos. ¿Por qué había elegido confiar en Marnie? ¿Qué tenía la torpe Marnie que ella no tuviera?

—¿Qué harás cuando termine el curso? —preguntó Christopher cambiando de tema.

—No lo he decidido todavía. Aunque dudo que siga escribiendo, tengo que reconocer que estoy disfrutando tanto con estas clases que a lo mejor me apunto a otra cosa. Me ha abierto nuevos horizontes. Va muy bien trabajar en algo completamente distinto.

Ambos se alegraron mucho de que no quedaran malentendidos entre ellos tras la revelación de Adam. Al cabo de un rato, Christopher consultó el reloj.

—Hace bastante fresco, ¿no te parece? El sol calienta tanto que uno se olvida de que tan solo es mayo y estamos en el norte de Escocia. ¿Vamos a que nos den una taza de té antes de que empiece la sesión de las cinco?

—Buena idea. Me pregunto qué nos habrá reservado Catherine para hoy. No me apetece mucho leer mi texto, pero me encantará escuchar lo que han escrito los demás... ¡Te llevas cada sorpresa!

Se levantaron y dieron un rodeo a la casa en dirección a los cobertizos de la antigua granja, charlando animadamente sobre sus colegas de curso y sus planes futuros. Christopher le contó la favorable reacción que Catherine había tenido al leer su libro y Louisa le habló de las ganas que tenía de viajar y ver mundo. Ninguno de los dos advirtió que Marnie estaba sentada en el último de los peldaños de la fachada delantera, observándolos.

13

Tras recoger el jamón cocido entero con el tuétano con textura de jalea, una de las especialidades del excelente carnicero de Blairalder, Isobel entró el coche en el patio trasero de Mains-of-Drochatt, la vivienda del encargado de la granja de Giles, con el propósito de recoger a Rory. Llamó a la puerta, cuya parte superior estaba abierta, y dijo en voz alta:

—¿Hay alguien en casa?

—Hola, Isobel. Estoy aquí. Entra. —La señora MacDonald era una mujer fornida y saludable cuyo pelo entrecano todavía conservaba algún rastro de su color caoba original. Estaba en la cocina, sentada a una mesa anticuada y muy restregada que había en el centro de la estancia. En su superficie, en lugar de las bandejas para hornear que la generación anterior, en tiempos de su suegra, debió de tener expuestas, había montones de papeles. Janet MacDonald era una juez muy bien considerada y criadora de perros pastores escoceses.

—Veo que estás tan ocupada como siempre —dijo Isobel—. Te agradezco mucho que te hayas quedado con Rory teniendo tanto que hacer.

—Me ha ido muy bien —dijo Janet—. Robbie está más contento que unas pascuas. ¡Y lleva toda la mañana sin pegarse a mis talones! Han estado jugando con la última camada de cachorros de Jessie y luego Alick se los ha llevado al campo en el trailer, todo un acontecimiento para Rory. Solo he tenido que prepararle un poco de almuerzo, cosa que, a fin de cuentas, debía hacer para los demás. Gracias a eso he podido dedicarme luego a estos papeles. En mayo, organizamos una prueba de selección destinada a los cuidadores principiantes y a los perros. Giles ha accedido a que se celebre en los campos, como siempre, lo cual es perfecto. Rory es un chiquillo fenomenal, Isobel. No nos causa ninguna molestia.

—¿Cuánto tiempo va a estar Robbie en casa?

—Otra semana, creo... aunque suele venir con frecuencia durante el día, porque la familia vive cerca, al otro lado de Pitlochry. Ya habrás oído decir que Robbie tiene una nueva hermanita; por eso pasa temporadas en casa de vez en cuando. Y si sumamos los gemelos, nuestra Jeanie lo tiene difícil con cuatro niños que todavía no han cumplido los seis años.

—¡Caray, lo entiendo! Son muchos niños. De todos modos, le envidio que pueda recurrir a ti. En nuestra familia andamos escasos de abuelas. Ahora yo no estaría cuidando de Rory si la abuela viviera. El niño pasaba largas temporadas con mis padres, cuando mi hermana estaba en el extranjero.

Janet MacDonald le lanzó una mirada perspicaz. Pensó que se la veía cansada, agotada, y que en nada se parecía a la jovial Isobel a que los tenía acostumbrados.

—Lamento el fallecimiento de tu padre —dijo Janet—. Debe de haber sido un golpe terrible, cuando no hacía siquiera un año que habías perdido a tu madre.

—Gracias... He de confesar que los echo muchísimo de menos, a los dos. Lo pasé mal cuando se trasladaron a Francia al jubilarse mi padre y se deshicieron de la casa de Edimburgo, el lugar donde nací. Fue terrible, pero al menos venían a vernos a menudo. Nosotros también solíamos ir a visitarlos. Amy y Edward estaban encantados. Fue un golpe terrible para mí enterarme de que mi padre había sufrido un ataque y había fallecido de repente. Siempre habíamos creído que era indestructible y nunca les habíamos oído decir que tuviera problemas cardíacos. Le resultó muy duro vivir sin mamá. Siempre habían estado muy unidos y, como parecía que ella dependía completamente de él, fue una sorpresa descubrir que, sin mamá, mi padre se sentía perdido. Se mostró tan fuerte y valiente durante toda su enfermedad... y tan decidido en todas las cosas de la vida que eso demuestra que nunca se conocen las interioridades de un matrimonio, salvo las del propio. Todos me dicen que fue una bendición que él también muriera, pero a veces me cuesta verlo de ese modo.

—Siempre hay quien te da lecciones sobre sentimientos, pero las emociones son algo muy personal —afirmó Janet con calidez—. Tu padre era un hombre fantástico. Mucha gente de por aquí tiene buenos motivos para estarle agradecida. Para él no existían problemas demasiado pequeños o insignificantes. Mi familia lo consideraba un héroe.

El padre de Isobel y Lorna había sido un abogado matrimonialista muy querido y respetado, que actuaba como Robin Hood con los clientes acomodados y con los más humildes.

—De pequeñas, nosotras también veíamos a nuestro padre como un héroe —dijo Isobel sonriendo a Janet—. Mi hermana y yo solíamos competir la una con la otra para ganarnos su aprobación. Su palabra era ley... ¡símil que me parece muy apropiado! Por ellos, y no por mi hermana, accedí a quedarme con Rory en una época tan movida para nosotros. Mi madre lo adoraba y, cuando era un bebé, siempre cuidaba de él para ayudar a Lorna. Pero ahora debo regresar... Te dejo con tus papeles, que yo también tengo trabajo. Esta semana se celebra un curso, el primero de la temporada, y andaremos un poco desquiciados hasta que no nos acostumbremos al nuevo ritmo. La semana próxima se quedarán con nosotros un par de alumnos, pero no estaremos tan atareados. A lo mejor Robbie quiera venir un día si todavía sigue contigo.

—Estoy segura de que le encantará. Se llevan muy bien.

Isobel sacó la agenda y fijaron una fecha. Se preguntaba qué pensaría esa mujer, que conocía a Giles desde siempre, sobre el asombroso parecido de Rory con su tío político. Janet MacDonald no era de las que se andan con chismorreos, aunque Isobel era muy consciente de que muchos otros sí lo hacían. No le cabía la menor duda de que la paternidad de Rory debía de ser la comidilla del pueblo.

—En fin... Piensa en los buenos recuerdos que conservas de tu padre, Isobel. Iré a llamar a los niños. —Janet salió al patio e Isobel la oyó gritar—. ¡Robbie! ¡Rory! Venid, niños. Ha llegado la tía de Rory.

De repente, a Isobel se le ocurrió una idea, la explicación plausible a una cuestión que la confundía. «¡Eso es! —pensó—. ¿Por qué no lo habré pensado antes?»

Cuando los dos niños aparecieron a la carrera, Rory se lanzó en brazos de Isobel con una expresión exultante. Iba despeinado y sucio, pero se le notaba feliz. Llevaba el pantalón embarrado a la altura de las rodillas y los cordones de las zapatillas deportivas desatados. «Como debe ser en un niño pequeño», pensó Isobel, embargada por sentimientos encontrados.

—¡Ya veo que no es necesario que te pregunte si te lo has pasado bien! —exclamó emocionada por el recibimiento que le había dispensado el chiquillo.

A Rory le chispeaban los ojos.

—¿A que no sabes lo que ha pasado, a que no lo sabes, tía Izzy?

—Por tu mirada, diría que algo muy emocionante.

—Sí. —Rory respiró hondo, porque le costaba articular con palabras la noticia que iba a darle—. Sí... ¿Sabes qué le ha pasado a la cobaya de Robbie?

—¡La has cogido por el rabo y se le han salido los ojos!

—¡No, no, qué va! —Rory la miró horrorizado, sin saber que se trataba de un viejo y familiar chiste infantil.

—Cuéntamelo.

—¡Va a tener bebés! —dijo Rory impresionado. Y esperó con gran ceremonia para que surtiera efecto la intensidad de su frase—. Además, resulta que Robbie me ha dicho que cuando nazcan, me podré quedar con uno. Nunca he tenido animales.

—Ay, Rory... —a Isobel le dolió tener que echar un jarro de agua fría sobre el muchacho—. Es una idea fantástica y vendremos a verlas, pero no creo que puedas llevarte una cobaya a Washington.

—Pero yo ya no vivo en Washington. Ahora vivo aquí. Y

vivo con vosotros. Por favor, di que puedo quedármela, tía Izzy. Por favor.

Isobel se percató de que era la primera vez que Rory voluntariamente expresaba cuál era su hogar. Parecía haber borrado de su mente cualquier experiencia previa. Al principio, Isobel lo había atribuido a que el niño echaba de menos su casa y el recuerdo le resultaba doloroso, pero ahora que lo conocía mejor, sabía que no era ese el motivo y se le hizo un nudo en el estómago.

—Me portaré muy bien si dejas que me la quede —dijo Rory de todo corazón mirándola con los ojos de Giles—. La cuidaré yo solo. Te lo prometo. Nunca he tenido una mascota.

Janet MacDonald fue al rescate.

—Me temo que primero habrá que esperar. No sabemos cuántas crías va a tener Moquitos, Rory —dijo Janet con seguridad—. A lo mejor solo tiene una, y si eso sucede hemos prometido a la hermana de Rory que será para ella. Si no nacen más crías, no podremos regalar ninguna. Pero te lo diremos cuando llegue el momento para que vengas a verlas, y entonces volveremos a hablar de ello.

Rory tuvo que conformarse. Comprendió que la señora MacDonald no era de las que dan su brazo a torcer. Se despidió con educación y subió al coche. Isobel le puso el cinturón de seguridad.

Janet MacDonald les observó mientras se alejaban. Cuando Lorna Cartwright, que era como se llamaba cinco años atrás, pasó el verano en Glendrochatt, se desató el rumor de que mantenía relaciones con su cuñado. La gente del lugar la aborrecía, no solo por la prepotencia y brusquedad con que trataba a los demás (apenas enmascaradas por una superficial dulzura que no engañaba a nadie), sino por los descarados intentos de robarle el marido a su hermana. Giles era un terrateniente muy conocido e Isobel gozaba de gran estima en la localidad. Era obvio, tal como pintaba la situación, que los rumores habían resultado ser ciertos, pensó Janet. Sin duda, Isobel debía de ser consciente del asombroso parecido del niño con su marido. Pensó que la situación era difícil... y como, gracias a Dios, aquello no era asunto suyo, se empleó en la tarea más acuciante de seleccionar un padre adecuado para la primera camada de crías de su joven pastor escocés hembra. En opinión de Janet, la cría controlada de perros de raza era una ocupación que ofrecía muchas más compensaciones que los incontrolados hábitos de apareamiento de ciertos humanos.

En el camino de vuelta a Glendrochatt, Rory, que sin duda había pasado un día maravilloso, parloteaba feliz sobre cachorros y tractores, y también iba tocando con optimismo la cuestión de la cobaya.

—¿Qué nombre se puede poner a una cobaya, tía Iz?

—Si a la madre la llaman Moquitos, ¿por qué no le pones Carraspera? —propuso Isobel, aunque Rory no pudiera entender la asociación catarral.

—¿Le pongo Narciso?

—Hummm... Es bonito —concedió ella con la mente ocupada en cuestiones alimentarias y volviendo con naturalidad a la antigua costumbre de conversar con un niño mientras iba pensando en algo completamente distinto—. Sin embargo, no acaba de quedar muy bien para una cobaya.

A pesar de saber que aquello era un error, Isobel se dejó engatusar y terminó discutiendo con Rory sobre cuáles eran los mejores nombres para la futura progenie de Moquitos, conversación que duró todo el trayecto hasta Glendrochatt.

—Ahora ve con Sheena, cielo —le dijo Isobel tras haber acercado el coche a la puerta trasera—. Ella te dará de cenar, porque yo tengo que hacer un montón de cosas aburridas.

—Le diré a Sheena que tendré una cobaya para mí solo y se pondrá muy contenta —dijo Rory mirando a su tía bajo unas pestañas injustamente largas que habrían sido la delicia de cualquier niña, mientras un seductor hoyuelo, parecido al de Edward, se le marcaba en la mejilla.

—¡Eres tremendo! Tú verás, cuéntale lo que quieras —respondió Isobel riendo—. Me temo que esto no cambiará las cosas.

—¿Subirás a darme las buenas noches cuando me haya bañado?

—Claro que sí.

—¿Me lo prometes? —preguntó con ansia.

—Te lo prometo, y ahora... ¡Largo de aquí!

«¿En qué me estaré metiendo?», se preguntó Isobel mientras cargaba con el jamón y entraba en la cocina seguida de los perros. Rombo, que casi se volvió loca de deseo ante los tentadores aromas de tocino que había olisqueado en el automóvil, le dirigió una mirada de reproche al ver que ella dejaba caer la pieza sobre la mesa de la cocina, a salvo y fuera del alcance de pequeños y corpulentos perros salchicha de apetito insaciable y patas decepcionantemente cortas, y se disponía a dar los últimos toques a la cena.

Isobel sintió como si la capa esmaltada que protegía su corazón empezara a resquebrajarse lenta e inexorablemente.

14

Isobel estaba disfrutando de un baño caliente cuando Giles entró a cambiarse para la cena. Acababa de verter su aceite esencial favorito Jo Malone, de lima, albahaca y mandarina, se había vuelto a sumergir en el agua y estaba repasando el día y valorando la idea que le había venido a la cabeza unas horas antes cuando Giles asomó la cabeza por la puerta.

—Hola, Iz, cariño. ¿Cómo está mi amor? —preguntó Giles como hacía invariablemente tras la menor separación.

—Estoy pensando.

—¿En alguna experiencia novelesca? —Giles le sonrió y se sentó en el borde de la bañera—. ¿Algo en particular y que puedas contarme?

Isobel titubeó.

—En Rory. En el pasado... y en el futuro.

—Ah. —Giles se levantó y fue a mirar por la ventana. Tenía las manos en los bolsillos del pantalón y hacía tintinear unas monedas.

Isobel lo miró, sin saber si aquel era el momento adecuado para iniciar una discusión que podría tener consecuencias imprevisibles, algo así como caminar por un sendero donde podrían acechar posibles minas antipersona.

—Debo hacer cortar el césped. Está demasiado alto —dijo Giles sacando la libretita encuadernada de piel que siempre llevaba en el bolsillo y garabateando una nota para acordarse, aunque Isobel sospechaba que, en realidad, su mente estaba ocupada en otros asuntos que nada tenían que ver con el césped.

—Se me ha ocurrido una idea para solucionar algo que me preocupa mucho, pero no sé como llevarla a cabo y ni siquiera estoy segura de querer poner a prueba cierta teoría contigo.

Giles se volvió en redondo.

—Bien, antes de que te decidas a contarlo, he de comunicarte algo; y, por una vez, no estoy seguro de cómo vas a reaccionar. Habrá ciertos cambios.

—¿Y qué clase de cambios? Acércame la toalla, ¿quieres? —Isobel no quería estar mojada y desnuda si iba a enterarse de nuevos detalles sobre Rory.

Giles le pasó la toalla y la miró mientras ella salía de la bañera. Se quedó contemplando a esa mujer a quien tanto amaba y a la que casi había llegado a perder por su locura y su vanidad.

—Hemos recibido un mensaje de Lorna. Sheila atendió una llamada de Estados Unidos mientras yo estaba con el patronato en Perth. Ella quería hablar contigo, pero acababas de ir a buscar a Rory y no la habrías encontrado al volver.

Sheila Shepherd era secretaria de Giles desde hacía mucho tiempo y la familia le tenía un gran cariño. Había terminado aborreciendo a Lorna tras el corto período en que se vieron obligadas a trabajar juntas, durante el turbulento verano en que Lorna intentó apartar a Giles de su hermana e instalarse como dueña de Glendrochatt.

—Apuesto a que ni siquiera fue Lorna quien llamó.

—No, lo hizo su secretaria particular, pero se avino a entregar a Sheila una lista de números de teléfono y de horarios para poder hablar con ella. ¡Qué cara más dura! Parece ser que como Lorna y su truculento y viejo senador irán a Londres dentro de unos días, «a lo mejor les convendría» llevarse a Rory de vuelta a casa. ¡Qué amabilidad la suya al informarnos! —dijo Giles con sarcasmo—. Por suerte, yo no estaba en casa, porque le habría cantado las cuarenta.

Marido y mujer se miraron, conscientes ambos de que saldrían a la luz cuestiones complicadas, de difícil resolución: sin saber cuáles eran sus auténticos sentimientos hacia el niño, temiendo pronunciar palabras que nunca debieran haberse dicho y que podrían infligir un daño irreparable en su relación.

Isobel fue la primera en hablar.

—Pobre Rory, ¡pobrecito niño! Paseándolo arriba y abajo... Peón de un despreciable juego de adultos.

—Has sido muy buena con él... muy justa y encantadora. Eres muy generosa, Izzy, no creas que no me doy perfecta cuenta, pero eso complica aún más las cosas. Debes de estar deseando que se marche.

Isobel cogió la bata del gancho que había tras la puerta, se envolvió en ella y se ató el cinturón firmemente con una mirada de absoluta concentración, como si temiera que unos ojos hostiles y entrometidos la examinaran.

—Eso era lo que yo creía. No niego que la vida será mucho más fácil sin él y además... Ay, Giles, no tendré que luchar conmigo misma para superar estos horribles celos que siento continuamente, por tu historia con Lorna, por tu relación con Rory, por Rory y Ed. No te imaginas cómo llego a despreciarme a veces. Es una pesadilla. —Isobel guardó silencio, levantó los ojos hacia él y, con un tono de sorpresa en la voz, dijo—: ¿Sabes? Lo único que ahora siento es miedo, miedo de decirle que debe regresar a su casa. Accedí a que se quedara con nosotros solo porque sabía que mamá y papá así lo habrían querido... Pero ahora no tiene abuelos que acudan en su ayuda y no quiero ni pensar la clase de vida que llevará junto a Lorna.

—¿No crees que tendrá ganas de ver a su madre? —preguntó Giles con prudencia, conmovido por sus palabras.

—No lo sé; puede que sí. Pero también creo que se enfadará mucho. Creo que con nosotros se siente... seguro. Esta tarde ha dicho algo que me ha dejado muy intranquila. —Y le contó la historia de la cobaya.

—¡Vaya por Dios! Supongo que será mejor que uno de los dos hable con Lorna antes de decirle nada al muchacho. Sería terrible que se entusiasmara con la idea y luego su madre le diera un chasco. Lo cual me parece muy probable. Creo que en el horario dice que uno de los mejores momentos para hablar con ella es esta noche a las nueve, hora local. ¿Quieres intentarlo tú... o prefieres que sea yo quien hable con ella?

De repente, Isobel estalló en carcajadas y lo rodeó con sus brazos.

—¡No, de ninguna manera! ¡Giles Grant, no quiero que seas tú quien hable con ella! Se sentiría demasiado halagada. ¡Y eso es lo último que deseo! Intentaré localizarla después de cenar y, como no se ponga al teléfono, le dejaré un mensaje que le va a doler. Ya pensaremos juntos cómo hay que decírselo a Rory. Aunque primero nos iremos a la cama.

—Eso te lo aseguro —dijo Giles riendo, divertido al constatar sus rápidos cambios de humor—. ¡Ojalá no tuviéramos que hacer nada más!

—¡No me refería a eso y lo sabes! Eres incorregible —dijo Isobel con severidad devolviéndole un beso.

Giles la estrechó entre sus brazos y apoyó la mejilla en su cabeza.

—Te quiero tanto, Iz... No podría vivir sin ti. Lo sabes, ¿verdad?

—Mejor será que lo pongas por escrito. ¡Santo cielo! Llegaremos tarde a cenar si no nos damos prisa. ¡Qué rabia que tengamos que charlar con toda esa gente! Aunque he de reconocer que este grupo me tiene muy intrigada. Me da la sensación de que, entre nuestros escritores, se están desatando profundas emociones. Y, al menos, eso me distrae de nuestros propios problemas.

No era necesario tener grandes dotes de observador para darse cuenta de que algo le pasaba a Marnie. Isobel pensó que parecía un volcán: pesados nubarrones cerniéndose sobre ella y la amenaza alarmante de la posibilidad de una erupción. Su grosera antipatía parecía volver a formar parte de su personalidad. Isobel estaba maravillada de que el aspecto externo de una persona pudiera cambiar tanto por culpa del estado de ánimo. Marnie le recordaba uno de esos tests visuales que constan de puntos. Si se miran por un lado, se ve a una atractiva joven (hermosa no sería la palabra) con una buena estructura ósea, una bonita piel y, si baja la guardia, un no sé qué que le da un aire enternecedor y atractivo. Si se miran por el otro, se ve a una mujer ordinaria y desagradable. Isobel se dio cuenta de que Marnie se había ido a hablar con el coronel cuando Christopher entró en la habitación, en un claro ademán de alejarse de él. Ignoraba el malentendido que se había producido entre ambos y también que, antes de cenar, Christopher, que quería disculparse por haber pensado mal de ella, había ido en vano a buscarla a su dormitorio. A Isobel le sorprendió que el ambiente de la clase de escritura se hubiera contagiado tanto de la hosca negatividad de Marnie, pero pensó que Catherine, que había impartido clases en diversos lugares conflictivos a lo largo de su trayectoria profesional y poseía la provechosa capacidad de saber distanciarse, podría manejar perfectamente la situación. Sin embargo, era una pena que, tras la aplaudida partida de Stanley, hubieran surgido nuevos motivos de fricción. Isobel miró a Louisa interrogativamente preguntándose si habría ocurrido algún percance del que ella no tuviera noticias.

Esa noche la cena se celebraría en el comedor. Isobel, que encabezaba la marcha, logró situarse junto a Marnie y decirle:

—Hoy siéntate a mi lado. He estado tan liada y Catherine os ha dado tanto trabajo que no he tenido muchas oportunidades de conoceros a todos como es debido. Sé que te has apuntado a la semana «Disfruta de Escocia» y me gustaría tener la ocasión de explicarte las opciones a elegir y conocer tus gustos. Me encanta satisfacer los requisitos personales de cada cual y procuro diseñar estas semanas casi a medida.

Su natural simpatía resultaba difícil de resistir y Marnie reaccionó bien a pesar de sí misma, como le ocurría a la mayoría de la gente que trataba con Isobel. La anfitriona tenía el raro don de sacar lo mejor de los individuos que la rodeaban, y no tardó en conseguir que la joven empezara a reírse de los relatos de algunas de las desgracias que les habían sucedido desde que decidieran explotar comercialmente la vivienda de los antepasados de

Giles: invasiones de murciélagos aparecidos misteriosamente de la nada que, noche tras noche, sobrevolaban en círculo las cabezas de los desconcertados huéspedes durante la cena, y que luego descubrieron que anidaban en la chimenea de la sala de estar; el terror histérico que pasó un conocido concertista de piano que impartía unas clases magistrales esa semana y que se vio obligado a cenar con un sombrero puesto hasta el término del curso; las tensiones que surgieron cuando falló el anticuado sistema de tuberías de Glendrochatt, alimentado por un depósito de agua situado en los bosques, precisamente cuando la ocupación de la casa era total debido a la presencia de un grupo de periodistas a los que los Grant deseaban impresionar favorablemente; y la ocasión en que el fornido director de una orquesta de cámara de Hungría fue a explorar el tejado (porque Giles le había dicho sin pensar que se disfrutaba de una vista sensacional desde las almenas), olvidó asegurar la trampilla revestida de plomo por la que había trepado y se quedó atrapado fuera durante varias horas hasta que lo localizaron.

—Cuando al final lo encontramos, pensamos que nunca conseguiríamos hacerle entrar en casa. —Isobel se rió al recordarlo—. Se había quedado atascado en la trampilla, como le ocurrió al señor Jackson en *El cuento de doña Ratoncilla*, y nos vimos obligados a propinarle unos empujones y unos tirones indignos para sacarlo de allí. Ahora, en los meses de julio y agosto, procuramos meter periódicos en el tiro de la chimenea de la sala para impedir que los murciélagos asistan a nuestras veladas de finales de verano... Pero eso también entraña peligro, porque una noche en que, de improviso, quisimos encender la chimenea (algo muy frecuente en Escocia en cualquier época del año), olvidamos sacar el papel y casi incendiamos la habitación. Por si acaso, siempre guardamos a mano un enorme recipiente lleno de agua y muchos cubos para echar al váter o donde sea en caso de crisis hidráulica, y hemos puesto un gran cartel de PROHIBIDO EL PASO al pie de la escalera que conduce al tejado para desanimar a posibles músicos exploradores... De todos modos, nunca sabemos las desgracias que nos deparará el futuro. ¡Ventajas e inconvenientes de vivir en una casa antigua, supongo!

—Bueno, esta semana no ha pasado ninguna desgracia —dijo Marnie con una carcajada—. De hecho, diría que todo ha salido a pedir de boca. Creo que nunca me han hecho sentir más a gusto en ningún otro lugar —añadió rezongando.

—Oh, Marnie... Muchísimas gracias. Me alegra mucho oír eso. —Isobel adivinó que su quisquillosa huésped no solía lanzar esa clase de piropos y se sintió muy halagada—. Pero espera a que llegue el fin de semana, cuando vengan los gemelos. Amy actuará en el concierto del sábado y saca su vena histriónica cuando tiene que tocar, y en cuanto a Edward... En fin, con Edward en casa puede suceder cualquier cosa, ¡sobre todo cuando tenemos trabajo y la casa está llena de invitados!

—Háblame de ellos. Catherine nos ha dicho que tu hija es una violinista de gran talento. ¿Tu hijo también toca algún instrumento?

Isobel se encontró contándole a Marnie las dificultades que tenía Edward y se sorprendió al constatar que esa joven tenía la virtud de saber escuchar.

—¡Qué desconsiderada soy! No tenía intención de contarte todo esto —exclamó Isobel en tono de disculpa, interrumpiéndose a media frase—. No quería agobiarte con problemas familiares.

—No me agobias —protestó Marnie, conmovida por que Isobel hubiera confiado en ella. Le habría gustado hacerle más preguntas sobre Edward, pero temía mostrarse impertinente e intrusiva como Bunty—. Tu hijo parece tener una personalidad fascinante. Me gustará mucho conocer a los gemelos.

—Los conocerás, eso te lo aseguro... Pero volvamos al tema de la semana que viene. Dime si te gustaría hacer algo en especial... Algo que conecte con tus intereses.

—Bien, hay una cosa que sí me gustaría hacer. —Marnie titubeó—. Si quisieras localizar una casa antigua en particular en esta parte de Escocia, quizá un castillo... y no supieras el nombre de los propietarios o de la casa y tampoco el lugar donde se encuentra, ¿por dónde empezarías?

Isobel se quedó pensativa.

—Parece que se trata de un asunto de altos vuelos. Y, tratándose de un castillo, lo de alto habrá que tomarlo en sentido literal, supongo; pero lo cierto es que, en ciertas zonas de Escocia, los hay para parar un tren. A cualquier construcción con una mínima torrecilla se le atribuye el glorioso nombre de castillo; unas se llaman torres y otras, como la nuestra, tan solo casas. ¿Cuál es tu punto de partida?

—Un par de viejas fotografías en blanco y negro, muy descoloridas y arrugadas, y algunas descripciones de cuando era pequeña.

—Bueno, nunca he intentado hacer nada parecido, pero supongo que probablemente iría a una importante agencia inmobiliaria como Strutt & Parker o Finlayson Hughes en Perth, porque están especializadas en la venta y el alquiler de esta clase de propiedades. También me pondría en contacto con Escocia Histórica, la organización gubernamental que se ocupa de los edificios antiguos y de las cuestiones que atañen al patrimonio cultural. Y aunque pueda llevar más tiempo, también valdría la pena consultar números atrasados de revistas como *Country Life* o *The Field*. Veré si a nuestras amistades se les ocurre alguna cosa. ¿Por qué lo preguntas? ¿Te dedicas a alguna clase de investigación?

—En cierto modo, me gustaría investigar... Pero no sé muy bien por dónde empezar.

—Giles siempre nos sorprende con sus increíbles conocimientos de la región, y además siempre ha vivido aquí. Es un tema que domina totalmente. Estoy segura de que le encantará ayudarte. —Isobel se quedó pensativa—. Por otro lado, conozco a la persona perfecta a quien preguntar: Evelyn Fergusson, la anciana madrina de mi hermana. No vive muy lejos y es una mina de información en lo que respecta a casas y familias antiguas de Escocia. Una de las cosas que os quería proponer para la semana que viene era una visita privada a su fabuloso jardín. Es un poco pronto para verlo en su máximo esplendor (hubiera sido mejor en junio), pero ya habrán florecido los rododendros y las azaleas, y las campanillas estarán preciosas. En fin, aquello es el Paraíso. Está abierto al público durante el fin de semana, pero nosotros solemos ir los días que cierran. Este año, Evelyn no podrá hacernos la visita guiada por sus dominios porque ha empeorado su artrosis, pero su jardinero en jefe es un gran experto y un magnífico anfitrión. De todos modos, a ella le encanta conocer a nuestros huéspedes y se ocupa de que nos preparen unos maravillosos tés escoceses con pastas caseras y de enseñarnos la casa. En general, la vivienda no se abre al público más que de vez en cuando, en fiestas benéficas, por eso es divertido preparar una visita para nuestros huéspedes. Podríamos preguntarle si se acuerda de tu castillo perdido. ¿Te gustaría?

—¡Me encantaría! ¡Qué buena idea! Eres muy amable, Isobel.

La mirada cautelosa y huraña de Marnie se había esfumado como si nunca hubiera existido, e Isobel se preguntó si sería posible que desapareciera para siempre. Desde el lugar que ocupaba en la mesa, podía ver a Louisa deshaciéndose en atenciones con Christopher y se preguntó si ya le habría mencionado lo que había descubierto de su pasado. Si ese era el caso, obviamente la cuestión no había provocado ni una sola fisura en su relación. A Marnie le iba a costar competir con Louisa para captar la atención de Christopher, pensó Isobel, pero si lo lograba, podría ser una experiencia reveladora para ella.

—Bien. Hablaré con Giles y lo organizaremos —dijo Isobel en voz alta—. Sé que a Morwenna le encantará visitar el jardín. ¿Tu investigación consiste en averiguar algún parentesco familiar?

—No exactamente. ¿Te contó Catherine la experiencia que viví en las Antillas cuando era niña? Fue el texto que escribí el primer día.

—No. Catherine siempre preserva la confidencialidad de los textos de sus alumnos. Cuéntamelo tú.

Y, en esa ocasión, fue Marnie quien se encontró relatando a Isobel el modo en que había conocido a la anciana señora que se había convertido en su inesperada benefactora.

—Quiero encontrar el hogar en el que la condesa pasó su infancia. Mi ilusión es comprarla con el dinero que me legó y convertirla en algo de utilidad. Será como rendir tributo a su memoria. Sé que es posible que ya no exista. A lo mejor la han derribado, quién sabe... Quizá esté habitada y no quieran venderla, y todos mis esfuerzos se limiten entonces a perseguir un sueño. No querría ser una molestia para vosotros —añadió Marnie con inseguridad—, pero me encantaría que pudierais ayudarme.

—¡Claro que no eres ninguna molestia! Creo que es una idea muy romántica, y además me encanta perseguir sueños. ¿Se lo puedo contar a Giles?

—Claro... Será fantástico.

Ante el entusiasmo y el interés de Isobel, Marnie se sintió avergonzada de su mal humor. Debía de ser magnífico estar dotada de la franca naturalidad de Isobel (o de Louisa, por cierto, pensó dolorida). Marnie había ido a hacer las paces con Christopher y a disculparse por su injustificada susceptibilidad (y eso que las disculpas no eran el punto fuerte de la joven) cuando le vio sentado en el banco pintado de blanco que había bajo el árbol, el mismo lugar en el que le había dejado, riendo y charlando con Louisa, y sus viejas inseguridades renacieron en ella. Era consciente de que, en el otro extremo de la mesa, Christopher estaba sentado junto a Louisa, pero al ocupar su mismo lado, en realidad no podía verlos..., aunque sí podía oír sus carcajadas.

—¿Quién más se quedará la semana que viene? —preguntó Marnie esperando que si Christopher formaba parte del grupo, quizá tendría una segunda oportunidad para aclarar las cosas.

—Solo seréis Louisa, el coronel, Morwenna y tú. Los Heslington habían reservado plaza, pero Win cree que ha llegado el momento de regresar con Stanley (yo no lo creo así), y Joyce tiene que volver para ocuparse de su tienda de regalos. Por lo general, la gente del pueblo que quiere participar en las excursiones que hemos preparado se apunta en una lista de espera, pero los que residís en Glendrochatt tenéis prioridad de elección en los planes que hagamos. Me alegra que te quedes, Marnie. Creo que te lo pasarás muy bien.

Isobel, anfitriona experimentada, se volvió hacia el coronel, que se sentaba al otro lado, y Marnie se puso a hablar con Joyce. Era imposible no llevarse bien con esa mujer. A pesar de su aspecto chabacano, Joyce caía bien y no tardó en ponerse a charlar con Marnie como si se conocieran desde hacía años. Isobel miró a Giles, que se sentaba al otro extremo de la enorme mesa de caoba que llevaba en ese comedor más de doscientos años. A los pies de la ventana, donde le daba el sol, la madera se había decolorado en un tono suave, casi dorado, pero como a Giles le gustaba ese recordatorio de su inamovible y prolongada presencia en el lugar, se resistía a que la restauraran. Si se desplegaba al completo, la mesa podía albergar sin problemas a veinticuatro comensales; las hojas supletorias, que se insertaban para darle mayor longitud, eran de un color mucho más oscuro. Isobel habría querido disponer de una cámara del tiempo que pudiera grabar escenas del pasado y ver, como en una película, las conversaciones, las risas y las discusiones sobre política que, paladeando una buena cocina, personas de otros tiempos habían celebrado en torno a esa magnífica mesa.

Cruzó la mirada con Giles. Su marido estaba escuchando con fingida atención a Bunty, aunque Isobel sabía que tenía la mente ocupada en la perspectiva de ir a avistar urogallos o en la disponibilidad de contratar a algún cantante revelación al que hubiera oído actuar en alguna de las expediciones que realizaba para descubrir talentos. Esperaba que Bunty no tocara el intrigante asunto de Rory o de Christopher Piper, pero no dudaba de que su marido sería capaz de desviarla de esos temas peligrosos si era preciso.

Cuando terminó la cena, Catherine se llevó a su grupo para impartir la última clase del día e Isobel se obligó a hacer una llamada transatlántica. En esa ocasión, le pasaron con Lorna casi de inmediato.

—¡Iz, al final logramos comunicarnos! —exclamó Lorna, que, hasta el momento, no había hecho ni un solo esfuerzo por hablar con su hermana. El tono de su voz era dulce y atento, pero Isobel, que era inmune a sus manipulaciones, no cayó en la trampa—. ¿Cómo está mi hombrecillo? —siguió diciendo Lorna con voz meliflua.

—Muy bien. No parece haber sentido nostalgia en absoluto.

—Ah, eso es porque es un niño muy viajado —respondió Lorna—. Se toma las cosas como vienen.

—Pues mucho mejor... teniendo en cuenta las circunstancias —dijo Isobel con sequedad. Entonces pensó: «No debo permitir que me provoque y nos enzarcemos en una pelea verbal. Lorna siempre ha sido muy hábil engatusando».

—Sí... Es una suerte que tenga tan buen carácter —dijo Lorna sin afectación—. En caso contrario, no hubiera sido capaz de pedirte que vinieras en mi rescate para que Brooke y yo pudiéramos atender los importantes compromisos que tenemos.

«¡Vete a la porra! Claro que me lo habrías pedido», pensó Isobel.

—¿Qué piensa Giles de Rory? —siguió hablando Lorna—. ¿Se llevan bien?

«No te irrites, cálmate y no te irrites», se dijo Isobel a sí misma.

—Sí —respondió con frialdad—. Giles siempre ha tenido mucha mano con los niños.

—¿A quién crees que se parece Rory?

En circunstancias normales, esa pregunta habría sido natural entre dos hermanas, pero a Isobel la enfureció.

—En realidad, creo que se parece a Ed. —Isobel oyó con satisfacción el suspiro de espanto de Lorna. «He metido el dedo en la llaga», pensó—. Bien, dime cuáles son tus planes para llevarte a Rory contigo —dijo tras una pausa muy significativa.

—Queremos ir a Londres dentro de poco a pasar unos días, y he pensado que podrías enviar al niño en avión desde Edimburgo. Quizá pueda ir a buscarlo a Heathrow si Brooke no me necesita en todo el día, pero si no, se encargaría la niñera temporal que he contratado y que volará con nosotros desde Estados Unidos.

Isobel estaba indignada, pero logró controlarse y no decirle que si alguien la necesitaba tras seis semanas de ausencia era su hijo pequeño.

—¿Quién irá a recogerlo al aeropuerto de Edimburgo?

—Puede viajar solo, atendido por el personal de vuelo. Solo es un trayecto de cuarenta minutos.

—No —protestó Isobel—. No, Lorna. Es demasiado para el niño. Solo tiene cinco años. Me siento incapaz de hacer eso.

Lorna suspiró ostensiblemente.

—Había olvidado lo complicada y superprotectora que eres con los niños... Pero no creas que me quejo. Estoy segura de que habrás cuidado muy bien de Rory.

Dado que a Lorna siempre le había gustado potenciar la imagen de una Iz atolondrada y desorganizada, la siempre inepta hermanita pequeña, aquello fue como volver las cartas del revés.

—Le pediré a Sheena Graham que lo acompañe —dijo Isobel con frialdad—. Es posible que le apetezca viajar a Londres, pero tendrás que pagarle los gastos.

—Claro. Como quieras. Por supuesto, no permitiré que lo pague de su bolsillo. —Lorna parecía aburrida, como si esas consideraciones terrenales no tuvieran nada que ver con ella—. Le diré a mi secretaria que haga la gestión y reserve los billetes. Te llamará para comunicarte la fecha. Será dentro de unos diez días. Muchas gracias por cuidar de él —añadió muy educada.

—No me diste otra alternativa. Primero decides y luego pides permiso... Metiste al niño en un avión y nos dijiste que fuéramos a buscarlo. Sabes que jamás abandonaría a un niño, pero podríamos haber estado fuera...

—Y te lo agradezco mucho. —Lorna volvía a tener la situación controlada y, como solía ocurrir en el pasado, daba la impresión de estar hablando con paciencia con un niño conflictivo—. A fin de cuentas, para eso está la familia, ¿no?

«¿Para qué más están las familias... para compartir los maridos?», se quedó con ganas de decirle Isobel. En cambio, le preguntó:

—¿Quieres hablar mañana con Rory y decirle que regresa a casa?

—No, será mejor que no. El teléfono es un mal instrumento para comunicarse con los niños.

—No hace falta que lo jures. —respondió furibunda Isobel—. Ya se lo contaré yo.

—Sí, por favor. Adiós, Izzy. Te volveré a llamar. —Y Lorna Congleton, la esposa del senador millonario, la belleza de moda en Washington (y la hermana manipuladora y eternamente celosa), colgó el teléfono.

Isobel encontró a Giles en la sala de estar, escuchando un disco nuevo de una joven orquesta que intenpretaba a Prokofiev. Giles bajó el volumen y se levantó cuando vio entrar a su esposa. Pensó que se la veía agotada.

—Veo que ya has hablado con Lorna. Lo adivino porque todavía te sale humo por las orejas. ¿Cómo ha ido?

Isobel se puso frente a él.

—Me duele la mandíbula —dijo apoyando la frente en el pecho de Giles y cerrando los ojos.

—¿La mandíbula?

—Sí. Llevo diez minutos hablando entre dientes y no tienes ni idea de lo doloroso que resulta.

Giles la acunó en un dulce abrazo.

—Cuéntamelo.

—Estoy tan avergonzada por algo que he hecho que siento desprecio por mí misma.

—¿En qué sentido? —preguntó Giles acariciándole el pelo.

—Lorna me preguntó a quién creía yo que se parecía Rory... a quién me recordaba de la familia. Puso el cebo para que yo picara y, cuando ya se estaba preparando para enrollar el sedal —explicó Isobel con voz ahogada—, le dije que creía que se parecía mucho a Edward. —Isobel había levantado sus llorosos ojos hacia él.

—Bueno, en cierto modo no mentiste —dijo Giles a modo

de consuelo, sufriendo por ella y notando que la tristeza le embargaba—. Rory es exactamente como sería Ed... como tendría que haber sido... si las cosas hubieran ido de otro modo al nacer el niño. Me lo has comentado muchas veces. No has dicho nada terrible.

—A nuestro entender, no. No es terrible para ti y para mí, para Amy o cualquiera que ame a Ed y vea lo encantador que es a pesar de sus problemas —dijo Isobel acalorada—, pero sabes muy bien que Lorna siempre se ha llevado muy mal con él... Ed le repugna físicamente, incluso cuando todavía era un bebé. No he querido pronunciar las palabras que ella deseaba oír (que Rory es la viva imagen de ti), porque sabía que eso era lo peor que podía decirle. No es que Lorna me importe... Está pidiendo a gritos que la maltraten... pero, ¡oh, Giles! Es como si ella me hubiera hecho caer muy bajo. Me siento... embrutecida. He utilizado a Edward deliberadamente como un arma arrojadiza. Y con toda la intención. He fallado a nuestro hijo.

En ese momento, alguien llamó a la puerta con los nudillos. Isobel y Giles se miraron consternados y se soltaron.

—Entre —dijo Giles.

Christopher Piper asomó la cabeza por la puerta.

—¿He venido en mal momento? —Notaba en el ambiente que acababa de interrumpir a la pareja—. Me dijiste que podía pasar después de la última clase...

—¡Claro que sí! Te estaba esperando —mintió Giles esbozando una encomiable sonrisa de bienvenida para disimular. Había olvidado por completo que, al término de la cena, Christopher le había preguntado si podría hablar con él, y Giles le había propuesto tomar una última copa después de clase—. ¿Qué te apetece? Iba a servirme un vaso de whisky... ¿Prefieres brandy, quizá?

—El whisky me parece perfecto... Con agua, por favor.

—¿Y tú, cariño? —Giles miró con aire interrogativo a Isobel, que estaba echando un innecesario leño al fuego, tanto para comprobar si ya se había rehecho como para ofrecerle una copa.

—No, gracias. Estoy bien —respondió ella zanjando ambas

cuestiones. Cayó en la cuenta de que no había tenido tiempo de contarle a Giles la confidencia que le había hecho Louisa y pensó que tal vez Christopher había ido a verlos con esa intención. Esperaba que no quisiera marcharse antes de tiempo.

Christopher echó un vistazo a la sala: una estancia encantadora, tranquila, con ese aire intemporal de marchita elegancia. Supuso que el mobiliario debía de ser más o menos el mismo desde hacía generaciones... salvo por el cuadro de la chimenea.

—¡Este retrato es asombroso! —exclamó—. ¿Quién lo ha pintado?

—Me alegro mucho de que te guste —dijo Giles ofreciéndole el whisky—. Es de Daniel Hoffman. Lo realizó hace cinco años, cuando vino a pintar el telón de fondo que le encargamos para el teatro. Lo verás mañana, cuando Jonathan Mercer dé su conferencia. Tuvimos suerte de pillarlo al comienzo de su trayectoria profesional. Aunque en esa época ya empezaba a ser conocido como escenógrafo, el retrato representaba para él iniciar una nueva andadura. Sin embargo, ahora ya está muy solicitado. Mucha gente de por aquí quiso hacerle encargos después de ver el retrato de Izzy. Pintó un fantástico retrato de un vecino nuestro: un bicho raro que se llama lord Dunbarnock y es nuestro mecenas más importante. Nuestro patrón subvencionó un nuevo telón de fondo para el teatro cuando Daniel Hoffman ya había hecho su caricatura, y las nuestras también, entre otras, en un primer lienzo, pero al margen del registro humorístico, el retrato que hizo de Neil Dunbarnock es fabuloso porque plasma sus conocidas excentricidades y además logra reflejar esa faceta profundamente amable que tiene de persona cultivada. Obviando el hecho de que Isobel cobra vida en el cuadro, el retrato es precioso, ¿verdad?

—Desde luego. Encuentro admirables los perspicaces diseños escenográficos que hizo para Glyndebourne, aunque hace tres años fui a una exposición de su obra en Londres y descubrí que también es un retratista notable. —Christopher estudió el gran retrato oval con detenimiento. Se veía a Isobel posando de un modo informal, sentada en los peldaños de la fachada delantera de Glendrochatt. Revoltosa estaba aovillada a sus pies y, junto a ella, sobre el escalón, había un libro abierto y una taza de café. Isobel lucía la expresión alerta y divertida, con la cabeza levemente inclinada a un lado, que siempre adoptaba cuando escuchaba a otra persona. En los bordes del lienzo, el autor había distribuido cinco redondeles en los que aparecía Isobel en distintas posturas, incluida una en que iba vestida con un traje largo de noche con una banda de tartán anudada al hombro—. ¿Ha pintado a algún otro miembro de la familia?

—Hizo el retrato de la hermana de Isobel, Lorna, para la exposición a la que asististe —explicó Giles—. El cuadro se llama *La mujer de negro*. Es impresionante... Quizá lo recuerdes.

—Lo recuerdo perfectamente; era excelente. Dominaba todo el espacio. ¿Es tuyo también?

—No —respondió Giles—. No es mío. Pedí a Daniel que pintara a Izzy... pero el retrato de Lorna no tiene nada que ver conmigo.

Por el tono de voz que empleó Giles, Christopher pensó que debía de existir una historia oculta relacionada con el retrato.

—El cuadro de mi hermana no fue un encargo —explicó Isobel—. Lorna es la más bella de la familia, y en la época en que Daniel pintaba mi retrato ella estaba pasando una temporada con nosotros. Fue él quien le pidió que posara para un cuadro que deseaba incluir en una exposición. Al principio, Daniel no quiso venderlo, pero al final accedió a que Lorna lo adquiriera a condición de que le permitiera exponerlo. Causó sensación cuando lo mostró por primera vez... Ese cuadro lo consolidó como retratista. Lorna vive en Estados Unidos, por eso imagino que debe de tenerlo en Washington, en casa de su nuevo marido (lo cual irá de perlas a Daniel para promocionarse). Lorna es la madre de Rory.

—¡Qué suerte la de Rory! —exclamó Christopher—. Sin duda, con el tiempo heredará una joya de familia... pero creo que tu retrato es más bello incluso.

Pensó para sus adentros que eso se debía al encanto de Isobel y que el artista había conseguido captar tan bien su calidez y su sentido del humor que cualquiera que viera el retrato no podría dejar de sentirse atraído por la personalidad de la modelo. Recordaba con claridad que, aunque el cuadro de la exposición le había parecido arrebatador, pensó que no le habría gustado conocer a la mujer que representaba, por muy hermosa que pudiera ser. Tenía un aire amenazador, casi malévolo, que resultaba inquietante. Christopher, que había sido testigo del pequeño drama que se había desarrollado en la cocina por culpa de Bunty, dedujo que en la familia Grant las relaciones debían de ser complicadas y los problemas todavía no debían de haberse solventado. «¡Qué engañosas resultan las apariencias! —pensó—. Nadie es lo que parece.» Y eso le dio coraje para ponerse a hablar con los anfitriones, esa idílica pareja con un afortunado estilo de vida por la que había sentido envidia desde el primer día.

—Os debo una explicación. Debería haber hablado con vosotros a principios de semana... Ha sido muy desconsiderado por mi parte. Acabo de salir de la cárcel, aunque todavía estoy en libertad condicional. Pacté mi asistencia al curso con mi agente de la condicional antes de venir, pero mi obligación era decíroslo. Lo siento. La verdad es que no debéis preocuparos porque pueda ser un peligro para los demás huéspedes. Maté a una persona en un accidente de automóvil y me condenaron según establece la ley.

—Bien, te agradezco que nos lo hayas contado —se apresuró a decir Giles—. No era preciso que lo hicieras. Tu vida privada no nos atañe.

—Me temo que en realidad no os lo habría contado si Louisa no me hubiera reconocido —admitió Christopher esbozando una mueca de arrepentimiento—, porque ambos nos conocimos hace unos años. —Y entonces miró a Isobel—. Creo que ella ya te lo ha contado.

—Sí —respondió Isobel apreciando su honestidad—. Me lo contó, pero estoy de acuerdo con Giles. No es de nuestra incumbencia, a menos que te apetezca hablar de ello. Louisa no ha querido causarte problemas —añadió con premura—. Tan solo sentía curiosidad.

—¿Como Bunty? —preguntó con sequedad.

Isobel estalló en una risita nerviosa.

—Me parece que no le gustarían mucho tus palabras, pero sí, supongo que sí. A decir verdad, yo también estoy intrigada. A primera vista, no concuerdas con la típica imagen de un presidiario.

—¡Y doy gracias al cielo! He de confesar que esta semana se ha convertido en una magnífica terapia para mí. No sé cómo daros las gracias.

Christopher les contó que había escrito una novela de suspense en prisión y lo feliz que se había sentido al enterarse de la favorable impresión que su texto había causado en Catherine.

—No pienses que haya querido adularte —dijo Giles—. Eso te lo aseguro. Catherine es muy correcta en el trato, pero nunca alimenta falsas esperanzas. ¡Es increíble que vaya a dar el manuscrito a Jonathan Mercer! Te gustará. Es muy divertido.

Estuvieron charlando de libros y de la cárcel, y de cómo Glendrochatt había pasado de ser un amado pero dilapidado tesoro inmobiliario a una floreciente ocupación comercial. Descubrieron que compartían algunos intereses y bastantes conocidos. Cuando el reloj de pie del abuelo que estaba en el vestíbulo dio las once, Christopher se levantó de un salto.

—Debo marcharme —dijo en son de disculpa—. No tenía intención de quedarme tanto tiempo, pero me ha ido muy bien hablar con vosotros. ¡De donde vengo yo las conversaciones no abundan! Muchas gracias por la copa... y por la compañía también. Glendrochatt me está ayudando a sentirme humano de nuevo.

—Lo que acabas de decir es muy bonito. ¿De verdad tienes que marcharte? —preguntó Isobel—. ¿Por qué no te quedas la semana que viene? Será muy diferente y mucho menos estructurada que esta. Algunos miembros del curso han confirmado su asistencia. Te aseguro que lo pasarás bien. Y a nosotros nos encantaría que te quedaras, ¿verdad, Giles?

—Desde luego. ¿Es difícil...? Quiero decir, ¿tienes que pedir permiso para esta clase de cosas?

—Sí, tendré que preguntárselo a mi agente de la condicional.

Debe conocer mi paradero y aprobar mis actividades. Os aseguro que no deseo infringir las normas y que vuelvan a encerrarme. Me parece que no lo llevaría muy bien; pero mi agente es un hombre honesto y la policía no cree probable que vaya a reincidir. Supongo que quedarme no será un problema siempre y cuando pida permiso. Es muy amable de vuestra parte. ¿Me lo puedo pensar?

—Claro que sí. De todos modos, espero que decidas quedarte —dijo Isobel—. Puedes ayudarnos a buscar el castillo desaparecido de Marnie. Va a ser todo un desafío. ¿Te ha hablado de ello?

—No. Pero me intriga.

—Pregúntale entonces. Louisa también se quedará.

Cuando Christopher se marchó, Giles sonrió a su esposa.

—¿Vas de casamentera?

—Hummm... Puede —respondió Isobel pensativa—. Es un hombre encantador, me gusta mucho, y después de lo que ha pasado, creo que necesita que le echen una mano. Por otro lado, me irá bien distraerme de mis propios problemas.

—¿Quién crees que le conviene más, oh, hacedora de los destinos? —preguntó Giles—. ¿Marnie o Louisa? Aunque creo que te inclinas por Marnie, yo estoy a favor de Louisa, porque sé que cuando quiere algo a toda costa, siempre se sale con la suya. Y por las señales que he ido captando, diría que está bastante interesada en Christopher.

Apagaron las luces de la sala de estar, sacaron fuera a los perros y se quedaron en los peldaños de la entrada contemplando el neblinoso jardín a la luz de la luna.

—Somos afortunados, ¿verdad, Giles? —susurró Isobel—. Vivimos en este maravilloso lugar, nos tenemos el uno al otro y también contamos con nuestros hijos.

—Sí. Es una gran suerte. Y lucharemos para conservarla. No permitiremos que ni Lorna ni nadie estropeen nuestra felicidad o nos obliguen a perderla.

15

Cristopher se encaminó lentamente hacia los cobertizos de la antigua granja sintiendo una paz que hacía años que no experimentaba, anhelando poder dejar atrás los malos tiempos y mirar hacia el futuro, un futuro que, y de eso estaba convencido, difícilmente incluiría a Nicola. Por primera vez, se planteaba la posibilidad de que fuera él quien no pudiera retomar su antigua relación, aunque ella estuviera preparada.

Nicola solo le comunicó que tenía deseos de verlo cuando supo que ya había salido de la cárcel. No le gustó que el encuentro hubiera de celebrarse en el domicilio de sus padres, en el campo, lugar que Christopher había elegido como residencia en lugar de inclinarse por su piso de Londres. Este le explicó que los términos en que se había acordado su excarcelación, como prisionero modélico de categoría D que ya ha cumplido la mitad de su condena preceptiva de tres años de duración, estipulaban con claridad que debía tener una dirección fija y que tendría que pedir permiso si deseaba abandonarla.

«¿Por qué no puedes ir a Londres a pasar una noche? Seguro que te dejan. No pensarán que vas a fugarte... Además, no veo qué necesidad tienen de enterarse», le había dicho Nicola. Christopher comprendió que el hecho de que ya se encontrara convenientemente fuera de la cárcel y de que no hubiera necesidad de verse en un entorno tan desagradable convertía el encuentro en una cita ilícita que seducía a Nicola. A su entender, eso añadía pasión a una relación moribunda.

«No me dirás que te controlan electrónicamente —siguió diciendo Nicola con impaciencia—. Tengo muchas ganas de verte, como comprenderás, y hemos de hablar de muchas cosas, pero no veo la razón de trasladarme a Nether Pacey para encontrarnos. Ni te imaginas lo fría que se mostró tu madre conmigo por no haber ido a visitarte al trullo. Pensé que le gustaría librarse de mí, pero no, siempre se ofrecía a llevarme en coche y me proponía que fuéramos juntas "si eso hace que te resulte más fácil", ¡como si yo no fuera perfectamente capaz de llegar a la cárcel sola si me lo propusiera! Intenté explicarle que me resulta imposible hacer ciertas cosas como ir a la cárcel, al hospital, a visitar a los enfermos... Me entran náuseas, pero es como si ella no quisiera entenderlo. Para alguien a quien le guste encargarse de los demás, perfecto, pero para mí...» Nicola pronunció esa última frase en tono peyorativo.

Christopher no se había enterado de que su madre, que siempre se había mostrado reservada con Nicola, se hubiera esforzado tanto por que fuera a visitarlo, pero pensó que era típico de su progenitora no haber intentado sacar partido del abandono en el que Nicola lo había dejado. De haberlo sabido, Christopher le habría dicho que pretender cambiar la forma de pensar de Nicola era una causa perdida, aunque eso no le impedía sentirse herido en lo más hondo. Durante los dieciocho meses que duró su condena, hablaron alguna vez por teléfono y mantuvieron unas conversaciones forzadas y profundamente frustrantes, siempre iniciadas por él y con el temor de que su valiosa tarjeta telefónica de recluso se agotara en medio de la conversación, puesto que no se permitía que los prisioneros recibieran llamadas exteriores. Pensó arrepentido que habría sido mejor para todos haber aceptado que la relación ya había terminado antes de que lo condenaran, pero durante los primeros meses de su confinamiento, que fueron traumáticos, se aferró a la posibilidad de mantenerse a la espera, en suspenso total, hasta poder resolver la situación en persona. Le pareció muy poco probable que Nicola le hubiera sido fiel durante su ausencia y por eso, cuando finalmente se reunieron, no se sorprendió al conocer la noticia de que ella había tenido una aventura, cuestión que Nicola no mantenía en secreto por ser la honestidad una de sus mejores virtudes, cualidad que, por otro lado, tampoco creía necesario economizar. Lo que había sorprendido a Christopher era que su novia parecía pensar que podían retomar su relación en el mismo punto en que la habían dejado, o, más bien, en el que se encontraban antes de la desastrosa discusión que había provocado el accidente y que ahora él lamentaba con tanta amargura.

«Podemos divertirnos un poco (cosa que no dudo que necesitas) y luego ya veremos cómo lo arreglamos», le había dicho Nicola con desenfado, calificando su aventura como algo irrelevante de lo que se puede prescindir sin problema alguno. El hecho de que quedaran sin resolver todas las cuestiones que habían provocado la pelea del día del accidente no parecía preocuparla lo más mínimo.

«¡No pensarás en serio que podemos seguir saliendo como si tal cosa! —exclamó Christopher atónito—. Si antes no conseguíamos ponernos de acuerdo sobre el futuro, ¿qué vamos a lograr dos años después? Por lo que a mí respecta, yo he cambiado muchísimo.»

«¡Por eso mismo! —acertó a decir Nicola—. Has cambiado de verdad. Todas esas burradas sin fundamento sobre el matrimonio y tener hijos, sobre abandonar la vida que llevamos en Londres... Nunca seré esa clase de mujer, y nunca te he mentido al respecto, pero tú no querías aceptarlo. Querías alimentar la falsa esperanza de que algún día, de repente, me convertiría en el personaje de la señorita Muffet y me pasaría el día meciendo una cuna. Ahora que has tenido tiempo de pensar en lo bien que nos lo pasábamos juntos, debes darte cuenta de que sería una locura renunciar a la diversión en favor de un aburrimiento garantizado. ¿Por qué tienes que sacarlo todo de quicio? Siempre y cuando no sigas anhelando apalancarte al lado de una cocina Aga para cuidar de tus niños y escribir libros, estoy preparada para dar a nuestra relación una nueva oportunidad. No puedo asegurarte que dure mucho, como tampoco puedes asegurarlo tú, pero antes de que empezaras a desarrollar tu instinto paternal y a ponerte idealista, solíamos pasarlo muy bien. Y con eso me basta.»

Nicola se quedó estupefacta cuando Christopher le dijo que a él, eso ya no le bastaba, y cuando le contó que había escrito un libro en la cárcel, lo miró horrorizada.

«Pensaba que en estos dos últimos años habrías sentado cabeza —dijo Nicola—. Eres un romántico empedernido. Vale, a lo mejor podrían publicarte tu novela de suspense (piensa que tu condena en la cárcel sería una buena publicidad). —Christopher esbozó una mueca de disgusto—. Pero en cuanto a lo de escribir poesía... —objetó Nicola—, ¡olvídalo! Con eso no se va a ninguna parte. ¿Por qué no te limitas a hacer lo que se te da bien y dejas que yo haga lo mismo?»

«¿Cómo sabes que no tendría éxito como escritor?», preguntó Christopher, nervioso al notar que empezaba a encolerizarse de nuevo. Nicola se encogió de hombros.

«Saberlo, no lo sé, pero sí puedo decirte que si eliges desperdiciar tu olfato para la economía y echar por la borda una trayectoria profesional muy rentable y excitante (y que podrías reflotar fácilmente) para satisfacer un sueño infantil, no esperes que te siga.»

«Esperar que me sigas es lo último que se me ocurriría —le respondió Christopher furioso—. Sé por experiencia que cuando las cosas me van mal sales disparada como un cohete para echarte en brazos de otro hombre.»

«¡Te has convertido en un mojigato y un pomposo!», le espetó Nicola. A continuación, le dijo que él siempre quería salirse con la suya y que se tomaba a sí mismo demasiado en serio.

Al pensar en esa discusión, Christopher se sintió inclinado a aceptar que Nicola tenía razón en lo último. Asimismo, pensó con cierto embarazo que, tras acusarla de lanzarse a los brazos del primer hombre que le había salido al paso cuando se encontraba entre rejas, por su parte, él no le había hecho ascos a la compañía de Marnie y de Louisa, las primeras mujeres (aparte de las funcionarias de prisión) que se habían cruzado en su camino desde hacía mucho tiempo. A pesar de esos pensamientos tan inquietantes, el optimismo no le había abandonado y decidió que si su agente de la condicional no ponía objeciones, se quedaría en Glendrochatt una semana más.

Mientras cruzaba el jardín en dirección a los cobertizos de la antigua granja, vio que la luz de los ventanales superiores todavía estaba encendida. Era la habitación de Marnie. Se preguntó cómo reaccionaría si llamaba a su puerta, se disculpaba con ella y le pedía si le apetecía dar un paseo por el jardín a la luz de la luna. Le preguntaría por el castillo desaparecido del que le había hablado Isobel, la mansión que Marnie quería encontrar, porque le parecía intrigante, pero en ese momento la luz se apagó y Christopher descartó la idea. Aquello era una estupidez. Era demasiado tarde y Marnie probablemente pensaría que iba a verla con intenciones libidinosas. Esa mujer se ofendía con extrema facilidad y no deseaba volver a meter la pata por segunda vez.

Christopher no sabía que cuando Marnie apagó la luz, miró por la ventana y le vio cruzar el patio; su figura quedó iluminada por las luces de seguridad. Pensó en llamarle, pero temió que malinterpretara su gesto como una invitación a algo más y se quedó en silencio esperando tontamente que él levantara los ojos y adivinara que estaba allí. Marnie le vio entrar por la puerta.

Y Christopher sí había levantado los ojos, pero Marnie, siguiendo su vieja costumbre de ocultarse, dio un paso atrás y el joven no la vio. Le oyó subir la escalera con sigilo y recorrer el pasillo. Oyó también el sonido de una llave girando en la cerradura y de una puerta que se abría y luego se cerraba; después todo volvió a quedar en silencio. Había sido una estúpida al pensar que Christopher tendría ganas de verla. Le habría encantado explicarle que pretendía encontrar la vivienda en la que Luciana había pasado su infancia, la casa que unos años atrás había avivado la imaginación de una chiquilla solitaria en las Antillas. Tuvo la sensación de que Christopher comprendería y valoraría el loco romanticismo que la animaba a buscar castillos en el aire y, como tantas veces le sucediera en el pasado, juzgó que la razón de su incapacidad para acercarse a los demás era debida a la falta de confianza en sí mismo. Le habría gustado desearle buena suerte, porque al día siguiente iban a entregar el manuscrito de su libro a Jonathan Mercer, ese libro que tan importante resultaba para él. «Desear a alguien que tenga suerte no es nada del otro mundo —pensó Marnie—. Es algo natural y no cuesta nada. ¿Por qué me resulta tan difícil?» Estaba segura de que Louisa no se habría sentido tan inhibida como ella.

Isobel llamó a Evelyn Fergusson a la mañana siguiente. La señora se alegró de oírla y se entusiasmó con la idea de que un grupo reducido visitara su casa y su jardín la semana siguiente, sobre todo cuando se enteró de que uno de sus miembros era una redactora de jardinería. Ambas fijaron la fecha y elaboraron el programa.

—Ah, quiero consultarte otra cosa, Evie —dijo Isobel—. Me gustaría contar con tu colaboración para ayudar a una joven americana del grupo que voy a presentarte. Está intentando encontrar sus raíces y quiere localizar una casa en concreto que se encuentra por esta zona. No estoy segura de si se trata de una casa fortificada o de un castillo propiamente dicho (ni siquiera sé si existe), pero como tienes tantos conocimientos sobre edificios históricos y una memoria tan enciclopédica de todas las aventuras y desventuras de las familias escocesas, he pensado que eras la persona ideal para hablar con ella. Es un poco rara, un tanto especial. Es muy reservada si no se la conoce, pero creo que te gustará. Nosotros la apreciamos mucho.

—Entonces estoy segura de que también me gustará. Por supuesto, haré todo lo que esté en mi mano para ayudarla, pero no era eso lo que creía que me dirías. Pensaba que ibas a pedirme algo distinto.

—¿El qué?

—Quiero hablar contigo y con Giles, pero no quiero hacerlo por teléfono. Tras pensarlo durante un tiempo, he decidido que el mejor momento para discutirlo será cuando vengas con el siguiente grupo de Glendrochatt. Podemos charlar tomando un café mientras Hamish pasea a tus visitantes por el jardín.

—No creo que Giles haya planeado ir. ¿Es necesario que esté presente?

Se hizo el silencio mientras Evelyn consideraba la cuestión.

—Supongo que no. De hecho, quizá es mejor que estemos tú y yo solas.

—¡Qué misterioso! ¿Puedo adivinar de qué se trata?

Isobel se dio unos segundos de margen esperando que la anciana le aclarase un poco las cosas, pero Evelyn Fergusson no cayó en la trampa y se limitó a decir:

—Es posible que lo adivines, pero también es posible que no. Nos veremos la semana que viene, Izzy. Y asegúrate de que todos tus huéspedes vayan bien calzados esta vez. Quedan bastantes ciénagas a pesar de este período de bonanza, y si llueve antes de la visita la hondonada podría convertirse en un lodazal. No quiero más accidentes, como aquella vez que trajiste a una imbécil que iba con tacones de aguja y se torció el tobillo.

—Procuraré cerciorarme de que todos vayan perfectamente equipados —prometió Isobel con docilidad pensando que Morwenna, al menos, iría calzada como es debido. Resistió la tentación de hacerle más preguntas a su enérgica pariente porque sabía que de nada le serviría sondear a Evelyn Fergusson para extraerle información si esta ya se había hecho a la idea de que no iba a revelarle sus pensamientos.

Evelyn, que era prima hermana de su padre, había sido alguien muy importante en la vida de Isobel desde que esta empezó a tener uso de razón. Como la anciana no había tenido descendencia, siempre había sentido un gran afecto por las hijas de su primo favorito, y aunque en realidad era la madrina de Lorna, y no la de Isobel, había tratado a ambas muchachas con la misma generosidad e interés. Sin embargo, cuando estas crecieron, fue con Isobel con quien trabó mayor amistad y, andando el tiempo, entre ambas se formó un vínculo muy especial (otra manzana de la discordia para Lorna que se añadía a su numerosa colección). Aunque Lorna nunca había manifestado el más mínimo interés por sus familiares de mayor edad a no ser que le tuvieran algo reservado, le sentó muy mal la natural intimidad con que su hermana pequeña trataba a su madrina.

Isobel estuvo demasiado ocupada durante toda la mañana para pararse a reflexionar sobre las palabras de Evelyn. Había que preparar la conferencia de Jonathan Mercer y organizar los últimos detalles para el concierto del sábado por la noche. Amy, que sería la primera figura, llegaría de la escuela al día siguiente para que le diera tiempo de ensayar, y Edward también iría a casa ese fin de semana.

Era otra gloriosa mañana de sol. Tras su tutoría del día anterior con Catherine, Bunty, espoleada por la novedosa idea de que la autoedición podría ser el mejor camino a tomar y rebosando de un optimismo infundado respecto a su futura profesión, la Beatrix Potter del siglo XXI se dejó caer en Blairalder para pasar una tarde de compras. Anhelaba tener un auténtico broche en forma de lágrima de san Columba (producto del llanto del santo, según rezaba la etiqueta) para prenderlo a su nueva boina escocesa de tartán. También había encontrado en la farmacia una crema solar de alta protección que se anunciaba como especialmente diseñada para los niños (segura aunque divertida), y cuya adquisición Bunty consideró irresistible. Quedó prendada de las barritas a presión decoradas con bellos dibujos y de fácil aplicación y compró unas cuantas. Tras el desayuno, se había untado a placer con esta loción protectora antes de sentarse en uno de los bancos de piedra situados en la entrada de la sala de reuniones y cerrar los ojos para empaparse confiada de rayos ultravioletas y prepararse para «broncearse sin lágrimas» antes de la primera clase.

Christopher y Marnie, que se habían estado evitando durante el desayuno, se tropezaron en el patio y se quedaron contemplando a Bunty atónitos. Luego se miraron y su inhibición quedó instantáneamente superada al no poder evitar partirse de risa. Bunty ofrecía todo un espectáculo. No solo llevaba un brevísimo vestidito camisero absolutamente inapropiado para su edad o las inclemencias del clima escocés, sino que toda la superficie de su piel, que mostraba generosamente, estaba decorada con garabatos de un intenso color azul y verde a medio camino entre los graffiti urbanos y la pintura de guerra india. El rostro de Bunty era especialmente fascinante.

—¿Crees que lo sabe? —susurró Marnie atemorizada.

—La creo capaz de cualquier cosa —dijo Christopher—, pero no es posible que lo haya hecho por accidente. Vamos a averiguarlo.

Mientras se acercaban a ella, Bunty abrió los ojos y les sonrió dedicando a Christopher una sonrisa especialmente cálida para indicarle que no censuraba lo que en privado consideraba su «triste pasado». Los años que había dedicado a la enseñanza le habían hecho ser consciente de la importancia de potenciar en vez de censurar y sentía una gran necesidad de dar a Christopher todo su apoyo sin importarle lo que hubiera hecho.

—Buenos días, Bunty —dijo Christopher con la sensación de que iba a tomarse la revancha y hacerle pagar su curiosidad—. Admiro mucho la decoración rococó. ¿Tiene algún significado en especial? ¿Caligrafía rúnica, mensajes para las hadas?

Marnie ahogó una carcajada sarcástica. Bunty parecía desconcertada... hasta que vio las lágrimas de la joven.

—¡Tonta de mí! —dijo alegremente—. Debe de ser la crema para niños Fun-in-the-Sun que compré ayer... No tenía ni idea. Vale más que vaya a lavarme las manos antes de clase. No querría que los demás pensaran que soy una excéntrica.

—Entonces creo que será mejor que eches un vistazo a tu cara también —le sugirió Marnie intentando en vano mantenerse seria.

Bunty abrió la bolsa y atisbó su reflejo en el estuche de su maquillaje compacto.

—¡Qué idea más fantástica para los niños! —exclamó encantada—. Quienquiera que haya inventado esta crema conoce muy bien sus gustos. ¡Qué listo! Esto me ha devuelto la fe en las empresas farmacéuticas. Siempre he tenido la sensación de que se les habían subido los humos a la cabeza. Se lo daré a Isobel para que lo aproveche para el pequeño Rory. —Y Bunty, en absoluto ofendida, se irguió sobre sus desproporcionados pies y, marcando el paso, fue a quitarse las pinturas de guerra.

—Apuesto a que también habría comprado esa crema si hubiera sabido cuál sería el resultado. Es imposible no admirarla —dijo Marnie cuando ella y Christopher terminaron de reír y se quedaron observando el risueño taconeo que sus coquetos zapatos producían en el empedrado—. No hay otra igual.

—Es única, diría yo —sonrió Christopher.

El reloj del teatro dio la media, pero ninguno de los dos tenía ganas de entrar todavía.

—Marnie... —empezó a decir Christopher, pero ella le interrumpió.

—Sé que debes de estar furioso conmigo, pero no digas nada. Al menos, hasta que me haya disculpado por haberme comportado como una tonta ayer... y hasta que pueda desearte buena suerte por lo de tu libro. Espero sinceramente que a este escritor de novelas de suspense le guste mucho tu obra.

—Gracias —contestó Christopher adivinando el esfuerzo que su discurso le estaba costando—. Pero no hay nada que perdonar. Todo fue por mi culpa. Fui yo el quisquilloso. En cambio, tú me ayudaste mucho por el mero hecho de escucharme. Ni te lo imaginas. ¿Amigos? —le preguntó mirándola y sospechando que la amistad era un bien del que ella andaba un tanto escasa, algo que él había dado por sentado durante toda su vida y que solo recientemente comprendía que era la posesión más importante que uno pudiera tener.

—Sí, amigos —respondió Marnie, y entonces lo obsequió con la brillante sonrisa que transformaba su rostro entero, la sonrisa que Christopher se preguntó cómo podría conquistar el día que la conoció.

Titubeando, Marnie le ofreció ambas manos y él las retuvo entre las suyas.

Estaban mirándose a los ojos cuando Louisa apareció por el pasadizo abovedado.

16

Jonathan Mercer, cuyos superventas policíacos estaban salpicados de escenas eróticas, solían ser tétricos y a menudo violentos, aunque sin renunciar a cierto humor negro, causó una impresión contradictoria en la mayoría de estudiantes de Glendrochatt que acababan de conocerlo. Joyce y Marnie eran las únicas de la clase que nunca habían leído un libro suyo. Christopher, Win y el coronel se declararon devotos admiradores y Bunty anunció que esa clase de novelas no era de su estilo, que no podía entender su popularidad y que si alguna vez había hojeado algún libro de ese autor había sido para estar informada del panorama literario actual.

—Seguro que fue para leer los fragmentos más sabrosos... ¡Será hipócrita la vieja! —musitó Louisa a Isobel.

Morwenna admitió que no le costaría nada volverse adicta a su obra, pero que consideraba tan terroríficos sus libros que solo accedía a leerlos si pernoctaba en casa de amigos y, en cambio, debía privarse de ellos cuando estaba sola en su aislada casita de Cornualles.

—Es de esos escritores que hacen que te sobresaltes ante el sonido de una hoja al caer y que dudes cuando tienes que pasar frente al inofensivo armario de la limpieza situado bajo la escalera.

Morwenna podía parecer impasible y poco imaginativa, pero sus nuevos amigos empezaban a descubrir que, tras su aburrida apariencia de mujer práctica, en su interior se ocultaba una personalidad dulce y vulnerable que en nada se correspondía a esa imagen. Empezaban a tomar cariño a la redactora de jardinería, sobre todo el coronel. Win había notado con un destello en la mirada que el coronel procuraba sentarse junto a Morwenna, y que Bunty siempre se apresuraba a ocupar la silla del otro lado, con lo cual tomar asiento se convertía en un competitivo juego de sillas musicales.

Las entradas para la conferencia de Mercer se habían agotado desde hacía semanas y el pequeño teatro rebosaba. Presidiendo el escenario se apreciaba el delicado telón de fondo de Daniel Hoffman, que no solo representaba el romántico enclave de Glendrochatt y a los miembros más inmediatos de la familia Grant, sino también a un par de importantes mecenas del centro para las artes, en los que el artista había reflejado con gran agudeza sus distintas rarezas y pasiones. Isobel había dispuesto dos espectaculares arreglos florales con tiernas hojas de haya, ojos de perdiz y *azaleas mollis*, que crecían en estado silvestre por todo el jardín. Había colocado dos grandes urnas que guardaba para estas ocasiones sobre unas peanas, a ambos lados del escenario, y el teatro entero desprendía un magnífico aroma. El murmullo de las conversaciones se desvaneció cuando Giles e Isobel entraron en el teatro acompañados de un hombrecillo orondo que parecía un oso de felpa y llevaba unas gafas de cristales gruesos y una chaqueta mal cortada de un especial e impropio tono ocre. Ese individuo subió al escenario arrastrando los pies y ensimismado, como quien no sabe dónde ha dejado las llaves del coche, se ve obligado a buscarlas en un lugar inverosímil y entonces no logra recordar qué había ido a hacer allí.

Tras una cariñosa introducción por parte de Giles, que era obvio que lo conocía muy bien, Mercer tuvo en vilo durante una hora a un variopinto público de ciento cincuenta personas sin echar mano de notas, diapositivas u otras herramientas visuales. Un silencio preñado de fascinación quedaba interrumpido de vez en cuando por estallidos de carcajadas; cuando Mercer terminó de hablar sonó una ovación de lo más entusiasta. Al preguntarle por qué había abandonado su profesión de médico forense, el escritor se rascó la calva y dijo que quizá porque estaba un poco cansado de ver tantos cadáveres, comentario que despertó la hilaridad del público.

—Claro que por aquel entonces ya empezaba a ganar dinero con mis novelas —admitió Mercer—. Eso influyó muchísimo en mi decision, aunque hasta que no publiqué mi tercer libro no me atreví a confiar en la pluma como medio de subsistencia. Mi mujer y yo tenemos cinco hijos. Ella es médico como yo, pero no creo que le hubiera hecho mucha gracia que abandonara mi profesión confiando en que ella se encargaría de ganar el pan para toda la familia.

—¿Qué cualidades cree usted que hay que tener para ser un escritor de novelas de éxito? —preguntó una persona del público.

—Suerte, oportunidad, perseverancia y ganas de pasarlo bien —respondió Mercer sin vacilar—. No os metáis en esto por dinero, sino porque consideráis que es inevitable. El dinero es una posibilidad remota. Yo tuve mucha suerte, pero la suerte no vino de la noche a la mañana. Y, sobre todo, diría que quizá es preciso ser algo inmaduro. —Mercer sonrió con benevolencia a su público—. La mayoría de los que nos dedicamos a la literatura no hemos superado esa capacidad infantil de vivir en un mundo imaginario y tener leales compañeros que nadie más sabe que existen.

Llovieron las preguntas hasta que al final Giles, que había logrado con éxito hacer caso omiso de la mano que Bunty levantaba insistentemente, decidió poner fin al acto y llevarse a su popular conferenciante a la casa principal para obsequiarle con un refrigerio. Sin embargo, Bunty, sentada en la primera fila, no iba a consentir que se la quitaran de encima de esa manera. Se puso en pie con sorprendente agilidad y gritó:

—Tengo una pregunta más para el señor Mercer, querido Giles. Me parece que no te has dado cuenta de que te estaba haciendo señas.

—Bien, una pregunta más —dijo Giles con resignación—, pero me temo que tendrá que ser breve.

—Solo quería saber por qué un hombre como el señor Mercer, que parece tan agradable, es capaz de escribir unos libros tan espantosos.

—¡Muy buena pregunta! —exclamó Jonathan Mercer sonriendo con simpatía a Bunty—. A mí también me gustaría conocer la respuesta. Si algún día lo descubro, ¡se lo haré saber, señora mía! —Dicho lo cual, abandonó el escenario detrás de Giles arrancando renovados aplausos.

—Juego, set y partido para el señor Mercer —dijo Christopher a Marnie y a Morwenna, sentadas a ambos lados de él.

—Todavía falta el almuerzo —les recordó Marnie—. No estoy segura de quién terminará ganando la partida, ¡pero sí estoy convencida de que Bunty ofrecerá resistencia! —rió la joven—. Quizá debería haberse dejado puestas las pinturas de guerra... Eso sí que habría sido un buen enigma para un escritor de novelas de misterio.

Marnie y Christopher contaron a Morwenna el decorativo empeño con que Bunty había pretendido protegerse de los rayos ultravioletas.

—No creo que el sol le fuera a causar ningún problema, de todos modos —dijo Morwenna con peculiar mordacidad mientras se encaminaban hacia la casa principal para almorzar con Jonathan Mercer—. Curiosamente, tiene una piel muy dura. Cuando le hacen un desaire o se ríen de ella, soy yo quien siente vergüenza ajena, pero Bunty ni siquiera se da cuenta. Va por ahí metiendo la pata e ignorando por completo el efecto que causa en los demás.

—¡Qué suerte! Apuesto a que conseguirá sentarse junto al señor Mercer durante el almuerzo —dijo Marnie—. Ya veréis.

Se quedaron mirando a Bunty divertidos mientras esta se abría paso a codazos entre el numeroso público que ya abandonaba la sala con el empeño de un topo afanándose por destruir una pista de tenis de hierba. Sin embargo, si su intención era acorralar al conferenciante invitado, sus planes se fueron al traste porque Isobel, experimentada anfitriona, había organizado el comedor y distribuido cuidadosamente a los comensales poniendo tarjetas personalizadas en cada plato.

Christopher se encontró sentado junto al invitado de honor y lanzó una mirada de agradecimiento a Isobel. También hizo un gesto interrogativo en dirección a Catherine, que se había situado en el otro extremo de la mesa, y esta le hizo una señal de ánimo. Era obvio que había puesto en antecedentes a Jonathan porque, tan pronto se hubieron acomodado los comensales, este dijo:

—Ah... ¿Tú eres ese escritor de novela negra que dicen que va a ser mi rival? He oído que me tienen reservada una maravilla, y que ese fenómeno es posible que compita conmigo en el futuro. Por lo general, soy muy cauto a la hora de aceptar manuscritos de autores noveles, porque es terrible defraudar las esperanzas ajenas, y además es imperdonable crear falsas expectativas. Este mercado es duro, está muy solicitado y es extremadamente comercial. Sin embargo, Catherine es una vieja amiga mía y colega de profesión. Hemos colaborado dando cursos de escritura creativa y nuestra comunicación mental es buena. Su opinión me merece el mayor de los respetos. —Lanzó una mirada perspicaz a Christopher a través de sus gruesas gafas—. De hecho, es raro que me pida favores... Así que deduzco que debes de ser un caso excepcional. Haré todo lo posible por ayudarte. Si tu libro tiene tanta garra como ella afirma, creo que mi agente estará interesado en leerlo. Y además me ha parecido entender que tienes cierta experiencia en el tema... —añadió Mercer guiñándole un ojo.

Christopher estalló en una carcajada, seducido por la simpatía de su vecino de mesa.

—Podría decirse que sí. Mi experiencia no fue voluntaria, como te habrá contado Catherine, sino más bien un intento de sacar provecho de una mala época.

Jonathan asintió.

—¿Qué político fue el que dijo que la satisfacción en la vida se obtiene de practicar «el arte de lo posible»? En fin, leeré tu libro durante las próximas semanas y luego ya hablaremos.

Jonathan y Christopher estuvieron discutiendo de otras cuestiones y descubrieron que compartían el mismo entusiasmo por la pesca con mosca y por la música, hasta que a Jonathan le llegó el momento de dedicarse a su anfitriona, que también se hallaba sentada junto a él.

Aparte de los integrantes del curso y de Jonathan Mercer, Giles e Isobel habían invitado a lord Dunbarnock, un viejo amigo de la familia que era presidente del patronato y, por supuesto, el principal benefactor de Glendrochatt. Su caricatura aparecía pintada en el telón de fondo, aunque al natural parecía incluso más extraño que en su retrato. Su pasión por los coches de época, de los que poseía una famosa colección, casaba mal con su fobia por los gérmenes (legado de una niñera de extremado celo que le cuidó durante su infancia) y pasaba buena parte del día con las manos cubiertas de mugre y de aceite para el motor, mientras ajustaba aceleradores manuales y retocaba carburadores, y el resto de la jornada restregándoselas, por miedo a que bacterias al acecho pudieran transmitirle alguna pavorosa enfermedad. Se rumoreaba que guardaba toallitas desinfectantes en su escarcela y sus manos presentaban abundantes grietas e irritaciones, incluso en verano. Ese día, a pesar del buen tiempo, llevaba su habitual atuendo de falda escocesa, chaqueta de tweed, lanudos calcetines rústicos y unos enormes zapatos planos de cuero. Su porte era erguido, de una delgadez cadavérica, pero lo que realmente sorprendía de su aspecto era su largo cabello entrecano, que llevaba recogido en una coleta que le caía por la espalda. En su juventud, había hecho una apuesta y jurado que no se afeitaría ni se cortaría el pelo durante un año. Sin embargo, aunque ganó la apuesta, no abandonó su hirsuta costumbre. Fue el único gesto de desafío que tuvo hacia su terrorífica madre, que parecía una gorgona. Recientemente, había dejado asombrada a la gente del lugar afeitándose la barba por primera vez desde hacía cuarenta años. Giles, que le tenía un gran cariño y se tomaba con él unas libertades que nadie se atrevía a secundar, había afirmado que la Oficina de Turismo Escocés había incluido el mentón sin afeitar de Dunbarnock en la lista de avistamiento de la fauna salvaje de Escocia calificándolo de magnífico ejemplar, casi parejo al monstruo del lago Ness, y el bondadoso Neil Dunbarnock se había afeitado para brindar a los turistas la inmejorable oportunidad de observar esta mítica atracción. Habría sido muy fácil describirlo como un excéntrico millonario al que uno no debe tomarse en serio, pero lord Dunbarnock tenía un círculo íntimo de devotos admiradores que conocía el alcance de su erudición, la grandeza de su espíritu y la generosidad de su bolsillo. Sin embargo, que sus amigos sintieran aprecio por él no les impedía mofarse de su persona y obsequiarse mutuamente con narraciones de sus últimas excentricidades. Como solían decirse Giles e Isobel en la intimidad, la vida sería muchísimo más aburrida sin él.

No obstante, los no iniciados quizá encontraran agotadoras sus conversaciones. Lord Dunbarnock conocía una gran variedad de temas (a veces insospechados) en los que, una vez lanzado, destacaba sin gran esfuerzo, pero era profundamente tímido y no resultaba fácil que se extendiera en sus disquisiciones. Giles afirmaba que se parecía a sus coches antiguos: primero hay que saber darle a la manivela, que a veces está muy rígida, y luego ajustar el estárter para que entre la mezcla más adecuada de conversación.

Isobel, que había colocado a lord Dunbarnock a su izquierda, había hecho una apuesta arriesgada poniendo a Marnie junto al aristócrata. Giles pensó que en su lugar debería haber sentado a Louisa, con la que el aristócrata había coincidido en diversas ocasiones. Sus tablas en sociedad permitían a la joven aceptar el desafío de flirtear decorosamente con lord Dunbarnock (de adularlo sin llegar a alarmarle); sin embargo, Isobel deseaba ver cómo reaccionaría Marnie ante ese mismo desafío. Tenía el presentimiento de que esas dos personalidades tan complicadas, aunque curiosamente atractivas, congeniarían. Sus expectativas se vieron cumplidas. A Marnie no le intimidaban los ancianos o la gente peculiar, sino las personas que demostraban una gran confianza en sí mismas y que sabían desenvolverse en sociedad. A partir del momento en que Isobel desvió su atención de Neil Dunbarnock y la centró en Jonathan Mercer, el aristócrata y la joven empezaron a llevarse de perlas. Antes de que finalizara la cena, Neil Dunbarnock, encantado de haber descubierto a una nueva entusiasta del blues y el jazz que no le andaba a la zaga en el conocimiento de anécdotas como el nombre de las barcazas del río Mississippi en que había tocado y cantado por primera vez Louis Armstrong, el querido «boca de buzón», invitó a Marnie a admirar su colección de discos de jazz, que incluía legendarias figuras del blues de Nueva Orleans, como Bessie Anderson y Billie Holiday (invitación que en raras ocasiones dirigía a una perfecta desconocida). Marnie, por su parte, se había sincerado con él y le había contado que estaba buscando una casa antigua que seguramente no existía.

—Espero que la encuentres —le dijo el aristócrata—. Intentaré refrescar mi memoria. ¿Cuánto tiempo te quedarás?

—Una semana más. Hasta ahora, hemos estado tan ocupados escribiendo que no he podido dedicarme a investigar, pero la semana que viene Giles e Isobel nos enseñarán los alrededores.

—Entonces hablaré con Isobel y le diré que os lleve a mi casa para tomar una copa. Creo que os gustará. Es lo que solemos llamar un híbrido entre fortaleza y mansión. Es la típica casa fortificada que consta de una torre y fue construida en un batiburrillo de estilos. Durante varias generaciones, la mayoría de mis antepasados hicieron alguna reforma. Has de tener presente que en estas latitudes existen muchos caserones que ostentan el nombre de castillo. Cualquier edificio con pretensiones en el que aparezca una torre y del que le salgan unos juanetes en forma de torrecillas toma el nombre de castillo, como le ocurre a mi casa. Algunos son auténticos, pero otros, por supuesto, tan solo son mansiones victorianas.

—¿Y usted también ha hecho reformas?

—En la estructura, no —respondió lord Dunbarnock sonriendo—. Como el viejo y empedernido solterón que soy, me resisto al cambio, y el interior de la casa está más o menos como lo dejaron mis padres. Sigue siendo igual de fría e incómoda como en la época, según me han dicho —añadió con ironía—, pero, en realidad, yo no me fijo en estas cosas. No me gusta cazar, a diferencia de la mayoría de mis ancestros, y mi contribución ha sido convertir los viejos establos en unos garajes donde conservar mi colección de automóviles. Prefiero los motores a la equitación.

—¡Igual que yo! —Marnie vio que su excéntrico vecino de mesa le gustaba mucho—. ¿Podría ver sus coches el día que vaya a visitarlo, aparte de los discos, quiero decir?

—Supongo que sí sería posible... —dijo el aristócrata titubeando—, pero mi experiencia me dice que las mujeres consideran los automóviles aburridos.

—Yo no —dijo Marnie decidida—. Sé conducir desde niña, desde que tenía once años... aunque no circulaba por carretera, claro. Mi padre es un loco entusiasta de los coches. Tiene su propio circuito de carreras en Virginia. Cuando vio que mis hermanos y yo éramos capaces de sentarnos tras el volante de un viejo cacharro, nos puso a practicar en una pista para vehículos pesados. Mi padre tiene un Packard V12 de 1933 que saca en contadas ocasiones. En la familia le hemos dado el nombre de «la amante de papá» (aunque solo Dios sabe cuántas amantes de verdad ha tenido). A mi padre le encanta pisar el acelerador de su viejo Ford Mustang. Y a mí también me gusta mucho. Claro que, en realidad, es porque adoro conducir... Me encanta conducir cualquier clase de automóvil.

—¿Por qué te gusta tanto? —preguntó Neil Dunbarnock mirándola con interés.

Marnie reflexionó durante unos instantes.

—Quizá me gusta porque hace que me sienta libre. Siento que tras el volante, domino la situación. De pequeña, me aterraba la velocidad y odiaba salir a dar una vuelta con mi padre, me quedaba paralizada de miedo; hasta que se le ocurrió la brillante idea de enseñarme a conducir. ¡Fue toda una revelación! No sé quién se quedó más sorprendido, si él o yo, pero eso creó fuertes lazos entre los dos. Y ahora es una de las pocas cosas con las que me siento segura. Siempre he tenido miedo de todo aquello que escapa a mi control. Durante mi infancia, cuando vivíamos en Inglaterra, teníamos ponis. Mi madre solía cabalgar, y uno de mis padrastros fue criador de perros raposeros, pero a mí aquello me aterrorizaba. Mi poni me tiró una vez, cuando tenía diez años ¡y sufrí un ataque de pánico! Perdí los nervios y planté cara a mi madre. Le dije que nunca volvería a montar... Y había que ser valiente para decir eso, se lo aseguro. Pero cuando estoy al volante, me siento como si... —Marnie se detuvo—. Supongo que controlo la situación. Incluso disfruto con la velocidad... siempre y cuando sea yo quien conduzca. Solo me entra pánico al pensar de lo que son capaces los demás. —Marnie rió y esbozó una mueca burlona, pero su compañero, que era mucho más observador de lo que la mayoría de sus conocidos pensaba, se dio cuenta de que esa muchacha estaba triste—. Supongo que eso también puede aplicarse a todo y no solo a la conducción. La gente me da miedo... ¡Pero dejemos ya el tema!

—También a mí me da miedo la gente —dijo lord Dunbarnock sonriéndole con gentileza—. Se me dan mejor los motores. Con ellos, sé lo que me hago. Y sí, me encantará mostrarte mis coches y también los discos el día que Giles e Isobel te lleven. Incluso podría dejarte conducir... —insinuó el aristócrata con aire reflexivo.

Marnie dedujo que le estaba haciendo un honor muy especial y se sintió conmovida. Se alegró interiormente al pensar que ese excéntrico y anciano soltero con fama de hombre poco sociable encontraba su compañía muy agradable, y todavía se alegró más al constatar, instintivamente, que Christopher, al otro lado de la mesa, había reparado en ello.

Cuando Christopher terminó de hablar con Jonathan Mercer se volvió hacia Louisa, pero ambos se dedicaron a observar discretamente a Marnie mientras conversaban en tono amigable y alegre.

En el momento en que vio a Christopher y a Marnie asidos de la mano bajo el pasadizo abovedado, Louisa fue consciente de que su relación había cambiado, pero desconocía hasta qué punto.

Haber coincidido con Christopher Piper en Glendrochatt era como un regalo, precisamente cuando estaba anhelando iniciar una nueva relación. Por eso no podía evitar pensar que ese hombre había aparecido en ese momento exacto de su vida gracias al destino. Le asombró comprobar la rapidez con la que los miembros del grupo de escritura creativa estrechaban lazos a pesar del poco tiempo que llevaban juntos. Aquel fenómeno le recordaba la estructura repetitiva del invernadero de su padre: pensó que Glendrochatt estaba resultando ser una especie de casa en la que era obligado establecer relaciones. Los debates del grupo durante las sesiones, las emociones compartidas que provocaban ciertos fragmentos de los textos... Todos esos elementos propiciaban una intimidad que habría costado mucho lograr a través de los cauces habituales. Desde su conversación junto al arroyuelo, Louisa descubrió que la joven americana le intrigaba, y le gustaba también... Aunque también le gustaba Christopher, cada vez más, y empezaba a ser consciente de que la idea de que Marnie y Christopher se sintieran atraídos mutuamente le provocaba cierta consternación. Louisa, que en condiciones normales había sido bendecida con la gran virtud de confiar en sí misma, se sintió inusualmente insegura. Vio que Marnie, tan apocada en sociedad, estaba triunfando con el chalado del viejo lord Dunbarnock y, lo que era peor, parecía que estuviera disfrutando de su compañía, lo cual todavía era más sorprendente. Louisa recordó una expresión de su Yorkshire natal: «Hay de todo en la viña del Señor»; y, sin duda, había gente muy extraña en ese lugar, pensó la muchacha mirando al excéntrico par que se había sentado frente a ella.

—Parece que Marnie lo está pasando muy bien —dijo Louisa a Christopher en tono jocoso—. Los americanos tienen debilidad por la aristocracia. A lo mejor está buscando un terrateniente sumiso.

—Es posible —respondió Christopher, a quien le divirtió el comentario pero hizo caso omiso de él—. Si es así, le deseo buena suerte. Lo cierto es que hoy en día parece que la aristocracia también se siente cautivada por los americanos.

Le agradó ver a Marnie charlando animada con el presidente de la Fundación para las Artes de Glendrochatt, ese anciano de estrambótico aspecto. Pensó, mirándola con mayor atención de la que le había dispensado el día que la conoció, que esa mujer tenía un rostro muy interesante, un rostro que uno nunca se cansaría de admirar. «¡Diablos! —pensó Christopher incómodo—. ¿Qué me está pasando? Si apenas la conozco... Para mí, ha sido una auténtica sorpresa conocer a dos mujeres tan atractivas en el mismo curso.» Era obvio que Christopher no se había apuntado en busca de una aventura sentimental. Sin embargo, aunque desde el principio había sido consciente del atractivo de Louisa, le sorprendía haber descubierto que cada vez se sentía más cautivado por Marnie. «¿Acaso es como reacción a estos dos terribles años que he vivido? ¿Estaré excitado como el caballo al que dejan pastar en el prado después de haber permanecido en el establo todo el invierno?» En cualquier caso, Christopher descartó que esa idea pudiera aplicarse a él.

Recordó una conversación que había tenido en los tiempos en que estaba empezando a enamorarse de Nicola. Con gran perversidad por su parte, había estado intentando provocar las críticas de su madre (actitud en la que ella se negó de plano a caer) para darse la satisfacción de iniciar una pelea. Para su mayor furia, su madre no solo se había resistido a sus incitaciones, sino que terminó por silenciarlo cuando le hizo la siguiente pregunta:

«Cuando miras a Nicola a la cara, ¿te emocionas?»

«¿Que si me emociono? ¿Quieres decir si el deseo hace que me emocione?», preguntó él intentando escapar por la tangente y malinterpretando deliberadamente su pregunta.

«No me refiero al deseo, ni mucho menos. No seas idiota, Christopher. Hablo de emociones. ¿Te sientes conmovido al mirarla?».

«¡Mamá, por Dios! —exclamó él furioso—. A veces te encanta ponerme acertijos. No sé de qué estás hablando, la verdad».

Pero lo sabía perfectamente. «Si ahora me preguntara lo mismo sobre Marnie, mi respuesta quizá sería distinta. Marnie sí me emociona, pero no debo dejarme llevar.» Christopher era muy consciente de que Louisa estaba interesada por él y en absoluto deseaba herirla. De todos modos, ni por un instante imaginó que una posible relación con ella condujera a algo que no fuera más que un juego de seducción y, quizá, a una aventura intrascendente. Estaba seguro de que se divertiría enormemente con Louisa (expresión a la que Nicola daba tanto valor) si ambos tenían una aventura, pero él ya no deseaba ese tipo de relaciones. Quizá los tres podrían llegar a ser buenos amigos.

—¿Te apetece que salgamos una noche de la semana que viene tú, Marnie y yo? —preguntó Christopher a Louisa—. No puedo ofrecerme a llevaros en coche, pero me encantaría invitaros a las dos a cenar a un buen restaurante. Me he enterado de que te quedarás e Isobel me ha persuadido para que yo haga lo mismo. Me apetece mucho... No creo que haya llegado el momento de despedirme de todos vosotros ahora que empezamos a conocernos bien.

Louisa se preguntó si debía creer en sus palabras, si en realidad aquello era una manera velada de referirse a Marnie... o quizá a ella.

—Podríamos decirles a Morwenna y al coronel que se unieran a nosotros —siguió diciendo Christopher—. Daríamos un empujoncito a su incipiente historia de amor.

—¿Están viviendo una historia de amor? —preguntó Louisa sorprendida.

—Puede que todavía no... Pero creo que eso podría suceder... si se les anima un poquito.

—¡Qué suerte tienen algunos! —exclamó Louisa riendo—. Debo confesar que no te veo en el papel de Cupido, Christopher, pero, ¿quién sabe las relaciones amorosas que pueden surgir a lo largo de una semana? Sea como sea, me parece una idea fabulosa. Me alegro de que hayas decidido quedarte una semana más. Nos divertiremos. Vamos a proponer nuestro plan.

Sin embargo, en ese momento Isobel se levantó y puso el broche final al almuerzo de celebración, con lo que la conversación terminó en ese punto.

Antes de partir, Jonathan Mercer fue a despedirse de Christopher.

—Aquí lo tengo: sano y salvo —dijo dando unos golpecitos a un gran paquete que se había metido bajo el brazo—. ¿Cómo podré localizarte? Acabo de darme cuenta de que no tengo tu dirección. ¿Vas a quedarte en Glendrochatt?

—Solo la semana que viene. Y seguro que para entonces no te habrá dado tiempo de leer ese ladrillo. —Christopher rebuscó en el bolsillo y sacó una tarjeta, tachó la dirección de Londres y escribió la de sus padres en el dorso—. También he anotado el número de mi móvil. De momento, esta es mi dirección. Aquí podrás localizarme siempre. Todavía tengo poca libertad de movimientos —añadió con una sonrisa incómoda.

—Claro... Y, sin duda, debido a esa «cierta experiencia sobre el tema» que tienes. No te preocupes. Me pondré en contacto contigo, pero no esperes que lo haga pronto. Por cierto, si me parece que puede ser de utilidad, ¿te importaría que mostrara tu manuscrito a otras personas?

—¿Importarme, dices? Me encantará. De verdad, te lo agradezco muchísimo...

Pero Jonathan Mercer quitó importancia al asunto y los dos hombres se estrecharon la mano. A continuación, Jonathan fue en busca de Catherine y de los Grant para despedirse de ellos. Christopher lo observó alejarse con grandes esperanzas.

17

El viernes Isobel dispuso que Amy, que en general tomaba el avión para ir a Edimburgo, cogiera el tren que iba de Londres a Inverness y se apeara en Perth para coincidir con el autobús en el que Edward viajaría desde Aberdeen. Emprender un viaje comparativamente tan corto y en solitario era una nueva aventura para Edward, y aunque Isobel todavía se angustiaba, Giles y la escuela eran de la opinión que el muchacho ya estaba preparado para poner a prueba su independencia. La experiencia estaba siendo todo un éxito, a condición de que alguien se encargara de llevarlo al autobús y otra persona fuera a recogerlo a la terminal. Isobel se abrumaba pensando que a Edward podía dominarle el pánico si surgía algún impedimento durante el trayecto, pero sabía que debía colaborar para que el muchacho sintiera que gozaba de autonomía, y eso representaba un enorme salto adelante, algo que habría sido impensable el año anterior.

Giles iría a reunirse con ambos en Perth.

—Llegarás a tiempo, ¿verdad, cariño? —preguntó Isobel—. Prométeme que nada te distraerá y que todo marchará sobre ruedas.

Aunque Giles siempre llegaba puntual como un reloj, no era de los que dejan al azar la posibilidad de que surja un imprevisto, y además odiaba tener que esperar a los demás.

—¡Que no cunda el pánico, mujer de poca fe! —exclamó Giles sonriendo—. No perderé de vista el reloj.

—Primero tendrás que ir a buscar a Ed. ¿Tienes el número del móvil de Amy por si el autobús del niño se retrasa?

—Lo tengo... y también un paracaídas, un compás, una botella de agua y una bolsa de tortitas de pemmican.

—Lo siento, querido. Es que es tan importante que Ed no pierda la confianza en sí mismo... Ya sabes cómo se pone cuando se asusta. Andando el tiempo, me lo tomaré con más calma. No quería montarte un numerito.

—Ya lo sé. —Giles la besó en la coronilla y, por primera vez, advirtió con pesar que unos cuantos cabellos plateados destacaban en su oscura y rizada melena... Esa era su risueña y otrora despreocupada Iz, la mujer que había ido por la vida con paso seguro y radiante hasta el nacimiento de su hijo Edward.

—¿Quieres... quieres que me lleve a Rory? —preguntó Giles con cautela, temeroso de activar los recónditos celos contra los que Isobel le había confesado que luchaba y que tenían su origen en ese encantador pequeñuelo, su propio hijo, que, por desgracia, no era el hijo de ella. Sintió que caminaba por una cuerda floja tendida entre el creciente orgullo y cariño que empezaba a sentir por el chiquillo y un deseo ferviente de no causar más dolor a su esposa—. Podría llevarme al niño y así tú tendrías más libertad para organizarte.

—Sí, sí. Llévatelo. Le encantará, y además Ed estará entusiasmado. Esa es una de las ventajas de esta horrorosa situación. Me preocupa mucho más la reacción de Amy. Creo que tendríamos que hablar con ella este fin de semana... y explicarle unas cuantas cosas antes de que empiece a oír chismes por ahí.

—Se lo diremos el domingo —dijo Giles tratando de ganar tiempo y temiendo las explicaciones que se vería obligado a dar a su hija, porque recordaba que hacía cinco años, durante ese fatídico verano, Lorna le había inspirado una apasionada ojeriza al lograr interponerse no solo entre marido y mujer, sino también entre padre e hija, poniendo en peligro el vínculo especial que, gracias a la música de Amy, se había creado entre ambos. Recordó arrepentido lo furiosa que se había mostrado su pequeña con él tras haber caído presa de las manipuladoras artimañas de Lorna; la aguda percepción con la que había adivinado sus propias tentaciones y sus secretas prioridades sin comprender del todo lo que estaba sucediendo.

—Creo que primero deberíamos celebrar el concierto del sábado por la noche —propuso Giles—. No querría disgustar a Amy antes de su actuación. Irá mucha gente a escucharla y sería una pena que no diera el do de pecho.

—Siempre y cuando no lo pospongamos hasta su marcha —dijo Isobel en tono cortante.

Más tarde los vio partir, Rory saltando junto a Giles, ilusionado ante la idea de reunirse con sus dos «primos» mayores, a los que conocía desde hacía poco tiempo, y sobre todo de ver a Edward. Para los que tan solo conocían a Edward conversando y le habían visto articular unos discursos a veces cohibidos y a menudo misteriosos, fue como una revelación ser testigo de los juegos que organizaba con un compañero mucho más joven que él. Para los adultos, hablar con Edward podía ser como intentar acertar las definiciones de un crucigrama, porque el muchacho solía hablar en una especie de código de su propia invención, que resultaba divertido si conocías las reglas y te gustaban los juegos de palabras, pero absolutamente desconcertante en caso contrario. Sin embargo, esa cualidad nunca pareció ser una barrera para los chiquillos y Ed tenía una soltura en el discurso y una imaginación tan fértil con ellos que a veces dejaba asombrados incluso a los que lo conocían bien. Edward y Rory congeniaron desde el primer día, y para Isobel fue conmovedor, aunque también fue como un suplicio, oír a los dos muchachos, que se llevaban doce años, jugando como iguales, ambos con la misma facilidad de palabra que exigía el guión no escrito de sus juegos imaginarios.

Isobel se preguntaba, como siempre hacía cuando Edward estaba a punto de descubrir alguna cosa o de conocer a gente nueva, qué impresión le merecerían los huéspedes, y qué pensarían estos de él. Bunty, dedujo apesadumbrada, actuaría con brillantez con el joven, como había hecho con Rory, que no dejaba de gravitar irritantemente a su alrededor cada vez que la veía. El dilatado tiempo que había dedicado a la enseñanza infantil la había inmunizado contra el aburrimiento de las preguntas reiterativas que todavía formaban también parte de la conversación de Edward. Pero ¿qué dirían los otros miembros del grupo de escritura creativa? ¿Cómo reaccionarían ante la arcaica elección del lenguaje de su hijo y su asombroso vocabulario, ante sus interrogatorios de estilo profesoral y la inconveniencia de sus temas de conversación? ¿Cómo se tomarían su comportamiento obsesivo y, como decía sin miramientos su gemela, «la rareza general de Ed»? Edward también podía sentir una inexplicable afinidad u ojeriza hacia los demás y, por lo general, dejaba muy claros sus sentimientos, cosa que, en cualquiera de los dos casos, podía resultar embarazosa.

Con Edward uno nunca sabía a qué atenerse. La sorpresa formaba parte de su persona.

El sábado, a las once de la mañana, Marnie y Louisa aparecieron en la cocina en busca de un café porque el bar estaba cerrado temporalmente a causa de los preparativos de la cena bufet que seguiría al concierto vespertino. Catherine había dispuesto que la segunda clase de esa mañana la diera el editor de una reputada revista de poesía. La charla versaría sobre la opinión que le merecían las ventajas de la rima y la métrica estrictas en contraposición con el verso libre. A continuación, el conferenciante expondría sus propios prejuicios editoriales y finalmente presidiría un debate. Dado que tanto Marnie como Louisa no consideraban la poesía uno de sus platos fuertes, y como se contaba con una reducida asistencia por parte del público local, decidieron saltarse la ponencia. Ambas agradecieron en secreto que se les hubiera brindado la oportunidad de volver a reunirse y quizá de recuperar la amistad que estuvieron a punto de sellar durante el paseo junto al arroyuelo que dieron el primer día que pasaron en Glendrochatt... y que les parecía ya que formaba parte de un pasado remoto. Las dos eran conscientes de que a lo largo de la siguiente semana, una semana menos estructurada en la que el grupo sería más reducido, coincidirían en muchas ocasiones, y existía cierta cuestión entre ambas que podría dar al traste con la relación si no la resolvían o, al menos, se enfrentaban a ella. Aunque Christopher era el único miembro del grupo con un genuino interés por la poesía, los demás se habían mostrado partidarios de asistir a la conferencia quizá con el deseo de perpetuar la camaradería surgida durante las clases más que por estar realmente interesados en la materia. Nadie tenía ganas de despedirse al día siguiente.

Edward estaba sentado en un enorme butacón relleno de poliestireno mirando un vídeo sin sonido. La familia detestaba ver la televisión con Edward, porque el muchacho tenía la curiosa habilidad de poder alterar el orden de la lectura o de las películas que veía sin que, por ello, perdiera el hilo de la historia; pasaba el rato repitiendo escenas o adelantando la cinta de un modo tan aleatorio que los demás se volvían locos.

—Buenos días, Ed —dijo Louisa alegremente—. Me alegro de volver a verte. ¡Qué bien que hayas vuelto a casa!

Edward miró a las dos mujeres.

—Entonzez... —dijo Ed ignorando la pregunta y mirando fijamente a Louisa y a Marnie con ojos retadores—. ¿Qué fue lo máz importante que pazó en Ezcocia el domingo?

Louisa advirtió que, aunque con una cierta dificultad en la pronunciación, defecto por el que era casi imposible comprender al niño de pequeño, Edward ya no hablaba como si se estuviera ahogando en espuma, y el leve ceceo que le había quedado resultaba simpático. La terapia de lenguaje y el enorme apoyo familiar habían obrado milagros.

—Ni idea. ¿Tiene que ver con el fútbol o con un grupo de genios literarios que están pasando unos días en Glendrochatt?

Edward la silenció con la mirada y negó con la cabeza.

—No. A ver... ¿Qué tiempo hacía el domingo? —preguntó el joven con el tono paciente que suele emplear quien intenta simplificar las cosas a los que no son muy capaces intelectualmente.

Louisa y Marnie se miraron con aire interrogativo.

—¿Un día de primavera? —sugirió Marnie—. Recuerdo que fue un día precioso... Cuando llegamos, hacía mucho calor.

Edward asintió animándola a seguir.

—¿Y qué máz?

—¿Hizo viento? —preguntó Louisa—. A menudo hace viento por aquí, aunque en realidad no me acuerdo. ¿Fue un día de mucho viento, Ed?

Edward se encogió de hombros, frunció el ceño con impaciencia y ladeó la cabeza mirando a Marnie. La joven pensó que su insistencia le recordaba a un gorrión pidiendo migas de pan.

—No lo zé —siguió diciendo Ed—. ¿Y qué máz?

Marnie, intrigada, recordó que Isobel le había contado que Edward podía llegar a ser muy complicado en el trato directo, aunque eso no parecía incomodarlo en ese momento. Era consciente de que tanto ella como Louisa se encontraban ante un inexplicable reto y, de repente, quiso de todo corazón pasar el examen... o lo que fuera ese interrogatorio.

—Si hacía calor, debió de lucir el sol —dijo apartando la vista del muchacho y volviéndose para mirar por la ventana sin dejar de considerar la pregunta con suma atención.

—Zí. —Edward parecía satisfecho—. ¿Y qué máz?

—¿Es algo que tiene que ver con el sol?

—Ajá... —Y el muchacho asintió con entusiasmo.

—Hizo sol... y, desde luego, calor. Bien, espera, espera... No voy bien por ahí.

Edward negaba con aire reprobatorio.

—Veamos... Pensemos... ¿Era un día muy claro? ¿Brillaba el sol?

Más asentimientos. Edward miraba a Marnie con gran expectación.

—¿Naranja, amarillo? —intentó adivinar la joven sintiendo que se hallaba al borde de un ataque de nervios—. ¿Dorado?

Edward le sonrió y empezó a dar saltos sobre el butacón.

—Zigue, zigue...

—Hummm... Bien. Hemos quedado en que tiene que ver con el oro.

—Zí, zí, zí. ¿Qué ez lo que tiene oro?

—Joyas... Una corona... Digamos que... ¿Algo así como una medalla?

—¡Zí! —Edward blandió un puño al aire.

Amy, que había entrado en la cocina durante el interrogatorio, miró a Marnie con respeto.

—¡A eso lo llamo yo ser brillante! —exclamó la joven con admiración—. La semana pasada, Ed ganó la medalla de oro de natación que la escuela concede cada semana en la piscina de Aberdeen, ¿verdad, Ed?

—Gané yo. Fui el nadador máz famozo del día —dijo Edward con modestia—. Nadé máz rápido que loz demáz.

—¡Caray! Debió de ser increíble —dijo Marnie—. Espero que algún día pueda ver esa medalla.

—Te la enzeñaré —dijo Edward mientras se le iluminaba el rostro—. Y te enzeñaré mi colección de lataz de mermelada, miz poztales, miz equipoz de fútbol, mis guzanos muertos y...

Marnie no llegó a descubrir qué otros privilegios tenía pensado concederle porque Edward, que acababa de ver a Rory en el pasillo, perdió interés en la conversación con la misma velocidad con que se acciona un interruptor de la luz y desapareció de la cocina sin volver la vista atrás.

—No os conocéis, ¿verdad? —intervino Louisa—. Amy, te presento a Marnie Donovan. Marnie, ella es Amy, la hija de Giles e Isobel.

—Hola, Marnie, ¿qué tal? —Amy le sonrió con simpatía, se sentó en el borde de la gran mesa de la cocina y balanceó las largas piernas que llevaba enfundadas en unos apretados vaqueros. Su minúscula camiseta le dejaba el vientre al aire y en el ombligo, sobre la cinturilla del pantalón, lucía un pequeño brillante—. ¡Ah, qué ricas! —exclamó cogiendo un par de galletas de chocolate que estaban preparadas para el grupo de escritura creativa—. ¡Nunca nos dan galletas por la mañana, a menos que tengamos algún grupo en casa! A Ed se le ha ido la olla y por eso se ha marchado. No le des importancia —siguió diciendo la muchacha con la boca llena—. Mamá se pondrá hecha una furia si se entera de que ha reaccionado así contigo, porque se esfuerza muchísimo en inculcarle buenas maneras, y él también se esfuerza, pero si algo lo distrae, se olvida y se pone a hacer otra cosa. Luego es posible que, de repente, se acuerde de que quiere enseñarte sus tesoros, y entonces no hay forma de impedírselo. Te llevará a rastras si es preciso... ¡Tanto si quieres como si no! —Amy dedicó una mirada de angustia a Marnie—. De hecho, es todo un honor que te haya tratado así, algo asombroso... Es obvio que le has caído en gracia y que no ha tenido la intención de ser grosero contigo. La etiqueta es como un idioma extranjero para Ed: no se le da bien acertar con las frases precisas para relacionarse con los demás.

—¿Y quién soy yo para criticarlo? ¡Si a mí me cuesta horrores! —dijo Marnie, encantada con la defensa que Amy había hecho de su gemelo. Pensó que debía de resultar difícil comprender la relación entre esos dos hermanos si no la conocías de antemano. Edward, delicado, corto de vista, con sus potentes y gruesas gafas, su encorvado cuerpo y sus maneras extrañas era el vivo retrato de todo aquello que su refinada hermana no representaba. Amy había heredado las cualidades físicas de sus dos progenitores. Tenía el envidiable pelo de Isobel y sus divertidos y expresivos ojos grises, pero era mucho más alta que su madre y poseía esa inquietante aura de atractivo que su padre desprendía. Mientras Marnie observaba a Edward escabullirse de la cocina como un cangrejo y salir al pasillo para reunirse con su primo pequeño, fue consciente, con un nudo en la garganta, del desgarrador contraste que existía entre la gracia natural de Amy y los andares saltarines de su hermano. La admiración que Marnie sentía por los Grant subió varios enteros. «¿Cómo pueden? —pensó—. ¿Cómo pueden mostrarse tan alegres y divertidos... parecer tan interesados en los demás cuando es obvio que su vida privada es angustiosa?» Marnie decidió que debía conocer mejor a Edward intentando entrar en su mundo privado; un mundo distinto e intrigante.

—Me encantará ver sus tesoros en otro momento —dijo Marnie sonriendo a Amy—. Parece que tiene una colección muy variada y... te aseguro que lo considero un honor. Gracias, Amy. He oído decir que vas a tocar para nosotros esta noche.

Amy sonrió.

—A papá le gusta que me gane el sustento cuando estoy en casa.

—¿Qué vas a tocar? —preguntó Louisa.

—He pensado que empezaría con la sonata FAE para violín y piano de Brahms y Schumann. Es la pieza que compusieron juntos como regalo de cumpleaños de su amigo Joseph Joachim, el más insigne violinista de la época. FAE es una especie de código que ilustra el lema de Joachim: *Frei aber Einsam,* «libre pero solo». ¿No os parece muy trágico como lema?

—¡Parece pensado para mí! —exclamó Marnie con una carcajada—. ¿Por qué has elegido esa pieza?

—Es muy divertida de tocar, con muchas síncopas de tiempo débil y muy rápidas. Es hermosísima y... ¡permite que una se luzca! Luego tocaré un arreglo de la *Sinfonía Española* de Lalo y, tras la pausa, un concierto de Mozart para violín y piano. Papá me ha hecho escribir el programa. Espero no haberme equivocado.

—Es impresionante —comentó Louisa—. ¿Quién te acompañará?

Amy entornó los ojos.

—Eso es como un cuento de terror. ¿Conoces a Valerie Benson, mi antigua profesora de violín? Pues ella. Y será hipercrítica conmigo porque piensa que no he practicado lo suficiente. Llegará en cualquier momento para ensayar y sé que me someterá a un tercer grado cuando le hable sobre mis planes para el futuro.

—Creo que la recuerdo —dijo Louisa—. ¿Es una señora muy directa que lleva el pelo recogido en un moño? ¿Mano de hierro con guante de seda? Me parece recordar que caló muy bien a tu padre.

—¡La misma que viste y calza! —Amy rió a carcajadas—. Incluso ganó la batalla a Lorna hace unos años cuando esta intentó interferir en mi música y, en general, fastidiar a la familia entera. Debo mucho a Valerie, y como además esta noche ha invitado a varios músicos de renombre que son amigos suyos, tengo muchísimas ganas de actuar bien para agradecérselo. —Amy echó un vistazo en dirección a Louisa—. ¿Conoces a tía Lorna, Louisa?

—No como conozco a tu madre. —Louisa no se dejó engañar por el tono desenfadado con el que Amy le había hecho esa pregunta y se sintió aliviada de poder responder con sinceridad—. He coincidido con ella en varias reuniones familiares, pero hace años que no la veo.

—No te has perdido gran cosa —replicó Amy—. Es insoportable... y absolutamente distinta de mamá. ¡Oh, vaya! —exclamó mirando por la ventana de la cocina—. Ese es el coche de Valerie. Debo ir a saludarla y llevarla al teatro. Encantada de haberte conocido, Marnie. Os veré durante el almuerzo. —Y Amy se marchó a toda prisa.

—Preparemos el café. Si no, creo que acabaré asesinando a alguien. —Louisa puso la hervidora en el fuego—. Bien... Ya has conocido a la familia Grant al completo. —Miró con aire interrogativo a Marnie como si intentara verla bajo una nueva luz—. Estuviste asombrosa con Edward. ¿Cómo demonios supiste lo que intentaba contarnos? Yo no tenía ni idea de lo que estábamos hablando. Me cuesta muchísimo comprender al chico, pero eso es algo que jamás comentaría a Izzy.

—Isobel me dijo que a Edward le gusta hablar con acertijos, pero que adivinara lo que él quería decir fue pura suerte —confesó Marnie encogiéndose de hombros—. Es posible que, como se me da tan mal el trato con la gente, me resulte fácil identificarme con otra persona que tiene problemas de comunicación.

—¡Venga ya...! No se te da tan mal la gente —dijo Louisa ofreciéndole una taza de café instantáneo—. Estás acostumbrada a pensar que no le gustas a nadie y eso son tonterías. Deberías confiar más en ti misma.

—Vale más que no. Libre pero sola, como el violinista de Amy; casi me he acostumbrado a ello —dijo Marnie siguiendo a

Louisa hasta el enorme sofá y sentándose junto a ella—. En cambio, tú eres endiabladamente simpática con todos... Te sale con tanta naturalidad... Como ya sabes que te llevarás bien con los demás, eso es lo que termina por suceder. Me he dado cuenta de que todos se alegran de tenerte al lado. Les haces reír... Les haces sentir que son especiales.

—Ah... Gracias; pero tú también les gustas. Sobre todo a una persona.

Marnie se ruborizó tanto que daba pena. Empezó a remover su café muy concentrada, apartando la mirada de Louisa.

—No durará —musitó—. Conmigo, las cosas no duran. Acercarse a mí es entrar en zona catastrófica... Tarde o temprano, cometo alguna estupidez y mis relaciones se van al garete.

—¡Por el amor de Dios! —exclamó Louisa con ganas de darle un empujón—. Creo que a Christopher le gustas mucho. Cuando estás presente, no te quita ojo. Vamos, Marnie... —dijo riéndose de la expresión hierática de su amiga—. Sé sincera. Creo que a ti también te gusta.

Marnie empezó a retorcerse un mechón de pelo y siguió hablando con titubeos, como si plasmar con palabras sus pensamientos fuera desafiar el destino.

—Sí... bueno... supongo que me gusta mucho. Y me da igual lo que digas, porque jamás me atrevería a contar con ello. Por otro lado, Christopher ha vivido una experiencia tan desastrosa que es muy probable que se enamore de la primera mujer que le salga al paso.

—Nos conoció a las dos el mismo día, y de mí no se ha enamorado —puntualizó Louisa con un deje de tristeza que dio paso a una amarga carcajada—. A diferencia de ti, le he estado haciendo señales para que conozca mi interés por él, y no suele ocurrirme que me den calabazas. Es cierto que tengo la certeza de que gustaré a los demás. ¿Por qué no iba a gustarles? Nací optimista y, hasta que no contraje cáncer durante mi adolescencia (enfermedad que pareció durar una eternidad y se llevó una parte muy importante de mi vida), nunca dudé que las cosas me saldrían a pedir de boca. Ahora ya no confío tanto en ello, pero sigo creyendo que es posible, y esa mala experiencia ha hecho que me decida a tentar a la suerte y sienta que necesito echar toda la carne en el asador para conseguir lo que quiero. Sigo confiando en mí... —dijo Louisa con un gesto de ironía y desconcierto—, pero creo que he tropezado con una fuerza mayor en lo que respecta a Christopher. Y esa fuerza eres tú.

Marnie la miró con curiosidad.

—Perdona si me meto donde no me llaman, pero tengo la sensación de que el cáncer sigue lastrando tu vida, aun después de tantos años. ¿Tanto te cuesta quitarle importancia al miedo que te inspira padecer un posible rebrote?

Louisa permaneció en silencio un buen rato y Marnie temió haberla ofendido. Pensó que era una mujer muy elegante que, sin esfuerzo aparente, llamaba la atención dondequiera que fuera, como esos retratos excepcionales cuya presencia siempre parece imponerse en el salón de los cuadros.

—Durante la mayor parte del tiempo no me lo planteo, pero tienes razón. Supongo que no me atrevo a pasar página. Es como si siempre estuviera tocando madera. —Louisa se emocionó al ver la preocupación que se dibujaba en el rostro de Marnie—. Hay que nadar, si no te hundes... y no tengo intención de hundirme. Logré superarlo hace muchísimos años, pero fue un golpe terrible para mí y la ansiedad nunca me ha abandonado del todo. Por eso siento la necesidad de romper con mi antigua vida y hacer algo diferente que no tenga nada que ver con esta enfermedad.

A pesar de la valentía de su afirmación, Marnie pensó que esas palabras ocultaban un gran miedo y una callada angustia.

—Debe de ser terrible —dijo con cierto embarazo—. ¡Ojalá pudiera ayudarte!

Marnie deseaba canalizar su preocupación de un modo positivo, realizar algún gesto significativo para manifestarle su apoyo.

—¿Y qué me cuentas del señor Brown, del icono de tu recuperación?

—El señor Brown se encuentra bien. Y eso me consuela. No

paro de repetirme que un día morirá de viejo y tendré que aceptarlo, pero si le ocurriera algo distinto, si sufriera un accidente o le pasara cualquier otra cosa... —Louisa dejó la frase inacabada, y luego la terminó con rabia—. En fin, estoy decidida a vivir muchísimo tiempo, a explorar nuevas situaciones, a reír y a amar.

—Pero no quieres amar a Adam —dijo Marnie, que no podía evitar sentir compasión por ese desconocido.

—Siempre lo querré... pero no del modo que él me propone. Se ha portado maravillosamente bien conmigo, y eso me hace sentirme muy culpable, pero necesito disfrutar de mi libertad.

—¿Sientes algo por Christopher? —preguntó Marnie con cierto temor, depositando sus esperanzas en esa respuesta.

Las dos mujeres se miraron con aprecio, a pesar del conflicto de intereses que representaba Christopher para ambas. Marnie tuvo la sensación de que su futuro dependía de la respuesta que le diera Louisa.

—Bueno, lo cierto es que no estoy enamorada —respondió Louisa con honestidad—. Pero sí le encuentro muy atractivo y no me costaría nada enamorarme de él. Es más, me gustaría enamorarme de él... ¡Y desde luego me encantaría que él se enamorara de mí! ¿Y tú?

—A mí también me gusta mucho —dijo Marnie, sorprendida de haberse sincerado con otra persona, por no decir consigo misma, y que esa persona fuera Louisa—. Supongo que no estoy cualificada para hablar de amor.

Ambas se dirigieron una mirada de inteligencia y de aprensión.

El concierto de esa noche fue un auténtico éxito. Amy tocó como los ángeles e Isobel, con un nudo en la garganta, pensó que vislumbraba el futuro al contemplar a su dotada hija recibiendo con gracia los aplausos, en una perfecta combinación de juvenil modestia y profesional seguridad. Incluso la muy crítica Valerie Benson quedó encantada con la actuación de su antigua alumna. Tras la deliciosa cena fría, la mayor parte del público se marchó y tan solo se quedaron unos cuantos amigos de los Grant. A continuación, desembarazaron de sillas el teatro y lo convirtieron en una pista. Los participantes del curso semanal de escritura creativa tenían un nuevo reto ante sí: bailar danzas escocesas.

—No podemos permitir que nuestros huéspedes se marchen de Glendrochatt sin que hayan tomado parte en nuestras danzas tribales —anunció Giles desde el escenario—. Debemos concluir con una nota carnavalesca. Amy se transformará y dejará de ser una simple violinista para convertirse en una auténtica intérprete de tonadas escocesas, y Valerie y yo la acompañaremos. Para los que no conocéis estas danzas, primero os explicaremos los pasos y luego manos expertas os irán guiando para que sigáis la música.

—Me da igual si es una antigua costumbre tribal. Soy incapaz de bailar danzas escocesas —protestó Morwenna—. ¡Parezco un elefante! Si no os importa, yo miraré.

—Yo también miraré —dijo Marnie con rapidez. De repente, había notado las manos pegajosas, el corazón acelerado y un viejo y conocido retortijón de inquietud en el estómago. La mención de costumbres tribales proyectó en su mente unas siniestras sombras de unos bailarines en carnaval y el temible rostro enmascarado de Jab Molassi penetró en la parte más recóndita de su alma.

—Ni hablar —dijo con autoridad Giles sin ser consciente de los demonios a los que estaba invocando—. Todo el mundo a la pista. No pasa nada. Empezaremos con algo muy fácil y, cuando hayáis pillado el truco, probaremos con una pieza para ocho bailarines. Aparte de Louisa, que baila desde que empezó a gatear, ¿alguno de vosotros conoce los pasos de la contradanza *Dashing White Sergeant*?

El coronel y Christopher dijeron que sabían bailar esa pieza.

—Perfecto —dijo Giles—. Un poco de ayuda nos vendrá muy bien.

Marnie, tras comprobar lo cerca que se hallaba de la salida, empezó a retroceder hasta el otro extremo de la habitación sintiendo un zumbido tan fuerte en los oídos que creyó que sería audible para los demás (y que los demás debían de estar oyendo tambores y gritos salvajes). Sin embargo, la mayoría estaba prestando atención a Giles mientras este les enseñaba a ejecutar un básico *pas-de-bas* y luego hacía una demostración de baile en pareja con ayuda de Isobel.

«Respira. Relaja los puños. Concéntrate en otra cosa...» Las voces de diversos terapeutas sonaban también en los oídos de Marnie. «Que nadie se fije en mí», rogó para sus adentros sin haberse percatado de que Christopher la estaba siguiendo hasta la puerta.

—Ahora, formad grupos de tres —dijo Giles—. No importa si se trata de un hombre con dos mujeres o al revés, y poneos de cara a otro grupo. Ya os diré lo que tenéis que hacer, aunque primero marcaremos el paso una vez. Luego probaremos con la música.

Christopher cogió a Marnie de la mano sin decir nada.

—¿Quieres bailar conmigo? —le preguntó sonriendo. En otras circunstancias, si hubiera visto esa sonrisa, a Marnie le habría dado un vuelco el corazón. Christopher adivinó que la muchacha estaba a punto de salir por piernas porque reconoció los síntomas de un trastorno que, desde su accidente de coche, le resultaba harto familiar—. Baila conmigo, por favor. Te prometo que todo saldrá bien. No pongas esa cara de susto. No pasa nada, de verdad. —La llevó de vuelta a la sala donde Louisa charlaba de pie con un amigo de los Grant—. Ven, Louisa. ¿Bailas con nosotros?

—Por supuesto —dijo ella pensando para sus adentros que era sorprendente que una actividad social tan frívola pudiera provocarle tanto pánico a Marnie. «Parece un conejo atrapado ante los faros de un coche en movimiento —pensó—. Incluso parece fea, como si careciera de atractivo.»

—Bailaremos una pieza de tres —dijo Louisa cogiendo a Christopher de la mano—. Vamos a bailar con Izzy.

Marnie, incapaz de protestar o de resistirse, se sintió como un zombie mientras se acercaba a Isobel, que, a su vez, había reclutado al coronel y a Morwenna. Tras marcar los pasos, Giles, que se hallaba en su elemento dictando instrucciones, se situó en el escenario junto a Amy y a Valerie. Tras afinar durante unos segundos, los violines sonaron en un acorde creciente; Christopher apretó la mano de Marnie en señal de apoyo, arrancó la música y todos empezaron a bailar.

Pronto quedó patente que Christopher era un consumado bailarín. Mientras empezaban a moverse al son del irresistible ritmo, Marnie se sintió hechizada por el hombre y por la música; un hechizo que nada tenía que ver con el terrible encantamiento de Kenneth el porquero y de los bailarines de carnaval de su infancia. El tétrico encantamiento la había afectado muchísimo, había poblado de fantasmas sus sueños y había hecho que perdiera la confianza en sí misma. Aquel nuevo hechizo la despojaba de sus inhibiciones, le hacía mover los pies y alegraba su espíritu. Cuando terminó la danza, Christopher se quedó asombrado al ver la transformación de su rostro. Marnie parecía una persona diferente.

—Gracias —murmuró ella maravillada—. Muchísimas gracias. No sabes lo que acabas de hacer por mí. No me lo habría perdido por nada del mundo y, si no llegas a detenerme, habría huido. Me ha encantado. Hacía años que no me divertía tanto.

Louisa paseó la mirada entre ambos y adivinó, con una punzada infinitamente más dolorosa de lo que esperaba, que estaba presenciando un momento decisivo entre Marnie y Christopher. Se volvió de espaldas a ella y dijo en tono desenfadado:

—¡Bien, ya está!... Ha sido fenomenal. Lo has cogido a la primera. En cuanto a ti, Christopher, ¡la verdad es que estás lleno de sorpresas! Para bailar danzas escocesas como lo haces tú, tienes que haberte criado con ellas.

—Así es. Y eso no se pierde; es como montar en bicicleta. Mi madre es escocesa, y los años que pasamos con mis abuelos en Mull fueron los responsables de que aprendiéramos de pequeños. Luego, cuando fuimos mayores, íbamos a innumerables festivales folclóricos de danzas escocesas —explicó Christopher con una sonrisa—. ¡Pero tú tampoco te quedas corta, Louisa! Y en cuanto a ti —dijo volviéndose hacia Marnie—, tienes un don natural, ¿lo sabías? Bailas con mucha gracia.

Marnie se ruborizó de placer.

—Estoy muy contenta de haber cambiado de idea. Nunca habría dicho que me divertiría tanto —confesó Morwenna a Marnie—. Pero la verdad es que hemos tenido mucha suerte con los compañeros que nos han tocado, ¿eh?

Como sucede a las personas de robusta complexión, Morwenna demostró ser sorprendentemente ligera con los pies, y el coronel, aunque no alcanzó las cotas de distinción de Christopher, actuó como un compañero digno y fiable. Por otro lado, Bunty, cobrando velocidad como un camión que se da a la fuga, con el pecho botando de un modo irritante por el brío de cada uno de sus pasos, se había lanzado a bailar con tanto fervor que parecía que fuera a atropellar al señor McMichael, el bajito aunque recio compañero con el que Giles la había emparejado, uno de los estimados miembros de la Asociación de Amigos de Glendrochatt. McMichael, con la alarma reflejada en el rostro, fue visto escabulléndose hacia el bar cuando concluyó la tonada *Dashing White Sergeant* y no volvió a hacer acto de presencia hasta que terminaron las danzas locales.

No hubo tiempo para más conversaciones porque Giles empezó a organizar a todos los presentes para que bailaran una pieza de ocho, un éxito tan rotundo para los bailarines noveles que, por clamor popular, volvieron a interpretar. Finalmente, terminaron la noche con la frenética danza *Duke of Perth*. Mientras Christopher hacía girar a Marnie por la pista logrando que sus pies apenas tocasen el suelo, la muchacha pensó que nunca se había sentido tan feliz en la vida.

El broche de la velada lo puso *Auld Lang Syne*, canción que todos entonaron en honor a Bunty, Win y Joyce, que iban a marcharse de Glendrochatt a la mañana siguiente. Bunty estaba exultante y en su memoria se mezclaban el recuerdo de la semana que había vivido y una deliciosa superposición de imágenes de rebaños escoceses, salmones saltarines, venados en celo y águilas planeadoras (fauna de la que no había logrado ver ni un solo ejemplar).

Mientras Louisa observaba que Christopher y Marnie regresaban juntos a los cobertizos de la antigua granja, vio que él le pasaba el brazo por el hombro y no pudo evitar preguntarse si la siguiente semana, por la cual llevaba tiempo suspirando, resultaría tan divertida para ella como esperaba.

—Ver para creer... —dijo en tono de queja a los pies de la escalera tras despedirse de Isobel con un beso—. ¡Si algo puede salir mal, seguro que saldrá mal ! ¡Qué fastidio! Y para empeorar las cosas, ahora resulta que Marnie me cae bien. Y eso... —siguió diciendo mientras subía la escalera para ir a acostarse— eso lo complica mucho todo.

Más tarde, cuando Giles e Isobel estaban en la cama repasando alegremente la semana, Isobel dijo:

—Creo que vas a perder tu apuesta en favor de Louisa y que Christopher no caerá en sus redes, querido. Parece que la foránea está dando la última vuelta a la pista a galope tendido.

—¡Quién sabe! —protestó Giles—. Todavía falta una semana. Todo es posible.

—Pues espero que no, porque en lo que respecta a Louisa, estoy convencida de que pretende pastar en campo ajeno, donde la hierba es más verde. En cambio, lo de Marnie va en serio. Tengo la sensación de que la han rechazado tantas veces que, si esto le sale mal, quedará destrozada. —Y entonces añadió: —Así que no se te ocurra meter baza en este asunto, monstruo controlador.

—Como si no tuviéramos bastantes problemas con los nuestros... Mientras estábamos bailando, tu querida hermana ha dejado un recado en el contestador diciendo que volverá a llamar mañana. Parece ser que ha llegado a Londres con su enamorado. Estábamos más tranquilos con esa mujer lejos de aquí. Como ves, nuestros huéspedes tendrán que arreglárselas con sus amoríos; ni voy a ayudarlos ni voy a entrometerme en su camino. Buenas noches, cariño. Creo que esta semana ha sido todo un éxito, y ya podemos sentirnos orgullosos de nuestra pequeña porque es toda una concertista.

Le dio un beso de buenas noches, se volvió y se quedó dormido casi de inmediato, pero Isobel permaneció despierta durante mucho rato, mientras en su mente se desataba un torbellino de pensamientos contradictorios.

18

Isobel informó al grupo de escritura creativa de que en el bar tendrían preparado un desayuno bufet desde las ocho hasta las diez y media de la mañana, y que el minibús de Glendrochatt estaría listo a las nueve para llevar a los tres huéspedes que se marchaban a la estación de Perth. Aseguró a los que se quedaban durante la siguiente semana que estaban invitados a pasar todo el día en Glendrochatt para campar a sus anchas por la casa o el jardín; que tendrían a su disposición todo lo necesario para prepararse un té o un café, como era habitual, pero les propuso que almorzaran por su cuenta. En cuanto a la cena, Giles y ella los esperaban en la casa principal a las ocho en punto.

Louisa, Christopher y Marnie, con la idea de quedarse el domingo por la mañana dormitando en la cama, se despidieron de sus compañeros el sábado por la noche, tras el baile, no sin antes prometer que seguirían en contacto, pero Morwenna y el coronel aparecieron a las ocho y cuarto en el bar para desayunar. En el caso del coronel, porque dormitar no era algo que formara parte de su lista personal de caprichos y, en el de Morwenna, porque se sentía obligada a despedirse de Joyce antes de que esta emprendiera su largo viaje hasta Cornualles.

Al principio, lamentó que Joyce no pudiera quedarse con ella en Glendrochatt, pero luego pensó en secreto que era un alivio no verse obligada a compartir con su amiga la nueva e inesperada amistad que estaba naciendo entre ella y el coronel.

De hecho, la refrescante Joyce nunca había tenido la menor dificultad en hacer amigos de ambos sexos y llevaba una vida social muy activa, pero en el caso de Morwenna, la situación era muy distinta. Morwenna, cuya familia jamás la había animado a creer en sus encantos, cayó bajo el embrujo del amor a punto de cumplir los treinta. Tuvo un matrimonio feliz, pero esa felicidad se la arrebataron cuando su encantador y solícito esposo, clérigo de profesión, fue descubierto a los cuarenta años tendido boca abajo entre las antiguas y grises lápidas del cementerio de su parroquia víctima de un ataque al corazón.

A pesar de que la pareja no había renunciado al milagro de tener hijos, no llegó a ser bendecida con ese anhelado don, y la desolada marcha que Morwenna emprendió por la viudedad fue especialmente sombría. Sin el incentivo de continuar por el bien de los niños ni las oportunidades de hacer amigos que se les brindan a otras familias jóvenes, a Morwenna le resulto muy duro salir adelante sola, pero logró vivir su vida con una discreción y una falta de autocompasión tan firmes que algunas personas erróneamente la creyeron arrogante. Su predisposición y talento con las plantas acudieron en su rescate, y Morwenna encontró consuelo en lo único en que ella creía que era buena. Agobiada por la necesidad de ganarse la vida, se convirtió en la jardinera eventual de sus vecinos más acomodados, negocio que floreció sobrepasando sus expectativas hasta el punto de que sus consejos empezaron a ser requeridos por los amantes de la jardinería del lugar, y aquellos que la habían contratado en un principio acabaron convirtiéndose en sus clientes. De tan modestos inicios, surgió asimismo la columna de jardinería, que era la causante de que se hubiera apuntado al curso de escritura.

Aunque la pérdida de su amado Dennis le dejó un vacío permanente en el fondo del alma, se consideraba una persona razonablemente satisfecha que vivía el ritmo cambiante de las estaciones con placer y que había descubierto que el cultivo de las plantas le proporcionaba una genuina alegría. Sin embargo, no había tenido tanto éxito intentando paliar su soledad interior y había buscado consuelo en la comida. Morwenna, una corpulenta señora de edad madura que seguía siendo bien parecida a pesar de descuidar sus encantos físicos, llevaba casi veinte años viviendo en soledad, y muchos más años sin la esperanza de encontrar un nuevo amor, alguien a quien amar y que también la amara en la madurez de la vida. Era obvio que no se había apuntado al curso de escritura creativa en busca de una aventura sentimental, por eso se había sorprendido mucho al ver que el coronel buscaba su compañía. Quizá Louisa considerara al militar un palo duro de roer, pero lo cierto era que el coronel poseía una amabilidad exquisita y un agudo sentido del humor. Morwenna era consciente de que ese hombre la hacía reír (sin estar muy segura del porqué) y, como jamás se había considerado divertida, disfrutaba de esa nueva experiencia. Es más, con sus maneras corteses y anticuadas, ese hombre despertaba su feminidad, sensación que tenía olvidada desde hacía tiempo. Los resultados fueron sorprendentes: Morwenna empezó a florecer como una planta agostada a la que le suministraran unas dosis regulares de nutriente vegetal Phostrogen mezclado con agua.

La noche anterior se habían cursado dos invitaciones. El coronel, que había consultado en privado a los Grant para saber qué actividad creían que le gustaría hacer a Morwenna, propuso a esta salir a comer a un restaurante que Giles le había recomendado y luego ir a los semilleros de rododendros y azaleas de Glendoich que, según Isobel, Morwenna le había dicho que deseaba visitar porque, aunque nunca había estado allí, solía encargarles plantas. Y Christopher le pidió a Marnie que pasara el día con él. Las dos invitaciones habían sido aceptadas, y tras despedirse de Joyce, Win y Bunty y observar cómo se alejaba el minibús por el camino de entrada, Giles e Isobel abandonaron los cobertizos de la antigua granja y regresaron paseando a la casa.

Tras el desayuno, Giles se llevó a Edward y a Rory al lago y los tres salieron en bote a pescar truchas; Amy, después de los nervios y de la tensión de su actuación vespertina, todavía estaba aovillada bajo el edredón, rodeada de varias prendas de ropa que habían quedado esparcidas por el suelo de su dormitorio; Catherine, que partiría tras el almuerzo hacia Edimburgo para pasar unos días con los Mercer, estaba haciendo la maleta. Isobel, que consideraba a Louisa un miembro de la familia, le había pedido que pasara el día con ella. Las dos mujeres estaban cotilleando a sus anchas en la cocina y comentando todos los detalles del curso y de sus participantes cuando sonó el teléfono. Isobel descolgó el auricular.

—¿Eres tú, Lorna? ¿Desde dónde llamas?

Louisa la oyó emplear un tono seco que le pareció impropio de su prima.

—¿Mañana dices? ¡Supongo que debes de hablar en broma! ¡Si no hay tiempo para nada...! Bueno, sí... claro que puede estar listo mañana, pero no se trata de eso. Se trata de que no das tiempo al niño para que se haga a la idea de que va a haber otro cambio en su vida, y además tengo que decir que a nosotros nos iría mejor la semana que viene, porque todavía tenemos un grupo en casa.

Resultaba obvio que la conversación se estaba convirtiendo en una discusión acalorada. Isobel empezó a andar arriba y abajo de la cocina.

—¡Eso es absolutamente falso! ¡Yo nunca he dicho que quiera ponerlo de patitas en la calle! —estalló Isobel sin dejar de pasarse la mano por el pelo como si estuvieran soplando vientos de fuerza nueve.

Louisa se levantó y se dirigió a la puerta, incómoda de presenciar una escena en la que no tenía arte ni parte, pero Isobel le hizo un gesto con la mano y, sin articular sonido alguno, le dijo moviendo los labios: «No te vayas».

—¡Oh, vale, vale, tú ganas! —terminó por decir Isobel—. No, te aseguro que no me apetece verte por aquí. Si dices que ya has reservado los billetes, de acuerdo, lo acompañaremos a Edimburgo y Sheena irá con él a Heathrow; pero más te vale ir a buscarlo en persona, y no me eches la culpa si el niño está de mal humor cuando lo dejemos en tus manos.

Isobel le colgó el teléfono, se desplomó en una silla y miró a Louisa desesperada.

—No conozco a nadie, y digo a nadie, que me saque de quicio como Lorna. Estarán alojados una semana en el Ritz y luego regresarán a Estados Unidos... No quiero ni pensar cómo se sentirá Rory encerrado en un gran hotel. Son muchos los padres a los que se les ocurrirían un montón de cosas agradables para hacer con sus hijos, pero apuesto a que Lorna y su esposo estarán demasiado ocupados estableciendo contactos en las altas esferas para dedicar tiempo al niño. Y lo terrible es que ni por un solo minuto he pensado que en realidad Lorna quiera estar con él. Creo que solo quiere tocarme las narices... o puede que tenga otras intenciones que todavía no he logrado adivinar. Dice que si no lo metemos en el avión mañana mismo, alquilará un coche y vendrá a buscarlo en persona. Me hace chantaje porque sabe que yo haría cualquier cosa para impedir que ella vuelva a poner el pie en esta casa. ¡Oh, mierda, mierda, mierda!... ¿Dónde está esa caja de pañuelos de papel?

—A pesar de todo, lo quieres mucho, ¿verdad, Iz? —Louisa miró a Isobel con curiosidad mientras esta cogía un puñado de pañuelos de la caja que le tendía—. No estarías tan afectada si el niño no te importara.

Isobel asintió.

—Me ha tocado la fibra sensible —dijo con tristeza secándose las lágrimas—. Y me da miedo decirle que debe regresar a su casa, porque ese mocoso era un saco de nervios el día que llegó, y ahora se ha adaptado tan bien y es tan feliz con nosotros.... A pesar de mis rencores, mis protestas y mis celos, no puedo evitar quererlo. ¡No sabes cuánto me gustaría que también fuera mi hijo... y no solo el de Giles!

Louisa tentó a la suerte. Quería consolarla, pero temía pronunciar las palabras equivocadas.

—Supongo que sus genes deben de ser casi idénticos a los de tus hijos, aunque no sea tuyo. Los tíos y las tías pueden llegar a parecerse mucho, y el niño lleva en su sangre la herencia de sus encantadores abuelos, como Edward y Amy. ¿Te sirve eso de consuelo o acabo de empeorar las cosas?

—No estoy segura... —Isobel se sonó la nariz con fuerza—. No lo había considerado desde ese punto de vista. Es posible que no haya sido razonable y me lo haya tomado todo a la tremenda. Pero es por culpa de cómo me trata Lorna. Mi hermana saca lo peor de mí misma... expone esas facetas de mi persona cuya existencia no me gusta admitir.

—Pues mira: yo creo que eres condenadamente perfecta. Además, ¿quién quiere ser razonable? —preguntó Louisa con vigor—. Las personas razonables son un muermo.

En ese momento, Amy, bostezando, se asomó a la puerta vestida con un pantaloncito corto y una vieja camiseta. Se incrustó a su madre como si quisiera comérsela con un abrazo. La sofisticación que envolvía a la concertista de la noche anterior había desaparecido por completo. Louisa pensó que aparentaba unos doce años. De repente, sintió un ataque de celos. Envidiaba a Isobel por ser tan amada, por amar... por ser tan necesaria. Era una pieza realizada a medida que había descubierto dónde encajaba en el mundo a muy temprana edad y, a pesar de las inevitables borrascas y exigencias de la vida familiar, todavía se adaptaba al lugar que había elegido a la perfección. «¡A lo mejor está despertando mi instinto maternal!», pensó Louisa atónita.

—Hola, Louisa —la saludó Amy—. ¿Qué hay para desayunar, mamá?

—¿Desayunar, dices? Veo que no pierdes las esperanzas —rió Isobel—. ¡Es casi la hora del almuerzo!

—¿Y ese fantástico beicon de cada fin de semana? —preguntó Amy en tono adulador— Me muero de hambre.

—Tú siempre te estás muriendo de hambre. Puede que haya sobrado un poco de beicon si los chicos no se lo han terminado. Mira en el horno y cómetelo aquí mismo. El almuerzo será un picoteo. He pensado que podríamos comer lo que nos apetezca y terminarnos las sobras de la despensa antes de ponerme a preparar la cena como es debido.

—Perfecto —dijo Amy sacando una bandeja del horno y triturando crujientes virutas de panceta con los dedos—. ¿Te encuentras bien, mamá? —preguntó al cabo de un momento con una mirada de aprensión—. Estás un poco rara.

—Estoy bien. Deben de ser los niveles de polen o algo así.

En ese momento, Giles y los niños asomaron la cabeza por la puerta del jardín y Giles dio unos golpecitos en el cristal para que ellas se fijaran en los dos personajes empapados que lo acompañaban: Edward y Rory, que habían hecho todo lo posible por caer al lago al intentar salir del bote. Se oían risitas excitadas mientras Giles intentaba quitar las chorreantes botas de agua a los dos muchachos. Era una escena tan alegre, desenfadada y campestre, un incidente tan habitual en Glendrochatt, que cuando Isobel salió para ayudar a los muchachos a desembarazarse de la ropa mojada (la falta de coordinación de Edward era la causa de que tuvieran que ayudarlo de vez en cuando con las prendas complicadas), tuvo miedo de las palabras que debía pronunciar ante Rory. Sintió el corazón en un puño al pensar en Edward, cuya estabilidad mental siempre se hallaba en precario equilibrio, y en cómo encajaría este la noticia, cómo aceptaría su hijo que le arrebataran a su nuevo amigo del alma.

Los chicos entraron descalzos en la cocina impregnando el suelo con sus mojadas huellas

—¿No han picado? —preguntó Amy.

—Edward aguantó el tirón —dijo Giles—, pero la trucha tenía otros planes. En cuanto a Rory, me temo que hoy han pasado de él. La próxima vez tendremos más suerte.

—¿Podemos volver mañana? —preguntó Rory.

—Sí, ¿podemos volver, papá? —repitió Edward—. Mañana daré un susto de muerte a esos peces. Mañana pescaré un monstruo marino. Mañana seré Pescador del Año. ¡No me sorprendería que me dieran otra medalla!

—Bueno, mañana no podrá ser, cariño, porque regresas a la escuela —dijo Isobel entrando en materia—, y, además, porque mañana será un día muy especial para Rory.

Giles cruzó la mirada con su mujer desde el otro extremo de la cocina.

—Acabo de hablar con mamá por teléfono —siguió diciendo Isobel con valentía—, y ¿a que no dirías qué me ha contado?

—No —dijo Rory petrificado.

—Pues que mamá ha llegado a Inglaterra y quiere que cojas un avión para ir a Londres a estar con ella. ¿Verdad que es fantástico?

—¿Cuándo volveré?

—Organizaremos tu visita muy pronto. —La voz de Isobel era argentina como el cristal pulido—. Pero primero debes ir a Londres a divertirte con mamá, y luego acompañarla a Washington. ¿Verdad que es fenomenal?

—¡No! ¡Mi casa es esta! ¡Yo vivo aquí, con vosotros!

—Pero, cariño... Esta siempre será tu segunda casa. Espero que vengas a pasar largas temporadas con nosotros, pero tu verdadero hogar está con mamá y con Brooke. Los dos quieren que estés a su lado. —Isobel intentó coger en brazos al pequeño, pero el chiquillo se resistió y, desesperado, agitó al aire sus pequeños puños.

—¡No, no, no!

Edward empezó a mudar la expresión.

—¿Su mamá es la mujer araña? —preguntó, porque ese era el desafortunado nombre que había puesto a su tía durante el aciago verano en el que cayó presa del terror, hacía ya cinco años.

—Sí —respondió Amy.

Sin pronunciar palabra, Edward empezó a dejar las sartenes en el suelo y, gateando, metió la cabeza dentro del armario; era el ritual de las avestruces, técnica que llevaba mucho tiempo sin emplear.

—Sal de ahí, Ed. No hace falta que hagas eso —dijo Giles con firmeza sacando a su hijo del armario y sosteniéndolo en pie mientras Amy, con el rostro inexpresivo, devolvía con esmero las sartenes a su lugar y cerraba la portezuela del armario. Rory empezó a sollozar histérico y se agarró a las rodillas de Isobel.

—¡Nooooo.... No-ir-ééé! —gritaba el chiquillo llorando—. ¡Quiero quedarme aquí, con vosotros! ¡Me prometiste que podría quedarme la cobaya! ¡No iré!

Sheena, que llegaba en ese momento, interrumpió convenientemente el barullo y, junto con Isobel, se llevó a Rory y a Edward escaleras arriba para cambiarles la ropa mojada. Los patéticos sollozos de Rory siguieron oyéndose desde el piso superior.

Cuando Isobel regresó a la cocina para preparar el almuerzo, vio que Amy y Louisa estaban poniendo la mesa y que Giles cortaba jamón. Louisa pensó que Isobel hacía muy mala cara. Giles la rodeó con sus brazos y ella se recostó en su marido durante unos segundos.

—¡Ay, Giles! —exclamó dándose ánimos y separándose de él—. Es peor de lo que pensaba. Rory está fuera de sí. Verle así te rompe el corazón. Lo he dejado con Sheena para que le lea cuentos hasta la hora de comer, pero el niño no puede dejar de llorar. Creo que no podré soportarlo.

—Pues no lo soportes, mamá —dijo Amy con furia—. De ningún modo debes enviarlo con tía Lorna. Le tiene un miedo atroz. Lo sé. Piensa en la mala influencia que supuso para Ed.

—He de enviarlo con su madre, cariño.

—No debes hacerlo. No puedes ser tan cruel. Esa mujer arruinará su vida. ¿Has olvidado que casi mata a Ed? ¿Has olvidado que lo atemorizó hasta el punto de que literalmente provocó que sufriera un ataque y casi se muere?

Isobel sabía que jamás lograría olvidar el infierno en que los había sumido su hermana. Pensó en el cuerpecillo inerme y desvalido de Edward, cuando se escapó para huir de su tía y se perdió; en la policía, que se estaba planteando dragar el lago y finalmente lo halló en el bosque; en la posterior regresión de su hijo a los hábitos de la primera infancia que tanto les había costado que superara, y en los dos terribles meses en los que el muchacho se sumió en un silencio absoluto antes de volver a recuperar el habla. Esas imágenes seguían conservando el poder de acelerarle el corazón y de secarle la boca.

—¡Claro que no lo he olvidado! —respondió Isobel con aspereza—. No seas idiota, Amy.

—Entonces llama a tía Lorna y dile que Rory se queda contigo... o, mejor aún, ¡no lo metas en el avión! ¡Que aprenda a preocuparse por él, cosa que no iría mal para variar! —Amy desafió con la mirada a su madre.

—Amy, cariño... Hemos de dejarle marchar —dijo Isobel con un hilillo de voz—. Esto es distinto. Lorna es su madre, por el amor de Dios. Y como madre, tiene derechos legales sobre él.

Desde el otro extremo de la estancia, Amy, con el rostro pálido, miró directamente a Giles.

—¿Y qué me dices de su padre? —preguntó con voz queda, aunque inquisitiva y clara—. ¿Él no tiene nada que decir? ¿Acaso no tiene derechos también... y responsabilidades?

Podía cortarse el aire con un cuchillo. Amy salió corriendo de la cocina y dio un portazo tan fuerte que la cubertería que acababan de poner sobre la mesa tintineó como si un huracán se hubiera abatido sobre la casa por sorpresa.

19

Isobel se sentó a la mesa y se llevó las manos al rostro. Giles se había quedado de piedra al oír las palabras de Amy. Luego, con un esfuerzo evidente, se repuso.

Se volvió hacia Louisa en son de disculpa, incomodado porque hubiera tenido que presenciar una escena familiar tan íntima.

—Lo siento muchísimo... Por suerte, eres de la familia y no había nadie más en la cocina. —Intentando adoptar un tono de voz natural, siguió hablando—. ¡Imagínate cómo habría disfrutado Bunty! Quédate con mi mujer y ocúpate de ella, Louisa... Necesito ir a buscar a mi hija. —Giles rozó la mejilla de Isobel—. No nos esperéis para almorzar, Izzy. Ya comeremos algo más tarde. Y no te tortures, amor mío. Me dijiste que necesitaba aclarar las cosas con Amy. Bien, parece que se ha presentado el momento. Lo arreglaremos. ¿Estarás bien?

—Supongo que sí —dijo Isobel intentando contener las lágrimas aunque sus labios esbozaran una sonrisa—. No tengo otra elección, ¿verdad?... Ay, Giles... ¡Pobrecito Rory!

—Lo sé, lo sé. Hemos de plantearnos seriamente el futuro.

Encontró a Amy donde sabía que la muchacha se habría refugiado: bajo el porche orientado al sur, tras la pequeña verja que daba al jardín silvestre que siempre había sido el espacio destinado a los juegos de los niños.

En ese parque infantil estaba el castillo que había diseñado el padre de Giles y que este había regalado a su hijo por su sexto cumpleaños. Giles, un hijo único que había vivido en soledad y cultivado mucho la imaginación, había dirigido ejércitos y dado muerte a dragones en esa fortaleza. Y allí mismo, unos treinta años después, Edward, con su pasión por la historia y su cúmulo de insospechada información, también se había convertido en un cruzado o en un centurión romano, en san Jorge, en el príncipe Caspian, en Harry Potter o en un extraterrestre. Lo sorprendente del muchacho era que, aunque apenas acertaba a escribir su nombre, leía con gran soltura desde una edad temprana. Esas vacaciones de abril, Isobel se había sentido dichosa al ver que Edward, tan retrasado en su adolescencia, perdido ya el tren de sus coetáneos, revivía dichoso su mundo infantil con Rory, un voluntario predispuesto a aceptar y a representar con brillantez los pequeños papeles que completaban el papel del protagonista, reservado a Edward (aunque, por lo general, el chiquillo no tenía la más remota idea de quién era el personaje al que encarnaba). Asimismo, en un arriate circular de césped, se hallaba el balancín sobre el cual Amy, la niña de gran talento, solía mantenerse en precario equilibrio mientras tocaba el violín, dejando que la música brotara de él con el despreocupado abandono de un pájaro que trina en lo alto de un árbol. También habían conservado el viejo columpio de madera, que todavía colgaba de una rama del inmenso cedro a cuya sombra se cobijaban.

Amy se había sentado en el columpio y daba pataditas a la tierra con la punta de su zapatilla deportiva, con la espalda encorvada y el corazón trastornado. Lanzó una mirada pétrea a su padre mientras este se acercaba.

—Hola, cielo —dijo Giles.

—Hola —respondió Amy muy seria, sin ceder ni un ápice.

—Hemos de hablar —dijo Giles pasando una pierna sobre el balancín y sentándose en medio. La visión del rostro de su hija terminó de afligirlo—. O, más bien, soy yo quien debe hablar contigo. He de contarte una cosa que me doy cuenta que debería haberte dicho hace semanas... Algo de cuyas posibilidades eres perfectamente consciente. Quizá hubiera debido adivinarlo... pero no fue así. En fin, necesito tu opinión. Y es posible que también necesite tu perdón.

Giles se detuvo. Amy permanecía en silencio. Observó su rostro, comprendiendo la dicotomía de sus lealtades, escindida entre el amor y un furioso resentimiento; le dolía su desazón.

—¿Estás preparada para escucharme? —le preguntó él con voz queda.

Amy se encogió de hombros.

—Creo que sí —respondió ella con un gruñido, deseando hacer las paces pero ignorando cómo hacerlo sin renunciar a su dignidad, anhelando recuperar la fluida relación que durante la infancia mantuvo con su padre, su héroe incuestionable, su mentor musical, su adorado compañero... hasta que tía Lorna llegó a Glendrochatt, enfrentó a todos los miembros de la familia entre sí y, en opinión de la muchacha, empañó algo muy especial que nunca llegó a recobrar del todo su brillo.

—Creo que te has dado cuenta de que Rory podría ser hijo mío.

—¿Podría, dices? —saltó Amy en tono cortante.

Giles esbozó una mueca.

—Tienes razón. Existe una duda razonable... pero creo que estamos más bien ante una certidumbre. ¿Cuándo te diste cuenta?

—En el mismo momento en que vi al niño, claro. No soy estúpida. Está clarísimo. Papá, ¿tú... estuviste... lo sabías antes de que Rory viniera a casa?

—No sabía qué pensar... —Giles calló apesadumbrado, sin saber si debería contarle toda la historia a Amy—. Me temo que era una posibilidad. Cuando descubrimos que tu tía estaba embarazada ella ya había dejado el piso de Edimburgo y había decidido regresar a Sudáfrica, lo cual nos cogió por sorpresa a todos. De todos modos, yo necesitaba saberlo desesperadamente. Tomé un avión y fui a Londres para verla antes de que abandonara el país. Quería preguntárselo en persona. Ella lo negó rotundamente. Me dijo que yo no era el padre.

—¿Mamá se enteró?

—Antes de mi conversación con Lorna, no. Se lo conté al regresar a casa.

—¿Y creíste a tía Lorna?

Giles titubeó.

—Tenía grandes deseos de creerla (sobre todo por tu madre), pero como Lorna siempre ha distorsionado la verdad, admito que no quedé convencido del todo... aunque tampoco me habría quedado tranquilo si me hubiera dicho que el bebé era mío. Luego, cuando tus abuelos nos contaron que había nacido, no nos costó tanto aceptar su versión, porque, o bien el niño era prematuro, o bien las fechas no encajaban.

Amy, que había enrollado las cuerdas del columpio, empezó a girar lentamente en dirección contraria.

—Fue ese terrible fin de semana del festival Suzuki, el que acabó siendo una pesadilla para mí, ¿verdad? Mamá no vino con nosotros y tú llevaste a tía Lorna en su lugar.

—Sí. Fue entonces. Cometí un error imperdonable.

—¿Un error? —Amy soltó una carcajada despreciativa.

Giles sabía que debía controlarse y no ceder a la provocación intentando buscar excusas o exponiendo la tortuosa estrategia de Lorna. Y, sobre todo, debía resistir la tentación de hablar de Isobel y de Daniel Hoffman.

—Muy bien, Amy... Tienes toda la razón y no te culpo por estar molesta conmigo. Me comporté muy mal. No disculparé mi conducta, pero me gustaría que supieras que solo pasó una vez y que enseguida dejé claro a Lorna que eso nunca debía volver a ocurrir. Y así fue... aunque no porque ella no quisiera intentarlo de nuevo.

—La odio. La odio profundamente. ¿Cómo le pudo hacer eso a mamá?

—Los celos son algo terrible. Están en el origen de los actos más abominables. Lorna siempre ha sentido unos celos malsanos de mamá. Cuando eran pequeñas, mamá era la preferida de todos. Debió de ser muy duro para ella. Con el tiempo, Lorna no solo quiso casarse conmigo, sino que (y eso únicamente lo descubrí más tarde) tenía sus miras puestas en Glendrochatt... Sin que yo le hubiera dado motivos, se veía a sí misma como dueña y señora del castillo. Pero mamá fue quien se llevó el gato al agua. Luego os tuvimos a ti y a Edward, y Lorna, que siempre había dicho que suspiraba por tener hijos, tuvo todavía más su envidia.

—No creo que os envidiara mucho cuando tuvisteis a Edward —dijo Amy resentida—. Siempre se portó fatal con él. Era muy mezquina.

—No, eso no le dio envidia —admitió Giles—. Cuesta comprender que después de ansiar desesperadamente tener hijos fuera tan mala madre con su propio bebé, una criatura tan preciosa como Rory. En Sudáfrica, donde siempre tenía niñeras y empleadas a su servicio para que cuidaran de él, los abuelos se ocupaban mucho más que ella del niño. Iban a verlo, y luego Rory pasaba largas temporadas en Francia, aunque nunca cuando estábamos nosotros.

—Y ahora, ¿tú y mamá sois capaces de abandonarlo? —preguntó Amy con aire acusador.

Giles suspiró.

—La situación es muy difícil para tu madre. ¿Cómo crees que se siente al ver cada día la prueba de mi infidelidad ante sus narices? ¿Cómo crees que me siento yo cuando trato a Rory como a un hijo propio y veo el dolor pintado en el rostro de tu madre?

—Ella lo ama —dijo Amy titubeando y adoptando una expresión de profundo pesar.

—Sí... Porque es una persona increíblemente generosa y porque Rory es un niño encantador. Pero, ¿y tú? ¿Serías lo bastante generosa?

—¿A qué te refieres?

—No me pareció verte muy entusiasmada cuando llegó Rory; y no te culpo por ello. Debes de guardarle rencor.

Amy sintió que se le hacía un nudo en la garganta.

—Ed se quedará destrozado si se marcha ahora. Adora jugar con Rory... y Rory lo admira como si fuera su héroe.

—Sí, eso es cierto... por ahora. Pero Rory crecerá y superará a Edward, como ha ocurrido con todos sus compañeros de juegos —dijo Giles inexorablemente—. ¿Cómo crees que se sentirá entonces Ed?

—No lo sé. No lo sé. —Amy estaba a punto de llorar—. Solo sé que la idea de que vuelva con tía Lorna me repugna... Haces que todo sea tan complicado...

—Porque es complicado, Amy. Porque lo más cruel sería intentar retener a Rory... para luego abandonarlo. Aunque lográramos que tía Lorna accediera a renunciar a él (cosa que no forma parte de su carácter), seguiría siendo complicadísimo. Todos deberíamos asumir nuestro compromiso con Rory, y eso también te atañe a ti, Amy.

—¿Qué vais a hacer?

—No lo sé. La verdad es que lo ignoro. Pero sea cual sea nuestra decisión, la consultaremos contigo, eso te lo prometo... y vas a tener que pensar muy bien la respuesta que nos des. —Giles se levantó y le tendió la mano—. Siento muchísimo, Amy, cariño, mucho más de lo que podría expresar, que mis actos os hayan puesto en una situación tan delicada; pero como mamá suele decirme, no hay que echarle la culpa a Rory. No digas nada más, pero, por favor, piensa en todo lo que te he contado.

Amy bajó del columpio y se acercó a su padre.

—Gracias, papá —dijo la muchacha cogiéndole la mano y estrechándosela brevemente—. Reflexionaré sobre ello. ¡Ojalá no fuera todo tan complicado!

—Sí —dijo Giles emocionado—. ¡Ojalá!

—Me divertí mucho tocando contigo ayer por la noche.

—Fue fantástico. Como en los viejos tiempos. Siempre hemos formado un gran equipo, ¿verdad?

De repente, Amy le sonrió.

—¿Sabes qué? ¡Me estoy muriendo de hambre!

—Volvamos. A lo mejor nos han dejado un poco de jamón.

Y padre e hija bajaron de la colina y se encaminaron hacia la casa.

20

El domingo por la mañana, Marnie se levantó temprano, con la agradable sensación de haber dormido como hacía años que no dormía.

Permaneció acostada, saboreando con pereza ese bienestar, disfrutando de la temperatura perfecta, de la suavidad de las almohadas y del calor ligero del edredón, observando la pálida luz del sol a través de las rendijas de la pared y el suave movimiento de las cortinas en la ventana abierta. Una auténtica orquesta de pájaros daba una serenata en el jardín. Oyó de cerca el arrullo monótono y reconfortante de una paloma torcaz mientras una pareja de ostreros, que chillaban en la lejanía, imitaba el sonido de una ambulancia circulando a toda velocidad con la sirena encendida. Identificó el canto del mirlo y del tordo, y de un carrizo especialmente escandaloso (un músico muy diminuto que dispone de los mismos decibelios que un timbal con amplificador). Oyó un doral piando diminuendos en el jardín y reconoció la exigente llamada de un magnífico herrerillo: cha-ca-cha-ca. Al otro lado del patio, don Quijote, el estridente gallito de Edward, saludaba la mañana con algarabía. Sin embargo, no todos los visitantes de Glendrochatt valoraban en su justa medida la llamada matutina del quijotesco despertador y, el primer día, Stanley, haciendo gala de su faceta de cascarrabias, se había quejado durante el desayuno; pero ese domingo en concreto, a Marnie, su canto le pareció delicioso.

El quiquiriquí del gallo la devolvió al pasado y, medio adormilada, se preguntó cuáles eran los sonidos que faltaban. Como música de fondo, rememoró el balido de las cabras y el rebuzno de un asno; y, en lugar del magnífico herrerillo y del carrizo, los trinos de un sinsonte de ojos perlados posado en el franchipán: cha-ca, cha-ca, cha-ca.

Esperaba que la sobrecogiera la inquietante combinación de anhelo y miedo que siempre la sorprendía al rememorar escenas de las Antillas; la nostalgia que le inspiraba ese lugar encantado de su niñez indisolublemente unida al terror que una amenaza maligna y oculta le provocaba... Sin embargo, nada de eso sucedió. Marnie recordó la noche anterior y pensó que el miedo a participar en las danzas escocesas, que casi le provoca una espiral de pánico, se diluyó cuando Christopher y ella bailaron juntos, y que una magia distinta que nada tenía que ver con todo lo experimentado anteriormente, la había embrujado y había exorcizado con ello otra magia muy antigua. Recordó que Christopher le había propuesto pasar el día fuera. Marnie se desperezó a placer y se incorporó, se apartó el pelo de la cara y cogió el reloj. ¡Eran más de las nueve y media! Retiró el edredón y se levantó. Acababa de vestirse cuando oyó que alguien llamaba a la puerta.

—¿Marnie?

—¿Sí?

—Soy Christopher.

—¡Ah, hola!... Entra.

Christopher asomó la cabeza por la puerta y le sonrió. Marnie sonrió con alegría a su vez.

—Hola —le saludó, consciente de que se le había acelerado el pulso al verlo—. Iba a bajar a desayunar.

—Creo que hará un día precioso y he pensado que sería mejor comprobar si te habías despertado. —Christopher seguía en el umbral—. Me parece que Bunty y compañía ya se han marchado, y me preguntaba si querrías que hiciéramos planes para hoy, a menos que hayas cambiado de idea, claro.

—¡En absoluto!

—Fantástico.

Christopher vaciló durante unos instantes y Marnie se preguntó qué querría decirle.

—Mira, Marnie —le espetó—, me siento fatal porque, si salimos, vas a ser tú quien tenga que conducir. No solo porque yo no he venido en coche... ¿Sabes que todavía no me han devuelto el carnet de conducir? Sé que va en contra de todas las normas de cortesía invitarte a pasar el día fuera y no poder llevarte donde decidamos, o al menos ofrecerme a conducir un rato por ti.

—¿Se trata de eso? —preguntó Marnie riéndose—. Pensé que te ibas a echar atrás. Puede que vivas el hecho de que no te dejen conducir como una mala pasada, pero a mí no me preocupa, te lo aseguro. Me encanta conducir.

De repente, se le ocurrió que quizá las secuelas del accidente le habían provocado algún problema grave y Christopher temía subirse a un coche. Por eso añadió:

—Conduzco muy bien; incluso mi padre tolera que le haga de chófer, y eso es muy significativo, te lo aseguro. Será fantástico que alguien vaya consultando el mapa por mí e indicándome el camino. Soy muy despistada y me cuesta retener la ruta. Además, será un buen cambio, porque siempre voy sola.

—Gracias. Es un alivio —dijo Christopher, conmovido por el tacto y la sensibilidad que advertía tras el defensivo arbusto de espinos que Marnie había plantado a su alrededor. Se preguntó qué clase de relaciones adultas habría tenido esa mujer desde su traumática infancia y por qué le habrían salido mal (era obvio que alguna influencia debía de haber tenido su vida afectiva para que una joven tan atractiva se convirtiera en una persona a todas luces solitaria). Te veré abajo. Solo quiero despedirme de Catherine antes de que se vaya para agradecerle todo lo que ha hecho por mí, pero aparte de eso, tenemos todo el día por delante. No hace falta que corras.

Sin embargo, aunque tuvieran todo el día por delante, ambos eran profundamente conscientes de que se conocían muy poco en realidad. Se preguntaban si su relación iba a dar un enorme salto hacia delante, si, al faltarles el grupo como tabla de resonancia, la atracción que existía entre ambos florecería y daría abundantes frutos o si, por el hecho de encontrarse solos, se marchitaría. Ambos buscaban empezar de cero, ambos deseaban algo más que una aventura amorosa breve nacida al calor de unas vacaciones, pero había cuestiones que debían resolverse y heridas que era preciso cicatrizar. Se movían en el reino de la esperanza y la posibilidad, pero no en el de la certidumbre. Christopher era muy consciente de que estaba tratando con una mujer que, desde su más tierna infancia, había visto destruida su confianza en el ser humano y decidió que debía procurar no dar ningún paso en falso.

La noche anterior, cuando llegaron a los cobertizos de la antigua granja, Marnie se preguntó si Christopher intentaría pasar la noche con ella. Hubo un momento, de pie, en la escalera que conducía a sus dormitorios, en que eso habría sido posible, pero los dos se contuvieron. Había demasiadas cuestiones por resolver entre ambos, y los dos temían herir al otro o resultar heridos, más heridos de lo que ya estaban, si cabe.

—Buenas noches, preciosa bailarina —dijo Christopher en voz baja—. Gracias por ayudarme a volver a la vida. Que duermas bien. Nos veremos por la mañana.

Christopher estaba asombrado del rumbo que había tomado la velada. A principios de semana, era Louisa quien le había alterado el pulso, pero la repentina y magnética atracción que sentía por Marnie se estaba convirtiendo en algo mucho más profundo.

—Buenas noches —susurró ella—. Gracias a ti también.

Tras cerrar la puerta de su dormitorio, Marnie se apoyó contra ella casi sin atreverse a respirar, temiendo que pasara ese instante. Había leído en algún lugar que la gente que se está ahogando revive su vida entera en unos pocos segundos. Y entonces sintió como si fuera ella quien se ahogaba y pensó sorprendida que la sensación era muy placentera. Tenía la intención de repasar mentalmente los detalles de la velada, analizar todas y cada una de las palabras que se habían dicho, las miradas que habían cruzado y cada uno de los sorprendentes pasos de baile que ella había ejecutado; pero cuando se metió en la cama, se quedó dormida casi de inmediato.

Christopher estaba hablando con Morwenna y el coronel cuando Marnie se les unió. Sobre la barra del bar había panecillos y cruasanes, un surtido de jaleas caseras, mermelada y miel de la zona; también se podía elegir entre yogures y cereales, un gran cuenco de fruta fresca y una jarra de zumo de naranja recién exprimido; el té y el café mantenían su temperatura gracias a unos calientaplatos.

Morwenna y el coronel, que habían desayunado temprano con los miembros del grupo que se iban esa mañana, apuraban sendas tazas de café y estaban obsequiando a Christopher con el relato del último arrebato de genio literario que había sufrido Bunty antes de partir. Inspirada por las danzas escocesas de la velada anterior, Bunty les comunicó que estaba entusiasmada con la idea de crear una apasionante serie infantil sobre las sagas de Escocia para la televisión, un emotivo melodrama sobre las aventuras de Dashing White Sergeant cuando era niño. Según Morwenna, Bunty rebosaba de entusiasmo ante la perspectiva, hasta el punto de que a Isobel le costó lo suyo acompañarla hasta el minibús que les estaba esperando. Giles, a pesar de las caras de desespero de su mujer, que temía que Bunty hiciera perder el tren de Perth a los demás, fue incapaz de resistirse y le informó de que los orígenes de esa danza en concreto no eran escoceses, que la melodía había sido escrita por sir Henry Rowley Bishop, el compositor inglés de *Home Sweet Home*, y que esos pasos en realidad se basaban en una danza circular de origen sueco.

—Apuesto a que eso no la desanimó —dijo Christopher, que se estaba divirtiendo a lo grande.

—Ni siquiera sirvió para frenar el alud de su verborrea —dijo el coronel—, pero ahora está preocupada porque no logra decidirse sobre cuál es el título más idóneo para la serie: *La falda escocesa mágica* o *El ramito de brezo blanco*.

—Oh, yo me inclino por *La falda escocesa mágica* —rió, divertida, Marnie—. Pensad en las posibilidades que ofrece.

Morwenna añadió que el semblante de educada resignación de Catherine fue algo digno de estudio cuando Bunty, abandonando todas esas consideraciones pedantes, le prometió casi sin aliento que ella sería la primera en ver el guión tan pronto lo trasladara al papel.

—Catherine ha tenido suerte de contar con dos alumnos como tú y Win, por no hablar de los demás —dijo Morwenna a Christopher—. No está mal... Dos auténticos talentos por descubrir de un total de ocho alumnos, si no contamos al terrible Stanley. Sé que Catherine ha prometido ayudar a Win a guiarla con sus concisas y evocadoras notas, si es que ella logra sobrevivir al reencuentro con su espantoso marido. ¿Tú también estarás en contacto con Catherine, Christopher?

Christopher asintió.

—Por supuesto que sí. Me ha propuesto que asista a alguno de los talleres de poesía que da en Londres, cosa que tengo toda la intención de hacer, y, por supuesto, quiero contarle cuál ha sido el veredicto de Jonathan Mercer, aunque me atrevería a decir que ella lo conocerá antes que yo. Pero no infravalores tus textos, Morwenna. Después de todo, tú eres la única de la clase que ya había publicado antes de asistir al curso, y sabes que Catherine te brindó todo su apoyo durante la última sesión.

—Sí, ha sido muy amable. Pero también te debo mucho a ti, por las ideas y por los ánimos que me diste —dijo Morwenna, agradecida—. Todos me habéis dado el empujón que necesitaba para intentar seguir escribiendo mi columna de horticultura y ejerciendo la jardinería como tal, porque en eso sí que destaco. Definitivamente, primero soy una jardinera con mucha experiencia y luego, periodista.

—¿Y tú, John? —preguntó Christopher mirando al coronel—. ¿Crees que esta semana te ha servido para aprender alguna cosa?

—Por supuesto. Seguiré centrándome en la historia de mi regimiento. Catherine me ha dado unos consejos muy valiosos para convertirla en un texto más accesible... y menos aburrido, lo cual supongo que era un auténtico riesgo —admitió el coronel guiñando un ojo. Y luego añadió con brusquedad—: Aunque creo que esta semana ha sido un éxito para mí en otros aspectos, no solo en el de la escritura.

El coronel miró a Morwenna, quien, de repente, parecía preocupada en recoger el bolso, la gabardina y las libretas de jardinería que llevaba consigo a todas partes.

—¿Vamos, Morwenna? —preguntó el coronel carraspeando y ajustándose el nudo de la corbata, que, de por sí, ya era impecable—. Si has terminado, podríamos marcharnos. Iremos a ver qué nos depara ese famoso semillero, y tú podrás darme un curso acelerado de dendrografía.

—Como mínimo, no encontraremos gnomos de jardín allí donde vamos —dijo Morwenna—, aunque estoy segura de que el jardín de Bunty, si es que tiene jardín, debe de estar atiborrado de hongos decorativos y de hombrecillos rojos pertrechados con cañas de pescar. Bien, hasta pronto. Que paséis un día encantador. Ya compararemos notas esta noche.

—Ahí va una pareja magnífica —dijo Marnie mientras contemplaba a las dos sólidas figuras, vestidas con sobria elegancia, encaminarse al aparcamiento—. El primer día que los vi pensé que serían espantosamente aburridos... y me equivoqué. Les he cogido mucho cariño.

—Y, además, él tiene razón. No es solo la escritura lo que ha hecho que esta semana fuera tan especial, aunque para mí también haya sido muy estimulante. Si yo no hubiera venido, no te habría conocido, y eso... —dijo Christopher mirando a Marnie a través de la mesa— Eso me parece impensable.

Decidieron tomar la A9 hacia Blair Atholl y rodear el castillo de Blair.

—Si quieres empezar a localizar castillos perdidos —dijo Christopher—, creo que sería mejor que vieras un ejemplar auténtico y que lo visitaras por dentro. Me parece que Giles e Isobel nos han organizado una excursión a Glamis esta semana, y no hay castillos más románticos en las Highlands que estos dos. Luego, cuando hayamos pasado toda la mañana devorando cultura, repasando la historia de las masacres y de los ejércitos particulares y contemplando inmensos vestíbulos decorados con terroríficas exposiciones de armas, ¿qué te parecería practicar un poco de terapia de *outlet* de calidad a modo de compensación? He pensado que podríamos almorzar en la Casa de Bruar, que está a unos tres kilómetros de aquí y en ella hay buenos restaurantes, ropa típica muy bonita y un magnífico departamento de regalos. Es un reclamo irresistible para mis hermanas, que, si las pilla cerca, nunca pierden la ocasión de ir, aunque también es un motivo de preocupación para mis cuñados. ¿Qué te parece el programa?

Marnie le dijo que le parecía perfecto.

—Tengo otro motivo para querer ir a la Casa de Bruar —dijo Christopher mientras se dirigían al coche de Marnie—. Esperaba que pudieras aconsejarme porque quiero hacer un regalo a Catherine en señal de gratitud. Creo que es el lugar ideal para encontrar algo adecuado, pero no sé qué comprarle. ¿Me ayudarás a escoger?

—Me encantará ayudarte. Es una idea fenomenal.

—Y también quiero comprar un obsequio para mi madre. Ella ha sido la tabla de salvación que ha impedido que me ahogara en mis problemas. Nunca viviré bastante para agradecérselo (aunque sé que no es preciso que le dé las gracias), pero me gustaría llevarle alguna cosa cuando regrese a casa.

Marnie se dijo que ella era la persona menos adecuada para elegir esa clase de regalos, porque desconocía la variedad madre-tabla de salvación. El recuerdo de su propia madre aceptando con aburrimiento y de cualquier manera los regalitos infantiles que ella le hacía con tanto cariño todavía le provocaba una mueca de asco.

Salieron en el pequeño y veloz Audi 3 de Marnie. Christopher ajustó el asiento delantero para acomodar sus largas piernas y se preparó para disfrutar del viaje, porque, de entrada, se dio cuenta de que Marnie conducía con una aplastante seguridad, seguridad de la que carecía en sociedad.

—Ten cuidado con los controles de velocidad —le dijo él cuando entraban en la A9 en dirección norte, hacia Pitlochry—. No lo digo por cómo conduces, pero este tramo de la carretera es famoso porque pillan a todo el mundo y si te lo cuento es porque, en el pasado, tuve que rascarme el bolsillo. Odiaría que te quitaran puntos del carnet por culpa mía.

Christopher esperó no haberla ofendido, pero esa clase de cosas no afectaban a Marnie.

—Ah, vale, gracias. ¡Este país es increíble! ¿Qué río pasa por aquí?

—Es el Tay, que ahora se convertirá en el Tummel. Sabía que te gustaría —dijo Christopher complacido de su reacción.

Marnie quedó igualmente impresionada con Blair tan pronto divisó las blancas murallas y torrecillas que se erguían a mano derecha de la calzada.

—A eso lo llamo yo un señor castillo. ¡Lo digo en serio! —exclamó Marnie—. Los cuentos de mi infancia siempre transcurrían en castillos. ¿Quién vive ahí, por el amor de Dios: Blancanieves, María, reina de Escocia, Rapunzel o el rey Arturo?

—Vivían los duques de Atholl; aunque ahora ya no. Sin embargo, la propiedad sigue perteneciendo a la familia del último duque.

—¡Espero que la mansión de los antepasados de la condesa, si es que llego a encontrarla, no sea tan inmensa! —exclamó Marnie fingiendo estar horrorizada.

—Oh, en Escocia hay castillos de todos los tamaños, y de todas las formas también —dijo Christopher en tono desenfadado—. Algunos son poco menos que granjas fortificadas.

Durante la visitas por las dependencias del castillo, mientras admiraban el delicado estuco y la variedad de fascinantes objetos de su interior, Christopher pensó que le había tocado en suerte una atractiva y entusiasta compañera. Todo resultaba mucho más intenso debido a la proximidad del otro: lo sorprendente era divertidísimo, los colores eran más llamativos y la belleza, sobrecogedora, solo por el hecho de que estaban juntos. Se generaba tanta electricidad entre los dos que Marnie casi creyó ver saltar chispas y se preguntó si las alarmas antirrobo no se activarían cada vez que los dos se rozaban.

Christopher descubrió que estaba comparando a Marnie con Nicola, para quien la historia, la literatura, las aventuras románticas o el mundo natural no figuraban en su lista de temas de interés (aunque sí figuraría la siguiente parada). Intentó rememorar la época en que empezaron a salir y, con una sensación de culpabilidad, se preguntó por qué su relación había durado tanto. Parte de la responsabilidad cabía atribuirla al sexo, por supuesto (en eso nunca tuvieron problemas); además Nicola era atrevida, inteligente e ingeniosa, y, para Christopher, su empuje y su ambición representaron un excitante desafío. Ambos compartían la misma fascinación por el mundo de las finanzas y de los grandes negocios, y se lo pasaban muy bien juntos, pero mucho antes del desastroso accidente de coche, habían empezado a aparecer ciertas fisuras en su relación que terminaron por abocarlos a un cáustico fin. Las peleas cada vez eran más frecuentes y, en lugar de ser estimulantes como en el pasado, Christopher las consideraba cada vez más tediosas. Nicola y él ya no pedían lo mismo a la vida, y tampoco cuadraba su antagónica manera de enfocar la relación de cara al futuro. «Deberíamos haber cortado mucho antes —pensó él—. Fue culpa mía que eso no sucediera.»

A Marnie le costó abandonar el romántico Blair Atholl, pero, de hecho, la Casa de Bruar, que se anunciaba como el centro comercial más prestigioso de la comarca, dio en el clavo en cuanto a sus preferencias. A pesar de estar a comienzos de temporada, bullía de clientela, y se vieron obligados a dejar el coche en el aparcamiento anejo.

Decidieron ir de compras primero y luego regalarse con un almuerzo tranquilo.

—¡Qué peligro tiene este lugar! Es el sueño dorado de todo

comprador americano —dijo Marnie apreciando una selección de artículos de lujo dispuesta con suma gracia—. ¡Qué elegancia! El tweed, la cachemira, la napa... ¿Y esos preciosos accesorios de cocina? Representa lo que los americanos consideramos un clasicismo de buen gusto con un toque británico. Mi madre, que es adicta a las compras, se volvería loca aquí.

—¡Vaya, vaya! ¿Será eso un inconveniente para ti? —bromeó Christopher.

Marnie adoptó una expresión compungida.

—Me parece que he heredado más cosas de ella de las que creía —dijo riendo—. ¿Qué decía Oscar Wilde de las madres?

—«Las mujeres se vuelven como sus madres. Y esa es su tragedia. Los hombres, no. Y eso también es una tragedia.» —citó Christopher—. ¡Se nos podría aplicar a los dos!

—Exacto. ¡Pero esperemos que mi parecido con ella termine en la adicción la cachemira!

Compró una bufanda de cachemira para su padre, unos calcetines para sus hermanastros y un par de guantes para su madrastra (Christopher se fijó en que Marnie no había comprado nada para su madre), y luego cada uno se compró un jersey. Marnie dudaba entre uno de color azul intenso y cuello polo y otro de un tono rosado pálido.

—¿Cuál te gusta más? —preguntó ella sosteniendo ambas prendas ante su cara.

—Quédate con el azul —le aconsejó Christopher—. Hace juego con tus ojos.

Y se quedó el azul. Christopher eligió un jersey sin mangas color rojo oscuro, pero Marnie le buscó uno de un tono frambuesa claro.

—Este es muy moderno. Vamos... ¡Atrévete a vivir peligrosamente! Huye de las convenciones, rompe con la norma —se burló ella—. ¿Qué tal si damos un repaso a tus calcetines ahora que ya estamos puestos?

—¿Qué les pasa a mis calcetines?

—Son increíblemente sobrios. ¡Alegra tu vida lanzándote a las rayas o a los lunares!

—Eres mala como mis hermanas —se quejó Christopher, pero compró el jersey rosa y dos pares de vistosos calcetines de lunares sin dejar de reír, satisfechos ambos con sus respectivas compras.

Marnie vetó su propuesta de comprar una chaqueta de punto para Catherine.

—Es un buen regalo, y estoy segura de que le encantaría, pero Catherine es muy grande. Es posible que acertemos con la talla, aunque me parece algo demasiado personal porque, en el fondo, no la conoces. ¿De verdad quieres comprarle un regalo en el que ponga Extra grande en la etiqueta?

—¡Vale más que no! ¿Qué propones tú?

—¿Por qué no le compras un echarpe? Es un complemento de calidad, y nos evitamos el problema de la talla. Ya la veo entrando en clase, envuelta en esa prenda. Esa mujer tiene algo de aventurera, ¿no te parece? Si hubiera nacido el siglo pasado, sería de las que montaban a horcajadas mientras las demás lo hacían de costado, o de las que galopaban sobre un camello por el desierto con un turbante en la cabeza.

—Que no sería de cachemira, supongo.

—No lo sé... Pero sería de máxima calidad.

Finalmente, le compraron un sarape extremadamente suave en un intenso tono verde oscuro; y Christopher fue al departamento de Vida Campestre y compró a su madre un par de tijeras de podar carísimas, porque pensó que le irían perfectas para trabajar y no le costaría manejarlas a pesar de la artrosis de sus manos. Tras abonar el importe de las tijeras, Christopher dijo que quería ir a por unos libros de jardinería y Marnie decidió aventurarse en el departamento de calzado, donde compró con gran satisfacción un par de mocasines de piel roja y azul marino adornados con borlas.

—Y ahora, a comer —dijo Christopher cuando volvieron a reunirse en el vestíbulo de los restaurantes. Supongo que debes de estar hambrienta.

—Me comería un toro. ¡Qué barbaridad! ¡Me ha atacado la fiebre consumista! Ir de compras me vuelve voraz.

—Lo recordaré a partir de ahora y evitaré la combinación —respondió Christopher sonriendo, y Marnie sintió una oleada de alegría al oírle hablar del futuro.

El restaurante era una cafetería, pero en nada se parecía a las que se encuentran junto a la autopista. Christopher no pudo resistir la tentación de pedir un trozo de rosbif, de un tono rosado perfecto, cortado en el mismo mostrador y servido con la guarnición tradicional (la comida, según confesó, por la que suspiraba en la cárcel), y Marnie eligió unos macarrones con un queso de aspecto cremoso y un acompañamiento de vistosas y crujientes ensaladas.

—Mi plato favorito. La comida consolación por excelencia.

—¿Necesitas que te consuelen?

—Por el momento, no; al contrario. Me lo estoy pasando de maravilla.

—Yo también.

Cogieron el almuerzo y se sentaron a una mesa de la terraza posterior desde donde destacaba el borboteo del río Garry a pesar del murmullo de las conversaciones de los demás comensales. La comida era deliciosa y estuvieron un buen rato tomando café y riéndose de buena gana.

—¿Qué te gustaría hacer esta tarde? —preguntó Christopher—. ¿Te sientes con fuerzas?

—Me siento genial —contestó Marnie recogiéndose el fino y liso pelo en un moño—. ¿Qué me propones?

—He pensado que podríamos seguir el caminito del río y subir hasta las cascadas de Bruar. Hay tramos muy empinados, pero veremos unos espectaculares lagos y cascadas entre las rocas. ¿Te apetece?

—Me parece una buena idea. Me encanta andar, pero ¿le conviene eso a tu pierna? —Marnie le había visto tomarse un par de calmantes disimuladamente durante el almuerzo.

—No pasa nada. A mi pierna le conviene. Vamos, entonces.

Tras dejar las compras en el coche y cogidos de la mano por primera vez, emprendieron la marcha por el empinado sendero, que estaba surcado de raíces de árboles, salpicado de rocas semienterradas y cubierto de una resbaladiza alfombra parda de hojas de pino secas. Esa senda estaba llena de sorpresas, con pronunciados descensos tras una curva en la que el terreno, de repente, cedía de un modo abrupto, y con inesperados puentes y elevaciones. Christopher tuvo que agacharse para pasar por el túnel del ferrocarril que iba de Perth a Inverness y que cruzaba el caminito. Se detuvieron para asomarse por un estrecho puente y estuvieron contemplando cómo el agua se precipitaba sobre las oscuras rocas del fondo.

—Parece sacado de *El señor de los anillos* —dijo Marnie—. Con esas rarísimas barbas grises que cuelgan de los árboles, una espera ver a un hobbit desapareciendo de un salto por un agujero. ¡Y qué agua más clara! A lo mejor es whisky... Se ven todas las rocas y los guijarros a pesar de la altura. Nunca se sabe la magia que puede llegar a reflejarse en esos estanques.

—A lo mejor vemos el futuro —sugirió Christopher mirándola.

—Continuemos —dijo ella, consciente de sus ojos.

—Me alegro de no haber traído a mis revoltosos sobrinitos —dijo Christopher mientras pasaban junto a otro letrero amarillo que advertía del peligro de caminar junto al borde—. ¿Derecha o izquierda? —preguntó al llegar a una bifurcación repentina.

—Derecha —respondió Marnie al instante—. Mi padre dice que siempre hay que girar a la derecha.

Cruzaron otro puente de piedra y siguieron remontando la orilla opuesta, donde el río se estrecha y se vuelve más bravo, hasta que llegaron a un mirador natural y se quedaron contemplando una serie de cascadas extraordinarias que surgían de lo más profundo de una garganta que se erguía hacia lo alto.

—Quedémonos un rato aquí —dijo Marnie pensando en la pierna de Christopher—. Es muy bonito y no me iría nada mal recuperar el aliento.

Se dejaron caer sobre la alta hierba, entre moras salvajes y helechos, con el cielo azul alpino asomando entre los pinos y el plateado rocío del agua precipitándose contra las negras rocas erosionadas.

Christopher encendió un cigarrillo.

—Cuéntame más cosas sobre ese lugar que andas buscando. Hasta ahora, solo conozco un par de detalles.

Marnie se explayó contándole el terror que había sentido de noche, en las Antillas, al ver unos rostros a través de su ventana, el siniestro episodio de vudú y la intervención de la condesa; y luego, años más tarde, el improbable legado que le cayó en gracia y la dejó conmocionada.

—Te llevarás una decepción terrible si no lo encuentras, ¿verdad, Marnie?

—Supongo que sí. Dirás que soy supersticiosa hasta el absurdo, pero siento que he llegado a un punto de inflexión en mi vida y estoy convencida de que si logro encontrar el hogar de su infancia, las cosas empezarán a marchar mejor.

—Quizá sea la búsqueda lo más importante. Quizá el hecho de que hayas emprendido tu búsqueda importa mucho más que lo que encuentres al final. Viajar manteniendo viva la esperanza...

—Es posible. —Marnie le lanzó una mirada angustiada y se preguntó si creería que estaba loca y era una obsesiva—. Pero ella me salvó dos veces, en unos momentos muy críticos de mi vida. Necesito devolverle el favor, no directamente a ella, claro, sino dedicarlo a su memoria, hacerlo en honor a ella.

—Sí. Lo entiendo perfectamente. Sé lo que significa querer enmendar las cosas. Pero no me habías contado que te salvó una segunda vez.

Marnie titubeó. Deseaba causarle una buena opinión, pero todavía le importaba más ser honesta con él.

—Toda mi vida ha sido un desastre. He hecho locuras... cosas de las que no me enorgullezco.

—¿Y quién no? ¿Quieres compartirlas conmigo? Yo te conté mi gran error.

—Sí, es cierto. Lo sé. Y lo consideré un honor.

—¿Entonces?

—Resulta que fui una adolescente terriblemente rebelde. Convertí en un infierno la vida de mis padres. ¡Incluso tenía a mi madre preocupada! —Marnie puso los ojos en blanco para recalcar que esa situación era de lo más anormal y luego siguió hablando—. Bebía demasiado, sufría trastornos alimenticios, experimentaba con drogas y con relaciones... Anhelaba amar y hacía todo lo que estaba en mi poder para ahuyentar ese amor de mí. Aceptaba empleos y luego renunciaba a ellos, empezaba una terapia y luego abandonaba... Imagínate el panorama. Luego, supongo que empecé a madurar un poco y a sentar cabeza, pero seguía siendo una alocada. Cuando cumplí veintitrés años conocí a un hombre mucho mayor que yo y me enamoré de él. Un compatriota. Con mucho estilo, encantador, refinado y rico. Yo estaba trabajando en Londres en una empresa de mi padre y nos conocimos en una importante fiesta de beneficencia. Me invitó a cenar e iniciamos una relación. Estaba loca por él. Habría hecho cualquier cosa por complacerlo. A menudo él iba a Londres, pero también viajaba mucho por cuestión de negocios. Solía desaparecer, a veces durante meses. Me telefoneaba desde otros países y, con eso, ya me bastaba... Aunque, en realidad, vivía pensando en su regreso. Me habló vagamente de algo trágico que le había sucedido en el pasado y me dijo que nunca se volvería a casar, que le resultaba muy difícil hablar de ello. Yo creía que si algún día cambiaba de idea y decidía casarse de nuevo, lo haría conmigo. Me hablaba del futuro, de cuando pudiera disminuir el ritmo de trabajo y llevar una vida más tranquila, pero decía que no quería atarme porque yo era demasiado joven. Me conmovieron sus palabras. Creí que no se decidía porque pensaba en mi propia felicidad, aunque yo le aseguraba que me sentía preparada si él lo estaba. Luego se despertó mi instinto maternal. Quería tener un hijo. Un día que tuve que regresar a Estados Unidos a causa de una celebración familiar, conocí a una chica de mi edad en casa de una amiga que celebraba un almuerzo del club de lectura y empezamos a hablar de los autores que más nos gustaban. Congeniamos de inmediato.

Marnie estaba sentada y se agarraba las rodillas con las manos, mirando el paisaje con absoluta concentración. Christopher vio que tenía los nudillos blancos.

—Cuando me dijo su nombre —narró con la voz quebrada y el tono inexpresivo—, adiviné lo que iba a contarme. Mirando hacia atrás, supongo que debería de haber captado ciertas señales, pero estaba tan ciega que no las supe ver. Esa chica era su hija. Y la razón por la cual él nunca había vuelto a casarse era porque ya estaba casado en realidad... y tenía cinco hijos. En opinión de su hija, era un hombre felizmente casado. «Mis padres te encantarán», me dijo. «Papá suele viajar a Londres por negocios. Le diré que vaya a verte». Inventé una excusa cualquiera para marcharme antes de que terminara el almuerzo y no le dije que yo era la amante de su padre. Luego regresé a casa y me tomé una sobredosis.

—¡Y a Dios gracias, alguien debió de encontrarte a tiempo! ¿Tenías la intención de quitarte la vida?

—Sí, claro. Era lo que pretendía.

—¿Qué pasó al final?

—Yo vivía en el piso que mi padre tiene en Nueva York y él acababa de marcharse a Long Island, donde tiene una casa. Sabía que mi madrastra guardaba bastantes somníferos en el botiquín del baño y me los tomé, pero resulta que ella tenía cita con el dentista o algo así y regresó a casa sin avisar. Fue ella quien me encontró, y justo a tiempo. Lo siguiente que recuerdo fue una auténtica pesadilla: lavado de estómago, médicos, hospitalización...; y preguntas interminables. Sentí como si me hubieran vaciado por dentro. Sufrí una crisis nerviosa y pasé una temporada ingresada en una clínica.

—Lo siento muchísimo, Marnie. —Christopher se inclinó hacia ella y, atrayéndola hacia sí, la envolvió entre sus brazos. Marnie se sentía como si fuera un resorte a punto de saltar. Christopher siguió abrazándola y acunándola de vez en cuando, como si consolara a una niña asustada, deseando asirla con más pasión pero sin atreverse a interrumpir el hilo de sus pensamientos.

—Ahora sé que cometí un acto de cobardía —dijo finalmente ella con un suspiro—, que aquello estuvo mal, que fui motivo de preocupación para los demás, que les causé una indecible angustia. ¡Ya ves! No soy la persona que te habías imaginado.

—¡Claro que sí! Creo que eres valiente, simpática y divertida... y también hermosa: una persona muy especial. Todos tenemos secretos y adoptamos determinado disfraz para ocultarnos del mundo exterior. Se trata de descubrir a la persona que llevamos dentro.

—Es curioso que lo menciones, porque, en su diario, la condesa escribió que la vejez era como un disfraz. Sintió que se había vuelto invisible, que nadie la veía como era ella en realidad.

—¿Como si llevara puesta una máscara? ¿Como tus bailarines de carnaval? ¿Verdad que fue ese recuerdo lo que hizo que sintieras pánico de las danzas escocesas? Sabía que había algo más y que no solo tenías miedo de ponerte en ridículo por no saber los pasos.

—Sí. Mi viejo enemigo. Mis demonios. El espectro de Jab Molassi. Pensé que iba a darme un ataque de histeria cuando Giles empleó las palabras desencadenantes: el carnaval, las danzas tribales... Y entonces tú transformaste todo eso. Nunca lo olvidaré, nunca en la vida. ¿Cómo supiste que estaba a punto de echar a correr?

—Quizá es necesario haber caído presa del pánico para reconocer los síntomas en otra persona. Desde el accidente, yo también sufro estas crisis. La causa es distinta, los desencadenantes son diferentes, pero es algo extremadamente desconcertante y desagradable. En el pasado, si alguien me hubiera dicho que iba a sufrir crisis de ansiedad, me habría reído en sus mismas narices. ¿Crisis de pánico, yo? Ahora, en cambio, sé que son muy corrientes y que las sufren en secreto gente de muy variada condición. Supongo que todo comenzó a raíz del accidente, pero las cosas empeoraron infinitamente al ver que me encerraban en la cárcel. Luego empecé a mejorar y, en general, ahora consigo controlar su aparición. He aprendido mucho durante estos últimos años, aunque el camino ha sido difícil.

Christopher notó que Marnie empezaba a relajarse y siguió hablando.

—Cuéntame cómo te salvó esa señora por segunda vez. Tenía entendido que nunca volviste a verla. ¿Cuándo fue? ¿De qué debía salvarte?

—Oh, por aquel entonces, ella ya había fallecido... Supongo que podría decirse que me salvó de mí misma. En ocasión de mi vigésimo quinto aniversario, mi padre pudo informarme de la existencia del legado y demostró su buen juicio al pensar que lo que yo necesitaba para retomar las riendas de mi vida era saber que ese gesto inesperado con que me obsequiaban era debido a que alguien se había preocupado muchísimo por mí, y así fue. Un día te enseñaré la carta que ella me escribió. Decidí que mi vida tendría un nuevo sentido a partir de entonces y que emplearía su dinero en algo útil. Todavía no sé a qué lo destinaré, pero tienes razón. Me sentiré fatal si no consigo localizar la casa al menos. Es como un símbolo. Mi viaje a Escocia es una especie de peregrinaje en su honor. Ya sé que todos conocemos el significado de la palabra «peregrinaje», pero como a mí me encantan los vocablos y me pirro por las definiciones exactas, decidí consultar el diccionario. La primera entrada cita un viaje a un santuario o a un lugar sagrado, pero la segunda dice lo siguiente: «viaje o larga búsqueda que se realiza por razones sentimentales o que viene motivada por cierta exaltación». Eso es exactamente lo que me inspira la búsqueda del hogar en el que la condesa pasó su infancia.

—Me alegro de que seas una enamorada de las palabras —dijo Christopher extremadamente complacido ante esa prueba de nueva afinidad—. Yo las devoro.

—¿Quieres que te cuente otra superstición que tengo?

—Dime.

—¡Pensarás que estoy más loca que una cabra!

—Ponme a prueba.

—Bien. La condesa siempre estaba haciendo crucigramas y, un día, me enseñó a utilizar el diccionario que tenía sobre la mesa. Jugamos a descubrir palabras, a inventar significados para que la otra adivinara si la respuesta era verdadera o falsa. Fue divertidísimo. Luego, me dijo que guardara el libro y que no lo dejara abierto porque las palabras podrían salir volando. ¿Te imaginas? —dijo Marnie riendo—. Considero que fue un gesto de gran sabiduría por su parte, porque me inculcó que debía ser cuidadosa con los libros, y esa costumbre no me ha abandonado. Cuando veo que un libro ha quedado abierto ¡casi espero encontrarme las páginas en blanco! ¿No te parece que tengo muchas manías?

—¿Sabes? Me acabas de recordar una cosa —dijo Christopher—. En Mull, en casa de mis abuelos escoceses, en el antiguo cuarto de juegos de los niños, conservaban una edición de 1909 de los cuentos de hadas de los hermanos Grimm, ilustrada por Arthur Rackham. Todavía veo las tapas rojas y doradas y noto el olor a moho de las páginas... Incluso ahora siento un escalofrío de miedo. Algunos dibujos eran muy bonitos, pero otros eran espeluznantes. De día no pasaba nada pero, cuando se apagaban las luces, solía imaginar que los gigantes, las brujas y los duendes escapaban de sus páginas. Solía dormir con una linterna bajo la almohada y, de noche, iba de puntillas hasta la estantería a comprobar que el libro tuviera las tapas debidamente cerradas y estuviera guardardo en su estuche. No lo recordaba desde hacía años, pero... —dijo Christopher profiriendo una carcajada—, es como si volviera a ver todos esos dibujos, y te diré una cosa: uno de ellos me recuerda a ti.

—¡Muchas gracias, hombre! Supongo que será el de alguna bruja vieja y deforme.

—¡Qué va! Eres la cuidadora de gansos que pintó Rackham. Si algún día vienes a mi casa buscaré el libro y te enseñaré la ilustración. Mi madre lo heredó al fallecer la abuela.

Marnie se acercó a él.

—Será mejor que te andes con cuidado —le dijo ella en son de burla aunque sintiéndose profundamente halagada—. Si liberas a la cuidadora de gansos, quizá liberes más cosas de las que esperas.

—Somos un par de marineros recién salvados de un naufragio —dijo Christopher al cabo de un rato—. Yo intento asumir que terminé con la vida de un ser humano y tú estás intentando aceptar que quisiste acabar con la tuya. ¿Crees que es una casualidad que hayamos sido arrojados a la misma orilla?

—No lo sé. —Marnie notó confusa que el corazón empezaba a latirle más rápido—. Supongo que dependerá de si crees en el destino. ¿Qué opinas tú?

—Yo tampoco lo sé. A mí me parece que comprender las cosas es un lujo del que nos vemos obligados a prescindir. Pero sí creo en el instinto; mi madre siempre dice que debería confiar más en él y yo... —Christopher la miró pensando si ese sería un buen momento para encomendarse a su instinto.

—¿Y tú, qué?

—Tengo la sensación de que tú y yo estamos hechos el uno para el otro —dijo con voz queda.

Ambos se quedaron en silencio. Marnie, temiendo romper la magia del instante con algún comentario inapropiado, permaneció callada durante tanto rato que Christopher empezó a pensar que quizá se había precipitado y la había asustado.

—¿Te ha molestado lo que he dicho? —le preguntó finalmente—. Sé que solo hace una semana que nos conocemos y que te han hecho mucho daño, pero quería que supieras cuáles son mis sentimientos. A lo mejor es un poco egoísta por mi parte, pero te prometo que no voy a agobiarte o a pedirte que me des una respuesta, y todavía menos que te comprometas a nada en estos momentos. Dime que no estás enfadada conmigo.

—¿Enfadada? ¿Cómo voy a estar enfadada? Creo que ya sabes que yo siento lo mismo por ti, pero estoy aterrorizada —admitió Marnie—. Tengo miedo de que vuelvan a hacerme daño... y de que yo pueda herirte a ti. Mi historial es espantoso. Me cuesta mucho confiar en los demás y, sobre todo, confiar en mí misma. Incluso me resulta difícil admitir que la felicidad existe. No soy un buen partido para nadie... Y no tengo pareja estable desde mi último fracaso. —Marnie, todavía abrazada a él, se volvió para mirarle a los ojos—. Esa novia con quien te peleaste antes del accidente..., ¿qué pasó con ella?

—Me dejó plantado cuando me enviaron a la cárcel.

—¿Y ahora?

—Bueno, ahora que ya han terminado mis problemas, se pregunta si no deberíamos intentar recuperar la relación durante un tiempo... «solo para divertirnos», según sus palabras. Le he dicho que eso es absolutamente imposible. Esta mañana, cuando estábamos visitando el castillo, he pensado que ahora apenas tenemos nada en común... y que, por ti, mis sentimientos son muy distintos.

—¿Y por Louisa? —preguntó Marnie apartando la vista y separándose suavemente de él—. Louisa es guapa, divertida, atractiva... Tiene todas las virtudes que hay que tener para moverse en sociedad. ¿Qué sientes por ella?

—Nada —dijo Christopher instantáneamente, pero luego rectificó—. No, eso no es verdad, y tampoco justo. Me gusta mucho. Yo también la considero muy atractiva y veo que tiene todas las virtudes que dices... pero no es como tú.

—Pues a ella le gustas.

—Es posible que esté convencida de que le gusto porque, como el resto de nosotros, y cada uno a su manera, vino a Escocia en busca de algo o de alguien, y me encontró a mí. Es la clásica razón del que elige escalar determinada montaña, porque la tiene delante. Y no me siento halagado, porque sé que eso no tiene nada que ver conmigo como persona. —Christopher enarcó la ceja—. Si Stanley o el coronel hubieran sido su tipo, también se habría fijado en ellos.

Marnie se levantó y Christopher se sintió aliviado al ver que la expresión atormentada había desaparecido de su rostro.

—¿No crees que Stanley habría intentado tentarme a mí si se hubiera quedado unos días más? —preguntó ella riéndose y ofreciéndole la mano para que la ayudara a levantarse.

—¡Dios es misericordioso! ¡Entonces sí me habría puesto a temblar! —Christopher la rodeó entre sus brazos—. Nos tomaremos las cosas como vengan, sin exigencias ni promesas. Y, mientras tanto, tenemos una maravillosa semana por delante. Divirtámonos. Vayamos en busca de tu casa. Tomémonos las cosas con alegría.

—Sí. Como dijiste antes, viajaremos manteniendo viva la esperanza. —Marnie le dedicó una de sus repentinas y transformadoras sonrisas—. ¡Para mí será como empezar de cero!

Christopher la abrazó, se dieron un largo y sentido beso y, con alas en los pies, retomaron el inclinado y resbaladizo sendero que conducía de vuelta al aparcamiento.

A pesar de que las palabras de Christopher invitaban al comedimiento, ambos sintieron que acababan de verbalizar su compromiso con el futuro.

21

El domingo por la noche, antes de cenar, sirvieron una copa en la sala de estar. Giles abrió un par de botellas de champán para celebrar el inicio de la que iba a ser la segunda semana en Glendrochatt para los huéspedes. De entrada, la escena era distendida, pero la atmósfera estaba cargada de emociones muy dispares.

El coronel y Morwenna irradiaban una callada satisfacción, resultado de un día feliz e indicio de que su relación iba madurando despacio, aunque nada en ellos llamaba la atención especialmente. Era como si alguien hubiera vaporizado un par de goznes un poco oxidados con el lubricante Tres en Uno y ahora funcionaran mejor.

Nada que ver con Christopher y Marnie. Habría sido imposible no darse cuenta de la corriente que fluía entre ambos, no ver las miradas secretas que se intercambiaban o el modo en que se acercaban el uno al otro, y aunque Louisa se sintió avergonzada de que aquello le importara tanto, de repente, descubrió que la situación le resultaba difícil de soportar. No porque se sintiera excluida, al contrario. Ambos se habían propuesto ir a su encuentro tan pronto regresaran de Bruar y parecían especialmente complacidos de verla, pero para Louisa, acostumbrada a ser el centro de atención y, desplegando el mayor de los encantos, la instigadora, más que el objeto, de gestos de amabilidad en público, eso solo empeoraba la situación. Sentía su orgullo herido y, sobre todo, se sentía rechazada a los ojos de Christopher. Por eso recibió con muy poco entusiasmo los esfuerzos de Marnie por mostrarse agradable.

Marnie, ansiosa por compartir su recién hallada felicidad, y pensando que a ella y a Louisa les faltaba poco para hacerse íntimas, tenía muchas ganas de contarle cómo le había ido el día y mostrarle el precioso libro sobre las mansiones fortificadas de Escocia y sus jardines que Christopher le había comprado por sorpresa en la tienda de jardinería de Bruar mientras ella esta ba probándose unos zapatos. Vio que Louisa estaba a punto de perder los nervios y, adivinando la razón, temió haber tenido poco tacto y que su gesto se malinterpretara como una fanfarronada. A resultas de ello, Marnie se encerró automáticamente en su viejo caparazón y adoptó la táctica defensiva del erizo de mar. «Nunca sé cómo comportarme con Louisa —pensó—. A lo mejor soy yo, que, como siempre, interpreto mal las señales. Es como jugar a Serpientes y Escaleras: caigo en una casilla que me permite subir unos peldaños, vuelvo a tirar el dado y... ¡pluf!, acabo en la bocaza abierta de una serpiente y regreso al mismo lugar donde estaba.»

Christopher, al ver la expresión confusa de Marnie, dedicó una fría y crítica mirada a Louisa, y esta se sintió dolida.

Louisa sentía una terrible envidia de la evidente solicitud que Christopher desplegaba con Marnie, aun sabiendo que era absurdo, dado que, hasta hacía muy poco, había encontrado asfixiante esa misma actitud protectora en Adam. A su pesar, era consciente de que su comportamiento era injusto y poco elegante, pero ese conocimiento no le servía para cambiar de estado de ánimo ni para alegrarla. El hecho de que Isobel hubiera invitado a cenar a Neil Dunbarnock (que precisamente no era santo de su devoción) para cuadrar a los comensales, no contribuyó a levantarle el ánimo, sobre todo cuando se encontró sentada entre él y el coronel. Se sintió desplazada, condición que podría resultar familiar a Marnie pero a la que Louisa no estaba acostumbrada. Arrepentida, pensó si se la vería tan alborotada como al señor Brown cuando este se enfurruñaba. Si tuviera plumas en lugar de pelo, sin duda todos se habrían dado cuenta de que las tenía erizadas. La asaltó la asfixiante sensación de que se pondría a llorar y, por primera vez en muchos años, deseó que Adam estuviera a su lado. «Quizá le llame luego —pensó—. Solo para charlar un rato, para que entienda que sigue siendo muy importante para mí y que necesito estar en contacto con él aunque no quiera volver a ser su pareja. Pero no puedo llamarle solo para que me consuele y anime porque necesito superar el poco interés que despierto en otro hombre, sobre todo cuando no me siento preparada para ofrecerle nada a cambio.

»Me estoy comportando como una niña malcriada —pensó con desconsuelo—. ¿Cómo puedo correr hacia Adam pidiéndole cariño y luego abandonarlo cuando la relación vuelva a ir sobre ruedas?» Decidió que haría un gran esfuerzo con lord Dunbarnock por el bien de Isobel. Sabía que su prima había tenido un día malísimo y no deseaba complicarle la existencia ejerciendo una influencia negativa en su cena de celebración.

Tras la desastrosa reacción de Rory ante la noticia de su inminente regreso al hogar materno, Louisa decidió que la familia Grant estaría mejor unida en la intimidad y, a pesar de que Isobel insistió en que se quedara con ellos, tomó la inapelable decisión de pasar la tarde fuera. Le habría gustado ir a la Casa de Bruar a darse algún capricho, pero no le apetecía hacer de carabina y la probabilidad de tropezar con Christopher y Marnie era demasiado alta. En general, le encantaba ir sola a dar una vuelta o a explorar, y solía divertirse desapareciendo en una época en que se veía obligada a hacer malabarismos entre un trabajo de mucha responsabilidad, un jefe exigente, una frenética vida social y una relación seria. Pero una cosa es elegir la soledad como escapatoria temporal y otra muy distinta estar sola porque sabes que nadie te quiere. La feliz y resistente Louisa, que se enorgullecía de su capacidad de recuperación y creía apasionadamente en los beneficios casi mágicos del pensamiento positivo en la salud y el bienestar, se encaminó hacia la colina donde había estado con Marnie el primer día que pasó en Glendrochatt, se sentó en la misma roca junto al arroyuelo, destapó el caldero que contenía sus miedos y anhelos más secretos... y miró dentro.

«Todo está saliendo bien —pensó—. «¿Por qué tengo este bajón precisamente ahora? Salí contenta y feliz. ¿Dónde está ahora mi optimismo? Tengo libertad para viajar, cosa que siempre quise tener. Podría explorar todos esos lugares que me perdí cuando tenía la edad de hacerlo.» Consideró otras oportunidades igualmente excitantes: un nuevo empleo, quizá no tan bien pagado como el anterior pero que reflejara mejor sus intereses personales, puede que en publicidad o en el mundo del arte. Podría apuntarse a un curso de bellas artes en el Victoria and Albert y dar conferencias para el colectivo Nadfas, proyecto que la atraía y ya había considerado en el pasado. No creyó realizable la opción de intentar escribir una novela, aunque quizá podría guardarla en la recámara. Siempre había evitado plantearse tener hijos; durante muchísimo tiempo, la incertidumbre sobre el futuro de su salud (que ahora esperaba que quedara relegada al pasado) le había hecho evitar la maternidad para no enfrentarse al temor de que le fuera denegada y había descartado casarse y tener hijos con Adam diciéndose y diciéndole a él que sería una tarea demasiado absorbente y exigente. Sin embargo, bajo sus preocupaciones por el futuro, seguía oyendo un tictac regular y firme que no quería escuchar, un reloj biológico cuyo péndulo oscilaba a derecha e izquierda, sin cesar, con una insistencia enloquecedora.

Aunque Isobel y Giles eran unos anfitriones demasiado responsables para dejar que afloraran sus conflictos personales y estos les impidieran mostrarse poco atentos con sus huéspedes, ambos estaban más tensos que las cuerdas de un violín. Isobel parecía agotada. Rory la había estado siguiendo desconsolado toda la tarde, agarrado a su amado peluche y chupando la única oreja que le quedaba hasta que terminó con esta en la boca e Isobel tuvo que llevar a cabo una operación de cirugía instantánea y coser el triste y empapado apéndice en la raída calva de Conejo. En compañía de Giles, le leyó un cuento al acostarlo, pero si, por lo general, Rory se dormía al cabo de unos segundos de apoyar la cabeza en la almohada, esa noche Isobel tuvo que darle Calpol y quedarse junto a él para que, sin dejar de lloriquear, conciliara el sueño. Para empeorar aún más las cosas, se vio obligada a gritar a Edward porque el muchacho pasó la tarde preguntándole con la regularidad de un reloj que da los cuartos por qué Rory debía marcharse.

—¡Basta ya, Ed! No voy a volver a decírtelo —le espetó con mayor aspereza de la que pretendía, angustiada por la turbación y la pena de Edward ante la inminente marcha de Rory. Sabía que estaba trastornado más por sí mismo que por Rory, porque a su hijo le costaba identificarse con las emociones ajenas. Los cambios le resultaban muy difíciles de soportar y, como además no acertaba a expresar sus inseguridades, solía volver loca a la familia cuando se ponía triste—. Ya te lo he contado cien veces. Nadie quiere que se marche, pero él tiene que volver junto a su mamá y eso es todo. Así que ahora, ¡cállate ya!

Edward, que nunca había superado la necesidad de succionar en momentos de angustia, se metió en la boca un pulgar curiosamente largo y deforme y se refugió en su propio mundo. Se sentó frente al televisor y estuvo revisando sin descanso una cinta de vídeo de *Buffy Cazavampiros* sin mirarla en realidad, adelante y atrás, distante e incomunicativo como si no existiera nadie más.

Amy fue al rescate. Pasó un brazo por los hombros de su madre y la atrajo hacia sí. No podía soportar ver a su dicharachera y risueña progenitora en ese estado de desconsuelo.

—Pobre mamá, no dejes que eso te desanime. Los Fortescue me han invitado a cenar esta noche porque Emily pasa el fin de semana en casa y uno de los chicos vendrá a buscarme. ¿Quieres que le diga que vengan antes y nos llevamos a Ed al cine? Le quitaremos a Rory de la cabeza y tú te lo quitarás de encima durante unas horas. Ya sabes que le encanta ir con ellos.

La familia de Emily eran amigos íntimos de los Grant y vivían a unos kilómetros de distancia, en la otra vertiente de Blairalder.

—Ay, cariño, ¡qué gran idea! —exclamó Isobel agradecida—. Eres un fenómeno. Tu fin de semana está resultando horroroso. Lo siento mucho. Hemos de tomar una decisión porque no quiero que la tía Lorna se salga con la suya después de la tristeza y el caos que ha creado, pero si nos saltamos la ley y no le devolvemos a Rory, eso podría perjudicarnos en un futuro. Supongo que ese poderoso senador que le hace de marido, y que además es abogado, se nos merendaría primero y luego, escupiría las sobras.

Después de cenar, Giles esbozó el programa de la semana. Al día siguiente, los acompañaría a Edimburgo, donde había concertado especialmente para ellos unas visitas guiadas a la Galería Nacional y al Palacio de Holyrood, comerían en Duck's, en Le Marché Noir, y luego visitarían el castillo y darían una vuelta por alguna de las pequeñas galerías y callejuelas que Giles solía frecuentar. El martes, Isobel los llevaría a casa de Evelyn Fergusson, como ya habían concertado, para que visitaran la mansión y el jardín, que, en opinión de Giles, interesarían mucho a Morwenna y a Marnie.

—Tengo la esperanza de encontrar alguna pista que pueda servir a Marnie en su búsqueda del castillo desaparecido, y sé que Morwenna se quedará fascinada con el jardín, pero también estoy seguro de que John, Christopher y Louisa encontrarán algo digno de mención para ellos.

El resto de actividades que concertaron fue: una excursión a Glamis que incluía una visita guiada al castillo y un almuerzo en su restaurante; una visita a una destilería de whisky o a un fabricante de escarcelas; otro día, si el tiempo lo permitía, irían de excursión al Glen Tilt y harían un picnic junto al río. El programa era flexible, les dijo Giles, y se avendrían a satisfacer cualquier petición individual que pudiera surgir. Quizá a alguien le apeteciera disfrutar de un día de pesca. El coronel no era pescador, pero Christopher dijo que no se lo pensaría dos veces si le daban la oportunidad.

—Lo que sucede es que tendré que pedir prestado el equipo a alguien porque no se me ha ocurrido traer la caña y todo lo demás.

Giles le dijo que eso no era ningún problema y que ya miraría de arreglarlo.

—Puedes utilizar mi caña y mis botas. Quizá midas unos centímetros más que yo, pero debemos de tener el mismo número.

El maravilloso tiempo que les había acompañado durante la primera semana en Glendrochatt cambió y el lunes amaneció nublado y frío, con alguna que otra llovizna.

—¡Menudo día para hacer una ruta panorámica! —exclamó Giles con voz animada mientras disponía que todos fueran subiendo al minibús—. Es perfecto que hayamos elegido ir hoy a Edimburgo. ¿Qué mejor que ir a un museo de arte en un día tan gris y ver al reverendo Robert Walker, tal como lo representa sir Henry Raeburn, patinando con elegancia en el lago... una figura aislada de un negro clerical, con pulcros y diminutos patines, aunque con cierto aire insolente marcado por el ángulo del sombrero que hace que nos preguntemos por las secretas pasiones que acechan a ese personaje tan sano y en forma? ¿Qué mejor oportunidad para estudiar *Diana y Acteón*, de Tiziano, o de pasear junto a *Las tres gracias* de Canova y verlas dándose un inocente abrazo en grupo?

Mientras peroraba con entusiasmo sobre los encantos de Edimburgo, Giles iba pensando en Rory. Cuanto más conocía a su nuevo hijo, más lo quería, y ese renovado amor hacía que deseara adoptarlo y criarlo en su antigua casa natal. Lo que no deseaba en modo alguno era tener contacto directo con su depredadora cuñada. Le había conmovido profundamente la generosidad que su esposa había demostrado con el niño. ¿Cómo podría convencerla de que no había motivo alguno para que se sintiera celosa de su hermana? Estaba seguro de que jamás volvería a sentirse tentado por Lorna, pero también sabía lo manipuladora, implacable y taimada que esta podía ser. Si ella les permitía estar en contacto con Rory, ¿le allanaría eso el camino para seguir complicándoles la vida? Lo ignoraba, pero solo de pensarlo notaba un sudor frío.

Aunque Giles no daba muestras del tormento interior que representaba para él la marcha de Rory ni de la angustia que le causaba la tristeza de Isobel, Louisa, que sabía lo preocupado que estaba, admiraba el modo en que conseguía dar la impresión de que para él no existía nada mejor que una visita en grupo a «la Ciudad del Viento» en un día de lluvia. Quizá debería esforzarse en arreglar las cosas con Marnie, cuyo «buenos días» brusco, con un imperceptible asentimiento y una expresión hierática, sugería que se sentía herida. Louisa, con un mal humor más persistente que la niebla, pensó que ya lo decidiría más tarde.

Seis miembros de la Asociación Amigos de Glendrochatt se habían unido al grupo cautivados por los excelentes guías que Giles siempre lograba concertar para que les comentaran las visitas, dado que una de las ventajas de ser miembro de la asociación era tener la oportunidad de participar en los actos que organizaba el Centro para las Artes. Asimismo, Amy había decidido acompañarlos, visitar la Galería Nacional con ellos y luego separarse del grupo a la hora del almuerzo para comer con una amiga antes de coger el tren y regresar a Londres. Isobel llevaría a Edward al autobús que salía de Perth antes de ir al aeropuerto con Rory y Sheena. ¡Cuánto había temido el inicio de esa jornada!

Tras un día fabuloso, el minibús llegó a Glendrochatt pasadas las seis de la tarde. Contagiados del entusiasmo de Giles y de los conocimientos de los que este hizo alarde, Marnie, el coronel y Morwenna se declararon enamorados de Edimburgo, y Christopher y Louisa confesaron que habían aprendido más cosas de la ciudad en un solo día con Giles que durante sus dilatadas visitas a lo largo de todos esos años.

El único problema que ensombreció un día que, por otro lado, había ido como la seda, fue la sutil aunque perceptible tensión que empezaba a crecer entre Louisa y Marnie. En palabras de Giles, una vez refugiado con su esposa en la intimidad del antiguo cuarto de los niños y tras haber servido una copa de vino para ella y un vaso de whisky para él, Louisa estuvo «contenta como una chiquilla» con Christopher, el coronel y Morwenna, pero distante y gélida con Marnie, quien, a su vez, trocó su tormento en ira.

—Casi logran enrarecer el ambiente. Me entraron ganas de empezar a repartir bofetones —se quejó Giles—; pero, por suerte, a medida que fue transcurriendo el día se empezaron a relajar.

—¡Ojalá Louisa no mostrara abiertamente que le disgusta que Christopher y Marnie se hayan enamorado! —Isobel parecía angustiada—. Actúa como si Marnie se lo hubiera arrebatado. No sé qué hacer. Me parece que ha perdido la alegría. El problema es que no creo que sepa lo que quiere. Nunca la había visto así. Aunque parezca que está que echa chispas, creo que ha entrado en crisis.

Giles hizo un gesto de impotencia.

—No puedes andar solucionando la vida de los demás, cariño. Me importa mucho más que me cuentes cómo te ha ido el día. ¿Subió Ed al autobús sin hacer una escena? ¿Cómo fue la despedida con Rory? Parece que te hayan dado una paliza.

—De acuerdo —empezó a contar Isobel aovillándose en el sofá—. Ed estaba bien. Subió al autobús sin problemas aunque sin dejar de plantear interminables preguntas sobre el regreso de Rory. Llamé a su residencia y hablé con Agnes y con Karl para avisarlos de que quizá estaría algo intranquilo, y para pedirles también que lo vigilaran de cerca, pero... Ay, Giles... Rory era digno de lástima. Estaba pálido, callado... y no quería soltarse de mí. Unos minutos antes de que anunciaran el vuelo, dijo que se encontraba mal. Suerte que Sheena está con él, pero... Hablé con Lorna desde el aeropuerto. Llamé al Ritz para dejar un mensaje e informar que el niño había subido al avión y me pusieron directamente con ella.

—¡No me lo puedo creer!

—¿Verdad que no?

—¿Y qué pasó?

—Esperaba que se mostrara provocativa o agresiva conmigo, pero... Me pareció que estaba a la defensiva.

—¿Por qué?

—No lo sé... Casi parecía que buscara la reconciliación. Me dijo que Brooke y ella nos estaban muy agradecidos y que les habíamos prestado una ayuda incalculable al sacarlos de un buen apuro; que eso solo lo pueden hacer las hermanas, etcétera, etcétera. ¡Mira que apelar a que somos hermanas! No es propio de Lorna. Tuve el presentimiento de que Brooke estaba con ella, y que a él dedicaba su actuación. Estuve a punto de hacerle unas cuantas preguntas a bocajarro, pero el aeropuerto no me pareció el mejor lugar para un enfrentamiento. Me pregunto qué planes tendrá Brooke para Rory. En fin, le hice prometer que me llamaría esta noche para decirnos cómo está el niño —comentó Isobel mirando a Giles—. Anda tras algo. Con Lorna, siempre hay gato encerrado.

Isobel y Giles se miraron con aprensión.

22

No olvides llevar las fotografías y cualquier pista que tengas sobre la familia de la condesa —recordó Isobel a Marnie antes de que todos se amontonaran en el Land Rover a la mañana siguiente—. Confío en que no quedes decepcionada, aunque espero que mi prima Evie pueda darte un punto de partida.

Giles tenía que hacer varias visitas en Perth que le ocuparían todo el día y decidieron que Isobel llevaría a los cinco huéspedes a ver la mansión y el jardín de Evelyn Fergusson, que iría por la ruta más larga y panorámica de Tillydrum y, de camino, se detendría para que todos visitaran Auchterlonie & Sons, los fabricantes de escarcelas de Craigdennie, cuyo negocio seguía perteneciendo a la misma familia desde hacía varias generaciones. Giles quería que Isobel recogiera una escarcela que había encargado para regalar a su ahijado por su decimoctavo cumpleaños. El taller, que ahora dirigía la señorita Auchterlonie, biznieta del fundador de la empresa, era un lugar interesante al que no solían acudir los turistas. Luego tomarían un almuerzo casero en el pequeño y excelente hotelito de Craigdennie antes de dirigirse a casa de Evelyn por la tarde, donde sin duda les obsequiarían con un té delicioso.

Isobel había recibido dos llamadas de Londres la noche anterior. La primera era de la secretaria de Lorna, que le comunicaba que la señora Congleton le había pedido que informara a la señora Grant de que Rory había llegado bien, que estaba un poco «exhausto» por los nervios de volver a casa, como era de esperar, pero se encontraba perfectamente. La señora Congleton volvería a llamarla antes de quince días, fecha en que la familia se marcharía a Estados Unidos, y deseaba volver a darle las gracias en nombre de ella y del senador por haber cuidado de Rory. A pesar de que siempre sentía un nudo en la garganta al oír la voz de Lorna, a Isobel le pareció ultraje que su hermana hubiera conseguido zafarse y no hablar con ella.

La segunda llamada había sido de Sheena, que, indignadísima, telefoneaba desde casa de su tía, en Twickenham. En el aeropuerto, había ido a recibirlos un coche con chófer, y a Lorna solo la habían visto al llegar al Ritz. La reunión entre la madre, el hijo y el padrastro se había celebrado en la suite de los Congleton. Lorna había abierto los brazos con teatralidad, pero Rory no se había abalanzado hacia ella. Se había sentido muy decepcionada. Sheena tuvo la impresión de que había querido impresionar a su esposo preparándole una emotiva escena en la que una madre se reúne con su adorado hijo, pero el numerito no había salido como tenía planeado. El montón de regalos que le esperaba en el sofá terminó de excitar al niño y este se puso tonto, pero no contento, le iba diciendo Sheena con aire reprobatorio, y cuando, poco después de su llegada, apareció la niñera de turno vestida con un uniforme impecable, Sheena creyó hallarse ante una reluciente baldosa del baño en lugar de ante un ser de sangre caliente y amante de los niños. «No tenía falda —le contó a Isobel—. Pobre gatito mío... ¿Cómo se va a acurrucar sobre una tabla de planchar?». La falda de Sheena era muy ancha. De hecho, era de una generosa anchura, se desbordaba como el cuerno de la abundancia. Isobel no podía dejar de preguntarse qué impresión habría causado en el senador su indumentaria: unos vaqueros ceñidos, una ajustada camiseta elástica verde lima, una tachuela de plata en la nariz y un cabello con mechones color morado. Seguramente, ser una persona cálida no figuraba en los primeros puestos de la lista de prioridades del político. Cuando Sheena descubrió que Lorna y su marido salían esa noche a cenar y Rory iba a quedarse solo con una niñera desconocida en un gran hotel, decidió cambiar sus planes. Se quedaría para ayudar a acostar a Rory y para hacerle compañía hasta que se durmiera, oferta que fue rechazada categóricamente. «Me sentí como una traidora cuando me despedí de él —le había contado a Isobel—. Era como si me mirara con reproche, y creo que nunca más volverá a confiar en mí. No paraba de decir: "No te vayas, no te vayas"; y tu hermana estaba furiosa, y ese senador o como se llame me hacía sentir como si fuera una mierda que se le acababa de pegar en el zapato.»

«¿Cómo es?», preguntó Isabel con curiosidad.

«¿Quién era ese tipo con nombre de flor del que nos hablaron en primaria, el que no dejaba de mirarse en un estanque?»

«¿Narciso?».

«El mismo. En fin, el senador no paraba de mirarse en un gran espejo dorado que había colgado en la pared y de alisarse el pelo cano con la mano, a un lado y a otro, como si le gustara el tacto. Seguro que nunca ha elegido ir con ropa vieja ni le ha retorcido el cuello a un pollo.» Sheena hablaba con desprecio. «Se gusta tanto que da asco, pero a mí no me sacaría el voto. Mi padre diría que es un mariquita de tomo y lomo. ¡Menudo padrastro para Rory! ¡Un trozo de hielo es más cálido que ese tío.»

«Bueno, te agradezco muchísimo que acompañaras a Rory. —Isobel no pudo evitar reírse, aunque se le había partido el corazón al desprenderse de ese chiquillo que le había tocado la fibra sensible—. Rory debe de haberse sentido fatal al marcharte tú. Espero que esta noche no tenga una de sus pesadillas.»

Considerándolo todo, Isobel tenía muchas cosas en la cabeza cuando se sentó al volante del coche en Glendrochatt, pero estaba decidida a dejar de lado sus preocupaciones y a obsequiar a sus huéspedes con un día lo más entretenido posible.

La fabricante de escarcelas, Judith Auchterlonie, era una artesana con un aspecto que no cuadraba con el de la propietaria de una empresa familiar de las Highlands que ha sobrevivido generación tras generación. Marnie se había imaginado a un hombrecillo encorvado y de pelo blanco, con un delantal de cuero y unas gafas de montura dorada, la imagen de un zapatero remendón como las que aparecen en los libros infantiles, pero el personaje que les dio la bienvenida era una rubia sensacional con el tipo de Marilyn Monroe, un maquillaje inmaculado y una minifalda cortísima. Cuando llegaron la encontraron delante de la casa recogiendo un tejón muerto al que habían atropellado en la carretera, pero su aspecto también podría ser el de alguien que se dedica a domar tigres en casa, que es funambulista en un circo o acude a recibir un Oscar con un vestido de Versace.

Saludó a Isobel con cariño.

—Ya tengo lista la escarcela. Creo que a Giles le gustará —dijo Judith Auchterlonie—. ¿Te importa hacer pasar a tus amigos al taller para que echen un vistazo? Estaré con vosotros en un par de minutos.

Las paredes del cobertizo trasero adosado a la casa estaban llenas de fotografías firmadas de los miembros de la familia real vistiendo la falda escocesa, sargentos de los regimientos de Escocia tocando la gaita con traje de gala y diversas estrellas de cine de linaje escocés. También habían clavado recortes de periódico de bailarines folklóricos compitiendo en los Juegos de las Highlands y una fotografía de la señorita Auchterlonie, con un sombrero de infarto, estrechando la mano de la Reina en una fiesta al aire libre en Holyrood.

—Es obvio que tú ya sabías bailar danzas escocesas, Christopher. ¿Tienes todas estas vestiduras? —preguntó Morwenna.

—Desde luego; aunque hace años que no me pongo la falda. No he tenido la oportunidad, y la última vez que la llevé, la manché un poco en el centro... Demasiados almuerzos en la City —confesó Christopher, y luego añadió con una mueca—: Probablemente, ahora me entraría. Dieciocho meses en la cárcel adelgazan, aunque no es un régimen que recomiende a nadie. Mi escarcela es una cabeza de nutria. Está un poco vieja y apolillada, pero eso es porque perteneció a mi bisuabuelo. Las nutrias no eran una especie en peligro de extinción en aquellos tiempos.

—¡Qué alivio que Bunty ya se haya marchado! —exclamó Isobel riendo—. A pesar de que idealiza todo lo que es escocés, dudo que encajara la visión de zorros enseñando los colmillos y máscaras de tejón. Creo que es más partidaria de la representación antropomórfica de una nutria con abrigo de terciopelo y cuello de puntillas, como en *El Conejito Gris*, o del señor Tejón, con sus zapatillas de fieltro y dando sabios consejos, como aparece en *El viento en los sauces*.

La señorita Auchterlonie demostró ser una consumada guía explicando su esotérico oficio y mostrándoles diversos ejemplos de las distintas clases de escarcelas artesanas que hacían ella y sus dos hijos: desde exquisitas piezas con borlas para el regimiento británico Black Watch hasta creaciones sintéticas en colores psicodélicos para atraer a las jóvenes generaciones de mentalidad menos tradicional. Christopher le dijo que su bisabuelo se revolvería en su tumba ante la idea de una escarcela rosa fluorescente.

—¡En fin...! Hay que avanzar con los tiempos —dijo ella con espíritu tolerante.

A continuación, les mostró cajones llenos de muestras de distintos tipos de cuero, pelo de caballo y piel.

—Si me traen la vieja esclavina de visón de su abuela, les haré una escarcela con eso —dijo Auchterlonie bromeando, y luego les habló de los arzones metálicos en forma de D que se ponían en la parte superior del monedero y que podían ser muy simples o de plata labrada y profusamente decorada: una runa celta, un penacho de familia o un símbolo masónico.

Los Auchterlonie, les dijo la dueña con orgullo, fabricaban escarcelas para todo tipo de clientes y para cualquier ocasión, y muchos de sus encargos, añadió sonriendo y mirando a Marnie, procedían de Estados Unidos.

La escarcela que habían hecho para el ahijado de Giles era una pieza elegantísima. Era de pelo de caballo blanco, montada en plata y con unas borlas negras, y fue admirada por todos.

—Es perfecta —dijo Isobel—. Giles estará encantado. Pero ya te hemos robado mucho tiempo. Muchísimas gracias por habernos enseñado la tienda, Judith.

Tillydrum, el hogar de Evelyn Fergusson, era una mansión victoriana de piedra, más impresionante que hermosa, situada en lo alto de un largo camino boscoso alfombrado de campanillas. Tras cruzar la verja para el ganado que estaba a los pies de la colina, Isobel sacó a los perros de la parte trasera del Land Rover para que corrieran detrás: Revoltosa a toda velocidad, con su natural torpeza, y la robusta perra Rombo jadeando con gallardía al final.

Al llegar a la puerta principal, vieron a un hombre bajo y fornido, vestido con un pantalón de pana y una sudadera verde con el nombre de Jardines Tillydrum impreso en ella, de pie en los peldaños de la entrada.

—Hola, Hamish. Me alegra volver a verte —dijo Isobel saliendo del coche—. Sé que obsequiarás a mis huéspedes con una maravillosa visita guiada. Esta vez te he traído a una auténtica experta que sabrá apreciar tu jardín. Te presento a la señora Gilbert, que escribe una columna de jardinería y vive en Cornualles. Él es el coronel Smithson, mi prima Louisa Forrester y Christopher Piper, que me ha dicho que su madre también es una magnífica jardinera. Finalmente, ella es Marnie Donovan, que viene de Estados Unidos. ¿Cómo está la señorita Fergusson?

—No muy bien —dijo Hamish con un gesto de resignación tras estrechar las manos de todos con un entusiasmado y crujiente apretón—. No puede andar por ahí como querría y eso la irrita muchísimo. Tiene ese cochecillo eléctrico que le va muy bien, pero... —Hamish dio un chasquido con la lengua—, supongo que está pensado para pavimentos y suelos lisos y aquí le damos un traqueteo que no veas... La semana pasada se le quedó encallado en la hondonada y por suerte la encontré, porque, como era de esperar, no llevaba el busca, ¿sabes? —Hamish parecía un padre consagrado a una hija díscola aunque de gran talento—. Me ha pedido que te diga que entres directamente a verla, Isobel. Estará en la biblioteca. Nosotros empezaremos la visita y luego iremos a la casa.

Isobel se despidió de sus huéspedes, metió a los perros en el coche y se dirigió a la casa.

Era un hecho conocido que incluso los hombres más recios debían acostarse con los calcetines de lana puestos si pernoctaban en Tillydrum durante el invierno; e incluso en mayo, tras un período inusualmente cálido, el vestíbulo de losas seguía helado, con su panelado de imitación estilo Jacobo I y unas alfombras de piel de tigre que clareaban. A pesar de que el padre de Evelyn Fergusson (al que la gente del lugar apodaba Dulce Fergusson, porque su fortuna familiar procedía de la industria confitera) fue un generoso benefactor en un gran número de buenas causas, era famoso por la parsimonia con que se tomaba las cuestiones domésticas. El padre de Isobel contaba múltiples anécdotas, como que, durante su infancia, debía romper el hielo que se formaba en el vaso de agua de su congelado dormitorio el día que se quedaba a dormir en la mansión de su tío, un hombre rico pero muy parco en dispendios. La imagen de Evelyn, que había vivido siempre en esa casa y era inmune a sus rigores, correspondía a la de una planta perenne: su pelo corto y crepado parecía una mata de grama cubierta de nieve y la red de capilares rotos de su rostro, agradablemente curtido por el clima, parecía el entramado que dibujan las raíces de una pequeña aunque vigorosa planta. Las viejas fotografías de familia delataban que había sido preciosa en su juventud, y cierto halo de esa antigua belleza se reflejaba en ella como un eco distante, a pesar de que la artritis se hacía sentir y los esteroides habían conferido a su rostro un significativo aspecto de roedor.

Isobel la encontró en su cómoda y atiborrada biblioteca, una estancia con pocas concesiones a los convencionalismos que estipula la decoración de interiores, pero un perfecto ejemplo de lo que los franceses califican de *désordre Britannique*. Montones de libros y de revistas, inclinados en etílico equilibrio como la Torre de Pisa y formando ángulos que desafiaban la gravedad, marcaban una trayectoria llena de obstáculos por la que era necesario orientarse con cuidado. Evelyn, en una silla controlada electrónicamente y tapizada con un espantoso material elástico color mostaza, estaba rodeada de catálogos de jardinería, y su viejo terrier escocés, Jock, se había echado sobre la alfombra, a sus pies. Isobel rehuyó al can cuando fue a saludar a su anciana prima (Jock era poco de fiar en el mejor de los casos y podía mostrar un comportamiento muy inestable si se le despertaba de repente). Su lanudo y teóricamente blanco pelaje había adquirido una tonalidad amarillenta con la edad, como si llevara mucho tiempo siendo adicto a la nicotina, y resollaba al dormir como un fuelle que perdiera aire. En el banquillo de una de las ventanas, conservaban un antiguo orinal de porcelana de Dresde con una botella de vaporizador Dettox que paliaba la desgraciada tendencia del perro a encontrarse mal sin previo aviso mientras estaba echado en la alfombra. Jock era el peligro ineludible que debía sortearse al visitar a Evelyn.

—¡Izzy, qué maravilla! Perdona que no me levante. Este nuevo e increíble artilugio me expulsa como un cartucho si pulso el botón que debo, pero todavía temo darle demasiado fuerte. Lo reservo para después, cuando Hamish venga con el grupo; así podrá interceptarme si salgo catapultada hacia el otro extremo de la habitación.

Isobel se inclinó para besar su manchada mejilla.

—Muchísimas gracias por invitarnos, Evie. Sé que Hamish se encargará de que pasen una tarde deliciosa, pero me habría gustado que tú también hubieras podido ir con ellos. Dime cómo te encuentras en realidad. ¿Sigues teniendo dolores?

—Voy tirando... Depende. Por suerte, ya casi soy sintética de arriba abajo. No queda gran cosa de mi estructura original, y doy gracias a Dios por estas prótesis ideales. Espero que no tarden en recomponerme otra vez la rodilla izquierda. Echa otro leño al fuego, querida, y ponte cómoda.

Isobel se apoyó en el amplio guardafuegos del que colgaban los atizadores.

—Si me metieran en esta habitación con los ojos vendados, sabría perfectamente dónde me encuentro —dijo cerrando los ojos y oliendo el ambiente—. Azaleas, narcisos y el humo de la leña; cuero y libros viejos, y tu popurrí especial. Es como si reviviera mi infancia... Me veo bajo el piano chupando tu caramelo blando de melaza y leyendo *Lorna Doone* y *Jock of the Bushveldt* mientras oigo cómo papá y tú os peleáis por cualquier nadería al sol, un domingo cualquiera, después del almuerzo.

—Cuando envejeces, de repente la gente empieza a darte la razón... Al menos, delante de ti. Es muy aburrido. Echo muchísimo de menos a tu padre —dijo Evelyn—, y no solo por las discusiones.

—¡Y yo! Cuando sucede algo curioso, todavía tengo ganas de llamarlo para contárselo. También echo de menos a mamá, claro, pero papá fue mi piedra Rosetta, mi bastón de ciego. —Isobel miró a la anciana—. Ahora que necesito tanto sus consejos, por primera vez en la vida no está aquí para ayudarme.

—Ah... —Evelyn Fergusson le dirigió una mirada escrutadora—. En parte, es de tu padre de quien quiero hablarte.

—¿Y de qué más quieres hablar?

—De Lorna.

—Lo imaginaba. —Isobel cogió el pesado atizador de cobre y clavó la punta en uno de los troncos dispuestos sobre la rejilla de la chimenea desplegando un ejército de chispas que ascendió en formación por el tiro de la chimenea—. ¿Sabías que Giles y yo hemos tenido a Rory, el hijo de Lorna, en casa?

—Sí. —Evelyn profirió una carcajada burlona—. La esposa de Hamish lo supo por su nuera, y esta por la hija de Janet MacDonald, porque se encontraron en la feria de moruecos (creo que los niños jugaban juntos en casa de Janet porque su nieto pasaba unos días con ella). Ya ves que aquí las noticias vuelan.

—Creo que sabes más de lo que dices sobre Rory, Evie.

—¿Y tú, cuánto sabes tú?

—Sé que es hijo de Giles y que eso me resulta muy difícil de asumir. —Isobel miró a la anciana para saber si la noticia la cogía por sorpresa, pero la mujer permanecía inescrutable.

—¿Acaso te lo ha contado Lorna?

—No con palabras. Por supuesto, ha lanzado varias indirectas, pero creo que se divierte jugando conmigo al gato y al ratón. Estoy enterada, Evie —dijo Isobel volviendo a clavar el atizador—. Más que nada, porque es el vivo retrato de Giles. Pero tenía que estar segura.

Evelyn pensó que Isobel la miraba con desafío, como si esperara detectar su desaprobación.

—Encargué una prueba de ADN —siguió contando Isobel—. Dos, en realidad, para estar más segura. De momento es muy fácil, pero descubrí que la ley cambiará pronto y, en el futuro, será necesario el consentimiento de la madre. Por eso pensé que debía actuar con rapidez, mientras todavía fuera posible. —Se encogió de hombros—. Acabo de recibir los resultados. Por supuesto, coinciden. Ya lo sabía.

—¿Se lo has dicho a Lorna? ¿Lo has hablado con Giles?

—No he dicho nada a Lorna. Giles sabe el resultado, aunque sé que debería haberle pedido permiso antes de hacerlo. Tiene todo el derecho a estar enfadado conmigo por no habérselo dicho antes —admitió Isobel—. Aunque creo que, en realidad, se sintió aliviado, porque estaba seguro, igual que yo, desde el momento en que posó los ojos en Rory. Ambos necesitábamos una confirmación (podría ser importante). Cuando nos enteramos de que Lorna estaba embarazada, Giles fue a verla para hablar del asunto... —Isobel se detuvo y dijo con amargura—: Sabíamos por las fechas que el bebé podía ser de él. No sabes lo difícil que me resultó. Estaba convencida de que Lorna echaría toda la carne en el asador precisamente cuando estábamos encauzando nuestro matrimonio, pero, por increíble que parezca, le dijo a Giles que él no era el padre. Y luego, para nuestro inmenso alivio, Lorna regresó a Sudáfrica. Sin embargo, ninguno de los dos terminó de creerse sus palabras —añadió Isobel sincerándose—; pero eso era lo que nos convenía. Cuando mis padres nos contaron que el niño había nacido mucho antes de la fecha prevista, quisimos aceptar la historia que nos había explicado Lorna y esperamos (porque era posible) que el chiquillo fuera el hijo que ella había concebido con su primer marido antes de volver a Escocia. Es asombroso —añadió con un deje de ironía— lo que puedes llegar a tragarte si realmente deseas algo con todas tus fuerzas.

—¿Y ahora qué?

—Ahora Lorna ha recuperado a Rory. Y en lugar de sentirme aliviada, me siento muy desgraciada. Fue horrible. El chiquillo le tiene miedo y nos suplicó que le dejáramos quedarse en casa. Fue un bombazo, la verdad, y no te lo vas a creer, Evie (apenas puedo creerlo yo), pero, a pesar de la tortura que representaba para mí la idea de que Rory es hijo de Giles y, en cambio, no es hijo mío, lo cierto es que me resultó imposible dejarle marchar. ¡Qué lío! Lorna casi logró destrozar nuestro matrimonio hace cinco años. Contra todo pronóstico, desapareció de la escena. Y ahora parece que ha vuelto a adoptar su estilo provocador, aunque esta vez no sé qué pretende. Sin embargo, el otro día, de repente, se me ocurrió que todo esto había vuelto a empezar tras la muerte de papá y que debía de existir alguna relación. Tú y papá siempre fuisteis íntimos y Lorna es tu ahijada... ¿Me equivoco al suponer que debió de contarte alguna cosa?

—No, no te equivocas —respondió Evelyn—. Tu padre siempre tuvo miedo de que, si le sucedía cualquier cosa, Lorna volviera a echar mano de sus viejos trucos e intentara hacerte la vida imposible. Por eso quería dejar constancia a otra persona del acuerdo al que había llegado con ella. Es muy triste, porque Lorna está muy dotada. Lo único que debería hacer es disfrutar de todo lo que posee. Tiene talento, belleza y, ahora, un hijo y un segundo marido que es muy rico. Nada le basta. De niña, fue una criatura profundamente celosa (el peor sentimiento que se pueda albergar) y, de mayor, se convirtió en una mujer celosa capaz de mostrarse extremadamente vengativa. A lo largo de todos estos años, creo que tu padre fue el freno que reprimió alguno de sus comportamientos más extremos, porque Lorna siempre le tuvo un poco de miedo. Lo triste es que, en el fondo, tu hermana solo consigue ser tan infeliz como esos a los que hace desgraciados. Es obvio que contó a tus padres que el bebé probablemente era de Giles y que les dejó bien claro que su intención era crear cizaña entre vosotros dos. Pero sabiendo que Lorna siempre ha sido muy acaparadora, tu padre hizo un trato con ella. Si se marchaba de Escocia y prometía no reclamar nada a Giles, le garantizaba que la apoyaría, a ella y al bebé, y además le prometió que heredaría la casa de Francia que ella tanto ambicionaba y que en un principio ambas debíais compartir. Ahora bien, tu padre también le dijo que si volvía a causaros problemas la eliminaría por completo de su testamento.

—Debo admitir que interiormente me sentí un poco herida al descubrir que Lorna heredaba la totalidad de Le Colombier, y no solo por mí, sino también porque los niños adoraban ir a Francia. Nos encantaba. Giles me hizo comprender que Lorna y yo jamás habríamos podido compartir esa propiedad con naturalidad, pero, ¿por qué papá no me contó nada? —preguntó Isobel—. Si me lo hubiera explicado, habría comprendido sus razones.

—No podía. Hizo prometer a Lorna que no diría que Giles era el padre de su hijo, y él se vio obligado a hacer el mismo voto de silencio. El propósito de tu padre era impedir que te hirieran. Antes de que naciera el niño, creo que tus padres no estaban demasiado convencidos de que el chiquillo fuera de Giles en realidad, y pensaban que Lorna tampoco estaba muy segura; podía haberlo dicho por desprecio o porque quizá le hiciera ilusión. No obstante, supongo que en el momento en que vieron al chiquillo, las dudas se disiparon de su mente, y de la mente de Lorna, claro. —Evelyn hizo un gesto de impotencia—. Tus padres esperaban que cuando Lorna tuviera un hijo propio (algo que ella siempre había deseado desesperadamente) se convertiría en una persona más dúctil y feliz. —Evelyn suspiró—. Por desgracia, eso no sucedió. Luego, ya sabes que tu madre fue a Sudáfrica para el nacimiento, y a partir de ese día Lorna fue incapaz de hacerse cargo del bebé. No soportaba mirarlo, y aún menos tocarlo. Son cosas que a veces suceden, eso está claro, pero nunca sabremos si la situación se agravó tanto por el hecho de que el niño nació prematuro y pasó su primera semana de vida en una incubadora, si la depresión posparto fue la desencadenante del problema o si todo aquello fue debido a su manera de ser. La cuestión es que no llegó a estrechar lazos con el niño y esos primeros días tu madre casi sufre un ataque de nervios. Sé que es terrible hablar así, pero no creo que Lorna sea capaz de amar realmente. Incluso de pequeña, siempre noté... como si faltara alguna cosa en ella.

En la habitación reinaba el silencio, salvo por el resuello del perro y el crepitar del fuego. Entonces Evelyn le preguntó con brusquedad:

—¿Qué esperas que suceda a partir de ahora? ¿Quieres volver a ver al niño? ¿Cuáles son los sentimientos de Giles? —Evelyn vio que Isobel estaba angustiada.

—Para Giles es muy duro porque tiene miedo de herirme si expone abiertamente sus sentimientos... miedo de subrayar el contraste evidente entre Edward y Rory. —Isobel iba dando vueltas a su anillo de boda—. La primera vez que vi al chiquillo apenas pude soportar su increíble parecido con Giles, su perfección física. Era el polo opuesto de Ed. Fue una tortura, pero me dije a mí misma que debía cuidar de él lo mejor que pudiera en memoria de mi madre, que fue quien más o menos lo educó hasta que estuvo demasiado enferma para seguir ocupándose de él. Siempre intentaba evitar hablar del niño delante de mí, aunque sin demasiado éxito. —Isobel esbozó una mueca—. Pobre mamá. Nunca se le dio bien ocultar sus sentimientos.

—Eso formaba parte de su encanto y de su calidez. Y sí, tienes razón. Adoraba a ese niño, y tu padre también. Pero todo esto, ¿en qué situación te coloca?

—Rory me crispaba los nervios. Así de simple. Empecé cumpliendo con mi deber con aires de mártir y de superioridad y le hice la vida imposible a Giles. No me siento orgullosa de ello. Luego empecé a apreciar a Rory por su manera de ser, a amarlo. Sucedió sin querer y, por supuesto, eso cambió las cosas... Este fin de semana, la situación ha dado un nuevo giro. —Isobel contó a Evelyn la reacción de Amy—. No teníamos ni idea de que lo supiera, aunque supongo que deberíamos de haberlo adivinado. Los jóvenes siempre pillan más cosas de lo que los adultos creemos cuando intentamos ocultarles la verdad, y Amy, con su música, se implicó mucho en la lucha por el poder que Lorna libró ese verano. Pero hay más. Amy tampoco podía soportar que

Rory regresara con su madre... y eso abre un nuevo abanico de posibilidades.

—¿Quieres adoptarlo? ¿Es eso? Aun en el caso de que Lorna accediera, ¿podrías con todo?

—Adoptarlo, no lo sé... No nos lo hemos planteado. Pero sí, nos gustaría compartir la custodia del niño e intentar proporcionarle la seguridad que tanto necesita, darle una vida normal. No tenemos la intención de separarlo de Lorna por completo... Bueno, a mí sí me gustaría —rectificó Isobel con sinceridad—, pero creo que eso no sería correcto. Quiero que viva con nosotros porque pienso que, a partir de ahora, sabré controlar mejor mis sentimientos respecto a Giles y a Lorna. Considero que nuestro matrimonio es más fuerte que cuando Lorna intentó destrozarlo hace cinco años. Giles me ha prometido que no siente nada por ella. Lo que sucedió nos dio un susto de muerte, hizo que estableciéramos nuestras prioridades (a lo mejor incluso necesitábamos ese susto, quizá nos habíamos acomodado demasiado), y ahora creo que estamos preparados para actuar juntos en esto. El otro día, Louisa me dijo una cosa muy interesante. Recalcó que, aunque Rory no sea mi hijo, sigue compartiendo la mayor parte de sus genes con los de Amy y Edward, y que ha heredado lo mismo de los abuelos que mis propios hijos. Descubrí que era un modo muy inteligente de considerar las cosas, aunque eso es algo que ni siquiera me plantearía si el niño no hubiera ablandado mi corazón.

Isobel habló entrecortadamente, pero con gran intensidad, y Evelyn tuvo la certeza de que estaba expresando lo que sentía. De todos modos, pensó que el camino estaría sembrado de obstáculos y temió por la integridad de la familia.

—El inconveniente es que ignoro lo que quiere Lorna en realidad —siguió diciendo Isobel—. ¿Nos envió a Rory para acabar con nuestro matrimonio o aspira en secreto a que Giles quiera quedárselo porque en su vida actual no hay lugar para su hijo? Una cosa es cierta, de todos modos. Si cree que soy yo la que está interesada en el niño, nos negará la custodia solo para fastidiarnos. No sé cómo planteárselo.

—Sí, bueno... Quizá pueda ayudarte en eso. Sé por tu padre que Lorna le contó a su senador que Rory era hijo de su ex marido. Congleton aspira a llegar muy alto en política y un hijastro ilegítimo (sobre todo si puede destapar un escándalo que involucre al esposo de la hermana) se interpondría en su camino. Lo sé porque Lorna escribió a tu padre cuando se prometió a Brooke Congleton y se lo dijo. Especificó que era muy importante que la, en sus propias palabras, «incertidumbre» sobre la paternidad de Rory no trascendiera. —Evelyn miró a Isobel por encima de las gafas—. Conservo esa carta. Tu padre me la envió antes de morir.

—¡Evie! ¿Me estás diciendo que haga chantaje a Lorna?

—No estoy diciendo nada —replicó Evelyn con firmeza—. Solo te cuento algo que quizá puedas utilizar. El uso que des a esta información es cosa tuya y de Giles. Pero piénsalo bien, Izzy. De Giles dependen muchas cosas. Él tiene que querer lo mismo que tú, y por las mismas razones. Y tú has de aceptar que si esos son sus deseos, no debes sentir rencor hacia él. No se trata de comportarse con altruismo y descubrir el placer pasajero de practicar la virtud. Eso va a convertirse en el pan nuestro de cada día. Será más difícil de lo que os imagináis, y si lo gestionáis mal, habréis caído en las redes de Lorna... y el perdedor será el chiquillo.

Isobel la miró con aire de preocupación.

—Es cierto, ya lo sé. Por eso necesito que me aconsejes. ¿Qué crees que deberíamos hacer? ¿Qué crees que diría papá?

Evelyn Fergusson no cedió al envite.

—Nadie sabe de lo que Lorna es capaz, ni los motivos que pueda tener, pero creo que tu padre diría que solo hay dos personas que puedan tomar esa decisión. Yo no soy una de ellas, y él tampoco. También creo que Hamish llegará dentro de poco con tu grupo. ¿Podrías ir a la cocina a pedirle a la señora Cameron que ponga al fuego la tetera? Así, serviremos el té cuando vengan. Ah, y tráeme un vaso de agua cuando vuelvas, querida. Creo que tomaré una de mis píldoras antes de saludarlos para poder hacer mi entrada en el comedor sin parecer un vejestorio, aunque luego te pediré que seas tú quien les muestres el resto de la casa. Tengo muchas ganas de conocerlos.

Isobel se dio cuenta de que, por el momento, lo único que sacaría en claro de la anciana Evelyn era lo que ella quisiera desvelarle.

23

Todos se divirtieron durante la visita guiada por el jardín. Hamish no solo tenía profundos conocimientos sobre jardinería en general, sino que conocía cada planta de Tillydrum y parecía que hablara de sus amigos íntimos. Poseía el don de saber transmitir su pasión a un público heterogéneo y convertir su exposición en algo divertido y accesible tanto para los iniciados como para sus entusiastas colegas. Conocía infinidad de historias sobre los riesgos y las ventajas de abrir al público, contaba con un arsenal de entretenidas anécdotas sobre las excentricidades de su enérgica jefa, a la que sin duda adoraba, y su vivacidad con el lenguaje despertaba la hilaridad general. Las plantas y los árboles iban debidamente etiquetados, pero Hamish les señaló unos letreros diseminados que informaban sobre los espacios vacíos que, de vez en cuando, salpicaban el jardín. En ellos se podía leer: ESTE RARO EJEMPLAR SE LO LLEVÓ UN VISITANTE.

Para Morwenna, los diez días más fantásticos que había pasado desde hacía muchos años culminaron en esa apoteósica tarde y cuando el jardinero, impresionado por sus conocimientos y el manifiesto placer que le causaba el jardín, le preguntó si querría considerar la oferta de escribir un artículo sobre los jardines de Tillydrum para un periódico escocés añadiendo que se lo propondría a la señorita Fergusson, Morwenna no cabía en sí de gozo. De algún modo, Catherine había logrado instilar en ella una renovada confianza sobre sus capacidades periodísticas sugiriéndole que fuera un poco más arriesgada escribiendo y diera rienda suelta a su sentido del humor. ¿Y si escribiera varios artículos sobre jardines escoceses? Quizá incluso debería enviar una copia a editores de otros periódicos y no solo a su revista local.

El coronel observaba su alegría con callada satisfacción. Bajo su aspecto convencional, parpadeaba la luz piloto que anunciaba la presencia de una naturaleza romántica. La devoción a la reina y al país, los valores familiares, la lealtad, una concepción idealizada del servicio y el gusto por el orden y la tradición eran unas peculiaridades externas y anticuadas que saltaban a la vista para cualquiera (aunque no por ello perdían su autenticidad), pero otras cualidades no tan obvias, como la sensibilidad a la belleza, el mordaz sentido del ridículo y la capacidad de amar, solo podían ser descubiertas por los entendidos. Las enormes hayas plateadas de Tillydrum, que filtraban la luz del sol y permitían que esta calara en el musgo, las campanillas, las anémonas de los bosques y las pocas prímulas supervivientes, configuraban un caleidoscopio púrpura, verde y dorado que le recordaba a los delicados y coloristas vitrales en forma de abanico de la catedral de York, donde su suegro había sido canónigo, y donde había intercambiado votos con una chica menudita a la que adoraba. Ella le había seguido por todo el mundo, le había dado dos hijos y se había convertido no solo en la esposa perfecta para un oficial al mando, sino también en su mejor amiga. John Smithson quedó destrozado cuando ella murió en un accidente de coche tan solo un año después de su jubilación. Por un amargo golpe del destino, y tras haber pasado treinta años mudándose de domicilio y renunciando a sus posesiones, ella solo pudo disfrutar de un auténtico hogar durante un breve período de tiempo. Tras su muerte, el coronel siguió viviendo de la única manera que sabía: sin quejarse; aunque su ausencia le había dejado un doloroso vacío. Fueron muchas las mujeres afiliadas al ejército de los guisos y especializadas en la caza de viudos que intentaron seducirlo con sabrosos platos, pero él nunca se sintió tentado...

hasta entonces. Esta sencilla mujer, sin astucia y sin elegantes pretensiones, tan poco ufana de su talento y que, no obstante, resultaba una compañía muy agradable, le hizo cuestionarse si no estaría a punto de suceder algo inesperado y maravilloso entre ambos. En ese momento, sus miradas se cruzaron, y Morwenna y el coronel compartieron unos instantes de felicidad, sensación que ninguno de los dos experimentaba desde hacía tiempo.

Louisa vio esa mirada y estuvo a punto de echarse a llorar. Una cosa era envidiar las atenciones que el refinado Christopher tenía con Marnie, pero que un par de carcamales como el coronel y Morwenna («Unos carcamales muy simpáticos —pensó Louisa—, pero carcamales a fin de cuentas») le suscitaran una inusual y tétrica sensación de aislamiento que se apoderó de ella como un viento gélido, la dejó estupefacta y molesta. «¿Qué me sucede?», se preguntó para sus adentros. Isobel le había hecho exactamente la misma pregunta la noche anterior, cuando estuvieron en la cocina tomando una copa antes de acostarse y Louisa se interesó por saber cómo había ido la despedida de Rory.

«Gracias por escucharme», le había dicho Isobel cuando hubo puesto al corriente de todo a Louisa. Se sentía mejor por haber exteriorizado sus angustias y sus sentimientos encontrados ante alguien que conocía el elenco de personajes que actuaban en el drama y no estaba involucrado en él directamente. «Me temo que soy un plomo con este tema —dijo a modo de disculpa—, pero estos días me cuesta mucho no obsesionarme con lo de Lorna. Tengo que plantearme preguntas incómodas, como por ejemplo, si una posible pelea por Rory estaría motivada por mi deseo de vengarme de Lorna o por el bienestar del niño. Ya sé que no solo se trata de eso, pero no voy a fingir que no tendría una gran satisfacción si me enfrentara a Lorna... y la ganara.»

«Admiro tu honestidad, Izzy —le había dicho Louisa pero todos nos hemos dado cuenta de que ese chiquillo te adora y te trata como si fueras su segunda madre, y eso debe de ser recíproco a la fuerza. Te adora porque tú también lo amas. Si solo actuáramos por razones puramente altruistas, la mayoría de nosotros nunca haría nada. ¡Qué desastre! ¿Por qué la vida ha de ser tan asquerosamente difícil?»

Isobel la miró con preocupación. Un comentario de ese estilo era absolutamente impropio de la alegre y optimista Louisa.

—No hablemos más de mí. Cuéntame cosas tuyas.

—¿Cosas mías? Bah, no hay nada que contar.

—Tenía muchas ganas de que disfrutaras en Glendrochatt (para nosotros ha sido un lujo tenerte aquí), pero creo que hemos fracasado y no te lo has pasado bien.

—¡No es verdad! Me encanta haber venido —dijo Louisa con voz cantarina (demasiado cantarina) y rehuyendo la mirada de Isobel.

—Te matriculaste en el curso buscando algo más.... algo que no tiene nada que ver con el hecho de escribir, sino con tratar de dar un nuevo rumbo a tu vida, hallar un nuevo objetivo, algo que te satisfaga —insistió Isobel—. No lo niegues, porque tú misma me lo dijiste. Y no me sorprende, después de todo lo que has pasado y de tu ruptura con Adam. Sin embargo, sé que todavía no has encontrado lo que necesitas. Ayer dejaste muy preocupado a Giles. Me ha dicho que estuviste más crispada que un erizo y que te mostraste muy tensa con Marnie. Ya sé que esa chica empezó con mal pie, pero creía que eso ya lo habías superado, como lo he superado yo. Y no me digas que solo se trata de Christopher, porque no te creo. Sí, ya sé que estuvimos bromeando sobre él diciendo que sería el príncipe azul de cualquier mujer, pero, para ti, creo que solo es un modo de evitar lo que, en el fondo, te preocupa. ¿Qué te pasa, Louisa?

Louisa fue incapaz de responder. Le faltaba seguridad. De todos modos, las palabras de Isobel sirvieron de detonante porque, a pesar de haberse propuesto estar simpática con Marnie el día que fueron a Edimburgo, Louisa se había comportado de un modo muy desagradable con ella sin saber la razón. Antes de partir hacia Tillydrum, Louisa decidió ir en busca de Marnie.

—Siento haberme comportado como una estúpida ayer —le dijo de sopetón.

Marnie no fingió ignorar de qué le hablaba, sino que valoró el esfuerzo que estaba haciendo Louisa para pedirle disculpas.

—Gracias —se limitó a decir—. Olvídalo. Dios sabe que arremeto contra el primero que pasa cuando el mundo se me pone en contra. Por algo mis hermanos menores me llaman La Refunfuña. Lo cierto es que siempre he sido propensa a los arrebatos de mal humor. —Marnie enarcó una ceja—. No contribuye a que te sientas mejor, pero al menos identificas el mal, a tu viejo enemigo... aunque supongo que tú no estás acostumbrada a estas emociones.

—No —respondió Louisa torciendo el gesto—. A menudo soy testaruda y, a veces, tengo la lengua muy larga... ¡Eso dicen, al menos! En ocasiones, he sentido mucho miedo (y con razón), pero nunca he cedido a la melancolía sin saber por qué. Siempre he confiado en que todo saldría bien y eso me ha hecho ser optimista. Nunca me había sentido tan deprimida e irascible como ahora. En fin, me sabe muy mal. Hoy intentaré no ser una aguafiestas.

«Es curioso —pensó Louisa—. Es como si Marnie y yo hubiéramos intercambiado los papeles. Ella ha descubierto el don de ser feliz y yo lo he perdido.» Se propuso actuar mostrando su faceta más alegre y desenfadada y, durante el almuerzo, fue el alma de la reunión.

Sin embargo, Isobel, agradecida y aliviada de que la tensión que había captado Giles el día anterior hubiera desaparecido, no se dejó engañar por el brillo de oropel con el que Louisa se había engalanado.

Como Isobel había prometido, el té consistió en un espléndido despliegue de pequeños bocadillos y un enorme pastel de frutas. Sirvieron galletas de jengibre y avena, las galletas dulces de mantequilla y caramelo que hacía especialmente la señora Cameron, y que Isobel recordaba de su infancia, y unas bandejas de bollos calientes con jalea de manzanas silvestres o miel de Tillydrum, de un color parecido al de la melaza y un aroma a brezo que anegaba las papilas gustativas y al que Isobel nunca había logrado acostumbrarse. La enorme mesa de refectorio que estaba en el centro del comedor, de una madera de roble ricamente labrada, habría sido demasiado grande para tan solo siete personas, y Evelyn Fergusson decidió que presidiría la mesa de desayunos, más pequeña y ovalada, situada junto al ventanal que daba al sur. Un mantel de damasco blanco, deshilachado por el borde debido al paso del tiempo, la cubría. Isobel pensó con tristeza que era el reflejo de su dueña. Se fijó en que Evelyn sostenía la pesada tetera victoriana de plata con dificultad y adivinó que debían de dolerle las manos, aunque se guardó mucho de ofrecer su ayuda durante el ritual.

Marnie estaba encantada. Mientras tomaba su té en una taza Crown Derby y se servía un par de onduladas nueces de mantequilla servidas en una bandeja de plata en forma de concha, le pareció entrever el mundo que la condesa debió de habitar cuando era niña, el mundo que, veinte años atrás, Luciana había sabido revivir con tanta pasión para una solitaria chiquilla americana en un escenario completamente distinto: el de una isla tropical. Christopher, observando con discreción a Marnie desde el otro extremo de la mesa mientras charlaba atentamente con su anfitriona, pensó que irradiaba felicidad y ansió desesperadamente poder convertir esa mirada en la norma y no en la excepción. Resultó que Evelyn había visitado el jardín de los abuelos de Christopher en Mull y salió a colación el tema de los magníficos jardines que existían en la costa occidental. Evelyn secundó con entusiasmo la idea de Morwenna de escribir una serie de artículos sobre jardines escoceses y le prometió que le facilitaría unas cartas de presentación. Las dos mujeres se enfrascaron en una charla sobre rododendros y, gracias a la pasión que su madre había sentido toda la vida por la jardinería, Christopher logró mantener el tipo dejando caer unos cuantos nombres hortícolas en una conversación que, para los demás, se le antojó peliaguda.

—¿Qué demonios es un cruce de *griersonianum* sin hibridar? —rió Marnie burlándose de su alarde de conocimientos mientras salían del comedor—. ¿Una mezcla exótica o una especie de perro mestizo escocés?

Tras el té, Isobel fue la encargada de mostrar a los visitantes las pinturas victorianas ubicadas en la larga galería de retratos del extremo opuesto de la casa. El bisabuelo de Evelyn había sido un notable coleccionista de arte de la época, aunque, como sucedía con la miel de brezo que habían tomado con el té, no todos sus cuadros eran del agrado del gran público: perros temblorosos se agazapaban en señal de duelo junto a un ataúd; niños de mejillas escarlata (sin duda a punto de tener amigdalitis, como sugirió Louisa) y vestidos con unos pichis de una falsa pulcritud daban de comer a los patos en el estanque del pueblo o aparecían sentados frente a sus casas calzados con botines abotonados y rodeados de malvarrosas; caballeros que lucían la armadura de las justas; la dama de Shalott avanzando etérea hacia Camelot, y jóvenes perdidamente enamoradas dispuestas a ahogarse, cual Ofelia, en el lago. Asimismo, la colección constaba de algunas encantadoras acuarelas un tanto deslavazadas y numerosos retratos de familia de distinta época y valor, incluido un excepcional Sargent de una joven de cabellos oscuros vestida con un espectacular vestido escarlata que todos coincidieron en alabar.

—¡Pero si es igual que tú, Isobel! —exclamó Morwenna—. Me recuerda a ese fabuloso retrato que tienes en la sala de estar. No lo digo solo por el colorido, sino también porque tiene la misma mirada divertida que tú. Es asombroso.

—Es la abuela de Evelyn, mi bisuabuela —explicó Isobel, complacida y adulada—. Pero volvamos a la biblioteca porque sé que Evie quiere hablar con Marnie... Aunque, si alguno prefiere volver a salir, no hay ningún problema.

El coronel y Morwenna dijeron que les encantaría volver a pasear por el jardín si a los demás no les importaba (Morwenna quería anotar nuevos datos y el coronel, sacar algunas fotografías), pero el resto de la comitiva se dirigió a la biblioteca, donde Evelyn volvió a arrellanarse en lo que, en son de burla, llamaba «la silla eléctrica».

—Ven a sentarte a mi lado —le dijo a Marnie—. Isobel me ha contado que estás buscando una casa en las inmediaciones y también me ha dicho cuáles son tus razones. Se me ha ocurrido una idea que creo que puede ser factible. He estado investigando un poco, pero antes querría que me contaras más cosas.

Marnie le relató la historia del legado de la anciana dama y su deseo de encontrar la casa en la que su inesperada benefactora había pasado la infancia.

—Solo puedo basarme en lo que recuerdo que me contó cuando yo tenía siete años, y también en esto —dijo Marnie sacando dos fotografías de su bolso y quitándose el relicario del cuello para mostrarlo a Evelyn—. Lo más estúpido es que ni siquiera sé cómo se llamaba de soltera, aunque supongo que los abogados italianos podrían descubrirlo sin problema. Este asunto me ha caído inesperadamente y, en realidad, ni siquiera he podido organizarme como es debido. Sentí el impulso irrefrenable de ir a Escocia y de intentar investigar por mí misma el paradero de la casa. Las iniciales del relicario son: L.A.D.G. Por eso supongo que su apellido debía de empezar por la letra G.

Evelyn estudió las instantáneas descoloridas y con los bordes doblados que Marnie había rescatado del interior de unos marcos de plata y luego examinó con una lupa aquella en la que aparecía una niña con un perro enorme posando frente a la entrada de una mansión.

—Querida, si miras en la estantería que hay tras el piano —dijo a Isobel volviéndose hacia ella—, encontrarás todos los álbumes de fotos de mi padre de antes de la guerra. ¿Puedes traerme el de 1920 para empezar?

Los álbumes, que llevaban la fecha impresa en el lomo con signos dorados, eran de un tafilete que originariamente había sido negro, pero que ahora se había tornado marrón verdusco en los lugares donde había sido expuesto a un exceso de luz solar. Isobel cogió uno y lo dejó sobre la mesa, junto a la silla de Evelyn. Marnie la observaba angustiada mientras la mujer iba volviendo las páginas con unos dedos hinchados y deformados. Vio fotografías de Tillydrum en las que los árboles medían una tercera parte de su altura actual; instantáneas de torneos de tenis celebrados en distintas mansiones, los hombres con pantalones blancos de franela (no estaba de moda el pantalón corto) y las mujeres con vestidos de tenis, plisados y de seda blanca, con el dobladillo a la decorosa altura de la rodilla; vistas de paisajes alpinos tomados durante las vacaciones de invierno en las que aparecían risueños personajes sosteniendo unos inmensos y largos esquíes de madera y unos enormes palos con aspecto de ser difíciles de manejar, retratados frente a unos edificios semejantes a un reloj de cuco; pero la mayor parte de las fotografías parecían consistir en inacabables grupos de mujeres y hombres vestidos de tweed, portando armas y posando junto a sus perros, frente a un cúmulo de urogallos muertos o un ocasional venado postrado y con la lengua fuera. Tras revisar unas cuantas fotografías más, Evelyn volvió a coger la lupa, escrutó otro retrato y lanzó una mirada triunfante a Marnie.

—¡Ah, me parece que ya está! —exclamó—. Tenía la sensación de que aquí encontraría lo que andaba buscando. Cuando vi la primera fotografía que me diste, pensé que había reconocido la casa, pero en Escocia hay muchas casas almenadas al borde del agua que se parecen mucho a esta. La segunda instantánea, la de la niña que está frente a la entrada, es la que nos proporciona la prueba definitiva... que además encaja con mi primera idea. Mira el arco de la puerta que aparece en tu fotografía y luego mira esta otra. —Evelyn tendió la lupa a Marnie y empujó el álbum hacia ella.

Marnie se arrodilló junto a la silla de ruedas.

—Se ven las mismas iniciales entrelazadas y una fecha —siguió diciendo la anfitriona—, aunque no acabo de ver con claridad el año que figura en cada retrato. Arriba, ¿lo ves?, labrado en piedra y probablemente de una época anterior, se advierte lo que parece el perfil de un ave (quizá un cisne o un pelícano)... En fin, un criatura heráldica vagamente ornitológica. ¿Qué opinas?

—¡Concuerdan a la perfección! —El pálido rostro de Marnie se tiñó de rubor debido a la emoción.

En la escalinata de un edificio de piedra, un grupo posaba

frente a la entrada. Los hombres, vestidos con recios pantalones bombachos de golf, y las mujeres, con traje chaqueta y sendos casquetes. Al pie de la fotografía, en una caligrafía clara y anticuada, estaban escritas las siguientes palabras: «Reunión social en Eilean Dobhran, 12 de agosto de 1920».

—¡Oh, mire! —exclamó sin aliento Marnie—. ¡Este es el perro de mi foto! ¡Seguro que es el protagonista de las historias que me contaba la condesa! Me parece increíble. —Recorrió la línea con el dedo y tuvo la sensación de que, tocando las letras, se remontaba al pasado—. ¿Cómo se pronuncia este nombre?

—Se pronuncia «ilan doran». En gaélico, *eilean* significa isla y *dobhran*, nutria.

—La isla de la nutria —repitió Marnie embelesada.

—Creo que la señora que buscas era Lucy-Anne Drummond-Gray, de Eilean Dobhran —dijo Evelyn con el aspecto de sentirse muy satisfecha de sí misma—, y el cabello pelirrojo de tu relicario lo confirma. La mayor parte de la familia tenía el pelo rojo como el fuego ¡y un temperamento que le iba a la zaga! Eso fue lo que precipitó su destrucción.

Los demás se arremolinaron en torno al álbum, pero Marnie, embargada por la emoción, se levantó y se dirigió a la ventana. Estuvo contemplando las azaleas y los rododendros de Tillydrum, pero un jardín muy distinto se desplegaba ante su imaginación, un jardín con dispares plantas en el que una voz decía: «Ahora te contaré cómo me encontró mi perro el día que me perdí en la colina por culpa de la niebla», mientras una anciana solitaria, esforzándose por asumir una pérdida irreparable y una cercana muerte, se balanceaba en una hamaca con una chiquilla asustada.

Christopher se acercó a ella y posó una mano en su hombro. Notó que temblaba. Ambos permanecieron inmóviles durante unos segundos mientras ella intentaba controlarse, y luego Marnie acarició levemente la mano que la asía. Fue un gesto casi imperceptible, de carácter muy íntimo, pero tanto Isobel como Louisa repararon en él antes de que Marnie se volviera para incorporarse de nuevo al grupo.

Isobel sintió un nudo en la garganta y las lágrimas asomaron a sus ojos; unas lágrimas que, en parte, se debían a los sentimientos que esas antiguas fotografías despertaban en ella, a los recuerdos de tiempos pasados y a la certeza de la mortalidad futura, pero también a la satisfacción que sentía por Marnie y por los frutos que esta empezaba a cosechar de su autoimpuesta misión... hasta que echó un vistazo en dirección a Louisa, vio que una mirada de tristeza le ensombrecía el rostro y de nuevo recordó que la búsqueda de su prima, fuera cual fuese, estaba siendo un fracaso.

—No sé cómo agradecérselo —dijo Marnie—. No puede imaginarse lo que esto significa para mí. Hay muchas cosas que querría preguntarle... ¿Me dirá todo lo que sepa?

Isobel consultó el reloj.

—Se nos está haciendo tarde —dijo esta a Evelyn—. Por hoy, ya hemos abusado de tu tiempo. ¿Por qué no vamos Louisa y yo a buscar a Morwenna y a John mientras tú proporcionas a Marnie toda la información que necesita?

—Excelente. Ve a buscarlos, cariño, pero no os veáis obligados a marcharos deprisa y corriendo por mi causa. Me sienta muy bien estar rodeada de gente y esta historia es tan especial... que me entran ganas de saber más cosas. —Evelyn hizo un gesto a Marnie animándola a seguir—. Pregúntame lo que quieras, querida. Espero poder contarte todo lo que deseas saber.

—¿Puedo quedarme a escuchar? —preguntó Christopher mientras Louisa e Isobel se dirigían al jardín.

Marnie y Christopher se instalaron en el sofá.

—Bien, ¿qué quieres preguntarme primero?

—Dónde está la casa..., cómo puedo llegar a ella..., a quién pertenece en la actualidad y, sobre todo, si conoció usted a la condesa.

Evelyn reflexionó.

—Sí la conocí, porque entre nuestras familias existía una antigua amistad. Nuestros padres solían coincidir en partidas de caza y en las reuniones que celebraban los fines de semana, y, de vez en cuando, yo los acompañaba. Recuerdo perfectamente el aspecto de Lucy-Anne Drummond-Gray. Era de esas personas en las que no puedes evitar reparar si estás en la misma casa o, por supuesto, en la misma habitación. Y no solo por su hermoso pelo o su belleza (en efecto, era una mujer espectacular), sino porque tenía esa otra característica indefinible que supongo podría denominarse «presencia».

—¿Encanto quizá? —propuso Christopher.

Evelyn evaluó el comentario y, con un deje de duda, dijo:

—Encantadora exactamente... no. No lo era, aunque no dudo que podía ser absolutamente encantadora si se lo proponía, pero no me parece la palabra más idónea para describirla. Estoy pensando en una cualidad más fuerte que el encanto, más desafiante, más excitante... más peligrosa. Lucy-Anne mostraba una despreocupación total. Creo que le importaba un comino lo que pensaran los demás. Claro que en esa época ella era bastante mayor que yo y a mí me parecía que existía un abismo infranqueable entre ambas. Yo era pequeña e iba al jardín de infancia y ella era casi una adulta que empezaba a vivir en un mundo diferente —precisó Evelyn riéndose—. ¡Siempre me fascinó esa mujer y, por supuesto, su reputación! Era cautivadora. Recuerdo que escuchaba con avidez a mi madre y a mi institutriz comentando escandalizadas sus hazañas. Cuando se daban cuenta de que yo estaba presente, dejaban de hablar e intercambiaban una mirada que significaba: «hay niños delante». Por consiguiente, solía quedarme calladita para intentar oír retazos de su historia. Decían que todos los jóvenes del vecindario estaban locamente enamorados de ella y la verdad es que Lucy trajo de cabeza a sus padres. ¿Conservó esa extraordinaria belleza también durante la vejez?

Marnie hizo un gesto de negación.

—No lo sé. A lo mejor sí, aunque en esa época no lo creí. Era pequeña, y a través de los ojos de la infacia la veía como una persona... mayor. Ahora bien, esa presencia a la que usted se refiere, debo decirle que sí la tenía. Destacaba entre los demás, y mi madre llegó a molestarse porque todo el personal del hotel prestara más atención a los deseos de la condesa que a los de ella

—precisó Marnie con un mohín—. También recuerdo que olía a violetas. Los niños se fijan en esas cosas. ¿Y su esposo italiano? ¿Llegó usted a conocerlo?

—¿Su esposo? —Evelyn enarcó las cejas—. No se convirtió en su esposo hasta mucho después. Ese fue el problema. Creo que fue después de la guerra, cuando la esposa a la que él había abandonado por Lucy-Anne había fallecido. A sus padres se les rompió el corazón. Por aquel entonces, la pareja «vivía en pecado» y ellos nunca perdonaron ese pecado a Lucy-Anne. A tu generación quizá le cueste entender que en esa época eso era absolutamente rompedor, no solo para sus padres, sino para la Italia católica. Supongo que ambas familias los condenaron al ostracismo. Es maravilloso saber que su amor sobrevivió a todo eso. Creo que también tuvieron un hijo, ¿verdad?

—Un niño —dijo Marnie con tristeza—. Murió el mismo día de su nacimiento. Lo supe porque leí sus diarios, aunque no sabía que en esa época no estaba casada con Carlos. Es terrible que sus padres nunca la perdonaran, terrible para ella y también para ellos.

—Fue una gran tragedia. Su único hijo, el hermano mayor de Lucy-Anne, se alistó en la RAF cuando se declaró la guerra, se hizo piloto de combate y murió en la batalla de Inglaterra. Eilean Dobhran, como otras mansiones, fue requisada por el ejército y quedó en muy mal estado tras el armisticio. Durante un tiempo, los viejos Drummond-Gray habitaron en una de las alas mientras el resto de la propiedad se iba deteriorando. Se rumoreaba que habían perdido el interés por la vida y, poco después, ambos murieron con unos meses de diferencia. Oí decir que la propiedad, o lo que quedaba de ella, se vendió para cubrir las deudas y creo que lo que se salvó fue a parar a un primo lejano que había emigrado. Ignoro en qué situación estará ahora. Creo que la casa fue un hotel durante un tiempo y luego una residencia o algo parecido, pero no estoy segura de si la alquilaron o la vendieron. Se la mostraré a Isobel en el mapa para que puedas hacer tus pesquisas en la zona. Siento no poder informarte más.

—Al contrario. Su ayuda ha sido valiosísima. No esperaba reunir tanta información. —Marnie pensó que, de repente, Evelyn Fergusson parecía muy cansada. Ya se levantaban para marcharse cuando Isobel reapareció con Louisa, el coronel y Morwenna.

Se despidieron afectuosamente. Morwenna dio su dirección de Cornualles a Evelyn y le prometió enviarle el borrador del artículo sobre jardines que pensaba escribir. Evelyn explicó a Isobel que Eilean Dobhran se encontraba exactamente al noroeste de Inverness y Marnie prometió seguir en contacto con ella para tenerla al corriente de sus hallazgos. Evelyn insistió en despedirlos en la puerta principal.

—Ojalá pudiera devolver a su Lucy-Anne, a mi condesa, todo lo que ella hizo por mí —dijo Marnie—. Es terrible no haber tenido la oportunidad de agradecérselo.

—Se lo agradecerás siendo feliz —dijo Evelyn inesperadamente.

—Oh, sí... —exclamó Marnie sorprendida—. Lo recordaré. Y muchísimas gracias de nuevo. Usted ha logrado que reviviera esa época... y ahora todo encaja.

Mientras, al volante, Isobel se alejaba por el caminito de entrada de Tillydrum, con Revoltosa y Rombo corriendo a toda velocidad y casi sin resuello detrás del automóvil, Marnie se volvió y vio que una anciana, otra valerosa anciana, seguía al pie de la escalinata de su casa saludando con la mano a modo de despedida.

24

Esa noche cenaron en la mesa redonda de la cocina como si estuvieran celebrando una alegre e informal reunión de viejos amigos, y Giles e Isobel, que sabían que habían logrado crear la atmósfera que deseaban para Glendrochatt, se sintieron muy satisfechos. Marnie insistía en agradecerles la visita a Tillydrum.

—Ha sido un increíble golpe de suerte —dijo con un gesto de sorpresa e irradiando una felicidad que habría resultado imposible imaginar en ella el día en que llegó. Marnie y Morwenna estaban fascinadas por la ecléctica mezcla de tesoros y desperdicios, de objetos raídos y opulentos que encontraron en casa de Evelyn Fergusson y afirmaron que jamás habían visto nada parecido. ¿Era esa propiedad la excepción a la regla?

Giles estalló en una sonora carcajada.

—Ah, eso es algo muy frecuente en esta parte del mundo. Los comerciantes lo llaman «chic destartalado». He de decirte, Marnie, que la mayoría de tus compatriotas nunca llegan a entenderlo, o bien lo valoran con desmesura. ¡Será interesante ver el estilo por el que te decantas si acabas siendo la señora del castillo! Esperaré el desarrollo de los acontecimientos con sumo interés.

—No pienso invertir en un mobiliario que se base en montones de viejos periódicos —protestó Marnie—. Me resulta increíble que alguien pueda reunir todos esos bártulos a propósito.

—Deberías de haber estado aquí hace unos años, cuando se organizó el mercadillo de beneficencia en el aparcamiento de Dunbarnock. La gente se volvió loca por cosas absolutamente alucinantes. El pobre amigo Neil cometió el error de poner un anuncio en el periódico y ofrecer a la primera persona que apareciera el viejo y apolillado abrigo de lince persa de su madre por cincuenta libras. El resultado fue que se creó un increíble atasco en la calzada en ambas direcciones y que la policía se las vio y deseó para retener al público hasta que abrieran las puertas. Dos miembros de esa fraternidad itinerante echaron una carrera hacia el puesto de Neil y llegaron a los puños para solventar quién debía quedarse con la prenda. ¡El que perdió incluso llegó a echar una maldición sobre el abrigo! Fue el evento que mayor dinero recaudó de todos los que se habían celebrado en la vecindad desde hacía años y además lo pasamos estupendamente. Isobel vendió un viejo casco antiaéreo y las bragas de la luna de miel de mi abuela por cien libras cada una.

—¿Cómo diantre sabéis que se trataba de las bragas de la abuela? ¿Cómo eran? —preguntó Marnie.

—Oh, encontré unas cuantas en el estante del fondo de un viejo armario envueltas en papel de seda y con una etiqueta en la que ponía «*Trousseau*». —Isobel prorrumpió en risitas—. Una asombrosa creación realizada en un magnífico crepé de China color melocotón pálido. Te ponías las perneras por separado y luego te envolvías en unas cintas de satén como si fueras un paquete de regalo, y tenían unos botoncitos muy complicados que iban en un lugar bastante indiscreto. ¡Menudo problema si de repente te entran ganas de ir al lavabo! Se vendieron como rosquillas, pero me reservé unas para la posteridad.

—¿Como dote para Amy? —insinuó Christopher.

Todos los comensales, incluida Louisa, manifestaron su satisfacción por la visita que tan provechosa había resultado para Marnie y para Morwenna y estuvieron comentando lo bien que se lo habían pasado. Morwenna estaba radiante de felicidad por el giro que estaba dando su vida y, tan pronto llegó a Glendrochatt, telefoneó a Joyce para contarle los nuevos derroteros que estaba tomando su profesión periodística. Joyce se alegró mucho, pero cuando le preguntó maliciosamente por el coronel, Morwenna se cerró en banda. No se sentía preparada para sincerarse con nadie sobre las esperanzas que albergaba en ese terreno (ni siquiera consigo misma), pero, en Cornualles, Joyce llegó a sus propias conclusiones.

Giles, que como anfitrión desconocía el significado de la palabra mezquindad, abrió otra botella de champán para celebrar la culminación de un día glorioso y lo mezcló con zumo de melocotón blanco para hacer unos Bellinis; Isobel elaboró un apetitoso plato italiano de pollo con aceitunas negras acompañado de una suculenta salsa de tomate que sirvió junto con unas patatas nuevas cultivadas en casa, de concentrado sabor, que acababan de arrancar del huerto. De postre, sirvió un pastel de merengue y ruibarbo y un queso sobresaliente. Todo estaba exquisito.

Antes de cenar, Christopher y Marnie habían estado sentados en el banco de color blanco, bajo la gran haya que presidía el lago, punto de encuentro en el que había surgido su amistad. Christopher encendió un cigarrillo. Tenía la intención de dejar de fumar en un futuro inmediato, decisión que no era la primera vez que tomaba, y pensó que, con el apoyo de Marnie, quizá en esa ocasión lo lograría. Sin embargo, no quería arriesgarse a intentarlo hasta haber solventado una serie de incógnitas que atenazaban su vida.

Permanecieron en silencio, conscientes de la presencia del otro, mientras observaban ejecutar los giros de la efímera aunque espectacular danza de apareamiento de unos insectos que la noche anterior tan solo eran huevos de mosca y, sin embargo, ahora ascendían y descendían suspendidos en el aire como si fueran unos móviles que colgaran de unos alambres invisibles.

—¡La rutilante representación de un cortejo... que durará un solo día! —comentó Christopher.

Escuchaban el rítmico balanceo del agua a sus pies y, de vez en cuando, oían un débil chapoteo y unas ondas se extendían por la calmada superficie del lago en el punto en que se había asomado una trucha. Los zarapitos borboteaban y un pájaro carpintero, que martilleaba en un árbol lejano, se afanaba haciendo horas extra. Ambos presentían con optimismo que sus vidas habían llegado a un punto de inflexión.

—Christopher —dijo Marnie rompiendo el silencio al cabo de un rato mientras hacía dibujitos con el dedo sobre el brazo del banco—. ¿Puedo proponerte una cosa?

—Claro. Lo que sea. Dime de qué se trata —respondió él mirándola de un modo que Marnie se quedó sin aliento.

—Bueno, el domingo, cuando termine la semana en Glendrochatt, había pensado ir a Inverness en coche para empezar mi investigación. Intentaré dar con Eilean Dobhran y hacer las primeras indagaciones en el terreno. Dormiré en algún pub que encuentre de paso. Hoy mi sueño literalmente se ha convertido en realidad. ¿Querrías... te gustaría venir conmigo? Me encantaría estar a tu lado si descubro la casa para que me dieras tu opinión... —Marnie volvió el rostro hacia él y la mirada de consternación que vio en su semblante la hizo palidecer. —Claro que supongo que no te apetecerá...

Christopher la cogió de la mano y entrelazó sus dedos con los de ella.

—¡Mierda, oh, mierda! Marnie, quiero que sepas que si no voy no es porque no quiera. Nada me gustaría más, pero no puedo. De verdad, no puedo.

Marnie tragó saliva intentando disimular su decepción.

—Bueno, no te preocupes —dijo con voz animada y encogiéndose de hombros con forzado donaire mientras los desdenes sufridos en el pasado le hacían desear no haber hecho esa propuesta—. Solo era una idea. Olvídalo. —Intentó soltarse pero Christopher asió su mano con fuerza.

—Marnie, escucha. Es por culpa de esta maldita libertad condicional... Todavía no soy una persona libre —dijo Christopher deseando que ella lo comprendiera—. Me han dejado salir con un permiso especial y ese permiso establece que puedo estar en Glendrochatt porque este lugar podría contribuir a proporcionarme una salida laboral... como milagrosamente ha sido el caso.

Luego, por teléfono, me han alargado el permiso una semana más, aunque una cosa es proponer algo que se considera útil para eso que llaman «rehabilitación» y otra muy distinta convertirlo en una excursión de placer. Debo regresar el domingo porque tengo una cita con mi agente de la condicional el lunes por la tarde. Solo me quedan unos meses y, si no cumplo, podría regresar al lugar del que vengo: la cárcel. Y eso sería una pena... por varias razones. Y tú eres una de ellas. No quiero arriesgarme. —Christopher le pasó el brazo por la espalda y la atrajo hacia sí—. No me dejes. No podría soportarlo.

Una inconmensurable sensación de alivio se apoderó de Marnie.

—Es obvio que no debes arriesgarte —dijo ella acariciando su brazo con la mejilla—. Lo siento... ¡Qué tonta he sido! Lamento no haberlo deducido antes. Es que habría sido perfecto... —añadió con nostalgia.

Christopher, profundamente conmovido, le propuso un inesperado plan.

—¿Te importaría mucho perder un par de días del curso?

—Bueno, me encanta estar en Glendrochatt, pero tampoco es tan importante para mí. Nunca habría dicho que me aguardarían tantas cosas fuera de aquí. —Y entonces, en un arrebato de sinceridad que implicaba una gran valentía por su parte, añadió—: Si me encanta estar aquí es por ti. ¿Lo decías por algo en concreto?

—Me preguntaba si no podríamos marcharnos antes, digamos, el jueves por la mañana, y pasar fuera la noche del jueves y del viernes, encontrar tu castillo y luego poner de nuevo rumbo al sur el sábado para pasar aquí el fin de semana. Aunque temo que tendrás que ser mi chófer de nuevo. ¿Qué te parece?

—¡Fabuloso! —exclamó Marnie abrazándolo. Cuando emergió, casi sin aliento, de su beso, le dijo—: ¿Crees que les importará a Giles y a Isobel?

—Seguro que no. No saldrán perjudicados económicamente porque ya hemos pagado nuestra estancia, y estoy convencido de que les entusiasmará la idea de que inicies tu búsqueda. Me parece que se han implicado mucho en este tema. —Christopher le dedicó una sonrisa—. Incluso se me ocurre algo aún mejor. Ya que iré a Inverness contigo a levantar castillos en el aire, ¿te gustaría regresar al sur conmigo y pasar unos días en casa de mis padres? Me encantaría que los conocieras.

Marnie confesó que la idea le parecía maravillosa y ambos permanecieron abrazados, saboreando su nueva felicidad, hasta que llegó el momento de acercarse a la casa para ir a cenar.

A la hora del café, en la sala de estar, expusieron sus planes a Giles y a Isobel, que se mostraron entusiasmados y les dijeron que conocían un hotelito excelente en la zona donde podrían pernoctar.

—Es cómodo, aunque sin demasiados lujos. Creo que os gustará. ¿Queréis que le diga a Sheila que llame mañana por la mañana para reservar? —se ofreció solícito Giles, con lo que se ganó que Isobel le propinara una buena patada en el tobillo.

Christopher vio el gesto y, con una mirada de inteligencia, dijo que le agradecería que le diera el número de teléfono, pero que ya haría él la reserva.

—Así les daré el número de la tarjeta de crédito y los datos que necesiten. —No tenía intención de discutir con la secretaria de Giles el número de habitaciones que esta debía reservar.

Giles sonrió y aparcó el tema. A continuación, charlaron sobre las actividades del día siguiente.

—Mi padrino me ha propuesto ir a pasar el día a Islamouth. Como allí, en el río Tay, hay muy buena pesca he pensado que el ofrecimiento era muy oportuno y que Christopher y yo podríamos dejaros por unas horas. ¿Qué os gustaría hacer a los demás?

—A John y a mí nos gustaría ir a Glamis —propuso Morwenna—. Louisa y Marnie podrían acompañarnos si lo desean. Si no tienen otros planes, por supuesto. Nos apetece mucho visitar Glamis. ¿Qué te parece? —preguntó Morwenna a Louisa.

—Que no debéis perderos la visita a Glamis. Yo he estado varias veces, pero creo que, en esta ocasión, no volveré. Gracias, de todos modos. Me muero de ganas de regresar a St. Andrews y recorrer todos los lugares que frecuentaba. ¿Te apetecería venir conmigo, Marnie? Creo que te gustaría mucho. El casco antiguo es muy hermoso y hay muchos lugares para visitar. También podríamos pasear por la playa si hace un buen día.

Isobel contuvo el aliento esperando que Marnie se diera cuenta de que acababan de ofrecerle la pipa de la paz.

Marnie titubeó. Christopher, que también la estaba observando, creyó entrever unas fugaces sombras de incertidumbre en su rostro. Pero Marnie dedicó una de sus rutilantes sonrisas a Louisa.

—Claro que sí. ¿Por qué no? Ya que los chicos salís a pescar, las chicas saldremos por nuestra cuenta. Me encantaría, Louisa.

—Fantástico. ¿Te apuntas tú también, Iz?

—Bueno, si no os importa, creo que me quedaré para librarme de unas tareas domésticas que tengo pendientes porque son una lata. —Isobel pensó que Louisa y Marnie estarían mucho mejor sin ella—. A mí también me gusta mucho St. Andrews, pero Ed está obsesionado con el maravilloso Centro de Biodiversidad Marina (ya sabéis que cuando se le mete una cosa en la cabeza...) y, la verdad, ya he recorrido demasiadas veces esa carretera.

Louisa estalló en una carcajada.

—¡Claro, ahora me acuerdo! Hace unos años fuimos con los gemelos. A los niños les encantó, pero creo que, por esta vez, será mejor que Marnie y yo pasemos de largo esa atracción en concreto.

En ese momento, sonó el teléfono y Giles respondió.

—¡Ah, hola! ¿Cómo estás? Me alegra oírte. Sí, claro, sigue con nosotros. Ahora se lo digo. Espera, lo avisaré. —Giles tapó el auricular con la mano—. Es para ti, Christopher. De parte de Jonathan Mercer. Ve a cogerlo a la cocina si lo prefieres.

—Gracias. Creo que será mejor —dijo Christopher manteniendo la sangre fría y reprimiendo las ganas de salir corriendo de la sala de estar. Estuvo ausente durante un buen rato. Cuando regresó, se encontró con seis caras expectantes.

—¿Y bien? —preguntó Isobel—. ¿Podemos preguntarte cómo ha ido? ¿Eran buenas o malas noticias?

—Buenísimas —respondió Christopher sonriendo—. No me lo puedo creer. Gracias a las encarecidas recomendaciones de Jonathan, su agente se ha ofrecido a recibirme. Quiere verme en Londres cuanto antes y aunque, como es de esperar, no ha querido comprometerse hasta haber leído el manuscrito, cree que con el visto bueno de Jonathan Mercer podrá encontrar una editorial para *Conocimiento interior*. —Christopher miró a Giles y a Isobel—. No sé cómo agradecéroslo. Todo empezó gracias a vosotros, a Catherine y al interés que ella se tomó en presentarme a Jonathan.

—No digas bobadas —protestó Giles—. Todo empezó gracias a ti. Llevo cinco años dirigiendo cursos como este en los que Catherine, Jonathan o ambos son los tutores, y te aseguro que nunca había visto a ninguno de los dos reaccionar ante nadie como han reaccionado ante tu libro. —Sirvió un vaso de whisky y se lo ofreció a Christopher—. Toma, bebe. Parece que te conviene una copa. Debes prometernos que vendrás a Glendrochatt a dar una conferencia y a firmar ejemplares de tu libro cuando te lo hayan publicado.

—¡Puedes contar con ello!

—¡Qué nervios! Estamos encantados por ti. ¿Has empezado un nuevo libro? —preguntó Isobel.

—En realidad, sí, pero lo empecé antes de matricularme en este curso —admitió Christopher arrepentido— y, tras haber sido alumno de Catherine, veo carencias en cada página. No paro de pensar en lo que diría ella si viera tal o cual frase —añadió con una carcajada—, ¡y llego a borrar párrafos enteros! Ahora es un poco tarde para llamarla —dijo consultando el reloj—, pero la telefonearé mañana a primera hora para darle la buena noticia.

Sus ojos se cruzaron con los de Marnie, que estaba sentada en el sofá, y ambos intercambiaron una intensa mirada. «Empezaré desde cero —pensó Christopher—. Con una nueva profesión y una nueva relación sentimental.» Eran muchas las oportunidades que se le brindaban.

Cuando los demás se hubieron instalado en los cobertizos de la antigua granja y Giles fue a organizar el equipo de pesca para la mañana siguiente, Isobel y Louisa sacaron a los perros para que dieran un último paseo y se quedaron aguardándolos en el umbral, junto a los escalones de la entrada.

—La propuesta que hiciste a Marnie fue todo un detalle por tu parte.

Louisa se rió.

—Vaya, veo que al menos esta vez he hecho algo bien para variar. —Hablaba en tono desenfadado, pero Isobel pensó que no parecía feliz—. ¿Has tenido noticias de Rory?

—No —admitió Isobel suspirando—. Llamé al volver, pero Lorna no estaba en el hotel y tuve que dejar un mensaje (otro mensaje más) para pedirle que me llamara. No sé si no tener noticias de él significa que todo marcha bien. Me pregunto cómo estará y no puedo sacármelo de la cabeza. Pero no hablemos de eso porque me echaré a llorar. ¿Qué harás a partir de ahora, Louisa? ¿En qué vas a emplear tu talento? ¿Te apetece quedarte unos días como invitada nuestra? Podrías quedarte los días que quisieras. Nos gustaría mucho disfrutar de tu compañía. Ve por libre, dedícate a tus cosas... Paladea la posibilidad de vivir sin presiones y sin concretar tu siguiente movimiento.

—Ay, Izzy, ¡eres fantástica! ¡Como si tú no tuvieras bastante con lo que estás viviendo! Dios te bendiga, pero no. He decidido que iré a casa a pasar unos días. Hace muchísimo tiempo que no estoy con mamá y papá. Últimamente han envejecido bastante y tienen ganas de que me quede con ellos. Luego, al cabo de una semana, iré a Londres porque debo acudir a una cita que tengo concertada desde hace tiempo, y además necesito reflexionar sobre lo que voy a hacer con el piso. Adam, con su gran sentido de la honestidad, se mudó cuando nos separamos y ahora he de pensar si le compro la mitad del piso, sigo viviendo en él y busco un realquilado, o bien lo vendemos y empiezo de cero en algún otro lugar. Supongo que también podría empezar a buscar un nuevo empleo.

—¿No es eso dar un paso atrás? Pensé que querías correr aventuras. Me pareció que deseabas estar libre para ir a cualquier parte, para viajar o tomar otros derroteros más creativos. Pensé que estos próximos seis meses serían la época más especial de tu vida, que te brindarían la oportunidad de explorar distintas posibilidades.

—Así era —dijo Louisa con la mirada perdida en la lejanía.

Todavía había bastante luz, aunque el color fuego empezaba a mudar de las azaleas plantadas junto a la casa y los tulipanes alojados bajo la escalera cerraban sus puntiagudos pétalos para encarar la noche. Los vencejos chillaban y se abatían sobre sus nocturnas presas insuflados de una gloriosa energía y velocidad.

—Esa era mi intención, pero parece que mi espíritu aventurero me ha abandonado. Es como si una maquinaria fuera la responsable de darme iniciativa y, al saltarle una pieza, mi empuje, siguiendo una fuga, se hubiera ido perdiendo por el camino.

Isobel sintió un escalofrío de inquietud y miró a Louisa con preocupación.

—Recuperarás ese empuje —le dijo con firmeza—. Siempre he creído que, tras superar una crisis, uno experimenta un bajón. En ese momento, todo parece sorprendentemente sencillo; pero luego la realidad nos da un mazazo. Posiblemente, lo que te pasa es consecuencia de tu decisión de hacer grandes cambios... y de terminar tu relación con Adam. No ha debido de ser fácil. Venga, vámonos, que las dos tenemos que dormir. Ha sido un día muy largo. Veamos, ¿dónde diantre se ha metido esa maldita perrita mía? Estos momentos son los que Rombo elige para darme esquinazo e ir a cazar conejos.

Sin embargo, en ese mismo instante, la petulante Rombo apareció con sus andares de pato junto a la orilla, moviendo el rabo con ánimo conciliador y con el estómago más pegado al suelo de lo habitual.

Isobel y Louisa entraron en la casa. Isobel cerró con llave todas las puertas y, de común y silencioso acuerdo, dejaron en el aire la cuestión del futuro de Louisa.

25

El miércoles por la mañana, cuando Giles y Cristopher partieron hacia Islamouth, el día era agradable, aunque el cielo estaba cubierto.

—Le he dicho a Izzy que no se molestara en organizar un picnic completo para nosotros dos —dijo Giles a Christopher mientras ambos cargaban los equipos de pesca en el coche—. Le comenté que con una pieza en el bolsillo para cada uno ya teníamos bastante. Espero haber acertado.

—Sí, claro.

—¿Qué querrás para beber?

—Ah, pues cerveza negra o cerveza rubia... Lo que tengas. No tengo preferencias.

Christopher había estado deseando que llegara ese día. Sin embargo, se sintió aliviado al descubrir que pescarían en bote. Como experto pescador, Christopher, que llevaba practicando desde pequeño y se había cobrado el primer salmón a los doce años (un día que jamás olvidaría), no habría pestañeado siquiera ante la perspectiva de meterse hasta la cintura en un río torrentoso, con el palo de vadear al cuello, cogiendo con maestría la caña de dos manos y largando el sedal que pidiera la captura, sino que habría considerado que eso formaba parte del placer de la expedición. Sin embargo, ahora desconfiaba de su pierna y dudaba que pudiera mantener el equilibrio entre las resbaladizas rocas, expuesto a las fuertes corrientes. Lo último que deseaba era ser motivo de angustia o convertirse en una molestia para Giles. A pesar de que no tenía la intención de abandonar la práctica de la pesca sumergido en el río y de que notaba que su movilidad y confianza seguían mejorando desde la última operación, la opción de la barca le pareció que era una solución perfecta.

Antes de marcharse, y haciéndose eco de sus pensamientos, Marnie le había preguntado si le molestaría la pierna y a Christopher le conmovió su solicitud. No lograba imaginar a Nicola planteándole esa cuestión.

«No me dará problemas —había dicho él con optimismo—. ¿Y tú? ¿Estarás bien? No dejes que Louisa te ponga de mal humor.» Marnie despertaba en él su instinto de protección y si había resistido el impulso de cantarle las cuarenta a Louisa durante la excursión a Edimburgo tan solo fue porque sospechaba que eso solo habría empeorado las cosas para Marnie, cualquiera que fuera la causa.

«Estaré bien, sí. Ayer Louisa me pidió disculpas por haberse comportado de un modo tan rudo y supongo que hoy querrá hacer las paces. Cuando estamos solas, nos llevamos muy bien. ¡Sobre todo si tú no andas cerca! —añadió Marnie con una mueca—. ¡Pero no te lo vayas a creer ahora!»

«Lo intentaré», había respondido él.

«No te preocupes, nos divertiremos. Te veré por la noche. ¡Buena pesca!, como diría mi padre.»

Ambos constataron que, tras llevar tan solo diez días juntos, les resultaba extraño pasar un día entero separados.

Isobel fue a despedir a los pescadores.

—Vigilad por si aparece el águila pescadora —le dijo a Christopher—. Una vez vi que un ejemplar iba siguiendo a Giles mientras estaba pescando en ese tramo del río. Ah, y dile que te enseñe el famoso seto Meiklour cuando paséis por delante. Dicen que es el más alto del mundo (treinta metros de hermosísimas hayas y un hito en la zona). Está en su mejor época del año. Que lo paséis muy bien.

A pesar de disfrutar de la presencia de sus anfitriones, Isobel estaba deseando pasar un día entero en soledad (y, a poder ser, sin Giles). Se había propuesto contactar con su hermana, aunque eso significara hacer gala de una paciencia de santo. La información que le había proporcionado Evelyn Fergusson había despertado sus ansias de guerra, aunque ignoraba de qué manera debería lidiar con ella.

John y Morwenna partieron felices hacia Glamis en el antiguo e inmaculado Sierra Vauxhall de John. Tanto el interior de su automóvil como su impermeable de color claro parecían inmunes a las manchas y a las salpicaduras y su aspecto siempre era impecable. El estilo del coronel era absolutamente ajeno a los pelos de perro, los mapas cuarteados, los guantes desparejados, los crucigramas a medio terminar y las manzanas mustias que parecían multiplicarse en el coche de Isobel (cultivo contra el que Giles, de vez en cuando, se enzarzaba en una batalla perdida de antemano). Sin embargo, era obvio que no temía ensuciarse las manos cuando era necesario, porque se había ofrecido voluntario para ayudar a Giles a descargar la leña de la casa. «Debe de ser la disciplina militar», pensó con tristeza Isobel viendo que ya era hora de ponerse a limpiar la casa, ordenar la ropa y los armarios y adecentar el coche.

Marnie y Louisa vieron alejarse a sus compañeros de curso antes de emprender su expedición.

—¡Caray, mira! ¡John lleva guantes para conducir! —exclamó Louisa escandalizada—. No conocía a nadie que se pusiera esa clase de guantes. ¿Qué crees tú? ¿Seguirán viéndose esos dos cuando se hayan ido de Glendrochatt?

—Supongo que sí. Son tal para cual, como dos piezas de un rompecabezas que encajan.

—Podrían ser amantes internos —propuso Louisa.

—¿Qué demonios es eso?

—En Escocia, decimos eso cuando la amante vive en casa del amado; es una figura inferior en rango a la esposa, pero superior a la aventura esporádica. Suena mucho más romántico que decir compañera, parienta o pareja de hecho, ¿no te parece?

—Amante interna —Marnie probó la palabra—. Sí, me gusta mucho como suena.

—Hummm, ya lo sospechaba —dijo Louisa. Y entonces enarcó una ceja—. A lo mejor estás a punto de convertirte en una de ellas.

—¡A lo mejor, sí!

Las dos mujeres se miraron y, de repente, las dos estallaron en carcajadas haciendo que desapareciera todo rastro de tensión entre ambas.

—¿Estás lista? ¿Nos vamos? —preguntó Louisa—. ¿Qué coche cogemos, el tuyo o el mío?

—Vayamos con el mío. Tú organizarás el día y yo seré la conductora.

Se lo pasaron fenomenal. Las dos estaban decididas a superar sus antiguos problemas y a sellar la posible amistad que en diversas ocasiones habían estado a punto de iniciar.

Como le habían predicho, a Marnie le gustó mucho St. Andrews, con sus agradables tiendas y preciosas casas del barrio viejo, sus numerosos edificios antiguos, su catedral en ruinas y sus vestigios históricos. Louisa, en ese viaje sentimental por los caminos de la memoria, recordando sus años de estudiante en la universidad, fue una guía excelente.

—¿Te sientes con fuerzas? —le preguntó cuando hubieron aparcado el automóvil y echaron a andar por Market Street—. ¿Te apetece caminar cuesta arriba?

—Adelante —respondió Marnie con alegría.

—Había pensado arrastrarte hasta lo alto de la torre de St. Rule. Se disfruta de una vista impresionante desde allí arriba. Te harás una idea de cómo es el trazado de la ciudad porque la vista alcanza hasta muy lejos, pero tendremos que sufrir subiendo una empinada escalera de caracol que tiene unos escalones de piedra increíblemente estrechos (son ciento cincuenta y un escalones, para ser exactos), y bajar todavía es más duro. Creo que vale la pena... si te atreves, claro.

—Claro que me atrevo —dijo Marnie indignada—. ¿Por qué no debería atreverme?

—Probablemente porque tienes un aire de engañosa fragilidad y parece que vayas a salir volando si arrecia el viento —dijo Louisa alegremente—. Vamos.

Al final, fue Louisa y no Marnie quien se quedó sin aliento y se vio obligada a detenerse en mitad de la ascensión.

—¿Te encuentras bien? —preguntó Marnie cuando llegaron a lo alto de la torre.

—Sí, estoy bien —dijo Louisa esbozando una mueca de disgusto—. En parte, había olvidado que una siempre termina echando el hígado y, en parte también, no hace mucho que noto como si se me hubiera desajustado el termostato (o quizá sea la naturaleza impredecible del clima escocés), porque acuso el frío y el calor exageradamente. Antes, solía ser una fanática del fitness, pero lo he ido dejando de lado y ahora estoy muy desentrenada, eso es todo. Tendré que hacer más ejercicio cuando regrese, empezar a correr o volver al gimnasio. Es deprimente lo rápido que perdemos la forma física.

—Tenías muchísima razón sobre las vistas. Vale la pena subir hasta aquí arriba —comentó Marnie mirando hacia abajo—. Es impresionante. Pero dime, ¿quién fue san Rule?

—Un viejo monje de la isla de Patras que tuvo una visión en la que le ordenaron que reuniera los huesos de san Andrés y los llevara «hasta los confines de la Tierra» para protegerlos, o, al menos, eso es lo que la leyenda dice. ¡Qué engorro! Imagínate: se han apagado las luces, estás arrebujado en el dormitorio tras haber bebido el equivalente medieval que debían de dar en los monasterios de la malta Horlicks, cuando un ángel mandón se te aparece con un encargo y te despierta en mitad de la noche para anunciarte tu deber. El pobre san Rule se levanta y va a recoger una rótula, un diente, un húmero y unos cuantos dedos...

—Como habría hecho cualquiera en su lugar...

—Exactamente, como habría hecho cualquiera. Coge los huesos, se marcha de la cálida y acogedora Grecia y, tras ser víctima de un naufragio, desembarca en las inhóspitas orillas nororientales de Escocia; con el agravante de que los huesos ya habían sido sustraídos unos siglos atrás y él hubiera podido ahorrarse la molestia.

—Esta ciudad debe de haber sido un lugar magnífico para ir a la universidad.

—Lo fue. La adoro. Ojalá pudiera volver. ¿Qué parte de tu historia personal querrías revivir?

—Nada en absoluto —dijo Marnie tajante—. Me gustaría regresar a ciertos lugares, pero no querría volver atrás en el tiempo. ¡De ninguna manera! Me entra miedo solo de pensarlo. Lo único que me interesa es el futuro.

—A mí me gustaría regresar a... ¡Ay, son tantas las épocas a las que querría regresar! —Louisa parecía sentir nostalgia—. Me gustaría revivir mi infancia. Fue una época en la que me sentí a salvo de todo.

—En cambio, para mí fue una época de incertidumbre. ¡Qué diferentes somos! Sin embargo, cuando nos conocimos, me diste la impresión de ser una persona muy despreocupada.

—Sí, es cierto. Y lo soy —dijo Louisa a modo de confirmación íntima—. Venga, bajemos ya.

Aunque sin ser tan complicado como la subida, el descenso por los tortuosos y estrechos escalones de la torre revestía mayor peligro, sobre todo si se coincidía con un grupo que subía.

—Christopher habría sufrido en estas escaleras con su cojera. Me alegro de que no haya venido con nosotras —dijo Marnie.

—¡Eso sí que es una novedad! —bromeó Louisa aflorándole una sonrisa a los labios.

Marnie le respondió con una carcajada.

—¡Ay, Louisa! —exclamó en un arrebato—. Tengo muchísima suerte. No sabes lo feliz que me siento.

—Lo adivino. Tu aura resplandece tanto que casi es visible. Estoy muy contenta por ti, de verdad. Muy contenta.

Tras el extenuante esfuerzo de subir a la torre, se entretuvieron alegremente por la ciudad mirando tiendas y visitando algunos de los lugares preferidos de Louisa.

—Debemos encontrar un momento para ir a Janetta. Tienen unos helados que son para morirse, pero primero almorcemos juntas. ¡Nos podríamos dar un atracón antes de regresar a casa!

Encontraron un lugar donde servían unas pizzas excelentes e intercambiaron confidencias cómodamente; hablaron de sus familias y de sus respectivos hogares y compararon la distinta educación que habían recibido.

—¿Cómo está tu búho? —preguntó Marnie.

—Bien, que yo sepa. Hablé con mi madre el otro día y me dijo que se encontraba bien, que pasa el día durmiendo y comiendo... sobre todo durmiendo. Lo normal. —Louisa bajó la vista al plato y, de repente, lo apartó hacia un lado—. Estoy llenísima. No puedo terminarme todo esto. La comida está muy rica, pero es demasiado abundante.

Marnie la miró con aire de interrogación.

—Es curioso que hayas preguntado por el señor Brown, de todos modos —dijo Louisa de sopetón—. Hace un par de noches tuve una pesadilla en la que aparecía él.

—¿Qué pasaba en tu sueño?

—Yo iba dando vueltas, buscando algo desesperadamente... Ignoro lo que era y por qué quería encontrarlo, ya sabes como son los sueños. Lo único que sé es que debía encontrarlo; entonces, abrí una puerta que daba a una enorme estancia vacía y vi al señor Brown tumbado en el suelo. Muerto.

—¡No! ¡Es terrible! ¿Qué pasó luego?

—Nada. Eso fue todo. Me desperté sintiéndome fatal y bañada en sudor.

—¿Te encontrabas físicamente mal?

—No... Era miedo. Me entró el pánico.

—Eso es por culpa de haber removido tanto el pasado —dijo Marnie esperando dar con las palabras adecuadas que calmaran la clara desazón que sentía Louisa—. No creo que sea posible hurgar en las turbulentas aguas de los traumas infantiles y removerlas con tanto brío como hemos hecho sin que la suciedad del fondo salga a la superficie. Morwenna me contó que, por primera vez desde hacía muchos años, había soñado con su esposo. Yo he estado obsesionada con mis pensamientos y mis recuerdos del Caribe, pero creo que eso es bueno. Incluso he tenido el valor de intentar recordar más cosas de Kenneth el porquero, algo que, por lo general, procuro evitar. Últimamente, vivimos en una atmósfera enrarecida, muy intensa. Es como si todo estuviera patas arriba, como en esas extrañas postales de Chagall que Catherine nos dio para que escribiéramos nuestras impresiones.

—Supongo que sí.

—Mira —siguió diciendo Marnie—, es normal que tengas miedo de que muera el señor Brown, pero tú misma me dijiste que debe de estar a punto de concluir su ciclo vital... y que, probablemente, ha vivido más tiempo del que lo habría hecho en un medio salvaje. Sé que te da miedo, pero habrás de enfrentarte a eso tarde o temprano y, a lo mejor, tu subconsciente te está provocando, te recuerda que eso sucederá en cualquier momento y que deberías intentar quitarle importancia al asunto..., asumirlo antes de que suceda.

—Es una manera de verlo. Quizá tengas razón. —Louisa intentó sobreponerse—. Sí, claro que tienes razón. Tus palabras me han sido de gran ayuda. Gracias, Marnie.

Decidieron encaminarse hacia la playa y recorrer las famosas Dunas Occidentales que habían sido la cuna del golf, según explicó Louisa. Una brisa helada levantó borregos en el mar y los lanzó al trote hacia la orilla, pero el sol salió al mismo tiempo y convirtió el mar del Norte, casi siempre gris, en un mar casi tan azul como el Mediterráneo. Siguieron caminando unos cuantos kilómetros hasta que perdieron la noción del tiempo. En un momento dado, a Marnie le sedujo la idea de quitarse las zapatillas deportivas, arrollarse el dobladillo de los vaqueros y mojarse los pies en la orilla. El capricho duró poco.

—¡Je-sús! —gritó—. No noto los pies. ¿Siguen en su sitio?

—Ya no estás en el Caribe. Corramos.

Salieron lanzadas por la playa, riendo y chillando como un par de adolescentes, con el pelo revuelto por la brisa y las mejillas encendidas por el sol y el viento, hasta que consideraron que se habían ganado un helado de gengibre y caramelo en Janetta. Luego, regresaron en coche a Glendrochatt.

La jornada que habían pasado fuera había dejado a los huéspedes de Glendrochatt profundamente satisfechos. El coronel y Morwenna quedaron subyugados por Glamis, con su particular mezcla de encanto e historia, la combinación de escalofriantes leyendas e historias de fantasmas que tanto gustaban a los turistas y el sabor de una mansión familiar amada y muy vivida.

Christopher había sacado un hermoso pez de cinco kilos y medio y había perdido otro, y Giles, que pescaba desde la orilla, había atrapado dos piezas, de cinco y seis kilos cada una. Juntos se lo habían pasado en grande, y habían descubierto que tenían muchos intereses en común. Christopher sintió que había dado otro importante paso en su camino hacia la normalidad.

Después de cenar, Christopher y Marnie intercambiaron direcciones con el coronel, Morwenna y Louisa. Prometieron que seguirían en contacto, y la promesa era en firme. Neil Dunbarnock había dejado un recado a Marnie invitando a todos los que lo desearan a tomar una copa en su casa al día siguiente. Marnie le devolvió la llamada para decirle que lo sentía muchísimo, pero que no podría ir porque se marchaba de Glendrochatt muy temprano. Le contó que Evie Fergusson le había sugerido que visitara Eilean Dobhran y él le deseó que tuviera suerte en su búsqueda.

—Si encuentras tu castillo, no tardarás en volver —dijo lord Dunbarnock con afabilidad—. Tenme informado cuando regreses por estas tierras y ven a verme siempre que quieras. Me encantaría enseñarte mis coches.

—Le has impresionado de verdad —dijo Isobel—. Ese hombre nunca habla por hablar.

Giles e Isobel habían recibido noticias de tres alumnos del curso de escritura, aunque, para su alivio, Stanley Heslington no había vuelto a comunicarse con ellos. Win les había escrito una carta muy cariñosa para decirles que esa semana había determinado un punto de inflexión en su vida, que se había apuntado a un taller de escritura que dirigía la Asociación de Enseñanza para Adultos de su localidad y había enviado un par de artículos a una revista de la campiña de Yorkshire y otro a su periódico local, como le había sugerido Catherine. Quería matricularse en un curso de la universidad a distancia y ya había reservado plaza en otoño para asistir a un taller de escritura que se celebraba un fin de semana en Londres bajo la dirección de Catherine. Lamentaba que Glendrochatt no hubiera sido tan productivo para Stanley, aunque, a fin de cuentas, añadía haciendo gala de su lealtad, él ya contaba con los éxitos literarios que cosechaba en su región y seguiría trabajando como hasta entonces. Joyce les envió una llamativa postal de tamaño gigante en la que aparecían diversos lugares de interés de Cornualles para decirles que le había encantado el curso y la compañía, pero que había llegado a la conclusión de que servía más para llevar una tienda de regalos que para escribir una novela. «¡Conozco mis propias limitaciones!», les había escrito. Asimismo, confesó estar deseando que, a su regreso, Morwenna le contara todo lo que había sucedido en Glendrochatt. Bunty había enviado una efusiva misiva escrita con tinta púrpura sobre un papel de carta rosa pálido que hacía unas aguas en los bordes y que había ilustrado profusamente con unos platos escoceses de cordero y avena ataviados con la indumentaria de las Highlands. Comentó que estaba muy ocupada con su nuevo proyecto y que les tendría a todos informados de sus progresos. *¡No perdáis de vista ese lugar!*, añadía con cierto suspense.

Si Isobel pareció un poco distante y preocupada durante la cena fue porque, unas horas antes, había recibido una llamada telefónica que la había sumido en un auténtico quebradero de cabeza y, hasta el momento, no había tenido oportunidad de decírselo a Giles ni de hablarlo con él en privado.

—Me alegra que la excursión de St. Andrews fuera un éxito. ¿Marnie y tú os lleváis bien? —preguntó a Louisa al pie de la escalera antes de irse a dormir.

—Nos lo hemos pasado muy bien, nos hemos divertido. Es muy agradable estar con ella. Esa mujer está llena de sorpresas.

Louisa no dijo a Isobel que se había sentido muy reconfortada al ver la reacción que había tenido Marnie ante el sueño del búho. Le asombró descubrir que estaba confiando un incidente íntimo, en apariencia trivial, aunque inquietante para ella, a alguien a quien apenas conocía, y se sentía agradecida, no solo porque Marnie se lo hubiera tomado en serio, sino porque le había dado una explicación plausible e inesperada.

—Casi preferiría que no me cayera tan bien —dijo bromeando—. Te alegrará saber, Izzy, que me parece que me retiraré de la puja por Christopher.

—¿Porque te sabría mal herir a Marnie si Christopher empezara a hacerte caso o porque ya sabes que no tienes ninguna esperanza? —preguntó Isobel en tono jocoso.

—¡Por ambas cosas! Aunque es una pena, porque Christopher tiene un lado oscuro que creo que sería el antídoto ideal de mi querido Adam. ¡Qué lástima!... Estaba preparada para vivir una gran pasión. Incluso ya le había asignado el papel de fuerza irresistible que me haría perder el mundo de vista, y ahora resulta que él y Marnie se han enamorado perdidamente el uno del otro. ¡Eso sí que ha sido una sorpresa para mí!

Aunque Louisa empleaba un tono alegre y burlón, Isobel percibió cierto abatimiento en ella a pesar de tantas bromas, y se inquietó, porque eso no era propio de Louisa. «Yo creía que solo andaba buscando un ligue —pensó—. A lo mejor no lo entendí bien.»

—Bueno, me alegro de que Marnie y tú no os peleéis por él —dijo en voz alta—. No quiero que manchéis de sangre las alfombras. Además, me disgustaría añadir el asesinato a la lista de distracciones que ofrece Glendrochatt. Será mejor que encarguemos otra «fuerza irresistible» para ti, ¡y esperemos que no tarde en aparecer!

—Hazlo —le propuso Louisa divertida—. Después de todo, mostrar una esperanza inquebrantable contra todo pronóstico ha sido mi mejor especialidad hasta el momento.

—Sí, es cierto —dijo Isobel con aire grave recordando la admiración que la jovencita Louisa había despertado en ellos por su arrojo y determinación—. En fin... —concluyó mirándola con cariño—. Me alegra saber que has decidido renunciar a ese desafío en particular.

—He dicho que estaba considerándolo. Lo cierto es que hemos quedado en cenar todos juntos en Londres dentro de unas semanas, siempre y cuando el agente de la condicional se decida a soltar a Christopher, aunque, según Marnie, él está casi seguro de que le darán permiso para viajar a Londres y podrá ir a ver al agente literario de Jonathan Mercer, que ha expresado un gran interés en su libro. Queremos intercambiar fotos de los novelistas en ciernes de Glendrochatt, y yo quiero ver las fotos de Eilean Dobhran, si es que encuentran la mansión, y ponerme al día rápidamente escuchando el último episodio de la saga del castillo perdido de Marnie. A lo mejor, llamo a Adam para que seamos cuatro.

—¡Louisa, eres incorregible! No des falsas esperanzas al pobre Adam.

—¡De pobre Adam, nada! —exclamó Louisa indignada—. Nosotros siempre seremos amigos, ¡por el amor de Dios! Dijo que volvería a llamar la semana pasada, cuando hablamos por teléfono, y desde entonces no ha dicho ni pío.

—Ay, Louisa... —exclamó Isobel divertida, aunque también preocupada por Adam Winterton. No podía evitar pensar que la ruptura de Louisa no era tan definitiva como ella afirmaba.

—¿Qué pasa? —protestó Louisa encogiéndose de hombros—. Adam conoce a Christopher, y podrían hablar de impuestos, de normativas empresariales, del mercado y de otros excitantes temas de esa clase mientras Marnie y yo hablamos de castillos. ¿Hay alguna posibilidad de que Giles y tú estéis en Londres el mes que viene? Celebraríamos una cena para seis y la velada sería perfecta. Intentadlo, anda... ¡Y verás por ti misma lo bien que me porto!

—Siento decirte que dudo mucho que podamos... Ya sabes que nos hemos convertido en un par de paletos de campo que nunca se mueven de casa. Además, siempre estamos tan ocupados en verano...

Isobel no mencionó que existía otra razón que le impelía a ir a Londres en un futuro próximo, y que ese viaje no casaba con los compromisos sociales.

Y Louisa no dijo a Isobel que había decidido posponer, y no abandonar, su intención de salir con Christopher. En ese momento, se sentía subyugado por Marnie, pero Louisa se preguntaba si tendrían muchas cosas en común fuera de la atmósfera enrarecida de Glendrochatt. Aunque su conciencia no le permitía iniciar ningúna intentona deliberada para alejarlo de Marnie durante esos días, no podía evitar pensar en secreto que cuando regresaran al ambiente social de Londres que tan familiar resultaba para Christopher y para ella, las cosas quizá empezarían a cambiar... Y ella estaría allí, esperando con los brazos abiertos.

Hasta entonces, Louisa no le había tendido ningún señuelo porque se había negado a ello.

TERCERA PARTE

Eilean Dobhran

26

Con un regusto a aventura y una callada aprensión, Marnie y Christopher se marcharon de Glendrochatt el jueves por la mañana. Ambos eran conscientes de que esa expedición podría ser el detonante que marcara sus vidas y al que quizá se referirían en el futuro diciendo: «Ese fue nuestro punto de inflexión». Glendrochatt los había reunido y les había dado la oportunidad de conocerse. Ahora estaban solos.

Antes de telefonear al hotel que le había recomendado Giles, Christopher preguntó a Marnie:

—¿Pido una habitación... o dos? Lo dejo a tu elección. Yo tengo claras mis preferencias, pero no voy a presionarte, te lo prometo. Si para ti es demasiado pronto, lo comprenderé.

Marnie titubeó un momento y luego respondió:

—¿Te parece que pidamos una? —Y se vio obsequiada con una fugaz mirada de placer. Para dos personas que habían resultado heridas en sus anteriores relaciones, nada mejor que expresar de ese modo su confianza mutua.

Evelyn Fergusson había llamado a Isobel el día anterior para darle el número de teléfono de alguien que podría ser de utilidad a Marnie. Había estado haciendo pesquisas entre viejos conocidos y creía que el reverendo Donald McBain, el pastor de la ya cesada iglesia presbiteriana escocesa de Wester Finterie, podría ayudarlos.

—Dile a Marnie que, aunque ya es muy mayor, es posible

que conociera a la familia. Parece que está informado de la suerte que ha corrido la mansión y es probable que sepa si está habitada. Incluso podría deciros quién tiene la llave. Dile a Marnie que le llame, que mencione Tillydrum y diga que va a verlo por iniciativa mía, porque creo que en una ocasión estuvo en casa con un grupo de jardinería.

Christopher sintió un gran alivio. Se le había caído el alma a los pies cuando Marnie, ebria de imágenes y sensaciones, le contó que la anciana le había dicho que compartía un escondite secreto con su hermano en el recoveco de un muro, junto a determinada ventana, y que allí guardaban la llave de una puerta que apenas se utilizaba. De ese modo, al llegar la noche, se iban en pos de aventuras y luego volvían a entrar en la casa sin que se enteraran los mayores. Habían cazado conejos sin permiso escapando de la vigilancia del guarda; habían ido al lago a la luz de la luna, a pescar truchas con cebo de cuchara; habían encendido una hoguera en el bosque para asar patatas, aunque solo lograron carbonizarlas.

—¿Te imaginas? ¡Qué excitante sería si la llave siguiera allí! —exclamó Marnie con un brillo en la mirada—. Podríamos entrar en el castillo sin que nadie se enterara.

—¡Demasiado excitante para mí! —respondió Christopher con una carcajada.

Le divertía el entusiasmo de Marnie por una idea tan peregrina, a pesar de que sabía que, por muy romántica que esa intromisión pudiera parecer a su compañera, en el improbable caso de que encontraran una llave que llevaba tanto tiempo escondida (y albergaba la incómoda sospecha de que algo tan estrambótico podía sucederle a una persona como Marnie), él no podía arriesgarse a que lo pillaran en pleno allanamiento de morada mientras seguía en libertad condicional. Le asaltaba una visión en la que bajaba por túneles secretos, se activaban invisibles alarmas antirrobo y acababa notando la férrea mano de un policía local posándose en su hombro. Y luego hacía un incómodo viaje al sur, no en el reluciente Audi azul de Marnie, sino esposado del modo más ignominioso en el asiento trasero de un furgón policial. Esperaba no tener que dar motivos a Marnie para que lo despachara por aburrido y aguafiestas en lugar de convertirse, como era su intención, en un caballero de reluciente armadura.

Recorrieron el kilómetro y medio del camino de Glendrochatt y volvieron a tomar la A9. Marnie se alegró de ser la conductora. Los viajes en coche ofrecen la excelente oportunidad para mantener conversaciones íntimas sin la amenaza de un enfrentamiento cara a cara, y, además, estar al volante le daba una sensación de confianza y dominio. Ambos estaban ávidos por conocerse mejor. Marnie, que se había dado cuenta de que estaba enamorada como jamás lo había estado en la vida, quería saber cómo eran el hogar y la familia de Christopher, lo que le gustaba, lo que aborrecía y cuáles eran sus preferencias.

Él le habló de la vieja casa Tudor de Warwickshire en la que se había criado y adonde la llevaría el domingo: una casa de piedra clara y celosías, con unos ornamentados y retorcidos caños de chimenea que parecían bastones de caramelo y unos enormes hogares; una casa en la que el tapizado de lino de las paredes y el antiguo y crujiente parquet emitían extraños ruidos de noche. Le habló del hundido jardín de su madre en el que las plantas invadían los senderos de piedra y las rosas crecían con grávida exuberancia (la rosa brunoni o la rosa que, de primoroso nombre, se enredaban en los troncos de los viejos manzanos y colgaban en cascadas blanco y rosa); la lavanda bordeaba los parterres y perfumaba el aire; las mariposas se atracaban de *buddleias*; una *Cytisus battandieri* de hojas argentadas se desbordaba por un muro, con sus amarillentas flores oliendo a piña, y un antiguo reloj de sol en forma de globo presidía el jardín. Le habló de las tres hermanas que le tenían robado el corazón; de la mayor, Penny, de gran nobleza y congénita falta de tacto, que no salía de su asombro cuando, adivinando lo que les convenía a todos, ningún miembro de la familia atendía sus consejos.

—¡No sabes cómo le gustaba darnos órdenes de pequeños!

—exclamó Christopher—. No en vano la llamábamos la Directora. Está casada con un hombre muy agradable y aburrido al que le gusta que le organicen la vida. Dirige todos los comités locales habidos y por haber y, como madre controladora, está en su elemento. Ahora bien, nunca te abandonará en momentos de crisis: una vez al mes solía patearse todo el camino hasta la cárcel para ir a verme, y eso es lo que cuenta en realidad.

Sus dos hermanas menores, que seguían a Christopher en el árbol genealógico, también estaban casadas; era por Jess, la hermana a la que precedía en edad y que había sido su amiga del alma durante la infancia, por quien sentía un cariño especial. La inteligente Kitty, la más pequeña, tenía su propia agencia de viajes, escribía artículos sobre lugares remotos para revistas femeninas y era una empresaria de gran éxito, pero Jess, le dijo, era una persona encantadora, con un gran sentido del humor, una compañera muy divertida. Marnie sintió un repentino, agudo e injustificado ataque de celos.

—Estoy seguro de que vosotras dos os llevaréis muy bien —comentó imprudentemente Christopher, sentando las bases para crear esos obstáculos que suelen aparecer en toda relación amorosa con posibilidades de culminar en matrimonio.

—Hummm —murmuró Marnie sin comprometerse y pensando que, injustamente, le desagradaba la encantadora Jess, a quien todavía no conocía.

Christopher la miró con aire sorprendido.

—¿Me dejarás leer tu libro? —preguntó ella de repente, pensando que aprendería más cosas de Christopher con esa lectura que de cualquier otra manera.

—Claro. Me encantaría. Me habría gustado pedírtelo antes —dijo él complacido—. Pero debes prometerme que no fingirás que te gusta el libro si no es así.

—Lo prometo —dijo Marnie esperando poder mostrarse sincera y, a su vez, elogiosa—. Soy una gran lectora de novelas policíacas. Claro que ahora que tienes a Catherine y a John Mercer de tu lado, como admiradores declarados de tu obra, ¡qué más da lo que pensemos los demás!

—Me importa lo que pienses tú, lo cual no quiere decir que debamos estar de acuerdo en todo. Eso sería muy aburrido.

—Ah, vale. Entonces seré despiadada en mi crítica.

Como era lógico, también hablaban de Eilean Dobhran, que, como catalizador de su expedición, era un tema recurrente para ambos desde hacía varios días. Christopher volvió a preguntar a Marnie qué haría cuando encontrara el castillo. En su fuero interno, esperaba que ese asunto no se saldara con una tremenda decepción por parte de ella.

—Ni yo misma sé la respuesta, porque no me atrevo a pensar seriamente en ello hasta que lo vea con mis propios ojos. Hasta esta semana, ni siquiera sabía con seguridad si la casa aún existía o si la habían demolido. Y sigo sin saber si está en venta o en alquiler, y tampoco sé de qué cantidad de dinero estamos hablando.

—Vale más castillo en mano que ciento volando.

—Exactamente.

—¡Ah, vamos! Te conozco demasiado para creerte. No me digas que no te han pasado por la mente innumerables ideas, salvajes, hipotéticas... ¿Asistiremos a la creación de un centro de acogida para felinos o vivirá sola la señorita Havisham entre fantasmas y telarañas?

—¡Santo Cielo! ¿Así es como me ves? —A Marnie le entró un ataque de risa. Cuando se repuso, siguió hablando en un tono más grave—. Tienes razón. No paro de soñar despierta. De hecho, las fantasías son mi especialidad. Y sí, una parte de mí sabe que viviré en ese castillo, pero también siento que antes de aprovechar la increíble suerte que, de repente, me ha sonreído, debo ganarme ese derecho y actuar como es debido. Espero que se te ocurra alguna brillante idea —añadió Marnie en tono alegre.

—Haré lo que pueda —respondió Christopher.

Para evitar que la conversación siguiera por esos derroteros, empezaron a sugerir diversas ideas sobre el posible uso que podría darse a un castillo en ruinas (que, probablemente, presumiría de tener mazmorras y celdas entre sus instalaciones menos modernas) y se dedicaron a abonar la imaginación del otro con soluciones tan abracadabrantes que ambos terminaron riendo a carcajadas. Sin embargo, aunque en cierto sentido empezaban a sentirse muy cómodos el uno con el otro, a comprobar que estaban en la misma onda y coincidían en encontrar absurdas las mismas cosas de la vida, empezaba a surgir cierta tensión entre ambos. Habían emprendido un viaje juntos cuando apenas se conocían y ansiaban desesperadamente que aquello funcionara.

Como la carretera principal no cruzaba por aldeas y pueblos, Marnie y Christopher abandonaron la A9 para buscar un lugar donde almorzar. Comieron a sus anchas en un pub, pero la angustia que sentían no les había abandonado y empezó a palparse la tensión entre ambos.

—Conozco esta carretera desde hace muchos años. Llevo toda la vida pasando por aquí y, como es la primera vez que vienes, creo que es una pena que no podamos turnarnos al volante para que puedas disfrutar del paisaje —dijo Cristopher cuando volvieron a incorporarse a la circulación. Había hablado con un tono de voz cortante, y no era el primer comentario que hacía de ese estilo, aunque Marnie no cesaba de asegurarle que eso no representaba ningún problema para ella. La joven se preguntó si no estaría criticando su pericia al volante, y eso le dolió profundamente.

—¿Te crea algún problema mi manera de conducir o es que no te gusta ir de acompañante? —preguntó Marnie en un tono más agresivo del que pretendía—. Sé que muchos hombres (sobre todo los que presumen de coches veloces) odian ir de pasajeros, y más si conduce una mujer. ¿Eres de esos?

—¿Por qué supones que me gustan los coches veloces? Nunca hemos hablado de ello. —Christopher también estaba irritado.

—Los hombres que se contentan con ir dando tumbos en viejos cacharros cuando pueden comprarse algo mucho más llamativo no suelen tener un Aston Martin —atacó Marnie, aunque deseó no haberle ofendido al referirse, ni que fuera tangencialmente, al aparatoso accidente que había sufrido en su coche de gama alta.

—Ya he visto que eres una conductora muy competente y te doy las gracias por ello —replicó Christopher envarado, sin querer admitir que su actual dependencia le fastidiaba y, al mismo tiempo, sintiéndose decepcionado consigo mismo por haberse puesto en evidencia.

Marnie lo miró de reojo.

—¿Solo competente? —inquirió ella azuzada por las palabras que Christopher había empleado—. ¡Me ofende tu condescendencia!

Marnie pisó a fondo el acelerador y adelantó a los dos coches que tenía frente a sí a gran velocidad, calculó perfectamente la distancia, pero cortó tan en seco que puso muy nervioso a su pasajero. Le quedó el espacio justo para situarse de nuevo en el carril y se ganó una ráfaga de luces de la camioneta que se acercaba en sentido contrario. Involuntariamente, Christopher clavó ambos pies en el suelo, y una descarga de dolor le subió por la pierna herida.

—¡Maldita sea! ¿Qué crees que estás haciendo? —exigió Christopher furioso, mortificado de ver que estaba temblando—. No hace falta presumir. ¿Acaso quieres que nos matemos? Te estará bien empleado si te ha pillado el radar.

—No hay ninguno —dijo ella lacónicamente—. Tengo conectado un antirradares. No soy estúpida.

La aguja del velocímetro del coche se disparó bruscamente y el paisaje campestre pasó como un torbellino junto a ellos durante unos tres kilómetros. Luego, Marnie redujo la marcha.

El silencio reinaba en el automóvil. Christopher, reviviendo de nuevo la velocidad y luchando por controlar el pánico, estaba mudo de rabia.

Marnie siguió aminorando la velocidad y, con voz queda, dijo:

—Lo siento muchísimo, Christopher. De verdad, lo siento mucho. No he debido hacerlo, bajo ningún concepto. Me siento fatal... No sé qué me ha pasado.

—Yo sí —dijo él tras una larga pausa en la que estuvo luchando consigo mismo—. Me he comportado como un gilipollas pretencioso y desconsiderado, y estabas harta de mí. Tienes razón, pero no me molesta que me lleven, lo que me da rabia es no poder conducir; y me desprecio a mí mismo por haber montado una pelotera por algo tan insignificante, tan irrelevante, pero cuando pienso en el tipo al que maté... No hubiera debido descargar mi rabia en ti. Además, es posible que también esté celoso —añadió con honestidad—, porque conduces muy, pero que muy bien, ¡salvo por ese monstruoso adelantamiento que acabas de hacer! En fin... Lo siento. ¿Me perdonas?

—Sí. Claro que te perdono. Tenías todo el derecho a ponerte hecho una furia, pero, por favor, no vuelvas a tomarla conmigo. Creo que los dos estamos algo crispados y quizá ambos deberíamos ser conscientes de eso. Ah, mira. Faltan pocos kilómetros para Inverness. Ya llegamos. ¡Prometo que no habrá más emociones fuertes a partir de ahora! ¡Conduciré como una auténtica señora!

Mientras se acercaban al puente rodado que conectaba el Moray Firth con el Beauly Firth, Christopher dijo:

—Vigilaré por si veo algún delfín ahí abajo. A la menor señal, nos detendremos al otro lado, en Kessock norte, para que puedas observarlos.

Sin embargo, los delfines no quisieron exhibirse ese día y Christopher y Marnie abandonaron la A9 en la rotonda de Tore y tomaron la carretera de Ullapool.

Encontraron el hotel, Finterie Lodge, a unos kilómetros de la carretera principal. Era una casa baja y encalada con un tejado de dos aguas. Antes de que sus propietarios actuales, Jeff y Cherry Barton, la restauraran, había sido un pabellón de caza. Su clientela estaba formada por pescadores, caminantes y parejas de luna de miel. Tenía seis dormitorios, ni muy pintorescos ni muy lujosos, pero extremadamente cómodos. En la planta baja obsequiaban al cliente con un bar muy bien provisto (que incluía una selección increíble de whiskies de malta), una sala de estar grande y alegre, unas instalaciones modernas para secar la ropa empapada, una calurosa bienvenida y, como comprobaron más tarde, una fabulosa comida casera que cocinaba Cherry en persona (una mujer risueña y gordita que podría haber salido de una de sus potentes y aromáticas cazuelas). Como había supuesto Giles, era exactamente lo que Christopher y Marnie deseaban.

Cuando Jeff les hubo ayudado a subir las maletas, Marnie fue a asomarse a la ventana del dormitorio para disimular el repentino nerviosismo que le provocaba compartir habitación con él por primera vez, consciente de que, en esa intimidad, cualquiera de los dos podría decepcionar al otro, de que podrían reabrirse viejas heridas y su reacción quizá no sería la esperada. Respiró profundamente y dijo:

—Toda mi vida recordaré los olores de Escocia. Me emborraché de aromas el primer día que pasé en Glendrochatt y aquí siento lo mismo. El musgo, la aulaga, el brezo, el agua en contacto con la turba y entremezclándose con el chillido de los zarapitos.

—No sabía que el canto de los pájaros evocara en ti algún olor —dijo Christopher acercándose a ella y pasándole el brazo por la espalda.

—Aquí sí —respondió ella con firmeza.

—¡Estamos ante una poetisa en ciernes! Vale más que no me duerma en los laureles. —Christopher la cogió por ambas mejillas y la besó. Notó su pronta reacción, pero pensó que todavía parecía angustiada. Estaría pensando en su última y desastrosa aventura amorosa—. ¿Bajamos a tomar una taza de té y luego vamos a ver el río? —le propuso pensando que esas actividades cotidianas barrerían cualquier rastro de inquietud.

—Sí, vamos —respondió Marnie agradecida por su perspicacia.

Antes de salir de Glendrochatt, Christopher había llamado al reverendo Donald McBain para preguntarle si podría recibirlos, pero le habían dicho que estaba fuera. La reticente mujer que respondió al teléfono terminó accediendo a decirle que regresaría de noche. Christopher le preguntó si podría volver a llamar más tarde, pero ella se mostró tajante, le aseguró que el reverendo estaría cansado cuando llegara a casa y le dio a entender que no debía llamar esa noche; a lo mejor, a la mañana siguiente, aunque no sabía decirle si el reverendo podría hablar con ellos. Las perspectivas no eran muy halagüeñas.

—Por suerte, somos delgados —dijo Marnie tras rechazar el ofrecimiento de un té completo estilo escocés con bollos calientes y pasteles—. ¡Me parece que he comido más bollos estos últimos diez días que en toda mi vida! No podré hacer un buen papel durante la cena como tome algo más que una taza de té.

Jeff les mostró un sendero que lindaba con el río Finterie a su paso por los terrenos del hotel, custodio de la pesca que se capturara en la cercana orilla, y hacia allí se encaminaron, Christopher examinando los distintos remansos para decidir cómo pescaría en ellos si hubiera traído una caña y Marnie haciendo castillos en el aire sobre cuestiones harto distintas. Aunque estaba impaciente por encontrar el castillo de sus sueños, esos días había sido tan feliz que, en parte, deseaba que la jornada durara para siempre.

Mientras tomaban una copa antes de cenar, preguntaron a los Barton si sabían algo de Eilean Dobhran y les explicaron sucintamente la razón que les había traído a aquel paraje.

—¿Se refieren a ese caserón abandonado que hay en lo alto del lago? —preguntó Jeff—. Se rumorea que su propietario vive en el extranjero. Aunque nosotros somos unos recién llegados. Solo hace diez años que vivimos en la región —Y se puso a reír—. En todo este tiempo, ha estado deshabitado y supongo que debe de estar completamente en ruinas. Si cenan pronto podrían ir en coche río arriba, coger la desviación que hay a mano derecha al llegar al cruce (en realidad, es poco más que una pista) y al cabo de unos tres kilómetros, aparecer en la orilla oriental del lago. En esta época del año, se hace de noche muy tarde y disfrutarán de la espectacular vista de Eilean Dobhran desde el otro extremo del lago. Es muy romántico. Claro que para ir a la casa hay que tomar la otra carretera, pero desde allí no se ve el castillo. Existe un viejo refugio en el camino que conduce a la casa, pero esta queda oculta entre los árboles. Yo nunca he llegado hasta ella porque la verja de entrada siempre está cerrada con candado.

—¡Es una idea fantástica! —exclamó Marnie—. Vayamos. ¿A qué hora podríamos cenar?

—Cuando gusten. Los aficionados a la pesca siempre quieren cenar pronto para regresar al río de noche. Vayan al comedor cuando hayan terminado la copa, que yo iré a avisar a Cherry para que les sirva la cena cuando esté lista.

Cenaron pronto y luego volvieron a subir al coche.

—¿Tienes los nervios templados? —preguntó Marnie con un destello en la mirada mientras giraba la llave de contacto.

—Como el acero —respondió Christopher—. ¡Estoy listo!

Tras ir dando tumbos durante unos kilómetros por la pista estrecha y llena de baches que discurría junto al río, y que contaba con alguna que otra cuneta para posibilitar el paso de dos coches que coincidieran en sentido contrario, llegaron al cruce que Jeff Barton les había mencionado. Un letrero que señalaba hacia la izquierda llevaba a Finterie Oeste y otro orientado hacia la derecha, a Finterie Este. Marnie detuvo el automóvil pero no apagó el motor.

—Supongo que mañana tomaremos el cruce de la izquierda para ir a ver al reverendo Donald... si logramos saltarnos a ese rottweiler de mujer. —Christopher consultó el mapa—. No creo que esté muy lejos. Veo el punto exacto en el que nos encontramos y Eilean Dobhran está marcado al otro lado. Habrá unos dos kilómetros como máximo. ¿Nerviosa? —le preguntó con una sonrisa en los labios.

—¡Imagínate! ¡No puedo creerlo! Tengo tantas ganas de verlo que casi me da miedo. No sabes cuántas veces he visualizado este momento. De pequeña, cuando me acostaba por la noche, solía fantasear sobre su aspecto y era como si oyera la voz de la condesa relatando historias, describiendo su casa. La memoria es algo muy curioso. Es difícil saber si lo que recuerdo son sus auténticas palabras o si lo adorné yo inconscientemente.

—Eso también me ha pasado a mí. Mientras estés preparada para aceptar que quizá no se cumplan tus expectativas... —Christopher la miró angustiado—. ¿Estás segura de que quieres arriesgarte a sacrificar tu sueño en favor de la cruda realidad?

—Segurísima. Debo hacerlo.

—Entonces, vamos.

De entrada, unos abedules oscurecían un tanto la vista que discurría a la izquierda, pero gradualmente fueron espaciándose y el camino bordeó el lago sin que otros obstáculos que no fueran el brezo, la grama, el mirto de los tremedales y algún que otro serbal se interpusieran entre el coche y el agua, negruzca a la luz del anochecer. Christopher fue el primero en ver el castillo.

—Sal de la carretera y detente en esa cuneta —le ordenó—; y no mires a la izquierda hasta que hayas salido del coche.

Tras las colinas de la distante orilla, una viva luz rosmarino hendía las nubes como si se hiciera eco de un lejano incendio forestal cuyas llamas hubieran quedado reflejadas en las aguas. Recortándose contra un cielo color paja, el castillo se cernía sobre el lago desde una lengua de tierra firme, y unas colinas a derecha e izquierda centraban en perfecto equilibrio el telón de fondo. Como escenario de una ópera no habría podido ser más sugerente ni más romántico. Permanecieron absortos en su contemplación, sin querer ser los primeros en romper el hechizo.

Al cabo de un rato, Marnie se sobresaltó.

—¿Qué diablos es eso? —preguntó agarrándose a Christopher al ver que algo salía disparado por el agua, un ser ondulado y con el cuello muy largo—. ¡Ha desaparecido! ¡No me digas que aquí también hay monstruos como los del lago Ness! —Marnie hablaba con la voz temblorosa.

—Eran somormujos cuellirrojos. —Christopher palpó sus bolsillos buscando los prismáticos—. Creo que eran tres. Me parece que ya se han zambullido, pero míralos con esto cuando vuelvan a salir. Su cortejo es extraordinario y cuando se reúnen varios machos y patinan por el agua a gran velocidad con el cuerpo medio sumergido, se parecen mucho a un antiguo plesiosaurio que emergiera al cabo de los siglos para echar un vistazo a nuestra época. No eres la primera que se confunde y cree haber visto un monstruo. Habrán estado haciendo carreras para impresionar a alguna dama. ¡Muy medieval, muy a tono con el castillo! —comentó con una carcajada—. Si ahora pudiera competir con alguien, me sentiría tentado a hacer lo mismo.

—No hace falta —replicó Marnie—. Tú ya has ganado, y creo que lo sabes.

—¿Estás contenta?

—Muy contenta.

Al final, divisaron un somormujo que había emergido en otro punto del lago, y Marnie pudo verlo con los prismáticos.

—No distingo la mancha roja del cuello con esta luz. ¿No será otra clase de somormujos? ¿Cómo puedes identificarlos si no ves el color?

—Los cuellirrojos son fáciles de identificar porque son muy estirados.

—¿Estirados?

—Siempre nadan con la cabeza en alto —respondió Christopher sonriendo.

Pasearon abrazados por la orilla viendo cómo los colores cambiaban, se dulcificaban y empezaban a difuminarse mientras el castillo y las aguas se iban ensombreciendo hasta volverse casi invisibles y una primera y débil estrella aparecía en el firmamento.

—*Estrella clara, estrella tersa, de la tarde lucero, concédeme el deseo que esta noche anhelo* —canturreó Marnie en voz baja mientras le asaltaba el recuerdo de una chiquilla flacucha aprendiendo la antigua canción que le había enseñado una frágil anciana hacía ya muchos años, la imagen de dos personas pidiendo al unísono un deseo a las estrellas bajo el cielo caribeño.

—Regresemos —dijo Christopher—. Mañana viviremos una nueva aventura. Esta noche quiero que se cumpla mi deseo, querida Marnie, y sé de un lugar mucho más cómodo donde podré decirte de qué se trata...

27

Christopher fue el primero en despertar por la mañana. Las cortinas no estaban echadas y la luz del alba inundaba el dormitorio. Tras su claustrofóbico encarcelamiento en una celda abarrotada que en general compartía con un compañero y, solo de vez en cuando, si tenía suerte, era para él solo, no podía soportar echar las cortinas por la noche. A través de la ventana abierta, oía el rumor del río (una música especial que le regalaba los oídos) y olía lo que Marnie había calificado de aromas de Escocia, los cantos de los pájaros y todas esas cosas, como recordó divertido y encantado ante la metáfora cruzada que había hecho ella y el entusiasmo que demostraba por las cosas que habían significado tanto para él. El olor de la prisión había sido un sufrimiento diario al que se había visto obligado a acostumbrarse y que, en cierto modo, había aprendido a ignorar, pero el confinamiento había sido una tortura indecible. Consultó el reloj (eran las seis de la mañana de un día de mayo) y miró a la mujer que dormía junto a él.

«Parece muy joven —pensó—, y muy vulnerable.» Pero ahora también sabía que podía ser muy apasionada, entregada... y dicharachera. Volvió a recordar la pregunta que le había hecho su madre (y que tanto le había molestado en su momento): «Cuando miras a Nicola a la cara, ¿te emocionas?».

Con infinita dulzura, empezó a reseguir el contorno del rostro de Marnie: sus oscuras cejas, la ancha frente y los pómulos salidos; el perfil de su mandíbula y el trazado de su boca.

Marnie se revolvió con pereza y abrió los ojos. Durante unos instantes, pareció desorientada, como si no supiera dónde se encontraba, pero lentamente recordó y esbozó una sonrisa.

—¡Hola! ¿Todavía estamos en Escocia? ¿Sigues junto a mí?

—Todavía; y sigo junto a ti, muy cerca de ti.

—¡Qué bien! Perfecto... —Y Marnie se volvió hacia él.

Después del desayuno (gachas de avena, huevos revueltos con champiñones y un beicon finísimo y crujiente), Marnie dijo que se sentía con fuerzas para marcar el número del reverendo Donald McBain. Regresó con una mirada triunfante.

—Él mismo ha contestado al teléfono. Nos recibirá a las diez.

Cherry Barton les propuso que se llevaran el almuerzo.

—Así podrán ir donde quieran sin preocuparse por la hora. Por supuesto, pueden venir al hotel si lo desean, pero al oeste de Finterie no hay ningún lugar para comer. Hay una estafeta secundaria de correos donde, con un poco de suerte, podrían comprar un paquete de patatas fritas y unas pastillas.

—¿Unas pastillas? —preguntó Marnie alucinada pensando si en un lugar tan recóndito como ese se dedicarían a consumir pastillas en secreto.

—Es como llamamos en escocés a una tableta de dulce de leche —explicó Christopher sin poder reprimir una carcajada—. Absolutamente inocua... ¡a menos que tomes una sobredosis! Creo que la idea de llevarnos el almuerzo es excelente, ¿no te parece?

—Es perfecto. Podríamos hacer un picnic en el castillo —dijo Marnie alegremente—. Almorzamos en el comedor y fingimos que estamos viviendo allí.

—Ah, pero, ¿viviremos allí?

—Claro. Está predestinado, escrito en las estrellas o como se diga. Estoy segura.

—¡Qué suerte! —exclamó Cherry—. Casi me dan ganas de

apuntarme a la excursión. Siempre he querido ir a Eilean Dobhran.

—La invitaremos formalmente a cenar con nosotros cuando nos hayamos instalado —bromeó Christopher.

—¡Se lo recordaré! Estamos preparando los almuerzos para los pescadores, así que si son tan amables de darme unos quince minutos, les daré sus bolsas.

Asimismo, Cherry, por iniciativa propia, les dijo que el pastor retirado era un buen hombre, «un poco olvidadizo a veces para las cosas cotidianas, aunque todavía en posesión de su sano juicio. En lo que respecta a los acontecimientos locales, es una mina de información». Por otro lado, la sobrina que le cuidaba era una mujer avinagrada que consideraba que su cometido en la vida era impedir que recibiera visitas.

—Lo cual, de hecho, es una pena, porque a él le encanta parlotear sobre el pasado —siguió contando Cherry—. Dicen las habladurías de por aquí que la señorita McBain no busca que la recompensen en el otro mundo por haber cuidado de su anciano pariente; es en este mundo donde parece que el hombre tiene escondido un buen pellizco, y ella espera heredarlo dentro de poco. El viejo estará contentísimo de poder hablar con ustedes. Espero que les sea de ayuda.

No les costó encontrar la vieja casa del pastor protestante porque el pueblo consistía tan solo en una hilera de casitas, unas pequeñas granjas y la diminuta iglesia presbiteriana que ya no estaba consagrada. El reverendo McBain vivía en una casa tradicional de proporciones correctas, remozada en blanco (aunque no recientemente), con unas sencillas ventanas de guillotina y un montante de abanico sobre la puerta principal de una sorprendente elegancia, aunque la puerta estaba reclamando a gritos una nueva capa de pintura. Si el pastor tenía dinero escondido, estaba claro que no parecía dispuesto a gastarlo en la vivienda. El pequeño deportivo de Marnie desentonaba aparcado fuera; habría sido más oportuno aparecer con un viejo Morris Ocho o incluso con un carruaje de dos ruedas tirado por un poni. Mientras recorrían el caminito de entrada, vieron que la cortina de muselina de la sala principal se movía. Christopher, que no logró localizar el timbre, golpeó con el llamador haciendo más ruido del esperado. La puerta se abrió con tanta rapidez que ambos se sobresaltaron.

Una mujer parecida a un hurón, con un tic en la nariz y un pelo de un rubio apagado, se plantó ante la puerta.

—¿Sí? —dijo con tono de pocos amigos.

—Venimos a ver al señor McBain. Me llamo Marnie Donovan. He telefoneado antes. —Marnie le tendió la mano.

—Entonces será mejor que entren —dijo la mujer con un rebufo despreciativo. Se dedicó a observarlos hasta que ambos se sintieron incómodos y al final se apartó para dejarles entrar haciendo caso omiso de la mano que le tendía Marnie.

—Espero que no hayamos venido en mal momento —dijo ella a modo de disculpa.

—Le diré que están aquí. —El hurón abrió una puerta que había a mano derecha y oyeron que decía: «Ya han llegado esos tipos que han llamado antes».

La contestación fue inaudible.

—Les recibirá ahora —dijo la sobrina del pastor dándose media vuelta con una expresión que les pareció que era de disgusto. Les señaló la puerta con un gesto, suspiró y desapareció por el pasillo.

—Mmm, una mujer encantadora —murmuró Christopher haciendo un guiño a Marnie para darle ánimos. Llamó y abrió la puerta para que ella entrara. Marnie, nerviosísima, encabezó la marcha.

La habitación olía a rancio. Un viejo robusto con el pelo blanco ribeteando su reluciente calva estaba sentado en un orejero junto al fuego. Sobre su imponente vientre, descansaba un ejemplar del *Scotsman*. Marnie pensó que se parecía a Fray Tuck de anciano. El señor McBain, a diferencia de su sobrina, los saludó con una cálida sonrisa.

—Entren, entren. Ya no suelo recibir visitas imprevistas. Es un placer. Perdónenme si no me levanto. Últimamente estoy un poco lento. —Hablaba sin apresurarse, con una voz cadenciosa, y Christopher pensó que las prisas nunca debían de haber casado con su personalidad—. Siento no haber estado en casa cuando ustedes llamaron. No suelo ausentarme últimamente, pero tuve que ir a Edimburgo y pasar allí un par de días. Creo que desean información sobre el castillo, ¿verdad? Esta mañana me ha llamado la señorita Fergusson de Tillydrum para pedirme que procure ayudarlos en lo posible.

—¡Qué amable por su parte! —exclamó Marnie, conmovida por que Evelyn se hubiera tomado tantas molestias.

—Deduzco que conoció a la condesa Martinelli, es decir, a la señorita Drummond, a Lucy-Anne Drummond. ¡Ese nombre me devuelve al pasado!

—¡No me dirá que la conoció personalmente! —Marnie jamás habría imaginado que podía llegar a tener tanta suerte.

—Sí, la conocí. Mi padre fue pastor de esta parroquia y los niños del castillo o de «la gran trena», como lo llamábamos, y los de la casa del pastor... En fin, éramos críos y jugábamos juntos. Ahora tengo ochenta y nueve años, Lucy habría tenido un año más que yo, y su hermano Alexander, un par de años más. —El reverendo rió—. ¡Menudo par de diablejos eran esos dos! Se hablaba mucho de sus hazañas... pero la gente del condado los quería mucho. El día que Lucy huyó a Italia fue un día muy triste, y todavía fue peor cuando mataron a Alexander. —Hizo un gesto de negación—. Sus padres nunca lo superaron. Pero, díganme cómo la conocieron.

Marnie volvió a contar su historia.

—Y ahora, ¿qué es lo que quiere?

—Primero, visitar la casa de la que ella tanto me habló, presentarle mis respetos y luego... con el dinero que me legó, si es posible, me interesaría adquirirla —confesó Marnie con sencillez—. ¿Está en venta?

—Sí y no —dijo el anciano frotándose la barbilla—. No está en el mercado propiamente dicho. Pertenece a un primo de la familia, un tal señor Ian Drummond, que vive en Canadá. No ha tenido descendencia y no sé lo que sucederá cuando muera. Vendió parte de la propiedad hace algún tiempo, pero no quiso vender el castillo. Creo que se sentía atraído por Lucy cuando era jovencito. Bueno, eso nos sucedía a todos, hasta cierto punto —explicó con tristeza—. Creo que pensó que era ella quien debía haber heredado la propiedad al morir Sandy, su hermano, pero sus padres no fueron capaces de perdonarla. Fue algo tristísimo. Ian Drummond alquiló el castillo un par de veces: primero, fue un hotel y luego, una residencia, pero ninguno de esos negocios cuajó. La empresa que llevaba el hotel quiso adquirirlo, y me atrevería a decir que si lo hubiera conseguido, el negocio habría conseguido salir a flote, pero Ian Drummond no quiso vender y el hotel no quiso seguir como inquilino. En cuanto a la residencia, era imposible que prosperara. Este lugar es muy remoto y no pudieron reunir el personal necesario... ni los pacientes, llegados a ese punto. Por lo tanto, el castillo lleva varios años deshabitado.

—¿En qué condiciones se encuentra? —preguntó Christopher.

—Hombreee... —El anciano alargó la palabra y se encogió de hombros—. Se está deteriorando, claro, como sucede siempre con los edificios desocupados, pero no está tan mal si uno piensa que no tiene calefacción y, además, no vive nadie en él. Su estructura es bastante firme. El señor Drummond me paga una cantidad para que vaya a echar un vistazo de vez en cuando. No es que pueda hacer gran cosa físicamente, por supuesto, pero encargo al constructor local que revise el techo una vez al año y lo restaure un poco. Mi mayor temor es el vandalismo. Hasta ahora, y por suerte, la propiedad ha logrado escapar indemne.

—Es una barbaridad dejar que se desmorone —confesó Marnie indignada—. Me sorprende que no se la hayan quitado de las manos para reconvertirla en una casa particular.

—Bueno, para empezar es un edificio protegido, y si alguien tiene la intención de restaurarlo (con el propósito que sea), deberá enfrentarse a toda suerte de complicaciones. —El reverendo esbozó una dulce y tranquila sonrisa—. Los castillos en ruinas valen cuatro chavos en las Highlands, a menos, claro está, que queramos ponernos a restaurarlos. ¡Entonces el asunto se complica, la propiedad se vuelve muy cara y hay que dedicarle muchísimo tiempo! Nadie que no sea el propietario está dispuesto a invertir la cantidad de dinero que se necesita para ponerla en condiciones. Pero, y aquí viene la pega, tampoco entonces se trata de hacer lo que a uno más le guste, aunque haya comprado esa propiedad y tenga muchísimo dinero para enterrarlo allí. Existen muchas limitaciones, muchas opiniones encontradas y un montón de poderosos grupos de presión en el negocio de la restauración de edificios. Unos piensan que las ruinas deberían seguir como tales, sobre todo si ofrecen una vista panorámica y romántica a los ojos del gran público; otros creen en la restauración y en hacer que las casas sean habitables... porque, a fin de cuentas, ese es el propósito original de una casa... aunque, en ese caso, cuesta mucho que todos coincidan en determinar el período en el que uno debe inspirarse para restaurar un edificio que ha pasado por tantos estilos. ¿Debe uno remontarse a los orígenes del castillo y considerarlo una torre fortificada, de una verticalidad agresiva, con impenetrables y gruesos muros y unas cuantas torrecillas, o bien se restaura ese original como a mediados del siglo XVIII: el ideal romántico de la residencia de campo de un caballero, con sofisticadas habitaciones georgianas y delicados artesonados? ¿O bien nos inclinamos por el gran amor que la época victoriana sentía por todo lo escocés, a sabiendas de que los victorianos llevaron a cabo exquisitas y devotas restauraciones? ¿Dónde empieza y dónde termina todo, y quién tiene la última palabra?

—¿Por qué el señor Drummond se aferra a la propiedad si no quiere ocuparse de ella? Me parece extraño. Absurdo. Un despilfarro.

—Al contrario, creo que se siente muy responsable de su futuro y que no la venderá a cualquiera. Creo que está esperando que aparezca el propietario ideal y entonces, solo entonces, podría ser favorable a la venta.

Marnie y Christopher lo miraron fijamente.

—¿Lo conoce usted? ¿Viene alguna vez por aquí? —preguntó Christopher.

—Déjeme pensar... Lo he visto en un par de ocasiones, y recuerdo que, hace muchísimos años, pasaba largas temporadas en el castillo, cuando los dos éramos unos chiquillos. Al heredar Eilean Dobhran, adquirió la costumbre de venir de vez en cuando, pero no sé si volverá a hacer un viaje tan largo. Él también es un anciano. Somos los últimos de nuestra generación. —El reverendo les sonrió—. Pero ustedes son jóvenes y tienen toda la vida por delante. Si quieren ir a ver el antiguo castillo, estoy seguro de que el señor Drummond no pondrá ninguna objeción. ¿Quiere que le deje las llaves?

—Sí, claro que sí, por favor... —Marnie se quedó sin aliento de los nervios y Christopher no pudo evitar sentir un gran alivio al ver que no iba a ser detenido por irrumpir ilegalmente en una propiedad—. ¿Qué cree usted que se necesita para devolverle su antigua gloria, aunque sea dándole un uso distinto?

—Mucha determinación, un bolsillo muy lleno... y muchas agallas para pelear —contestó el viejo pastor.

Christopher parecía divertido.

—Serías la candidata ideal sin lugar a dudas —le dijo a Marnie.

El reverendo Donald McBain se dio impulso para levantarse del sofá, cosa que logró con cierta dificultad porque era extremadamente gordo. «Al menos, esa sobrina de cara larga debe de alimentarlo bien —pensó Marnie—. Eso si no intenta precipitar su fallecimiento deliberadamente subiéndole el colesterol para poner en peligro su vida.»

El reverendo McBain llevaba unas zapatillas de lana muy viejas a las que había practicado una abertura en la punta para que le entraran sus hinchados pies. Fue arrastrándose hasta una mesa de despacho que había junto a la ventana, con el sobre manchado de tinta y el cuero algo despegado por los bordes, abrió un cajón y sacó un voluminoso y pesado juego de llaves unido por una cadena que tendió a Marnie.

—La llave más pequeña es la del candado de la verja principal. Me temo que les costará abrirla. Hace mucho que no entro en la propiedad, pero sé que las cerraduras están muy oxidadas. La llave más grande es la de la puerta exterior de la fachada principal, y la que está al lado, la de la puerta interior. La última es la de la puerta trasera, la que da al lago. Si quieren salir por aquí, podrán ir paseando hasta el lago. Tómense todo el tiempo que quieran y devuélvanme la llave cuando hayan terminado. Giren a la izquierda y sigan recto durante un kilómetro. La verja del jardín está a mano derecha. Es imposible perderse. Buena suerte.

Le dieron las gracias calurosamente y, como no vieron señal alguna de la sobrina, salieron por la puerta principal.

Marnie respiró profundamente.

—Qué atmósfera más asfixiante, ¿verdad? Me alegro de volver a estar en la calle, ¿tú no? ¿Qué te ha parecido el reverendo?

—Creo que es un viejo muy afable, pero no parecía especialmente sorprendido de verte ni de escuchar tu extraordinaria historia. ¿No te ha parecido extraño que se ofreciera a darte las llaves por las buenas?

Marnie se quedó estupefacta.

—La verdad es que no lo había considerado. Di por sentado que nos las daría porque siento que así debe ser... como si todo formara parte de un plan preconcebido. Además, ya le habíamos telefoneado y esta mañana ha tenido noticias de la señorita Fergusson, con lo que ya sabía que no éramos unos impostores.

—Sí, claro, supongo que tienes razón. Pero las estrellas y tú lo tenéis todo muy bien organizado —dijo Christopher—. Vamos. Ha llegado el gran momento... ¡A Eilean Dobhran!

El señor McBain tenía razón: les costó un tremendo esfuerzo abrir las grandes verjas. La dificultad no estaba en el candado, porque hicieron saltar la pesada cadena con relativa facilidad, sino en los enormes y oxidados pestillos de la inmensa verja de hierro forjado que parecían soldados al suelo.

—Bah, olvidémonos del coche. Busquemos algún lugar por donde podamos saltar el muro. Ya iremos andando. —Marnie apenas podía contener su impaciencia por llegar a la casa, pero, para descanso de él, uno de los pestillos se soltó con un chasquido final que, al ceder de súbito, hizo que Christopher saliera despedido hacia atrás. Después de forcejear un rato, pudieron abrir las puertas arrastrándolas y consiguieron entrar con el coche.

—¡Gracias a Dios! —exclamó Christopher—. Te veo muy decidida a que vuelvan a arrestarme.

Marnie se sintió mortificada.

—¡Caray, lo siento!... No consigo recordar el asunto de la prisión. Deberías habérmelo dicho.

—De ningún modo —respondió él riendo—. Odiaría que estuvieras pensando continuamente en mi oscuro pasado. Vamos. Me gusta la idea de que una hermosa joven me lleve a un castillo en su deportivo.

Marnie bajó la capota del coche para no perderse lo que denominó «el aroma del momento».

El largo y boscoso camino era una selva de zarzas, helechos, adelfillas y ramas caídas. Los conejos, atónitos por la irrupción humana, se escurrían como si hubieran sido sorprendidos en hora punta; Christopher y Marnie oyeron el rugido lejano de un corzo en la espesura del bosque y un par de faisanes machos parecían molestos de tener que interrumpir sus justas.

—Supongo que cuando lleguemos a la casa encontraremos a Bella Durmiente en algún dormitorio del primer piso —dijo Marnie feliz—. Pero ni se te ocurra besarla, porque entonces sabrás lo que es estar con una mujer celosa.

—Mejor sería que fueras tú quien la que se andara con cuidado —replicó Christopher—. Podría ser el castillo de Barbazul, y ya sabes cómo las gastaba ese señor con las mujeres hermosas.

El camino moría en una extensión de jardín salpicada de enormes robles y hayas. Tras una última curva, ante ellos, al otro extremo de un enorme paso elevado, se erguía el castillo.

—Así que es cierto que se encuentra en una isla —dijo Marnie con un hilo de voz.

—¡Desde un punto de vista estratégico, es idóneo para mantener a distancia al enemigo!

Cruzaron el paso elevado que conducía a la fachada principal de la mansión, donde en el pasado una fina capa de grava rastrillada debió de sustituir la hierba, los rastrojos y el musgo que ahora la invadían. Desde el otro lado del lago, solo habían podido ver la torre, con sus cuatro torrecillas en las esquinas, perfilarse contra el cielo nocturno, pero desde allí se advertía que existía otra ala de la casa en la parte anterior y lo que parecía un patio a la izquierda (quizá para albergar unos establos: Luciana le había comentado que montaba.)

Marnie detuvo el coche frente a la balaustrada de piedra que presidía la escalinata principal y que conducía a la imponente entrada abovedada que tan familiar le resultaba por sus fotografías. Ambos salieron del coche y se quedaron mirando el edificio. Vieron la placa de piedra con las iniciales entrelazadas; el perfil del ave heráldica... Solo faltaban las personas que aparecían en los retratos, cuya inesperada ausencia resultaba inquietante. Christopher vio que Marnie tenía lágrimas en las mejillas y que su alegre entusiasmo se había desvanecido como una luz que se extingue. La rodeó con sus brazos y la estrechó fuerte.

—Es un lugar tan desolado... —dijo ella al final con la voz apagada—. Tan descuidado y triste, tan falto de amor... Tan lleno de secretos y de sombras... No esperaba que las ventanas estuvieran cerradas a cal y canto. Es como si la casa estuviera... ciega. Y me doy cuenta de que mi condesa lleva veinte años muerta y que no pudo poner el pie en esta casa desde los diecinueve. ¿Dónde está ahora? ¿Hay vida después de esta, y, si es así, qué está haciendo en estos momentos? ¿Sobrevive la conciencia o tan solo es una mera ilusión? ¿Crees que la religión es una especie de pantomima para vencer el miedo que nos inspira el inevitable fin?

Christopher notó que temblaba.

—No lo sé —dijo él con cariño—. A mí también me gustaría saber la respuesta, pero eso es imposible. Esperabas ver en la escalinata a una chiquilla pelirroja con un enorme perrazo. Imaginabas que verías luces en las ventanas, que la puerta principal estaría abierta y, a lo mejor, sonaría una gaita. Las casas vacías son tristes, y así es como debe ser. Las casas son para quererlas, y para vivir en ellas.

—Debió de ser muy infeliz —dijo Marnie con tristeza—. Me da la sensación de que debía de añorar muchísimo su hogar para hablarme de él con tanta pasión. Cuando la conocí había perdido todo aquello que amaba. Y nunca se reconcilió con su familia. Nunca la perdonaron por algo que, hoy en día, habría causado ciertas fricciones momentáneas, pero que no habría representado ningún problema. No puedo soportarlo.

—No llores. Por favor, no llores. Aportaste algo maravilloso a la última etapa de su vida sin que en ese momento fueras consciente de ello. Te lo contó en su carta, y nunca habría hecho un legado tan excéntrico si no hubieras sido realmente importante para ella. No olvides que cuando te contó esas historias sobre este lugar estaba reviviendo una infancia muy alegre, y es obvio que fue inmensamente feliz y que vivió una auténtica historia de amor con su esposo italiano. Estoy seguro de que, si hubiera podido volver a vivir, habría elegido lo mismo, por muy cara que pagase su decisión. Y eso es lo que importa.

—Gracias —suspiró Marnie—. Siento haberme comportado como una estúpida. Tras tantos años de imaginar el castillo, la realidad se ha impuesto a golpes.

—No lo dudes. Mira, Marnie... —dijo Christopher con aire grave y considerando detenidamente sus palabras. No deseaba aprovecharse de ese momento de vulnerabilidad, sentía que deseaba decirle ciertas cosas, pero temía hablar cuando todavía era demasiado pronto para ambos—. He venido a este castillo porque quería estar contigo, no porque compartiera tus planes respecto a esta propiedad. Hoy parece un lugar deprimente, pero ¿no sería fantástico devolverle la vida? No me refiero a la misma vida que tuvo, sino a una nueva vida. ¿No sería un modo de cicatrizar tus heridas? ¿No crees que sería un excitante desafío?

—Esos planes ahora me parecen confusos —dijo ella sonándose la nariz con fuerza—. No sé si podré resistirlo. Me sentía llena de confianza, pero ahora me pregunto si todo esto no habrá sido un sueño de locos.

—Las buenas ideas siempre empiezan con una dosis de locura. Necesitarás ayuda y apoyo (emprender sola esta tarea puede ser muy desalentador y deprimente), y mi especialidad es hacerme cargo de empresas que quiebran. Entiendo mucho de eso, con ello me he ganado la vida. ¡Seguro que los castillos problemáticos no son tan distintos! Si me dejas, me encantaría proporcionarte la ayuda y los consejos que necesitas. ¿Qué dijo el anciano que era imprescindible para poner en condiciones este lugar? Determinación, un bolsillo muy lleno y... —Christopher enarcó una ceja.

—Y muchas agallas para luchar —dijo ella esbozando una húmeda sonrisa.

—Exactamente. Dejemos de lado estos imponderables por un momento. Vayamos a explorar el lugar. A ver qué encontramos. Abriremos los postigos y dejaremos que la luz nos ilumine. ¿Qué tal están tus pies? ¿Siguen fríos?

—Empiezan a calentarse, gracias. Tu propuesta es fantástica. Me encantaría que me ayudaras. Supongo que sería de cobardes retirarme llegados a este punto, ¿no?

—Por supuesto. Vamos.

Estaba tan oscuro cuando entraron que Christopher tuvo que avanzar a tientas hacia la ventana para dejar que la luz del día iluminara la estancia. La sorpresa fue que en el castillo todavía había algunos muebles. Una preciosa mesa ovalada de lectura ocupaba el centro del vestíbulo. Alguien había olvidado encima una jarrita de cocina que había dejado cerco. Sobre la chimenea de piedra labrada había una enorme tela de un bodegón que representaba unas aves, un jamón sobre una fuente de peltre, fruta, flores y unos insectos con un marco dorado y descascarillado del que colgaba una telaraña, objeto que habría podido formar parte de la composición. Un incongruente cabezal moderno de metal se apoyaba contra una pared, legado, sin duda, de la época en que el castillo se transformó en residencia, así como una silla de ruedas sobre la cual habían anidado los ratones. Christopher y Marnie fueron deambulando por las estancias, abriendo los postigos y descubriendo objetos improbables: un montón de ejemplares encuadernados de *Punch* con fecha de los años veinte yacía en el suelo junto a un paquete de material sanitario que contenía unas cuñas de color gris todavía envueltas en poliestireno.

—Muy útil para empezar a amueblar tu casa —comentó Christopher con una sonrisa.

Sobre la banqueta de una ventana, vieron una caja de música victoriana que iba en un estuche de marquetería de palisandro. Christopher levantó la tapa interior de cristal, tiró de la manecilla lateral y el cilindro de púas de latón se puso en funcionamiento ejecutando una romántica y tintineante versión de *Las campanillas de Escocia* muy a tono con el estilo de la estancia.

A la derecha, una puerta con montante se abría a una escalera de caracol cuyos peldaños de piedra iban enmoquetados con tartán. Subiendo, se llegaba a una encantadora estancia rectangular y techo bajo y de cañón, con unos hermosos artesonados y una vista magnífica sobre el lago. Tenía el aspecto de haber sido la sala de estar principal. En uno de sus extremos, Marnie descubrió encantada un retrato de grupo en el que se veía a un hombre y a una mujer sentados en un banco del jardín con dos adolescentes: un chico y una chica repantigados sobre una manta en la hierba, disfrutando eternamente de una soleada tarde. Ambos eran pelirrojos.

Lo estuvo contemplando durante mucho rato porque había reconocido que aquella muchacha era una antigua imagen de la niña que llevaba en el relicario, y se dedicó a buscar en ella los rasgos de la anciana a la que había conocido. Luego se dirigió al otro extremo de la estancia para examinar la pintura de la chimenea y, de repente, lanzó un grito de angustia.

—¡Mira! —Marnie observaba horrorizada algo que se hallaba a sus pies.

Christopher vio que en el hogar había un ave muerta. Se acercó para recogerla.

—Es un cárabo. Pobrecillo. Debe de haber caído por la chimenea y no ha sabido encontrar la salida. Por suerte, no había objetos que pudieran romperse. Hace unos años tuvimos un follón tremendo en casa cuando una grajilla bajó por la chimenea mientras mis padres estaban fuera. Entró en la sala de estar y destrozó un jarrón chino Famille Rose, por no mencionar el pringoso hollín que arrastró consigo. ¡Menuda se armó! Y tampoco olvidaré el asombro que sentí de pequeño el día que me desperté y vi un búho mirándome desde lo alto del armario de mi dormitorio. Quise quedármelo de mascota y tuve un gran disgusto cuando mi madre lo dejó escapar por la ventana. No creo que este lleve más de un par de días muerto. Mira lo finas que tiene las plumas... —Christopher se interrumpió al darse cuenta de que Marnie parecía trastornada—. Oh, Marnie, vamos... Es triste, pero me temo que son cosas que pasan con estas chimeneas tan grandes y antiguas. No te lo tomes a pecho.

—No, no... No lo entiendes. Lo raro es que se trate de un búho —dijo ella como si él fuera duro de entendederas.

—¿Qué diferencia hay? Siempre me han gustado los búhos. No serás supersticiosa, ¿verdad?

—No, claro que no —respondió Marnie desencajada—. No se trata de mí ni de esta casa. ¿No lo ves? Es el búho de Louisa.

—¡Qué ridiculez! ¿Cómo va a ser su búho? Su familia vive en Yorkshire, ¡por el amor de Dios!

—No me refiero a su búho en concreto... sino a que Louisa vive atemorizada pensando que su búho morirá. Me dijo que una noche tuvo una pesadilla sobre eso, y ahora se ha cumplido. Es lo mismo que ocurría en su sueño.

—¡Esto no tiene nada que ver! Hay búhos que mueren, en todo momento y por todas partes. Mueren víctimas del tráfico, enferman, mueren de vejez... y caen por las chimeneas. Te estás dejando llevar por la imaginación. No habrías hecho caso si ella no te hubiera contado ese sueño.

—De eso se trata precisamente, de lo que me contó —repitió Marnie con obstinación.

—Mira —la atajó Christopher intentando que su voz no delatara su impaciencia y molesto por su dramatismo—. Todos hemos estado revolviendo en nuestro pasado, y está claro que los búhos son una figura muy importante para Louisa. Escribió sobre ello del mismo modo que tú escribiste sobre el Caribe. Lo tiene en la mente, igual que tú tienes clavada en la memoria la extraña infancia que viviste.

—Sí, ya lo sé. Eso es exactamente lo que le dije. Es lo que pensé entonces. Pero ahora que ha sucedido... Lo veo de otro modo. Debes admitir que es una coincidencia muy extraña.

—No admito nada. Estás dándole un significado que no tiene. Te estás obsesionando con algo ajeno a ti porque apenas puedes asumir la difícil carga emocional que sobrellevas. Creo que a eso lo llaman sublimación.

—Bah, ahórrame la cháchara psicológica —le espetó Marnie.

Intercambiaron una mirada de furia y ya estaban a punto de perder los estribos cuando ambos pronunciaron la misma frase a la vez:

—Lo siento.

—¡Maldita sea! No quería parecer tan rimbombante y desconsiderado —dijo Christopher maldiciéndose por haber sido tan estúpido—. Es que no puedo soportar verte tan triste cuando considero que no hay ninguna razón para ello. Terminemos la visita a la casa y luego, cuando salgamos, buscaré un lugar para darle un buen entierro a ese ave. Esta noche llamaremos a Glendrochatt para decirles que hemos encontrado el castillo y podrás comprobar cómo se encuentra Louisa. Te apuesto lo que quieras a que descubrirás que tanto ella como su búho están bien, pero así te quedarás tranquila y no tendrás que hablarle de todo esto si crees que le puede afectar. ¿Qué te parece?

—Muy bien —respondió Marnie haciendo un esfuerzo para tranquilizarse y sintiéndose como una tonta por haber dramatizado tanto—. Sí... Creo que será lo mejor. De todos modos, prometí a Isobel que la tendría al corriente sobre nuestra escapada. Comprendo que pienses que me he excedido, pero la verdad es que ese animal me ha dado un susto de muerte. Vayamos arriba. Recuerdo que la condesa me contó que las dependencias infantiles estaban en el último piso de la torre, que ella y su hermano solían ir a las almenas, a pesar de que estaba estrictamente prohibido, y que su madre sufría ataques de pánico al verlos.

—Buena idea. Y además haremos otra cosa.

—¿Qué?

—¡Comer! No sé tú, pero yo empiezo a tener un hambre... ¿Y si montamos nuestro picnic cuando acabemos?

—Claro que sí. ¡Yo también me muero de hambre! —Marnie estaba decidida a alejar al búho de sus pensamientos—. Podríamos almorzar junto al lago.

Pasaron una fascinante hora recorriendo la torre. La vista desde las almenas era sobrecogedora y compensaba el esfuerzo de haber tenido que subir por otra escalera de caracol. Hallaron la siniestra mazmorra y los diversos conductos para verter aceite hirviendo que habían espoleado la imaginación de la pequeña Marnie (uno de ellos estaba en lo que Marnie dijo que había sido el baño de los niños). Christopher estaba maravillado de que recordara con tanto detalle lo que le habían contado hacía tantos años.

—Esta vista lo tiene todo: los campos y los bosques, el lago..., las colinas...; y desde aquí también se ve el río —dijo Christopher tras salir por una trampilla y mirar el paisaje desde una altura mareante—. ¡Es un lugar fantástico para los niños! ¿Te imaginas lo divertido que debía de ser? No me extraña que tu condesa tuviera unos recuerdos tan vivos, aunque a juzgar por el modo en que mis hermanas se agobian con sus respectivas proles, ¡dudo que su madre tuviera un solo momento de respiro! Comprendo perfectamente que las ventanas de la buhardilla tengan barrotes. Tienes razón: estas habitaciones debían de ser las dependencias infantiles.

—La luz lo vuelve todo distinto —comentó Marnie—. Ahora que hemos abierto los postigos, la sensación de lobreguez ha desaparecido casi por completo.

Pasearon por las almenas y disfrutaron del panorama de los jardines a vista de pájaro. Al sur, se advertía con claridad lo que antaño debía de haber sido un parterre. Unos desordenados setos de boj podían percibirse aquí y allá, mientras que el diseño de los arriates era visible desde arriba, impreso en fantasmales siluetas sobre una hierba que todo lo había poblado.

—Mi madre se volvería loca si viera todo esto —dijo Christopher—. El jardín está pidiendo ayuda a gritos.

—¿Podríamos preguntarle si querría venir? ¿Crees que le gustaría ayudarme?

—Es una idea fantástica. Se lo propondremos el domingo. Creo que saltará de alegría. También podrías decírselo a Morwenna.

Recogieron el picnic del coche y encontraron un lugar apacible al borde del lago. Christopher cavó una tumba poco profunda entre los guijarros y cubrió el cuerpo del búho con piedras.

Caía la tarde y todavía no se habían decidido a marcharse. Habían recorrido varios kilómetros de terreno y se habían aventurado en cada uno de los rincones del edificio. Marnie dijo que era muy torpe con las cámaras y Christopher sacó innumerables fotografías del interior y del exterior de la edificación. A medida que pasaban las horas, iban acusando el hechizo del lugar y su enamoramiento empezaba a cristalizar. Mientras almorzaban, sentados junto al lago, tomaron conciencia de que Marnie debía intentar hacer una oferta por el castillo. La idea de que fueran socios en una empresa común latía en las sienes de Christopher como una bomba de relojería, pero este decidió, por el bien de ambos, que evitaría proponer nada a Marnie hasta que hubieran regresado a Inglaterra y superado el idilio de cuento de hadas que estaban viviendo. Sabía que necesitaba echarse de cabeza a un nuevo proyecto empresarial que fuera compatible con escribir (eso, lo tenía claro) y en el que pudiera recurrir a su olfato para los negocios y a su considerable habilidad organizativa.

Ninguno de los dos hizo referencia a la posibilidad de establecer una colaboración distinta, más profunda, aunque el pensamiento planeaba sobre sus cabezas sin que lo verbalizaran.

Christopher recordó que había sentido envidia del modo en que los Grant parecían compatibilizar armoniosamente matrimonio y patrimonio.

Regresaron a la casa y cerraron con cuidado las puertas y los postigos. Luego echaron la llave a la cerradura. A Christopher empezaba a dolerle la pierna y Marnie se sintió repentinamente cansada, agotada por las emociones del día. Se dirigieron al automóvil y echaron un último vistazo al castillo.

—Vuelve a tener los ojos cerrados —dijo Marnie—. ¡Qué lugar, Christopher!

—Ya volveremos, pero primero debemos dormir. —La tomó en sus brazos y la besó—. Gracias por dejar que compartiera contigo este día. Nunca lo olvidaré. Me habría gustado conocer a esa anciana dama.

Devolvieron las llaves al señor McBain y, a cambio, consiguieron el nombre y la dirección del propietario canadiense. Luego regresaron a Finterie Lodge.

Después de cenar, telefonearon a Glendrochatt. Giles respondió. Le alegraron las noticias que le dio Marnie y dijo que Isobel había debido ir inesperadamente a Londres y no regresaría hasta la noche siguiente.

—Llamadla mañana. Querrá saber todos los detalles del asunto.

—¿Cómo están los demás? —preguntó Marnie.

—En muy buena forma —contestó Giles—. Hoy he llevado de excursión a John, Morwenna y Louisa. Remontamos el curso del Tilt y hemos pasado un estupendo día al aire libre.

—¡Qué bien! ¡Tenemos muchas ganas de saber si ha habido alguna novedad entre Morwenna y el coronel! Tendrás que informarnos si hay algún cambio. ¿Y Louisa, está bien?

—Louisa está perfectamente. ¿Querías hablar con ella? Creo que ha ido a llamar a sus padres para decirles que irá a visitarlos de camino a Londres. ¿Quieres que le diga que te llame?

—No, no te preocupes. Dale recuerdos y dile que la veré en Londres como planeamos, cuando hayamos regresado. Tengo su número de teléfono. Un día de estos llamaré a Isobel.

—Sí, hazlo. Os echamos mucho de menos. Buena suerte con todo.

—¿Qué me cuentas? —preguntó Christopher cuando Marnie colgó el teléfono con cara de alivio—. ¿Va todo bien?

—Muy bien. —Marnie fue a sentarse en el brazo de la butaca de Christopher—. Tenías razón, claro... Esta mañana he exagerado un poco. Por favor, olvida que me he comportado como una imbécil.

—Nunca te he tenido por una imbécil, pero me alegro de que Louisa esté bien. Ahora pensemos en nosotros y hagamos planes para mañana.

28

El viernes por la mañana, Isobel subió al tren que iba a Londres, se acomodó en su asiento y cerró los ojos, agradecida de disponer de varias horas ininterrumpidas para intentar ordenar sus pensamientos. Sabía que esa noche sería definitiva y que ciertos temas fundamentales para la familia dependían de lo que ella consiguiera.

Dirigir Glendrochatt como un centro para las artes daba mucho trabajo, era todo un reto y, a veces, resultaba agotador, pero, en general, Isobel adoraba su vida, disfrutaba conociendo a las distintas personas que se apuntaban a los cursos y obtenía una gran satisfacción potenciando sus distintos intereses y talentos. Le encantaba la diversión y el reto que representaba dirigir una empresa conjuntamente con Giles; se sentía satisfecha de sus conciertos, que se habían convertido en un acontecimiento local de gran popularidad, y se enorgullecía de haber transformado con éxito la residencia ancestral de Giles en una ocupación floreciente, lo cual les permitía conservar ese hogar para sus hijos. El único inconveniente era que resultaba difícil tener tiempo libre.

El miércoles por la noche, cuando ya se habían acostado, Giles e Isobel estuvieron despiertos durante horas discutiendo sobre el inesperado giro que habían tomado los acontecimientos, intentando considerar las posibilidades que les brindaba el futuro desde todos los ángulos imaginables. Analizaron los problemas a los que quizá se enfrentarían si su propuesta de solicitar que Rory fuera a residir con ellos permanentemente, planteando incluso su posible adopción, tuviera éxito, y anticiparon las dificultades a las que Isobel debería enfrentarse cuando se reuniera con Lorna.

Giles tenía la intención de acompañar a su mujer a Londres, pero Isobel, aunque consideraba que en muchos sentidos habría sido perfecto contar con su proximidad y su apoyo, tenía la sensación de que le iría mejor con Lorna si acudía a la entrevista sola.

—Tú te encargaste de hablar con ella después de la terrible historia de Ed. Pasaste el mal trago de echarla de Glendrochatt. En esta ocasión, necesito ser yo quien trate con ella. Si vienes, pensará que el único que quiere que Rory forme parte de nuestra familia eres tú, pero si voy yo sola, sabrá que la decisión también es mía. Y eso es importante.

Giles accedió con reticencia, pero solo a condición de que si Lorna le ponía trabas, Isobel le llamaría y él tomaría un avión a Londres.

Ese mismo día, después de haber despedido a todos los huéspedes que salían de excursión, Isobel se dirigió a la sala de estar, donde era poco probable que la interrumpieran, con la intención de llamar a Lorna hasta que esta terminara por coger el teléfono. Cuando la pusieron con la suite que los Congleton ocupaban en el Ritz, se quedó desconcertada al comprobar que Brooke Congleton, con quien jamás había hablado, respondía en persona al teléfono. El senador le dijo que Lorna había salido, que había ido a la peluquería y que luego asistiría a una conferencia sobre las mansiones de las plantaciones en Virginia y a un almuerzo de señoras que daba la esposa del embajador americano con fines benéficos, acto en el que, por descontado, era muy importante que Lorna hiciera acto de presencia y se dejara ver. Extremadamente importante, recalcó el senador.

—Pero le diré que la ha telefoneado —dijo él cortesmente—. Sentirá mucho no haber podido atender su llamada. Sé que lo lamentará.

—¿Cuándo podría hablar con ella? —Isobel recordó la descripción que Sheena le había hecho del senador Congleton e imaginó que estaría pasándose la mano por su canoso pelo—. Hace días que intento localizarla, pero ella no devuelve mis llamadas. Quiero saber cómo se encuentra Rory.

—Ah... Sí, claro. El niño.

—¿Cómo está?

—Bien, me alegra tener la oportunidad de agradecerle personalmente que viniera en nuestro rescate y se hiciera cargo del niño. Le estoy muy agradecido, y lo estaré siempre, pero creo (es más, estoy seguro de ello) que Lorna le habría dado las gracias más calurosamente que yo por su fraternal generosidad en el asunto. Y permita que le diga una cosa, Isobel. —El senador hizo una pausa—. ¿Puedo tutearte, Isobel?

—Sí, claro. Adelante —respondió ella imaginando lo largos y reiterativos que debían de ser los discursos políticos de Brooke Congleton si actuaba de ese modo por una simple llamada telefónica. Isobel aguardó, pero era como si el senador hubiera perdido el hilo y no recordara qué iba a decir—. Hablábamos de Rory —intervino ella intentando ocultar su impaciencia—. ¿Se ha adaptado, se encuentra bien?

—Bueno... —dijo el senador retomando el hilo de nuevo—. A eso iba. No fingiré ante ti que no sucede nada. De hecho, tenemos problemas muy graves. Para ser exactos, la situación resulta muy incómoda. Incomodísima. Este niño es conflictivo. Como sé que lo conoces, imagino que no te sorprenderán mis palabras.

—¿A qué clase de problemas te refieres? —preguntó Isobel sintiendo que se le caía el alma a los pies.

—Me atrevería a decir que su trastorno de la conducta no es algo que un buen terapeuta no pueda resolver con el tiempo... Y en casa tenemos un terapeuta buenísimo que nos podría aconsejar, pero lo que no tenemos precisamente es tiempo. El tiempo es esencial en nuestras vidas. Somos gente muy, muy ocupada.

El senador guardó silencio para dar mayor efectismo a su discurso e Isobel se quedó con las ganas de responderle: «Si tan ocupado estás, ¿por qué no espabilas y vas al grano?», pero logró contenerse.

—He sugerido a Lorna que sería mejor que el padre del chico desempeñara un papel más importante en su educación. Me da la sensación que, por el momento, no ha asumido sus responsabilidades.

—¿Qué quieres decir? —preguntó Isobel. Eso no era lo que Evelyn Fergusson le había dado a entender. ¿Acaso el senador sabía que Giles era el padre?

—He planteado a Lorna (para que lo tome a su consideración, claro está, es lógico que sea ella quien decida) la posibilidad de que mande al chico a Sudáfrica para que su padre se ocupe de su educación hasta que sea un poco mayor. Como es de esperar, Lorna lo supervisaría todo.

—¡Santo cielo! ¿Qué piensa Lorna del asunto? —Isobel quería decirle a gritos que Rory no era un paquete al que se facturara y devolviera al remitente cada vez que a su padrastro le convenía deshacerse de él, pero, al mismo tiempo, empezó a vislumbrar que era posible dar con una solución que conviniera a todas las partes.

—La verdad es que Lorna todavía no piensa como yo en esta cuestión —admitió el senador valorando la situación—. Sin duda, y a su debido tiempo, lo hará, porque es una persona muy razonable; sin embargo, en estos momentos no quiere ponerse en contacto con su ex marido para no reabrir viejas heridas. He pensado que lo mejor sería que mi abogado le llamara para proponerle que se avenga a un arreglo. Encuentro censurable que el padre no haya desempeñado ningún papel en la educación del chico. Lorna no le ha pedido ni un solo dólar en concepto de mantenimiento.

«No, claro. No me extraña», pensó Isobel mientras se le aceleraba el pensamiento.

—Me dejas muy intranquila. —Isobel siguió hablando, avanzando a tientas, consciente de que se abriría un pozo negro a su alrededor si decía la palabra equivocada—. Es posible que por el hecho de haber criado a mi familia y haber conocido tan bien a

Rory durante estos dos últimos meses pueda daros algunos consejos útiles. Lo cierto es que el chiquillo no nos dio ningún problema cuando se quedó a vivir con nosotros, pero necesito ver a Lorna y hablar de ello en persona.

—Perfecto —dijo el senador—. Me parece muy bien, pero ¿puedo aconsejarte...?

—¿Qué problema de conducta tiene Rory exactamente? —lo interrumpió Isobel—. Comprendo que debe de estar muy inquieto con tantos cambios en su vida, pero no es posible que se haya portado tan mal. Solo tiene cinco años, por el amor de Dios, y tan solo lleva una semana viviendo con su madre. Los niños siempre castigan a sus madres si los abandonan, aunque sea por poco tiempo. Es ley de vida.

El senador dijo con gran seriedad que su observación era muy interesante, pero que en ese momento, y por teléfono, no podía tomarse la libertad de entrar en detalles describiendo un posible trastorno mental que, como tal, todavía no había sido diagnosticado. Recalcó que ese año era vital para él en el terreno político, que necesitaba todo el apoyo de Lorna y que la niñera que habían contratado para cuidar del niño no parecía manejarlo mejor que su propia madre. En ningún momento hizo mención del bienestar de Rory. Luego informó a Isobel de que esperaba una llamada importantísima de Estados Unidos y, a pesar de haber disfrutado mucho hablando con ella, debía poner punto final a esa conversación.

—Por mí, no hay problema —respondió Isobel—. Yo también estoy muy atareada. Quizá podrías decir a Lorna que iré a Londres el viernes y pasaré la noche allí para hablar del asunto con ella, pero que si quiere que la ayude con el niño, tendrá que telefonearme tan pronto llegue al hotel para que pueda organizar mi viaje. En sus manos está. —E Isobel colgó.

De noche, mientras obsequiaba a Giles con esta conversación, Isobel dijo:

—¿Sabes? ¡De repente, Lorna me dio pena! Ese tipo es un charlatán y un falso. Seguro que es muy bueno eludiendo preguntas incómodas en política y hablando sin decir nada, pero ni todo el dinero ni todos los lujos del mundo, ni moverse en las altas esferas, podrían compensar a nadie de tener que escuchar a ese hombre pontificando todo el santo día. Ay, Giles... ¡Pobre Rory! Debe de ser muy desdichado. Debe de sentirse confuso. No me extraña que se haya convertido en una molestia para todos.

Lorna le había devuelto la llamada. Una Lorna de voz inusualmente apagada..., e Isobel accedió a ir a Londres para reunirse con ella.

—Las dos solas —le había dicho con decisión, aunque, tras haber conversado con su marido, ni por un instante se le pasó por la mente que Lorna tuviera intención de hablar de la paternidad de Rory delante de él. Quedaron en encontrarse en un pequeño restaurante cerca de Pimlico Road, donde Giles y ella solían ir a cenar cuando estaban en Londres. Era sencillo y espacioso, y servían comida italiana casera. Isobel declinó la invitación que le hizo Lorna de cenar en el Ritz, aun a sabiendas de que Brooke Congleton tenía otros compromisos.

—Piénsalo bien, Izzy —le había dicho Giles echado junto a ella en la gran cama de Glendrochatt, agotados ambos de sopesar los hipotéticos pros y contras—. Aunque Lorna acceda, aunque sea eso lo que en realidad quiere de nosotros, como sospechamos, estamos planteándonos dar un paso muy importante. Si nos hacemos cargo de Rory, su cuidado recaerá más en ti que en mí, y tendrás que estar segura de que no te sabrá mal que yo me implique. Las comparaciones con Ed, el pensar qué habría sucedido si las cosas hubieran ido de otra manera con nuestro hijo, serán constantes, por muy buenas intenciones que tengas, por muy generosa que seas, y, de vez en cuando, la relación que tendré con el niño reavivará tu rencor. Nuestro matrimonio es lo más importante para mí. Una vez lo puse seriamente en peligro; y si eso volviera a sucedernos, creo que no sería capaz de resistirlo.

—Ya lo sé —susurró Isobel—. No puedo prometer que alguna vez no me muestre rencorosa o insolente (me conozco demasiado bien para negarlo), y sé que debemos trabajar juntos en esto, pero creo que la angustia y la decepción que hemos vivido, nuestra lucha y nuestros triunfos, han sido el mayor regalo que podía hacernos Ed y que, gracias a eso, hemos aprendido la amarga lección del amor, del amor auténtico... Al menos, en teoría —añadió ella encogiéndose de hombros irónicamente—. Soy realista y sé que no tenemos garantías de que esto salga bien, pero sí sé que somos lo bastante fuertes para intentarlo. Y no fuiste solo tú, cariño. Sé que yo también puse en peligro nuestro matrimonio hace cinco años. Creo que ahora tenemos la oportunidad de sacar provecho de la pesadilla que vivimos ese verano en el que todos anduvimos desquiciados. Fue Amy quien inclinó la balanza, ¿no crees?

Al repasar esta conversación, sentada en el tren, Isobel pensó que se veía capaz de aceptar la auténtica relación que existía entre Giles y Rory, siempre y cuando la alargada sombra de Lorna no se cerniera de nuevo sobre su matrimonio. Eso sería un asunto muy distinto.

Isobel fue la primera en llegar al restaurante. Había reservado una mesa en un rincón y, desde donde se hallaba sentada, alcanzaba a ver la puerta. Por eso, cuando una imponente limusina con chófer se detuvo en la puerta adivinó quién sería su ocupante.

Hacía cinco años que no se veían y la elegancia y el buen aspecto de Lorna ya eran notables entonces. Isobel se preguntaba cómo la habrían tratado los años después de que intentara apropiarse de su cuñado, y si la maternidad (que claramente no había sido una experiencia satisfactoria para ella) habría dulcificado su glacial belleza.

Lorna llevaba un sencillo vestido suelto de lino negro que a todas luces insinuaba que, en algún discreto e invisible lugar, llevaba la etiqueta de un diseñador exclusivo; la longitud de sus elegantes piernas (que siempre habían sido la envidia de Isobel porque esta las tenía macizas) quedaba resaltada por la imposible altura de unos zapatos de tacón de Christian Louboutin. Su cabello rubio claro, que era largo la última vez que Isobel la había visto, ahora era mucho más corto, resultado de un corte experto que le daba un aire desenfadado sin perder su inmaculada precisión; Isobel se dio cuenta de que su rizada mata necesitaba desesperadamente un buen corte. Lorna llevaba una gargantilla de perlas tan grandes que, en otras circunstancias, Isobel habría dado por sentado que eran falsas, pero, pensándolo mejor, decidió que seguramente eran auténticas. El resto de comensales volvió la cabeza para mirar a Lorna cuando esta hizo su entrada. Las dos hermanas se observaron desde lejos.

Isobel pensó: «Si yo fuera una desconocida y no supiera quién es esa mujer, sentiría curiosidad por ella. Es imposible ver esa perfección física, ese refinamiento, y no sentirse obligada a mirarla. Pero ¡qué inexpresivo es su rostro! ¿Se ha hecho quizá demasiados retoques? ¿Ha perdido la capacidad de sentir una alegría y un afecto espontáneos o es que le han tensado tanto la piel que no puede expresar emociones? Tras esa fachada de mármol, ¿es capaz de ser feliz?».

Su reacción inmediata ante la temida reunión con su hermana fue de tristeza. Sentía pena por esa mujer insatisfecha y tan prometedora en el pasado que, de algún modo, había conseguido perderse todas las cosas que aportan la auténtica felicidad; y fue consciente de las bendiciones que poseía ella en comparación. La había cogido por sorpresa. «Maldita sea, una y mil veces —pensó Isobel—. No debo sentir pena por ella.»

Lorna era consciente de que había despertado el interés de los clientes del restaurante, pero eso no le sorprendió. Le habría sorprendido más lo contrario. Sabía que poseía la capacidad de atraer la admiración y la atención instantáneas, virtudes con las que había conquistado a su marido. En el momento en que apareciera alguna señal de que su belleza se marchitaba, Lorna empezaría a tener motivos para preocuparse. No siempre había sido así. Miró a su hermana menor y pensó en todas las veces que, durante su infancia, por mucho que se esforzara, Isobel terminaba por hacerle sombra; no porque la muchacha se lo propusiera, ni porque fuera tan bella o tan lista como su hermana mayor, y, desde luego, no porque quisiera competir con ella, sino sencillamente porque despertaba afecto en todos. Isobel hacía reír a los demás y les ayudaba a olvidar sus problemas; su despreocupada manera de disfrutar de la vida influía tanto en el prójimo que contagiaba a cualquiera con su alegría. Isobel había sido la espina que Lorna había llevado clavada en el corazón durante muchos años.

Cuando fracasó su unión con John Cartwright, un cirujano ocular sudafricano de gran renombre, Lorna regresó a Escocia decidida a reclamar a Giles Grant, pero su estrategia, cuidadosamente planificada, fracasó de la forma más miserable. Seis años después, liberada de cualquier restricción por el fallecimiento de su padre, decidió acometer su antiguo objetivo. En esa ocasión, sin embargo, no intentó reconquistar a Giles, sino que pensó que si introducía a Rory (tan parecido a él que era ridículo) en la vida de los Grant durante un breve período de tiempo podría socavar de un modo muy interesante ese matrimonio que todavía le causaba un profundo dolor sin verse obligada a estar presente. Ahora bien, no había calibrado el efecto que el regreso de su hijo podría tener en su propio matrimonio. Mentalmente, había previsto un encuentro con Rory que dejara encantado a su esposo, pero ese conmovedor cuadro no salió como tenía planeado y la siempre precaria relación que mantenía con su hijo no tardó en ir de mal en peor. Brooke Congleton le dejó muy claro que en absoluto deseaba ver cómo su elegante diosa de hielo se convertía en una bruja vieja y arrugada incapaz de controlar las pasiones de un niño pequeño. Rory no tardó mucho en descubrir que una rabieta era el mejor modo de que su alarmada progenitora le prestara total atención y, al mismo tiempo, si se dejaba llevar por un buen grito, de superar temporalmente el profundo miedo que ella le inspiraba. Protagonizaron una escena bochornosa en la recepción del Ritz, ante varios compatriotas americanos y muchos espectadores cariacontecidos, el día que Lorna perdió los nervios con Rory. Fue como si la Mona Lisa hubiera saltado del cuadro y hubiera armado un escándalo público en la callada atmósfera del Louvre. Pasado el momento, Brooke se mostró tan frío y contrariado que Lorna, al ver que la amenaza pendía sobre su condición de tercera esposa de un hombre rico y ambicioso, un hombre capaz de proporcionarle la clase de vida que ella siempre había deseado, tuvo mucho miedo. Recordó horrorizada que hacía cinco años había perdido el control de un modo similar con Edward en Glendrochatt... y también sus desastrosas consecuencias.

Isobel se puso en pie al verla entrar, pero, durante unos instantes, ninguna de las dos hermanas acertó a saludar a la otra. Finalmente, Lorna se inclinó hacia Isobel y la obsequió, a la prudente distancia de unos centímetros, con una mejilla maquillada de un modo inmaculado.

—¡Iz! ¡Hace muchísimo que no nos vemos! ¿Cómo estás?

—Muy bien. Estás espectacular, Lorna. No sé cómo lo consigues.

—Gracias. Con mucho esfuerzo y autodisciplina, me temo —dijo Lorna fijándose en el pelo sin arreglar y en las mechas grises que asomaban a las sienes de Isobel.

—Entonces no me extraña que yo no lo consiga —dijo Isobel en tono cáustico—. No podría intentarlo ni en un millón de años, pero es obvio que tú sí puedes y que el resultado es sensacional. Lorna..., hemos de hablar de muchas cosas y algunas de ellas serán difíciles para ambas. ¿Pedimos una copa y miramos la carta antes de iniciar lo más peliagudo?

Lorna pareció desconcertada durante unos segundos ante el estilo directo de su hermana, pero asintió y se encogió de hombros.

—Muy bien. Como quieras. Esta reunión ha sido idea tuya.

La conversación discurrió tan entrecortadamente que, después, Isobel contó a Giles que aquello había sido como empujar un coche cuesta arriba. Hablaron de sus padres y de Le Colombier, la casa que Lorna había heredado y que, según le dijo, pretendía conservar como residencia veraniega; hablaron de la nueva vida que Lorna llevaba en Washington, de las aspiraciones políticas de Brooke y de la posibilidad de que este se presentara a un cargo de mayor responsabilidad. Al final, y con la tensión asomando en su voz, Lorna logró preguntar por Glendrochatt, por Giles y Amy... y luego, con la voz casi quebrada, por Edward. Isobel intentó responder con normalidad, pero la tirantez entre ambas era insoportable. Cuando el camarero les llevó las cartas, pidieron una botella de tinto de la casa y unos fettucini al gorgonzola con una ensalada verde. Una vez les hubieron servido la comida, Isobel tomó un largo sorbo de vino y decidió entrar en materia para plantear los temas que habían provocado ese cara a cara después de tantos años.

—Lorna. Quiero que me hables sinceramente sobre Rory.

—Se porta fatal. No creo que Brooke esté preparado para soportar esta clase de escenas durante mucho tiempo, y yo me encuentro en una situación muy comprometida. Creo que Brooke ya te habló de ello por teléfono.

—Sí, pero no me refería a eso. Quiero que me digas quién es el padre de Rory.

Lorna titubeó. Y luego dijo:

—¿Te contó Brooke que quiere enviar a Rory a Sudáfrica?

—Sí. ¿Y no sería un poco extraño, Lorna? Has permitido que tu esposo piense que John Cartwright es su padre, ¿verdad?

—Me pareció más... simple. Y, además, hubiera podido ser cierto. —Lorna la miraba con aire desafiante.

—Entonces, ¿por qué me enviaste a Rory insinuando con ello que podría ser hijo de Giles (aunque tú misma lo negaras cuando el niño nació)? Esperaste a que papá muriera para empezar a moverte, y sabías que, con solo una mirada, Giles y yo ya comprenderíamos lo que querías decirnos.

Lorna desmigajó su panecillo y adoptó una expresión de intranquilidad.

—Ambos sabíais que era una posibilidad.

—Quizá sí. Pero ahora ya no es una posibilidad. Giles y yo sabemos que es verdad, y tú también. Y para que lo sepas, Lorna, tengo los resultados científicos que lo demuestran, por si en el futuro he de recurrir a ellos legalmente, por si es necesario. ¿Te gustaría que Brooke viera a Giles y a Rory juntos?

De repente, Lorna abrió unos ojos como platos. Isobel pensó que se parecía a uno de los caballos nerviosos que pintaba Stubbs.

—¡Iz! Eso jamás debe suceder. Nunca. No te atreverás.

—Oh, claro que me atreveré... Si es preciso. ¿Por qué no debería atreverme?

Las dos hermanas se sostuvieron la mirada midiendo sus fuerzas y sopesando sus debilidades como antaño.

—Tú empezaste todo esto, Lorna, pero ahora que sabemos que Giles es el padre de Rory, ambos creemos que él también debería formar parte de su vida. ¿Qué te parece?

—¡Estoy contentísima! —Lorna escupió la frase—. Contentísima de que una parte de Giles todavía sea mía y lo sea para siempre, y de que tú no puedas hacer nada para impedirlo.

Isobel notó que le daba un vuelco el corazón. «No pierdas los nervios —se dijo a sí misma—. No te desvíes y caigas en las habituales recriminaciones.» Habían estado picoteando la comida sin saborearla. Isabel dejó de fingir y abandonó el tenedor sobre el plato. Revisó mentalmente la imagen de Rory, con su lastimosa carita, aferrándose a ella y suplicándole que no le dejara marcharse. Volvió a recordar la sorpresa que le había causado el vehemente ruego de Amy: «No puedes mandarle con tía Lorna, mamá, de ningún modo. Está aterrorizado. Piensa en lo que le hizo a Ed. ¿Has olvidado que casi lo mata, que lo asustó tanto que a Ed literalmente le dio un ataque y casi se muere? ¿Cómo puedes ser tan cruel?». Amy había dicho: «La tía Lorna es una persona destructiva y siempre lo será. Le destrozará la vida».

Haciendo un gran esfuerzo por parecer más tranquila de lo que en realidad estaba, aunque consciente de que la embargaba la emoción, dijo:

—¿Qué quieres que haga, Lorna? Si eso te satisface admitiré que me resulta muy doloroso que Rory sea tu hijo y no el mío. Si querías poner de manifiesto la diferencia que existe entre los dos muchachos, lo has conseguido. Pero he llegado a querer a Rory por sí mismo y, por supuesto, Giles también lo quiere. Hemos hablado de ello muchas veces y he venido a decirte que querríamos que Rory viviera en Glendrochatt de un modo más o menos permanente... criarlo por ti como mamá hacía hasta que se puso enferma.

Lorna no contestó.

Isobel siguió hablando, intentando mostrarse generosa y, al mismo tiempo, ofrecer a Lorna una salida digna.

—Nuestro estilo de vida es compatible con criar a unos hijos. Para nosotros es más fácil que para ti. Giles se lo ha comentado a nuestro abogado y ambos estamos de acuerdo en dar un hogar estable a Rory, un hogar de verdad. Nunca se me ocurriría apartarlo completamente de ti, y la solución depende de que estés de acuerdo, pero es preciso establecer una serie de condiciones desde nuestro punto de vista que tendrían que ser legalmente vinculantes. No podrías exigir, de repente, que te mandáramos al niño por capricho. No estoy muy segura de cuál es la jerga legal al respecto, pero tiene que ver con el hecho de que Giles, como su padre, cuidaría y se haría cargo de él y tú disfrutarías de un régimen de visitas.

Isobel vio que Lorna estaba luchando consigo misma. Aguardó, temiendo haber dicho demasiado, lamentando haber dicho demasiado poco. En ese momento, Lorna, con una voz muy baja y sentida, dijo:

—Siempre he sido una inútil con los niños, ya lo sabes. No les he gustado nunca, aunque jamás he sabido por qué. Dios sabe que lo he intentado. Te he envidiado muchísimo por los hijos que has tenido; incluso, y por algún extraño mecanismo, por haber tenido a Edward. Bueno, por Edward como tal no —rectificó Lorna—. Me refiero a lo que parecías capaz de sentir por él a pesar de todo.

Isobel hizo una mueca, pero Lorna siguió hablando, sin reparar en la reacción de su hermana.

—Siempre creí que quería tener un hijo propio, alguien que me quisiera más que a nadie en el mundo, pero desde el momento en que nació Rory todo se complicó. Chillaba cada vez que me veía y solo era feliz con mamá o con la niñera, y supe que esa desgraciada historia de ser siempre la segundona había vuelto a empezar. Casi llegué a odiarlo. Él, desde luego, no me quería, y sigue sin quererme. Desde su regreso, vivimos en un infierno. Y estoy aterrorizada de pensar que, por su culpa, puedo perder a Brooke. Eso no podría soportarlo.

Isobel miró a su hermosa, capaz y atormentada hermana con piedad y pensó que esa era una de las conversaciones más reveladoras que habían tenido jamás... Y una de las más tristes también.

—Pero Lorna —dijo Isobel tentando a la suerte—, ¿eres feliz con Brooke? ¿Os amáis? ¿Tan buena es vuestra relación que no te importa pagar ese precio?

—Bah, el amor, la felicidad... —dijo Lorna con amargura—. Te pareces a mamá. Siempre me estaba diciendo esas cosas. Sabes perfectamente que únicamente he amado a un solo hombre. ¿Qué oportunidad me queda de disfrutar de una relación satisfactoria? Lo único que sé es que ahora no podría soportar perder a Brooke, cosa que no tengo la intención de que pase. Estamos muy bien juntos. Él me necesita y este estilo de vida encaja conmigo a la perfección. Haría cualquier cosa para preservar mi matrimonio.

—¿Aunque eso signifique separarte de tu hijo?

Lorna vaciló antes de dar una respuesta e Isobel se preguntó si iba a cambiar de idea.

—Sí. Aunque signifique eso.

De repente, Lorna se inclinó sobre la mesa y, en tono sibilino, dijo a Isobel:

—Pero Brooke no debe saber quién es el padre de Rory. Todo eso de dar la custodia al padre... Ni hablar. Serás tú, como hermana mía, quien tendrá la custodia, y que los abogados lo arreglen como quieran. A fin de cuentas, hay muchos precedentes en las generaciones anteriores de tías y tíos que han adoptado al hijo de un hermano o de una hermana por diversas razones. Nunca debes decirle a Brooke lo de Giles. Que crea que John es su padre, y cuando Rory ya no se cruce en su camino, atormentándome y creando problemas, perderá interés en el asunto, te lo aseguro. ¡Tiene cosas más interesantes en las que pensar! Debes llevarte a Rory mañana mismo. No puedo más con él y la semana que viene regresamos a Estados Unidos. Que te diviertas con sus rabietas.

—Iré a recogerlo mañana por la mañana —dijo Isobel—. Arreglaremos las cuestiones legales más adelante. Lo que decidas contarle a tu marido es cosa tuya. Por mi parte, te aseguro que no le informaré de nada por iniciativa propia y, como tampoco me parece que él quiera mantenerse en contacto con nosotros, no habrá problema. El interés por el bienestar del chico no parece una de sus prioridades —dijo con ironía—. Pero no mentiré por ti, Lorna, y un día, quizá muchísimo más adelante, Rory sabrá la verdad.

Lorna observó fijamente a su hermana durante un buen rato, sopesando sus palabras y su determinación; haciendo su elección. Luego sacó el móvil del bolso y habló unos segundos. Casi de inmediato, el coche en el que había llegado se presentó a la puerta del restaurante y Lorna se marchó... dejando a Isobel con una sensación de victoria y de profunda tristeza.

A la mañana siguiente, Isobel se dirigió al Ritz y la condujeron a la suite de los Congleton. Se preguntaba si el senador estaría presente, y sintió una ligera decepción, no exenta de alivio, cuando solo encontró a Lorna, a una niñera de uniforme y a Rory, que, sentado en un sofá enorme y con las piernas tendidas hacia delante, parecía diminuto. Además, con el pelo engominado, los calcetines bien puestos y los cordones de los zapatos bien atados, se le veía tan aseado que no parecía natural. Cuando vio a Isobel, el niño se abalanzó hacia ella como un cohete y casi la tumbó con la fuerza de su arremetida.

—¡Tía Iz, tía Iz! ¡Sabía que vendrías! ¡Lo sabía! —gritó el niño agarrándola por la cintura y hundiendo su cabeza en ella como si quisiera meterse dentro de su cuerpo.

Por encima de su morena cabeza, las dos hermanas cruzaron la mirada. Los ojos de Isobel estaban llenos de lágrimas, pero los de Lorna eran más inexpresivos que los de una muñeca.

—Vaya, vaya, Izzy... Veo que te las has arreglado no solo para ganar el amor de Giles, sino también el de mi hijo. Ojalá no quieras nada más de mí. Adiós por ahora, Rory. Espero que te portes mejor con la tía Isobel que conmigo. Ya nos veremos. —Y Lorna se dio la vuelta y salió de la habitación sin girar la vista atrás.

29

Christopher y Marnie llegaron a Nether Pacey, la casa de Christopher, el domingo por la noche a la hora de cenar.

El sábado por la mañana regresaron de nuevo a Eilean Dobhran para explorar los establos. En lo que sin duda había sido el cuarto de los arreos, Marnie descubrió la brida de un poni con un bridón y una frontalera roja colgando tras una placa esmaltada en la que ponía «Merrylegs», y sintió como si el fantasma de la esquiva niña pelirroja estuviera presente. Christopher pensó que el edificio del establo se prestaba maravillosamente a ser reconvertido del mismo modo que Giles e Isobel habían habilitado los cobertizos de la antigua granja: como alojamiento para el personal y los participantes a los cursos. Todo dependía del empleo que Marnie quisiera dar al castillo; y siempre en el supuesto de que lograra adquirirlo. Marnie envió un largo correo electrónico a su padre que, como fideicomisario, necesitaba estar al corriente, para describirle sus hallazgos y pedirle que investigara sobre un tal Ian Drummond de Canadá.

—Siempre bromeamos con papá porque parece de la Mafia. Cuando queremos información de cualquier cosa, o de una persona, se la pedimos a él, porque tiene contactos en todas partes.

—¿Crees que aprobará esta empresa de locos? —preguntó Christopher.

—No lo sé, pero eso espero. Me animó muchísimo para que viniera a investigar. Lo cual me dejó bastante asombrada; aunque hace años, cuando conoció a la condesa, él también cayó bajo su hechizo. Además, le encantan las empresas locas, cuanto más extravagantes, mejor, ¡sobre todo si los demás dicen que no tienen la más mínima posibilidad de prosperar!

—Me gusta mucho el estilo de tu padre —dijo Christopher riendo—. Conozco esa sensación. Supongo que por eso me apasionaba reflotar empresas a punto de quebrar. Esa es una de las razones de que esté encantado de que me hayan animado con el libro, sobre todo cuando tanta gente me decía que no tenía ninguna posibilidad de que me lo publicaran.

—Creía que habías dicho que la idea de ir al curso de Glendrochatt había sido de tu madre y que ella siempre te había animado a escribir.

—Es cierto, pero no estaba pensando en mi madre.

Marnie adivinó que estaba pensando en Nicola, la ex novia, que le inspiraba una gran curiosidad y cierta intranquilidad. Una vez que Nicola descubriera que Christopher podría convertirse en un famoso escritor de novelas policíacas, ¿volvería al ataque? Y, en ese caso, ¿resistiría él el embate?

Aunque, en cierto modo, a Marnie le costaba mucho despedirse del castillo, de repente, ambos se dieron cuenta de que tenían muchos temas pendientes que resolver en el futuro y no les costó poner rumbo hacia el sur. Antes de marcharse de Glendrochatt, Christopher había enviado su novela por correo electrónico al agente de Jonathan Mercer, Barry Forster, de Barnes & Peterson. «La magia de la tecnología —había comentado—. Me llevó dieciocho meses escribir el manuscrito y unos dos minutos enviar los treinta capítulos a Londres. Crucemos los dedos por que le guste.» Estaba deseando conocer a Barry Forster.

Christopher insistió en que conducir desde el norte de Inverness hasta Warwickshire en un solo día era demasiado para Marnie y, aconsejados por Jeff y Cherry Barton, reservaron una habitación en Wolsey Lodge, un hotel que dirigían unos amigos suyos y que solo estaba a unos kilómetros de la M6, cerca de Carlisle.

Esa noche se divirtieron mucho, en parte gracias a la compañía de Marge y Dahlia, las copropietarias. El contraste de estilo con Finterie Lodge era abismal. Allí, todo era oropel y purpurina, como si una urraca ladrona hubiera sido la responsable de la decoración. Moldes de jalea y calentadores, antiguos jaeces de latón de los arneses de las caballerizas y teteras... Apenas quedaba un centímetro de pared en el que no aparecieran los destellos del cobre o el latón; en las chimeneas destacaban unas espadañas pintadas con tonos dorados y el papel de las paredes tenía reflejos metálicos. Unos objetos decorativos de cristal veneciano, del estilo más chillón que pudiera imaginarse, competían por quitar protagonismo a unas lámparas *art déco* de múltiples colores y alternaban con variados ejemplos de la llamativa obra de un artista local especializado en hacer *collages* a partir de tapones de botellas de leche. Unas burbujas de cristal que pendían peligrosamente de los puntos luz de cada estancia, todas ellas de techo muy bajo, arrancaban las quejas de Christopher, quien decía que necesitaba un sombrero de hojalata para evitar colisiones cada vez que se ponía en pie. En el jardín, tintineaban unas campanillas mecidas por el viento.

—¡Caray! ¡Me encantaría ver este lugar en Navidad! —exclamó Marnie, impresionada por esa cueva de Aladino de tan mal gusto en su conjunto—. ¿Cómo crees que lo decorarán?

—Yo alucino.

Sin embargo, sus anfitrionas eran la amabilidad en persona. La cena fue correcta, aunque bastante sofisticada, y la cama de su dormitorio, lleno de volantes y de florituras, era grande y cómoda. Ambos disfrutaron de la intimidad que les brindó esa noche adicional antes de exponer su incipiente relación al escrutinio de familiares y amigos.

—Abrázame —susurró Marnie de madrugada volviéndose hacia Christopher—. Por favor, abrázame fuerte.

Godfrey y Elspeth Piper estaban sentados bajo un viejo cedro del jardín haciendo el crucigrama y esperando oír el ruido de un motor cuando Christopher y Marnie aparcaron frente a la entrada principal. Juno, la más robusta y sorda de la pareja de viejas perras labrador que dormitaba a sus pies, los había alertado unos minutos antes de que la llegada era inminente. Había erguido la cabeza, aunque el oído humano no podía detectar sonido alguno, y se había puesto en pie con dificultad (su curvada espalda se combaba como una hollada butaca) para dar tranquilamente la vuelta a la casa y detenerse ante la puerta principal. Juno siempre sabía cuándo estaba a punto de aparecer un miembro de la familia. Su cronómetro era infalible y Elspeth juraba que podría darles la bienvenida y tener listos unos huevos escalfados a la perfección durante cuatro minutos tan solo confiando en el reloj interior de la perra. Los Piper oyeron el crujido de unas ruedas en la grava y luego, tras lo que pareció una pausa larguísima, el golpe de una portezuela al cerrarse y unas voces.

—Bien, parece que son ellos. Es una pena que no podamos terminar el crucigrama —dijo Godfrey, que nunca habría admitido que estaba tan ansioso como su mujer de ver a Christopher—. Me pregunto cómo será esa americana con quien ha ligado.

Marnie apagó el motor y examinó la casa que Christopher le había descrito con tanto cariño, con unos muros de piedra manchada cubiertos de glicinas que parecían llevar siglos empapándose de la luz del sol y de las sombras. Sabía que la casa y sobre todo sus ocupantes eran extremadamente importantes para él y notaba que su desestructurada vida hogareña no la había preparado para aterrizar en medio de lo que estaba claro que era una familia unida y feliz. Christopher leyó la angustia en sus ojos y se inclinó hacia ella para besarla, para darle un largo beso enamorado.

—Valor —le dijo cuando al final salieron del coche—. ¡No salgas corriendo! Mira, Juno viene a saludarnos. Ahora sí que sé que estoy en casa.

La vieja perra dio vueltas en círculo a su alrededor haciendo alarde de su geriátrico jugueteo, como si alguien hubiera dado un suave empujón a un caballito de balancín muy antiguo y lo hubiera puesto en funcionamiento. Christopher le acarició las orejas.

—Hola, perrita fiel. ¡Veo que no te has adelgazado ni solo un gramo en quince días! Quiero que conozcas a alguien muy importante para mí. Debemos lograr que se sienta como en casa, ¿sabes?

Juno movió la cola como si fuera un timón mientras Marnie se agachaba para darle unos golpecitos cariñosos.

—¿Lo ves? —dijo Christopher—. ¡Ya te ha dado su aprobación! Vamos. —La tomó de la mano y la acompañó a la casa.

La velada fue mejor de lo que Marnie esperaba, porque la timidez que solía sentir frente a los extraños desapareció rápidamente bajo los efectos de la calurosa bienvenida de Elspeth Piper y de la relajada atmósfera que esa mujer sabía crear a su alrededor. Godfrey Piper era más reservado y hacía gala de una cortesía formal y anticuada, aunque Marnie creyó detectar un brillo especial en sus ojos. Christopher le había dicho que tras el inexpresivo rostro de jugador de póquer de su padre acechaba un tremendo sentido del humor.

—Ah, por cierto, cariño —oyó Marnie que Elspeth decía a Christopher cuando iban a entrar para cenar—. Nicola ha llamado dos veces. Ha dicho que no ha podido localizarte en el móvil y he pensado que no querrías que le diera el número de Glendrochatt. Quiere que la llames y he prometido que te lo diría. Está en Londres.

Christopher pareció evasivo, pero a Marnie le dio un vuelco el corazón y se preguntó qué pensaría su madre de esa ex novia de la que su hijo hablaba tan poco.

De hecho, tras la aplastante seguridad de Nicola en sí misma, la timidez inicial de Marnie no la perjudicó a los ojos de su anfitriona y esta, que estudió a su hijo sin disimulos y quedó profundamente agradecida de que pareciera que milagrosamente había recuperado parte de su antigua personalidad, se deshizo en amabilidades con su invitada intentando que se sintiera cómoda. La corriente de atracción que fluía entre Christopher y esa diminuta y joven americana de rostro prerrafaelita era innegable, pero, al entender de la madre, era algo más que mera atracción sexual (que, sin duda, también existía). En su mente cruzó la idea, como cruza el cielo una nubecilla gris amenazando un día de sol, de que alguno de los dos podría terminar dolido si las cosas se torcían. Dios sabía que Christopher ya había sufrido bastante, pensó ella, pero también captaba cierta vulnerabilidad en Marnie que encontró curiosamente conmovedora. Elspeth rogó por ambos.

Christopher sintió una gran alivio al ver que Marnie, acostumbrada al poderoso magnate que tenía por progenitor sabía cómo coquetear discretamente con su padre, un hombre al que también le había sonreído el éxito y que a veces resultaba intimidante. Godfrey Piper no tardó en obsequiarla con sus mejores chistes y anécdotas, que contó sin inmutarse y que provocaron la risa de Marnie. Christopher y su madre intercambiaron una mirada de inteligencia.

Tenían que contarles tantas cosas y Godfrey y Elspeth resultaron unos oyentes tan interesados que la reunión se alargó después de la cena y se hizo de noche sin que nadie acertara a encender las luces. Brindaron a la salud de Christopher como futuro escritor y por que Marnie viera coronado con éxito su intento de adquirir Eilean Dobhran.

—¡Qué historia más romántica! No suele ocurrirnos que podamos agasajar a alguien que está a punto de comprar un castillo en el aire —dijo el padre de Christopher levantando su copa en honor de Marnie y sonriéndole—. Que todos tus sueños se conviertan en realidad, querida.

—Veo que papá está encantado con tu nueva novia —dijo Elspeth a Christopher mientras ambos retiraban los platos de la mesa.

—Genial. Tengo muchas ganas de que os guste a los dos.

Christopher había avisado a Marnie de que su madre no los instalaría juntos durante esa visita y ya habían pactado de antemano que evitarían escabullirse por el pasillo, al menos, durante esa noche. Elspeth acompañó a Marnie por la ancha y quejumbrosa escalera que conducía a la habitación de invitados, un dormitorio cómodo y atrotinado que daba al jardín, decorado con unas cortinas de chintz descoloridas, montones de libros y un jarrón de prímulas en el tocador.

—¡Oh, qué bien huele! —exclamó Marnie encantada—. ¿Qué es?

—Las glicinas —dijo Elspeth—, pero también hay un arriate de muguete al pie de la ventana. Es una de mis flores preferidas.

—A mí también me gustan mucho. ¿Me enseñarás tu jardín mañana? Quiero que me des ideas para arreglar el jardín del castillo. ¿Te lo ha contado Christopher?

—En realidad, sí. Y no se me ocurre una distracción mejor para mí... Pero prométeme que si me pongo pesada me lo dirás.

Las dos mujeres estaban frente a la ventana abierta, respirando el aroma que emana de un jardín inglés en verano. «Es distinto de los perfumes más salvajes y musgosos de Escocia pero también delicioso a su modo», pensó Marnie.

—Debes de estar muy emocionada con el libro de Christopher —dijo la joven—. Me parece que fue idea tuya que asistiera al curso de Glendrochatt. Se ha convertido en la estrella de la semana literaria.

—Estoy emocionadísima. Aunque no me sorprende mucho, porque siempre tuve la sensación de que podría dedicarse a eso. De pequeño, tenía una imaginación tremenda, y en la escuela ganaba muchos premios de redacción, pero al acabar la universidad, emprendió un camino diferente. Y esto ha sucedido en el momento justo. Necesitaba que le sonriera la suerte durante este paréntesis, después de... —Elspeth guardó silencio durante unos segundos—. ¿Te ha contado que últimamente lo ha pasado muy mal? —preguntó con cautela, al ignorar si Marnie estaba enterada de la historia y no queriendo desvelar nada que Christopher hubiera decidido no compartir con ella.

—Sí. Me contó la historia del accidente, de su condena y todo lo demás. Para vosotros dos, también debió de ser horrible. Christopher me dijo que fuiste la tabla de salvación que le permitió sobrellevar la época más difícil de su vida.

—Gracias —dijo Elspeth conmovida—. Estos dos años han sido un infierno, no solo por lo terrible que fue ver que debía ingresar en prisión, sino porque se culpaba y se torturaba por todo lo que había ocurrido. Con razón, sin duda, pero eso no quitaba que nos doliera profundamente. No sabes lo encantados que estamos de que tenga tan buen aspecto. Nunca hubiera dicho que dos semanas podrían haberle hecho tanto bien. Está cambiadísimo. Veamos, ¿crees que necesitarás algo más? Debes de estar agotada después de las horas que llevas conduciendo.

—Estoy segura de que tengo todo lo necesario, gracias. El dormitorio es precioso.

—Bien, mañana por la mañana, no te apresures. Baja tranquilamente a la cocina cuando tengas ganas de desayunar... y en camisón, si quieres. Yo estaré dando vueltas por la casa. —Elspeth le dio un beso de buenas noches y bajó para sacar fuera a los perros.

Como Christopher no iba a ocupar su tiempo de otra manera, Marnie se propuso empezar a leer su libro esa misma noche. A las dos de la mañana, seguía enganchada a la lectura.

—Dime, cariño —dijo Elspeth a su marido cuando ya se habían acostado—, ¿qué te ha parecido su nueva novia?

—Un gran paso adelante, si la comparamos con Nicola —dijo Godfrey—. Es mucho más interesante. Aunque creo que podría haber fuegos artificiales. Me parece que tiene la cabeza en las nubes, que es testaruda y bastante acomplejada... Una mezcla difícil. Y ya sabemos que Christopher es un exaltado. De todos modos, es mejor que salten las chispas a que el fuego se extinga.

—¡Mi viejo y querido farsante! Finges que la gente no te interesa lo más mínimo, pero con una sola noche, ya has captado cómo es cada cual mucho mejor que yo.

—Bah, no lo creas —respondió él bromeando y cogiéndole la mano como siempre hacía antes de dormirse—. En fin, esperemos que dure lo bastante para que Christopher pueda divertirse un poco y recuperar su autoestima.

—Eso espero. Ay, eso espero de verdad.

—¿Sabes? Si alguien hace a Christopher la mitad de feliz de lo que me has hecho tú, será un hombre afortunado.

—¿Si le hace la mitad de feliz o le vuelve la mitad de loco?

—Sí, eso también. Buenas noches, amor mío.

30

Christopher y Marnie se quedaron en Nether Pacey durante una semana. La decisión de no escabullirse por el pasillo pronto fue abandonada.

Christopher se sintió aliviado cuando vio que su agente de la condicional no le creaba problemas y le daba permiso para ir a Londres, por lo que concertó una cita con Barry Forster para almorzar. Por teléfono, Forster había hablado en términos muy positivos de *Conocimiento interior* y le había dicho que había enviado el libro a unos editores que trabajaban para dos editoriales, una de las cuales era la que publicaba los libros de Jonathan Mercer. Tras haber leído su obra, Marnie todavía se mostró más entusiasta con la aventura literaria de Christopher y pudo decirle con sinceridad que apenas había podido soltar el libro.

Hizo un par de comentarios críticos sobre el argumento que impresionaron a Christopher por su pertinencia, y aunque la reacción inicial de él fue mostrarse en desacuerdo, terminó aceptando que, en parte, ella tenía razón y que era preciso realizar algún que otro cambio menor. Marnie se moría de ganas de saber cuáles eran los personajes que estaban basados directamente en su experiencia carcelaria.

—Bueno, el ambiente, sin duda, es auténtico. Es de una autenticidad terrible. Nadie habría podido llevar a cabo una investigación tan exhaustiva, pero he descubierto que escribir novelas es un proceso muy extraño y, en realidad, no sé muy bien cuál es el origen de mis personajes. Supongo que inevitablemente recurres a tu propia experiencia... aunque no tiene por qué ser una experiencia de primera mano. Por lo tanto, mi libro no es tan autobiográfico como todos creen. Una parte procede de vivencias ajenas. Y luego añades unas cuantas ideas inventadas. Es como cuando mi madre hace sopa. Echa varios ingredientes al vaso mezclador, luego un poco de caldo que ha hecho a partir de unas sobras, a lo mejor añade algunas verduras, lo adereza generosamente con varias especias, lo tritura todo... y lo que sale de allí no tiene nada que ver con lo que había metido dentro.

—¿Y su sopa es rica?

—La verdad es que sí. Quizá sean sus genes soperos, un poco alterados, lo que he heredado yo. Cuando éramos pequeños y le preguntábamos qué estaba cocinando, ella siempre decía: «Oh, pongo un pellizco de esto y un pellizco de aquello», y lo que siempre le pedíamos al regresar de la escuela era: «sopa de pellizcos». Tardé años en descubrir que aquello no era un término culinario.

—Me resulta inconcebible tener una madre que preparara la sopa. Supongo que es como un símbolo. Unos buenos cuencos de sopa caliente para cuidar y alimentar a tu familia... ¡Qué distinta fue mi infancia! —Marnie se echó a reír—. Por cierto, tu libro también es bastante caliente a ratos —comentó ella enarcando una ceja.

Christopher sonrió.

—Resultado de una auténtica investigación.

A Christopher le proporcionó un placer indecible que Marnie se llevara tan bien con sus progenitores, que desafiara a su padre al Scrabble y formara duetos con él en la sala de estar después de la cena (con muy poco arte pero con muchas risas), y que ayudara en el jardín y charlara sin cesar con su madre. Pero cuando sus hermanas se tomaron la molestia de ir a visitarlo (para inspeccionar a su nueva novia, pensó Marnie con cierto sentimiento de sospecha), sus púas se erizaron de nuevo y todos se pincharon con ellas.

Quizá fue mala suerte que todas llegaran de lugares diferentes y en un intervalo de pocos minutos. Los calurosos saludos y las risas, la algarabía general y el salvaje intercambio de abrazos dejaron a Marnie clavada en la escalera, en un estado de auténtica parálisis física.

A partir de ese momento, el día fue un desastre. Marnie se mostró provocativa y susceptible, discutió sin necesidad con la dominante Penny, se enfrentó a Kitty, la brillante y decidida hermana, y estuvo innecesariamente brusca con Jess, la favorita, cuyos esfuerzos por mostrarse especialmente afectuosa con ella la avergonzaron e hicieron que se sintiera muchísimo peor por su falta de aplomo y de gracia.

El obvio cariño fraternal que sentían los unos por los otros, al margen de las tomaduras de pelo y las bromas, de los chistes familiares y de los recuerdos infantiles que compartían con Christopher, sacaron lo peor de sí misma. Marnie se sintió como una completa extraña, y eso le supo tan mal que se esforzó en dar la impresión de que no le importaba en absoluto. Para empeorar las cosas, Christopher, profundamente decepcionado por lo que parecía una reacción hostil a su amada familia (y, a medida que fue transcurriendo el día, por la negativa reacción de sus hermanas), le lanzó una furibunda mirada desde el otro extremo de la mesa durante el almuerzo, y a Marnie no se le escapó ese gesto. Después de tomar el té, cuando todos se disponían a marcharse, Marnie no pudo soportar más la situación y, de repente, desapareció sin despedirse llevándose a las dos viejas y macizas perras y huyendo hacia los campos que había en la parte posterior de la casa.

Su gesto no causó buena impresión y Christopher la disculpó con unas excusas que parecieron pobres incluso a sus oídos.

Una vez solos, Christopher fue a buscarla y la encontró sentada sobre el tocón de un viejo árbol con el semblante abatido.

—¡Diría que ha sido un estrepitoso fracaso! —espetó. Entonces vio que ella tenía los ojos enrojecidos y la cara manchada por las lágrimas y su irritación se desvaneció—. ¡Oh, mierda, mierda! Lo siento. Ha sido demasiado para ti, ¿verdad? —Christopher se sentó junto a ella e intentó rodearla con sus brazos, pero Marnie se lo sacudió de encima y los dos guardaron silencio.

—Ya te dije que no tenía don de gentes —musitó finalmente—. Ahora es posible que me creas.

—Me importa un bledo el don de gentes. ¡Has estado grosera y maleducada!

—Y tú querías que gustara a tus hermanas.

—Claro que sí —dijo Christopher sin intentar hacerle creer que se había ganado sus simpatías—, y eso habría sucedido si les hubieras dado una sola oportunidad. Que te peguen un corte es muy molesto, sobre todo cuando no has hecho nada para merecerlo. Aunque yo hubiera debido facilitarte las cosas. Tú tienes don de gentes cuando así lo decides, pero eres como un perro que tiene tanto miedo de no pegar el primer bocado que empiezas a enseñar los dientes aun cuando a tu alrededor todos están moviendo el rabo... Y eso se ha convertido en una muy mala costumbre. Te diré más. Claro que hubiera preferido que no gruñeras a mi familia, pero eso no cambia mis sentimientos por ti ni un ápice. Es a ti a quien quiero. Y he tenido la absoluta certeza esta tarde, aunque me han entrado ganas de sacudirte por ser tan cáustica y agresiva. Supongo que por eso me he puesto furioso. Te amo, Marnie.

Era la primera vez que se lo decía.

—¿Con todos mis defectos? —susurró ella muy avergonzada.

—Con todos tus defectos. Porque yo también tengo muchos.

Christopher la volvió a tomar entre sus brazos y Marnie no se zafó en esa ocasión. Contempló su rostro angustiado y se sintió lleno de ternura.

—Pero te aseguro que hoy has batido el récord de defectos... y me has hecho recordar la primera noche en Glendrochatt, ¡cuando nos miraste con aire de desafío retándonos a que nos acercáramos a ti! ¡Sin duda, Kitty se llevó su merecido cuando empezó a adoctrinarte sobre las Antillas! —Christopher sonrió al rememorar la escena—. Allí equivocó el objetivo. ¡Que le sirva de lección! Mamá siempre dice que cuando estamos juntos somos una banda que daría miedo a cualquiera. Fui un estúpido al no darme cuenta de que te sentirías acorralada. Por desgracia, te viste obligada a conocer a todas mis hermanas a la vez, y eso me convierte en un zoquete, porque no he sabido echarte una mano. ¿Me perdonas?

—No sé por qué actúo así —dijo Marnie desesperada—. No es mi intención. Siempre que deseo causar buena impresión a alguien tengo que tratarlo a patadas. Me siento fatal, sobre todo porque tus padres han sido encantadores conmigo. No podía soportar haberme comportado de un modo tan horrible y por eso he huido, con lo que he complicado aún más las cosas. Te has enfadado con razón. Lo siento muchísimo. La próxima vez intentaré ser más agradable (si es que hay una próxima vez), pero tendrás que ayudarme porque no llevo incorporada una tranquilizadora garantía de cinco años.

—Anímate, cariño. Intenta confiar en los demás para variar. Ahora convenzamos a estas gordas de que deben hacer más ejercicio y así daremos más tiempo a tu rostro para que se recomponga. Quiero volver a ver a mi bella cuidadora de gansos. Recuérdame que busque el libro y te enseñe tu retrato. Regresaremos por el bosque y verás un retazo de la Inglaterra de Shakespeare después de todo ese agreste paisaje escocés del que te has quedado prendada.

Esa noche, cuando Marnie ayudaba a Elspeth a poner la mesa de la cocina para los cuatro, la joven se disculpó sentidamente por su comportamiento.

—No sé qué debéis de haber pensado de mí —dijo arrepentida—. Christopher estaba muy enojado y no tengo palabras para deciros lo avergonzada que estoy de haber sido tan grosera cuando vosotros solo habéis tenido amabilidades conmigo.

Elspeth le dio un gran abrazo a modo de respuesta y le dijo que lo olvidara, pero en su fuero interno se sentía preocupada y pensaba que la enorme susceptibilidad de Marnie quizá fuera más difícil de manejar de lo que había supuesto en un principio. Había llegado al extremo de defender a Marnie ante dos de sus propias hijas.

—¡Bueno, a esto se le llama salir del fuego y caer en las brasas! —dijo Penny en tono desaprobatorio—. Espero que esta no dure mucho. Es peor incluso que Nicola.

Kitty declaró con petulancia que Marnie era un fiasco absoluto.

—No vayas a mostrarte encantadora con ella, mamá —instruyó a Elspeth—. Tú eres muy blanda, y no nos gustaría que se pegara a Christopher solo porque considere a nuestro hermano un buen recurso de fin de semana. Recuerda que tuvimos que soportar a la espantosa Nicola durante mucho tiempo.

—¡Kitty, haz el favor! —exclamó Elspeth enojada y pensando en los aburridos jóvenes que su hija menor les había impuesto durante todos esos años—. No es posible que seas tan irreflexiva e insensible.

Kitty zarandeó la cabeza y salió a saquear el jardín de sus padres en busca de flores y verduras que llevarse a Londres. Su padre siempre decía que parecía que las langostas hubieran arrasado el jardín tras una visita de su hija menor.

Jess parecía molesta y se limitó a preguntar:

—No sé qué pensar de la nueva aventura de Chris. ¿Siempre tiene tan mal genio? ¿A ti te gusta, mamá?

—Sí —dijo su madre con decisión—. A papá y a mí nos gusta mucho, y creemos que podría ser lo que Christopher necesita en estos momentos... A diferencia de Nicola, Marnie potencia su faceta positiva. Es obvio que parecen muy felices cuando están juntos, y Dios sabe que a él le conviene un poco de felicidad. Pero su relación está empezando y todavía no se conocen muy bien. Aunque es cierto que hoy ella ha estado muy pesada y que es una mujer terriblemente insegura. Démosle otra oportunidad antes de formarnos una idea definitiva.

Una de las condiciones del agente de la condicional de Christopher era que debía residir en su propio piso de Battersea y permanecer en esa dirección si se encontraba en Londres. El piso había sido alquilado mientras él cumplía condena pero, por suerte, los inquilinos acababan de mudarse y les pareció que la solución perfecta era que Marnie fuera a vivir allí con él. La joven nunca había sido tan feliz en toda su vida. A diario, Christopher trabajaba en su nuevo libro y ella acudía al despacho que su padre tenía en Londres. Había recibido un SOS del director general del Reino Unido, para quien había trabajado cuando vivía en Inglaterra, que le pedía que lo ayudara temporalmente porque su secretaria particular, con la que contaba desde hacía años, tenía que someterse a una operación de urgencia tras enfermar durante unas delicadas negociaciones previas al cierre de un importante trato. Como Marnie estaba muy familiarizada con su modus operandi y el director había oído que ella se encontraba en Inglaterra, pensó en pedirle ayuda. Marnie saltó de alegría ante la oferta, contenta de tener un empleo que la mantuviera ocupada mientras Christopher escribía.

El resto del tiempo lo dedicaban a explorarse mutuamente, en cuerpo y alma.

Un día recibió una larga llamada telefónica de su padre, que había conseguido contactar con Ian Drummond.

—Pero deberás ir a verlo personalmente. ¿Te gustaría que te acompañara a Canadá y te ayudara en las negociaciones?

—¡Oh, papá, eso sería magnífico! ¿Harías eso por mí?

—Es posible que tenga que resolver unos asuntos en Toronto. Tendrás que estar preparada para tomar un avión casi sin previo aviso si quieres encajar en mi agenda. Ya te llamaré.

Christopher adivinó que Marnie estaba entusiasmada ante la propuesta de su padre y sintió un gran alivio al pensar que iba a recibir un apoyo fundamental para llevar a término la delicada misión de comprar un castillo.

—Me encantaría que pudieras venir conmigo —dijo Marnie con una nota de añoranza en la voz.

Christopher también habría querido acompañarla, pero, de

repente, entrevió una amenaza en su relación que, por lo visto, a ella no se le había ocurrido.

—¿Te das cuenta de que existe la posibilidad de que nunca pueda ir a Estados Unidos con mis antecedentes penales?

Marnie parecía horrorizada.

—No puede ser, porque cuando hayas cumplido tu condena... Todo será diferente, ¿no?

—Tal como están las cosas por el momento, no confiaría en absoluto en que me dieran un visado. Creo que deberías confesarle a tu padre que estás saliendo con un delincuente habitual.

—¡Eso es horrible! —exclamó Marnie indignada—. ¡Nunca te he considerado un delincuente!

—Permíteme que te dé las gracias —dijo Christopher en tono alegre, aunque, en el fondo, estaba destrozado. Había estado contando los días que faltaban para que terminara su libertad condicional y apenas eran unos pocos meses. Pensaba que, si no lograba dejarlos atrás del todo, al menos aparcaría a un lado tres desgraciados años de su vida y podría empezar de nuevo. Estaba deseando plantear a Marnie una pregunta muy importante, pero decidió que aguardaría hasta que creyera que había llegado el momento oportuno.

Quizá las cosas serían mucho más complicadas de lo que ambos creían.

Habían llamado varias veces a los Grant para ponerse al día sobre lo que estaba sucediendo en Glendrochatt y quedaron encantados cuando Isobel y Giles (sus primeros amigos comunes, como señaló Marnie con orgullo) les contaron que, como novedad, Rory había ido a vivir con ellos.

—Todavía hay muchos flecos sueltos —dijo Isobel—, pero Rory está tan feliz de vivir aquí que pensamos que hemos tomado la decisión adecuada. Mi hermana ha regresado a Estados Unidos con su locuaz marido. Amy y Ed están encantados de que Rory vuelva a estar en casa, lo cual es un consuelo. Nos informarás de cualquier cambio respecto a Eilean Dobhran, ¿verdad, Marnie?

Una noche, Marnie preguntó a Christopher:

—¿Sabes a qué me gustaría dedicar el castillo si consigo comprarlo?

—No, dímelo.

—Bien. Un día estuve hablando mucho rato con Isobel sobre Edward y me contó que cuando el niño era pequeño estaba desesperada. Estaba angustiadísima y sometida a una gran presión, no solo cuando debía salir corriendo hacia el hospital porque la vida del chiquillo corría peligro, sino también cuando intentaban encontrar el sistema de enseñanza que más se adecuara a su hijo para que fuera aceptado en sociedad, por no hablar de tener que asumir que siempre sería una persona distinta y dependiente. Me contó que es una terrible fuente de tensión para un matrimonio y me dijo que ella había sido muy afortunada, porque contó con todo el apoyo de la familia y los amigos, y además había tenido dinero suficiente para procurarse ayuda cuando los gemelos eran pequeños y así lograr que Amy no quedara desatendida. Me explicó que a través de Edward ha conocido a muchas familias que han tenido que enfrentarse a problemas mucho más serios sin contar con la mitad de apoyo que recibió ella. Entonces pensé que sería una buena idea convertir Eilean Dobhran en un lugar que ofreciera paz y consuelo a personas que necesitaran un descanso... por el motivo que sea. También podría ser un hotel convencional en el que la mayoría de los huéspedes abonaran sus facturas, pero si pudiera crear alguna especie de fundación o algún sistema de becas, el castillo podría proporcionar un respiro a gente que, de otro modo, nunca podría costearse la estancia. He pensado que sería perfecto tener a Isobel y a Giles en el comité de dirección para poder contar con sus consejos y su ayuda. ¿Qué te parece?

—Creo que es una idea fantástica. Un modo muy valioso de emplear el dinero de la condesa.

—¿Me ayudarás?

—Sabes que sí —dijo Christopher, anhelando decirle más cosas.

Una noche, Nicola apareció en el umbral sin avisar. Christopher había ido al club de su padre a tomar una copa con él para hablar sobre cuestiones familiares. Las dos jóvenes se midieron mutuamente. Nicola se presentó.

—¿Sabes a qué hora regresará Christopher? —preguntó.

—Creo que sobre las ocho y media —respondió Marnie con educación, reconcomida por la rabia pero haciendo un esfuerzo por no mostrarse agresiva.

—¿Así que ahora eres tú quien vive con Christopher?

—Sí.

—Bien, pues dile que venía a hacerle una visita... para pasar el rato. Antes yo también vivía en este piso. Debería haber imaginado que no tardaría mucho en encontrar a una sustituta. Siempre necesita tener a una mujer cerca. Yo, de ti, me andaría con mucho cuidado.

Tras disparar su dardo envenenado, Nicola se marchó, bastante satisfecha de la expresión que había asomado al rostro de Marnie.

Christopher se puso furioso cuando oyó que Nicola se había presentado en su casa, porque sabía que había ido con ganas de pelea, pero Marnie no le contó lo que le había dicho.

Louisa telefoneó a Marnie para confirmar el día en que debían reunirse. Estaba muy habladora. Louisa confesó que las dos semanas que habían pasado en Glendrochatt le habían servido para cargar las pilas y darle vueltas a ciertas ideas sobre cómo enfocar la vida, aunque esas ideas no habían tomado la senda de la literatura ni se habían concretado en lo que ella sospechaba. Conservaría su piso y buscaría otro empleo en Londres. Se dieron un margen de quince días y concretaron verse una noche. Marnie propuso ir a un restaurante, pero Louisa insistió en que le gustaría prepararles la cena en su casa.

—He pensado que también diré a Adam que venga. Así seremos cuatro. Sé que Christopher le cae muy bien.

—Perfecto —dijo Marnie, aliviada en su fuero interno de

que hubiera otra persona y sintiendo una gran curiosidad por conocer a Adam—. Christopher ha hecho unas fotografías fantásticas de Eilean Dobhran. Estoy deseando enseñártelas.

Al final, Marnie no pudo asistir a la cita porque se marchó a Estados Unidos. Su padre la había llamado (como era habitual en él: en plan torbellino, según le dijo Marnie a Christopher) tres días antes de la cena de Louisa para decirle que le había reservado un billete para Nueva York y que al día siguiente irían juntos en su avión privado a Toronto. Tenía que contarle muchas cosas.

Marnie telefoneó a Louisa para cambiar la fecha de la cena.

—¡Oh, qué pena que te lo pierdas! De todos modos, dile a Christopher que venga —dijo Louisa—. Tú y yo quedaremos para almorzar cuando regreses. Tengo muchísimas ganas de conocer la última hora sobre Eilean Dobhran. ¿Te fías de dejarme con Christopher mientras estás fuera? —añadió Louisa en son de broma.

—Claro que sí —respondió Marnie, que no confiaba en absoluto en ella.

—Llámala y dile que preferiríamos ir juntos otro día. Puede celebrar una cena íntima con Adam —sugirió Christopher cuando Marnie le contó lo que Louisa le había propuesto. Pero Marnie, queriendo poner a prueba la confianza que tenía en él y deseando no dar un paso atrás en su relación con Louisa, protestó y dijo que no lo haría.

—No tengo ninguna gana de ir sin ti —dijo Christopher, pero Marnie, con cierta perversidad, insistió en ello.

«Esta cuestión requiere madurez por mi parte», se dijo a sí misma. Era como si estuviera poniendo a prueba la confianza que tenía en Christopher, como si intentara superar sus celos y sus sospechas.

Christopher acompañó a Marnie a Heathrow para despedirla; aunque deseó haber podido llevarla en coche. Contaba las semanas que todavía tardaría en recuperar el carnet. El piso parecía intolerablemente vacío sin ella. Nunca había tenido la sensación de que se ausentara una parte fundamental de sí mismo las numerosas veces en que Nicola y él habían tenido que separarse. Telefoneó a Jess para que le invitara a cenar con ella y con su marido, que era médico de cabecera, y le prometió que iría temprano para poder ver a los niños.

Marnie llamó desde Nueva York muy nerviosa y le dijo que había llegado sana y salva. Se lo estaba pasando de fábula con su padre. Le comentó que, a la mañana siguiente, saldrían hacia Canadá. No estaba segura de si pasarían la noche en un hotel o volarían de regreso a Nueva York ese mismo día. Dependía de los negocios de su padre.

—¡Ojalá estuvieras aquí! —exclamó ella—. Te echo muchísimo de menos.

—¡Ojalá! Por cierto, todavía te quiero. ¿Cuándo te lo dije por última vez?

—Creo que hace bastante. Ayer mismo, diría yo. Ah, y yo también te quiero.

31

La invitación de Louisa inicialmente era «a partir de las ocho y media, pero pásate cuando te vaya mejor». Cuando Christopher llegó a su casita de Wandsworth se encontró a Adam Winterton. Louisa, radiante y con un atuendo desenfadado (un corpiño ceñido y una falda de flores de un material vaporoso), lo condujo a través de la cocina hasta el jardincillo pavimentado de la parte de atrás. Llevaba las bronceadas piernas al aire y unas sandalias de coqueto tacón que repiqueteaban en el embaldosado confiriendo una nota sexy a sus andares. Adam estaba sentado en un columpio y sostenía un vaso alto en la mano, pero se levantó cuando ambos aparecieron por la puerta de la cocina.

—Christopher, me alegro mucho de volver a verte. ¡Louisa me ha dicho que piensas abandonar la vida en la City para convertirte en un escritor superventas! ¡Es fenomenal!

Era un hombre recio, de estatura mediana, y Christopher pensó que si no hubiera sabido que tras ese agradable y sincero rostro de tez rubicunda se ocultaba un intelecto soberbio, lo habría tomado por un hombre que hace vida al aire libre: un granjero quizá, o bien un soldado.

—¡Tanto como un superventas...! Todavía no he encontrado editorial —protestó Christopher sonriendo con ironía—. Saqué partido de mi obligado confinamiento a cargo de Su Majestad y probé con la literatura. Yo también me alegro mucho de volver a verte, Adam.

—Hemos pensado que, como hacía calor, podíamos tomar una copa fuera —dijo Louisa—. Creo que es el momento ideal para un refrescante Pimm's. Es lo que bebemos Adam y yo. ¿Te apetece o prefieres pasar directamente al vino?

—No, tomaré un Pimm's también. —Christopher vio que había una gran jarra llena de hielo y mezclada con pepino y fruta.

Louisa le sirvió un buen vaso.

—Vale, vale. Es suficiente —la atajó Christopher.

—Es fabuloso que Marnie haya encontrado su famoso castillo —dijo Louisa—. Estoy deseando que me cuentes la historia. He explicado a Adam este culebrón tan fascinante.

Charlaron animadamente y Cristopher recordó lo mucho que siempre le había gustado ese hombre. No pudo evitar darse cuenta de que, a menudo, sus ojos se posaban en Louisa con amor y alegría y pensó que era una pena que hubieran cortado. Al cabo de una media hora, Adam consultó el reloj y se levantó.

—Bueno, me temo que debo marcharme o llegaré tarde a la cita que esta noche he concertado con un cliente. Tenemos que volver a reunirnos, Christopher. Te llamaré. A ver si organizamos esa cena que circunstancias imprevistas nos impidieron celebrar hace tres años. Además, tengo muchas ganas de conocer a Marnie. Louisa me ha hablado mucho de ella. Siento mucho no poder quedarme esta noche para verla —dijo Adam y dio un beso a Louisa—. No hace falta que me acompañes. Te llamaré mañana.

Christopher lanzó una mirada interrogativa a Louisa, cuya expresión era insondable. La joven tenía las mejillas arreboladas.

—¿No te mencioné que Adam no podía quedarse? Es una pena. Resulta que ha aparecido un magnate que parece incapaz de cortarse las uñas de los pies sin pedir consejo a Adam y mañana debe tomar un vuelo a primera hora.

—No, no me lo dijiste, pero estoy seguro de que sus uñas estarán impecables.

Al cabo de unos segundos, Christopher preguntó en un tono desenfadado:

—Solo por curiosidad, ¿dijiste a Adam que Marnie tampoco podía venir esta noche, Louisa?

—No —respondió ella mirándole fijamente a los ojos—. Curiosamente, creo que no se lo dije. En fin... —añadió para quitar hierro al asunto—. Es fantástico que hayas podido venir. Será mejor que comamos algo, ¿no te parece? He preparado la cena en la cocina.

—Me apetece mucho comer algo, siempre y cuando los dos aceptemos que, después de la cena, me marcho a casa.

—Claro, como quieras. ¿Me has traído las fotografías?

Christopher asintió.

—Pensé que Marnie habría querido enseñártelas en persona la semana que viene, cuando almorcéis juntas, pero insistió en que las trajera esta noche. Estoy muy contento de cómo han quedado; podrás hacerte una idea de lo misterioso y romántico que es Eilean Dobhran.

—Muy bien. Yo te enseñaré las fotografías que hice en Glendrochatt. Algunas son muy divertidas. Hay una increíble de Bunty bailando danzas escocesas.

Conversaron despreocupadamente sobre Glendrochatt y sus nuevos amigos comunes. Christopher captó algo en Louisa que le inquietó, aunque no podía decir de qué se trataba. A pesar de que se mostraba desenvuelta y divertida como siempre, notó algo distinto. Su alegría era nerviosa, y el nervioso brillo de sus ojos le indujo a pensar que debía de haber bebido demasiado. Le asombró no haberse dado cuenta antes de que estaba muy delgada, porque con aquel corpiño de tela pegado a la piel y la falda suelta parecía una espingarda.

Sentados en la adorable cocina que hacía las veces de sala de estar y con los ventanales que daban al jardín abiertos, cenaron una deliciosa sopa fría de tomate y luego pollo al curry. De postre, tarta de fresas.

—¡Qué cena tan deliciosa! ¡A la altura de Glendrochatt! Con eso, ya lo digo todo...

—Tenemos una charcutería fabulosa en el barrio —dijo Louisa con una sonrisa—. No te engañes y vayas a pensar que he estado trabajando como una esclava delante de los fogones. No es mi estilo en absoluto.

—Me alegra saberlo —dijo Christopher con una carcajada.

Charlaron de diversas cosas. Un testigo mudo y poco perspicaz habría creído que estaban disfrutando enormemente de la velada. Louisa era una compañía perfecta, una mujer aguda, divertida y dispuesta a gustar, y Christopher se esforzó en mostrarse participativo y afectuoso sin enviar mensajes equívocos: un equilibrio difícil de conseguir. Sin embargo, la tensión no dejó de aflorar en toda la noche. «El amor es algo muy extraño —pensó Christopher—. Delante de mí, esta atractiva mujer me está mandando unas señales inconfundibles, unas señales que cualquier hombre envidiaría, pero que voy a ignorar porque mi corazón está firmemente al otro lado del Atlántico.»

—¿Te apetece un café? —preguntó Louisa.

Christopher consultó el reloj.

—No, gracias, no tomaré café. Me has obsequiado con una velada magnífica, Louisa. Me lo he pasado muy bien, pero ahora debo irme —dijo él poniéndose en pie.

—No te vayas —dijo ella en un tono de súplica que incomodó a Christopher—. Quédate esta noche, Christopher. Solo por esta vez. Por favor, no te vayas.

—Debo marcharme —dijo él con un tono de voz muy suave—. Y lo sabes. Me lo he pasado muy bien contigo y creo que eres una persona encantadora, Louisa. Me siento muy halagado de que quieras que me quede, pero no puedo hacerle eso a Marnie... y creo que tú tampoco. Ambos lo lamentaríamos.

—¡No digas eso! —exclamó ella apasionadamente—. Ya sé que no actúo correctamente. Sé que no debería comportarme así, pero no puedo evitarlo.

Louisa parecía estar a punto de echarse a llorar. Sin embargo, con una voz tan queda que a él apenas le resultó audible, le susurró:

—Podría ser mi última oportunidad.

En ese momento, sonó el teléfono. Louisa titubeó y fue a responder.

—Ah, hola —oyó Christopher que decía ella—. No, claro que no es demasiado tarde. Eres muy amable por llamarme a estas horas. Por supuesto. Sí. Dímelo, por favor...

Hubo una larga pausa mientras ella escuchaba con suma atención a la persona que hablaba desde el otro lado de la línea. Christopher vio que se apoyaba en el respaldo de una silla para conservar el equilibrio. Se había quedado pálida. Casi le pareció que Louisa se encogía y marchitaba ante sus ojos como una manzana en invierno.

—Sí, lo comprendo —dijo ella finalmente—. Te veré mañana. A las diez. Allí estaré. No, no estoy sola; me acompaña un amigo. Gracias por decírmelo.

Cuando Louisa colgó el teléfono se derrumbó sobre una silla que había junto a la mesa y se llevó las manos al rostro.

—Louisa... ¿qué pasa? Dime qué ha sucedido. —Christopher se quedó atónito al ver la expresión de su rostro.

Ella levantó la cabeza y lo miró, la tez cenicienta y los ojos muy abiertos. Estaba temblando.

—Ha sucedido. Lo que siempre temí. Me ha pillado al fin. Era mi oncólogo, ese querido y maravilloso hombre que me ha visto pasar por tantas cosas... Me ha llamado para darme el resultado de un escáner. El cáncer ha hecho metástasis. Ha invadido el hígado. Se ha expandido por todas partes.

Christopher se arrodilló junto a ella y la abrazó durante mucho rato. De repente, Louisa se echó a llorar con unos tremendos y convulsivos sollozos y Christopher pensó que el frágil cuerpo de esa mujer se quebraría de un momento a otro.

—Tengo muchísimo miedo —susurró Louisa finalmente—. Estoy aterrorizada. No estoy preparada para morir.

—¿Te ha dicho eso el médico?

—No con estas palabras..., pero sé interpretar las cosas después de haber vivido a la sombra de esta enfermedad durante diez años. Me ha dicho: «Esta vez, me temo que no voy a darte buenas noticias». Dice que quiere verme mañana para hablar de las «opciones que nos quedan». La semana pasada fui a hacerme un control rutinario y no quedaron contentos con lo que vieron: «unas sombras en las radiografías, quizá tendremos que repetir los análisis de sangre, para asegurarnos. No hay que preocuparse de nada... será una tontería...». Me hicieron otros análisis de sangre y un escáner completo. Hoy el médico me ha llamado para darme los resultados.

—¿Quieres tomar algo? ¿Te sirvo una copa?

Louisa sonrió con tristeza.

—Me iría muy bien tomar una taza de té, de alguna variedad bien fuerte. Me ayudará a sobreponerme. Siento mucho que hayas tenido que presenciar esto, Christopher.

—¡Ni se te ocurra! Me alegra estar aquí contigo.

Christopher preparó dos tazas de té y se instaló en el sofá junto a ella. Louisa le contó que, tras haber superado la dolencia, el cáncer había vuelto a aparecer hacía tres años; no la misma enfermedad de Hodgkin que padeció al principio, aunque siempre le habían dicho que eso la haría proclive a padecer otros tipos de cáncer. En esa ocasión, fue un cáncer de mama. Le practicaron una mastectomía parcial, le reconstruyeron el pecho y le aplicaron radioterapia. Creyeron que había vuelto a vencer. Todos los indicios eran positivos.

—Últimamente, he tenido un par de cosillas... No eran exactamente síntomas, y tampoco algo concreto, pero me dije a mí misma que estaba bien. Ahora, de repente, me he cansado de ser valiente —dijo Louisa con un hilo de voz.

Cuando Christopher recordó que Marnie había encontrado un búho muerto y le había contado el sueño de Louisa, se quedó helado.

—¿Lo saben tus padres?

—Todavía no. Me hice las pruebas la semana pasada. Ahora se lo tendré que decir, claro. Han sufrido tanto por mi causa que no quería preocuparles innecesariamente.

—No les mantengas al margen. Su ayuda será tu consuelo.

—Ya lo sé. Soy muy consciente de eso, pero me resulta igualmente difícil. Los llamaré por la mañana.

—¿Y a Adam? —preguntó Christopher titubeando—. Todavía te ama, y querrá apoyarte en todo esto.

—También lo sé. Mi querido y fiel Adam... en quien tanto he confiado y a quien no he sabido valorar durante años. Será terrible para él. Se lo diré, por supuesto; pero no quiero que lo sepa nadie, al menos, de momento. Por ahora no podría hacer frente a las reacciones y las emociones de los demás. No tienes ni idea de lo difícil que es todo esto. Sería demasiado para mí. Primero, debo aclarar mis ideas. Prométeme que no se lo dirás a nadie.

—¿Qué quieres que haga? ¿Quieres que llame a Adam para ver si puede volver y quedarse contigo?

—No lo localizaremos. Su móvil estará apagado y no quiero dejarle un mensaje esta noche. Habla conmigo, Christopher. Habla de lo que quieras. Cuéntame cosas... que no tengan nada que ver con el cáncer.

Christopher le habló de sus vacaciones infantiles, del pasado, de los viajes que había hecho por espacio de un año y de las escapadas posteriores en la universidad. Louisa le escuchaba riéndose y haciéndole preguntas hasta que, de repente, Christopher se dio cuenta de que se había quedado dormida, como se duermen los niños, literalmente a media frase. Vio un abrigo colgado en el recibidor y la tapó. El aspecto de esa mujer era absurdamente joven, de una vulnerabilidad desesperante, y Christopher sintió tristeza en el corazón al mirarla. Tristeza, no amor, pensó. Fuera cual fuese la misteriosa alquimia que prende la llama entre un hombre y una mujer, el fuego especial que nace de ella no existía entre Louisa y él; al menos, en lo que se refería a él. Se preguntó qué debía hacer. Era obvio que no podía permitir que se despertara (quizá al cabo de unas horas) y, al ver que estaba sola, tuviera que volver a enfrentarse, tras un pasajero olvido, a la espantosa realidad de lo que iba a sucederle.

Apiló los platos y los metió en el lavavajillas intentando no hacer demasiado ruido. Como ella seguía durmiendo, cogió el periódico con la intención de ponerse a leer, pero descubrió que no podía concentrarse ni ver bien en aquella penumbra. No quiso encender la lámpara de pie por miedo a despertarla y se quedó sentado en esa semioscuridad pensando en el futuro, en sí mismo y en Marnie, y en la valerosa y díscola Louisa que dormía a su lado.

Oyó que el reloj daba las doce y supuso que debían de ser las siete de la tarde para Marnie, tanto si estaba en Nueva York como en Toronto. Estaría esperando su llamada. Christopher le había dicho que la telefonearía después de cenar, cuando llegara al piso, y le explicaría cómo había ido la velada, pero ese no era un buen momento para dar explicaciones. Tenía el móvil apagado y, cuando lo encendió, vio que tenía una llamada perdida. Presionó el 121 y escuchó la voz de Marnie, en tono jocoso pero un poco angustiado.

—Hola... ¡Qué cena más larga! Llámame enseguida. Tengo muchísimas cosas que contarte. Te quiero.

Le dio un vuelco el corazón. Decidió que le escribiría un mensaje e intentaría evitar mantener una conversación con ella hasta la mañana siguiente. Escribió un texto corto en el que decía que había sucedido un imprevisto y que la llamaría por la mañana. Pensó que Marnie se molestaría mucho e imaginó que sus mecanismos de defensa entrarían en acción mientras leía sus palabras. «Pienso en ti. No olvides que te quiero», añadió él esperando que le creyera.

Louisa se despertó de madrugada y, como había adivinado Christopher, la amargura de recordar lo que había sucedido fue casi peor que recibir la noticia. Pero se sintió profundamente agradecida al ver que él todavía seguía allí.

—Deberías acostarte en la cama —dijo él.

—¿Te quedarás conmigo? Sé que no debería pedírtelo pero te prometo que no te crearé problemas. —Louisa le dedicó una sonrisa temblorosa—. Creo que no podría soportar quedarme sola esta noche. A Marnie no le importará, aunque prometo que no se lo diré si así lo prefieres. Por favor...

—Claro que me quedo contigo. Marnie no querría que te dejara así. Lo comprenderá. —Christopher esperaba que eso fuera cierto.

—Puedes dormir en la habitación de invitados. Me temo que la cama no está hecha, pero hay una colcha. —Louisa lo miró con tristeza, a sabiendas de que ahora ya nunca podría conseguir de él lo único que deseaba, pero profundamente agradecida de contar con su presencia y su apoyo. Christopher la siguió escaleras arriba y ella se volvió y le dio un beso de buenas noches. Le dio las gracias y se abrazó con fuerza a él. Christopher la retuvo entre sus brazos durante un minuto, luchando contra el impulso de reaccionar a ese contacto con mayor entrega.

—No te rindas, Louisa —dijo con prisas—. Ya has vencido antes... y puedes vencer ahora. La gente se recupera del cáncer contra todo pronóstico. Me lo ha explicado mi cuñado, que es médico. Todo es posible.

—Incluso morir —afirmó ella en un vano intento de dar una pincelada humorística a la situación—. Siempre decimos: «No te preocupes, eso nunca pasará»; y la mayor parte de las cosas que en secreto nos dan pánico no suceden... aunque un día todos moriremos. Lo que ocurre es que no me siento preparada para morir.

—A lo mejor, uno nunca está preparado —dijo él con el corazón encogido y sintiendo que no estaba logrando darle ánimos—. ¿Puedes tomar alguna cosa... una pastilla para dormir o algo parecido?

Louisa asintió.

—Sí, tomaré una pastilla. Pero despiértame por la mañana si ves que no me levanto. Debo ir al hospital.

—Así lo haré.

Christopher la vio entrar en su dormitorio sabiendo que, con pastilla o sin ella, seguramente terminaría durmiéndose rendida por el llanto.

Por la mañana, como había prometido, Christopher fue a despertar a Louisa. De hecho, durante la noche, había ido un par de veces a comprobar cómo se encontraba, pero no oyó sonido alguno y dedujo que debía de estar durmiendo.

Golpeó con los nudillos la puerta entreabierta del dormitorio de Louisa y asomó la cabeza.

—¿Louisa?

Louisa estaba aovillada como una bolita y no se movía. Durante unos instantes de desconcierto, Christopher se preguntó cuántos somníferos debía de haber tomado.

—Louisa... —volvió a decir en un tono de voz más alto. Sintió un leve alivio al oír un suave lamento y ver que Louisa se desperezaba—. Ya son las siete. Prometí que te despertaría. Debes ir al hospital. —Odiaba haber tenido que recordárselo.

—¿Adam? —preguntó ella adormilada.

—No. Soy Christopher. Todavía estoy aquí.

Louisa se incorporó súbitamente, con su rubia melena alborotada. No llevaba nada puesto y él no pudo evitar advertir de nuevo su delgadez, una dolorosa y espantosa delgadez. Desvió la mirada de inmediato. Louisa se subió la colcha hasta el mentón.

—¿Christopher? Ah, sí, claro... Ya me acuerdo.

Christopher vio que la memoria se apoderaba lastimosamente de su semblante.

—Te prepararé una taza de té.

Cuando volvió a subir con el té, Louisa estaba sentada en el borde de la cama. Se había puesto una bata y cepillado el pelo. Él tenía la ropa arrugada, iba sin afeitar y se sentía desaliñado.

—¿Has dormido?

—Tomé una pastilla como me dijiste... y me quedé frita. Christopher...

—Dime.

—Gracias. Gracias por todo.

—De nada. Ojalá hubiera podido hacer más por ti. ¿Necesitas alguna cosa?

—No, ya me apañaré... pero quizá podrías quedarte un rato más mientras me ducho por si suena el teléfono. Podría ser el hospital y no querría perderme esa llamada. El doctor Allandale dijo que si la cita se anulaba alguien telefonearía a primera hora.

—Sí, claro. Te espero abajo.

Cuando Christopher regresó a la cocina titubeó durante unos instantes, cogió el teléfono y marcó el número de Adam.

No tenía más mensajes en el móvil pero se preguntaba si habría algo grabado en el contestador del piso. Aunque ya no podía hacer nada al respecto. Donde estaba Marnie eran las dos y media de la mañana.

Se oía el sonido del agua en el piso de arriba cuando sonó el teléfono. Christopher contestó.

—¿Diga? Diga, ¿quién es?

Oyó un clic y la línea se cortó.

—¿Quién era? —preguntó Louisa bajando la escalera unos minutos después.

—No lo sé. He intentado comprobarlo pero he visto que era un número privado.

—Ah, bueno. Gracias de todos modos. Telefonearé al hospital por si acaso.

—Querida Louisa, espero que no te importe, pero he llamado a Adam. Viene hacia aquí. Esperaré hasta que llegue.

En ese momento, sonó el timbre de la puerta. Louisa fue corriendo a abrir y se lanzó a los brazos de Adam. Christopher se escabulló en silencio.

Fue andando hasta la parada del autobús que había al final de la calle con un peso en el corazón, preguntándose qué depararía el destino a Louisa.

Al llegar al piso, fue a escuchar directamente el contestador. Había tres llamadas perdidas, pero no habían dejado ningún mensaje. Adivinó por una especie de certidumbre fatal quién debía de haber telefoneado tan pronto... y por qué esa persona lo había hecho al domicilio de Louisa a primera hora de la mañana, hora de Gran Bretaña.

32

El viaje a Toronto fue un éxito en muchos y muy variados aspectos. Marnie disfrutó intensamente de la compañía de su padre; era incapaz de recordar si en algún momento de su vida había podido tenerlo exclusivamente para ella durante veinticuatro horas, o sentirse tan unida a él.

Pasó la primera noche con su padre y su madrastra, Toni, en el piso de estos en Nueva York, y le gustó poder ver a sus tres hermanastros, el menor de los cuales era hijo de ambos. El gran aprecio que les tenía no estaba exento de cierto desapego, sentimiento muy diferente a la intensa implicación mutua de todos los miembros de la familia Piper. Marnie se llevaba razonablemente bien con ellos... siempre y cuando no tuvieran que convivir durante demasiado tiempo.

—Papá —dijo Marnie de repente poco después de haber despegado hacia Toronto—, considerando todos los romances que has vivido a lo largo de tu vida, ¿alguna vez has tenido la sensación de que habías encontrado a tu alma gemela?

Su padre le lanzó una mirada inquisitiva y se acarició el mentón.

—¿Mi alma gemela? Supongo que en el terreno de las almas gemelas, debo de haber espabilado tarde —dijo con una carcajada—. He sido un hombre que ha confiado más en su cuerpo que en su alma. Creo que Toni y yo nos llevamos muy bien. Pronto hará diez años... Es increíble. Jamás habría imaginado que duraría tanto con una mujer, pero de ahí a decir que somos almas gemelas... No sé... ¿Debo entender que has conocido a una criatura de extraña naturaleza, jovencita?

—Creo que sí.

—Pues ya sabes lo que te conviene. Como dice un famoso dicho inglés, para atrapar un pájaro con la mano, hay que echarle sal a la cola —dijo secamente.

Marnie lo miró de reojo, calibrando su estado de ánimo.

—Ha estado a la sombra.

Su padre echó hacia atrás la cabeza y estalló en una carcajada.

—Ay, Marnie-Jane... Nunca dejas de asombrarme. Me tienes a tu lado, en busca de una quimera, la empresa más improbable, loca y romántica que jamás me ha salido al paso, y eliges este momento para decirme que estás empezando a salir con un delincuente.

—¡Yo no he dicho que sea un delincuente! —exclamó Marnie indignada, aunque, en el fondo, aliviada de que su voluble padre hubiera reaccionado con tan buen humor—. He dicho que ha estado en la cárcel.

—¿Qué hizo? A la gente no suelen enchironarla sin motivo.

Marnie le contó toda la historia (o casi toda) de Christopher Piper: el modo y el lugar en que se habían conocido; las primeras indagaciones sobre la casa que ella tenía metida en la cabeza desde hacía veinte años; el fatal desenlace que había provocado Christopher con su conducción temeraria; su condena y la temporada que había pasado en la cárcel; su anterior profesión y la que intentaba desarrollar en la actualidad; el hecho de que se encontrasen juntos en el momento de descubrir Eilean Dobhran... y de que ella lo amase.

—Hace seis meses, no habría sido capaz de imaginar que sentiría algo así por otra persona. La única diferencia es que ahora es completamente distinto. Ahora va en serio.

—Eso es lo que solemos creer cada vez que nos enamoramos.

—No, no estoy bromeando, papá —dijo Marnie con impaciencia—. Esto es muy distinto.

—¿Ah, sí?

Jerry Donovan observó a su batalladora e interesante primogénita a la que casi llegó a perder y que tanta angustia le había ocasionado a lo largo de su vida; su única hija, a la que, en el fondo, siempre había admirado aun cuando era una niña obtusa, tozuda y feúcha. Adivinó que todavía debía de ser una persona obtusa (no en vano era su hija), pero al contemplarla pensó que esa niña poco agraciada se había convertido en una mujer muy atractiva porque algo (o, más bien, alguien a juzgar por las apariencias) la había hecho florecer durante esos dos meses en que no se habían visto. La vieja y loca condesa que le había reprendido había sido la primera en adivinar que Marnie era una persona muy especial, condición que nadie más supo ver en esa época; y tenía razón. «Un día creo que su hija le dará una sorpresa. Yo no estaré allí para verlo, pero usted sí. Haga el favor de cuidar de ella. Esto es lo que le propongo», y la condesa le había expuesto su estrambótico plan.

—No tolero a los conductores temerarios —dijo Jerry Donovan con severidad—. Un automóvil es un arma mortal y hay que actuar en consecuencia. Siempre os he enseñado a ti y a tus hermanos que debéis conducir con esta idea en la cabeza. Por otro lado... —Y miró el rostro angustiado de Marnie—. Por otro lado, tengo debilidad por la novelas policíacas y siempre he querido conocer a un autor de éxito.

Marnie se distendió y la alegría afloró a su rostro.

—Será mejor que este alma gemela tuya y yo nos conozcamos pronto. Quiero comprobar si nuestras almas se compenetran, se entienden o hacen eso que se supone que deben hacer las almas. Ahora bien, tendremos que esperar hasta que vaya a Londres. No le dejarán entrar en Estados Unidos. Ya lo sabías, ¿no?

—Sí. Él me avisó —comentó Marnie pensando agradecida en Christopher. Por suerte, ya se lo había explicado.

—Bueno, vamos a ver. Quiero darte una carta. Prepárate a recibir un fuerte golpe.

Jerry Donovan rebuscó en su bolsillo y extrajo de él un sobre cuadrado de un grueso papel color marfil con la dirección escrita en una tinta azul oscuro. Marnie reconoció de inmediato la letra elegante y picuda que tan familiar le resultaba.

—¿Qué es esto, papá? —preguntó con incertidumbre.

—Léela. La he guardado para ti durante más de veinte años.

Marnie la sostuvo entre sus manos durante mucho rato antes de rasgar el sobre con manos temblorosas.

> Querida Marnie-Jane,
>
> Ya debes de estar enterada de que te he hecho mi heredera, pero si lees esta carta, habrá llegado el momento de poner fin a la caza del tesoro, en la que solo te habrás embarcado si el breve tiempo que pasamos juntas significó tanto para ti como para mí misma. Habrás encontrado ya Eilean Dobhran, mi «Isla de la Nutria». Si quieres quedarte con el castillo, te lo doy. Tu padre te lo explicará. Puede que no sea un padre perfecto, pero creo que es un hombre de honor que llevará a término mis deseos. No quería que cargaras con la mansión a menos que ese fuera tu deseo. Todavía puedes elegir. No te impongo ninguna condición. Si decides que quieres convertirte en la nueva propietaria de un lugar que probablemente está viejo y ruinoso, te pediré tres cosas: úsalo como es debido, ámalo con todo tu corazón y disfruta de él. ¿Recuerdas que te enseñé a recitar un poema de Christina Rossetti? Mis sentimientos siguen siendo exactamente los mismos. Quizá nunca llegaré a saber cuál habrá sido tu elección, pero espero que un día encuentres un gran amor, como lo encontré yo, y puedas compartir tu vida con él. Si la conciencia pervive, en la medida de mis posibilidades haré que recibas mi bendición y mi amor.
>
> Luciana

Marnie no podía hablar. Las lágrimas caían por sus mejillas. Tendió la carta a su padre y él también la leyó.

—¿Que no soy un padre perfecto? ¡Qué cara más dura! ¿De qué va lo del poema? —preguntó Jerry Donovan con la voz sospechosamente ronca.

Y Marnie recitó:

Porque si tras las tinieblas y la destrucción queda
un solo vestigio de los pensamientos que albergué,
preferiré que olvides y sonrías
a que recuerdes y te aflijas.

Habían quedado con Ian Drummond para almorzar en el hotel Sutton Place y se encontraron con un anciano alto y distinguido que debía de tener más de ochenta años y que les confirmó lo que el reverendo Donald McBain había contado a Marnie. Tras el fallecimiento de los padres de la condesa y a pesar de suplicarles que legaran el castillo a su hija en lugar de a él, como creía que debía ser, Ian Drummond había heredado Eilean Dobhran. Nunca se había sentido cómodo en la mansión, no quiso asumir la responsabilidad de venderlo y tampoco necesitó el dinero de su posible venta; además, siempre había estado en contacto con su prima. Tras la muerte del conde italiano, y al enterarse de que Luciana estaba enferma, Ian Drummond, que había viajado a Italia para preguntarle qué deseaba que hiciera con la propiedad, recibió la extraordinaria respuesta de que esperaba que la mantuviera libre de cargas durante un período de veinticinco años para que Marnie-Jane Donovan, en el caso de que así lo deseara, pudiera adquirirla con el dinero que heredaría de su legado. Bajo ningún concepto debía ponerse en contacto con la joven; era ella quien debería localizarlo.

—Me pareció una petición muy extravagante, pero mi prima siempre vivía acorde con sus propias reglas. Formaba parte de su encanto, aunque eso precisamente era lo que la convertía en un ser de difícil trato —dijo él con una sonrisa en los labios—. O hacías lo que Lucy quería o, si no, reñías con ella. Ya había habido demasiadas peleas y, a mí, la casa no me importaba. No quería vivir en ese lugar, y además no tenía hijos. Por otro lado —añadió con un brillo en la mirada—, en el fondo soy un viejo romántico y me gustó mucho la idea de buscar un tesoro. Conocí a tu padre y ambos accedimos a cumplir los deseos de Lucy, pero nunca pensé que llegaríamos a reunirnos.

—¿Quiere decir que ustedes dos ya se conocían? —preguntó Marnie paseando atónita la mirada entre Ian Drummond y su padre. Ambos asintieron. La joven pensó que debían de estar disfrutando con aquella situación.

Luego, su padre se marchó para asistir a una reunión de negocios y Marnie decidió quedarse a charlar con Ian Drummond disfrutando de la comodidad del hotel y bebiendo té frío.

Era un anciano encantador y muy educado, y Marnie descubrió que le resultaba muy fácil hacerle partícipe de los sueños e ideales que le inspiraba Eilean Dobhran. Escuchó cautivada el relato de Ian Drummond sobre sus recuerdos de infancia en el castillo y el estilo de vida que imperaba en la mansión antes de la guerra, y su interlocutor esbozó un retrato de la condesa como una chica vivaracha e inolvidable: la arrebatadora prima mayor por la que siempre había sentido admiración y cierto enamoramiento. Le dijo que no tenía deseo alguno de sacar beneficios con la casa y que ella podría adquirirla por una cantidad nominal que cubriera los costes legales derivados de la venta.

—Emplea todo el dinero que Lucy te dejó para un buen propósito.

Marnie le preguntó si querría formar parte del patronato de la fundación que esperaba poder llegar a crear y él le respondió que, mientras pudiera conservar la salud y el entendimiento, estaría encantado. Decidieron que él, junto con su padre y los abogados de ambos, ya se encargaría de los detalles legales (aunque Marnie esperaba que Christopher también pudiera participar). Marnie se despidió con un beso y le prometió que no tardaría en volver a hacerle una visita. Tenía la sensación de que Ian Drummond era el nexo viviente que la vinculaba con la persona que tanto había influido en su vida.

Una vez que su padre hubo despachado sus asuntos, les pareció que ya no tenía sentido permanecer en Toronto y decidieron volar esa misma noche a Nueva York para que Marnie pudiera disfrutar de una estancia más larga en casa. Se moría de ganas de contarle las novedades a Christopher, pero no tenía intención de hablar con él mientras siguiera con Louisa. Aguardó con impaciencia a que fuera la hora. A las once y media, hora británica, dedujo que ya habría terminado la cena y llamó, pero quedó bastante decepcionada al ver que Christopher todavía tenía el móvil apagado. Decidió dejarle un mensaje. Estuvo esperando en vano su llamada y, al cabo de mucho rato, Marnie recibió un mensaje escrito que despertó sus sospechas. ¿Un imprevisto? ¿Por quién la había tomado? Marnie luchó consigo misma para seguir adelante con su embriónico experimento sobre la confianza... pero sintió que este escapaba rápidamente a su control.

Marnie se acostó, pero no pudo conciliar el sueño. Dio vueltas y más vueltas, intentó leer un libro y lo abandonó, encendió y apagó la luz, volvió a encenderla y a apagarla... mientras intentaba sin éxito acallar su imaginación. Se levantó y fue descalza a la cocina para prepararse una infusión. Luego cogió el teléfono.

A las seis de la mañana, acababa de quedarse dormida de agotamiento cuando sonó su móvil.

—¿Marnie? Menos mal que te encuentro.

—Sí, ya veo que te ha costado mucho. ¿Dónde estabas? —le preguntó furiosa.

—¿No recibiste mi mensaje de texto?

—Claro que sí, aunque no logré interpretar su maldito significado. Vale más que tu historia sea buena, Christopher.

—Lo es —respondió él lacónicamente—. Verás, cariño...

—Ni cariño ni narices —le cortó ella con rabia—. Responde a mi pregunta: ¿has pasado la noche con Louisa?

—Ya sabes que sí. —Christopher, que desde Londres había estado esperando con ansia el momento de llamarla para no molestarla a media noche, empezó a ponerse de mal humor—. Has llamado esta mañana para comprobarlo, ¿verdad? Y ni siquiera has tenido el coraje de hablar cuando he contestado al teléfono. —Christopher intentaba serenarse—. Mira, no es lo que crees. No vayamos a pelearnos ahora. Sí, he pasado la noche con Louisa, pero ya te contaré mis motivos cuando regreses a casa.

—¿Por qué debería creerte?

—Porque me temo que, de momento, vas a tener que confiar en mí —dijo fatalmente Christopher.

—¿Confiar en ti? —gritó Marnie, cuyo dolor y tristeza la mortificaban hasta el punto de sacarla de quicio—. ¡No te atrevas a hablarme de confianza nunca más! Muy conveniente todo: manipular mi inseguridad, adoctrinarme hipócritamente diciendo que debo confiar más en los demás para que luego, a la que te doy la espalda, puedas acostarte con otra. Por supuesto, te estabas preguntando si no te habrías equivocado al elegir entre Louisa y yo. ¡Como no estoy a la altura de lo que se esperaba de mí, has pensado que probarías la alternativa! ¡Serás falso, so cabrón! Pensé que eras distinto, y ¿sabes qué? ¡Incluso le dije a mi padre que creía haber encontrado a mi alma gemela! —Marnie se echó a reír histérica—. Vete a la mierda, Christopher Piper. No quiero volver a verte y no quiero saber nada más de ti.

Christopher, pálido de rabia, colgó el teléfono de golpe.

Más tarde, Christopher se planteó llamar a Louisa para preguntarle si podía enviar un correo electrónico a Marnie explicándole lo que había sucedido en realidad, pero la convicción de que Louisa ya tenía bastantes problemas de los que preocuparse sin verse enredada en peleas de enamorados (sobre todo en esa en particular) aparte de una no tan encomiable sensación de rabia por que Marnie no le hubiera concedido el beneficio de la duda, duda que resultaba evidente y muy poco aduladora, le impidieron escribirle.

Al otro lado del Atlántico, Marnie estaba que ardía consumiéndose de resentimiento, no solo por Christopher, que la había herido hasta provocarle un dolor físico, sino también por Louisa. Esa Louisa a quien había ofrecido su amistad; la Louisa que, pese a conocer la naturaleza de sus sentimientos por Christopher, creía que calentar braguetas, tal como lo entendía Marnie en su estado de agitación, tan solo era un frívolo juego de salón.

Su padre se había marchado temprano para embarcarse en otro viaje de negocios sin despedirse de ella, aunque iba a regresar a la mañana siguiente. Su madrastra Toni la observaba inquieta, inventaba excusas para ir a comprobar cómo se encontraba y se preguntaba si no debería alertar a su esposo de que la joven parecía sentirse extremadamente inquieta por alguna razón.

Pasaron veinticuatro horas antes de que Marnie llamara a Louisa, momento en que pensó que si no daba rienda suelta a su indignación por haberse sentido traicionada iba, literalmente, a reventar.

Louisa estaba sentada en el jardín con Adam. El mirlo todavía cantaba desde el tejado de la casa del vecino; el laburno vertía en cascada sus racimos de flores amarillas como era propio de principios de junio; el ruido de fondo del tráfico de Londres en hora punta era el mismo de siempre, pero para Louisa todo había cambiado. Cuando sonó su móvil, respondió de manera automática.

—Ah, hola, Marnie —dijo pensando sorprendida que Christopher debía de haberle contado algo a pesar de que ella le había pedido que no mencionara nada a nadie. En el fondo, poco importaba ya. No iban a cambiar las cosas. Pronto todos se enterarían—. ¿Christopher te ha explicado la historia?

—No —respondió Marnie en tono despreciativo—. No fue necesario porque me enteré. ¿Cómo has podido, Louisa?

—¿De qué hablas?

—¡No me salgas con esas! Lo sabes muy bien. ¿Cómo has tenido el valor? ¿Cómo habéis podido hacerme esto? Sabías perfectamente cuánto me afectaría. Sé que Christopher pasó la noche contigo.

A Louisa le zumbaron los oídos. Oyó su propia voz como si estuviera hablando desde muy lejos, como si se encontrara bajo el agua. Estaba muy cansada.

—Sí. Es cierto. Pasó la noche aquí, y ¿sabes por qué se quedó? Se quedó para cuidar de mí... no para acostarse conmigo. No me habría disgustado acostarme con Christopher, pero él ni se lo planteó. Se quedó para cogerme de la mano (por decirlo de algún modo), porque acababan de decirme que vuelvo a tener cáncer y que me estoy muriendo. Esa es la razón. Christopher durmió en la habitación de invitados.

—¡Dios mío! —exclamó Marnie a casi cinco mil kilómetros de distancia—. ¡Oh, Dios mío! —Por su mente, cruzó la imagen de un búho muerto. Marnie estaba atónita—. Louisa... No sé qué decir.

Por segunda vez en veinticuatro horas, se cortó la línea. Le acababan de colgar el teléfono.

Marnie fue en busca de su madrastra con el alma encogida.

—Toni, por favor, ayúdame. He hecho una barbaridad. He hecho algo terrible y he cometido una espantosa equivocación con una persona... no, con dos en realidad. Debo regresar a Londres cuanto antes, si es humanamente posible. ¿Puedes ayudarme a conseguir un vuelo?

—Claro que sí —dijo Toni respirando aliviada de que la amarga pena que se había apoderado de Marnie hubiera sido detectada al fin y pudiera hacerse algo al respecto—. Hablaré con el despacho de tu padre ahora mismo. No te preocupes por nada.

A continuación, Marnie se consoló contándole la historia. Lloró angustiada al pensar en Louisa y vertió amargas lágrimas de arrepentimiento por su errónea falta de confianza en Christopher.

—¿Vale tanto la pena ese superhombre? —preguntó Toni recordando el último y fatídico amor de Marnie.

—Sí, vale muchísimo la pena. Y ten por seguro que voy a intentar enmendar mis terribles y constantes celos. Aunque quizá sea ya demasiado tarde.

Marnie escribió un mensaje de texto a Christopher que consistía solo en tres palabras: «Regreso a casa».

Christopher oyó que alguien giraba la llave a las dos de la mañana. No sabía cuándo regresaría Marnie. Estaba de pie en el pasillo cuando ella asomó por la puerta.

—He vuelto... si es que todavía quieres que me quede.

Christopher abrió los brazos y Marnie fue directamente a refugiarse en él.

33

Isobel y Giles fueron los primeros en llegar a Carafini, el restaurante de la calle Lower Sloane que era su rincón preferido cuando pernoctaban en el Sloane Club, ubicado en la acera de enfrente.

Los Grant habían ido a Londres para asistir a una reunión con los abogados en la que debían discutir las disposiciones legales que afectarían al futuro de Rory, y a Giles se le había ocurrido que podrían organizar un encuentro informal con algunos de los participantes de la semana de escritura literaria que se había celebrado en mayo. Siempre intentaban pasar una semana lejos de Glendrochatt al final de la temporada, antes de adentrarse en el invierno escocés y acostumbrarse de nuevo psicológicamente a tener la casa para ellos solos. Giles ya había planeado la mayor parte de eventos para el año siguiente y la perspectiva de poder disfrutar del mes de octubre era muy placentera.

El día anterior, Isobel, aguijoneada por la humillación estilística que había sufrido a manos de Lorna durante la última visita que había realizado a Londres, se obsequió a sí misma cortándose el pelo en la ciudad y realizando una satisfactoria aunque costosa visita a Pantalon Chameleon, en la plaza del Duque de York, donde se compró un par de pantalones de ante púrpura. La adquisición requirió otra visita a Brora, en pleno King's Road, para elegir una moderna chaqueta de punto que combinara. Giles se mostró entusiasmado con el resultado de ese derroche consumista e Isobel se sentía arreglada y más chic que nunca.

—¿Quiénes crees que serán los primeros en llegar? —preguntó Giles—. ¿Los recién casados o los que todavía salen juntos?

—Aquí están —dijo Isobel mirando a la calle a través de las enormes cristaleras del restaurante—. ¡Qué bien! Son Christopher y Marnie. Oh, Giles, ¿verdad que es fantástico verlos así... riendo y con esa cara de felicidad? Me encanta pensar que se conocieron bajo nuestro techo. Cupido ha estado muy ocupado este verano en Glendrochatt, ¿eh?

La entrada de Christopher y Marnie precedió a una serie de alborozados saludos y a un montón de abrazos y besos.

—¡Uau, Isobel! Estás despampanante —exclamó Marnie apartándose para observarla con admiración.

—No sé por qué te sorprendes tanto... ¿No habías visto mi nuevo estilo? Tú tampoco estás nada mal. Ser la propietaria de un castillo te sienta de fábula —dijo Isobel riéndose.

—Ya entra la novia —anunció Giles—. Morwenna, John... Me alegro muchísimo de veros. No os preguntaré cómo estáis porque ya veo que sobran las palabras.

Todos recibieron con gran alegría la noticia de que a principios de septiembre (discretamente, como anunciaron en el periódico), se celebraría la boda del teniente coronel John Smithson y de la señora Morwenna Gilbert. El matrimonio fue consagrado en una pequeña iglesia de Cornualles situada en las cercanías del pueblo de Morwenna, con el rumor del mar como telón de fondo. Los comensales reunidos en el Carafini habían estado presentes. Giles entregó a la novia, y la dentuda Joyce, resplandeciente con una sombra de ojos turquesa brillante y un sombrero a juego, fue la dama de honor. Amy se había encargado de la música y acompañó a la pequeña congregación en los cánticos de los himnos propuestos por el coronel: *Presto juramento a mi país* y *Alabemos con el alma al Rey de los Cielos*. Luego tocó un arreglo de *Jesús, la alegría del anhelo del hombre* por petición expresa de Morwenna. La pareja de recién casados había salido de la iglesia al lento e inverosímil son de la danza escocesa *Los soldados del regimiento escocés de Glasgow*, pieza que no solía escucharse en las bodas de Cornualles, pero que fue elegida en honor al país en que los novios se habían conocido. La pareja, radiante de felicidad, pasó la luna de miel haciendo un viaje horticultural por el oeste de Escocia.

Con tantas novedades que compartir, todos hablaban a la vez.

—¿Sabéis qué día es hoy? —anunció Marnie—. Hoy termina la libertad condicional de Christopher. ¿Verdad que es fabuloso? Podremos instalarnos en Eilean Dobhran a pasar el otoño ahora que empiezan las obras de restauración. ¡Al fin es un hombre libre!

Todos lo felicitaron.

—Estamos deseando que llegue noviembre para asistir a la primera reunión del patronato y examinar Eilean Dobhran en persona —dijo Giles.

Los Grant recibieron con emoción la propuesta de Christopher y Marnie de formar parte de los miembros fundadores de la nueva asociación benéfica Fundación Luciana, junto con el padre de Marnie, el viejo Ian Drummond, lord Dunbarnock y los dos jóvenes anfitriones. Marnie, que había ofrecido tímidamente a Neil Dunbarnock unirse a la empresa, recibió una encantadora carta en la que el aristócrata le comunicaba que para él sería un placer ayudarla en todo lo posible. «No se te podía haber ocurrido nadie mejor —le había dicho Giles—. Neil es un poco excéntrico, pero es muy sagaz y tremendamente generoso: un buen fichaje para cualquier comité que se precie. Glendrochatt debe gran parte de su éxito a él.»

—Hemos decidido pedir a Jeff y a Cherry Barton que nos alojen a todos en Finterie Lodge —explicó Christopher—. ¡Dormir en el castillo en las actuales condiciones no cuadra con la idea de pasar un fin de semana perfecto! Marnie cree que tras una experiencia así el patronato dimitiría en pleno.

Todos sabían que la inminente publicación del libro de Christopher, *Conocimiento interior*, estaba despertando un gran interés en los círculos literarios tras la considerable campaña de promoción de la obra (interés, según afirmaba Christopher con modestia, que se debía mucho más a sus antecedentes penales, un regalo para el publicista, que a su talento como escritor); y gracias a ese interés, el autor había conseguido que una editorial muy conocida le hubiera contratado dos libros.

—¿Cómo va tu nueva obra, Christopher? —preguntó John—. Dicen que la segunda novela es mucho más difícil que la primera. ¿Es eso cierto?

Christopher profirió un exabrupto.

—¡Es lo más complicado del mundo!

—Supongo que no estará ambientada en los mismos escenarios —intervino Isobel bromeando.

—¡Ni por asomo! Esta discurrirá en el mundo de los negocios, en el que, por cierto, abundan las transacciones sucias —comentó Christopher con una sonrisa.

—¿Sabéis algo de Louisa? —preguntó Morwenna—. John y yo recibimos una postal de ella el otro día. Nos conmovió profundamente.

—Iré a verla mañana si le apetece recibir visitas —dijo Isobel—. ¿Cómo estaba hoy, Marnie?

—Fantástica como siempre... Louisa es increíblemente valiente. —Marnie hizo un gesto de triste impotencia—. Le van a dar el alta e irá a casa a pasar unos días, pero luego tendrá que volver al hospital porque quieren que pruebe una nueva medicación. ¿Sabíais que Adam ha encontrado un polluelo de búho y se lo ha regalado? ¿A que es una idea brillante? Ha sido un gran estímulo para ella; está entusiasmadísima. —Marnie se rió—. Claro que el personal del hospital no compartió su mismo entusiasmo cuando descubrió que Adam había colado el animalejo dentro. Supongo que debe de ser el primer búho que aceptan en la unidad de oncología. Es monísimo... Absolutamente horrendo, pero monísimo. Esta noche descorcharán una botella de champán y beberán a la salud de Glendrochatt y de todos nosotros porque Louisa se quedó muy triste al saber que no podría venir.

Todavía quedaban muchas más novedades por compartir: Giles e Isobel se acababan de enterar de que Amy había ganado una importante beca de estudios musicales; asimismo, los Grant celebraban que el verano hubiera concluido felizmente y Edward y Rory hubieran cimentado sus lazos de unión; destacaron que la confianza que Rory había ganado en sí mismo desde que, unos meses atrás, Isobel regresara a su hogar con un pequeñuelo angustiado y con problemas había sido un proceso muy hermoso de presenciar. Rory ya no era un niño «difícil», les había contado Isobel, sino que se había convertido en un chiquillo deliciosamente travieso, lo cual era algo bastante distinto, había señalado ella con orgullo. Morwenna había dado un nuevo aire a su columna de jardinería, que había sido calificada de éxito total. Prometió que iría a Eilean Dobhran con John para aconsejar a Marnie sobre el diseño de jardines.

Fue aceptada por unanimidad la propuesta de convertir esa cena en una reunión anual que sirviera para consolidar la íntima amistad que había surgido entre ellos en tan breve espacio de tiempo. Brindaron varias veces por el futuro y dedicaron un brindis especial a Giles y a Isobel, porque, como Christopher dijo al proponerlo, sin esa semana en Glendrochatt no habrían sucedido tantas cosas maravillosas y no se habrían hecho realidad tantos anhelos secretos; sus ojos, desde el otro extremo de la mesa, se posaron en los de Marnie. Hubo un murmullo espontáneo de aprobación, pero cuando hizo un brindis por los «amigos ausentes» se hizo un largo silencio, porque nadie confiaba en poder hablar.

Christopher y Marnie, en el pequeño Audi azul, se dirigían a su piso.

—¿Recuerdas lo que has dicho esta noche cuando hablabas de mí? —preguntó Christopher.

—La verdad es que no. ¿Qué he dicho?

—Has dicho que al fin era un hombre libre. Por eso, como soy libre, puedo hacerte la pregunta que llevaba meses queriendo hacer, pero que juré que no te plantearía hasta el día de hoy. —Christopher la miró con ojos risueños—. Creo que ya no me apetece ser libre. ¿Quieres casarte conmigo, Marnie?

—Sí —respondió ella radiante de felicidad—. ¡Sí, claro que sí!